Rêves e[illegible]ars - 2

J'AI LU

STEPHEN KING

Carrie	*J'ai lu* 835/**G**
Shining	*J'ai lu* 1197/**K**
Danse macabre	*J'ai lu* 1355/**J**
Cujo	*J'ai lu* 1590/**I**
Christine	*J'ai lu* 1866/**I**
Peur bleue	*J'ai lu* 1999/**G**
Charlie	*J'ai lu* 2089/**K**
Simetierre	*J'ai lu* 2266/**L**
Différentes saisons	*J'ai lu* 2434/**L**
La peau sur les os	*J'ai lu* 2435/**I**
Brume - Paranoïa	*J'ai lu* 2578/**J**
Brume - La Faucheuse	*J'ai lu* 2579/**J**
Running man	*J'ai lu* 2694/**G**
ÇA-1	*J'ai lu* 2892/**K**
ÇA-2	*J'ai lu* 2893/**K**
ÇA-3	*J'ai lu* 2894/**K**
Chantier	*J'ai lu* 2974/**K**
Misery	*J'ai lu* 3112/**K**
Marche ou crève	*J'ai lu* 3203/**J**
La Tour Sombre :	
1. Le Pistolero	*J'ai lu* 2950/**H**
2. Les Trois Cartes	*J'ai lu* 3037/**M**
3. Terres perdues	*J'ai lu* 3243/**M**
4. Magie et Cristal	*J'ai lu* 5313/**Q**
Le Fléau-1	*J'ai lu* 3311/**K**
Le Fléau-2	*J'ai lu* 3312/**K**
Le Fléau-3	*J'ai lu* 3313/**K**
Les Tommyknockers-1	*J'ai lu* 3384/**I**
Les Tommyknockers-2	*J'ai lu* 3385/**I**
Les Tommyknockers-3	*J'ai lu* 3386/**I**
Rage	*J'ai lu* 3439/**G**
Minuit 2	*J'ai lu* 3529/**L**
Minuit 4	*J'ai lu* 3670/**M**
Bazaar-1	*J'ai lu* 3817/**L**
Bazaar-2	*J'ai lu* 3818/**L**
Jessie	*J'ai lu* 4027/**K**
Rêves et cauchemars-1	*J'ai lu* 4305/**L**
Rêves et cauchemars-2	*J'ai lu* 4306/**L**
Anatomie de l'horreur-1	*J'ai lu* 4410/**J**
Anatomie de l'horreur-2	*J'ai lu* 4411/**J**
Insomnie-1	*J'ai lu* 4615/**K**
Insomnie-2	*J'ai lu* 4616/**K**
Rose Madder	*J'ai lu* 5341/**N**
Désolation	*J'ai lu* 5010/**N**
La ligne verte	*J'ai lu* 5157/**M**
L'année du loup-garou	
Salem	
Creepshow	
Dolores Clairborne	
La part des ténèbres	
Dead zone : l'accident	
Les yeux du dragon	
Un élève doué	
Les enfants du maïs	
Le Talisman des territoires	
Après minuit	
Sac d'os	
La tempête du siècle	
SOUS LE PSEUDONYME DE RICHARD BACHMAN	
Les régulateurs	*J'ai lu* 5011/**L**

Stephen King

Rêves et cauchemars - 2

Traduit de l'américain
par William Olivier Desmond

Éditions J'ai lu

A la mémoire de Thomas Williams, 1926-1991,
l'un des grands romanciers américains de notre siècle.

Titre original :

NIGHTMARES AND DREAMSCAPES

Accouchement à domicile

Si l'on songeait que c'était probablement la fin du monde, Maddie Pace pouvait légitimement se dire qu'elle faisait du bon boulot. Du sacré bon boulot. Elle pensa même, en réalité, qu'elle faisait face à la Fin de Tout mieux que n'importe qui sur la terre ; en tout cas, elle avait la *certitude* qu'elle s'en sortait mieux que n'importe quelle autre femme *enceinte* sur la planète.

S'en sortir !

Elle, Maddie Pace !

Maddie Pace, qui perdait parfois le sommeil lorsque, après une visite du révérend, elle repérait un seul grain de poussière sous la table de la salle à manger. Maddie Pace qui, comme Maddie Sullivan, arrivait souvent à exaspérer son fiancé en se pétrifiant devant un menu, hésitant parfois jusqu'à une demi-heure avant de choisir une entrée.

« Tu devrais tirer à pile ou face, Maddie », lui avait-il dit une fois, alors qu'elle avait réussi à restreindre son choix entre du veau braisé et des côtelettes d'agneau, sans être capable d'aller plus loin. « Je viens de descendre cinq bouteilles de leur foutue bière allemande, et si tu ne te décides pas très vite, va y avoir un pêcheur de homards ivre sous la table avant qu'il y ait un seul plat de servi dessus ! »

Elle avait souri nerveusement, commandé du veau

braisé et passé l'essentiel de l'itinéraire de retour à la maison à se demander si les côtelettes n'auraient pas été meilleures, et donc une meilleure affaire en dépit de leur prix légèrement plus élevé.

Elle n'eut pas de difficulté à s'en sortir, cependant, lorsque Jack l'avait demandée en mariage ; elle avait tout de suite accepté sa proposition, avec un fantastique soulagement. A la suite de la mort de son père, elle et sa mère avaient mené une existence morne et sans but sur Little Tall Island, une île au large des côtes du Maine. « Si je n'étais pas là pour dire à ces deux bonnes femmes quand se cracher dans les mains et pousser à la roue, aimait à dire George Sullivan quand il avait un coup dans l'aile, à ses copains de la Fudgy's Tavern ou de l'arrière-boutique du coiffeur, je me demande bien ce qu'elles feraient. »

A la mort de son père, due à une foudroyante crise cardiaque, Maddie avait dix-neuf ans et tenait la bibliothèque de la petite ville, tous les soirs ouvrables, pour un salaire de 41,50 dollars par semaine. Sa mère s'occupait de la maison – ou du moins le faisait quand George lui rappelait (en accompagnant parfois ce rappel d'une solide claque) qu'elle avait une maison et qu'elle devait s'en occuper.

En apprenant sa mort, les deux femmes s'étaient regardées sans rien dire, saisies par le chagrin mais aussi par la panique, avec chacune la même question dans le regard : *Et maintenant, qu'est-ce qu'on fait ?*

Aucune n'aurait su y répondre, mais elles comprenaient – comprenaient même vivement – que le jugement qu'il avait eu sur son épouse et sa fille était exact : elles ne pouvaient se passer de lui. Elles n'étaient que deux pauvres femmes qui avaient besoin de lui non seulement pour leur dire ce qu'il fallait faire, mais encore comment le faire. Elles n'en parlaient pas parce que cela les gênait, mais la vérité était là : elles n'avaient pas la moindre notion de la tâche à accomplir, et la pensée qu'elles étaient prisonnières des idées étroites et des projets limités de George Sullivan ne leur avait même pas traversé l'esprit. Elles n'étaient stupides ni l'une ni l'autre, mais elles étaient des insulaires.

L'argent n'était pas un problème ; George avait cru avec passion aux assurances, et lorsqu'il était tombé raide mort pendant une partie de bowling à Machias, sa veuve s'était retrouvée à la tête d'un capital de cent mille dollars. La vie sur l'île ne revenait pas bien cher, surtout si l'on était propriétaire de sa maison, si l'on avait son potager et si l'on prenait la peine de faire des conserves de légumes pour l'hiver. Le problème était de n'avoir aucun projet ou but avoué. Le problème était que le centre de leur existence paraissait avoir disparu le jour où George Sullivan s'était effondré, tête la première, sur la ligne de départ de l'allée 19 (et en laissant son équipe en fâcheuse position, en plus). George parti, leur vie était devenue une sorte de brouillard mystérieux.

On se croirait perdues dans un épais brouillard, se disait parfois Maddie. *Sauf qu'au lieu de chercher la route, ou une maison, ou un village, ou simplement un point de repère comme le pin foudroyé, là-bas sur la pointe, je cherche la roue. Si je parvenais à la trouver, j'arriverais peut-être à me dire à moi-même de me cracher dans les mains et de peser dessus.*

Elle avait finalement trouvé sa roue : elle s'appelait Jack Pace. Certains prétendent que les filles épousent leur père et les garçons, leur mère ; si ce genre de considération est un peu trop générale pour être toujours applicable, elle tenait assez bien la route en ce qui concernait Maddie. Son père avait inspiré de la peur et de l'admiration à tous ses pairs – « Il vaut mieux ne pas faire l'idiot avec Sullivan, les gars, disaient-ils entre eux. Il est capable de te casser la figure rien que parce que tu le regardes de travers. »

C'était aussi vrai chez lui. Dominateur, il en arrivait parfois à des violences physiques, mais c'était également quelqu'un qui avait très bien su ce qu'il voulait et comment l'obtenir, comme la camionnette Ford pick-up par exemple, la tronçonneuse, ou ces deux acres [1] de terre qui bordaient leur maison, au sud. « Pop Cook's Land », tel était le nom de la parcelle. On avait entendu George Sullivan parler de Pop Cook, l'ancien propriétaire, comme d'un vieux chnoque puant des aisselles, mais les odeurs fortes qu'il dégageait ne changeaient rien au fait que ce bout de terre possédait une haute futaie d'excellentes essences dures. Pop en ignorait l'existence car il était allé vivre sur le continent en 1987, lorsque son arthrite avait commencé à devenir intenable, et que George, de plus, avait fait savoir à tout le monde, sur Little Tall Island, la chose suivante : ce que ce vieux chnoque de Pop ignorait ne pouvait lui porter tort, et il se chargerait de briser menu le premier qui irait éclairer la lanterne de Pop. Personne ne s'y risqua, et Sullivan récupéra donc les deux acres avec l'excellent bois qui avait poussé dessus. Bien entendu, les essences dures furent toutes abattues en l'espace de trois ans, mais George disait qu'il n'en avait rien à cirer, que la terre finissait toujours par payer, au bout du compte. Tels étaient les propos qu'il tenait, et sa petite famille les crut ; elle croyait en lui et ils travaillèrent dur, tous les trois. Il disait : *Vous allez vous coller*

1. Environ 8 000 mètres carrés. *(N.d.T.)*

l'épaule à c'te roue et me pousser c'te salope, et me la pousser dur, pas'qu'elle va pas bouger tout'seule... et c'est ce qu'ils firent.

A cette époque, la mère de Maddie tenait encore un éventaire sur la route d'East Head, et les touristes se bousculaient pour acheter les légumes qu'elle faisait elle-même pousser (ceux que George, cela va de soi, lui avait dit de faire pousser), et s'ils ne furent jamais exactement ce que sa mère appelait « la famille Gotrock », ils s'en sortaient bien. Même les années où la pêche au homard était mauvaise et où ils devaient piocher dans leurs maigres économies pour payer l'emprunt qu'avait nécessité l'achat de Pop Cook's Land, ils s'en sortaient.

Jack Pace avait un caractère moins emporté que celui de George Sullivan, mais sa patience n'en avait pas moins des limites assez vite atteintes. Maddie soupçonnait qu'il pourrait avoir recours à ce que l'on appelait parfois des corrections domestiques – un bras tordu pour un repas qui ne serait pas prêt à temps, voire une claque ou même une grêle de coups, un jour ou l'autre ; quand le bouton de rose serait en fleur, si l'on peut dire. Il y avait même quelque chose en elle qui semblait presque attendre avec impatience ce genre de comportement. Les journaux féminins prétendaient bien que l'époque où les hommes régnaient en maîtres dans les couples était révolue, et que ceux qui portaient la main sur leur épouse devaient être arrêtés pour brutalités, même si l'homme en question était le mari le plus légitime du monde. Maddie lisait parfois des articles de ce genre au salon de coiffure ; à son avis, les femmes qui les écrivaient ne devaient même pas imaginer qu'existaient des endroits comme Little Tall Island. Little Tall Island avait bien son écrivain de sexe féminin – Selena

St. George –, mais celle-ci s'intéressait essentiellement à la politique et n'était revenue qu'une seule fois sur l'île, depuis qu'elle en était partie, à l'occasion d'un repas de Thanksgiving.

« Je n'ai pas envie de passer ma vie à pêcher le homard, Maddie », lui déclara Jack quelques jours avant leur mariage ; elle le crut. Une année avant, lorsqu'il lui avait demandé sa main (elle avait répondu oui presque avant qu'il ait fini sa phrase et elle avait rougi jusqu'à la racine des cheveux en prenant conscience de la précipitation dont elle avait fait preuve), il aurait dit : « J'ai pas envie d'passer ma vie à pêcher le homard. » Un mince changement... mais un monde de différence. Il avait suivi les cours du soir, trois fois par semaine, faisant la traversée sur ce vieux rafiot d'*Island Princess*. Il avait beau être recru de fatigue, après une journée à tirer les casiers de l'eau, il s'y rendait tout de même, ne s'arrêtant chez lui que le temps de prendre une douche pour se débarrasser de la forte odeur du homard, puis d'avaler deux cachets d'amphétamines avec un café bien chaud. Au bout d'un moment, quand elle vit qu'il était sérieux, Maddie prit l'habitude de lui préparer une Thermos de soupe qu'il buvait sur le ferry ; sans quoi il n'aurait rien pris, sinon un de ces horribles hot-dogs rouges qu'on vendait au bar du *Princess*.

Elle se souvenait de ses moments d'angoisse, devant les soupes en boîte de l'épicerie – il en existait tellement de variétés ! La soupe à la tomate lui plairait-elle ? Certaines personnes ne l'aiment pas, même si on la prépare avec du lait au lieu de l'eau. La soupe de légumes ? La soupe à la dinde ? Le velouté au poulet ? Elle se sentait impuissante en parcourant des yeux le présentoir, et cela faisait presque dix minutes qu'elle hésitait lorsque Charlene Nedeau lui demanda si elle pouvait l'aider – sauf que ce fut sur un ton qui laissait percer un certain sarcasme, tel que Maddie se douta qu'elle allait raconter l'incident demain à ses camarades de classe, au lycée, et que toutes les filles se mettraient à pouffer, dans le vestiaire, sachant très bien ce qui allait de travers chez elle – cette pauvre petite souris de Maddie Sullivan, incapable de faire son choix entre deux boîtes de soupe ! Qu'elle ait pu se décider à accepter la proposition en mariage de Jack Pace, voilà qui restait un profond mystère, à leurs yeux... Evidemment, elles ne savaient rien de l'histoire de la roue qu'il faut trouver, et de la nécessité, une fois cette première étape franchie, d'avoir quelqu'un pour vous dire quand il faut peser dessus et vers où pousser, exactement, ce foutu machin.

Maddie avait quitté le magasin sans prendre de soupe, affligée des élancements d'une migraine.

Lorsqu'elle avait eu le courage de demander à Jack quelle était sa soupe préférée, il lui avait répondu : « Nouilles et poulet. Celle qu'on trouve en boîte. »

En aimait-il d'autres ?

La réponse fut non – rien que la préparation nouilles et poulet, celle qu'on trouve en boîte. Telle était la soupe dont Jack Pace avait besoin dans la vie, et telle était la réponse (sur cette question précise) dont Maddie avait besoin dans la sienne. Le pas léger et le cœur joyeux, Maddie avait escaladé les marches gauchies du magasin, le lendemain, et acheté les quatre boîtes de soupe nouilles et poulet qui se trouvaient sur l'étagère. Lorsqu'elle demanda à Bob Nedeau s'il en avait d'autres, l'épicier lui répondit qu'il lui en restait un *foutu carton plein* dans l'arrière-boutique.

Elle acheta donc le carton, ce qui le sidéra au point qu'il porta le carton jusqu'au pick-up et en oublia de lui demander pour quelle raison elle en voulait autant – faute tactique que ses fouineuses d'épouse et de fille se chargèrent de lui reprocher amèrement le soir même.

« Tu peux me croire, et t'as pas intérêt à oublier, avait dit Jack peu de temps avant qu'ils n'échangent les alliances (elle l'avait cru et n'avait pas oublié). Je veux être autre chose qu'un pêcheur de homards. Mon père raconte que je suis un bâton merdeux. Que si relever des casiers était assez bon pour son père, son grand-père et toute la ribambelle en remontant jusqu'à leur foutu jardin d'Eden, à l'en croire, c'est encore assez bon pour moi. Mais c'est pas vrai. Je veux dire, *ce n'est pas* vrai. Moi, je vais faire mieux. » Son regard se fixa sur elle ; il avait une expression sévère et pleine de résolution, mais on y lisait aussi de l'amour, ainsi que de l'espoir et de la confiance. « Je veux être autre chose qu'un pêcheur de homards, et je veux que tu sois autre chose que la femme d'un pêcheur de homards. Tu auras ta maison sur le continent.

– Oui, Jack.

– Et ce n'est pas une cochonnerie de Chevrolet que j'aurai. (Il prit une profonde inspiration et saisit les mains de la jeune fille dans ses grosses pattes.) Non, j'aurai une Oldsmobile. »

Il la regarda dans les yeux, comme s'il la mettait au défi de rire, devant une ambition aussi follement démesurée. Elle ne fit évidemment rien de tel, se contentant de répondre « Oui, Jack » pour la troisième ou quatrième fois de la soirée. Elle lui avait répondu ainsi des milliers de fois pendant l'année où il lui avait fait sa cour, et elle s'attendait tout naturellement à le répéter un million de fois avant que la mort ne mette un terme à leur mariage en prenant l'un d'eux – ou, mieux, en les prenant ensemble. *Oui, Jack...* Avait-il existé deux mots, dans l'histoire du monde qui, mis ensemble, avaient produit une aussi douce musique ?

« Je veux être plus qu'un vulgaire pêcheur de homards, mon père peut penser ce qu'il veut et rire tant qu'il voudra, j'y arriverai, et tu sais qui va m'aider ?

– Oui, avait calmement répondu Maddie. Moi. »

Il avait ri et l'avait prise dans ses bras. « T'es un sacré numéro, mon p'tit cœur. »

Et ils s'étaient donc mariés, comme on dit d'habitude dans les contes de fées. Pour Maddie, les premiers mois qui avaient suivi leurs épousailles – période pendant laquelle on les accueillait presque partout aux cris joyeux de « V'là les nouveaux mariés ! » – furent un véritable conte de fées. Jack était là pour la soutenir, Jack était là pour l'aider à prendre des décisions, et c'était un rêve. Le choix domestique le plus difficile qu'elle eut à faire au cours de cette première année fut celui des rideaux à poser dans la salle de séjour : il y en avait tellement dans le catalogue ! Sans compter qu'elle ne pouvait certainement pas compter sur sa mère pour l'aider. Celle-ci avait le plus grand mal à choisir entre différentes marques de papier-toilette.

Sinon, cette année avait été placée sous le signe de la joie et de la sécurité – la joie d'aimer Jack dans leur lit profond quand le vent d'hiver éraflait l'île comme la lame d'un couteau à pain frotte sur la planche à découper, la sécurité d'avoir Jack pour lui dire ce qu'ils voulaient et comment ils l'obtiendraient. Faire l'amour était délicieux – si délicieux qu'il lui arrivait parfois de se sentir les genoux flageolants et toute retournée quand elle pensait à lui, durant la journée – mais elle trouvait encore plus merveilleux sa façon de savoir les choses et la confiance croissante qu'elle avait en lui.

Jusque-là, tout s'était déroulé comme dans un conte de fées, pas de doute là-dessus.

Sur quoi, Jack mourut et les choses commencèrent à devenir étranges. Pas seulement pour Maddie.

Pour tout le monde.

Juste avant que le monde ne se transforme en un cauchemar incompréhensible, Maddie découvrit qu'elle était enceinte, ou, pour employer l'abréviation qui avait la faveur de sa mère, *preg* – mot abrupt qui rappelait le bruit que l'on produisait en se raclant une bonne quantité de morve au fond de la gorge (c'était l'impression, du moins, qu'elle avait toujours ressentie). A ce moment-là, Jack et elle venaient de déménager pour habiter près des Pulsifer, sur l'île de Gennesault (connue sous le nom simplifié de « Jenny » par ses habitants et ceux de Little Tall Island toute proche).

Elle avait subi l'un de ses débats intérieurs angoissants, lorsqu'elle n'avait pas eu ses règles pour la deuxième fois ; après quatre nuits sans sommeil, elle avait tout de même pris rendez-vous avec le Dr McElwain, sur le continent. Rétrospectivement, elle en fut heureuse. Si elle avait attendu quatre semaines de plus la venue de ses règles, Jack n'aurait pas eu ce seul mois de joie à l'idée d'être père, et elle n'aurait pas connu les attentions et les gentillesses qu'il ne cessa d'avoir dès lors pour elle.

Oui, rétrospectivement – maintenant qu'elle faisait front, qu'elle *s'en sortait* –, son indécision lui paraissait ridicule, mais tout au fond d'elle-même, elle n'ignorait pas qu'il lui avait fallu un courage fabuleux pour surmonter cette épreuve. Elle aurait voulu être plus nauséeuse, le matin, afin de se sentir sûre ; elle regrettait que l'envie de vomir ne l'ait pas tirée de ses rêves. Elle prit rendez-vous pendant que Jack était au travail, se rendit chez le médecin également pendant une sortie de pêche, mais il n'y avait aucun moyen d'embarquer en cachette sur le ferry conduisant sur le continent ; trop de personnes, d'une île ou de l'autre, vous voyaient forcément, et quelqu'un mentionnerait en passant, s'adressant à Jack, qu'il avait justement vu sa femme sur le *Princess*, l'autre jour ; Jack voudrait savoir ce qu'il en était, et si jamais elle s'était trompée, il la prendrait pour une cruche.

Mais elle ne s'était pas trompée. Elle était enceinte (et peu importait ce mot qui ressemblait au raclement de gorge d'un catarrheux), et Jack Pace avait bénéficié d'exactement vingt-sept jours pour rêver à son futur enfant avant qu'une mauvaise vague ne l'emporte et ne le jette par-dessus bord. La chose était arrivée sur le *Lady Love*, le homardier qu'il avait hérité de son oncle Mike. Jack savait nager et avait refait surface comme un bouchon, lui avait raconté son coéquipier Dave Eamons ; mais à ce moment-là, une deuxième grosse vague était arrivée et avait jeté le bateau directement sur lui. Dave, déjà navré d'avoir à faire ce récit, n'avait rien voulu ajouter, mais Maddie était née sur une île et avait grandi dans un monde de pêcheurs : c'est tout juste si elle n'entendit pas le choc sourd de la quille du bateau au nom perfide écrasant le crâne de son époux, faisant jaillir le sang et les cheveux, cassant les os et entaillant même peut-être cette partie de son cerveau qui lui avait si souvent fait répéter son nom au plus profond de la nuit, quand il venait à elle.

Habillé d'une lourde parka à capuchon, d'un pantalon matelassé de duvet et de bottes, Jack Pace avait coulé comme une pierre. On avait enterré un cercueil vide dans le petit cimetière, au nord de Jenny Island, et le révérend Johnson (sur Jenny comme Little Tall Island, vous aviez le choix, en matière de religion : être un méthodiste ou être un méthodiste déchu) avait dit une messe devant ce cercueil vide, comme il l'avait déjà souvent fait. Le service religieux terminé, à vingt-deux ans, Maddie s'était retrouvée veuve avec un polichinelle dans le tiroir et personne pour lui dire où se trouvait la roue, et encore moins où placer son épaule et pendant combien de temps pousser.

Elle avait tout d'abord envisagé de retourner à Little Tall Island, chez sa mère, pour attendre l'accouchement, mais l'année passée avec Jack avait un peu élargi ses perspectives et elle n'ignorait pas que Mrs Sullivan était aussi perdue, sinon davantage, qu'elle l'était elle-même, si bien qu'elle se demanda si retourner chez elle était bien la bonne solution.

« Maddie, ne cessait de lui répéter Jack (s'il était mort dans le monde, il ne l'était pas, semblait-il, à l'intérieur de la tête de sa veuve ; là, il était aussi vivant que peut l'être un mort... du moins était-ce ce qu'elle avait alors pensé), Maddie, la seule chose à laquelle tu arriveras jamais à te décider, c'est à ne pas décider. »

Sa mère, donc, ne valait guère mieux : au téléphone, Maddie attendit, espérant qu'elle lui proposerait au moins de revenir à la maison, mais Mrs Sullivan était incapable de proposer quoi que ce soit à toute personne de plus de dix ans. « Tu devrais peut-être revenir ici », avait-elle une fois avancé timidement. Mais Maddie n'aurait su dire si cela signifiait *Reviens à la maison, je t'en prie,* ou bien *Ne prends pas au sérieux une offre qui n'a été faite que pour la forme.* Elle passa de longues nuits d'insomnie à essayer de tirer une conclusion de la phrase sibylline, ne réussissant, en fin de compte, qu'à augmenter sa confusion.

Elle décida finalement de voir si le monde allait vivre ou mourir.

Et s'il vivait, elle attendrait la venue du bébé.

Et voici qu'après une vie d'obéissance passive et de vagues résolutions qui se dissolvaient en général comme rêves au réveil, elle faisait enfin face. Elle se rendait compte que cela tenait, en partie, à l'effet de coup de massue de deux chocs massifs : le premier, la mort de son mari, le second, l'une des dernières émissions de télé captées par la parabole dernier cri des Pulsifer. Un jeune homme horrifié, enrôlé de force comme journaliste à CNN, était venu expliquer qu'on avait la certitude que le Président des Etats-Unis, son épouse, le secrétaire d'Etat, un sénateur de l'Oregon et l'émir du Koweït avaient été dévorés vivants, à la Maison-Blanche, par des zombies.

« Je dois vous répéter cette information », avait ajouté le reporter malgré lui, tandis que les manifestations de son acné brillaient à son front et à son menton comme autant de stigmates. Ses lèvres et ses joues s'étaient mises à tressaillir, ses mains s'agitaient spasmodiquement. « Je disais donc qu'un groupe de cadavres vient de se régaler du Président, de sa femme et de toute une ribambelle de gros bonnets rassemblés à la Maison-Blanche pour un dîner officiel où il y avait du saumon poché au menu. » Sur quoi, le jeune homme était parti d'un rire dément, accompagné de cris indistincts poussés à pleins poumons. Il avait finalement bondi hors cadre, laissant vide, pour la première fois depuis que Maddie regardait cette chaîne, un fauteuil de présentateur. Consternés, sans voix, elle et les Pulsifer virent disparaître le décor du plateau, remplacé par une annonce pour les disques de Boxcar Willie –

collection stupéfiante qui n'était pas disponible en magasin mais qu'on pouvait se procurer en composant le numéro vert apparaissant à l'écran. L'un des crayons de couleur du petit Cheyne Pulsifer se trouvait à portée de la main de Maddie, sur la table basse près de laquelle elle était assise ; prise d'une impulsion inexplicable, elle le prit et recopia le numéro sur un bout de papier avant que Mr Pulsifer ne se lève pour couper la télé, sans dire un mot.

Maddie leur souhaita une bonne nuit et les remercia pour la soirée télé et leur Jiffy Pop.

« Tu es sûre que tout ira bien, Maddie, ma chérie ? » lui demanda Candi Pulsifer – au moins pour la cinquième fois de la soirée. Elle répondit que oui, également pour la cinquième fois, qu'elle tenait le coup, et Candi dit qu'elle le savait bien, mais qu'elle pouvait dormir, si elle le voulait, dans la chambre du premier ayant été autrefois celle de Bryan. Maddie serra Candi dans ses bras, l'embrassa sur la joue et refusa de la manière la plus courtoise qu'elle put trouver ; on la laissa alors se retirer. Elle avait parcouru, sous les rafales de vent, le demi-mile qui la séparait de sa maison et se trouvait dans la cuisine, lorsqu'elle prit conscience qu'elle tenait encore à la main le bout de papier sur lequel elle avait griffonné le numéro vert. Elle le composa, mais en vain. Aucune voix enregistrée ne vint lui dire que le numéro était actuellement saturé, ou bien qu'il n'était plus en service ; aucun bruit de sirène signalant une coupure de ligne ; pas de bips, pas de cliquetis, rien. Rien qu'un silence lisse. C'est alors que Maddie sut avec certitude que la fin était ou arrivée, ou bien très proche. Lorsqu'on ne peut plus appeler un numéro vert pour commander un coffret de Boxcar Willie – ces coffrets qui ne se trouvent pas en magasin –, quand pour la première fois, de mémoire d'homme, il n'y a pas l'ombre d'un standardiste pour décrocher dans ce service, une seule conclusion s'impose : c'est la fin du monde.

Elle posa la main sur l'arrondi de son ventre après avoir raccroché le téléphone mural et parla à voix haute, sans s'en rendre compte. « Ça sera un accouchement à domicile. Mais ce n'est pas un problème, du moment que tu te tiendras prêt et que je me tiendrai prête, mon petit. Il faut simplement se rappeler qu'il n'y a pas d'autre solution. Il faut que ce soit un accouchement à domicile. »

Elle attendit d'être envahie par la peur, mais rien ne vint.

« Je peux parfaitement m'en sortir toute seule », ajouta-t-elle. Cette fois, elle entendit sa voix et son ton déterminé la rassura.

Un bébé.

Quand le bébé arrivera, la fin du monde cessera.

« Eden », murmura-t-elle avec un sourire. Un sourire plein de douceur, un sourire de madone. Peu importait combien de cadavres pourrissants (et celui de Boxcar Willie pouvait bien se trouver parmi eux, pour ce qu'elle en savait) semaient la terreur à la surface de la planète.

Elle allait avoir un bébé, elle accoucherait à la maison, et l'éventualité de l'Eden demeurerait.

Les premiers rapports étaient venus d'un hameau australien aux limites du désert et portant le nom mémorable de Fiddle Dee. Le nom de la première ville américaine ayant signalé les premiers cas de morts-vivants était peut-être tout aussi mémorable : Thumper[1], en Floride. Le premier article parut dans la feuille de chou à sensation préférée des supermarchés du pays, *Inside View.*

DES MORTS-VIVANTS DANS UNE PETITE VILLE DE FLORIDE ! proclamait le titre. Le texte commençait par un résumé du film *La Nuit des morts-vivants,* que Maddie n'avait jamais vu et en mentionnait un autre – *Macumba Love* – qu'elle ne connaissait pas davantage. Trois photos accompagnaient l'article. L'une d'elles était tirée du premier film ; on y voyait ce qui paraissait être un groupe d'évadés d'un asile de fous approchant, de nuit, d'un bâtiment de ferme. La deuxième provenait de *Macumba Love* et montrait une blonde en bikini dont le haut semblait contenir deux citrouilles dignes d'un premier prix de concours agricole. La femme levait les bras et hurlait de terreur à la vue de ce qui était quelque chose comme un homme noir et masqué. Le troisième cliché, prétendait le journal, provenait de Thumper. C'était l'image floue et granuleuse d'une personne de sexe indéterminé se tenant dans une arcade de jeux vidéo. L'article la décrivait comme « enroulée dans le linceul du tombeau », mais il pouvait tout aussi bien s'agir d'un drap sale.

Pas de quoi fouetter un chat. UN ENFANT DE CHŒUR VIOLÉ PAR L'ABOMINABLE HOMME DES BOIS la semaine dernière, les morts revenant à la vie cette semaine-ci, le nain meurtrier en série la semaine prochaine.

Pas de quoi fouetter un chat, jusqu'au moment où ils commencèrent à se manifester ailleurs. Pas de quoi fouetter un chat, jusqu'à ce que soient présentées les premières images à la télé (« Il serait peut-être bon de demander à vos enfants de quitter la pièce », avait

1. « Mahous. » *(N.d.T.)*

annoncé auparavant Tom Brokaw d'un ton grave) des monstres en pleine décomposition, les os crevant leur peau desséchée, des victimes d'accidents de la circulation dont le maquillage d'embaumement avait coulé, si bien qu'on voyait leur visage déchiqueté, leur crâne enfoncé, des femmes avec les cheveux transformés en amas boueux comme des termitières dans lesquels grouillaient vers et asticots, la figure tour à tour vide de toute expression et trahissant une sorte d'intelligence calculatrice et bornée. Pas de quoi fouetter un chat, jusqu'à ce que paraissent les premières photos, horribles, dans *People* : la revue avait été vendue scellée, avec sur l'enveloppe un autocollant sur lequel on lisait : VENTE INTERDITE AUX MINEURS.

Les chats à fouetter, alors, ne manquèrent pas.

Lorsqu'on voyait un homme à demi putréfié, portant encore les restes couverts de terre du costume de chez Brooks Brothers dans lequel on l'avait enterré, broyer la gorge d'une femme hurlant habillée d'un T-shirt proclamant PROPERTY OF THE HOUSTON OILERS, on comprenait soudain que les chats en question avaient même la taille de tigres.

C'est alors qu'avaient commencé les accusations et les bruits de sabre et pendant trois semaines, l'attention de la planète s'était trouvée détournée des créatures s'échappant de leur tombe comme autant de papillons monstrueux s'extrayant de leur chrysalide tératologique, par le spectacle des deux grandes superpuissances nucléaires lancées chacune sur une trajectoire qui, semblait-il, ne pouvait s'achever que par une collision.

Il n'y avait pas de zombies aux Etats-Unis, déclarèrent les commentateurs de la télévision officielle chinoise ; il s'agissait d'un mensonge, destiné à camoufler un crime impardonnable de guerre chimique perpétré contre la République populaire de Chine, une version encore plus épouvantable (et, cette fois-ci, délibérée) de ce qui était arrivé à Bhopāl, en Inde. Il y aurait des représailles, si les camarades morts qui sortaient de leur tombe n'y retournaient pas sagement dans les dix jours suivants. Tous les diplomates américains furent priés de décamper, et il y eut plusieurs incidents où l'on vit des touristes américains battus à mort.

Le Président (lequel n'allait pas tarder à figurer lui-même au menu des zombies) réagit en poêle qui se moque du poêlon – objet auquel il commençait par ressembler, ayant pris une vingtaine de kilos depuis sa réélection. « Le gouvernement du pays, déclara-t-il au peuple américain, possède la preuve indiscutable que les seuls morts-vivants de Chine ont été lâchés volontairement et le Grand Panda peut bien, avec ses yeux bridés, venir nous raconter qu'ils ont plus de huit mille cadavres battant la campagne à la recherche de la forme ultime de collectivisme, nous, nous avons la preuve formelle qu'ils sont moins de quarante. Ce sont les Chinois qui ont commis une agression – une agression haineuse – de guerre chimique, en faisant revenir à la vie de bons Américains n'ayant qu'une seule pulsion, consommer d'autres bons Américains ; et si ces Américains, dont certains étaient même autrefois de bons démocrates, n'ont pas la décence de regagner leur tombe dans les cinq jours, la Chine communiste va se trouver transformée en un vaste champ de ruines. »

Le NORAD en était au stade d'alerte 2, lorsqu'un astronome britannique du nom de Humphrey Dagbolt repéra le satellite. Ou le vaisseau spatial. Ou la créature. Ou comme on voudra nommer la chose. Dagbolt n'était qu'un simple astronome amateur de l'ouest de l'Angleterre – monsieur Tout-le-Monde, en somme – et pourtant on peut dire qu'il a très certainement épargné à la planète un échange thermonucléaire d'envergure, sinon une guerre atomique totale. Dans l'ensemble, du bon boulot pour un type affligé d'une scoliose et d'un psoriasis tenace.

Tout d'abord, les deux systèmes politiques face à face semblèrent ne pas vouloir croire ce que Dagbolt avait découvert, même lorsque l'Observatoire royal de Londres confirma l'authenticité de ses clichés et de ses informations. Néanmoins, les silos à missiles finirent par se refermer tandis que tous les télescopes de la planète se braquaient, presque à contrecœur, sur l'étoile Absinthe.

La mission spatiale conjointe sino-américaine partie explorer le malencontreux astre nouveau venu décolla de Chine moins de trois semaines après la parution des premières photographies dans le *Guardian*, et l'astronome amateur le plus populaire de la planète, en dépit de sa scoliose et de tout le reste, se trouvait à bord. A la vérité, il aurait été difficile de ne pas faire figurer Dagbolt parmi les membres de la mission ; il était un héros universel, l'Anglais le plus célèbre sur terre depuis Winston Churchill. Lorsqu'un journaliste lui demanda, la veille du décollage, s'il n'avait pas peur, Dagbolt avait lancé le hennissement caractéristique et curieusement attendrissant qui lui servait de rire, et s'était frotté l'arête du nez – qu'il avait fort proéminent – avant de s'exclamer : « Peur ? Mais je suis pétrifié de frousse, mon cher garçon, littéralement pé-trifié ! »

La suite confirma qu'il avait toutes les raisons de l'être.

Lui et les autres.

Les trois gouvernements impliqués considérèrent les dernières soixante et une secondes de la retransmission parvenues du *Xiaoping-Truman* comme trop épouvantables pour être rendues publiques, si bien qu'aucun communiqué officiel ne fut jamais publié. Ça n'avait évidemment aucune importance. Près de vingt mille opérateurs pirates avaient suivi les évolutions du vaisseau et capté ses signaux, et il semblait qu'au moins dix-neuf mille d'entre eux avaient enregistré ce qui s'était passé au moment où celui-ci avait été – il n'y a vraiment pas d'autre mot – envahi.

Voix chinoise : Des vers ! On dirait une énorme boule de...

Voix américaine : Bon Dieu ! Regardez ça ! Ils se jettent sur nous !

Dagbolt : Il se produit une sorte d'extrusion. Le hublot côté bâbord est...

Voix chinoise : Rupture ! rupture ! A vos tenues, les amis ! (Brouhaha indéchiffrable.)

Voix américaine : ... et on dirait qu'ils avancent en mangeant le... les...

Voix de femme chinoise : Oh, arrêtez ! Arrêtez les yeux... (Bruit d'explosion.)

Dagbolt : Il vient de se produire une explosion par décompression. Je vois trois... euh, quatre morts, et il y a des vers... des vers partout.

Voix américaine : Abaissez vos visières ! Vos visières ! (Hurlements.)

Voix chinoise : Où est ma maman ? Ô mon Dieu, où est maman ?

(Nouveaux hurlements ; bruits de suçotement d'un vieillard édenté avalant de la purée.)

Dagbolt : La cabine est pleine de vers... ou de choses qui ressemblent à des vers... autrement dit, ce sont réellement des vers, c'est ce qu'on finit par croire, qui ont pénétré ici par extrusion à partir du satellite principal... ce qu'on a pris pour un satellite... La cabine est pleine de fragments de corps flottants... Apparemment les vers de l'espace sécrètent une sorte d'acide...

(A ce moment-là, les fusées d'appoint s'allumèrent pendant 7,2 secondes. Il s'agissait peut-être d'une tentative pour s'enfuir, ou bien pour éperonner l'objet central. Quoi qu'il en soit, la manœuvre échoua. Il semble que les chambres de combustion aient été elles-mêmes obstruées par les vers et que le capitaine Lin Yang – ou l'officier encore en mesure d'opérer à cet instant – ait considéré que l'explosion des réservoirs de carburant était en conséquence imminente ; d'où l'arrêt de la combustion.)

Voix américaine : Oh, bordel ! ils sont dans ma tête ils me bouffent la cerv...

(Chuintements d'électricité statique.)

Dagbolt : Je crois que la prudence m'engage à faire une retraite stratégique jusqu'au compartiment de réserve ; le reste de l'équipage est mort. C'est indiscutable. Quelle pitié... Tous des braves... même ce gros Américain qui n'arrêtait pas de se curer le nez. Mais en un certain sens, je ne pense pas que...

(Chuintements.)

Dagbolt : ... morts après tout, parce que je viens de voir Ching-Ling Soong – ou pour être plus précis, la tête de Ching-Ling Soong – passer à côté de moi ; elle avait les yeux grands ouverts et cillait. Il m'a semblé qu'elle me reconnaissait et que...

(Chuintements.)

Dagbolt : ... vous gardent...

(Explosion, chuintements.)

Dagbolt : ... autour de moi. Je répète, tout autour de moi. Des choses qui grouillent. Elles... Je veux dire, est-ce que quelqu'un sait si...

(Dagbolt, hurlant et jurant, puis hurlant seulement. Bruits de mastication, de nouveau, d'un vieillard sans dents.)

(Fin de la retransmission.)

Le *Xiaoping-Truman* explosa trois secondes plus tard. L'extrusion de la boule grossière surnommée l'étoile Absinthe fut observée par plus de trois cents télescopes terrestres pendant le bref et pitoyable affrontement. Au moment où débutèrent les soixante et une secondes de transmission, quelque chose commença à obscurcir les formes du vaisseau, et on aurait bien dit des vers, effectivement. A la fin de la transmission, le vaisseau avait entièrement disparu ; on ne distinguait plus que la masse grouillante qui s'y était attachée. Quelques instants après l'explosion finale, un satellite météo prit une seule photo des débris flottants, dont certains étaient presque certainement des fragments de vers. Il fut beaucoup plus facile d'identifier la jambe coupée qui flottait au milieu, prise dans une tenue spatiale chinoise.

Et d'une certaine manière, tout ça n'avait pas d'importance. Les savants et les politiciens des deux pays savaient exactement où se trouvait l'étoile Absinthe : au-dessus du trou, en voie d'expansion, dans la couche d'ozone. Elle envoyait quelque chose de là, mais sûrement pas des roses par Interflora.

On essaya les missiles. L'étoile Absinthe n'eut aucun mal à s'écarter de leur trajectoire et à reprendre sa place aussitôt après.

Sur la télé assistée par satellite des Pulsifer, on voyait toujours davantage de morts sortir de leur tombe et marcher, mais il s'était produit un changement crucial. Au début, les zombies s'étaient contentés de mordre les vivants qui s'approchaient trop près d'eux, mais au cours des semaines qui précédèrent le moment où le Sony haut de gamme des Pulsifer ne fut plus qu'un écran neigeux, les morts se mirent à vouloir venir s'installer auprès des vivants.

Ils s'étaient sans doute rendu compte qu'ils aimaient beaucoup ce qu'ils mordaient.

L'ultime effort pour détruire la chose fut le fait des Etats-Unis. Le Président approuva une tentative de destruction de l'étoile Absinthe à l'aide d'ogives nucléaires en orbite, faisant passer par pertes et profits ses précédentes affirmations, à savoir que les Etats-Unis n'avaient aucune charge nucléaire satellisée et n'en auraient jamais. Personne n'eut d'ailleurs le mauvais goût de les lui rappeler. Les gens étaient probablement trop occupés à prier pour la réussite de l'entreprise.

L'idée était bonne, en théorie ; dans la pratique, il s'avéra que pas une seule charge lancée par les missiles en orbite n'explosa. Au total, cela fit vingt-quatre échecs.

Ah, la technologie moderne...

Puis, après tous ces bouleversements tant terrestres que célestes, il y eut l'affaire du petit cimetière, là même, sur Jenny Island. Mais cela non plus ne parut pas beaucoup compter pour Maddie car, après tout, cela ne la concernait pas. Alors que la fin de la civilisation était manifestement imminente et que l'île se trouvait coupée – *grâce à Dieu coupée,* de l'avis de ses habitants – du reste du monde, les anciennes façons de procéder s'étaient de nouveau imposées, sans tapage, mais avec une force irrésistible. Personne n'ignorait plus ce qui allait se produire ; la seule question était : quand ? Avec son corollaire, être prêt à ce moment-là.

Les femmes furent exclues.

Il revint à Bob Daggett, bien entendu, d'établir les tours de garde. Rien n'était plus logique, car Bob était le maire de Jenny depuis un bon millénaire. Le lendemain de la mort du Président (l'hypothèse que lui et la Première Dame, à l'heure actuelle, se promenaient peut-être dans les rues de Washington, inconscients, rongeant des membres humains comme on ronge un pilon de poulet pendant un pique-nique, ne fut pas mentionnée ; c'était plus qu'on n'aurait pu en supporter, même si ce saligaud et sa blonde étaient démocrates), Bob Daggett convoqua, sans doute pour la première fois depuis la guerre de Sécession, le premier conseil municipal auquel aucune femme n'était présente. Maddie pas plus que les autres, mais elle en eut des échos ; Dave Eamons lui rapporta tout ce qu'il fallait savoir.

« Les gars, commença Bob, vous savez tous quelle est la situation. » Il était aussi jaune qu'un coing et tout le monde avait présent à l'esprit que sa fille, celle qui vivait sur l'île, n'était que l'une des quatre qu'il avait. Les autres se trouvaient ailleurs – autrement dit, sur le continent.

Cependant, si l'on y regardait de près, nom d'un chien, ils avaient tous des parents sur le continent.

« Nous avons notre cimetière, ici, sur Jenny, continua Bob, et jusqu'à présent, il ne s'y est rien passé, mais ça ne veut pas dire qu'il ne va rien s'y passer. Y a des tas d'endroits où il ne s'est encore rien passé... mais on dirait bien qu'une fois que ça commence, les choses se mettent à mal tourner bougrement vite. »

Il y eut un grave murmure d'approbation de la part des hommes rassemblés dans la salle de gymnastique du collège, seul local assez vaste pour les accueillir tous. Tous, c'est-à-dire environ soixante-dix hommes dont le plus jeune, Johnny Crane, avait dix-huit ans, et le plus âgé, Frank, qui portait un œil de verre, chiquait du tabac, et était accessoirement le grand-oncle de Bob, en comptait quatre-vingts. Aucun crachoir n'était prévu dans le gymnase, et Frank avait donc apporté le sien sous la forme d'un ancien pot à mayonnaise dans lequel il expédia une giclée brunâtre.

« C'est pas la peine de tourner autour du pot, Bobby, dit-il. T'es pas en campagne électorale et c'est pas le moment de gaspiller du temps. »

Il y eut un nouveau murmure d'acquiescement et Bob Daggett rougit. Son grand-oncle avait le don de toujours le faire passer pour un idiot et un type inefficace, et s'il y avait une chose au monde qu'il détestait davantage que de passer pour un crétin incapable, c'était bien de se faire appeler Bobby. Il était tout de même propriétaire, nom de Dieu ! Et c'était *lui* qui entretenait ce vieux chnoque, *lui* qui lui payait son tabac à chiquer !

Mais voilà, ce n'étaient pas des choses qu'il pouvait dire ; les yeux du vieux Frank, celui en verre comme l'autre, étaient comme deux éclats de silex.

« D'accord, répondit sèchement Bob. On y arrive. On a besoin de douze hommes par tour de garde. Je vais établir la liste d'ici une minute ; la durée des factions sera de quatre heures.

– Je peux monter la garde pendant foutrement plus longtemps que ça ! » s'écria Matt Arsenault. (Davey dit à Maddie, à l'issue de la réunion, que ce n'était pas un type qui vivait de l'Aide sociale comme Matt Arsenault qui se serait permis d'ouvrir sa grande gueule dans ce genre d'assemblée, si le vieux ne l'avait pas appelé Bobby devant tout le monde, comme s'il était un gamin et non pas à trois mois de son cinquantième anniversaire.)

« Peut-être ou peut-être pas, répliqua Bob, mais nous ne manquons pas de costauds, et il n'est pas question de s'endormir pendant qu'on est en sentinelle.

– Je risque pas de...

– Je n'ai pas parlé de *toi* », le coupa Bob ; mais ses yeux, fixés sur Matt Arsenault, pouvaient laisser croire que c'était à lui qu'il pensait. « Ça n'est pas un jeu de gosse. Assieds-toi et ferme-la. »

Matt Arsenault voulut ajouter quelque chose, mais il eut la bonne idée de regarder les autres (le vieux Frank Daggett y compris) et jugea préférable de garder ses réflexions pour lui.

« Si vous avez un fusil, amenez-le quand ce sera votre tour », poursuivit Bob. Il se sentait un peu mieux depuis qu'il avait remis Matt en place. « Sauf si c'est une carabine de 22, évidemment. Si vous n'avez rien de plus gros, venez chercher une arme ici.

– Je ne savais pas que l'école avait un arsenal, lança Cal Partridge, provoquant une vague de rires.

– Elle en a pas, mais elle va en avoir un. Parce que tous ceux d'entre vous qui ont plus d'un fusil plus gros qu'un 22 l'apporteront ici (il regarda John Wirley, le principal du collège). D'accord pour les entreposer dans votre bureau, John ? »

Wirley acquiesça. A côté de lui, le révérend Johnson se frottait machinalement les mains.

« Eh, ça fait chier ! s'écria Orrin Campbell. Moi, j'ai une femme et deux gosses, à la maison. Et tu voudrais que je les laisse sans rien pour se défendre tandis qu'une bande de cadavres viendraient en avance pour fêter Noël pendant que je monte la garde ?

– Si on fait bien notre boulot au cimetière, justement, ça n'arrivera pas, répondit Bob d'un ton sans réplique. Y en a parmi vous qui ont des armes de poing. Nous n'en voulons pas. Voyez quelles sont les femmes capables de s'en servir et donnez-leur les pistolets. On les regroupera.

– Elles pourront toujours jouer au loto », caqueta le vieux Frank. Bob lui-même sourit ; c'était comme ça qu'il préférait son tonton, nom de Dieu !

« La nuit, on mettra des camions autour pour avoir assez de lumière. » Il regarda dans la direction de Sonny Dotson, gérant de l'Amoco, la seule station-service de l'île. Le principal boulot de Sonny n'était pas de faire le plein des voitures et des camions – on avait vite fait le tour de l'île, bon sang, sur son unique route, et on pouvait faire le plein à dix *cents* de moins le gallon sur le continent –, mais celui des homardiers et des bateaux de plaisance qui venaient encombrer sa marina improvisée, l'été. « D'accord pour fournir l'essence, Sonny ?

– Je vais être payé ?

– T'auras sauvé ta peau, rétorqua Bob. Quand les choses reviendront à la normale – si jamais ça arrive –, on verra à arranger ça. »

Le pompiste regarda autour de lui, ne vit que des regards hostiles et haussa les épaules. (Il prit un air boudeur, mais en réalité, il paraissait plus déboussolé qu'autre chose, confia Davey à Maddie, le lendemain.)

« Je dois avoir dans les quatre cents gallons d'essence, et presque que du gasoil, dit-il.

– On a cinq générateurs sur l'île, intervint Burt Dorfman (lorsque ce dernier parlait, tout le monde écoutait ; en tant que seul et unique juif de l'île, il était considéré comme une créature à la fois chevaleresque et redoutable, un peu comme un oracle qui aurait raison une fois sur deux). Ils fonctionnent tous au gasoil.

Je peux brancher la lumière dessus, si c'est nécessaire. »

Il y eut des murmures bas. Si Burt disait qu'il pouvait le faire, cela devait être vrai. C'était un électricien juif et sur l'archipel, on avait le sentiment (jamais exprimé mais puissant) que les électriciens juifs étaient les meilleurs.

« On va éclairer ce foutu cimetière comme une scène de music-hall », dit Bob.

Andy Kingsbury se leva : « Aux informations, j'ai entendu dire que des fois, quand on leur tirait dessus dans la tête, ils continuaient à marcher.

– On a des tronçonneuses, répondit Bob de son ton sans réplique, et ceux qui ne resteront pas morts... eh bien, on fera en sorte qu'ils ne puissent pas aller bien loin. »

Et, mis à part l'établissement des tours de garde, ce fut à peu près tout pour ce soir-là.

Six journées et six nuits passèrent et les sentinelles de garde autour du petit cimetière de Jenny commencèrent à se sentir quelque peu idiotes (« Je me demande si je monte la garde ou si je suis pas en train de me branler », déclara Orrin Campbell à un groupe d'une douzaine d'hommes postés devant l'entrée du cimetière et occupés à jouer au poker menteur), précisément au moment où ça se produisit... mais alors, les choses allèrent vite.

Dave dit à Maddie qu'il entendit un bruit semblable au gémissement du vent dans la cheminée, par une nuit de tempête ; sur quoi la pierre tombale de la dernière demeure de Michael, le fils de Mr et de Mrs Fournier, mort à dix-sept ans d'une leucémie (une tragédie, le gosse étant leur seul enfant et eux des gens absolument charmants) –, la pierre tombale se renversa. Un instant plus tard, une main écorchée, portant encore une chevalière moussue aux armoiries de la Yarmouth Academy à l'annulaire, s'éleva du sol en repoussant l'herbe, en dépit de sa résistance. Le petit doigt se trouva arraché dans le processus.

Le sol se souleva (comme le ventre d'une femme enceinte sur le point de larguer le paquet, faillit dire Dave, qui se reprit juste à temps) comme une grosse vague s'engouffrant dans une crique étroite, puis le garçon s'assit sur son séant, sauf qu'il était complètement méconnaissable, après deux ans passés sous terre. De petits éclats de bois étaient restés fichés dans ce qui lui tenait lieu de visage, expliqua Dave, et il avait des lambeaux de satin bleu pris dans les cheveux. « Le garnissage du cercueil, précisa-t-il, les yeux baissés sur ses mains qu'il ne cessait de pétrir. Y a pas le moindre doute là-dessus. » Il marqua une pause et reprit : « Grâce au ciel, le père de Mike n'était pas de garde. »

Maddie avait acquiescé.

Les hommes présents, aussi morts de peur que révoltés, ouvrirent le feu sur le cadavre ranimé de l'ancien champion d'échecs du lycée, ancien deuxième base de l'équipe de base-ball, le réduisant en charpie. D'autres coups de feu, dans la panique, firent sauter des éclats de marbre de sa pierre tombale, et ce fut une chance que les hommes armés aient été regroupés au moment où commencèrent les festivités ; s'ils avaient été divisés en deux groupes, comme l'avait initialement prévu Bob Daggett, ils se seraient vraisemblablement entre-tués. Toujours est-il qu'aucun des insulaires ne fut blessé, même si, le lendemain, Bud Meechum constata la présence d'un trou hautement suspect dans la manche de sa chemise.

« C'est probablement rien d'autre qu'une ronce, pas

aut' chose, dit-il. C'est fou ce qu'il y en a dans ce coin de l'île, tu sais. » Personne ne s'avisa de le contredire, mais les traces noirâtres qui entouraient le trou firent penser à son épouse apeurée que la chemise avait été déchirée par une épine d'un calibre impressionnant.

Le petit Fournier s'écroula, certaines parties de son cadavre tressaillant encore... mais à ce moment-là, ce fut tout le cimetière qui parut se mettre à onduler, comme s'il y avait un tremblement de terre à cet endroit-là – et seulement à cet endroit, nulle part ailleurs.

Et tout ce cirque juste une heure avant le crépuscule.

Burt Dorfman avait branché une sirène sur une batterie de tracteur ; Bob Daggett la déclencha. En vingt minutes la plupart des hommes présents sur l'île se retrouvèrent au cimetière.

Encore une bonne chose, commenta Dave Eamons, car quelques macchabs faillirent bien réussir à s'échapper. Le vieux Frank Daggett, à qui il restait encore deux heures avant l'attaque cardiaque qui allait l'emporter au moment où l'excitation commença à retomber, organisa la répartition des nouveaux arrivants de manière qu'ils ne se tirent pas mutuellement dessus et, pendant les dix dernières minutes on se serait cru à Fort Alamo, et non dans un paisible cimetière insulaire. A la fin, la fumée de la poudre était tellement épaisse que certains s'étouffaient en la respirant, et l'odeur âcre des vomissures était encore plus puissante que celle de la cordite... plus aigre, aussi ; elle stagna longtemps.

Et néanmoins, il s'en trouva encore, parmi les plus frais, essentiellement, pour continuer à se tortiller comme des serpents à la colonne vertébrale cassée.

« Burt, demanda Frank Daggett, t'as bien tes tronçonneuses ?

– Ouais, je les ai », répondit-il. Sur quoi il laissa échapper un bruit prolongé, un peu comme le crissement d'une cigale creusant son trou dans de l'écorce ; c'était sa respiration, gorge sèche. Il n'arrivait pas à détacher les yeux des cadavres qui se contorsionnaient, des pierres tombales renversées, des trous béants d'où avaient surgi les morts. « Dans le camion.

– Le plein a été fait ? » Des veines bleues saillaient sur le crâne déplumé du vieux Frank.

« Ouais, dit Burt en portant la main à sa bouche. S'cusez-moi...

– Tu peux dégueuler tant que tu voudras, lui dit Frank d'un ton vif, mais que ça ne t'empêche pas d'aller nous les chercher. Toi aussi... et toi... et toi... et toi... »

Le dernier « et toi » s'adressait à son petit-neveu Bob.

« J'pourrai pas, oncle Frank », répondit Bob d'un ton écœuré. Autour de lui, cinq ou six de ses amis ou voisins s'étaient effondrés dans les hautes herbes ; non pas morts, mais évanouis. La plupart d'entre eux avaient vu un proche sortir de sa tombe. Buck Harness, celui qui gisait auprès d'un tremble, avait fait partie du peloton de tireurs qui avaient mis sa femme en pièces. Il avait perdu connaissance après avoir vu la cervelle putréfiée et grouillante de vers de celle dont il était veuf exploser en un magma grisâtre abominable. « J'pourrai pas, j'pour... »

La main de Frank, déformée par l'arthrite mais dure comme la pierre, le frappa en plein visage.

« Et moi je te dis que si, mon gars. »

Bob se joignit aux autres.

Frank Daggett les regarda s'éloigner, la mine sévère,

et se frotta la poitrine d'où avaient commencé à partir des élancements qui se prolongeaient jusqu'au coude de son bras gauche. Il était vieux mais pas idiot et il se doutait assez bien de ce que signifiaient ces douleurs.

« Il m'a dit qu'il pensait qu'il allait avoir une attaque, en se touchant la poitrine », continua Davey, posant la main sur le gonflement musculeux de son propre sein gauche.

Maddie acquiesça pour montrer qu'elle avait bien compris.

« Il a dit aussi que si quelque chose lui arrivait avant qu'on ait fini de nettoyer ce charnier, je devais prendre la direction des opérations avec Burt et Orrin. "Bobby est un bon garçon", qu'il a fait, "mais j'ai bien peur qu'il ait perdu ses couilles pour un moment... et tu sais, parfois, quand un homme perd ses couilles, elles ne reviennent pas." »

Maddie acquiesça de nouveau, débordante de gratitude à l'idée qu'elle n'était pas un homme.

« Alors, on l'a fait. On a nettoyé le charnier. »

Elle acquiesça pour la troisième fois, mais sans doute dut-elle laisser échapper un son, car Dave lui dit qu'il ne demandait qu'à arrêter, si elle ne pouvait pas supporter l'histoire ; il ne demandait même pas mieux.

« Je peux supporter ça, dit-elle d'un ton paisible. Tu serais même surpris de ce que je peux supporter, Dave. » Il lui jeta un bref regard inquisiteur, mais elle avait détourné les yeux avant qu'il ait eu le temps de lire le secret qu'ils contenaient.

Ce secret, personne sur l'île, en fait, ne le connaissait. Ainsi en avait décidé Maddie, et elle avait l'intention de s'en tenir à cette attitude. Peut-être y avait-il eu une période, alors qu'elle était sous l'effet du choc, où elle avait fait semblant de tenir le coup. Puis il était arrivé quelque chose qui lui avait fait réellement tenir le coup. Quatre jours avant que le cimetière de l'île ne vomisse ses cadavres, Maddie Pace s'était retrouvée devant ce choix très simple : tenir le coup ou mourir.

Elle était assise dans sa salle de séjour, buvant de ce vin de mûre qu'elle et Jack avaient préparé pendant le mois d'août de l'année précédente – époque qui lui paraissait maintenant incroyablement lointaine –, occupée à faire quelque chose de tellement banal que c'en était risible : elle tricotait de la layette. Plus précisément, des petits chaussons. Mais que faire d'autre ? Il semblait bien que personne ne fût à la veille de traverser le détroit pour aller faire un tour dans les magasins du centre commercial d'Ellsworth.

Quelque chose avait cogné contre sa fenêtre.

Sans doute une chauve-souris, avait-elle pensé en levant les yeux. Ses mains étaient cependant retombées sur ses genoux. Le quelque chose en question avait paru avoir été plus gros qu'une chauve-souris avant de battre précipitamment en retraite dans la nuit et le vent. La lampe à pétrole était réglée pour éclairer fort et produisait des reflets trop intenses sur les vitres pour qu'elle en soit sûre. Au moment où elle tendait la main pour abaisser la flamme, on frappa de nouveau. Les vitres tremblèrent, et elle entendit même le minuscule crépitement du mastic sec se détachant des panneaux. Jack avait prévu de refaire toutes les vitres, à l'automne, se rappela-t-elle, ajoutant en elle-même : *C'est peut-être pour ça qu'il est revenu.* Idée insensée : il était au fond de l'océan, mais...

Elle resta assise, la tête inclinée de côté, le tricot toujours pris entre ses doigts immobiles. Un petit chausson rose. Elle en avait déjà préparé une paire de bleus. Elle eut tout d'un coup l'impression d'entendre, *distinctement*, toutes sortes de bruits. Le vent. Le grondement lointain du ressac venant de Cricket Lodge. La maison émettant de faibles craquements, comme une vieille femme s'installant confortablement dans son lit. Le tic-tac de l'horloge dans le couloir.

« Jack ? demanda-t-elle dans le silence de la nuit qui n'en était plus un. C'est toi, chéri ? » Sur quoi, la fenêtre du séjour s'ouvrit brusquement vers l'intérieur, et ce qui pénétra dans la maison n'était pas réellement Jack mais un squelette sur lequel pendaient quelques lambeaux d'une chair qui se désagrégeait.

Il avait toujours sa boussole autour du cou et portait une barbe de varech.

Le vent agita les rideaux qui s'enroulèrent en nuage au-dessus de lui tandis qu'il s'étalait par terre ; puis il se mit à quatre pattes et tourna vers elle deux orbites vides dans lesquelles s'étaient nichés des anatifes.

Il émit des grognements. Sa bouche décharnée s'ouvrit et ses dents claquèrent. Il avait faim... mais cette fois, la soupe au poulet et aux nouilles ne ferait pas l'affaire. Pas même celle qu'on trouvait en boîte.

Une matière grisâtre oscillait derrière les trous noirs tapissés d'anatifes, et elle comprit que ce qu'elle voyait était ce qui restait de la cervelle de Jack. Elle resta assise, pétrifiée, lorsqu'il se releva et s'approcha d'elle, laissant des traces noirâtres de varech derrière lui, les mains tendues. Il dégageait une puanteur de sel et de profondeurs marines. Ses doigts se tendirent. Ses mâchoires s'ouvrirent et se fermèrent mécaniquement.

Maddie vit qu'il portait encore les restes de la chemise à carreaux rouges et noirs qu'elle lui avait achetée lors du dernier Noël au LL Bean's. Une chemise qui lui avait coûté une fortune, mais il lui avait répété au moins cent fois à quel point elle était chaude ; et regardez comme elle avait bien tenu, après être restée tout ce temps dans l'eau de mer.

La toile d'araignée glaciale osseuse constituée par ce qui restait de ses doigts la toucha à la gorge un instant avant que le bébé ne lui donne un coup de pied dans le ventre – cela pour la première fois ; son hébétude horrifiée, qu'elle avait jusqu'ici prise pour du calme, s'évanouit d'un seul coup, et elle enfonça une aiguille à tricoter dans l'œil de la chose.

Avec des bruits gras et horribles d'étouffement qui rappelaient les gargouillis d'une pompe refoulante, il recula d'un pas titubant, agrippé à l'aiguille où se balançait encore un petit chausson rose à demi tricoté, à hauteur de la cavité qui avait été son nez. Elle vit une loche de mer en sortir en se tortillant et monter sur le chausson, laissant derrière elle une trace gluante.

Jack tomba à la renverse sur une table basse qu'elle avait achetée lors d'une vente de garage[1] peu de temps après leur mariage ; bien entendu, elle avait eu toutes les peines et les angoisses du monde à se décider, jusqu'au moment où Jack lui avait finalement dit que soit elle l'achetait pour leur salle de séjour, soit il en donnait deux fois le prix à la bonne femme qui organisait la vente, et transformait le foutu machin en petit bois pour le feu, avec...

... avec la...

1. Ventes privées d'objets, fréquentes aux Etats-Unis et au Canada, que les particuliers organisent dans leur cour ou leur garage. *(N.d.T.)*

Il heurta le sol et il y eut un craquement sec lorsque son corps fragile et agité se brisa en deux. La main droite arracha de son orbite l'aiguille à tricoter enduite de tissu cérébral en décomposition et la jeta. Le haut du cadavre se dirigea vers elle. Ses dents broyaient régulièrement le vide.

Elle pensa qu'il essayait de sourire ; c'est alors que le bébé donna un nouveau coup de pied, et elle se souvint que Jack lui avait paru inhabituellement fatigué, pas dans son assiette, pour cette vente chez Mabel Hanratty. *Achète-la, Maddie, nom de Dieu ! Je suis fatigué ! Je n'ai qu'une envie, rentrer à la maison et dîner ! Si tu ne te décides pas, j'en donne deux fois le prix à cette vieille chouette et je la mets en pièces pour la foutre au feu avec ma...*

Une main froide et humide agrippa sa cheville ; des dents gâtées s'apprêtèrent à mordre. Pour la tuer, et tuer le bébé. Elle s'arracha à la prise, ne lui laissant qu'une pantoufle dans la main ; il commença à la mâcher, puis la recracha.

Lorsqu'elle revint de l'entrée, il rampait, inconscient, dans la cuisine – sa moitié supérieure, en tout cas –, la boussole rebondissant sur le carrelage. Il leva les yeux vers elle lorsqu'il l'entendit et il parut y avoir une interrogation stupide dans les orbites noires, avant que la hache ne s'abatte en sifflant, lui fendant le crâne comme il avait menacé de fendre la table.

Sa tête se sépara en deux, la cervelle éclaboussant les carreaux comme de la bouillie avariée ; une cervelle dans laquelle grouillaient des limaces de mer et des vers marins gélatineux, une cervelle qui dégageait les odeurs de fermentation d'une souche pourrie dans la chaleur estivale d'une prairie.

Ses mains n'en continuaient pas moins à griffer et

cliqueter sur le carrelage, produisant des bruits d'insecte.

Elle fendit... fendit... fendit...

Et finalement, il n'y eut plus le moindre mouvement.

Une douleur aiguë lui traversa le milieu du corps, et elle connut un instant de terrible panique : *Une fausse couche ! Je vais faire une fausse couche !* Mais la douleur disparut et le bébé donna un nouveau coup de pied, plus fort que le précédent.

Elle revint dans la salle de séjour, portant une hache d'où montaient des relents d'entrailles.

Elle avait réussi à rester sur ses deux jambes.

« Jack, je t'aimais tellement, dit-elle. Mais cela n'est pas toi. » Elle abattit la hache d'un coup puissant qui coupa en deux le bas du corps à hauteur du bassin, entailla le tapis et ficha profondément la lame dans le parquet de chêne massif, en dessous.

Les deux jambes se séparèrent, frissonnèrent violemment pendant presque cinq minutes, puis s'immobilisèrent peu à peu. Finalement, les orteils eux-mêmes arrêtèrent de tressaillir.

Elle le transporta dans la cave, un morceau après l'autre, après avoir enfilé ses gants de caoutchouc, les entourant des toiles isolantes que Jack avait dans sa remise et qu'elle n'avait jamais jetées ou données – lui et son équipage s'en servaient pour recouvrir les casiers, les jours de grand froid, afin que les homards ne gèlent pas.

A un moment donné, une main coupée se referma sur son poignet. Elle attendit sans bouger, le cœur battant à coups puissants dans sa poitrine ; finalement, elle desserra son étreinte. Et ce fut la fin. La fin de Jack.

Au-dessous de la maison, se trouvait une ancienne citerne inutilisée, polluée, que Jack avait d'ailleurs eu l'intention de combler. Maddie fit glisser de côté le lourd couvercle de béton, sa forme arrondie créant une sorte d'éclipse partielle sur le sol de terre, et jeta les restes du cadavre à l'intérieur ; de la citerne montèrent des bruits de clapotis. Lorsqu'il ne resta plus rien, elle remit péniblement le pesant couvercle en place.

« Repose en paix », murmura-t-elle, et une voix intérieure lui répondit que son mari reposait *en pièces*, sur quoi elle se mit à pleurer ; ses sanglots se transformèrent rapidement en cris hystériques, elle s'arracha les cheveux, se griffa la poitrine jusqu'au sang et eut le temps de se dire : *Je deviens folle, c'est comme ça qu'on devient fol...*

Mais elle n'eut pas le temps d'achever la phrase dans sa tête ; elle était tombée, évanouie, avant de passer de l'évanouissement à un sommeil profond. A son réveil, le lendemain, elle se sentait bien.

Elle était cependant bien décidée à ne rien dire de ce qui s'était passé.

Jamais.

« Je peux supporter ça », répéta-t-elle à Dave Eamons, repoussant l'image de l'aiguille à tricoter, avec son petit chausson se balançant au bout, plantée dans l'orbite vide et visqueuse de la chose qui avait été autrefois son mari, le père de l'enfant qui grandissait en son sein. « Vraiment. »

Il lui raconta donc la suite, peut-être parce qu'il fallait qu'il la dise à quelqu'un pour ne pas devenir fou, mais il atténua les parties les plus atroces. Il lui raconta qu'ils avaient donc passé à la tronçonneuse les cadavres qui refusaient absolument de retourner au pays des morts, sans lui préciser, toutefois, que certaines parties avaient continué à se tortiller – mains sans bras s'accrochant frénétiquement, pieds sans jambes fouissant la terre grêlée de balles du cimetière comme s'ils essayaient de fuir –, ni sans lui révéler qu'il avait fallu arroser ces parties de gazole et y mettre le feu. Il aurait été inutile de donner ces détails à Maddie. Elle avait vu brûler le bûcher depuis sa maison.

Plus tard, l'unique camion de pompiers de l'île de Gennesault avait éteint les dernières braises, bien qu'il n'y ait eu que peu de chances que l'incendie se propage, le vent d'est entraînant les escarbilles vers l'océan. Lorsqu'il ne resta plus rien qu'un amas puant et graisseux (il se produisait néanmoins encore des gonflements dans cette masse, comme les tressaillements d'un muscle fatigué), Matt Arsenault lança le moteur de son vieux Caterpillar D-9 – entre la lame d'acier ébréchée et sa casquette délavée, il avait la figure aussi pâle que du fromage blanc – et enfouit l'immonde magma.

La lune se levait lorsque Frank prit à part Bob Daggett, Dave Eamons et Cal Partridge. C'est à Dave qu'il s'adressa :

« Je savais que ça venait, et c'est arrivé, dit-il.

– De quoi parles-tu, l'oncle ? demanda Bob.

– De mon cœur. Le foutu machin a coulé une bielle.

– Voyons, oncle Frank...

– Laisse tomber les oncle Frank par-ci et les oncle Frank par-là. J'ai pas le temps de t'écouter me jouer du pipeau. J'ai vu la moitié de mes amis partir comme ça. On peut pas dire que c'est la joie, mais ça pourrait être pire ; c'est bougrement mieux, en tout cas, que de se faire avoir par une saloperie de cancer.

« Sauf qu'il reste à s'occuper d'un truc pas drôle et tout ce que j'ai à dire là-dessus, c'est que, une fois que je serai là-dessous, j'ai bien l'intention d'y rester. Cal, colle-moi le canon de ton fusil dans l'oreille gauche. Dave, quand je lèverai le bras gauche, fiche-moi le tien sous l'aisselle. Et toi, Bobby, mets le tien contre mon cœur. Je vais dire ma prière, et quand j'en serai à Amen, vous appuierez en même temps sur la détente.

– Mais, oncle Frank... réussit à dire Bob, reculant d'un pas.

– Je t'ai déjà dit de pas commencer avec ça, le coupa Frank. Et ne t'avise pas de tomber dans les pommes, espèce de morpion. Allez, pointez vos engins. »

Bob s'exécuta.

Frank regarda les trois hommes, dont le visage était aussi crayeux que celui de Matt Arsenault lorsqu'il avait pelleté, avec son bulldozer, les restes d'hommes et de femmes qu'il avait connus depuis l'époque où il polissonnait en culottes courtes sur l'île.

« Ne foirez pas ce coup-là, les gars. » Il s'adressait à tous, mais son regard aurait pu à juste titre s'appesantir sur son petit-neveu. « Si jamais vous avez l'impression que vous n'allez pas y arriver, dites-vous que j'aurais fait la même chose pour n'importe lequel d'entre vous.

– Assez de baratin, dit Bob d'une voix étranglée. Je t'aime bien, oncle Frank.

– Tu ne vaux pas ton père, Bob Daggett, mais je t'aime bien, moi aussi », répondit Frank calmement. Puis, avec un cri de douleur, il leva haut le bras gauche, comme à New York un type pressé hélerait un taxi, et entama sa dernière prière. « Notre Père qui es aux cieux – bordel, que ça fait mal ! –, que Ton nom soit sanctifié – oh, putain de moine ! –, que Ton règne arrive, que Ta volonté soit faite, sur la terre comme... comme... »

Le bras levé de Frank oscillait de plus en plus violemment et Dave Eamons, qui avait enfoncé le canon de son fusil sous l'aisselle du vieux râleur, le regardait avec l'expression d'un bûcheron se demandant si l'arbre ne va pas tomber du mauvais côté. Tous les hommes de l'île, rassemblés autour d'eux, regardaient la scène. De grosses gouttes de sueur se formaient sur le visage blême du vieillard ; ses lèvres se rétractaient, découvrant les dents régulières, d'un blanc jaunâtre, de son râtelier Roebucker, et Dave sentit même l'odeur de Polident de son haleine.

« ... comme au ciel ! éructa le vieil homme. Ne nous soumets pas à la tentation... mais-délivre-nous-du-mal-oh-bordel-pour-l'éternité-AMEN ! »

Les trois hommes firent feu, et Cal Partridge et Bob Daggett s'évanouirent tous les deux, mais Frank n'essaya pas de se relever et de marcher.

Le vieux Daggett avait bien eu l'intention de rester mort, et c'est exactement ce qu'il fit.

Une fois lancé dans son histoire, Dave dut aller jusqu'au bout, et il se maudit d'avoir commencé. Sa première réaction avait été la bonne : ce n'était pas le genre d'histoire à raconter à une femme enceinte.

Mais Maddie l'avait embrassé, lui avait dit qu'ils avaient été formidables, et que Frank Daggett avait aussi été formidable. Dave sortit, pris d'un léger tournis, comme s'il venait de recevoir le baiser d'une femme qu'il n'avait encore jamais rencontrée.

C'était on ne peut plus vrai.

Elle le suivit des yeux quand il s'engagea sur le chemin de terre qui était l'une des deux routes de Jenny, prenant à gauche. Il ne marchait pas très droit, comme quelqu'un de bien fatigué, pensa-t-elle, mais son état de choc y était aussi pour quelque chose. Elle sentit son cœur fondre pour lui... comme pour tous les autres. Elle aurait voulu dire à Dave qu'elle l'aimait et l'embrasser carrément sur la bouche, mais il aurait pu mal interpréter son geste, alors même qu'il était mort de fatigue et elle enceinte de cinq mois.

C'était cependant vrai qu'elle l'aimait, qu'elle les aimait tous, parce qu'ils avaient traversé l'enfer dans le seul but de faire de ce petit bout de terre, à soixante kilomètres de la côte, un havre de paix pour elle.

Et pour son bébé.

« J'accoucherai à la maison », dit-elle doucement à la silhouette de Dave au moment où elle disparaissait derrière la masse sombre du disque parabolique des Pulsifer. Elle leva les yeux vers la lune. « J'accoucherai à la maison... et tout se passera bien. »

La saison des pluies

Il était déjà cinq heures et demie de l'après-midi lorsque John et Elise Graham trouvèrent enfin le chemin du petit village situé au centre des terres qui constituaient la commune de Willow, dans le Maine, comme un défaut au milieu d'une perle impure. L'endroit avait beau n'être qu'à moins de huit kilomètres de Hempstead Place, ils se trompèrent par deux fois de route. Lorsqu'ils débouchèrent finalement sur la rue principale, ils étaient tous les deux en nage et de mauvaise humeur. La climatisation de la Ford avait rendu l'âme depuis Saint Louis, et on aurait dit que le thermomètre atteignait les quarante degrés. Evidemment, il devait en être loin, songeait John Graham ; ce n'était pas tant la chaleur que l'humidité, comme l'affirmaient les anciens. Il avait l'impression qu'en pressant l'air entre ses mains, on aurait pu faire s'écouler de l'eau. Le ciel, au-dessus de leur tête, était clair et bleu, mais l'humidité donnait l'impression qu'il pourrait pleuvoir d'un moment à l'autre – qu'il pleuvait déjà, bon sang de bonsoir !

« Voilà l'épicerie dont Milly Cousins nous a parlé », dit Elise avec un geste.

John poussa un grognement. « On peut pas dire que ce soit précisément le supermarché de l'avenir !

– En effet », l'approuva Elise d'un ton prudent. Tous les deux prenaient garde à ne pas s'irriter mutuellement. Cela faisait presque deux ans qu'ils étaient mariés et ils s'aimaient encore beaucoup, mais le voyage depuis Saint Louis avait été long, interminable, même, avec la radio et le climatiseur en panne. John avait toutes les raisons d'espérer qu'ils passeraient un été agréable à Willow (il valait mieux, dans la mesure où c'était l'université du Missouri qui payait la note), il se dit cependant qu'il leur faudrait peut-être une bonne semaine pour s'installer et se sentir chez eux. Et quand la température devenait caniculaire, comme aujourd'hui, la moindre chose pouvait se transformer en dispute. Ni l'un ni l'autre ne tenaient à commencer ainsi leurs vacances.

John roula lentement jusqu'à la hauteur du magasin général de la bourgade, le Willow General Mercantile and Hardware. Une enseigne rouillée, sur laquelle figurait un aigle bleu, pendait à l'un des coins du porche, et il comprit que le magasin faisait aussi office de bureau de poste. Le General Mercantile paraissait assoupi dans la lumière éclatante de l'après-midi, avec son unique voiture, une Volvo en piteux état, garée à côté d'un panneau publicitaire sur lequel on lisait : SANDWICHES ITALIENS PIZZAS APPÂTS PERMIS DE PÊCHE mais, comparé au reste de la ville, il avait l'air de grouiller d'animation. Le néon d'une publicité de bière pétillait déjà dans la vitrine, alors qu'il ne ferait nuit que dans trois heures. *Drôlement audacieux,* se dit John. *On peut être sûr que le proprio a reçu l'accord de tout le conseil municipal avant de mettre ça dans sa boutique.*

« Et moi qui croyais que le Maine se transformait en piège à touristes pendant l'été, murmura Elise.

– A en juger par ce que nous avons vu jusqu'ici,

Willow doit se trouver hors des sentiers battus par eux », répondit-il.

Ils descendirent de voiture et montèrent les marches du porche. Un homme âgé, coiffé d'un chapeau de paille et assis dans un rocking-chair canné, les regardait de ses petits yeux bleus rusés. Ses doigts jouaient avec une cigarette qu'il avait roulée lui-même et qui laissait tomber des miettes de tabac sur le chien qui gisait à ses pieds, écrasé de chaleur, une grosse bête à poil jaune dont on aurait été bien en peine de donner la marque et le modèle. Ses pattes s'allongeaient directement en dessous de l'un des balanciers incurvés du siège. Le vieillard paraissait ne pas faire attention au chien, ne même pas savoir qu'il était là ; néanmoins, la lame de bois s'arrêtait régulièrement à un centimètre des pattes fragiles à chaque fois que son balancement le ramenait en avant. Elise trouva ce détail inexplicablement fascinant.

« Bien le bonjour, m'sieur-dame, dit le vieux monsieur.

– Salut ! répondit Elise en le gratifiant d'un petit sourire timide.

– Bonjour, dit John. Je m'appelle...

– Mr Graham, finit tranquillement le vieil homme. Mr et Mrs Graham. C'est vous qu'avez pris la maison Hempstead pour l'été. On m'a dit que vous écriviez une sorte de livre.

– Oui, sur l'immigration française au cours du XVIIe siècle, confirma John. Les nouvelles circulent vite, par ici, non ?

– Assez vite, admit le vieillard. C'est pas bien grand, au cas où vous auriez pas r'marqué. » Il se planta la cigarette entre les lèvres, où elle se défit aussitôt, éparpillant le tabac sur ses jambes et sur le dos du chien.

L'animal ne broncha pas. « Ah, nom d'un p'tit bonhomme, fit l'homme sans s'émouvoir. Ma femme veut plus que j'fume, de c'temps-ci. Elle a lu quéqu'part qu'ça pouvait lui donner le cancer comme à moi.

– On est venus en ville faire quelques courses, expliqua Elise. C'est une vieille maison merveilleuse, mais les placards sont vides.

– Eh oui. M'fait plaisir de faire vot' connaissance. J'm'appelle Henry Eden. » Il leur tendit une main aux doigts repliés par l'arthrite. John la lui serra le premier, puis Elise. Ils le firent avec précaution, et le vieil homme acquiesça, comme s'il appréciait leur délicatesse. « J'vous attendais un peu plus tôt. M'est avis que vous avez dû prendre un ou deux mauvais tournants. C'est fou c'qu'on a de routes, pour un si petit patelin ! (Il se mit à rire, un bruit creux de bronches obstruées qui se transforma rapidement en une toux grasse de fumeur.) On est riches en routes à Willow, ah ! » Et il rit encore.

John fronça légèrement les sourcils. « Comment se fait-il que vous nous attendiez ?

– Lucy Doucette a téléphoné. Elle a dit que les nouveaux venaient just' de passer », répondit Eden. Il sortit sa blague à tabac, l'ouvrit, et commença par y pêcher une plaquette de papier à rouler. « Lucy, vous la connaissez pas. Mais j'crois bien que vous connaissez sa petite-nièce, la p'tite dame.

– Vous voulez parler de la grand-tante de Milly Cousins, c'est ça ? demanda Elise.

– Tout just' », confirma le vieillard. Il entreprit de répandre du tabac sur la feuille de papier, mais le plus gros alla atterrir sur le dos du chien. Juste au moment où John commençait à se demander s'il n'était pas mort, l'animal leva la queue et lâcha un pet. Pas tout à fait, conclut-il. « A Willow, à peu près tout l'monde est parent avec tout l'monde. Lucy habite au pied de la colline. J'allais vous appeler, mais vu qu'elle a dit que vous étiez en route...

– Euh... comment saviez-vous que nous venions ici ? » demanda John, insistant sur le *ici*.

Henry Eden haussa les épaules comme pour dire : *Et où auriez-vous voulu aller, sinon ici ?*

« Vous avez quelque chose à nous dire ? demanda Elise.

– Ouais, plus ou moins », répondit-il. Puis il lécha sa cigarette pour la sceller, et se la glissa entre les lèvres ; John attendit de la voir partir en quenouille, comme la précédente. Il se sentait un peu désorienté par la tournure des événements, comme s'il venait de pénétrer par mégarde dans quelque version champêtre de la C.I.A.

La cigarette réussit à rester entière. Un fragment de papier de verre noirci était agrafé au bras du fauteuil à bascule. Eden gratta une allumette dessus et approcha la flamme de la cigarette, dont une bonne moitié se carbonisa instantanément.

« Je crois que vous et la p'tit'dame feriez mieux de passer la nuit ailleurs qu'en ville », dit-il finalement.

John cligna des yeux. « Ailleurs qu'en ville ? Mais pourquoi ? Nous venons tout juste d'arriver.

– Ça serait pourtant une bonne idée, monsieur », fit une voix qui provenait de derrière Eden.

Les Graham se tournèrent et aperçurent, derrière la porte à moustiquaire rouillée du Mercantile, une femme de haute taille aux épaules tombantes. Elle les regardait par-dessus une antique publicité en métal émaillé pour les cigarettes Chesterfield. VINGT ET UN GRANDS TABACS FONT VINGT ET UNE CIGARETTES

EXTRA, lisait-on. Elle poussa le battant et vint sous le porche. Elle avait le teint jaunâtre, l'air fatiguée mais pas stupide ; elle tenait une miche de pain dans une main et un pack de six bières Dawson's Ale de l'autre.

« Je m'appelle Laura Stanton, dit-elle. Je suis très heureuse de faire votre connaissance. Nous n'aimons pas nous montrer farouches, à Willow, mais c'est la saison des pluies, ce soir. »

John et Elise échangèrent un regard éberlué. Elise se tourna vers le ciel ; en dehors de quelques petits nuages de beau temps, il était d'un bleu intense et limpide.

« Je sais de quoi il a l'air, reprit Laura Stanton, mais ça ne signifie rien, n'est-ce pas, Henry ?

– Eh non. » Le vieillard tira une énorme bouffée sur ce qui restait de sa cigarette, puis jeta le mégot calciné par-dessus la balustrade.

« On sent l'humidité de l'air, continua la femme. C'est ça, l'indice, pas vrai, Henry ?

– Ouais, bien sûr, admit Eden. Mais ça fait sept ans. Jour pour jour.

– Jour pour jour », acquiesça Laura Stanton.

Après cet échange, ils regardèrent le jeune couple, dans l'expectative.

« Veuillez m'excuser, finit par dire Elise, mais je n'y comprends strictement rien. S'agit-il d'une plaisanterie locale ? »

Cette fois-ci, ce furent Laura Stanton et Henry Eden qui échangèrent un regard, avant de pousser un soupir à l'unisson, comme dans un vaudeville.

« J'ai ça en horreur », dit Laura Stanton, sans que John sache si elle se faisait la réflexion ou si elle s'adressait au vieil homme.

« Faut bien le faire », répliqua ce dernier.

Elle acquiesça, poussa un nouveau soupir – celui d'une femme qui vient de se débarrasser d'un lourd fardeau et qui sait qu'elle va devoir le soulever à nouveau.

« C'est un phénomène qui ne se produit pas très souvent, parce que cette saison des pluies-là n'arrive que tous les sept ans...

– Le 17 juin, précisa Eden. La saison des pluies, c'est tous les sept ans, le 17 juin. Ça ne change jamais, même les années bissextiles. Du diable si j'sais pourquoi. Tu sais pourquoi, toi, Laura ?

– Non, et je préférerais que tu ne me coupes pas la parole, Henry. C'est à croire que tu deviens sénile.

– Oh, excuse-moi d'être en vie ! Qu'est-c'tu veux, j'suis tombé du corbillard », répliqua-t-il, manifestement vexé.

Elise jeta un regard quelque peu apeuré à John : *Ces gens-là se fichent-ils simplement de nous, ou sont-ils cinglés tous les deux ?* demandait-il.

John l'ignorait, mais il regrettait sincèrement de ne pas avoir été faire les courses à Augusta ; ils auraient pu manger quelque chose dans l'une des baraques à fruits de mer, le long de la Route 17.

« Bon, écoutez-moi, attaqua Laura Stanton d'un ton aimable. Nous vous avons réservé une chambre au Wonderview Motel, sur la route de Woolwich, si vous préférez. C'était plein, mais le gérant est un cousin à moi et il a pu me trouver une chambre. Vous n'aurez qu'à revenir demain et vous pourrez passer tout le reste de l'été à Willow ; nous serons très heureux de vous avoir parmi nous.

– Si c'est une blague, je ne vois pas très bien où elle mène, intervint John.

– Non, ce n'est pas une blague. » Elle regarda Eden,

qui lui adressa un bref signe de tête, comme s'il lui disait : *Continue, ce n'est pas le moment de s'arrêter.* La femme se tourna de nouveau vers le couple, parut se raidir, et reprit : « Eh bien voilà. Tous les sept ans, nous avons droit à une pluie de crapauds, ici, à Willow. Maintenant, vous savez tout.

– De crapauds ? fit Elise d'un ton de voix distant et rêveur qui sous-entendait : *Dites-moi que ce n'est pas vrai...*

– Ouais, de crapauds ! » confirma Eden joyeusement.

John regarda prudemment autour de lui, au cas où ils auraient besoin d'aide ; on ne sait jamais. Mais Main Street était complètement déserte. Pis que cela, constata-t-il, barricadée. Pas un véhicule ne circulait ; pas un seul piéton n'était visible sur les trottoirs.

On risque d'avoir des problèmes, ici, pensa John. *Si ces deux citoyens sont aussi cinglés qu'ils en ont l'air, on risque même d'avoir de sérieux problèmes.* Il pensa soudain à la nouvelle de Shirley Jackson, *The Lottery* – cela pour la première fois depuis qu'il l'avait lue, au lycée.

« Allez pas vous imaginer que je reste plantée ici à avoir l'air d'une folle parce que ça m'amuse, reprit Laura Stanton. Le fait est que j'accomplis seulement mon devoir, comme Henry. Voyez-vous, ce n'est pas une petite averse de crapauds, mais une vraie *cataracte.*

– Allez, viens », dit John à Elise en la prenant par le bras. Il leur adressa un sourire qui avait l'air aussi authentique qu'un billet de banque de six dollars. « Ravi d'avoir fait votre connaissance. » Il entraîna sa femme dans l'escalier du porche, non sans jeter deux ou trois fois par-dessus son épaule un bref coup d'œil à la femme blême et au vieillard. Il préférait ne pas leur tourner complètement le dos.

La femme fit un pas dans leur direction et John faillit en rater la dernière marche.

« C'est un peu dur à avaler, je suis d'accord. Vous devez me croire complètement cinglée...

– Pas du tout », répondit John. Il avait l'impression que le grand sourire bidon qu'il affichait s'élargissait jusqu'à toucher le lobe de ses oreilles. Bon sang de bonsoir, quelle idée d'avoir quitté Saint Louis ! Dire qu'ils avaient roulé pendant deux mille kilomètres avec une radio cassée et une climatisation en panne pour rencontrer le cul-terreux Jekyll et la maritorne Hyde !

« C'est pas grave, de toute façon », fit Laura Stanton avec une étrange sérénité dans la voix qu'il retrouva sur le visage de la femme lorsqu'il se retourna, alors qu'il était à hauteur du panneau annonçant les « sandwiches italiens », à deux mètres de la Ford. « Même les gens qui ont entendu parler des pluies de grenouilles, de crapauds ou d'oiseaux ne peuvent se faire une idée de ce qui se passe à Willow, tous les sept ans. Un petit conseil, cependant. Si vous avez l'intention de rester, vous seriez bien avisés de ne pas bouger de la maison. En principe, vous ne risquez rien si vous n'en sortez pas.

– Et c'serait peut-êt' pas plus mal de fermer les volets », ajouta Eden. Le chien leva la queue et lâcha un long pet canin bien crapoteux, comme pour souligner le propos.

« Eh bien... c'est ce que nous ferons », répondit Elise d'une voix blanche ; John ouvrit la portière côté passager et l'expédia sans trop de ménagement à l'intérieur de la voiture.

« Comptez là-dessus, dit-il à travers son grand sourire pétrifié.

– Et rev'nez nous voir demain, lança Eden tandis

que John faisait précipitamment le tour de la Ford. Vous vous sentirez fichtrement plus tranquilles par ici, j'vous garantis. (Il marqua une pause.) Si vous êtes toujours dans l'coin, s'entend. »

John le salua de la main, se glissa derrière le volant et démarra.

De leur porche, le vieillard et la femme au teint maladif regardèrent en silence la Ford remonter Main Street. Elle quitta la localité à une vitesse considérablement supérieure à celle à laquelle elle y était entrée.

« Bon, on l'a fait, observa finalement le vieillard, satisfait.

– Ouais, et je me sens comme une crotte de chien. Je me sens toujours comme une crotte de chien quand je vois comment ils nous regardent. Comment ils *me* regardent.

– Oh, ça n'arrive que tous les sept ans. Et faut l'faire exactement comme ça. Parce que...

– Parce que ça fait partie du rituel.

– Voilà, le rituel. »

Comme s'il manifestait son accord, le chien remua la queue et lâcha un nouveau pet.

La femme lui donna un coup de pied et se tourna vers le vieillard, mains sur les hanches. « C'est bien le clébard qui empeste le plus à dix lieues à la ronde, Henry Eden ! »

Le chien se leva avec un grognement et entreprit une descente arthritique des marches du porche, prenant le temps de s'arrêter pour adresser un regard chargé de reproche à Laura Stanton.

« Y peut pas s'en empêcher », observa Eden.

La femme poussa un soupir, et regarda de nouveau

la direction qu'avait prise la Ford. « Quel dommage ! dit-elle. Un couple qui paraissait si charmant...

– Ça non plus, on ne peut rien y faire », conclut Henry Eden. Sur quoi il entreprit de se rouler une nouvelle cigarette.

Si bien qu'au bout du compte, les Graham finirent par dîner dans une baraque de bord de route où l'on préparait des palourdes, près de la ville de Woolwich (« qui abrite le motel Wonderview à la vue imprenable », fit remarquer John à Elise, dans un vain effort pour lui arracher un sourire), assis à une table de pique-nique, sous une vieille sapinette bleue à la vaste ramure. La baraque à palourdes contrastait de manière abrupte avec les bâtiments qui bordaient la rue principale de Willow. Son parking était presque plein (la plupart des véhicules, comme le leur, ayant des plaques d'immatriculation d'autres Etats) et des enfants se couraient après en poussant des cris, barbouillés de crème glacée, tandis que leurs parents déambulaient à la billebaude, se donnant des claques pour tuer les féroces et minuscules mouches noires, attendant que le haut-parleur annonce leur numéro. Le restaurant de plein air proposait un menu passablement varié. En fait, se dit John, on pouvait avoir à peu près tout ce que l'on voulait, pourvu que ça puisse rentrer dans une friteuse.

« Je me demande si je vais pouvoir passer deux jours dans ce patelin, observa Elise. Alors deux mois... Il a perdu tout son charme aux yeux de ta petite femme, Johnny.

– C'était une blague, pas autre chose. Du genre de celles que les gens du coin aiment bien faire aux touristes. Simplement, ils sont allés trop loin. Ils sont probablement en train de s'enguirlander à cause de ça.

– Ils avaient pourtant l'air sérieux. Comment veux-tu que je retourne là-bas et que je regarde ce vieil homme en face, après ça ?

– Oh, je ne m'inquiéterais pas trop à ce sujet. A en juger par sa technique pour rouler les cigarettes, il en est à un stade où il rencontre tout le monde pour la première fois, ses plus vieux amis y compris. »

Elise essaya de contrôler le tressaillement qui agitait les commissures de ses lèvres, puis y renonça et éclata de rire. « Tu es vraiment méchant !

– Franc, à la rigueur, mais pas méchant. Je ne dis pas qu'il a la maladie d'Alzheimer, mais il avait tout de même l'air d'un type qui a besoin d'un plan et d'une boussole pour trouver le chemin des toilettes.

– Et d'après toi, où étaient les gens ? La ville paraissait complètement déserte.

– Oh, à la fête du haricot, dans une grange de la commune, ou à un concours de cartes à l'Eastern Star, probablement, répondit John en s'étirant. Tu n'as pas mangé grand-chose, mon amour, ajouta-t-il.

– Ton amour n'avait pas très faim.

– Puisque je te dis que c'était une plaisanterie... allez (il lui prit les mains), souris un peu !

– Tu es vraiment, vraiment sûr que c'en était une ?

– Vraiment-vraiment. Ecoute, tout de même – tous les sept ans, il se produit une pluie de crapauds à Willow. On dirait un fragment de dialogue écrit par Groucho Marx. »

Elle esquissa un sourire. « Pas une averse, une cataracte.

– A mon avis, ils respectent la règle d'or des histoires de pêche. Tant qu'à en raconter une, autant qu'elle soit énorme ! Quand j'étais môme et que j'allais dans des camps d'été, c'étaient des histoires de chasse. Au fond, ce n'est pas très différent. Et si l'on y réfléchit un peu, tout cela, au fond, n'a rien de bien surprenant.

– Que veux-tu dire ?

– Que les gens qui tirent le plus clair de leurs revenus du tourisme finissent par acquérir une mentalité de camp de vacances.

– Pourtant, la femme ne se comportait pas comme si elle racontait des boniments. Je vais t'avouer quelque chose, Johnny... elle m'a un peu fichu la frousse. »

Le visage à l'apparence habituellement aimable de John Graham adopta une expression dure et sérieuse ; elle paraissait quelque peu déplacée sur ses traits, sans toutefois donner l'impression qu'elle était simulée ou artificielle.

« Je sais, dit-il en mettant les restes dans les paniers de plastique. Et il faudra nous présenter des excuses pour ça. Je suis le premier à apprécier une petite plaisanterie, pourvu que ça reste dans certaines limites. Mais lorsqu'on fait peur à ma femme – bon sang, cette histoire m'a fait un sale effet, à moi aussi –, je tire un trait. Prête ?

– Tu pourras retrouver le chemin ? »

Il sourit, et fut de nouveau lui-même. « J'ai laissé une piste de miettes de pain.

– Quelle prudence, mon chéri ! » dit-elle en se levant. Elle aussi souriait, et John le constata avec plaisir. Elle prit une profonde inspiration – provoquant une merveilleuse déformation de la chemise bleue en grosse toile qu'elle portait – puis expira. « On dirait que l'humidité est tombée.

– Ouais. » John alla jeter leurs déchets dans une poubelle, d'un habile lancer de gaucher, puis lui adressa un clin d'œil. « La saison des pluies, tu parles ! »

Le temps de rattraper la route de Hempstead, cependant, l'humidité était revenue, plus intense que jamais. John avait l'impression que son T-shirt était un amas détrempé de toiles d'araignées accrochées à ses épaules et à son dos. Le ciel, qui avait adopté une délicate nuance vespérale de rose trémière, était encore clair ; il se dit que s'il avait eu une paille, cependant, il aurait pu boire rien qu'en aspirant l'air.

Il n'y avait qu'une seule autre habitation, au bord de la route, au pied de la colline sur laquelle se trouvait la maison Hempstead. John aperçut, devant l'une des fenêtres, la silhouette d'une femme debout, immobile, qui les regarda passer.

« Ça doit être un coup de la grand-tante de ta copine Milly, dit John. Elle a dû trouver malin de faire venir les barjos du coin au magasin général pour leur dire qu'on arrivait. Je me demande s'ils n'avaient pas préparé le coussin péteur, le dentier claqueur et le verre baveur, au cas où on resterait plus longtemps.

– Comme coussin péteur, le chien était beaucoup mieux. »

John éclata de rire et acquiesça.

Cinq minutes plus tard, ils s'engageaient dans l'allée du garage de leur nouveau domicile.

Elle était envahie de mauvaises herbes et de jeunes buissons, et il avait l'intention de régler ce petit problème avant qu'il n'atteigne des proportions cataclysmiques. La maison Hempstead elle-même était une de ces habitations de campagne faites de pièces rapportées au fur et à mesure que les besoins – ou la nécessité – s'en sont fait sentir. A l'arrière s'élevait une grange, reliée au corps de logis par trois hangars à l'alignement incertain. Dans la débauche de végétation de ce début d'été, deux des trois hangars disparaissaient presque complètement sous les lianes parfumées du chèvrefeuille.

Du site, on avait une vue splendide sur le bourg, en particulier par les nuits claires, comme celle-ci. John se demanda un instant, d'ailleurs, comment la vue pouvait être aussi dégagée, avec un tel taux d'humidité. Elise vint le rejoindre devant la voiture, où ils restèrent quelques instants, se tenant par la taille, contemplant les collines dont les ondulations se perdaient dans la direction d'Augusta, s'oubliant eux-mêmes dans la pénombre de la soirée.

« C'est magnifique, murmura-t-elle.

– Ecoute. »

Il y avait, à une cinquantaine de mètres derrière la grange, un secteur marécageux où poussaient des roseaux et de hautes herbes, et où un chœur de grenouilles coassait, faisant claquer opiniâtrement les élastiques que Dieu, sans doute pour quelque bonne raison, a placés dans leur gorge.

« Finalement, elles sont bien au rendez-vous, les fameuses grenouilles ! dit-elle.

– Pas de crapauds, pourtant. (Il regarda en direction du ciel, où Vénus venait d'ouvrir son œil bleu et froid.) Hé ! Les voici, Elise ! Là-haut ! Des nuages de crapauds ! »

Elle se mit à pouffer de rire.

« Cette nuit, dans la petite ville de Willow, un front froid de crapauds a rencontré un front chaud de salamandres, et il en est résulté...

– Oh, toi ! dit-elle en lui donnant un coup de coude. Rentrons. »

Ce qu'ils firent. Sans passer par la case « départ » et sans toucher la prime.

Ils se rendirent directement au lit.

Environ une heure après, Elise fut brusquement tirée de son sommeil – pourtant bien agréable – par un bruit sourd sur le toit. Elle se redressa sur les coudes.

« Johnny ? tu as entendu ?

– Chuuut ! » répondit-il en se tournant de côté.

Des crapauds, pensa-t-elle, prise d'un fou rire – un fou rire nerveux, toutefois. Elle se leva, se rendit à la fenêtre mais, avant de chercher ce qui avait bien pu tomber sur le sol, se surprit à regarder vers le ciel.

Il était toujours sans nuages, brillant de myriades d'étoiles. Elle resta un moment à les contempler, presque hypnotisée par tant de beauté silencieuse.

Boum !

Elle sursauta et regarda vers le plafond ; quelque chose était tombé sur le toit, juste au-dessus de sa tête.

« John ! Johnny ! Réveille-toi, Johnny !

– Hein ? Quoi ? » Il se mit sur son séant, les cheveux en bataille et tire-bouchonnés.

« Ça vient de commencer, dit-elle avec un petit rire aigu. La pluie de grenouilles.

– De crapauds, la corrigea-t-il. Mais qu'est-ce que tu racontes, Eli... »

Boum-boum !

Il regarda autour de lui et sortit les jambes du lit.

« C'est ridicule, dit-il à voix basse mais d'un ton de colère.

– Qu'est-ce que tu veux di... »

Boum-baaang ! Un bruit de verre brisé leur parvint du rez-de-chaussée.

« Oh, nom de Dieu ! gronda-t-il en se levant pour enfiler son jean à toute vitesse. Ça commence à bien faire... Trop, c'est trop... »

Il y eut plusieurs autres chocs sourds contre les murs

et le toit de la maison. Elise se blottit contre lui, prise de peur. « Qu'est-ce que tu veux dire ?

– Ce que je veux dire ? Que cette vieille cinglée et sans doute aussi le vieux chnoque, avec quelques-uns de leurs amis, sont là-dehors et jettent des trucs sur la maison, et que je vais y mettre un terme tout de suite. Ils ont peut-être l'habitude de bizuter les bleus, dans ce patelin, mais... »

BOUM-BAAAM ! Le bruit, cette fois, provenait de la cuisine.

« *Bordel de Dieu !* » éructa-t-il avant de se précipiter dans le couloir.

« Ne me laisse pas toute seule ! » s'écria Elise, qui courut derrière lui.

Il alluma la lumière au passage, avant de plonger vers le rez-de-chaussée. Le rythme des coups sourds et des claquements ne cessait d'augmenter, et Elise eut le temps de penser : *Mais combien sont-ils ? Combien faut-il de personnes pour jeter tout ça ? Et qu'est-ce qu'ils peuvent bien jeter ? Des cailloux enroulés dans des taies d'oreiller ?*

John atteignit le pied de l'escalier et passa dans la salle de séjour, où se trouvait une grande fenêtre donnant sur la vue qu'ils avaient admirée un peu plus tôt. La vitre était brisée. Des éclats de verre jonchaient le tapis. Il faillit bondir jusqu'à la fenêtre, avec l'intention de leur crier qu'il allait chercher son fusil de chasse. Puis il se rappela les éclats de verre, que ses pieds étaient nus, et il s'immobilisa. Pendant un instant, il ne sut que faire. C'est alors qu'il aperçut une forme sombre gisant au milieu des débris de la vitre – évidemment le caillou que ces crétins de dégénérés avaient lancé dans la fenêtre, supposa-t-il – et vit quelque chose de rouge. Il aurait peut-être poussé jusqu'à la fenêtre, pieds nus ou pas, mais un tressaillement, à cet instant, secoua le caillou.

Ce n'est pas un caillou, pensa-t-il. *C'est un...*

« John ? » La maison retentissait de chocs presque ininterrompus, maintenant ; on aurait dit un bombardement de gros grêlons, ramollis comme des fruits pourris. « Qu'est-ce que c'est, John ?

– Un crapaud », répondit-il, se sentant stupide. Il contemplait toujours la forme saisie de tressaillements, au milieu des débris coupants, et s'était davantage adressé à lui-même qu'à sa femme.

Puis il leva les yeux et regarda par la fenêtre. Le spectacle le rendit muet d'incrédulité et d'horreur. Il ne distinguait plus les collines, à l'horizon – bon sang, à peine arrivait-il à voir la grange, qui n'était pourtant qu'à une quinzaine de mètres.

L'air était saturé de formes en train de tomber.

Trois d'entre elles dégringolèrent par la fenêtre brisée. L'une d'elles atterrit sur le plancher, non loin de celle qui tressaillait. Elle s'empala sur un éclat de verre et un fluide noir jaillit de son corps en épais cordons.

Elise hurla.

Les deux autres se prirent dans les rideaux, qui se mirent à s'agiter en tous sens, comme secoués par une brise devenue folle. L'un d'eux réussit à se dégager, tomba sur le plancher et sautilla en direction de John.

Celui-ci avança vers le mur une main tâtonnante qui lui donnait l'impression de ne plus être partie intégrante de son corps. Ses doigts finirent par tomber sur l'interrupteur, et la lumière jaillit.

La chose qui se dirigeait vers lui à petits bonds, parmi les éclats vitreux éparpillés sur le sol, était et n'était pas un crapaud. Son corps d'un vert noirâtre était trop grand, trop massif. Ses yeux noir et or dépassaient de ses orbites comme des œufs monstrueux ; et, débordant de sa gueule distendue, on voyait un bouquet de grandes dents effilées en aiguilles.

La bestiole émit un coassement rauque et bondit sur John comme si elle était montée sur ressort. Derrière lui, d'autres crapauds dégringolaient par la fenêtre. Ceux qui heurtaient directement le plancher crevaient immédiatement ou bien se trouvaient sérieusement estropiés, mais beaucoup d'autres, en bien trop grand nombre, utilisaient les rideaux comme filet de sécurité et arrivaient intacts sur le sol.

« Barre-toi d'ici ! » cria John à sa femme, donnant un coup de pied au crapaud qui – c'était dément mais pourtant vrai – l'attaquait. L'animal, au lieu de prendre peur, referma la gueule sur ses orteils, dans lesquels il enfonça son assortiment complet de dents effilées. John ressentit sur-le-champ une douleur intense, intolérable. Sans réfléchir, il fit demi-tour et donna un coup de pied dans le mur, de toutes ses forces. Il sentit que des os se cassaient, mais le crapaud explosa dans un giclement de sang noir qui inonda la plinthe en éventail. Il avait les orteils comme un panneau de signalisation délirant qui aurait indiqué les directions les plus diverses.

Elise restait sur le seuil de la porte donnant sur le couloir, pétrifiée. Elle entendait du verre se briser et dégringoler partout dans la maison. Elle avait enfilé l'un des T-shirts de John après qu'ils avaient fait l'amour, et elle en étreignait le col à deux mains. Le bruit horrible des coassements devenait infernal.

« Je te dis de ficher le camp, Elise ! » hurla cette fois John. Il se tourna, secouant son pied ensanglanté. Le crapaud qui l'avait mordu était mort, mais ses crocs, aussi énormes qu'invraisemblables, étaient restés pris dans sa chair comme un écheveau d'hameçons ; ce coup-ci, il secoua le pied en l'air, et la bestiole finit par se détacher.

Des batraciens au corps boursouflé bondissaient partout et recouvraient maintenant le tapis élimé du séjour. Ils ne sautaient pas au hasard, mais *dans sa direction*. Tous.

John courut jusqu'à la porte. Son pied retomba sur l'un des crapauds et le fit exploser. Son talon glissa dans l'espèce de gelée glacée qui en avait jailli, et il faillit tomber. Elise lâcha le col de son T-shirt, qu'elle empoignait comme une bouée de sauvetage, pour rattraper son mari. Ils s'engouffrèrent ensemble dans le couloir, et John claqua la porte dans leur dos – coinçant un crapaud dans le battant, ce qui le coupa en deux. La moitié supérieure retomba sur le sol, agitée de tressaillements, sa gueule aux babines noires hérissée de dents s'ouvrant et se refermant, ses yeux exorbités noir et or les fixant tous les deux.

Elise se prit la tête à deux mains et se mit à pousser des gémissements hystériques. John voulut l'attirer à lui mais elle eut un mouvement de recul ; ses cheveux lui retombèrent sur les yeux.

Le vacarme des crapauds tombant sur le toit était déjà horrible, mais celui de leurs coassements encore pire, car ces derniers provenaient de l'intérieur de la maison... de l'intérieur de toute la maison. John repensa au vieillard assis dans son fauteuil à bascule, sous le porche du General Mercantile, et à son conseil : *Et ce serait peut-être pas plus mal de fermer les volets...*

Bordel de Dieu, pourquoi ne pas l'avoir cru ?

Mais cette pensée en entraîna une autre : *Comment aurais-je pu le croire ? Rien, absolument rien, dans toute ma vie, ne m'a préparé à croire une insanité pareille !*

C'est alors que, sur le bruit de fond des crapauds s'écrasant dehors et se déchiquetant sur le toit, il entendit quelque chose de beaucoup plus inquiétant : des craquements de bois venus de la porte à travers laquelle les bestioles cherchaient à se frayer un passage. Il voyait le battant se raidir sur ses gonds au fur et à mesure que les crapauds s'accumulaient contre lui.

C'est alors qu'il se tourna et qu'il en vit d'autres qui, par douzaines, descendaient l'escalier en sautillant.

« Elise ! » Il la saisit à l'épaule. Elle continuait de hurler et tenta une fois de plus de lui échapper. Une manche de son T-shirt lui resta dans la main ; il regarda un instant le chiffon, l'air stupide, et le laissa tomber.

« Elise, nom de Dieu ! »

Nouveau hurlement, nouveau recul.

L'avant-garde des crapauds venait d'atteindre le niveau du sol et bondissait impatiemment vers eux. Il y eut un tintement clair, celui de la vitre en demi-lune qui éclatait, au-dessus de la porte d'entrée. Un crapaud passa au travers et vint échouer à l'envers sur le tapis, ventre rose et grumeleux en l'air, ses pattes palmées agitées de soubresauts.

John prit sa femme par le bras et la secoua. « Il faut descendre à la cave ! Là, en bas, on sera en sécurité !

– Non ! » hurla-t-elle. Son regard se réduisait à deux zéros géants qui flottaient, exorbités, et il comprit que ce n'était pas l'idée de descendre à la cave qu'elle refusait, mais tout ce qui se passait, en bloc.

Il n'avait pas le temps de faire les choses en douceur ni de la convaincre par des paroles apaisantes. Il l'empoigna par le milieu du T-shirt, qu'il tordit en boule dans sa main, et l'entraîna dans le couloir comme un flic qui veut embarquer un prévenu récalcitrant dans un véhicule de police. L'un des crapauds qui avaient constitué l'avant-garde, dans la descente de l'escalier, réussit un bond géant et vint refermer sa gueule cloutée d'aiguilles à repriser sur un espace qu'occupait, une seconde auparavant, l'un des talons d'Elise.

A mi-chemin, elle comprit ce qu'il voulait et commença à se montrer plus coopérative. Ils atteignirent la porte. John tourna la poignée et tira de toutes ses forces, mais le battant ne broncha pas.

« Nom de Dieu ! » cria-t-il, tirant de nouveau. Inutilement.

« John, dépêche-toi ! »

Elle s'était retournée et voyait la horde des crapauds monter vers eux comme une marée ; ils se sautaient les uns sur les autres pour se retomber dessus après des bonds démesurés, heurtaient le papier peint fané à motifs de roses, sur les murs, et atterrissaient sur le dos pour se faire piétiner par leurs congénères. Ils étaient tout en crocs aigus, yeux noir et or, corps bouffis et tendineux.

« John, je t'en supplie, je t'en supp... »

L'une des bestioles, à cet instant, sauta sur Elise et s'agrippa à sa cuisse gauche, juste au-dessus du genou. Elle poussa un hurlement et s'en saisit, ses doigts crevant la peau et plongeant dans une masse fluide et gluante. Elle se dégagea et pendant une seconde, son geste lui ayant fait lever le bras, la chose immonde se trouva à hauteur de ses yeux, ses dents mordant le vide comme une machine de petite taille mais aux pulsions homicides. Elle la rejeta aussi violemment qu'elle le put. Le crapaud fendit l'air et vint s'écraser contre le mur, juste en face de la porte de la cuisine ; mais au lieu de retomber, il resta collé sur place par la viscosité de ses entrailles.

« JOHN, OH ! NOM DE DIEU, JOHN ! »

John Graham se rendit soudain compte qu'il s'y prenait à l'envers. Au lieu de tirer sur la porte, il pesa dessus – tellement fort qu'il faillit aller s'étaler dans l'escalier ; un instant, il se demanda s'il était bien le fils de sa mère. Il réussit à se raccrocher à la rampe, fort heureusement, car Elise manqua de peu le renverser tandis qu'elle dégringolait les marches, en hurlant comme une sirène de pompiers dans la nuit.

Bordel, elle va se casser la gueule, elle va pas pouvoir faire autrement, elle va tomber et se rompre le cou...

Par miracle, elle ne perdit pas l'équilibre ; elle atteignit le sol de terre battue de la cave sur lequel elle s'effondra, secouée de sanglots, étreignant sa cuisse déchiquetée.

Les crapauds franchissaient la porte de la cave en bonds grotesques.

John reprit son équilibre, fit demi-tour et claqua le battant. Les quelques bestioles qui avaient réussi à pénétrer à l'intérieur bondirent de l'étroit palier vers l'escalier, et de là dans les espaces entre les marches. Une autre sauta presque verticalement, ce qui le fit brusquement éclater de rire, tant le petit monstre avait quelque chose de comique, battant des pattes comme un clown sur un trampoline. Sans cesser de rire, il serra le poing droit et frappa le crapaud à hauteur de son ventre mou et parcouru de pulsations péristaltiques, juste au moment où il atteignait le sommet de sa parabole et se trouvait en parfait équilibre entre son impulsion et l'attraction de la gravité. Il fila dans l'obscurité et John entendit un *bonk !* écœurant lorsque l'animal heurta la chaudière.

A tâtons, sa main chercha l'interrupteur, et ne tarda pas à trouver le corps cylindrique de ce qui était un modèle ancien. Il donna de la lumière, et Elise se mit de nouveau à crier. Un crapaud venait de se prendre dans ses cheveux. Il coassa, se débattit, se tourna et vint la mordre dans le cou, roulé sur lui-même comme une mèche de cheveux coiffée en anglaise, mais énorme et déformée.

Elise se releva péniblement et se mit à courir en cercle, n'évitant que par miracle les piles de caisses entreposées dans le sous-sol. Elle heurta en revanche l'un des poteaux de soutènement, rebondit dessus, se tourna et le frappa sèchement de l'arrière de la tête, par deux fois. Il y eut un bruit ignoble, un jet de fluide noirâtre, et le crapaud tomba dans son dos, laissant derrière lui une traînée visqueuse.

Ses hurlements redoublèrent et la note de démence qu'ils contenaient glaça le sang de John. Il dégringola l'escalier quatre à quatre et vint prendre sa femme dans ses bras. Elle commença par se débattre, lançant des regards fous dans tous les sens, ses yeux exorbités brillant d'un éclat malsain, avant de se laisser aller.

« Où sont-ils passés ? » demanda-t-elle, haletante, d'une voix d'une telle raucité, après tous les cris qu'elle avait poussés, qu'on aurait presque cru un aboiement. « Où sont-ils passés, John ? »

Mais il était inutile de les chercher ; les crapauds, eux, les avaient déjà repérés, et se précipitaient avidement vers le couple.

Ils battirent en retraite, jusqu'au moment où John aperçut une pelle rouillée, appuyée contre un mur. Il s'en empara et frappa les bestioles à mort au fur et à mesure qu'elles se présentaient. Un seul lui échappa. Il bondit du sol sur une caisse et de là, sur Elise, s'empêtrant les crocs dans le tissu du T-shirt et restant pendu entre ses seins, donnant des coups de patte.

« Ne bouge pas ! » aboya John. Il laissa tomber la pelle, fit deux pas, saisit le crapaud et l'arracha du T-shirt. Un morceau de tissu vint avec lui. Le lambeau de coton resta pris dans ses dents tandis que l'animal se débattait et se tordait dans les mains de John. Le crapaud avait une peau verruqueuse, sèche, mais dégageait une chaleur malsaine ; sa peau paraissait animée d'une vie propre. John martela la bestiole du poing, et du sang mêlé à d'autres liquides se mit à lui jaillir entre les doigts.

Moins d'une douzaine de ces petites horreurs avaient effectivement réussi à franchir la porte de la cave, et elles furent bientôt toutes mortes. John et Elise s'agrippaient l'un à l'autre, l'oreille tendue, écoutant l'averse régulière des crapauds, à l'extérieur.

John étudia les vasistas qui, de jour, éclairaient la cave. Ils étaient bouchés et noirs et il se représenta soudain la maison telle qu'elle devait apparaître, vue de l'extérieur, enfouie dans une mare grouillante de corps se contorsionnant et se bousculant les uns les autres.

« Il faut bloquer les fenêtres, dit-il d'une voix enrouée. Leur poids risque de les faire céder et dans ce cas, ils vont tout envahir.

– Avec quoi ? demanda-t-elle d'une voix encore plus rauque que la sienne. Qu'est-ce qui pourrait servir... ? »

Il regarda autour de lui et découvrit plusieurs planches de contreplaqué, anciennes et noirâtres, appuyées contre un mur. Pas grand-chose, mais c'était toujours ça.

« Les planches, là. Aide-moi à en faire des morceaux plus petits. »

Ils travaillaient rapidement, avec frénésie. Il n'y avait que quatre vasistas, dans toute la cave, et c'était précisément leur étroitesse qui leur avait permis de tenir plus longtemps que les fenêtres du rez-de-chaussée, de taille normale. A peine venaient-ils d'achever de barricader le dernier, qu'ils entendirent éclater la vitre de l'un des autres, derrière la barrière de contreplaqué. Mais celui-ci résista.

Ils revinrent en trébuchant vers le milieu de la cave ; son pied cassé faisait boiter John.

Du haut de l'escalier leur parvenaient les raclements de mandibules des crapauds qui s'efforçaient de s'ouvrir un passage dans la porte.

« Que... Que ferons-nous s'ils y arrivent ? murmura Elise.

– Je ne sais pas », répondit-il. C'est à cet instant précis que la trappe de la cave à charbon, inutilisée depuis des années mais encore intacte, céda sous le poids des crapauds qui étaient tombés dedans ou y avaient sauté, et c'est un jet sous pression de centaines d'amphibiens qui fit irruption dans le sous-sol.

Cette fois-ci, Elise fut incapable de crier ; ses cordes vocales étaient trop endommagées pour cela.

Ça ne dura pas très longtemps pour les Graham, après que la trappe de la cave à charbon eut cédé ; mais, jusqu'au dernier moment, John cria tout à fait convenablement pour deux.

A minuit, l'averse de crapauds qui s'était abattue sur Willow se réduisait à l'équivalent d'un léger crachin coassant.

A une heure et demie du matin, le dernier crapaud tomba du ciel sombre où brillaient les étoiles, atterrit dans un pin, près du lac, sauta au sol et disparut dans la nuit. La paix était revenue pour sept ans.

Vers cinq heures et quart, les premières lueurs annonçant l'aurore commencèrent à filtrer, dans le ciel et sur la terre. Willow était enterrée sous un tapis d'amphibiens agité de remous et bruissant de plaintes. Les bâtiments, sur Main Street, avaient perdu leurs angles et leurs pignons ; on ne voyait plus que des formes arrondies et voûtées, secouées de tressaillements. Le panneau, au bord de la grand-route, sur lequel on lisait, BIENVENUE À WILLOW, LA VILLE DE L'AMITIÉ ! paraissait avoir reçu plusieurs décharges de chevrotines ; les trous avaient bien entendu été faits par les crapauds volants. Le panneau publicitaire, devant le General Mercantile, proposant les mystérieux « sandwiches italiens », avait été renversé. Des crapauds sautillaient dessus. Un séminaire de batraciens se déroulait au sommet de chacune des pompes à essence de la station-service Sunoco. Deux crapauds étaient agrippés aux deux bras, animés d'une giration lente ; de la girouette placée au-dessus du Willow Stove Shop, on aurait dit deux nabots monstrueux sur un manège.

Sur le lac, les quelques bateaux que des courageux avaient mis à l'eau à cette date précoce dans la saison (seuls les nageurs les plus téméraires osaient s'aventurer dans les eaux du lac Willow avant le 4 juillet, crapauds ou non) coulaient presque sous le poids des batraciens et les poissons étaient pris de folie de voir autant de nourriture presque à leur portée. De temps en temps on entendait des *Plip ! Plip !* lorsqu'en se battant pour une place à bord un crapaud tombait à l'eau et assurait ainsi le petit déjeuner d'une truite ou d'un saumon affamé. Les routes qui aboutissaient en ville – elles étaient effectivement nombreuses, pour une aussi petite bourgade, comme l'avait remarqué Henry Eden – disparaissaient sous les crapauds. Le courant électrique était coupé, les crapauds en chute libre ayant rompu les lignes en plusieurs endroits. La plupart des jardins étaient dévastés, mais de toute façon, le secteur n'était pas particulièrement agricole. Plusieurs personnes possédaient des troupeaux assez importants de vaches laitières, mais celles-ci avaient été mises à l'abri pour la nuit. Les producteurs de lait de Willow n'ignoraient rien de la saison des pluies et n'avaient aucune envie de perdre leurs hollandaises à cause d'une invasion de hordes de crapauds carnivores. Qu'auraient-ils raconté aux compagnies d'assurances ?

Lorsque la lumière commença à éclairer la maison Hempstead, elle révéla la présence de vagues de crapauds morts sur le toit, de gouttières qui pendaient, arrachées par des crapauds-bombes, une cour où grouillaient encore des crapauds ; ils sautillaient jusque dans la grange, en ressortaient, s'étouffaient dans les conduits de cheminée, allaient et venaient avec nonchalance autour des pneus de la Ford des Graham et s'installaient en rangées coassantes sur la banquette avant, comme des ouailles qui attendraient le début d'un service religieux. Des monceaux de crapauds, morts pour la plupart, s'élevaient contre la maison, en tas pouvant faire jusqu'à deux mètres de haut.

A six heures cinq, le soleil passa au-dessus de l'horizon, et les crapauds commencèrent à fondre lorsque ses rayons les effleurèrent.

Leur peau se décolora, blanchit, puis donna l'impression de devenir transparente. Bientôt, une vapeur qui dégageait une vague odeur de marécage se mit à monter des cadavres, tandis que des ruisselets crevés de bulles s'en écoulaient. Les yeux exorbités se détachaient, tombant soit vers l'intérieur, soit vers l'extérieur, en fonction de leur position lorsque le soleil les touchait. Leur peau éclatait avec un bruit sec parfaitement audible et, pendant environ dix minutes, on aurait dit qu'on ne cessait d'ouvrir des bouteilles de champagne dans tout Willow.

Après cela, les corps se décomposèrent rapidement, se transformant en flaques d'une sorte de *shmeg* d'un blanc opaque qui ressemblait à de la semence humaine. Ce liquide s'évacua le long de la pente du toit de la maison Hempstead, formant des petits ruisseaux qui dégouttaient comme du pus des chéneaux à demi emportés.

Les derniers crapauds vivants moururent pendant que ceux qui étaient déjà morts subissaient cette métamorphose. Le fluide blanc opaque bouillonna quelques instants puis s'enfonça lentement dans le sol, d'où montèrent de minuscules volutes de fumée ; pendant un petit moment, tous les champs des alentours de Willow furent comme le site d'un volcan jetant ses derniers feux.

A sept heures tout était terminé, les réparations mises à part, mais les habitants avaient l'habitude.

Cela leur semblait, au fond, un prix bien faible à payer pour sept nouvelles années de prospérité, dans ce trou perdu du Maine.

A huit heures cinq, la Volvo-poubelle de Laura Stanton vint se ranger dans la cour du General Mercantile. Lorsqu'elle en descendit, elle paraissait plus blême et maladive que jamais. A la vérité, elle n'était pas bien du tout ; elle tenait à la main un pack de six bières Dawson mais les bouteilles étaient vides. Elle avait un mal de crâne carabiné.

Henry Eden sortit sous le porche, son chien pétomane sur les talons.

« Vire-moi ce clébard, ou je fais demi-tour et je rentre chez moi, le menaça Laura, du pied de l'escalier.

– Il peut pas s'empêcher de lâcher des pets, Laura.

– Ça ne veut pas dire qu'il est obligé de les larguer sous mon nez. Je blague pas, Henry. J'ai un mal de crâne à rester couchée et la dernière chose dont j'aie besoin, ce matin, est d'entendre ce clebs nous jouer la sérénade avec son trou de balle.

– Allez, rentre, Toby », dit Henry en lui tenant la porte.

Toby retourna à l'intérieur et Henry referma le battant. Laura attendit le cliquetis du loquet, puis monta les marches.

« Ton panneau s'est cassé la figure, dit-elle en lui tendant les bouteilles consignées.

– J'y vois encore clair », répliqua Henry, qui n'était pas non plus de la meilleure humeur, ce matin. On aurait d'ailleurs eu du mal à trouver un seul habitant de Willow de bonne humeur ; attendre toute une nuit sous une pluie battante de crapauds n'était pas une partie de plaisir. Grâce à Dieu, cela n'arrivait que tous les sept ans ; sinon, il y aurait eu de quoi devenir cinglé.

« Tu aurais dû le rentrer », dit-elle.

Henry grommela quelque chose qu'elle ne saisit pas.

« Qu'est-ce que tu racontes ?

– J'dis qu'on aurait dû faire plus d'efforts, répondit Henry sur un ton de défi. C'était un jeune couple sympathique. On aurait dû faire plus d'efforts. »

Elle éprouva une pointe de compassion pour le vieillard, en dépit des élancements qui lui vrillaient le crâne, et lui posa la main sur le bras. « C'est le rituel, que veux-tu !

– Ouais... par moments, j'ai bien envie de lui dire d'aller chier, au rituel.

– Henry ! » Elle retira sa main, choquée en dépit d'elle-même. Faut dire qu'il ne rajeunissait pas, se dit-elle. Les rouages devaient commencer à rouiller.

« Je m'en fiche, s'entêta-t-il. Ils avaient vraiment l'air d'un jeune couple bien gentil. Toi aussi, tu l'as dit, et ne prétends pas le contraire.

– Au moins, je l'ai pensé. Mais on ne peut rien faire à ça, Henry. C'est ce que tu as dit toi-même hier.

– Je sais, soupira-t-il.

– On ne les oblige pas à rester. Tout juste le contraire. Nous leur conseillons de quitter la ville. Ce sont eux qui décident de rester. Ils décident *toujours* de rester. Ils prennent leur décision librement. Ça aussi, ça fait partie du rituel.

– Je sais », répéta-t-il. Il prit une profonde inspiration et fit la grimace. « Je déteste cette odeur, après. Toute cette satanée ville pue le lait tourné.

– A midi, on ne sentira plus rien, tu le sais bien.

– Ouais... mais j'espère bien êt' mort et enterré la prochaine fois, Laura. Et si c'est pas le cas, j'espère bien que ce s'ra quelqu'un d'autre que moi qui aura la corvée d'accueillir les prochains qui viendront just' avant la saison des pluies. Je veux bien payer mes factures comme tout le monde, mais je te le dis, ma fille, on finit par se lasser des crapauds. Même si c'est que tous les sept ans, un type finit par foutrement se lasser des crapauds.

– Une femme aussi, acquiesça-t-elle doucement.

– Bon. Et si on mettait un peu d'ordre dans tout ce fichu bazar ? dit-il en regardant tout autour de lui.

– D'accord. Mais tu sais, Henry, ce n'est pas nous qui l'avons inventé, le rituel. On ne fait que le suivre.

– J'sais bien, mais...

– Les choses pourraient changer. Impossible de dire quand et comment, mais c'est pas impossible. C'est peut-être notre dernière saison des pluies. Ou bien, la prochaine fois, personne de la ville ne viendra...

– Ne dis pas des choses pareilles, protesta-t-il, apeuré. Si personne ne vient, les crapauds risquent peut-êt' de pas disparaître aussi facilement avec le soleil.

– Eh bien, tu vois ? Tu finis par penser comme moi, au bout du compte.

– Ça fait un bail. C'est long, sept ans, non ? Ça fait un bail...

– Oui.

– C'était un gentil petit couple, hein ?

– Oui.

– C'est affreux, de partir comme ça », conclut-il, sans que Laura réponde, cette fois. Au bout d'un moment, il lui demanda si elle voulait bien l'aider à redresser le panneau. En dépit de son méchant mal de tête, elle accepta ; elle n'aimait pas voir Henry aussi déprimé, en particulier lorsqu'il l'était à propos de quelque chose qu'il ne pouvait pas davantage contrôler que les heures des marées ou les phases de la lune.

Lorsqu'ils eurent terminé, il paraissait aller un peu mieux.

« Ouais, reprit-il alors. Sept ans, ça fait un sacré bail. »

Oui, pensa-t-elle, *mais ça finit toujours par passer et la saison des pluies revient toujours, les étrangers arrivent, toujours deux, toujours un homme et une femme, et nous leur disons toujours exactement ce qui va se passer, et ils ne le croient pas. Et ce qui doit arriver... arrive.*

« Allez, vieille crapule, dit-elle, offre-moi donc un café, sans quoi j'ai la tête qui va éclater. »

Il lui offrit un café et, avant qu'ils l'aient fini, les bruits de marteau et de scie avaient commencé dans la ville. Par la fenêtre, ils voyaient les gens, sur Main Street, replier leurs volets, parler et rire.

L'air était chaud et sec, sous un ciel d'un bleu pâle et brumeux ; à Willow, la saison des pluies était terminée.

Mon joli poney

Assis dans l'encadrement de la porte de la grange, submergé par l'odeur des pommes, le vieil homme se balançait en essayant de se persuader qu'il n'avait pas envie de fumer – non pas à cause de son médecin, mais parce qu'il avait le cœur qui palpitait constamment, en ce moment. Il observait ce stupide petit salaud d'Osgood ; celui-ci compta rapidement dans sa tête, appuyé à l'arbre, se tourna et repéra Clivey avec un éclat de rire, la bouche grande ouverte, si bien que le vieux vit comment les dents pourrissaient déjà sur les mâchoires du gamin et imagina l'odeur que devait dégager son haleine : la même que celle qui monte du fond d'une cave humide. Et dire que ce morpion n'avait même pas onze ans...

Le vieux le regarda qui poussait son braiment de rire entrecoupé de hoquets ; le gamin s'esclaffait tellement fort qu'il dut finalement se plier en deux, les mains sur les genoux, tellement fort que les autres sortirent de leur cachette pour voir de quoi il retournait ; et lorsqu'ils le virent, eux aussi se mirent à rire. Ils se tenaient tous en rond dans le soleil du matin et se moquaient de son petit-fils, tant et si bien que le vieillard en oublia qu'il avait envie de fumer. Il ne désirait plus qu'une chose, voir si Clivey allait pleurer. Il s'aperçut qu'il était plus curieux de cette question que de tout autre sujet ayant retenu son attention depuis les trois ou quatre derniers mois, y compris celui de sa mort imminente.

« Il a été pris ! scandaient les autres, hilares. Il a été pris, il a été pris ! »

Clivey se contentait de rester immobile, aussi flegmatique qu'un rocher au milieu d'un champ, attendant la fin des moqueries, attendant que le jeu reprenne son cours et que *cela* et la gêne qui l'accompagnait appartiennent au passé. Au bout d'un moment, le jeu recommença. Puis il fut midi et les autres garçons retournèrent chez eux. Le vieillard observa son petit-fils pendant le repas. Celui-ci ne mangea pas grand-chose. Il se contenta de donner des coups de fourchette à ses pommes de terre, de faire changer de place le maïs et les petits pois dans son assiette et de donner en douce des bouts de viande au chien, sous la table. Le vieil homme nota tout cela, intéressé, répondant aux questions que les autres lui posaient, mais n'écoutant guère ce qui sortait de leur bouche ou de la sienne. Il n'en avait que pour le garçon.

Une fois la tarte mangée, il eut envie de ce qu'il ne pouvait avoir et déclara qu'il allait faire la sieste, marquant une pause au milieu de l'escalier parce qu'il avait le cœur qui crépitait comme un ventilateur dans lequel on a coincé une carte à jouer ; il resta immobile, tête baissée, attendant de voir s'il s'agissait de l'alerte finale (il y en avait déjà eu deux) – mais non, il poursuivit l'ascension des marches, se déshabilla, ne gardant que son sous-vêtement, et s'étendit sur le couvre-lit blanc immaculé. Un rectangle de soleil blasonnait sa poitrine décharnée, sectionné en trois parties bien nettes par l'ombre portée des lattes. Il mit les mains derrière la tête et se laissa dériver dans une somnolence attentive. Au bout de quelques instants, il crut entendre l'enfant pleurer dans sa chambre, au bout du couloir, et pensa : *Il faut que je m'occupe de ça.*

Il dormit une heure et lorsqu'il se leva, la femme était endormie en slip à côté de lui, si bien qu'il prit ses vêtements et s'habilla de l'autre côté de la porte, avant de descendre.

Clivey était dehors, assis sur les marches et lançant un bout de bois pour le chien, lequel le ramenait avec plus d'enthousiasme que le gosse ne le jetait. Le chien (il n'avait pas de nom, c'était simplement le chien) paraissait intrigué.

Le vieil homme interpella le garçon et lui dit de venir faire un tour avec lui dans le verger ; le garçon obéit.

Le vieillard s'appelait George Banning. Et c'est de lui que son petit-fils, Clive Banning, apprit ce qu'avait d'important, dans la vie, le fait de posséder un joli poney. Il fallait en avoir un, même si l'on était allergique aux chevaux, car sans un joli poney, on pouvait bien avoir six horloges dans chaque pièce et des montres aux deux bras jusqu'au-dessus du coude et cependant ne jamais savoir l'heure qu'il était.

C'est ainsi que l'instruction (George Banning ne donnait jamais de conseils, seulement de l'instruction) de Clive eut lieu le jour où il s'était fait prendre par cet imbécile d'Alden Osgood en jouant à cache-cache. A cette époque, le grand-père de Clive paraissait plus vieux que Dieu lui-même, ce qui voulait dire qu'il devait avoir dans les soixante-douze ans. La ferme des Banning se trouvait près de la ville de Troy (Etat de

New York), ville qui, en 1961, commençait tout juste à apprendre à ne plus être campagnarde.

L'instruction eut lieu dans le verger de l'ouest.

Grand-père se dressait, sans veste, au milieu d'un blizzard qui n'était pas dû à une neige tardive mais aux premières fleurs de pommier qu'emportait une brise forte et tiède ; sous sa salopette, Grand-père portait une chemise, sans doute verte autrefois mais qui, après des douzaines ou des centaines de lavages, avait pris une nuance olivâtre indescriptible ; par le col ouvert, on voyait le haut d'un gilet de peau (du genre avec des bretelles, évidemment ; à l'époque, on fabriquait déjà les autres, mais un homme comme Grand-père allait rester un porteur de marcels jusqu'à la fin), gilet de peau propre mais de la couleur de l'ivoire ancien, ayant perdu sa blancheur originelle car la devise de Grand-mère, maintes fois répétée et même brodée sur une décoration du salon (sans doute pour les rares occasions où elle n'était pas là pour dispenser ses conseils de sagesse), était celle-ci : *Sers-t'en, sers-t'en, ne le perds jamais ! Use-le jusqu'à la corde ! Prends-en soin ou bien passe-t'en !* Des pétales de fleurs de pommier s'étaient pris dans les cheveux longs de Grand-père, encore poivre et sel, et le garçon trouva que le vieil homme était superbe, au milieu des arbres.

Il avait vu que Grand-père les observait, tandis qu'ils jouaient, avant le déjeuner. Ou plutôt qu'il l'observait, lui. Grand-père était assis dans son rocking-chair, à l'entrée de la grange. L'une des planches grinçait à chacun des mouvements du fauteuil, et il ne bougeait pas, un livre à l'envers sur les genoux, les mains croisées dessus, se balançant au milieu des odeurs sourdes et douces de foin, de pommes et de cidre. C'est à cause de cette partie de cache-cache que Grand-père instruisit Clive Banning sur la question du temps et son côté ondoyant, fuyant, sur le combat quasi permanent qu'il fallait mener pour ne pas le lâcher ; le poney était bien joli, mais il avait le cœur mauvais. Si on ne surveillait pas de près ce joli poney, il en profitait pour sauter par-dessus la barrière et il fallait prendre un licou et lui courir après, une expédition qui avait tendance à vous épuiser complètement, même si elle n'était pas très longue.

Grand-père commença à donner son instruction en disant que Alden Osgood avait triché. Il aurait dû se tenir les yeux cachés et rester tourné contre l'orme mort, à côté du billot, pendant une minute entière, c'est-à-dire en comptant jusqu'à soixante. Ce délai était censé donner à Clivey (Grand-père l'avait toujours appelé ainsi, et ça ne l'avait pas gêné, jusqu'ici, mais il commençait à se dire qu'il s'en prendrait à quiconque, jeune ou moins jeune, se permettrait de l'appeler ainsi quand il aurait passé douze ans) et aux autres assez de temps pour se cacher. Clivey était encore en train de chercher une cachette lorsque Alden était arrivé à soixante, s'était tourné et l'avait attrapé tandis qu'il essayait de se faufiler, en dernier ressort, derrière des caisses de pommes empilées à la diable à l'arrière de la cidrerie, où, dans la pénombre, la machine qui broyait les fruits blets dressait sa masse inquiétante comme un engin de torture.

« Ce n'était pas juste, dit Grand-père. Tu n'en as pas fait toute une histoire et tu as eu raison, car un homme, un vrai, ne fait jamais d'histoires – c'est bon pour les fillettes, ça. Un homme, et même un garçon, sait bien que ça ne mène à rien. N'empêche, c'était pas juste. Je peux le dire maintenant, parce que tu ne l'as pas fait sur le moment. »

Les pétales voletaient dans les cheveux du vieil homme. L'un d'eux alla se poser dans le creux, sous sa pomme d'Adam, où il resta comme un bijou – c'était beau, tout simplement parce que certaines choses sont belles comme ça, tout naturellement, mais c'était aussi superbe dans la mesure où ça ne durait pas : au bout de quelques secondes le pétale serait chassé d'un geste impatient, tomberait sur le sol et redeviendrait parfaitement anonyme au milieu des autres.

Il répondit à Grand-père que Alden avait bien compté jusqu'à soixante, comme l'exige la règle, sans comprendre pourquoi il tenait à prendre la défense du garçon qui, après tout, n'avait même pas eu besoin de le chercher puisqu'il l'avait « pris » tout de suite. Alden, qui donnait parfois des gifles comme une fille quand il était en colère, n'avait eu qu'à se tourner, le voir et poser la main sur l'arbre mort en entonnant la formule mystique et sans appel de l'élimination : « Un-deux-trois, j'ai vu Clive ! »

Peut-être ne défendait-il Alden que pour que Grand-père ne reparte pas tout de suite, que pour qu'il puisse continuer à voir les cheveux poivre et sel de Grand-père ondoyer dans le blizzard de pétales, à admirer le joyau éphémère pris dans le creux au bas du cou du vieil homme.

« Evidemment qu'il l'a fait, dit Grand-père. Evidemment, qu'il a compté jusqu'à soixante. Et maintenant, écoute-moi bien, Clivey ! Et enfonce-toi bien ça dans le crâne. »

La salopette de Grand-père comportait de vraies poches – cinq en tout, en comptant la poche kangourou sur le ventre, mais à côté des poches latérales il y avait des trucs qui avaient *seulement l'air* d'en être. En fait, il s'agissait de fentes, de façon à pouvoir accéder au pantalon que l'on portait dessous (à cette époque, l'idée que l'on aurait pu ne pas porter de pantalon sous une salopette aurait paru plus que scandaleuse : ridicule – le comportement de quelqu'un avec une araignée au plafond). Grand-père, sous sa salopette, portait l'inévitable jean. Le « falzar juif », comme il l'appelait d'ordinaire, employant l'expression qu'utilisaient tous les fermiers que connaissait Clive. Les Levi's étaient soit des « falzards juifs », soit tout simplement des « *joozers* ».

Il passa la main dans la fente de droite, farfouilla un certain temps dans la poche de son jean et finit par en extirper une montre de gousset en argent terni qu'il mit dans la main du garçon, pris par surprise. L'objet pesa si soudainement dans sa paume, il y avait quelque chose de tellement vivant dans son tic-tac, sous l'enveloppe de métal, qu'il faillit le lâcher.

Il regarda Grand-père, l'œil agrandi.

« C'est pas le moment de la laisser tomber, dit celui-ci. Elle continuerait sans doute à fonctionner, remarque ; elle est déjà tombée, et même quelqu'un a marché dessus, dans je ne sais plus quel fichu bistrot d'Utica, et pourtant, elle ne s'est pas arrêtée. De toute façon, si elle s'arrête, c'est tant pis pour toi, parce qu'elle est à toi, à partir de maintenant.

– Quoi ? » Il avait failli dire qu'il ne comprenait pas mais n'avait pu finir sa phrase, précisément parce qu'il avait compris.

« Je te la donne, reprit Grand-père. J'en avais toujours eu l'intention, mais que je sois pendu si je mets ça dans un testament. Ça coûterait plus cher qu'elle ne vaut en droits d'enregistrement.

– Grand-père... je... bon Dieu ! »

Grand-père éclata de rire, mais se mit bientôt à tousser. Il se plia en deux, toujours riant, toujours toussant, son visage devenant violacé, comme une prune. L'inquiétude fit perdre une partie de sa joie et de son émerveillement au garçon. Il se rappelait sa mère ne cessant de lui répéter, pendant le trajet pour venir ici, qu'il ne fallait pas fatiguer Grand-père parce que Grand-père était malade. Lorsque Clive lui avait demandé, deux jours avant (et en termes prudents) ce qu'il avait, George Banning avait répondu par un seul mot mystérieux. Ce n'est que dans la soirée qui avait suivi leur conversation dans le verger, alors qu'il sombrait dans le sommeil en tenant la montre serrée dans la chaleur de sa main, que Clive avait compris que le mot prononcé par Grand-père, « tocante », ne faisait pas allusion à quelque bestiole venimeuse et dangereuse, mais à son cœur. Le docteur l'avait obligé à s'arrêter de fumer, et averti que s'il essayait de faire un effort trop grand, comme pelleter la neige ou bêcher le jardin, il se retrouverait en train de jouer de la harpe sur un nuage. Ça, le gosse savait parfaitement ce que ça voulait dire.

« C'est pas le moment de la laisser tomber... elle continuerait sans doute à fonctionner », avait déclaré Grand-père. Clive était toutefois assez grand pour savoir qu'un jour la montre s'arrêterait forcément, car les montres, comme les gens, s'arrêtent forcément un jour.

Il restait indécis, attendant de voir si Grand-père n'allait pas s'arrêter ainsi, mais finalement la toux et les éclats de rire se calmèrent et il se redressa, essuyant une coulée de morve du dos de la main gauche avant de la jeter négligemment au sol.

« T'es un gosse fichtrement marrant, Clivey, dit-il.

J'ai seize petits-enfants, et sur le lot il n'y en a que deux qui valent leur pesant de cacahuètes, et tu n'en fais pas partie – t'es pas loin sur la liste. Mais t'es le seul capable de me faire rire jusqu'à me faire mal aux berlons.

– Je ne voulais pas que t'aies mal aux berlons », protesta Clive, ce qui eut le don de déclencher une nouvelle crise d'hilarité chez Grand-père ; cette fois, cependant, il put la contrôler avant qu'elle ne se transforme en toux.

« Enroule la chaîne autour de ton poignet, si tu dois te sentir plus à l'aise. Si tu te sens plus à l'aise dans ta tête, tu feras peut-être un peu plus attention. »

Clive fit comme le lui avait suggéré Grand-père et, en effet, se sentit mieux. Il regarda la montre, dans le creux de sa main, fasciné par la sensation de vie qui émanait de son mécanisme, par l'éclat du soleil sur son verre, par l'aiguille des secondes tournant toute seule dans son propre cercle minuscule. Mais il s'agissait toujours de la montre de Grand-père : là-dessus, il était bien tranquille. Pendant que cette idée lui traversait l'esprit, un pétale de fleur glissa sur le verre et disparut ; cela ne dura qu'une seconde, mais suffit à tout changer. Après le pétale, ce fut vrai. La montre était à lui, pour toujours... ou au moins jusqu'à ce qu'elle s'arrête de fonctionner, qu'elle soit irréparable et qu'il faille la jeter.

« Très bien, dit Grand-père. Tu vois la petite aiguille des secondes, qui tourne toute seule dans son coin ?

– Oui.

– Bon. Ne la quitte pas des yeux. Quand elle arrivera en haut, tu me crieras : "Vas-y !", d'accord ? »

Il acquiesça.

« Parfait. Après quoi, tu la laisseras continuer, c'est tout, mon loulou. »

Clive fixa la montre, le sourcil froncé, sérieux comme un mathématicien ayant en vue la conclusion de quelque équation particulièrement épineuse. Il avait déjà compris ce que voulait lui montrer Grand-père, et il était assez intelligent pour avoir aussi saisi que la preuve n'était qu'une formalité... mais une formalité qu'il fallait tout de même accomplir. C'était un rite, comme de ne pouvoir quitter l'église avant que le prêtre ait donné sa bénédiction, même si l'on avait chanté toutes les hymnes et si le sermon était – grâce à Dieu – terminé.

Lorsque l'aiguille des secondes fut à la hauteur de soixante sur son propre petit cadran (*elle est à moi*, s'émerveilla-t-il, *c'est* MON *aiguille des secondes sur* MA *montre !*), il rugit « Vas-y ! » à pleins poumons, et Grand-père se mit à compter avec le débit rapide et huilé d'un commissaire-priseur liquidant une marchandise douteuse, et qui essaie de s'en débarrasser au prix le plus élevé avant que son public hypnotisé ait le temps de se réveiller et de se rendre compte qu'il s'est non seulement fait rouler, mais ridiculiser.

« Un-deux-trois, quat'-cin'-six, sept-hui'-neuf, dix-onz'-douze », psalmodia Grand-père ; les amas noueux de ses joues et les veines violacées, sur son nez, gonflaient au fur et à mesure qu'augmentait son excitation, et il finit dans un cri rauque de triomphe : « Cinquan'-neuf-soixant' ! » L'aiguille des secondes venait juste de franchir la septième petite barre du cadran, ce qui faisait trente-sept secondes.

« Combien j'ai mis ? » demanda Grand-père, haletant et se frottant la poitrine.

Clive le lui dit, le regardant avec une admiration non dissimulée. « Qu'est-ce que tu comptes vite, Grand-père ! »

Grand-père eut un geste de la main comme pour chasser une mouche de devant sa poitrine, mais il souriait. « Je n'ai même pas compté moitié aussi vite que ce petit vaurien d'Osgood. Je l'ai entendu aller jusqu'à vingt-sept, mais le coup suivant il en était déjà à quarante et un, ou quelque chose comme ça. » Il regarda Clive intensément, de ses yeux d'un bleu sombre et automnal, si différents des yeux bruns de type méditerranéen de son petit-fils. Puis il posa une main noueuse sur son épaule. Elle était toute déformée par l'arthrite, mais le garçon sentit la force vivante qui s'y trouvait encore, assoupie, comme les câbles dans une machine à l'arrêt. « Il y a une chose que tu ne devras pas oublier, Clivey. Le temps n'a rien à voir avec la vitesse à laquelle tu peux compter. »

Clive acquiesça lentement. Il ne comprenait pas tout à fait ce que Grand-père voulait dire, mais il avait l'impression que l'ombre de la compréhension l'avait traversé, comme l'ombre d'un nuage passe au-dessus d'un champ.

Grand-père plongea la main dans la poche kangourou de sa salopette et en retira un paquet de Kool sans filtre. Manifestement, Grand-père n'avait pas arrêté de fumer, en fin de compte, tocante folle ou pas. Il avait tout de même dû réduire très fortement sa consommation, observa le garçon, parce que le paquet de cigarettes paraissait avoir connu une longue carrière, et avoir échappé au sort de presque tous les paquets, ouverts après le petit déjeuner et jetés dans le caniveau, froissés en boule, vers trois heures de l'après-midi. Grand-père farfouilla dedans et en retira une cigarette, presque en aussi piteux état que son emballage. Il se la carra dans le coin de la bouche, remit le paquet dans la poche – d'où il retira une allumette de bois qu'il enflamma, d'un geste expert, contre son ongle jauni et épais de vieux. Clive le regardait avec la fascination d'un enfant devant un magicien qui fait jaillir un jeu de cartes de sa main vide. Le coup d'ongle était toujours intéressant, mais le plus stupéfiant était que la flamme ne s'éteignait pas. En dépit de la forte brise qui ratissait le sommet de la colline sur laquelle ils se tenaient, Grand-père put se permettre de prendre tout son temps pour mettre ses mains en coupe autour de la petite flamme. Sur quoi il alluma la cigarette avant de *secouer l'allumette*, comme si le vent ne dépendait que de son bon vouloir. Clive étudia minutieusement la cigarette et ne vit aucune marque noire de brûlure courir le long du cylindre blanc de papier, au-delà de la partie embrasée. Ses yeux ne l'avaient donc pas trompé ; Grand-père avait pris du feu à une flamme droite, comme s'il avait allumé sa cigarette à une chandelle, dans un endroit clos. C'était purement et simplement de la sorcellerie.

Grand-père retira la Kool du coin de sa bouche – dans laquelle il enfonça le pouce et l'index, donnant un instant l'impression qu'il était sur le point de siffler son chien, ou un taxi. Au lieu de cela, il ressortit ses doigts mouillés et serra entre eux la tête de l'allumette. Le garçon n'avait besoin d'aucune explication ; la seule chose que Grand-père et ses amis fermiers redoutaient le plus, après une gelée soudaine, était un incendie. Grand-père laissa tomber l'allumette et l'écrasa sous sa botte. Lorsqu'il releva la tête et vit le garçon qui le regardait, les yeux ronds, il se méprit sur les raisons de sa fascination.

« Je sais qu'en principe je ne devrais pas le faire, dit-il, et je ne vais pas te demander de mentir, ni même te le suggérer. Si Grand-mère te pose la question de but en blanc – du genre : "Grand-père n'aurait pas fumé, là-haut, par hasard ?" – tu lui dis que si, carrément. Je n'ai pas besoin qu'un gosse mente à ma place. » Il ne souriait pas, mais son regard rusé, filtrant à travers des paupières plissées, donnait à Clive l'impression de faire partie d'une conspiration pour rire, innocente. « Par contre, si Grand-mère me demande si tu as juré le nom du Seigneur au moment où je t'ai donné la montre, je la regarderai droit dans les yeux et lui dirai : "Non, m'dame. Il a dit merci aussi poliment que possible, et c'est tout." »

Ce fut au tour de Clive d'éclater de rire et le vieil homme sourit, révélant les quelques dents qui lui restaient.

« Evidemment, si elle ne demande rien, on n'est pas forcés de dire quoi que ce soit... tu ne crois pas, Clivey ? Ça te paraît correct ?

– Oui », répondit Clive. Il n'était pas du genre mignon et ne devint jamais ce que les femmes considèrent comme un bel homme, mais lorsqu'il sourit, ayant parfaitement compris ce que signifiait le tour de passe-passe rhétorique de Grand-père, il fut beau, au moins pendant quelques instants, et le vieil homme lui ébouriffa les cheveux.

« Tu es un bon gars, Clivey.

– Merci, m'sieur. »

Grand-père resta là à ruminer, tandis que la Kool se consumait à une vitesse surnaturelle (le tabac était sec et, si le vieil homme n'en tirait que quelques bouffées, le vent avide qui soufflait au sommet de la colline se chargeait de lui fumer le reste), Clive pensa qu'il avait dit tout ce qu'il avait à dire. Il était désolé. Il adorait entendre Grand-père parler. Les choses qu'il disait ne cessaient de le stupéfier parce qu'elles étaient toujours logiques. Sa mère, son père, Grand-mère, oncle Don – tous faisaient des déclarations qu'il était censé prendre au pied de la lettre, du genre « qui paie ses dettes s'enrichit », mais elles étaient rarement logiques.

Il avait une sœur de six ans plus âgée que lui, Patty. Il comprenait bien ce qu'elle disait mais n'en tenait aucun compte, car c'était pour l'essentiel des stupidités. Elle lui communiquait le reste en petits pincements méchants. Les pires de tous étaient ceux qu'elle avait baptisés les « Peter ». Si jamais, lui avait-elle promis, il osait parler à quiconque des pinçons Peter, elle le massacrerait. Patty parlait constamment des gens qu'elle allait « massacrer » ; elle avait une liste noire à faire pâlir de jalousie le Syndicat du Crime. On avait tout d'abord envie de rire... jusqu'au moment où l'on remarquait son expression fermée, sinistre. Quand on comprenait ce qu'il y avait vraiment derrière ce masque étroit, on perdait toute envie de rire. Clive riait tout de même. Il fallait cependant être prudent avec elle – elle avait l'air stupide, comme ça, mais elle était loin de l'être.

« Je veux pas de petit ami », avait-elle annoncé un soir au dîner, il n'y avait pas très longtemps. C'était à peu près à l'époque où les garçons, traditionnellement, invitent les filles au bal du country club ou à celui de la promotion, au collège. « Je me fiche complètement d'avoir un petit ami. » Sur quoi elle leur avait jeté un regard de défi par-dessus son assiette fumante.

Clive avait étudié le visage calme et quelque peu spectral de sa sœur, à travers la buée, et s'était souvenu d'un incident qui s'était produit deux mois auparavant, alors que la neige recouvrait encore le sol. Passant pieds nus et donc sans bruit dans le couloir du premier étage, il avait machinalement regardé par la porte de la salle de bains, restée ouverte – sans se douter un instant que cette vieille pisseuse de Patty s'y trouvait. Il en était resté pétrifié. Si elle avait tourné la tête, même un peu, elle l'aurait certainement aperçu.

Mais elle était beaucoup trop occupée à s'inspecter pour cela, debout, aussi nue que les modèles élancés des revues spécialisées pour les messieurs, une serviette de bain en boule à ses pieds. Elle n'avait rien d'élancé, en revanche ; Clive le savait, et elle ne l'ignorait pas non plus, à voir son expression. Des larmes roulaient sur ses joues boutonneuses. De grosses larmes qui dégringolaient en rangs serrés, mais que n'accompagnait pas le moindre sanglot. Finalement, Clive avait retrouvé une partie de son instinct de conservation, assez, en tout cas, pour s'esquiver sur la pointe des pieds, et n'avait jamais dit mot à quiconque de l'incident, et surtout pas à Patty. Il ignorait si elle aurait été furieuse à l'idée d'avoir été vue les fesses à l'air par son petit frère, mais il ne doutait pas un instant de ce qu'aurait été sa réaction d'avoir été surprise en train de chialer (même si elle l'avait fait dans un étrange silence), il ne doutait pas que, pour ça, elle l'aurait massacré.

« A mon avis tous les garçons sont des imbéciles, et d'abord, ils sentent tous comme du fromage blanc qui a tourné », avait-elle ajouté, cette fameuse soirée de printemps, en enfournant une énorme bouchée de rosbif. « Si jamais un garçon me demande de sortir avec lui, je me ficherai de lui.

– Tu changeras un jour d'avis, ma cocotte », avait répondu Papa sans interrompre ni sa mastication, ni la lecture du livre posé à côté de son assiette. Maman avait renoncé à lui interdire de lire à table.

« Non, jamais », avait-elle répliqué. Clive avait compris qu'elle était sérieuse. Lorsque Patty disait quelque chose, elle le pensait vraiment ; c'était un trait de caractère que Clive comprenait beaucoup mieux que leurs parents. Il n'était pas tout à fait convaincu qu'elle était sérieuse – complètement sérieuse, en tout cas – pour ce qui était de le « massacrer » si jamais il la taquinait avec ses histoires de pinçons Peter, mais il n'avait aucune envie d'en prendre le risque. Même si elle ne le tuait pas vraiment, elle trouverait une manière tout aussi spectaculaire qu'imprévisible de lui faire du mal, il n'y avait aucun doute. En outre, les pinçons Peter n'étaient pas de véritables pinçons ; ils se rapprochaient davantage de la manière qu'elle avait parfois de caresser Brandy, son bâtard de caniche, parce qu'il avait prétendument fait une bêtise et qu'il détenait un secret qu'il n'avait aucune intention de lui dévoiler : cette forme de pinçons Peter, les caressants, n'avait au fond rien de désagréable.

Lorsque Grand-père ouvrit la bouche, Clive crut qu'il allait dire qu'il était temps de rentrer à la maison. Mais au lieu de cela, il lui déclara : « Je vais t'expliquer quelque chose, si tu veux. Ça ne sera pas bien long. Alors, ça te dit ?

– Oui, m'sieur !

– Vraiment ? s'enquit Grand-père d'un ton amusé.

– Oui, m'sieur !

– Je me dis parfois que je ferais bien de te subtiliser à tes parents et de te garder tout le temps ici. Oui, parfois, j'ai l'impression que si je t'avais la plupart du temps à portée de la main, je vivrais éternellement, même avec ma tocante en mauvais état. »

Il retira la cigarette de sa bouche, la laissa tomber

au sol, l'écrasa à mort de plusieurs mouvements de va-et-vient du talon de sa botte, puis recouvrit le mégot de la terre ainsi désagrégée, juste au cas où. Lorsqu'il regarda de nouveau Clive, son regard pétillait.

« Cela fait longtemps que j'ai cessé de donner des conseils. Il y a bien trente ans, sinon plus. J'ai arrêté quand je me suis rendu compte que seuls les fous en donnaient et que seuls les fous les suivaient. L'instruction... L'instruction est une chose différente. Un type intelligent en donnera de temps en temps, et un homme – ou un garçon – intelligent acceptera d'en recevoir de temps en temps. »

Clive ne répondit rien, se contentant de regarder son grand-père avec la plus grande attention.

« Il y a trois sortes de temps, reprit Grand-père, et, si tous sont réels, un seul d'entre eux est *réellement* réel. Il faut apprendre à les connaître et à les distinguer les uns des autres. Tu me suis ?

– Non, m'sieur. »

Grand-père acquiesça.

« Si tu m'avais répondu oui, je t'aurais botté les fesses et ramené illico à la ferme. »

Clive se mit à examiner ce qui restait de la cigarette écrabouillée, le visage tout rouge, fier de lui.

« Quand on est encore qu'un béjaune, comme toi, le temps est long. Je vais prendre un exemple. Quand arrive le mois de mai, tu as l'impression que l'école n'en finira jamais, que la mi-juin n'arrivera jamais. C'est pas comme ça ? »

Clive se rappela combien étaient pesants ces derniers jours d'école – somnolence, odeur de craie – et acquiesça.

« Et lorsque c'est enfin la mi-juin, que le maître te donne ton carnet de notes et te rend la liberté, on dirait que l'école ne va jamais reprendre. C'est bien comme ça, ça aussi ? »

Clive évoqua cette vaste perspective de journées et acquiesça si vigoureusement qu'il s'en fit craquer le cou. « Bon Dieu, oui – euh, je veux dire, *m'sieur* ! » Toutes ces journées... toutes ces journées s'étirant sur les plaines illimitées de juin, de juillet et sur l'inimaginable horizon d'août ! Tellement de journées, tellement d'aubes, tellement de déjeuners de sandwiches au saucisson, à la moutarde et aux rondelles d'oignon cru accompagnés de verres de lait géants tandis que Maman restait assise en silence dans le salon, avec son éternel verre de vin, regardant les feuilletons télévisés ; tellement d'après-midi inépuisables où la sueur jaillissait de votre coupe de cheveux en brosse et vous coulait sur les joues, après-midi où l'on était tout surpris, à chaque fois, de remarquer que son ombre portée n'était plus une boule mais s'étirait en un vrai petit garçon ; tellement de crépuscules pendant lesquels séchait la sueur pour ne plus être qu'une odeur comme de la lotion après-rasage sur les joues et les bras tandis que l'on jouait à chat perché, aux barres ou au ballon ; bruits de chaîne de bicyclette, de dérailleur bien huilé qui sautait impeccablement, odeurs de chèvrefeuille, d'asphalte qui refroidissait, de feuilles vertes, de gazon fraîchement coupé, claquements des battes de base-ball qu'étalait un jeune collectionneur sur le trottoir, devant chez lui, échanges solennels et lourds de conséquences qui transformaient l'aspect des équipes, conciliabules se poursuivant dans la lumière au lent déclin d'une soirée de juillet jusqu'à ce que l'appel : *Cliiiive ! A taaable !* y mette un terme ; et cet appel qui avait ce même côté attendu et surprenant que la boule d'ombre de midi transformée, à trois heures, en une silhouette de petit garçon courant dans la rue derrière soi – et ce garçon vissé à ses talons qui devenait quasiment un homme sur le coup de cinq heures (même s'il était extraordinairement décharné) ; velouté des soirées de télévision, froissements espacés des pages des livres que son père lisait les uns après les autres (des mots, des mots, des mots, son papa n'en était jamais fatigué, et Clive avait eu l'intention, une fois, de lui demander comment c'était possible, mais avait flanché au dernier moment), sa mère se levant de temps en temps pour se rendre à la cuisine, suivie par le regard inquiet de sa sœur et celui, simplement curieux, de Clive ; les doux tintements pendant qu'elle remplissait le verre qui ne se vidait plus jamais après onze heures du matin (tandis que leur père ne levait jamais le nez de son livre, bien que Clive se doutât qu'il entendait tout et savait tout, même si Patty l'avait traité de sale menteur et gratifié d'un pinçon Peter qui lui avait fait mal toute la journée quand il s'était permis de le lui dire), la susurration des moustiques contre l'écran des moustiquaires, paraissant toujours plus insistants après le coucher du soleil ; l'heure fatidique d'aller au lit, aussi injuste qu'irrévocable, les protestations vaines avant même d'être prononcées ; le brusque baiser de son père, avec son odeur de tabac, celui de sa mère, plus tendre, à la fois sucré et acide à cause de l'odeur du vin ; sa sœur disant à Maman qu'elle devrait aller se coucher lorsque Papa serait parti à la taverne du coin boire une ou deux bières en regardant du catch à la télévision, au-dessus du bar ; Maman répondant à Patty de s'occuper de ses affaires, intermède qui serrait le cœur par ce qu'il signifiait en ayant tout de même quelque chose de rassurant tant il était prévisible ; les lucioles brillant dans l'obscurité ; un coup de klaxon, lointain, tandis qu'il s'enfonçait dans le tunnel long et ténébreux du sommeil ; puis, le jour suivant, qui ressemblait au précédent mais n'était pas le même... L'été. Tel était l'été. Il ne semblait pas seulement long. Il l'était.

Grand-père, qui le surveillait attentivement, donnait l'impression de lire tout cela dans les yeux bruns de Clive, de connaître tous les mots qui auraient pu décrire les choses que le jeune garçon aurait été incapable d'exprimer, des choses qui ne pouvaient jaillir de lui parce que sa bouche n'arrivait jamais à parler le langage de son cœur. Alors Grand-père acquiesça, comme s'il voulait précisément confirmer cette vision des choses, et soudain Clive fut terrifié à l'idée que Grand-père allait tout gâcher en sortant quelque chose de gentil, d'apaisant et de dépourvu de sens. Bien sûr, allait-il dire. Je connais tout ça, Clive. Moi aussi, j'ai été un petit garçon.

Mais il n'en fit rien et Clive comprit qu'il avait été stupide d'envisager cette possibilité, ne fût-ce qu'un instant. Pis encore, déloyal. Car c'était *Grand-père*, et Grand-père ne parlait *jamais* à tort et à travers comme le faisaient souvent les autres grandes personnes. Au lieu de tenir des propos lénifiants, il s'exprima avec la sécheresse définitive d'un juge prononçant une sentence sévère pour un crime capital.

« Tout ça change », dit-il.

Clive le regarda, un peu inquiet à cette idée mais plus fasciné que jamais par la manière dont le vent faisait virevolter les cheveux du vieil homme autour de sa tête. Il trouva que Grand-père ressemblait à ce qu'aurait dû être le prédicateur, à l'église, s'il avait vraiment connu la vérité au lieu de se contenter de conjectures. « Le *temps* change ? Tu en es sûr ?

– Oui. Quand tu atteins un certain âge – exactement vers les quatorze ans, il me semble, c'est-à-dire au moment où les deux moitiés de l'humanité font l'erreur de chercher à se découvrir mutuellement –, le temps se met à devenir le temps *réel.* Le temps *vraiment* réel. Il n'est pas long comme avant, ni court comme il va le devenir. Mais pour la plus grande partie de ta vie, ce sera le temps vraiment réel. Tu comprends ce que je veux dire, Clivey ?

– Non, m'sieur.

– Alors, écoute cette instruction : le temps vraiment réel est ton joli poney. Répète : mon joli poney. »

Se sentant idiot et se demandant si Grand-père ne se payait pas sa tête pour quelque raison obscure (n'essayait pas « de le faire tourner en bourrique », comme aurait dit oncle Don), Clive obéit. Il s'attendait à voir le vieil homme éclater de rire et lui dire : « Bon sang, je t'ai bien fait tourner en bourrique, ce coup-ci, Clivey ! » mais non ; Grand-père acquiesça sobrement, d'une manière qui dissipa toute impression de se sentir idiot.

« Mon joli poney. Ce sont trois mots que tu n'oublieras jamais si tu es aussi malin que tu crois l'être. Mon joli poney. C'est la vérité sur le temps. »

Grand-père retira le paquet de cigarettes tout cabossé de sa poche, le contempla un instant, puis le remit en place.

« A partir de tes quatorze ans, disons, jusqu'à environ soixante ans, la plupart du temps est le temps de mon joli poney. Il y a des moments où il redevient long comme quand on était gosse, mais ce n'est plus du bon temps comme autrefois. Tu vendrais ton âme pour du temps mon-joli-poney, dans ces cas-là, sans parler d'un temps raccourci. Si jamais tu allais raconter à Grand-mère ce que je vais te dire, Clivey, elle me traiterait de blasphémateur et resterait une semaine sans me préparer de bouillotte. Peut-être deux. »

Ce qui n'empêcha pas la bouche de Grand-père de se tordre en un rictus amer et impénitent.

« Et si je devais le raconter au révérend Chadband, dont ta grand-mère nous fait tout un plat, il commencerait à me sortir le coup de notre aveuglement sur les choses – nous voyons avec un miroir, d'une manière obscure[1] – ou sa vieille scie sur les voies mystérieuses du Seigneur et tout le toutim, mais je vais te dire ce que j'en pense, moi. J'en pense que Dieu doit être un bougre d'enfant de salaud pour avoir fait que les seuls moments où le temps n'en finit pas pour un adulte soient ceux où il souffre, comme lorsqu'il a les côtes cassées ou le ventre ouvert, ou des trucs de ce genre. Un Dieu comme ça, eh bien, à côté, un môme qui épingle les mouches est comme le saint qui était si bon que les oiseaux venaient se percher sur lui. J'en pense que les semaines ont été bien longues après que ce charreton s'est renversé sur moi, et je me demande pourquoi Dieu, en fin de compte, a tenu à faire des créatures vivantes et pensantes. S'il avait besoin de se défouler avec des saloperies, il n'avait qu'à se faire une planète couverte d'orties et on n'en parlait plus, non ? Et qu'est-ce que tu penses de ce pauvre vieux Johnny, Johnny Brinkmayer, qui a crevé bien lentement d'un cancer des os, l'an dernier ? »

C'est à peine si Clive entendit cette dernière remarque, mais elle lui revint plus tard à l'esprit, sur le chemin du retour vers la ville ; il se rappela que Johnny Brinkmayer, qui tenait ce que Papa et Maman appelaient l'épicerie mais qui était depuis toujours « le Mercanti » pour ses grands-parents, était le seul homme

1. Allusion à la Première Epître aux Corinthiens, 13,12. *(N.d.T.)*

que Grand-père allait voir de temps en temps le soir... et le seul qui venait de temps en temps voir Grand-père, aussi le soir. Pendant le long trajet de retour vers la ville, il lui vint aussi à l'esprit que Johnny Brinkmayer, dont Clive se souvenait vaguement comme d'un homme affligé d'une énorme verrue sur le front et ayant la manie de se gratter l'entrejambe en marchant, devait avoir été le seul véritable ami de Grand-père. Le fait que Grand-mère prenait un air pincé chaque fois qu'était mentionné le nom de Brinkmayer, et qu'elle se plaignait chaque fois de l'odeur qu'il répandait, ne fit que renforcer cette idée.

Il n'aurait pu se faire de telles réflexions sur le moment, de toute façon, car Clive s'attendait à voir, d'un instant à l'autre, son grand-père foudroyé par le Tout-Puissant. C'était inévitable, après un tel blasphème. Personne ne pouvait se permettre impunément de traiter Dieu de bougre d'enfant de salaud, ni de suggérer que l'Etre qui avait conçu l'univers ne valait pas mieux qu'un morpion de cours élémentaire qui prend son pied en épinglant des mouches.

Clive, nerveux, s'éloigna d'un pas du personnage en salopette, lequel avait cessé d'être son grand-père pour se transformer en paratonnerre. A tout instant, un éclair pouvait jaillir du ciel tout bleu, griller Grand-père à mort et transformer les pommiers en torches pour faire connaître à tout un chacun la sentence de damnation du vieil homme. Au lieu de pétales de fleurs de pommier, c'étaient des cendres comme celles que rejetait l'incinérateur dans l'arrière-cour, lorsque son père brûlait les journaux de la semaine, le samedi en fin d'après-midi, qui allaient se mettre à tourbillonner dans l'air.

Il ne se passa rien.

Clive attendit, sentant sa terrible certitude vaciller, et lorsqu'un rouge-gorge vint pépier joyeusement non loin d'eux (comme si Grand-père n'avait rien dit de plus terrible que « poil au nez »), il comprit qu'il n'y aurait pas d'éclair. Et à l'instant précis où il en prit conscience, un changement infime mais fondamental se produisit dans la vie de Clive Banning. Le blasphème resté sans punition de son Grand-père n'allait pas faire de lui un criminel ou un voyou, ni même ce qu'on appelait un « enfant à problèmes » (expression à la mode depuis quelque temps), le nord véritable de ses convictions allait simplement se déplacer de quelques degrés dans son esprit, et la manière dont il suivait les propos de son grand-père changea sur-le-champ. Avant, il l'écoutait, simplement ; maintenant, il lui prêtait la plus attentive des oreilles.

« Oui, disait Grand-père, on dirait que le temps n'en finit pas, quand on a mal. Crois-moi, Clivey, à côté d'une semaine à souffrir, tes plus belles grandes vacances auront l'air de n'avoir duré qu'un week-end. Diable, même pas ! Un samedi matin ! Quand je pense aux sept mois que Johnny a passés à endurer ça... cette cochonnerie dans son ventre qui lui bouffait les intestins... Nom de Dieu, c'est pas une façon de parler à un gosse. Grand-mère a raison. J'ai pas plus de cervelle qu'un poulet. »

Grand-père resta un moment dans la contemplation maussade de ses bottes. Finalement il se redressa et secoua la tête, mais non pas tristement ; il y avait de la vivacité et une pointe d'humour dans son geste.

« Tout ça n'a aucune importance. J'ai dit que j'allais te donner de l'instruction, et au lieu de cela, je me mets à hurler comme un chien de malheur. Sais-tu ce que c'est qu'un chien de malheur, Clivey ? »

Le garçon secoua la tête.

« Ça ne fait rien. Ce sera pour une autre fois. » Bien entendu, cette autre fois n'arriva jamais, parce que lorsqu'il avait revu le vieil homme, celui-ci était allongé dans une boîte, et Clive supposa que c'était une importante partie de l'instruction qu'il avait reçue ce jour-là. Le fait que Grand-père n'ait pas su qu'il la donnait ne lui enlevait rien de sa valeur. « Les vieux sont comme des vieux trains dans une gare de triage, Clivey – trop de ces satanées voies. Si bien qu'ils font cinq fois le tour du hangar circulaire avant d'y entrer.

– Ça me va comme ça, Grand-père.

– Ce que je veux dire, c'est que chaque fois que je veux aller quelque part dans ce que je raconte, j'aboutis ailleurs.

– Je sais, mais c'est quand tu vas ailleurs que c'est le plus intéressant. »

Grand-père sourit. « Si c'est du baratin, t'es un artiste dans le genre, Clivey. »

Clive lui rendit son sourire, et le souvenir funèbre de Johnny Brinkmayer parut s'éloigner de l'esprit de Grand-père. Lorsqu'il reprit la parole, ce fut d'un ton plus serein.

« Bref ! T'occupe pas de ces âneries. Souffrir longtemps, c'est juste comme si le Seigneur te donnait un peu de temps en rab. Tu connais ces types qui collectionnent des bons cadeaux et finissent un jour par les échanger contre un baromètre en laiton à accrocher dans leur piaule, ou contre un jeu de couteaux neufs ? »

Clive acquiesça.

« Eh bien, le temps où l'on a mal, c'est comme ça... sauf que le prix que tu gagnes serait plutôt du genre attrape-couillon, à mon avis. Toujours est-il que lorsque tu deviens vieux, le temps normal, le temps mon-joli-poney, se met à raccourcir. Comme quand tu étais gosse, mais dans l'autre sens.

– A l'envers ?

– Ouaip. »

La notion d'un temps qui s'accélérait lorsqu'on devenait vieux était quelque chose qui dépassait les capacités affectives du garçon, mais il était assez intelligent pour admettre au moins le concept. Il savait que pour qu'un plateau de la balance monte, l'autre devait descendre. Il se dit que ce que lui expliquait Grand-père devait être parti de cette idée : des plateaux qui s'équilibrent. *Pourquoi pas ? C'est un point de vue,* aurait dit son père.

Grand-père retira une fois de plus le paquet de Kool de la poche kangourou mais, ce coup-ci, en extirpa une cigarette avec le plus grand soin ; non pas la dernière du paquet, mais la dernière que le jeune garçon lui verrait fumer. Le vieil homme froissa l'emballage et le remit dans sa poche, puis alluma cette cigarette avec la même aisance déconcertante que la précédente. Il ne se contentait pas d'ignorer la brise ; il en niait proprement l'existence.

« Quand c'est que ça arrive, Grand-père ?

– Je ne saurais pas trop te dire ; d'ailleurs ça ne se produit pas d'un coup, répondit Grand-père en éteignant l'allumette toujours selon la même technique. Ça te tombe dessus en catimini, comme un chat qui traque un écureuil. Puis à un moment donné, tu t'en rends compte. Et quand tu t'en rends compte, tu te dis que ce n'est pas plus juste que la manière de compter d'Osgood.

– Oui, mais qu'est-ce qui se passe ? Comment tu t'en rends compte ? »

Grand-père, d'une chiquenaude, fit tomber une longueur de cendre sans retirer la cigarette de sa bouche. Il s'était servi de son pouce, frappant sur la cigarette comme lorsqu'on donne un coup léger à une table. Le garçon n'oublia jamais ce bruit minuscule.

« A mon avis, ce qui fait qu'on s'en rend compte doit être différent pour tout le monde, reprit le vieil homme, mais pour moi, ça a commencé quand j'avais quarante et quelques. J'ai oublié l'âge que j'avais exactement, mais je peux te dire que je me rappelle parfaitement où je me trouvais... au Davis Drug. Tu connais, non ? »

Clive acquiesça. Son père les y emmenait presque toujours déguster une crème glacée, lui et sa sœur, quand ils venaient rendre visite à leurs grands-parents. Son père les appelait les Triplés Van Chockstraw, parce qu'ils commandaient toujours la même chose : lui-même prenait de la vanille, Patty du chocolat et Clive de la fraise. Et leur père, assis entre eux, continuait à lire pendant qu'ils ingéraient lentement ces douceurs glacées. Patty avait raison de prétendre qu'on ne risquait pas grand-chose quand Papa lisait ; mais lorsqu'il posait son livre et faisait un tour d'horizon, il valait mieux se tenir à carreau et afficher les meilleures manières, sous peine d'en prendre pour son grade.

« Bref, j'étais donc là-bas », continua Grand-père – son regard lointain suivait un nuage qui ressembla à un soldat jouant du clairon pendant sa rapide traversée du ciel de printemps. « J'étais venu chercher un médicament pour l'arthrite de ta grand-mère. Il avait plu pendant une semaine et elle souffrait le martyre. Et tout d'un coup, je tombe sur un nouveau présentoir. J'aurais eu du mal à ne pas le voir. Il prenait presque toute une allée, au bas mot. Il y avait des masques et des décorations à découper, des chats, des sorcières sur leur balai, des trucs dans ce genre, et aussi ces citrouilles en carton qu'on vendait à l'époque, pliées dans un sac avec un élastique. L'idée était que les gosses découpent et colorient les citrouilles, ou fassent les jeux proposés derrière, histoire de ficher la paix à leur mère pendant quelques heures. Cela fait, on pouvait suspendre les citrouilles devant sa porte, comme décoration, ou bien, si la famille était trop pauvre pour acheter au gosse un masque du magasin, ou trop empotée pour lui goupiller un déguisement avec ce qui traînait dans la maison, il pouvait attacher l'élastique de chaque côté et la porter comme un masque. C'est fou le nombre de mômes qui se baladaient avec leur sac en papier à la main et ces citrouilles en carton de chez Davis Drug sur la tête, le soir de Halloween[1], Clivey ! Et, bien entendu, il avait sorti toutes ses confiseries. C'était toujours le même présentoir, d'ailleurs, celui qui est à côté de la fontaine à soda, tu vois ce que je veux dire... (Clive sourit : il le voyait, en effet)... mais c'était différent. Les bonbons étaient présentés en vrac, il y avait tout un assortiment de caramels, de rouleaux de réglisse... Et je me suis dit que le vieux Davis – le type qui tenait la boutique s'appelait vraiment Davis, à l'époque, c'était son père qui avait ouvert le magasin, vers 1910 – commençait à perdre des boulons. Nom d'un chien, je me fais, voilà Frank Davis qui nous sort sa camelote alors que ce fichu été n'est même pas fini. Et j'ai failli aller jusqu'au comptoir des ordonnances pour lui sortir ça ; c'est alors qu'une autre partie en moi m'a dit : *Hé, ho, attends une seconde, George, c'est toi le type qui commence à perdre des boulons.* Ce qui n'était pas si faux que ça, vu qu'on n'était plus en été et que je le savais tout aussi bien que je sais qu'on est

1. Cette fête, où les enfants déguisés font le tour des maisons pour demander des sous ou des bonbons, a lieu la veille de la Toussaint. *(N.d T.)*

maintenant dans le verger. Tu vois, c'est ça que je voudrais te faire comprendre : qu'en fait je le savais.

« Est-ce que je n'avais pas déjà commencé à chercher des ramasseurs pour la cueillette des pommes, en ville ? Est-ce que je n'avais pas commandé cinq cents affichettes à mettre le long de la frontière canadienne ? Est-ce que je n'avais pas déjà un œil sur un certain Tim Warburton venu chercher du travail depuis Shenectady ? Il avait quelque chose qui me plaisait, l'air honnête, et j'avais pensé qu'il pourrait faire un bon contremaître pendant la cueillette. Est-ce que je n'avais pas eu l'intention de lui demander de revenir le lendemain, et est-ce que je ne savais pas que j'allais le faire parce qu'il avait laissé entendre qu'il fallait qu'il aille tout d'abord se faire couper les cheveux chez tel coiffeur ? Alors je me suis dit, nom d'un petit bonhomme, George, t'es pas un peu trop jeune pour être déjà sénile ? Bon d'accord, le vieux Frank a sorti ses bonbons de Halloween un peu en avance, mais l'été ? Il est passé depuis belle lurette, l'été !

« Tout ça, je le savais très bien, mais pendant une seconde, Clivey – ou peut-être pendant trois ou quatre –, je m'étais cru en été, ou comme si on eût dû être en été, parce qu'on ne pouvait être qu'en été. Tu comprends où je veux en venir ? Il ne me fallut pas longtemps pour me dire que septembre était passé, mais pendant ces quelques secondes, je me suis senti... je me suis senti... (il fronça les sourcils, puis proféra un terme qu'il n'aurait pas employé dans une conversation avec un autre fermier, de peur d'être accusé – à haute voix ou non – d'être pompeux)... consterné. C'est le seul mot que je trouve. Consterné. Voilà comment ça s'est passé, la première fois. »

Il regarda le garçon, qui se contenta de lui rendre

son regard sans même un hochement de tête, tant était grande sa concentration. Grand-père acquiesça pour tous les deux et fit tomber, d'une chiquenaude de son pouce, une nouvelle longueur de cendre de sa cigarette. Le garçon avait l'impression que Grand-père était tellement perdu dans ses pensées que le vent allait pratiquement fumer la Kool en entier à sa place.

« C'était comme arriver devant la glace de la salle de bains simplement pour se raser, et découvrir ses premiers cheveux gris par la même occasion. Tu comprends ça, Clivey ?

– Oui.

– Bon. Et après cette première fois, ça a commencé à m'arriver pour presque toutes les vacances. Je me disais qu'ils sortaient leur marchandise trop tôt, et il m'arrivait de le dire à quelqu'un, des fois, même si je faisais toujours attention d'avoir l'air d'accuser les marchands d'être cupides. C'était eux qui n'allaient pas bien, pas moi. Tu comprends ça ?

– Oui.

– Parce que, au fond, un marchand cupide, c'est quelque chose qu'on peut comprendre, quelque chose que certains peuvent même admirer, même si ça n'a jamais été mon cas. "Celui-là, il sait y faire", voilà ce qu'ils disent, comme si savoir y faire était une manière honnête de vivre – par exemple, l'ancien boucher, Radwick, qui avait toujours le pouce qui tombait sur la balance, si on ne surveillait pas... mais moi, ça n'a jamais été ma façon de voir, ce qui ne m'empêchait pas de la comprendre. Mais raconter quelque chose qui risque de laisser croire que t'as une araignée au plafond, c'est une autre paire de manches. Si bien que si tu dis simplement un truc du genre : "Bon sang, ils vont te sortir les décorations de Noël alors que les foins ne seront même pas encore rentrés, l'année prochaine !", la personne à qui tu t'adresses te répondra à peu près toujours que c'est bien vrai, parole d'évangile. Et pourtant non, ce n'est pas parole d'évangile ; en y regardant d'un peu plus près, Clivey, j'étais bien obligé de reconnaître qu'ils déballaient toujours leurs trucs à peu près à la même époque, chaque année.

« Puis il m'est arrivé quelque chose d'autre. Peut-être cinq ans plus tard, peut-être sept. Il me semble que je devais avoir dans les cinquante ans, à un poil près. Bref, voilà que je suis appelé à siéger comme juré. Une foutue corvée, mais j'y suis tout de même allé. L'huissier m'a fait prêter serment, m'a dit de faire mon devoir et que Dieu me vienne en aide et j'ai répondu : D'accord – comme si je n'avais pas déjà passé toute ma vie à faire mon devoir pour ci et pour ça –, que Dieu me vienne en aide. Puis il a pris sa plume pour me demander mon adresse. Je la lui ai donnée, impeccable. Ensuite il m'a demandé mon âge, et j'ai ouvert toute grande la bouche pour lui répondre trente-sept ans. »

Grand-père renversa la tête et éclata de rire à l'intention du nuage qui ressemblait à un soldat ; le clairon était maintenant aussi long qu'un trombone, et il avait traversé la moitié du ciel vers l'horizon.

« Pourquoi tu voulais répondre comme ça, Grand-père ? » Clive avait l'impression de l'avoir assez bien suivi, jusqu'ici ; mais là, il était perplexe.

« Parce que c'est la première chose qui m'est venue à l'esprit, pardi ! Bref, je savais que ce n'était pas ça et je me suis arrêté une seconde. Il me semble que l'huissier ne s'en est pas aperçu, ni personne d'autre dans le tribunal – on aurait dit que tout le monde dormait ou somnolait –, et même s'ils avaient été aussi réveillés que trois puces, je crois qu'ils n'y auraient pas fait attention. J'ai pas hésité plus longtemps qu'un joueur de base-ball avant un coup important, mais tout de même, merde ! donner son âge n'est pas aussi difficile que de lancer une balle avec effet ! Je me sentais comme un vrai demeuré. Pendant cette seconde, on aurait dit que je ne savais plus l'âge que j'avais, sinon que je n'avais pas trente-sept ans ; que j'aurais pu aussi bien avoir sept ans que dix-sept ans ou soixante-dix-sept ans. Puis ça m'est revenu et j'ai répondu quarante-huit ou cinquante et un, je ne sais plus. Tu te rends compte, tout de même, ne plus se rappeler son âge, même pendant une seconde... c'est un peu fort, non ? »

Grand-père laissa tomber sa cigarette, posa le talon dessus et entreprit le rituel de la massacrer puis de l'enterrer.

« Mais ça, c'était juste le commencement, fiston », reprit-il. Et, bien qu'il s'exprimât seulement dans l'idiome irlandais qu'il affectait parfois, le garçon pensa qu'il aurait bien aimé être son fils et non le fils de l'autre. « Au bout de pas longtemps, ça part en première, puis ça passe en seconde et le temps de le dire, le temps se retrouve en surmultipliée et se met à filer à l'allure des voitures sur l'autoroute, qui vont tellement vite, de nos jours, qu'elles font tomber les feuilles des arbres, à l'automne.

– Qu'est-ce que tu veux dire ?

– Le pire, c'est la façon dont passent les saisons, enchaîna le vieil homme comme s'il n'avait pas entendu l'enfant. Les différentes saisons deviennent toutes plus ou moins pareilles. On dirait que la Mère vient à peine de descendre les bottes, les moufles et les foulards du grenier pour la saison boueuse, et tu pourrais penser qu'on est content de voir la fin de la saison boueuse – merde, ça me faisait toujours plaisir ! – mais pourtant t'es pas content de la voir se terminer parce que t'as l'impression que t'as pas encore fini de sortir le tracteur de la première fondrière de l'hiver. Après, on dirait que tu viens à peine de préparer tes ballots de paille pour le premier concert de l'année, que déjà les peupliers te montrent leur combinaison. »

Là-dessus Grand-père le regarda, un sourcil ironique relevé, comme s'il s'attendait à une demande d'explication, mais Clive se contenta de sourire, ravi par l'image – il savait très bien ce qu'était une combinaison, vu que sa mère restait parfois habillée de sa seule lingerie jusqu'à cinq heures de l'après-midi, au moins lorsque son père était en tournée, à vendre de l'électroménager et des batteries de cuisine, voire un peu d'assurances, quand il pouvait. C'était lorsque Papa prenait la route que Maman se mettait à boire sérieusement – sérieusement au point, parfois, de ne pas avoir le temps de s'habiller avant le coucher du soleil. Et de temps en temps, elle sortait, confiant son fils aux soins de Patty pendant qu'elle allait rendre visite à une amie malade. Une fois, il avait déclaré à sa sœur : « Les amies de Maman tombent plus souvent malades quand Papa est parti, t'as pas remarqué ? » Et Patty avait ri, ri aux larmes, avant de lui répondre que oui, elle avait remarqué : « Tu parles, si j'ai remarqué ! »

Ce que Grand-père venait de lui dire lui rappela comment, une fois que les jours prenaient tout doucement la direction de la rentrée scolaire, les peupliers changeaient. Lorsque le vent soufflait, le dessous de leurs feuilles était de la couleur de la plus jolie combinaison de sa mère, une nuance argentée, aussi curieusement triste qu'elle était jolie : couleur qui signifiait la fin de ce que jusqu'ici l'on avait cru éternel.

« Ensuite, reprit Grand-père, on commence à perdre la trace des choses dans son propre esprit. Pas beaucoup, ce n'est pas de la sénilité, comme chez ce pauvre vieil Hayden au bout de la route, grâce à Dieu, mais c'est tout de même pas drôle, cette manière de tout mélanger. Ce n'est pas exactement comme oublier ; oublier, c'est une chose bien précise. Non, on se souvient des choses, mais tout est à la mauvaise place. Comme lorsque j'étais tellement sûr que je m'étais cassé le bras juste *après* que notre pauvre Billy avait été tué dans cet accident de la route, en 1958. Ça non plus, ce n'était pas drôle. Encore quelque chose pour asticoter le révérend Chadband. Billy suivait un camion de gravier, et roulait tout au plus à trente kilomètres à l'heure, lorsqu'un caillou – un caillou pas plus gros que le cadran de la montre que je viens de te donner – est tombé de l'arrière du camion, a rebondi sur la route et a fait éclater le pare-brise de la Ford. Billy s'est retrouvé avec du verre plein les yeux et le toubib a dit qu'il aurait été aveugle au moins d'un œil, et probablement des deux, s'il avait survécu, mais il a pas survécu. Il a quitté la route et heurté un poteau électrique qui est tombé sur le toit de la voiture et l'a grillé exactement comme tous les assassins fous qui ont chevauché la chaise à faire de la friture de Sing-Sing. Un garçon qui n'avait sans doute rien fait de plus méchant, de toute sa vie, que de jouer les malades pour ne pas aller sarcler les haricots quand nous avions encore le jardin...

« Mais ce que je disais, c'est que j'étais bougrement sûr de m'être cassé le bras après – j'aurais juré mes grands dieux que je me souvenais avoir été à l'enterrement avec le bras encore en écharpe ! Il a fallu que Sarah commence par me montrer la Bible, puis les papiers de l'assurance pour mon bras pour que j'admette qu'elle avait raison ; c'était arrivé deux mois pleins auparavant et cela faisait un moment que je n'avais plus le bras en écharpe quand nous avons enterré le pauvre Billy. Elle m'a traité de vieux fou et je lui en aurais bien collé une sur la figure tellement j'étais furieux... mais j'étais furieux parce que je me sentais *gêné*, et j'ai eu le bon sens de comprendre ça et de la laisser tranquille. Elle, elle était furieuse parce qu'elle n'aime pas que l'on parle de Bill. Il était comme la prunelle de ses yeux, ce garçon.

– Eh bien ! dit Clive.

– Ça n'a rien de drôle, oh non. Tu sais à quoi ça ressemble ? Comme à New York, ces types au coin des rues qui font des paris sur des cartons renversés avec trois cornets et une bille, et il faut deviner sous lequel est la bille ; toi, t'es sûr que tu l'as repérée, mais ils la font circuler tellement vite qu'ils te mettent dedans à tous les coups. Tu en perds la trace. On dirait que tu ne peux rien y faire. »

Il poussa un soupir et regarda autour de lui, comme pour se remettre précisément à l'esprit dans quel endroit ils se trouvaient. Son visage arbora un instant une expression de totale impuissance qui écœura le garçon tout autant qu'elle l'effraya ; c'étaient des sentiments qu'il aurait préféré ne pas ressentir, mais il n'y pouvait rien. Comme si son grand-père avait défait un pansement pour lui montrer une plaie qui était le symptôme d'une maladie ignoble. Quelque chose comme la lèpre.

« On dirait que le printemps a seulement commencé la semaine dernière, mais les fleurs auront disparu dès demain si le vent continue à souffler comme ça, et je suis prêt à parier que c'est ce qui se passera. Impossible de suivre tranquillement le train de ses pensées, quand les choses vont aussi vite. On peut pas dire : Hé, attends une minute, vieille carne, le temps que je reprenne mes repères ! Parce qu'il n'y a personne à qui le dire. Comme si on était dans une carriole sans conducteur, si tu vois où je veux en venir. Alors, Clivey, qu'est-ce que tu penses de tout ça ?

– Euh... répondit le garçon, tu as raison sur quelque chose, Grand-père. On dirait bien que c'est un demeuré qui a goupillé tout ça. »

Il n'avait pas eu l'intention d'être drôle, mais Grand-père s'esclaffa jusqu'à ce que son visage prenne de nouveau cette inquiétante nuance violacée ; cette fois, cependant, il dut non seulement se plier en deux et poser les mains sur les genoux, mais même passer un bras autour du cou du garçon pour ne pas tomber. Ils auraient tous les deux pris un billet de parterre si la toux et les halètements de Grand-père ne s'étaient pas calmés juste au moment où le garçon avait eu l'impression que toutes les veines tendues allaient éclater au milieu de ce visage hilare et empourpré.

« Ah ! sacré gosse ! s'exclama Grand-père en reprenant son calme. Sacré, sacré gosse !

– Ça va, Grand-père ? Tu te sens bien ? On devrait peut-être...

– Merde, non, je vais pas bien. J'ai eu deux attaques cardiaques en deux ans, et si je vis encore deux ans, personne ne sera plus surpris que moi ; mais c'est pas une nouveauté pour l'humanité, mon garçon. Tout ce que je voulais te dire, c'était que, jeune ou vieux, que le temps passe vite ou lentement, tu peux pourtant suivre une ligne bien droite. Si tu te souviens de ce poney. Parce que lorsque tu comptes et que tu dis "mon joli poney" entre chaque chiffre, le temps peut pas faire autrement que d'être le temps. Fais donc ça, et tu verras que tu rentreras ce petit saligaud à l'écurie. Evidemment, on ne peut pas compter tout le temps – c'est pas ce qu'a prévu le bon Dieu. Je veux bien descendre jusque-là l'allée de roses trémières avec ce pisse-froid au crâne luisant de révérend Chadband, mais pas plus loin. Ce dont tu dois te souvenir, c'est que tu ne possèdes pas le temps ; c'est le temps qui te possède. Il continue son petit bonhomme de chemin indépendamment de toi, toujours à la même allure, chaque seconde de chaque jour. Il se fiche de toi comme de l'an quarante, mais ça ne fait rien si tu as ton joli poney. Si tu as ton joli poney, Clivey, tu tiens ce petit salopard par les roubignoles, et tous les Alden Osgood du monde ne peuvent rien y faire. »

Il se pencha vers son petit-fils.

« Est-ce que tu comprends ça ?

– Non, m'sieur.

– C'est bien ce que je pensais. Est-ce que tu t'en souviendras ?

– Oui, m'sieur. »

Grand-père Banning l'étudia pendant si longtemps que le garçon commença à se sentir mal à l'aise et nerveux sous son regard. Finalement, il acquiesça.

« Ouais, je crois que tu t'en souviendras. Que je sois pendu, sinon. »

Le garçon ne dit rien. A la vérité, rien ne lui venait à l'esprit.

« Voilà, tu as reçu ton instruction, déclara Grand-père.

– Je n'ai reçu aucune instruction si je ne comprends pas ! protesta Clive, avec tant de colère et de frustration dans la voix qu'il en fut lui-même surpris. Et j'ai rien compris ! »

– Comprendre ? Rien à foutre », dit calmement le vieil homme. Il passa un bras autour du cou du garçon et le serra contre lui – le serra contre lui pour la dernière fois avant que Grand-mère ne le trouve raide comme une bûche dans leur lit, un mois plus tard. Elle s'était réveillée, et Grand-père était là, mais son poney avait renversé la barrière de Grand-père et pris le large pour aller batifoler de par toutes les collines du monde.

Mauvais cœur, mauvais cœur, l'animal. Joli, mais mauvais cœur.

« L'instruction et la compréhension sont des cousines qui se fréquentent pas, avait ajouté ce jour-là Grand-père, au milieu des pommiers en fleur.

– Mais alors, c'est quoi, mon instruction ?

– Le souvenir. Te souviendras-tu de ce poney ? demanda le vieil homme d'un ton serein.

– Oui, m'sieur.

– Il représente quoi ? »

Le garçon réfléchit.

« Le temps, je crois.

– Bien. Et de quelle couleur est-il ? »

Cette fois-ci, le garçon réfléchit encore plus longtemps. Il ouvrit son esprit comme un œil tourné vers l'obscurité. « Je ne sais pas, répondit-il finalement.

– Moi non plus, admit Grand-père en le relâchant. A mon avis, il n'en a pas, et je crois que c'est sans importance. Ce qui est important, c'est de savoir si tu le reconnaîtras. Le reconnaîtras-tu ?

– Oui, m'sieur », répliqua aussitôt le garçon.

Un œil brillant et fiévreux riveta le cœur et l'esprit de Clive.

« Comment ?

– Il sera joli », répondit Clive Banning avec une conviction absolue.

Grand-père sourit. « Tiens donc ! Clivey vient de recevoir un peu d'instruction, ce qui le rend plus sage, et moi plus béni de Dieu – ou le contraire. Qu'est-ce que tu dirais d'une part de tarte aux pêches, mon garçon ?

– Que je suis d'accord, m'sieur !

– Alors, qu'est-ce qu'on fabrique ici ? Allons vite nous chercher ça. »

Ce qu'ils firent.

Et Clive Banning n'oublia jamais le nom, qui était le temps, ni la couleur, qui n'existait pas, ni l'aspect, qui n'était ni laid ni splendide, simplement joli. Pas plus qu'il n'en oublia la nature, qui était mauvaise, ni les paroles que Grand-père avait prononcées en descendant, des paroles qui avaient failli être emportées par le vent : qu'avoir un poney à chevaucher valait mieux que de ne pas en avoir du tout, quels que soient les caprices de son cœur.

Désolé, bon numéro

NOTE DE L'AUTEUR : Les abréviations des scénarios sont simples et n'existent, de mon point de vue, qu'afin que les gens qui les écrivent aient l'impression d'appartenir à une fraternité quasi maçonnique. Néanmoins, il faut savoir que PR signifie *plan rapproché* ; GP, *gros plan* ; INT, *intérieur* ; EXT, *extérieur* et AP, *arrière-plan*. Avec ça, vous voilà presque parfaitement parés !

ACTE I

FONDU AU BLANC sur la bouche de Katie Weiderman, GP.

(Elle parle au téléphone. Jolie bouche ; dans quelques secondes, nous constaterons que le reste de sa personne est tout aussi joli.)

KATIE

Bill ? Oh, il dit qu'il ne se sent pas très bien, mais c'est toujours comme ça entre deux livres... Il n'arrive pas à dormir, il s'imagine au premier mal de tête venu qu'il a un cancer du cerveau... jusqu'au moment où il s'attaque à quelque chose de nouveau. Alors tout va bien.

EN FOND SONORE : LA TÉLÉVISION.

TRAVELLING ARRIÈRE. Katie, dans le coin téléphone de

la cuisine, poursuit une longue conversation avec sa sœur tout en feuilletant négligemment des catalogues. On doit pouvoir remarquer un détail : son téléphone n'est pas un appareil tout à fait ordinaire, car il comporte deux lignes. Pour l'instant un seul témoin lumineux, celui de la ligne de Katie, est allumé. Pendant que celle-ci continue à bavarder, la caméra s'éloigne d'elle, traverse la cuisine et va jusque dans la salle de séjour.

KATIE

(voix de plus en plus lointaine)

Au fait, j'ai vu Janie Charlton, aujourd'hui... Oui... Enorme. Une baleine !

(Sa voix se perd au profit du son qui monte de la télé. Trois enfants : JEFF, huit ans, CONNIE, dix ans et DENNIS, treize ans. C'est l'émission *La Roue de la fortune,* mais ils ne la regardent pas, se livrant au lieu de cela à leur passe-temps favori : la bagarre pour savoir ce que l'on regardera après.)

JEFF

Allons ! C'était son premier livre !

CONNIE

Son premier *grand* livre.

DENNIS

On va tout simplement regarder *Cheers* et *Wings*, comme toutes les semaines, Jeff.

(Dennis s'est exprimé sur le ton absolument définitif que seul un frère aîné peut se permettre d'adopter. *Tu veux remettre ça sur le tapis et voir la terrible raclée que je vais te coller, Jeff ?* disait son expression.)

JEFF

On pourrait au moins l'enregistrer, non ?

CONNIE

On enregistre déjà CNN pour Maman.

JEFF

Non, mais quelle idée, enregistrer CNN ! Ça ne s'arrête jamais, bon Dieu !

DENNIS

C'est justement ce qui lui plaît.

CONNIE

Et ne dis pas bon Dieu, Jeffie – tu n'es pas assez grand pour parler de Dieu, sauf à l'église.

JEFF

Alors ne m'appelle pas Jeffie.

CONNIE

Jeffie, Jeffie, Jeffie !

(Jeff se lève, va jusqu'à la fenêtre et regarde dans la nuit. Il est vraiment furieux. Dennis et Connie, dans la grande tradition des aînés, sont ravis.)

DENNIS

Pauvre Jeffie.

CONNIE

Je crois qu'il va se suicider.

JEFF

(se retournant vers eux)

C'était son premier livre, son premier ! Vous vous en fichez complètement, hein ?

CONNIE

Eh bien, loue-le au club de vidéo, demain, si tu tiens tant que ça à le voir, ton film.

JEFF

Ils refusent de louer aux enfants les films interdits aux moins de treize ans, tu le sais très bien !

CONNIE

(d'un ton rêveur)

Tais-toi, c'est Vanna ! J'adore Vanna !

JEFF

Dennis...

DENNIS

Va demander à Papa de te l'enregistrer sur le magnétoscope de son bureau, et arrête de nous casser les pieds, tu es insupportable.

(Jeff traverse la pièce et tire la langue à Vanna White au passage. La caméra le suit dans la cuisine.)

KATIE

... si bien que lorsqu'il m'a demandé, à propos de Polly, j'ai dû lui rappeler qu'elle était loin d'ici, au collège... Bon sang, qu'est-ce qu'elle me manque, Lois...

(Jeff ne fait que passer pour gagner l'escalier.)

KATIE

Allez-vous enfin rester tranquilles, les enfants ?

JEFF

(boudeur)

Ils vont l'être. Maintenant.

(Il s'engage dans l'escalier, la mine déconfite. Katie le suit un moment des yeux, avec tendresse et inquiétude.)

KATIE

Ils sont encore en train de se disputer. Polly arrivait à les faire se tenir tranquilles, mais maintenant qu'elle n'est plus ici... non, je ne sais pas... ce n'était peut-être pas une aussi bonne idée que ça, de l'envoyer à Bolton. Parfois, quand elle appelle à la maison, elle a l'air tellement malheureuse...

INT. BELA LUGOSI DANS LE RÔLE DE DRACULA, PR.

(Dracula se tient devant l'entrée de son château de Transylvanie. On a collé un phylactère qui lui sort de la bouche et sur lequel on lit : « Ecoutez, mes enfants de la nuit ! La musique qu'ils font ! » L'affiche est sur la porte, mais nous ne le comprenons que lorsque Jeff l'ouvre et entre dans le bureau de son père.)

INT. UNE PHOTO DE KATIE, PR.

LA CAMÉRA S'Y ARRÊTE, PUIS LENT PANORAMIQUE VERS LA DROITE.

(Nous passons devant une autre photo, celle de Polly, cette fois, leur fille qui est au collège. Après la photo de Polly, viennent celles de Dennis, de Connie et de Jeff.)

LA CAMÉRA CONTINUE SON PANORAMIQUE EN ÉLARGISSANT,

(afin de nous permettre de découvrir Bill Weiderman, un homme d'environ quarante-quatre ans. Il paraît fatigué. Il regarde l'écran du traitement de texte, sur son bureau, mais sa boule de cristal mentale doit être en congé, car l'écran est vide. Des couvertures de livres encadrées décorent les murs. Toutes sont effrayantes. L'un des titres est *Le Baiser du spectre*).

(Jeff arrive doucement derrière son père ; le tapis étouffe le bruit de ses pas. Bill pousse un soupir et éteint le débiteur de mots. A ce moment-là, Jeff lui tape sur l'épaule.)

JEFF

(d'une voix qui se veut terrifiante)

Hou-hou !

BILL

Salut, Jeffie.

(Il se tourne sur son siège pour faire face à son fils, qui a l'air désappointé.)

JEFF

Tu n'as pas eu peur ?

BILL

C'est mon boulot de faire peur aux autres. Moi, je suis vacciné. Quelque chose ne va pas ?

JEFF

Dis, Papa, est-ce que je peux regarder la première heure du *Baiser de la mort*, et tu enregistreras le reste ? Dennis et Connie veulent tout pour eux !

(Bill pivote sur son siège pour regarder la couverture du livre sur le mur, amusé.)

BILL

Tu es bien certain de vouloir regarder ça, champion ? C'est pas mal...

JEFF

Oui !

INT. KATIE, TOUJOURS AU TÉLÉPHONE.

Dans ce plan, nous voyons distinctement, derrière elle, l'escalier qui conduit au bureau de son mari.

KATIE

Je suis convaincue que Jeff a vraiment besoin de cet appareil pour ses dents, mais tu connais Bill...

(L'autre ligne sonne et le deuxième témoin lumineux se met à clignoter.)

KATIE

C'est juste l'autre ligne. Bill va certainement...

(Mais à ce moment-là nous voyons Bill et Jeff arriver derrière elle.)

BILL

Chérie, sais-tu où se trouvent les cassettes vierges ? Je n'arrive pas à en trouver une seule dans le bureau et...

KATIE

(à BILL)

Attends ! *(A Lois :)* Je vais te mettre en attente une seconde, Lo.

(Elle appuie sur un commutateur. Les deux témoins clignotent. Elle appuie sur celui du haut, par où est arrivé le nouvel appel.)

KATIE

Bonjour, maison Weiderman.

SON : DES SANGLOTS DÉSESPÉRÉS.

VOIX SANGLOTANTE

(filtrée)

Amène... Je t'en prie, amène... amè-amè...

KATIE

Polly ? C'est toi, Polly ? Qu'est-ce qui se passe ?

SON : SANGLOTS. C'est horrible, déchirant.

VOIX SANGLOTANTE

(filtrée)

Je vous en prie... vite...

SON : SANGLOTS... PUIS CLICK ! LIGNE COUPÉE.

KATIE

Polly ! Calme-toi, Polly ! Ça ne peut pas être si terrible que ça, tout de même !

BOURDONNEMENT D'UNE LIGNE OUVERTE.

(Jeff s'est rendu dans la salle de séjour, avec l'espoir de trouver une cassette vierge.)

BILL

Qui était-ce ?

(Sans regarder son mari, ni lui répondre, Katie enclenche de nouveau le commutateur du bas.)

KATIE

Lois ? Je te rappelle plus tard. C'était Polly, et elle paraissait bouleversée... Non... elle a raccroché... Oui, d'accord. Merci.

(Elle raccroche.)

BILL

(inquiet)

C'était Polly ?

KATIE

Elle pleurait comme une Madeleine ! On aurait dit qu'elle essayait de dire « Ramenez-moi à la maison », ou quelque chose comme ça... Je savais bien que ce foutu collège ne lui convenait pas ! Je n'aurais jamais dû te laisser m'en parler...

(Elle fouille frénétiquement sur la petite table du téléphone ; des catalogues tombent sur le sol à côté de son tabouret.)

KATIE

(fort)

C'est toi qui as pris mon carnet d'adresses, Connie ?

CONNIE

(voix off)

Non, Maman.

(Bill sort un carnet en piteux état de sa poche revolver et se met à le feuilleter.)

BILL

Je l'ai. Sauf que...

KATIE

Oui, je sais, leur fichu téléphone, dans le dortoir, est toujours occupé. Donne-le-moi.

BILL

Calme-toi, ma chérie.

KATIE

Je me calmerai quand je lui aurai parlé. Elle a seize ans, Bill. A seize ans, les filles sont facilement sujettes à des crises de dépression. Parfois, elles vont même jusqu'à se sui... Donne-moi ce foutu numéro !

BILL

617 555 8641.

(Pendant qu'elle compose le numéro, la caméra fait un zoom avant pour arriver en PR.)

KATIE

Allez... allez.... pourvu que la ligne soit libre ! Au moins pour une fois...

SON : CLIQUETIS. Un silence, puis le téléphone commence à sonner.

KATIE

(les yeux fermés)

Merci, mon Dieu.

VOIX

(filtrée)

Hartshorn Hall, ici Frieda. Si c'est Christine le sex-symbol que vous voulez, elle est encore sous la douche, Arnie.

KATIE

Pourriez-vous dire à Polly de venir au téléphone ? Polly Weiderman ? De la part de Kate Weiderman, sa mère.

VOIX

(filtrée)

Oh, bon Dieu ! Désolée. Je croyais... un instant, s'il vous plaît, madame Weiderman.

SON : BRUIT D'UN COMBINÉ QU'ON REPOSE.

VOIX

(filtrée, très lointaine)

Polly ? Pol ?... Téléphone !... C'est ta mère !

INT. PLAN ÉLARGI SUR LE COIN-TÉLÉPHONE, AVEC BILL.

BILL

Eh bien ?

KATIE

Quelqu'un est allé la chercher. Enfin, j'espère.

(Jeff revient avec une cassette à la main.)

JEFF

J'en ai trouvé une, Papa. C'est Dennis qui l'avait cachée. Comme d'habitude.

BILL

Une minute, Jeff. Va regarder la télé.

JEFF

Mais...

BILL

Je n'oublierai pas. Et maintenant, file.

(Jeff sort.)

KATIE

Viens, allez, viens, viens donc !

BILL

Calme-toi, Katie.

KATIE

(agressive)

Si tu l'avais entendue, tu ne me demanderais pas de me calmer ! On aurait dit...

POLLY

(voix filtrée, ton joyeux)

Salut, m'man !

KATIE

Polly ? Ma chérie ? Tu vas bien ?

POLLY

(voix toute joyeuse)

Si je vais bien ? J'ai eu un A à l'exam de bio, un B à mon essai de français parlé, et Ronnie Hansen m'a demandée comme cavalière pour le Harvest Ball. Je vais tellement bien que si jamais quelque chose de ce genre m'arrive encore, je crois que je vais exploser, comme le *Hindenburg* !

KATIE

Ce n'est pas toi qui viens d'appeler ?

(A l'expression de Katie, on voit bien qu'elle connaît déjà la réponse à sa question.)

POLLY

(filtrée)

Bon sang, non !

KATIE

Je suis très contente pour tes examens et ta soirée, Polly. C'était sans doute quelqu'un d'autre. Je te rappellerai plus tard, d'accord ?

POLLY

(filtrée)

D'acc. Embrasse Papa pour moi.

KATIE

Bien sûr.

INT. LE COIN TÉLÉPHONE, PLAN GÉNÉRAL.

BILL

Elle va bien ?

KATIE

Parfaitement bien. J'aurais juré qu'il s'agissait de Polly, mais... elle est sur un petit nuage, en ce moment.

BILL

C'était sans doute une blague. Ou quelqu'un qui a fait un mauvais numéro sous le coup de l'émotion... « à travers un voile de larmes », comme nous autres, scribouillards vétérans, aimons à le dire.

KATIE

Ce n'était pas une blague et ce n'était pas un mauvais numéro ! C'était quelqu'un de *ma famille* !

BILL

Mais, chérie, tu ne peux pas en être sûre !

KATIE

Ah non ? Si Jeffie t'appelait, en larmes, tu ne reconnaîtrais pas sa voix ?

BILL

(frappé par cet exemple)

Euh, peut-être. Je crois que oui.

(Elle ne l'écoute pas. Elle compose un numéro, à toute vitesse.)

BILL

Qui appelles-tu ?

(Elle ne lui répond pas.)

SON : DEUX SONNERIES DE TÉLÉPHONE. PUIS :

VOIX DE FEMME ÂGÉE

(filtrée)

Allô !

KATIE

Maman ? Est-ce que tu... est-ce toi qui viens d'appeler, il y a quelques secondes ?

VOIX

(filtrée)

Non, ma chérie... pourquoi ?

KATIE

Oh, tu sais comment ça se passe, avec ces téléphones. J'étais en train de parler avec Lois et j'ai perdu l'autre communication.

VOIX

(filtrée)

Eh bien, ce n'était pas moi. Si tu savais, Kate, j'ai vu une petite robe *ravissante* à *La Boutique* aujourd'hui, et...

KATIE

On en parlera plus tard, Maman. D'accord ?

VOIX

(filtrée)

Tu vas bien, Kate ?

KATIE

J'ai... Je crois que j'ai la colique, M'man. Il faut que je raccroche. Au revoir.

(Elle repose le téléphone. Bill attend un instant, puis éclate d'un rire bruyant comme des braiments d'âne.)

BILL

Bon sang ! La diarrhée ! Il faut que je me souvienne de celle-là pour la prochaine fois où mon agent m'appellera... Ça c'était cool, Katie !

KATIE

(criant presque)

Je ne trouve pas cela drôle !

(Bill arrête de rire.)

INT. SALLE DE SÉJOUR.

(Jeff et Dennis sont en train de se bagarrer. Ils s'arrêtent. Les trois enfants regardent en direction de la cuisine.)

INT. LE COIN TÉLÉPHONE, BILL ET KATIE.

KATIE

Je te dis que c'était quelqu'un de ma famille et elle avait l'air – oh, tu ne peux pas comprendre. Je connaissais cette voix.

BILL

Mais enfin, si Polly et ta mère vont bien...

KATIE

(affirmative)

Alors c'est Dawn.

BILL

Voyons, chérie : il y a une minute, tu étais sûre que c'était Polly !

KATIE

C'est forcément Dawn. J'étais au téléphone avec Lois, Maman et Polly vont bien, alors c'est la seule personne qui reste. Elle est la plus jeune... j'ai pu la confondre avec Polly... et dire qu'elle est toute seule dans cette ferme avec son bébé !

BILL

(surpris)

Comment ça, toute seule ?

KATIE

Jerry est à Burlington ! C'est Dawn ! *Il est arrivé quelque chose à Dawn !*

(Connie entre dans la cuisine, l'air inquiète.)

CONNIE

Maman ? Tante Dawn va bien ?

BILL

Pour autant que nous le sachions, oui. Ne t'inquiète pas, ma poulette. Inutile de se mettre martel en tête sans savoir ce qui se passe.

(Katie compose un numéro et attend. SON : LE SIGNAL OCCUPÉ. Katie raccroche. Du sourcil, Bill lui adresse une question muette.)

KATIE

Occupé.

BILL

Tu es bien sûre, Katie, que...

KATIE

Il n'y a plus qu'elle – c'est forcément elle. J'ai la frousse, Bill. Peux-tu m'y conduire ?

(Bill lui prend le téléphone des mains.)

BILL

Quel est son numéro ?

KATIE

555 61 69.

(Bill compose le numéro. Toujours occupé. Il raccroche et fait le zéro.)

OPÉRATRICE

(filtrée)

Opératrice.

BILL

Mademoiselle, j'essaie de joindre ma belle-sœur, mais la ligne est occupée. Je crains qu'il n'y ait un problème. Pouvez-vous faire quelque chose ?

INT. LA PORTE DONNANT SUR LA SALLE DE SÉJOUR

Les trois enfants se tiennent sur le seuil, silencieux et inquiets.

INT. LE COIN TÉLÉPHONE, BILL ET KATIE

OPÉRATRICE

(filtrée)

Pouvez-me donner votre nom, monsieur ?

BILL

William Weiderman. Mon numéro est le...

OPÉRATRICE

(filtrée)

Pas le William Weiderman qui a écrit *Sider Doom*, tout de même ?

BILL

Si, lui-même. S'il vous...

OPÉRATRICE

(filtrée)

Ô mon Dieu ! J'ai adoré ce livre ! J'adore tous vos livres ! Je...

BILL

J'en suis ravi. Mais pour le moment, ma femme est très inquiète pour sa sœur. S'il vous est possible de vérifier...

OPÉRATRICE

(filtrée)

Oui, je peux faire quelque chose. S'il vous plaît, donnez-moi votre numéro, monsieur Weiderman, pour nos dossiers. (ELLE POUFFE.) Je vous promets de ne le communiquer à personne !

BILL

C'est le 555 44 08.

OPÉRATRICE

(filtrée)

Et le numéro que vous appelez ?

BILL

(*regarde vers* KATIE)

Euh...

KATIE

555 61 69.

BILL

555 61 69.

OPÉRATRICE

(filtrée)

Un petit instant, monsieur Weiderman... *Night of the Beast* était aussi fantastique, au fait. Restez en ligne.

SONS : CLIQUETIS ET BOURDONNEMENTS DE LIGNES TÉLÉPHONIQUES.

KATIE

Est-ce qu'elle...

BILL

Oui. Simplement...

UN DERNIER CLIQUETIS.

OPÉRATRICE

(filtrée)

Je suis désolée, monsieur Weiderman, mais cette ligne n'est pas occupée. Le combiné est décroché. Je pourrais peut-être vous envoyer mon exemplaire de *Spider Doom*...

(Bill raccroche.)

KATIE

Pourquoi as-tu raccroché ?

BILL

Elle ne peut pas intervenir. Ce n'est pas la ligne qui est occupée, mais le combiné qui est décroché.

(Ils se regardent tous les deux, angoissés.)

EXT. NUIT. UNE VOITURE DE SPORT ÉLANCÉE PASSE DEVANT LA CAMÉRA.

(Katie a peur. Bill, au volant, ne paraît pas exactement calme.)

KATIE

Hé, Bill, dis-moi qu'elle va bien.

BILL

Elle va bien.

KATIE

Maintenant, dis-moi ce que tu penses vraiment.

BILL

Tout à l'heure, Jeff est entré en catimini dans mon bureau et a essayé de me faire peur. Il était fichtrement déçu de ne pas me voir sursauter. Je lui ai dit que j'étais vacciné... J'ai menti.

KATIE

Mais quelle idée a eue Jerry, aussi, d'aller habiter dans ce coin perdu alors qu'il est tout le temps parti ? Elle est toute seule avec son petit bébé ! Mais quelle idée !

BILL

Chut... nous y sommes presque.

KATIE

Va plus vite.

EXT. NUIT. LA VOITURE

(Il accélère, laissant derrière lui un nuage de fumée.)

INT. LE SALON DES WEIDERMAN

(La télé fonctionne toujours, les enfants sont toujours là, mais les chamailleries ont cessé.)

CONNIE

Dis, Dennis, tu crois que tante Dawn va bien ?

DENNIS

(qui croit qu'elle est morte, décapitée par un fou furieux)

Ouais, bien sûr, qu'elle va bien.

INT. LE TÉLÉPHONE, VU DEPUIS LE SALON.

(Le combiné mural est à sa place, dans le coin téléphone, l'air d'un serpent prêt à frapper dans la pénombre.)

FONDU AU NOIR

ACTE II

EXT. UNE FERME ISOLÉE.

(On y arrive par une longue allée. Une lumière est allumée dans la salle de séjour. Le faisceau des phares balaie l'allée. La voiture des Weiderman vient s'arrêter devant le garage.)

INT. LA VOITURE AVEC BILL ET KATIE.

KATIE

J'ai peur.

(Bill se penche, passe la main sous son siège et en retire un pistolet.)

BILL

(solennel)

Houou-houou !

KATIE

(expression de surprise totale)

Depuis quand as-tu ça ?

BILL

Depuis l'an dernier. Je ne voulais pas vous inquiéter, toi ou les enfants. J'ai un port d'armes. Allez, viens.

EXT. NUIT. BILL ET KATIE.

(Ils descendent de voiture. Katie reste près de sa portière pendant que Bill essaie de regarder à l'intérieur du garage.)

BILL

La voiture de Dawn est ici.

(LA CAMÉRA LES SUIT jusqu'à la porte d'entrée. On entend la télé dont le son est très fort. Bill appuie sur la sonnette, dont on entend le carillon. Ils attendent. Katie sonne à son tour. Toujours aucune réaction. Elle sonne à nouveau, sans relâcher la pression de son doigt. Bill tourne les yeux vers :)

EXT. LA SERRURE. (Elle porte des traces.)

EXT. BILL ET KATIE.

BILL

(à voix basse)

On a forcé la serrure.

(Katie regarde et pousse un gémissement. Bill essaie la poignée. La porte s'ouvre. Son de la télé plus fort.)

BILL

Reste derrière moi. Tiens-toi prête à partir en courant s'il arrive quelque chose. Bon Dieu, j'aurais mieux fait de te laisser à la maison, Kate.

(Il commence à entrer, suivi de Katie, terrifiée, les larmes aux yeux.)

INT. LA SALLE DE SÉJOUR DE DAWN ET JERRY.

(De la porte, on ne voit qu'une petite partie de la pièce. La télé fait un boucan infernal. Bill entre dans la pièce, brandissant son pistolet. Il regarde à sa droite... et soudain toute tension disparaît de son expression. Il abaisse l'arme.)

KATIE

(se rapprochant de lui)

Bill ? Qu'est-ce que...

(Il fait un geste.)

INT. GRANDE SALLE DE SÉJOUR, POINT DE VUE DE KATIE.

(La pièce a l'air d'avoir subi le passage d'un cyclone... mais le désordre n'est pas dû au passage d'un meurtrier ou d'un voleur ; seulement à l'activité d'un bambin de dix-huit mois en pleine forme. Après une dure journée passée à chambouler la salle de séjour, le charmant bambin fatigué et sa mère épuisée se sont endormis ensemble sur le canapé. Dawn a un baladeur sur la tête. Des jouets en plastique solide du genre PlaySkool sont éparpillés absolument partout. Le bambin a également retiré presque tous les livres des étagères. Il a même longuement mâchouillé l'un d'entre eux, à voir l'état dans lequel il est. Bill va le ramasser ; c'est *Le Baiser du spectre*.)

BILL

On m'avait dit que les gens dévoraient mes livres, mais j'avais toujours pensé que ce n'était qu'une façon de parler...

(Il est amusé, mais pas Katie. Celle-ci fonce vers sa sœur, prête à se mettre en colère... Mais elle voit à quel point Dawn paraît épuisée et se radoucit.)

INT. DAWN ET LE BÉBÉ, POINT DE VUE DE KATIE.

(Tous deux dorment profondément ; on dirait une madone à l'enfant de Raphaël. PANORAMIQUE sur le baladeur. On entend faiblement chanter Huey Lewis et les News. POURSUITE DU PANORAMIQUE sur le téléphone posé sur la table voisine. Le combiné a été mal reposé – juste assez pour mettre la ligne en dérangement et filer la frousse à tout le monde.)

INT. KATIE.

(Elle pousse un soupir et se penche pour remettre le téléphone en place. Puis elle appuie sur le bouton Arrêt du baladeur.)

INT. DAWN, BILL ET KATIE.

(Dawn s'éveille lorsque la musique s'interrompt ; elle regarde Katie et Bill, intriguée.)

DAWN

(dans le brouillard)

Euh... salut.

(Elle se rend compte qu'elle porte encore les écouteurs du baladeur et les retire.)

BILL

Salut, Dawn.

DAWN

(toujours endormie)

Vous auriez dû appeler avant de venir... c'est un vrai capharnaüm, ici.

(Elle sourit ; son visage rayonne.)

KATIE

On a essayé. L'opératrice a dit à Bill que le téléphone était décroché. J'ai pensé qu'il se passait quelque chose de pas normal. Comment peux-tu dormir avec de la musique qui te corne dans les oreilles comme ça ?

DAWN

Ça me repose. (Elle aperçoit le livre que Bill tient toujours à la main.) Ô mon Dieu, Bill, je suis désolée ! Il fait ses dents et...

BILL

Certains critiques diraient qu'il a fait un excellent choix pour se faire les dents dessus. Je ne voudrais pas te ficher la frousse, belle enfant, mais quelqu'un s'est amusé à tripoter la serrure de la porte d'entrée avec un tournevis ou un truc comme ça ; elle a été forcée.

DAWN

Bon sang, non ! C'est Jerry, la semaine dernière. Je nous avais enfermés dehors par erreur, Jerry n'avait pas ses clés, et celle qu'on cache à côté de la porte n'était pas à sa place non plus. Il était furieux parce qu'il avait une méchante envie de faire pipi et il a pris un tournevis. D'ailleurs, ça n'a pas marché, c'est une bonne serrure... Le temps que je retrouve ma clé, il avait été se soulager dans les buissons.

BILL

Mais si elle n'a pas été forcée, comment ai-je pu ouvrir la porte comme ça ?

DAWN

(l'air coupable)

Euh... Il m'arrive d'oublier de mettre le verrou.

KATIE

Tu n'as pas essayé de m'appeler, ce soir ?

DAWN

Oh ça, non ! Je n'ai cherché à appeler personne ! J'étais bien assez occupée à courir après Justin. Il tenait absolument à se taper l'assouplisseur ! Après, quand j'ai vu qu'il était fatigué et qu'il s'endormait, je l'ai pris ici avec moi et j'ai écouté de la musique en attendant que passe ton film, Bill, mais je me suis endormie...

(A la mention du film, Bill sursaute, regarde le livre, puis sa montre.)

BILL

J'ai promis à Jeff de le lui enregistrer. Viens, Katie, rentrons à la maison.

KATIE

Juste une seconde.

(Elle décroche le téléphone et compose un numéro.)

DAWN

Dis donc, Bill, crois-tu que Jeffie soit assez grand pour regarder un truc pareil ?

BILL

C'est à la télé. Ils font sauter les passages les plus sanglants.

DAWN

(confuse, mais aimable)

Oh, dans ce cas...

INT. KATIE, PR.

DENNIS

(voix filtrée)

Allô !

KATIE

Je me suis dit que vous seriez contents de savoir que tante Dawn va bien.

DENNIS

(voix filtrée)

Oh ! Chouette ! Merci, M'man.

INT. LA VOITURE, AVEC BILL ET KATIE.

KATIE

Tu dois me prendre pour une idiote d'hystérique, hein ?

BILL

(sincèrement surpris)

Pas du tout ! J'étais inquiet, moi aussi.

KATIE

C'est vrai ? Tu n'es pas en colère ?

BILL

Je suis trop soulagé (il rit). Elle est un peu tête en l'air, ta petite sœur, mais je l'adore.

KATIE

(se penche vers lui pour déposer un baiser sur sa joue)

Je t'aime, Bill. Tu es un type merveilleux.

BILL

Moi ? Je suis le croquemitaine !

KATIE

Ça ne prend pas avec moi, mon gros minou.

EXT. LA VOITURE PASSE DEVANT LA CAMÉRA,

FONDU ENCHAÎNÉ AVEC : INT. JEFF, AU LIT.

(La chambre est plongée dans l'obscurité, et il a les couvertures tirées jusqu'au menton.)

JEFF

Tu me *promets* d'enregistrer le reste ?

(ZOOM ARRIÈRE, pour qu'on puisse voir Bill, assis sur le lit.)

BILL

Promis.

JEFF

J'aime bien quand le mort arrache la tête du rocker punk.

BILL

Euh... autrefois, on faisait sauter les passages les plus sanglants.

JEFF

Quoi ?

BILL

Rien. Je t'aime, mon bonhomme.

JEFF

Moi aussi, Papa. Rambo aussi.

(Jeff brandit un dragon de peluche d'un aspect assez peu engageant. Bill embrasse le dragon, puis son fils.)

BILL

Bonne nuit.

JEFF

Bonne nuit (pendant que son père regagne la porte). Je suis bien content, pour tante Dawn.

BILL

Moi aussi.

(Il sort.)

INT. LA TÉLÉ, PR.

(Le logo s'estompe. Un type qui a l'air d'être mort dans un accident de voiture environ deux semaines avant le tournage et d'avoir subi depuis les rigueurs d'un climat trop chaud sort en titubant d'une crypte. LA CAMÉRA ÉLARGIT et nous montre Bill qui relâche le bouton Pause du magnétoscope.)

KATIE

(voix seulement)

Hououou-houou !

(Bill se tourne pour regarder, souriant ; LA CAMÉRA ÉLARGIT LE CHAMP et on voit Katie, portant une chemise de nuit sexy.)

BILL

Autant pour moi. J'ai raté les premières quarante secondes après la coupure de pub. Il fallait que j'embrasse Rambo.

KATIE

Tu es sûr que tu ne m'en veux pas ?

(Il s'approche d'elle et l'embrasse.)

BILL

Pas une miette.

KATIE

Vois-tu, j'aurais juré que c'était la voix de l'une de nous. Tu comprends ce que je veux dire ? De l'une de nous...

BILL

Oui.

KATIE

J'entends encore ces sanglots... Ils exprimaient tellement de chagrin... ils étaient tellement déchirants...

BILL

Dis-moi... Ça ne t'est jamais arrivé de croire reconnaître quelqu'un dans la rue, de l'interpeller, même ; puis, quand la personne se retourne, il s'agit d'un parfait étranger ?

KATIE

Si, une fois, à Seattle. J'étais dans un centre d'achat et j'ai cru reconnaître mon ancienne compagne de chambre. Je... Oh, je vois où tu veux en venir.

BILL

Eh oui, les voix aussi peuvent se ressembler.

KATIE

Pourtant... J'aurais cru qu'on ne pouvait se tromper sur celle de ses proches. Au moins jusqu'à ce soir.

(Elle pose la joue sur l'épaule de Bill, troublée.)

KATIE

J'étais tellement sûre que c'était Polly...

BILL

Parce que tu étais inquiète pour elle et que tu te demandais comment elle s'en sortait au collège... Au fait, à en juger d'après ce qu'elle t'a dit, il semble qu'elle ne s'en tire pas si mal, non ?

KATIE

Oui, on dirait.

BILL

Arrête un peu d'y penser, chérie.

KATIE

(l'observant attentivement)

J'ai horreur de te voir dans cet état. Dépêche-toi d'avoir une idée, veux-tu ?

BILL

J'essaie.

KATIE

Tu viens te coucher ?

BILL

Dès que j'aurai fini de faire l'enregistrement pour Jeff.

KATIE

(amusée)

Voyons, Bill ! Cet appareil a été fabriqué par des ingénieurs japonais qui pensent absolument à tout. Il s'arrêtera tout seul.

BILL

Oui, mais ça fait longtemps que je ne l'ai pas revu, celui-ci, alors...

KATIE

D'accord, j'ai compris, fais-toi plaisir. Je crois que je ne vais pas dormir tout de suite.... Moi aussi, j'ai des idées...

BILL

(souriant)

Ah bon ?

KATIE

Oui.

(Elle commence à sortir, non sans coquetterie, puis se retourne à la hauteur de la porte, comme si quelque chose venait de la frapper.)

KATIE

S'ils montrent ce passage où l'on voit la tête du punk qui saute...

BILL

(l'expression coupable)

D'accord, je le coupe.

KATIE

Bonne nuit. Et merci encore. Pour tout.

(Elle sort. Bill reste assis.)

INT. LA TÉLÉ, PR.

(Un couple se pelote dans une voiture. Soudain, le mort surgit et ouvre violemment la portière côté passager. FONDU ENCHAÎNÉ SUR :)

INT. KATIE AU LIT.

(Il fait sombre. Elle dort. Puis se réveille, plus ou moins.)

KATIE

(voix endormie)

Hé, mon grand...

(Elle le cherche à tâtons, mais le côté du lit de Bill est vide et n'a pas été défait. Elle s'assoit et regarde vers :)

INT. UN RÉVEIL SUR LA TABLE DE NUIT. POINT DE VUE DE KATIE.

(On lit 02 : 03 et il saute à 02 : 04.)

INT. KATIE.

(Elle est complètement réveillée, maintenant. Et inquiète. Elle se lève, enfile sa robe de chambre et quitte la chambre.)

INT. L'ÉCRAN DE TÉLÉ. PR.

(Neige.)

KATIE

(voix seulement, se rapprochant)

Bill ? Chéri ? Tu vas bien ? Bill ? B...

INT. KATIE DANS LE BUREAU DE BILL.

(Elle est pétrifiée, les yeux agrandis d'horreur.)

INT. BILL, SUR SON SIÈGE.

(Il est effondré sur un côté, les yeux fermés, la main passée dans sa chemise. Dawn dormait ; pas Bill.)

EXT. ON DESCEND UN CERCUEIL DANS UNE TOMBE.

PASTEUR

(voix seulement)

Et nous confions à la terre la dépouille mortelle de William Weiderman, comme nous confions son âme immortelle à Dieu. N'ayez pas de chagrin, mes frères...

EXT. AUPRÈS DE LA TOMBE.

(Tous les Weiderman sont présents. Katie et Polly portent des robes noires identiques et un voile. Connie porte une jupe noire et une blouse blanche. Dennis et Jeff sont en costumes sombres. Jeff pleure. Il tient Rambo sous son bras.)

LA CAMÉRA ZOOME SUR KATIE.

(Des larmes coulent lentement sur ses joues. Elle se penche, ramasse une poignée de terre et la jette dans la fosse.)

KATIE

Je t'aime, mon grand.

EXT. JEFF.

(Il pleure.)

EXT. LA CAMÉRA PLONGE DANS LA TOMBE.

(De la terre s'éparpille sur le cercueil.)

FONDU ENCHAÎNÉ SUR EXT. LA TOMBE.

(Un fossoyeur finit de la combler.)

LE FOSSOYEUR

Ma femme regrette que vous n'ayez pas écrit encore un ou deux bouquins avant votre attaque cardiaque, monsieur... Moi, je préfère plutôt les westerns.

(Le fossoyeur s'éloigne en sifflotant.)

ENCHAÎNÉ SUR EXT. JOUR, ÉGLISE.

INTERTITRE : CINQ ANS PLUS TARD.

(On joue la *Marche nuptiale* de Mendelssohn. Polly, plus âgée et rayonnante de joie, émerge sous une pluie de riz. Elle porte une robe de mariée et son époux est à ses côtés.

Les invités, alignés des deux côtés, lancent du riz ; les proches suivent le couple des jeunes mariés. Parmi eux se trouvent Katie, Dennis, Connie et Jeff... tous plus vieux de cinq ans. Katie est au bras d'un autre homme, Hank ; entre-temps, elle s'est en effet remariée.

Polly se retourne vers sa mère.)

POLLY

Merci, Maman.

KATIE

(pleurant)

Oh, ma poupée, je suis si heureuse pour toi...

(Elles s'embrassent. Au bout d'un moment, Polly s'écarte et se tourne vers Hank. Il y a un bref instant de tension, puis Polly embrasse également Hank.)

POLLY

Merci aussi à vous, Hank. Je suis désolée d'avoir été si longtemps une telle teigne pour vous...

HANK

(à l'aise)

Mais tu n'as jamais été une teigne, Polly. Une fille ne peut avoir qu'un seul père.

CONNIE

Lance-le ! Lance-le !

(Après un instant d'hésitation, Polly lance son bouquet.)

EXT. PR., LE BOUQUET, RALENTI.

(Le bouquet tournoie en l'air.)

FONDU ENCHAÎNÉ SUR INT. NUIT, LE BUREAU, KATIE.

(Les photos sont encore sur le bureau, mais à la place du traitement de texte, on voit une grande lampe qui éclaire des plans d'architecte. Les couvertures de livres ont été remplacées par des photos d'immeuble, vraisemblablement conçus auparavant par Hank.

Katie regarde le bureau, songeuse et un peu triste.)

HANK

(voix seulement)

Tu viens te coucher, Kate ?

(Elle se tourne et LA CAMÉRA ÉLARGIT pour nous montrer Hank. Il est en robe de chambre. Elle s'approche de lui et le serre brièvement contre elle, souriante. On note peut-être quelques fils gris dans ses cheveux ; son joli poney[1] a pas mal galopé depuis la mort de Bill.)

KATIE

Un petit moment. Ce n'est pas tous les jours qu'une mère assiste au mariage de son aînée, tu sais...

HANK

Je sais.

(LA CAMÉRA les suit pendant qu'ils passent du coin travail du bureau au coin détente. Il n'a guère changé depuis l'époque du premier mariage de Kate ; on y retrouve la même table basse, la stéréo, la télé, le canapé et l'ancien fauteuil à dossier réglable de Bill. Elle le regarde.)

HANK

Il te manque toujours, n'est-ce pas...

KATIE

Certains jours plus que d'autres. Toi tu ne savais pas, et Polly ne s'en est pas souvenue.

HANK

(avec douceur)

Souvenue de quoi, chérie ?

KATIE

Polly s'est mariée le jour du cinquième anniversaire de la mort de Bill.

1. Jeu de mots sur *pony tail,* « queue de cheval », qui se dit exactement « queue de poney » en anglais ; et clin d'œil de l'auteur à la nouvelle précédente. *(N.d.T.)*

HANK

(la prenant dans ses bras)

Viens donc te coucher.

KATIE

Dans une minute.

HANK

D'accord. Je serai peut-être encore réveillé.

KATIE

Toi, tu as une idée derrière la tête, je parie...

HANK

Ça se pourrait bien.

KATIE

Ça me va.

(Il l'embrasse, puis sort en refermant la porte derrière lui. Katie est assise dans le vieux fauteuil de Bill. La télécommande de la télé et un téléphone sont posés tout à côté, sur la table basse. Katie regarde l'écran vide de la télé et LA CAMÉRA se porte sur son visage. Une larme grossit dans son œil brillant comme un saphir.)

KATIE

Tu me manques toujours, mon grand. Tu peux pas savoir à quel point. Tous les jours... Et tu sais quoi ? Ça fait bigrement mal.

(La larme tombe. Elle prend la télécommande et branche une chaîne au hasard.)

INT. LA TÉLÉ, POINT DE VUE DE KATIE.

(Elle est tombée sur une pub pour les couteaux Ginsu, qui laissent la place au logo de Star.)

PRÉSENTATEUR

(voix seulement)

Et maintenant, retour au film de la nuit du jeudi sur Star Time... *Le Baiser du spectre !*

(Le logo s'estompe. Un type qui a l'air d'être mort dans un accident de voiture environ deux semaines avant le tournage et d'avoir subi depuis les rigueurs d'un climat trop chaud sort en titubant d'une crypte.)

INT. KATIE.

(Elle est terriblement secouée, presque horrifiée. Elle enfonce la touche d'arrêt, sur la télécommande. L'image s'évanouit.

Le visage de Katie est agité d'émotions ; elle lutte contre elles, mais elles sont trop fortes et la coïncidence du film est la goutte d'eau qui fait déborder le vase, à l'issue de ce qui a sans doute été l'une des journées les plus difficiles de sa vie, sur le plan affectif. Le barrage rompt et elle commence à sangloter... des sanglots terriblement déchirants. Elle tend la main vers la table, avec l'intention d'y reposer la télécommande, mais elle heurte le téléphone et le fait tomber à terre.)

SON : BOURDONNEMENT D'UNE LIGNE OUVERTE.

(Son visage sillonné de larmes s'immobilise soudain tandis qu'elle regarde le téléphone. Quelque chose – une idée, une intuition ? difficile à dire, et peu importe – commence à germer en elle.)

INT. LE TÉLÉPHONE, POINT DE VUE DE KATIE.

(LA CAMÉRA s'avance en très gros plan, jusqu'à ce que les petits trous du micro ressemblent à des gouffres noirs.)

SON : BOURDONNEMENT DE PLUS EN PLUS PUISSANT D'UNE LIGNE OUVERTE. FONDU AU NOIR.

(On entend une voix.)

BILL

(voix seulement)

Qui appelles-tu ? Qui veux-tu appeler ? Qui appellerais-tu, si ce n'était pas trop tard ?

INT. KATIE.

(Elle a maintenant une expression étrange, comme hypnotisée ; elle prend le téléphone, compose un numéro, apparemment au hasard.)

SON : SONNERIE DU TÉLÉPHONE.

(Katie continue de paraître hypnotisée ; elle conserve cette expression jusqu'au moment où l'on décroche à l'autre bout – et où *elle entend sa propre voix.*)

KATIE

(voix filtrée)

Bonjour, maison Weiderman.

(Katie, la Katie actuelle, celle qui a quelques fils gris dans les cheveux, continue de sangloter, mais une expression étrange, celle d'un espoir insensé, naît sur son visage. D'une certaine façon, elle comprend que la profondeur de son chagrin a permis une sorte de voyage téléphonique dans le temps. Elle s'efforce de parler, de forcer les mots à sortir de sa bouche.)

KATIE

(en sanglots)

Amène... je t'en prie, amène... amè-amè...

INT. KATIE DANS LE COIN DU TÉLÉPHONE, REPRISE.

(Nous sommes cinq ans en arrière. Bill se tient derrière elle ; l'air inquiet. Jeff s'éloigne vers le séjour à la recherche d'une cassette vierge.)

KATIE

Polly ? C'est toi, Polly ? Qu'est-ce qui se passe ?

INT. KATIE DANS LE BUREAU.

KATIE

(en larmes)

Je vous en prie... vite !

SON : LIGNE COUPÉE

KATIE

(hurlant)

Amène-le à l'hôpital ! Si tu veux qu'il vive, amène-le à l'hôpital ! Il va avoir une crise cardiaque ! Il...

SON : BOURDONNEMENT D'UNE LIGNE LIBRE.

(Lentement, très lentement, Katie raccroche. Puis, au bout d'un moment, elle reprend le combiné. Elle parle à haute voix sans s'en rendre compte.)

KATIE

J'ai composé le vieux numéro. J'ai composé...

PLAN CUT SUR INT. BILL, DANS LE COIN-TÉLÉPHONE AVEC KATIE À SES CÔTÉS.

(Il vient juste de prendre le téléphone des mains de Katie et parle à l'opératrice.)

OPÉRATRICE

(voix filtrée, pouffante)

... Je promets de ne le communiquer à personne.

BILL

C'est le 555...

PLAN CUT SUR INT. KATIE, DANS LE VIEUX FAUTEUIL DE BILL, PR.

KATIE

(finissant la phrase)

... 44 08.

INT. LE TÉLÉPHONE, PR.

(D'une main tremblante, Katie compose soigneusement le numéro et nous entendons les tonalités correspondantes : 555 44 08.)

INT. KATIE, DANS LE VIEUX FAUTEUIL DE BILL, PR.

(Elle ferme les yeux pendant que le téléphone sonne. On lit un mélange effrayant d'espoir et de peur sur son visage. Si seulement elle pouvait avoir une deuxième chance de passer ce message vital, semble-t-il vouloir dire, rien qu'une autre chance...)

KATIE

(bas)

S'il vous plaît... s'il vous plaît...

VOIX ENREGISTRÉE

(filtrée)

Ce numéro n'est plus en service. Veuillez vous reporter à votre annuaire...

(Katie raccroche. Ses joues sont striées de larmes. LA CAMÉRA ZOOME sur le téléphone.)

INT. LE COIN TÉLÉPHONE, AVEC KATIE ET BILL, REPRISE.

BILL

C'était sans doute une blague. Ou quelqu'un qui a fait un mauvais numéro sous le coup de l'émotion... « à travers un voile de larmes », comme nous autres, scribouillards vétérans, aimons à le dire.

KATIE

Ce n'était pas une blague et ce n'était pas un mauvais numéro ! C'était quelqu'un de *ma famille* !

INT. KATIE (ACTUELLE) DANS LE BUREAU DE BILL.

KATIE

Oui... quelqu'un de ma famille. Quelqu'un de très proche... moi.

(Elle lance soudain le téléphone à travers la pièce. Puis elle se remet à sangloter et plonge le visage dans ses mains. LA CAMÉRA fait un plan fixe sur elle puis PANORAMIQUE SUR :)

INT. LE TÉLÉPHONE.

(Il gît sur le tapis ; son aspect est à la fois neutre et menaçant. LA CAMÉRA S'AVANCE EN TRÈS GROS PLAN : une fois de plus, les trous du micro ressemblent à des gouffres. PLAN FIXE, puis FONDU AU NOIR.)

La tribu des Dix Plombes

1

Pearson voulut hurler mais, privé de voix par le choc, il ne put émettre qu'un gémissement étouffé et prolongé – comme quelqu'un qui grogne pendant son sommeil. Il inspira pour essayer à nouveau, mais avant qu'il puisse se libérer, une poigne vigoureuse s'empara de son bras, juste au-dessus du coude, et serra très fort.

« Ce serait une erreur », dit la voix qui accompagnait la main. Une voix qui était à peine plus élevée qu'un murmure et qui se déversait directement dans l'oreille de Pearson. « Une très grave erreur. Croyez-moi. »

Pearson tourna la tête. La chose qui avait provoqué son envie – non, son besoin – de hurler venait de disparaître à l'intérieur de la banque, nullement inquiétée (voilà qui était incroyable !) et il s'aperçut qu'il *pouvait* regarder autour de lui. L'homme qui l'avait empoigné par le bras était un jeune Noir beau gosse, en costume couleur crème. Pearson ne lui avait jamais parlé, mais il l'identifia néanmoins ; il le connaissait de vue, comme tous ceux appartenant à l'étrange sous-groupe de population qu'il avait fini par baptiser la tribu des Dix Plombes... lesquels devaient, supposait-il, le connaître de la même manière.

Le jeune Noir beau gosse l'observait, la mine soucieuse.

« Vous l'avez vu ? » demanda Pearson. Il avait parlé d'un ton haut perché et geignard qui n'avait rien à voir avec sa façon habituelle de s'exprimer, pleine de confiance en soi.

Le jeune Noir beau gosse avait lâché le bras de Pearson lorsqu'il avait été raisonnablement convaincu que ce dernier n'allait pas créer une émeute, sur la place qui faisait face à la First Mercantile Bank de Boston, en poussant une rafale de hurlements sauvages ; mais Pearson avait aussitôt saisi le poignet du jeune homme, comme s'il n'avait pas été capable de vivre sans ce contact rassurant. Le jeune Noir beau gosse ne chercha pas à se dégager et se contenta de jeter un bref coup d'œil à la main de Pearson, avant de scruter son visage.

« Je veux dire... vraiment vu ? Horrible ! Même si c'était un maquillage... ou... ou une sorte de masque pour faire une plaisanterie... »

Mais il ne s'agissait ni de maquillage ni de masque. La chose, habillée d'un costume André Cyr gris foncé et portant des chaussures à cinq cents dollars, était passée tout à côté de Pearson, le frôlant presque (*Dieu m'en garde,* protesta son esprit avec un haut-le-corps mental), et il en était sûr : ni maquillage, ni masque. Parce que les amas de chair formant l'énorme protubérance qui, supposait-il, correspondait à la tête de la chose, ne cessaient de bouger, ondulant dans des directions différentes, comme autant de nappes de gaz exotiques autour de quelque planète géante.

« L'ami, commença le jeune Noir beau gosse en costume couleur crème, vous avez besoin de...

– Qu'est-ce que c'était ? l'interrompit Pearson. Je n'ai jamais rien vu de semblable de toute ma vie ! On aurait dit un truc sorti tout droit de... je sais pas... d'un film d'horreur... de... de... »

Sa voix ne lui donnait plus l'impression de venir de l'endroit habituel, dans sa tête, mais plutôt de dériver d'un point situé juste au-dessus, comme s'il était tombé dans un piège ou dans une faille de la croûte terrestre et que cette voix haut perchée et geignarde appartînt à quelqu'un d'autre, qui lui aurait parlé depuis le bord.

« Ecoutez, mon ami... »

Il y avait aussi autre chose. Lorsque Pearson avait franchi la porte à tambour, quelques minutes auparavant, une Marlboro pas encore allumée à la main, le temps était couvert et, de fait, la pluie menaçait. Or, maintenant, tout était paré d'une lumière brillante, trop éclatante. La jupe rouge de la jolie blonde adossée à l'immeuble à une vingtaine de mètres de là (elle fumait en lisant un livre de poche) avait la stridence d'un signal d'alarme ; le jaune de la chemise d'un garçon de courses qui passait l'agressait comme l'aiguillon d'une guêpe ; quant aux visages des gens, ils prenaient un relief anormal, comme dans les livres à images qui se déplient qu'adorait sa fille Jenny.

Et ses lèvres... il n'arrivait plus à les sentir. Elles étaient engourdies, comme quand le dentiste a eu la main lourde pour son injection de novocaïne.

Il se tourna vers le jeune Noir beau gosse en costume couleur crème et dit : « C'est ridicule, mais je crois que je vais m'évanouir.

– Non, pas question », répondit le jeune homme, s'exprimant avec une telle assurance que Pearson le crut, au moins temporairement. La poigne solide l'agrippa de nouveau au-dessus du coude, mais avec beaucoup plus de douceur, cette fois. « Allons par ici ; vous avez besoin de vous asseoir. »

Il y avait des îlots circulaires de marbre d'environ un mètre de haut éparpillés sur la vaste place, en face de la banque, contenant chacun sa propre variété de fleurs de la saison – fin de l'été, début de l'automne. Ceux de la tribu des Dix Plombes étaient assis sur les bords de ces pots de fleurs surdimensionnés ; certains lisaient, certains bavardaient, tandis que d'autres suivaient des yeux le flot des piétons qui se bousculaient sur les trottoirs de Commercial Street – mais tous faisaient ce qui leur avait valu le surnom de tribu des Dix Plombes, la chose que Pearson était également venu faire lui-même.

L'îlot de marbre le plus proche des deux hommes contenait des asters, dont le violet paraissait miraculeusement brillant aux yeux de Pearson, dans son état de perception exaltée. Le rebord circulaire était libre, probablement parce que l'heure de la pause était passée de dix minutes, maintenant, et que les gens avaient commencé à regagner les bureaux.

« Asseyez-vous », l'invita le jeune Noir beau gosse ; et Pearson eut beau essayer de son mieux, il eut davantage l'impression de se laisser tomber que de s'asseoir. A un moment donné il se tenait debout à côté de l'îlot de marbre brun-rouge, et l'instant suivant il atterrissait brutalement sur les fesses, comme si quelqu'un avait retiré des broches lui retenant les genoux.

« Penchez-vous en avant », lui conseilla le jeune homme, qui s'était assis à côté de lui. Son visage avait conservé une expression agréable depuis le début de leur rencontre mais, à y regarder de plus près, il n'y avait rien d'agréable dans ses yeux ; ils parcouraient rapidement la place en tous sens.

« Pourquoi ?

– Pour faire revenir le sang dans votre tête, expliqua le jeune Noir beau gosse. Mais débrouillez-vous pour n'avoir l'air de rien. Tenez, faites semblant de sentir les fleurs.

– N'avoir l'air de rien aux yeux de qui ?

– Faites comme ça, voulez-vous ? » Une petite note d'impatience s'était glissée dans la voix du jeune homme.

Pearson obéit et prit une profonde inspiration. Les fleurs ne sentaient pas aussi bon qu'elles étaient belles, découvrit-il – elles dégageaient une odeur acide d'herbe rappelant vaguement la pisse de chien. Il eut cependant l'impression que sa tête s'éclaircissait un tout petit peu.

« Récitez la liste des Etats », ordonna le jeune Noir, qui croisa les jambes, pinça le tissu de son pantalon pour ne pas former de faux plis et sortit un paquet de Winston d'une poche. Pearson se rendit alors compte qu'il ne tenait plus sa cigarette ; il devait l'avoir laissée tomber, sous le coup de l'émotion, lorsqu'il avait vu la chose monstrueuse, dans son costume coûteux, traverser le côté ouest de la place.

« La liste des Etats ? » répéta-t-il stupidement.

Le jeune Noir acquiesça, fit surgir un briquet qui devait sans doute être meilleur marché que son aspect, au premier coup d'œil, aurait pu le laisser croire, et alluma sa cigarette. « Commencez par celui-ci et continuez en direction de l'ouest, l'encouragea-t-il.

– Le Massachusetts... New York, je suppose, ou le Vermont, si l'on part du nord... le New Jersey... (il se redressa un peu et continua d'un ton devenant progressivement plus confiant)... la Pennsylvanie, la Virginie-Occidentale, l'Ohio, l'Illinois... »

Le Noir souleva les sourcils. « La Virginie-Occidentale, hein ? Vous en êtes sûr ? »

Pearson esquissa un sourire. « Assez, oui. Mais j'ai peut-être inversé l'Ohio et l'Illinois. »

Le jeune Noir haussa les épaules pour montrer que c'était sans importance et sourit. « Vous ne vous sentez plus sur le point de vous évanouir, je le vois bien, et c'est ça qui compte. Une sèche ?

– Merci », répondit Pearson avec gratitude. Il n'avait pas simplement *envie* d'une cigarette : il en avait *besoin.* « J'ai perdu celle que j'avais prise avec moi, expliqua-t-il. Quel est votre nom ? »

Le Noir plaça une Winston entre les lèvres de Pearson et tendit la flamme de son briquet. « Dudley Rhinemann. Vous pouvez m'appeler Duke. »

Pearson inspira profondément sur la cigarette et regarda en direction des portes à tambour qui donnaient accès aux profondeurs ténébreuses et aux altitudes perdues dans les nuées de la First Mercantile Bank. « Ce n'était pas une simple hallucination, n'est-ce pas ? demanda-t-il. Ce que j'ai vu... vous aussi, vous l'avez vu, non ? »

Rhinemann acquiesça.

« Vous ne vouliez pas qu'il sache que je l'avais vu », reprit-il. Il parlait lentement, essayant de reconstituer tout seul ce qui s'était passé. Sa voix émanait de nouveau de l'endroit habituel, et cela était déjà un grand soulagement.

Rhinemann acquiesça une deuxième fois.

« Mais comment aurais-je pu ne pas le voir ? Et comment aurait-il pu ne pas s'en rendre compte ?

– Avez-vous aperçu d'autres personnes prêtes à se mettre à hurler à pleins poumons, comme vous ? demanda Rhinemann. Avez-vous vu quelqu'un qui était dans votre état ? Moi, par exemple ? »

Pearson secoua lentement la tête. En plus de se sentir toujours effrayé, il avait maintenant l'impression d'être tout à fait perdu.

« Je me suis interposé entre vous et lui du mieux que j'ai pu, et je ne crois pas qu'il vous ait remarqué, mais pendant une seconde ou deux, il n'en a pas été loin. Vous faisiez la tête d'un type qui vient de voir une souris sortir de son hamburger. Vous êtes dans le service des prêts sur nantissement, n'est-ce pas ?

– Oh, en effet, excusez-moi ! Brandon Pearson.

– Moi, je travaille dans le service des ordinateurs. J'y suis bien. C'est le genre d'effet que ça produit, quand on voit son premier batman. »

Duke Rhinemann tendit la main à Pearson, qui la serra machinalement ; il avait été frappé par les paroles de l'autre. *C'est le genre d'effet que ça produit, quand on voit son premier batman,* avait-il dit ; et une fois que Pearson se fut débarrassé de l'image initiale du redresseur de torts masqué circulant entre les tours Arts déco de Gotham City, il découvrit que ce qualificatif d'homme-chauve-souris n'allait pas si mal. Il découvrit (ou redécouvrit, peut-être) également cette vérité : qu'il était agréable d'avoir un nom à mettre sur quelque chose qui vous a fait peur, même si c'était bien loin de rendre cette peur anodine.

Il revécut délibérément la scène, se disant en même temps : *Un batman, c'était mon premier batman.*

Il était sorti par la porte à tambour en ne pensant qu'à une chose, la même que celle à laquelle il pensait toujours lorsqu'il descendait à dix heures – combien allait être agréable cette première giclée de nicotine lorsqu'elle allait atteindre son cerveau. C'était en raison de cela qu'il faisait partie de la tribu ; c'était sa version des phylactères ou des tatouages rituels.

Il avait remarqué que le temps se dégradait dès son arrivée au bureau, à huit heures quarante-cinq, et il s'était dit : *On va se taper notre cancer en bâtonnets sous une pluie battante, cet après-midi, toute la bande.* Ce n'était toutefois pas une petite averse qui allait les arrêter, évidemment. Les membres de la tribu des Dix Plombes avaient tous de la suite dans les idées.

Il se souvenait d'avoir rapidement balayé la place des yeux, afin d'en évaluer la fréquentation – coup d'œil si bref qu'il en avait à peine eu conscience. Il avait remarqué la fille à la jupe rouge (et s'était demandé, comme à chaque fois, si elle était aussi bonne au lit qu'elle était appétissante), le jeune gardien funky du troisième étage qui portait sa casquette à l'envers tout en balayant les chiottes ou le snack-bar, le vieux monsieur aux cheveux blancs clairsemés et aux joues tachées de violet, la femme d'âge moyen aux verres de lunettes en cul de bouteille, au visage étroit et à la longue chevelure noire et raide. Il avait aperçu un certain nombre d'autres personnes qu'il avait aussi plus ou moins reconnues ; parmi elles, bien entendu, figurait le jeune Noir beau gosse au costume couleur crème.

S'il avait vu Timmy Flanders dans le secteur, il aurait probablement été le rejoindre ; mais il n'y était pas et Pearson s'était donc dirigé vers le centre de la place, avec l'intention de s'asseoir sur l'un des îlots de marbre (précisément celui sur lequel il venait de s'installer). Une fois là, il se trouverait sous l'angle le plus favorable pour procéder à une évaluation des courbes de Miss Jupe Rouge – en particulier de ses jambes –, distraction bien modeste, il en convenait, mais il fallait bien faire avec ce qu'on avait sous la main. C'était un homme heureux en mariage, qui aimait sa femme et adorait sa petite fille, et il n'avait jamais fait la moindre entorse, ni même été sur le point de le faire, à leur union ; mais en approchant de la quarantaine, il se découvrait dans le sang des pulsions qui remontaient comme des monstres surgissant des abysses. Et il ne voyait pas comment un homme normalement constitué pouvait faire autrement que de reluquer Miss Jupe Rouge, se demandant simplement en plus si elle portait une lingerie assortie en dessous.

Il avait à peine eu le temps de faire un ou deux pas lorsque le nouveau venu avait fait son apparition au coin de l'immeuble, et attaqué l'escalier de la place. Pearson avait perçu le mouvement du coin de l'œil et, dans des circonstances ordinaires, n'y aurait pas prêté attention. C'était sur la jupe courte, serrée, et rouge comme un camion de pompiers, qu'il était alors concentré. Il avait cependant regardé parce que, même vu du coin de l'œil (et alors qu'il avait la tête ailleurs), il avait senti que quelque chose ne collait pas dans le personnage qui s'approchait. Il s'était donc tourné pour regarder, geste qui allait le priver de sommeil pour de nombreuses nuits à venir.

Rien à dire sur la qualité des souliers ; quant au costume André Cyr gris sombre, d'un aspect aussi indestructible que la porte de la salle des coffres, dans le sous-sol de la First Mercantile Bank, il était encore mieux, avec sa cravate d'un rouge trop prévisible pour être agressif. Tout cela était parfait : la panoplie typique d'un haut dirigeant de la banque, pour un lundi matin. (Et d'ailleurs qui, sinon les hauts dirigeants, pouvait se permettre d'arriver sur le coup de dix heures du matin ?) Ce n'était que lorsqu'on arrivait à la hauteur de la tête que les choses se gâtaient : soit l'on était devenu fou, soit l'on se trouvait devant un phénomène encore non répertorié dans les encyclopédies.

Mais pourquoi personne n'a-t-il pris la poudre d'es-

campette ? se demandait-il maintenant, tandis qu'une goutte de pluie lui tombait sur la main, et une autre sur le cylindre blanc de sa cigarette à demi fumée. *Tout le monde aurait dû se tirer en hurlant, comme les gens devant les insectes monstrueux, dans ces navets des années cinquante.* Puis il se dit : *Mais au fait, je n'ai pas pris la fuite, moi non plus.*

Certes, mais ce n'était pas la même chose ; s'il n'avait pas pris ses jambes à son cou, c'est qu'il avait été littéralement cloué sur place. Il avait néanmoins *essayé* de crier ; mais voilà, son nouvel ami l'en avait empêché juste avant qu'il n'ait pu retrouver l'usage de ses cordes vocales.

Un batman... votre premier batman.

Au-dessus des larges épaules du Costard d'Homme d'Affaires de l'année et de la cravate rouge, dodelinait une énorme masse gris-brun, non pas ronde, mais déformée comme une balle de base-ball ayant subi toute une saison de matraquage. Des lignes noires – peut-être des veines – pulsaient juste en dessous de la surface du crâne, dessinant une carte routière démente tout en circonvolutions ; quant à la partie correspondant à la figure (mais qui n'en était pas une, du moins pas au sens humain du terme), elle était couverte de bosses saillant et frissonnant comme des tumeurs qui auraient possédé une demi-sensibilité et une vie propre. Les traits étaient rudimentaires et resserrés : des yeux noirs, plats, parfaitement circulaires, qui scrutaient tout avidement, du centre de ce visage, comme ceux d'un requin ou de quelque insecte bouffi ; des oreilles déformées, sans lobes ni hélix ; il n'y avait pas de nez – du moins rien que Pearson aurait pu identifier comme tel, mais on remarquait toutefois deux excroissances semblables à des défenses dépassant de la touffe de poils emmêlés qui poussait juste au-dessous des yeux. C'était la bouche qui occupait l'essentiel de la place, énorme fente en forme de croissant qui s'ouvrait sur une double rangée de dents triangulaires. Pour une créature dotée d'un mufle pareil, avait songé Pearson plus tard, engouffrer la nourriture devait être un sacrement.

Sa toute première pensée, au moment où il vit cette horrible apparition (laquelle tenait un mince porte-documents Bally au bout d'une main aux doigts admirablement manucurés), fut qu'il s'agissait d'*Elephant Man* en personne. Toutefois, il se rendait maintenant compte que la créature n'avait rien à voir avec celle, déformée, certes, mais essentiellement humaine, décrite dans le vieux film. Duke Rhinemann était plus près de la vérité ; ces yeux noirs, cette bouche étirée jusqu'aux oreilles étaient des traits davantage associés aux bestioles à fourrure couinantes qui passaient leurs nuits à dévorer des mouches et leurs jours pendues la tête en bas dans des lieux obscurs.

Ce n'était pourtant aucun de ces détails qui lui avait donné envie de hurler ; ce besoin s'était fait sentir lorsque la créature en costard André Cyr était passée à côté de lui, ses yeux brillants comme des coléoptères déjà fixés sur l'une des portes à tambour. C'est dans les deux ou trois secondes où il en fut le plus proche que Pearson avait vu, sous les touffes de poils noirs qui poussaient sur ce visage bosselé de tumeurs, quelque chose qui bougeait. Il ignorait comment un tel phénomène était possible, mais il en était le témoin : c'était sous ses yeux qu'ondulait la peau, en bandes alternées, autour des nodosités qui hérissaient son crâne et sa mâchoire en galoche. Entre ces bandes, il avait aperçu une substance d'une couleur rosâtre écœurante à laquelle il préférait ne même pas penser... sauf que maintenant qu'il l'évoquait, on aurait dit qu'il ne pouvait s'empêcher de ne penser qu'à ça.

D'autres gouttes atteignirent ses mains et son visage. A côté de lui, Rhinemann tira une dernière bouffée sur sa cigarette qu'il jeta ensuite d'une pichenette avant de se lever. « Venez, dit-il, il commence à pleuvoir. »

Pearson le regarda, les yeux écarquillés, puis se tourna vers la banque. La blonde en jupe rouge y pénétrait à cet instant, son livre sous le bras, suivie de près (et étudiée d'encore plus près) par le vieux marcheur avec son auréole de cheveux blancs clairsemés.

Pearson revint à Rhinemann et demanda : « Quoi ? Entrer là-dedans ? Etes-vous sérieux ? Mais ce... cette chose s'y trouve !

– Je sais.

– Vous voulez que je vous dise un truc complètement dément ? » fit alors Pearson, jetant sa propre cigarette. Il ignorait où il allait se rendre – sans doute chez lui –, mais il savait en tout cas où il n'allait pas mettre les pieds : dans l'immeuble de la First Mercantile Bank de Boston.

« Dites toujours, répondit Rhinemann.

– Cette chose ressemblait bigrement à notre très respecté directeur adjoint, Douglas Keefer... Mis à part la tête, évidemment. Mêmes préférences en matière de costume et de porte-documents.

– Quelle coïncidence ! » observa Duke Rhinemann.

Pearson l'examina d'un œil suspicieux. « Qu'est-ce que vous voulez dire ?

– Je crois que vous le savez déjà, mais vous venez d'avoir une matinée difficile et je vais répondre à votre place. C'était bien Keefer. »

Pearson sourit, incertain. Rhinemann ne lui rendit pas son sourire ; au lieu de cela il se leva, prit Pearson par le bras et l'attira à lui jusqu'à ce qu'il n'y ait plus que quelques centimètres entre leurs visages.

« Je viens à l'instant de vous sauver la vie. Me croyez-vous, monsieur Pearson ? »

Ce dernier réfléchit une seconde et se rendit compte que c'était vrai. Le souvenir de cet extraterrestre, de cette tronche de chauve-souris avec ses yeux noirs et ses paquets de dents, brûlait dans son esprit, maléfique.

« Oui, je vous crois.

– Bon. Alors faites-moi assez crédit pour écouter bien attentivement les trois choses que je vais vous dire. D'accord ?

– Je... oui, d'accord.

– Première chose : c'était bien Douglas Keefer, l'un des directeurs adjoints de la First Mercantile Bank de Boston, proche ami du maire et, entre autres, président honoraire de la société de bienfaisance qui finance l'hôpital des Enfants de la ville. Deuxième chose : vous allez retourner là-dedans. Du moins, si vous tenez à la vie. »

Pearson resta bouche bée, momentanément incapable de répondre quoi que ce soit ; eût-il essayé qu'il n'aurait réussi qu'à produire encore un de ses gémissements étouffés.

Duke le prit par le coude et l'entraîna vers l'une des portes à tambour. « Suivez-moi, mon vieux, dit-il d'une voix étrangement douce. La pluie commence à tomber sérieusement, et si nous restons dehors plus longtemps, nous risquons d'attirer l'attention, ce que des gens dans notre situation ne peuvent se permettre. »

Pearson commença par suivre Duke, puis il revit la manière dont le nœud de serpents de lignes noires se tordait sur le crâne de la chose. Cette image le paralysa à hauteur de la porte. Le revêtement lisse de la place était suffisamment mouillé pour lui révéler un second Brandon Pearson, un reflet scintillant attaché à ses talons comme une chauve-souris de couleur différente.

« Je... je ne crois pas que j'en serai capable, bredouilla-t-il d'une voix humble.

– Si, vous y arriverez, dit Rhinemann, qui jeta un bref coup d'œil à la main gauche de Pearson. Marié, je vois... des enfants ?

– Oui, une fille. » Pearson parcourait des yeux le hall de la banque ; mais le vitrage de la porte à tambour était polarisé, si bien que la vaste salle paraissait très sombre. *Comme une caverne,* pensa-t-il. *Une caverne à chauves-souris remplie de ces porteuses de maladies à demi aveugles.*

« Avez-vous envie que votre femme et votre gamine lisent demain dans le journal que les flics ont retiré Papa du port de Boston avec la gorge tranchée ? »

Pearson ouvrit de grands yeux ; la pluie tombait dru sur sa tête et ses joues.

« Ils s'arrangent pour maquiller ça en crimes de drogués, reprit Rhinemann, et ça marche. Ça marche toujours. Parce qu'ils sont intelligents et qu'ils ont des amis aux postes clés. Bordel ! Les postes clés, c'est tout ce qui les intéresse.

– Je ne vous suis pas. Je ne comprends rien à tout ce que vous racontez.

– Je le sais. C'est une période dangereuse pour vous, alors vous allez faire exactement ce que je vous dis. Et ce que je vous dis, c'est de retourner à votre bureau avant d'être porté manquant, et de finir votre journée avec le sourire aux lèvres. Gardez-le vissé sur la figure, mon ami. Ne le relâchez pas une seconde, aussi contraint qu'il paraisse. (Le jeune Noir hésita un instant.) A la moindre gaffe, vous vous condamnez probablement à mort. »

La pluie laissait des traces brillantes sur la peau sombre et lisse du jeune homme et Pearson découvrit soudain en celui-ci une émotion qui avait été présente dès le début et qu'il n'avait pas remarquée à cause de l'état de choc dans lequel il s'était lui-même trouvé : cet homme était terrifié et avait pris d'énormes risques pour lui éviter de tomber dans un piège affreux.

« Je ne peux pas me permettre de rester plus longtemps ici, continua Rhinemann, c'est dangereux.

– D'accord, répondit Pearson, un peu étonné d'entendre le timbre normal et la diction presque mesurée de sa propre voix. Retournons au travail. »

Rhinemann eut une expression de soulagement.

« Voilà qui est mieux. Et quoi que vous voyiez pendant le reste de la journée, ne manifestez aucune surprise. Vous comprenez ?

– Oui, dit Pearson qui, cependant, n'y comprenait toujours rien.

– Pouvez-vous prendre de l'avance dans votre travail et partir tôt, disons vers trois heures ? »

Pearson réfléchit, puis acquiesça. « Ouais. Ça doit être possible.

– Bien. On se retrouve à l'angle de Milk Street.

– Entendu.

– Vous vous en sortez de manière sensationnelle, mon vieux. Tout va bien se passer. A tout à l'heure. »

Rhinemann s'engagea dans la porte à tambour et donna une poussée au battant. Pearson le suivit dans le quart suivant, avec l'impression d'avoir laissé son esprit derrière lui, sur la place... tout son esprit, sauf la partie qui avait envie d'une autre cigarette.

La journée traîna en longueur, mais tout se passa bien jusqu'au déjeuner (suivi de deux cigarettes) qu'il prit avec Tim Flanders. Ils sortirent de l'ascenseur au troisième étage et là, la première chose que vit Pearson fut un deuxième batman... ou plutôt, en réalité, *une* batman, portant des escarpins noirs à talons hauts, des bas nylon noirs et un tailleur sensationnel en soie – un Samuel Blue, aurait-il parié. Le parfait attirail de la femme de pouvoir... du moins jusqu'au moment où l'on arrivait à la tête qui dodelinait au-dessus, semblable à un tournesol mutant.

« Bonjour, mes beaux messieurs. » Une voix caressante de contralto venait de sortir du trou en bec-de-lièvre qui faisait office de bouche dans ce masque.

Suzanne Holding, pensa Pearson. *C'est impossible, et pourtant c'est bien elle.*

« Bonjour Susy, mon chou », s'entendit-il dire, songeant en lui-même : *Si jamais elle s'approche de moi... si jamais elle essaie de me toucher... je hurle. Je serai incapable de m'en empêcher, en dépit de tout ce que le petit jeune a pu me raconter.*

« Vous vous sentez mal, Brand ? Je vous trouve bien pâlot.

– Je crois que j'ai dû attraper quelques-uns de ces virus qui traînent dans les parages, répondit-il, toujours étonné de l'aisance dont il faisait preuve. Mais j'ai l'impression que ça n'est pas bien méchant.

– Tant mieux », fit la voix de Suzanne Holding derrière son visage de chauve-souris et ses chairs étrangement mobiles. Alors, pas de baisers sur la bouche tant que vous n'irez pas bien – je ne veux même pas que vous m'approchiez. Je ne peux pas me permettre de tomber malade, pas avec les Japonais qui débarquent mercredi prochain. »

Aucun problème, mon cœur, aucun problème, tu peux me croire.

« J'essaierai de me retenir !

– C'est gentil. Dites-moi, Tim, pouvez-vous venir dans mon bureau ? Je voudrais vous montrer deux projets d'ordre du jour. »

Timmy Flanders passa un bras autour du séduisant tailleur Samuel Blue et, sous les yeux écarquillés de Pearson, planta un petit baiser sur le côté de la figure velue et boursouflée de tumeurs de la chose. *C'est là que Tim voit sa joue,* pensa Pearson, qui sentit soudain ses certitudes quant à sa santé mentale se débobiner comme un câble bien graissé sur le tambour d'un treuil. *Une joue douce et parfumée, voilà ce qu'il voit et ce qu'il sent, et voilà ce qu'il croit embrasser ! Ô mon Dieu... ô mon Dieu !*

« Me voici ! s'exclama Tim, en faisant une petite courbette devant la créature. Un baiser, et je suis votre serviteur, chère dame ! »

Sur quoi il adressa un clin d'œil à Pearson et entraîna le monstre en direction du bureau de celui-ci. En passant devant la fontaine d'eau rafraîchie, il lui lâcha la taille. La brève et insignifiante petite danse de parade sexuelle – un rituel qui s'était plus ou moins développé dans le monde des affaires au cours de la dernière décennie, à peu près, lorsque le patron était une femme et le subordonné un homme – ayant été exécutée, le couple s'éloignait maintenant, placé sur un plan d'égalité sexuelle, ne parlant plus que chiffres.

Superbe analyse, Brand, se félicita distraitement Pearson en partant de son côté. *Tu aurais dû être sociologue.* C'était d'ailleurs ce qui avait failli lui arriver ; au collège, il avait pris cette matière en option.

En entrant dans son bureau, il prit conscience d'être

couvert d'une pellicule de sueur grasse qui dégoulinait lentement sur son corps. Il oublia la sociologie et attendit trois heures avec impatience.

A deux heures quarante-cinq, il rassembla tout son courage et alla passer une tête dans l'entrebâillement de la porte du bureau de Suzanne Holding. L'astéroïde extraterrestre qui lui servait de tronche était incliné vers l'écran bleu de son ordinateur, mais elle le tourna lorsqu'il lui lança « Toc-toc ! » d'une voix ferme. Les chairs, sur ce visage inconcevable, ne cessaient de s'agiter et les yeux noirs le contemplaient avec la glaciale avidité d'un requin étudiant la jambe d'un nageur.

« J'ai donné à Buzz Cartairs le dossier Corporate Fours, dit Pearson. Je vais emporter le dossier Nines avec moi à la maison, si vous êtes d'accord. J'en ai des copies sur disquette.

– Est-ce une manière détournée de me faire savoir que vous désertez votre poste, mon lapin ? » demanda Suzanne. Les veines noires saillaient, immondes, sur le sommet de son crâne ; les nodosités qui entouraient ses traits frissonnèrent et Pearson se rendit compte que l'une d'elles laissait échapper une substance rosâtre faisant penser à de la crème à raser mêlée de sang.

Il se força à sourire. « Pris la main dans le sac !

– Eh bien, il faudra se passer de vous pour l'orgie de quatre heures, aujourd'hui, dit-elle avec un soupir feint.

– Merci, Suze. »

Il s'éloignait déjà, mais elle le rappela : « Brand ? »

Il se retourna, sa peur et son dégoût menaçant de se transformer en une panique glaciale et paralysante, soudain convaincu que ces yeux noirs et avides l'avaient percé à jour et que la chose qui jouait la comédie de Suzanne Holding allait lui dire : *On arrête de tourner autour du pot, d'accord ? Entrez et refermez la porte. Nous allons voir si vous avez aussi bon goût que vous en avez l'air.*

Rhinemann allait attendre quelque temps, puis se rendre à ses affaires. *Il finira par savoir ce qui est arrivé, probablement. Ça s'est sans doute déjà produit.*

« Oui ? » fit-il, s'efforçant de sourire.

Elle le maintint un long moment sous son regard évaluateur, sans rien dire, sa tête massive et grotesque formant un ignoble contraste avec le corps sexy de jeune cadre (féminin) dynamique en dessous. « Vous avez l'air d'aller un peu mieux, cet après-midi. » Le mufle béait toujours, les yeux noirs le fixaient toujours avec cette expression de poupée de chiffon abandonnée sous un lit d'enfant, mais Pearson savait qu'une autre personne aurait seulement vu Suzanne Holding souriant à l'un de ses adjoints et manifestant le correct degré de sollicitude Modèle A. Pas exactement Mère Courage, mais néanmoins soucieuse du bien-être des gens placés sous ses ordres.

« Bien », répondit-il ; puis, considérant que c'était un peu faible, il ajouta : « Sensationnel !

– Si seulement vous pouviez arrêter de fumer...

– J'essaie », se défendit-il avec un petit rire. Le câble bien graissé glissa de nouveau autour de son treuil mental. *Laisse-moi ficher le camp... Laisse-moi ficher le camp, horrible monstre, avant que je fasse quelque chose de tellement dingue qu'on ne puisse pas l'ignorer.*

« Ça vous donnerait droit automatiquement à un bonus sur votre assurance, vous savez », ajouta la chose. Une autre de ses tumeurs éclata, avec un petit bruit écœurant, et il s'en écoula le même magma rosâtre.

« Je le sais bien. Et je vais y penser sérieusement, Suzanne. Vraiment.

– Bonne idée », répondit-elle en se tournant vers l'écran brillant de son ordinateur. Pendant un instant, il n'en revint pas, n'arrivant pas à croire à sa bonne fortune. L'entrevue était terminée.

Le temps que Pearson quitte l'immeuble, il pleuvait à verse, mais les membres de la tribu des Dix Plombes – devenue la tribu des Trois Plombes, évidemment, mais sans qu'il y ait de différence quant au fond – n'en étaient pas moins dehors, entassés les uns contre les autres comme des moutons, occupés à leurs petites affaires. Miss Jupe Rouge et le technicien de surface du troisième qui aimait porter sa casquette à l'envers s'abritaient sous les pages détrempées d'un même numéro du *Boston Globe.* Ils paraissaient être dans une situation bien inconfortable et se mouiller plus ou moins sur les bords, mais Pearson n'en envia pas moins le jeune homme. La petite Miss Jupe Rouge se vaporisait au Giorgio ; il avait reconnu son parfum dans l'ascenseur, à plusieurs reprises. Et elle émettait de petits bruits soyeux à chacun de ses mouvements, bien entendu.

A quoi diable penses-tu ? se tança-t-il vertement lui-même, pour se donner aussitôt – et mentalement – la réplique : *A rester sain d'esprit, voilà à quoi je pense. Ça te va ?*

Duke Rhinemann l'attendait sous la marquise d'un fleuriste, tout près du coin de la rue, les épaules rentrées, une cigarette au coin de la bouche. Pearson le rejoignit, jeta un coup d'œil à sa montre et décida d'attendre un peu avant d'en allumer une. Il avança un peu la tête, néanmoins, pour percevoir l'arôme de celle que fumait l'autre – geste dont il n'eut même pas conscience.

« Ma patronne en fait partie, dit-il à Duke. A moins, évidemment, que Douglas Keefer ne soit un monstre du genre travelo. »

Rhinemann eut un sourire féroce, mais ne répondit rien.

« Vous avez dit qu'il y en avait trois autres. Il en reste donc deux. Qui sont-ils ?

– Donald Fine. Vous ne le connaissez probablement pas. Il travaille au service des portefeuilles. Et Carl Grosbeck.

– Carl Grosbeck... ? Le président du conseil d'administration ? Bordel de Dieu !

– Je vous l'avais dit, observa Rhinemann. Les postes hauts placés, voilà ce qui les intéresse – *hé, taxi !* »

Il fonça, quittant l'abri de la marquise, pour arrêter le taxi jaune et marron qu'il avait repéré, miraculeusement vide et en maraude par ce temps pluvieux. Le véhicule obliqua vers eux et souleva une gerbe d'eau d'une flaque. Rhinemann l'évita habilement, mais Pearson se retrouva avec les chaussures et le bas de son pantalon trempés. Dans l'état où il se trouvait, ce détail ne lui parut pas terriblement important. Il ouvrit la porte au jeune Noir, qui s'engouffra dans le taxi et gagna la place la plus éloignée ; Pearson suivit et claqua la portière.

« Au pub Gallagher, dit Rhinemann. C'est juste en face de...

– Je sais où ça se trouve, le coupa le chauffeur, mais nous n'allons nulle part tant que vous ne vous êtes pas débarrassé de votre cancer en bâtonnets, mon ami. » Il tapota l'affichette apposée à côté de son compteur : VÉHICULE NON-FUMEURS, y lisait-on.

Les deux hommes échangèrent un regard. Rhinemann haussa les épaules avec cette expression mi-gênée, mi-agacée devenue le principal signe de reconnaissance des membres de la tribu des Dix Plombes, depuis le début des années quatre-vingt-dix. Puis, sans un murmure de protestation, il expédia sa Winston à peine entamée dans la pluie battante.

Pearson commença à raconter à Rhinemann quel choc ç'avait été de voir, juste en sortant de l'ascenseur, Suzanne Holding sous son véritable aspect ; mais le jeune Noir fronça les sourcils et secoua imperceptiblement la tête, tournant le pouce vers le chauffeur. « Nous parlerons plus tard. »

Pearson se réfugia dans le silence et se contenta de regarder les gratte-ciel battus par la pluie tandis qu'ils traversaient le centre-ville de Boston. Il se trouvait en parfaite harmonie avec les petites scènes de rue qu'il voyait au-delà des vitres sales du taxi. L'intéressaient notamment les modestes groupes de la tribu des Dix Plombes qu'il pouvait observer au pied de pratiquement tous les immeubles devant lesquels ils passaient. Lorsqu'il y avait de quoi s'abriter, ils se massaient là ; sinon, ils se faisaient une raison, se contentant de relever leur col et de protéger leur cigarette de la main, pour fumer en dépit de tout. Pearson songea soudain qu'au moins quatre-vingt-dix pour cent des gratte-ciel devant lesquels ils passaient, dans ce quartier chic, étaient maintenant des zones non-fumeurs, comme celui dans lequel Rhinemann et lui-même travaillaient. Il lui vint aussi à l'esprit (avec quasiment la force d'une révélation) que la tribu des Dix Plombes n'était pas véritablement une nouvelle tribu, mais les restes en piteux état d'une tribu ancienne, des renégats poursuivis par un balai bien décidé à débarrasser la vie américaine de leurs mauvaises habitudes. La caractéristique qui leur donnait leur unité était leur manque de volonté ou leur incapacité à cesser d'essayer de se suicider ; ils étaient des drogués réfugiés dans une zone crépusculaire d'acceptabilité dont les marges se rétrécissaient inexorablement. Un groupe social exotique, supposa-t-il, dont les jours étaient comptés. En 2020 ou 2050, au plus tard, la tribu des Dix Plombes aurait pris le même chemin que les dodos et les dinosaures.

Oh, et puis merde ! Faut pas exagérer. On est tout simplement la dernière tribu des optimistes impénitents, voilà tout – la plupart d'entre nous ne s'embarrassent pas de ceinture de sécurité et beaucoup adoreraient se placer derrière le marbre, dans un match de base-ball, si seulement ils enlevaient leur fichu grillage...

« Qu'est-ce qu'il y a de tellement drôle, monsieur Pearson ? » lui demanda Rhinemann. Pearson se rendit compte qu'il arborait un grand sourire.

« Rien. Rien d'important, en tout cas.

– Bon, d'accord. Mais c'est pas le moment de perdre les pédales.

– Diriez-vous que je perds les pédales, si je vous demandais de m'appeler Brandon ?

– Je ne crois pas, répondit Rhinemann, qui médita quelques instants. Tant que vous êtes d'accord pour m'appeler Duke et qu'on évite de gâtifier dans le genre "Bébé" ou "Dédé".

– Je pense que vous ne risquez rien de ce côté-là. Me permettez-vous de vous dire quelque chose ?

– Bien sûr.

– Je viens de vivre la journée la plus stupéfiante de toute ma vie. »

Duke Rhinemann acquiesça, sans rendre son sourire à Pearson. « Et je peux vous garantir qu'elle n'est pas terminée », dit-il.

2

Pearson trouva que Rhinemann avait été inspiré en choisissant le Gallagher's – établissement atypique de Boston, mais l'endroit parfait pour deux employés de banque ayant envie de discuter de sujets qui auraient poussé leurs chères et tendres à se poser des questions sérieuses sur leur santé mentale. Le bar, le plus long que Pearson ait jamais vu (sauf peut-être dans un film), s'incurvait autour d'une piste de danse carrée au sol brillant, que trois couples frottaient rêveusement au rythme d'une harmonisation de *This One's Gonna Hurt You* par Marty Stuart et Travis Tritt.

La salle proprement dite, dans un endroit différent de celui-ci, aurait été pleine de monde ; mais les clients étaient tellement espacés, le long de cette extraordinaire piste de course en acajou, qu'il était parfaitement possible de connaître l'intimité, appuyé à la rambarde de laiton ; inutile de chercher un coin tranquille dans les box des parties les plus reculées et sombres de l'établissement. Pearson en était ravi. Il n'était que trop facile d'imaginer un monstre, voire même un couple de chauves-souris, assis (ou perché) dans le box voisin et écoutant avec avidité leur conversation.

N'est-ce pas cela qu'on appelle une mentalité d'assiégé, mon vieux ? se demanda-t-il. *Il ne t'a pas fallu bien longtemps pour l'adopter, hein ?*

Non, lui semblait-il, non... mais pour le moment, peu importait. Il était simplement soulagé à l'idée de pouvoir surveiller toutes les directions pendant qu'ils parleraient... ou du moins, pendant que Duke parlerait.

« Le bar vous va ? » demanda ce dernier. Pearson acquiesça.

L'endroit paraissait ne faire qu'un tout, remarqua-t-il tout en suivant Duke au-delà d'un panneau indiquant SECTION FUMEURS, mais il était en réalité divisé en deux... à la manière dont, dans les années cinquante, tous les comptoirs des snack-bars et des cafés étaient de fait divisés en deux, en dessous de la ligne Mason-Dixon[1] : une partie pour les Blancs, une autre pour les Noirs. Et ici comme là-bas, on voyait la différence. Une télé Sony à écran géant dominait le centre de la section non-fumeurs ; dans le ghetto à nicotine, on ne trouvait qu'un vieux Zénith boulonné au mur, sous lequel une affichette annonçait : SENTEZ-VOUS LIBRES DE NOUS DEMANDER DE VOUS FAIRE CRÉDIT, NOUS NOUS SENTIRONS LIBRES DE VOUS DEMANDER DE VOUS FAIRE F----E ! Le dessus du bar était plus crasseux ; Pearson crut tout d'abord que c'était son imagination, mais après inspection, il dut admettre que le bois avait un aspect douteux et portait des empreintes pâlies et se chevauchant, fantômes des feu bières passées. Et bien entendu, il y régnait l'odeur plombée et jaunâtre de la fumée de tabac. Il aurait juré qu'elle venait de monter des tabourets de bar, quand ils s'y étaient assis, comme les pets au pop-corn d'un vieux siège de salle de cinéma. Le présentateur du bulletin d'information, sur l'écran enfumé de leur télé délabrée, paraissait mourir d'un empoisonnement à l'arsenic ; le même type, fai-

1. Laquelle séparait symboliquement le Nord du Sud ségrégationniste. *(N.d.T.)*

sant son numéro pour les gens sains, à l'autre bout du bar, paraissait prêt à courir un quatre cents mètres et à sauter ensuite son poids en blondes.

Bienvenue au fond du bus[1], pensa Pearson en regardant son compagnon de la tribu des Dix Plombes avec quelque chose comme de l'exaspération amusée. *Oh, bon, tu vas pas te plaindre ; encore dix ans et il n'y aura même plus de section fumeurs dans les bars.*

« Cigarette ? » demanda Duke, faisant peut-être preuve de talents rudimentaires pour lire dans les pensées.

Pearson regarda sa montre et accepta, prenant de nouveau du feu au briquet pseudo chicos de Duke. Il inspira profondément, savourant le passage de la fumée dans ses bronches, savourant jusqu'au léger éblouissement qu'il ressentait en même temps. Evidemment, fumer était une habitude dangereuse, potentiellement mortelle ; comment pouvait-il en être autrement d'un truc qui faisait planer comme ça ? Ainsi allait le monde, c'était tout.

« Et vous ? demanda-t-il à Duke, quand il le vit remettre le paquet dans sa poche.

– Je peux attendre encore un peu, répondit le Noir avec un sourire. J'en ai fumé deux avant de monter dans le taxi. Et je dois aussi tenir compte de la cigarette supplémentaire que j'ai fumée après le déjeuner.

– Vous vous rationnez, n'est-ce pas ?

– Ouais. D'ordinaire, je m'en autorise une seule au déjeuner, mais aujourd'hui j'en ai fumé deux. Vous m'avez fichu une sacrée frousse, vous savez.

– J'ai eu moi-même une sacrée frousse. »

Le barman s'approcha, fascinant Pearson par la manière dont il évita le fin ruban de fumée qui montait

1. Réservé autrefois aux Noirs. *(N.d.T.)*

de la cigarette. *Je parie qu'il ne s'en rend même pas compte... mais si jamais je lui soufflais à la figure, sûr qu'il sauterait par-dessus le bar et me ferait ma fête.*

« Ces messieurs prendront ? »

Duke commanda deux Sam Adams sans consulter Pearson. Lorsque le barman se fut éloigné, le Noir se retourna et ajouta : « Faites-la durer. Le moment serait mal choisi pour une cuite. Même pour un simple pompon. »

Pearson acquiesça et laissa tomber un billet de cinq dollars lorsque le barman revint avec les bières. Il en prit une bonne rasade puis tira sur sa cigarette. Pour certains, une cigarette n'est jamais meilleure qu'après un repas ; pour lui, en revanche, ce n'était pas une pomme qui avait mis Eve dans le pétrin, mais une bière accompagnée d'une cigarette.

« Alors, quelle méthode avez-vous employée ? demanda Duke. Le timbre ? L'hypnose ? La bonne vieille force de caractère bien américaine ? A vous voir, je parierais que c'est le timbre. »

S'il s'agissait d'un effort du jeune Noir pour pratiquer l'humour au second degré, il avait raté son coup. Pearson avait beaucoup pensé au tabac, aujourd'hui. « Ouais, le timbre, dit-il. Je l'ai porté pendant deux ans, juste après la naissance de ma fille. Je l'ai regardée, à travers la vitre de la pouponnière, et j'ai décidé d'arrêter de fumer. Ça me paraissait dément de brûler entre quarante et cinquante cigarettes par jour alors que je venais tout juste de prendre un engagement de dix-huit ans avec un être humain qui venait à peine de débarquer. » *Et dont j'étais instantanément tombé amoureux,* aurait-il pu ajouter, mais il se doutait que Duke le savait déjà.

« Sans parler de l'engagement à vie pris vis-à-vis de votre femme.

– Sans parler de ma femme, en effet.

– Ni de tout un assortiment de frères, de sœurs, de beaux-frères, de belles-sœurs, de débiteurs, de voisins et d'amis en tout genre. »

Pearson éclata de rire et acquiesça. « Ouais, vous avez saisi le tableau.

– Pas aussi facile à faire qu'à dire, hein ? Quand il est quatre heures du matin et qu'on n'arrive pas à dormir, tous ces nobles sentiments ont tendance à s'effriter. »

Pearson fit la grimace. « Ou bien quand il faut monter dans les étages pour aller faire la roue devant Grosbeck, Keefer et Fine et le reste de la bande du conseil d'administration... La première fois que ça m'est arrivé sans prendre de cigarette avant... bon sang, j'ai trouvé ça dur !

– Cependant, vous avez complètement arrêté, au moins pendant un certain temps. »

Pearson regarda Rhinemann, l'air de ne pas être très surpris de tant de prescience, et acquiesça. « Pendant six mois, environ. Mais je n'avais jamais arrêté dans ma tête, si vous voyez ce que je veux dire.

– Je vois très bien.

– Finalement, j'ai recommencé en douce. En 1992, exactement à l'époque où des histoires se sont mises à courir sur le fait que ceux qui fumaient tout en portant le timbre risquaient une attaque cardiaque. Vous vous en souvenez ?

– Ouais, grogna Duke en se tapotant le front. J'ai un dossier complet d'histoires de fumeurs là-dedans, mon vieux, rangées par ordre alphabétique. Le tabac et la maladie d'Alzheimer, le tabac et la cataracte, le tabac et la pression artérielle... vous voyez le genre.

– Le choix était donc simple », reprit Pearson. Il arborait un petit sourire ambigu – le sourire d'un homme qui n'ignore pas qu'il se comporte comme un imbécile, mais qui continue néanmoins sans très bien savoir pour quelle raison. « Je pouvais soit arrêter complètement de fumer, soit enlever le timbre. Et j'ai...

– *Enlevé le timbre !* » dirent-ils en chœur avant d'éclater de rire. Un client au crâne lisse, installé dans la zone non-fumeurs, leur jeta un coup d'œil prolongé, le sourcil froncé, avant de tourner de nouveau son attention vers le bulletin d'information à la télé.

« La vie... c'est foutrement tordu, non ? » observa Duke, riant toujours. Sa main plongea dans la poche de son costume couleur crème, mais il interrompit son geste lorsqu'il vit Pearson lui tendre son paquet de Marlboro avec une cigarette déjà sortie. Ils échangèrent un nouveau coup d'œil – surpris chez Rhinemann, entendu chez Pearson – et ils éclatèrent de nouveau de rire, bruyamment. Le type au front lisse leur jeta un nouveau regard, encore plus mauvais ce coup-ci, mais ni l'un ni l'autre ne le remarquèrent. Duke prit la cigarette et l'alluma. Tout cela n'avait pas duré dix secondes, mais suffit à sceller l'amitié des deux hommes.

« J'ai fumé comme une cheminée depuis l'âge de quinze ans jusqu'à mon mariage, en 1991, dit Duke. Ça ne plaisait pas trop à ma mère, mais elle préférait ça que me voir me shooter ou vendre de la dope, comme le faisaient la moitié des gosses de ma rue – je parle de Roxbury, si vous voyez ce que je veux dire –, alors elle râlait pas trop.

« Wendy et moi, on est allés passer une semaine à Hawaii pour notre lune de miel, et à notre retour, elle m'a offert un cadeau. » Il tira longuement sur sa cigarette, puis laissa échapper deux jets de fumée parallèles par ses narines. « Un truc qu'elle avait trouvé dans le catalogue *Sharper Image*, je crois, ou un autre du même genre. Ça avait un nom fantaisiste, que j'ai oublié ; moi je l'appelais, cette cochonnerie, le supplice de Tantale pavlovien. Pourtant, comme je l'aimais comme un fou – ça n'a d'ailleurs pas changé, je peux vous le dire –, j'ai essayé du mieux possible. En fin de compte, ce n'était pas aussi dur qu'on aurait pu le croire. Vous voyez de quel gadget je veux parler ?

– Et comment ! L'engin qui sonne... Ça vous oblige à attendre un peu plus longtemps entre chaque cigarette. Lisabeth – ma femme – n'a pas arrêté de m'en parler pendant qu'elle était enceinte de Jenny. Aussi subtil, comme technique, que de faire tomber une brouette de ciment d'un échafaudage. »

Duke acquiesça avec un sourire et lorsque le barman passa non loin d'eux, lui fit signe de leur remettre ça. « En dehors du fait que j'ai employé le supplice de Tantale-Pavlov à la place du timbre, reprit-il en se tournant vers Pearson, notre histoire est la même. J'ai tenu jusqu'au moment où la machine vous joue sa petite version merdique du *Chœur de la liberté*, mais l'habitude a repris le dessus. Elle est plus dure à tuer qu'un serpent à deux cœurs. » Le barman leur apporta les bières. Duke les paya, en prit une gorgée et ajouta : « Je dois passer un coup de fil. Je n'en aurai que pour cinq minutes.

– D'accord. » Pearson regarda autour de lui, vit que le barman avait une fois de plus battu en retraite dans la relative sécurité de la section non-fumeurs (*les syndicats vont exiger deux barmans d'ici l'an 2005*, songea-t-il, *l'un pour les fumeurs, l'autre pour les non-fumeurs*) et se tourna de nouveau vers Duke. Lorsqu'il reprit la parole, ce fut un ton plus bas : « Je croyais que nous allions parler des batmans ? »

Le jeune Noir le jaugea quelques instants de ses yeux brun sombre, puis répondit : « Mais c'est ce que nous avons fait, mon vieux. C'est ce que nous avons fait. »

Et avant que Pearson ait pu ajouter quoi que ce soit, il avait disparu dans les profondeurs indistinctes (et légèrement enfumées) du Gallagher's, ayant mis le cap sur l'endroit où l'on cachait les cabines téléphoniques.

Son absence dura plus près de dix minutes que de cinq, et Pearson commençait à se dire qu'il devrait peut-être partir à sa recherche lorsque son regard fut attiré par la télévision, où le présentateur des informations parlait du tollé que venait de soulever le vice-président des Etats-Unis. Dans un discours prononcé devant une assemblée de la NEA [1], celui-ci avait suggéré que l'on revoie la politique des centres de soins de jour subventionnés par le gouvernement, autrement dit d'en fermer un certain nombre.

Le présentateur céda alors la place à un reportage tourné un peu plus tôt dans un centre de conférences quelconque de Washington, et lorsque l'image du plan général servant d'introduction laissa la place à un plan rapproché du vice-président sur son podium, Pearson dut s'accrocher des deux mains au bar, serrant tellement fort que ses doigts s'enfoncèrent dans le rembourrage. Une des choses que lui avait dites Duke ce matin même, sur la place, lui revint à l'esprit : *Ils ont des amis aux postes clés. Bordel ! Les postes clés c'est tout ce qui les intéresse.*

« Nous n'avons rien contre les mères américaines qui travaillent », disait le monstre à tête déformée de chauve-souris, du haut de son podium orné du sceau

1. National Education Association. *(N.d.T.)*

des Etats-Unis, « nous n'avons rien non plus contre les pauvres méritants. Nous avons en revanche le sentiment... »

Une main s'abattit sur l'épaule de Pearson, qui dut se mordre la lèvre pour ne pas laisser échapper un cri. Il se retourna et vit Duke. L'apparence du jeune homme avait changé ; ses yeux pétillaient et de fines gouttelettes de sueur perlaient à son front. On aurait dit qu'il venait tout juste de gagner au loto.

« Ne recommencez jamais ça », lui dit Pearson. Duke, qui s'apprêtait à remonter sur son tabouret, s'arrêta dans son mouvement. « J'ai l'impression que je viens de me bouffer le cœur. »

Duke parut surpris, puis eut un coup d'œil pour la télé. Son visage s'éclaira : il avait compris. « Oh, nom de Dieu ! Je suis désolé, Brandon. Sincèrement. J'oublie constamment que vous venez d'arriver au milieu du film.

– Et le Président ? » demanda Pearson. Il dut faire un effort pour garder un ton de voix normal et y parvint presque. « Je me dis qu'on peut vivre avec ce trou-du-cul[1]... mais le Président ? Est-ce que...

– Non... en tout cas, pas encore. »

Pearson se pencha vers le jeune Noir, conscient de l'engourdissement bizarre qui gagnait de nouveau ses lèvres. « Que voulez-vous dire, *pas encore* ? Qu'est-ce qui se passe, Duke ? C'est quoi, ces... ces choses ? D'où sortent-elles ? Qu'est-ce qu'elles fabriquent, qu'est-ce qu'elles veulent ?

– Je vais vous dire tout ce que j'ai appris, mais je voudrais tout d'abord savoir si vous pouvez venir à une

1. Stephen King a écrit cette nouvelle à l'époque où Dan Quayle, l'homme qui ne sait pas épeler « pomme de terre » en anglais, était vice-président de George Bush. *(N.d.T.)*

petite réunion que nous avons ce soir, vers six heures. Est-ce que cela vous tente ?

– A propos de ça ?

– Bien entendu. »

Pearson réfléchit. « Très bien. Mais il va falloir que j'appelle Lisabeth. »

Duke prit un air inquiet. « Surtout, ne lui dites rien à propos des...

– Evidemment. Je vais lui raconter que *la belle dame sans merci* [1] tient absolument à ce qu'on revoie ensemble, une dernière fois, ses précieux relevés de comptes prévisionnels avant de les exhiber aux Japonais. Elle me croira ; elle sait que Holding est dans ses petits souliers en attendant de voir débarquer nos amis de l'autre bord du Pacifique. Qu'en pensez-vous ?

– Bonne idée.

– Je trouve, moi aussi, même si ça me paraît un peu dégueulasse.

– Il n'y a rien de dégueulasse dans le fait de vouloir tenir votre femme complètement à l'écart des chauves-souris. Ce n'est pas comme si je vous amenais dans un salon de massages, mon vieux !

– Oui, c'est vrai. Je vous écoute, maintenant.

– Très bien. Je crois qu'il vaut mieux commencer par vous parler de votre façon de fumer. »

Le juke-box, silencieux depuis quelques minutes, se mit à émettre une version fatiguée de la rengaine en or de Billy Ray Cyrus, *Achy Breaky Heart*. Pearson regarda son interlocuteur, perplexe, et ouvrit la bouche pour lui demander quel rapport avaient ses habitudes en matière de tabagisme avec le prix du café à San Diego ; sauf qu'aucun son n'en sortit. Rien.

1. En français dans le texte. *(N.d.T.)*

« Vous avez arrêté... puis vous vous êtes remis à fumoter... car vous étiez assez malin pour avoir compris que si vous ne faisiez pas attention, en moins de deux mois vous en seriez au même point qu'avant. Vrai ou faux ?

– Vrai, mais je ne vois toujours pas le...

– Vous allez le voir. » Duke sortit un mouchoir de sa poche et s'essuya le front. Au moment où le jeune Noir était revenu, Pearson avait eu l'impression, sur le coup, que sa fébrilité était de l'excitation. Il n'avait pas cherché plus loin, mais se rendait compte, maintenant, qu'il y avait autre chose : l'homme était aussi mort de frousse. « Suivez-moi bien, c'est tout.

– D'accord.

– Bref, vous avez fait un compromis. Vous avez établi un – comment-qu'on-dit-déjà ? – un *modus vivendi*. Vous n'arriviez pas à vous décider à renoncer complètement à la cigarette, mais vous avez aussi découvert que ce n'était pas la fin du monde. Que vous n'étiez pas comme un type accro à la coke, incapable de laisser tomber, ou un alcoolo, complètement impuissant devant sa bouteille. Fumer est une habitude dégueulasse, mais il existe *vraiment* un moyen terme entre deux ou trois paquets par jour et l'abstinence totale. »

Pearson l'écoutait, les yeux écarquillés, et Rhinemann sourit.

« Non, je ne lis pas dans votre esprit, si c'est ce que vous vous imaginez. Au fond, nous nous connaissons, pas vrai ?

– Sans doute, répondit Pearson, songeur. J'avais simplement oublié que nous faisions tous les deux partie de la tribu des Dix Plombes.

– La tribu des quoi... ? »

Pearson expliqua ce qu'il entendait par la tribu des Dix Plombes et ce qu'étaient leurs habitudes (regards hargneux lorsqu'on est confronté à un panneau *non-fumeurs*, haussement d'épaules hargneux pour acquiescer quand une autorité accréditée vous dit de S'il Vous Plaît, Jeter Votre Cigarette, Monsieur), leurs sacrements tribaux (chewing-gums, bonbons sans sucre, cure-dents et, bien entendu, un vaporisateur en bombe pour l'haleine), ainsi que leurs litanies tribales – *J'arrête pour de bon l'année prochaine* étant la plus courante.

Duke écouta, fasciné, et lorsque Pearson eut terminé, s'écria : « Nom de Dieu, Brandon ! Vous avez retrouvé la Tribu perdue d'Israël ! Cette bande de cinglés s'était paumée en suivant tout bêtement Joe Camel[1] ! »

Pearson éclata de rire, ce qui lui valut un nouveau regard ennuyé et intrigué de la part du type au front lisse, dans la zone non-fumeurs.

« Tout ça concorde, observa Duke. Permettez-moi de vous poser une question – fumez-vous en présence de votre petite fille ?

– Bordel, non !

– De votre femme ?

– Non, plus maintenant.

– A quand remonte la dernière fois où vous avez sorti une cigarette dans un restaurant ? »

Pearson réfléchit et prit conscience d'une bizarrerie : il n'arrivait pas à s'en souvenir. A l'heure actuelle, il demandait à être installé dans la section non-fumeurs, même lorsqu'il était tout seul, retardant le moment de fumer jusqu'à ce qu'il ait fini son repas, payé et quitté l'établissement. Quant à l'époque où il fumait entre les plats, elle remontait à la saint-glinglin, bien entendu.

1. Jeu de mots sur *camel* « chameau » et la célèbre marque de cigarettes. *(N.d.T.)*

« La tribu des Dix Plombes, répéta Duke avec une note d'émerveillement dans la voix. Bon sang, ça me plaît... ça me plaît bougrement que nous ayons un nom. Et le fait est que nous faisons vraiment partie d'une tribu. C'est... »

Il s'interrompit soudain, regardant par l'une des fenêtres. Un flic de la ville de Boston passait, en compagnie d'une jolie jeune femme à laquelle il parlait. Elle le regardait avec une délicieuse expression, mi-admirative, mi-aguicheuse, absolument inconsciente de la présence des deux yeux noirs évaluateurs et des dents triangulaires.

« Nom de Dieu, regardez-moi donc ça, dit Pearson à voix basse.

– Ouais. On en voit de plus en plus tous les jours. Tous les jours. » Il garda le silence pendant quelques instants, perdu dans la contemplation de son verre à moitié vide. Puis il s'arracha à sa rêverie, dans un effort qui paraissait presque physique. « Quoi que nous soyons d'autre, ajouta-t-il, nous sommes les seules personnes au monde à les voir.

– Comment ça, *les fumeurs* ? » demanda Pearson, incrédule. Il aurait bien dû se douter, évidemment, que c'était là que Rhinemann voulait le conduire, mais tout de même...

« Non, répondit le jeune Noir sans s'impatienter. Les fumeurs ne les voient pas, et les non-fumeurs non plus (il jaugea son interlocuteur du regard). Seuls les gens comme nous les voient, Brandon – des gens qui ne sont ni chair ni poisson.

– Autrement dit, tous ceux de la tribu des Dix Plombes. »

Lorsqu'ils quittèrent le Gallagher's, un quart d'heure plus tard (après que Pearson eut appelé sa femme, lui eut raconté le petit mensonge qu'il avait concocté et promis d'être à la maison pour dix heures), la pluie s'était réduite à un fin crachin et Duke proposa de marcher un peu. Non pas jusqu'à Cambridge, leur destination prévue, mais assez longtemps pour que Duke ait le temps d'achever le tableau de la situation. Les rues étaient presque désertes et ils pourraient poursuivre leur conversation sans avoir à regarder constamment par-dessus leur épaule.

« C'est un peu comme pour son premier orgasme, expliqua Duke tandis qu'ils se dirigeaient vers la rivière Charles à travers des vapeurs brumeuses. Une fois que le truc est en place et fait partie de votre vie, le problème est réglé. Pareil pour ce truc. Un jour, les éléments chimiques de votre cerveau trouvent le juste équilibre, et on en voit un. Je me suis demandé combien de personnes sont tombées raides mortes de peur, sur le coup. Pas mal, à mon avis. »

Pearson, qui regardait sans la voir la tache sanglante que faisait le reflet d'un feu rouge sur le macadam mouillé de Boylston Street, se souvint du choc qu'il avait éprouvé, ce matin. « Ils sont tellement épouvantables ! Absolument hideux. Cette impression que les chairs ne cessent de se déplacer tout autour de leur tête... il n'y a aucun moyen d'exprimer ça, n'est-ce pas ? »

Duke acquiesça. « De monstrueux salopards, oui. J'étais dans le train qui me ramenait chez moi, à Milton, lorsque j'ai vu mon premier. Il se tenait sur le quai, à la station de Park Street. On est passés juste à côté de lui. Heureusement que j'étais dans le train et qu'on roulait, parce que j'ai hurlé...

– Qu'est-ce qui s'est passé ? »

Le sourire de Duke, un instant, se transforma en une grimace d'embarras. « Les gens m'ont regardé, puis ont détourné les yeux à toute vitesse. Vous savez bien comment c'est, dans une grande ville ; on trouve des cinglés pour vous raconter à quel point Jésus adore les Tupperware à chaque coin de rue. »

Pearson acquiesça. Oui, il savait bien comment c'était, dans les grandes villes. Ou du moins il l'avait cru, jusqu'à aujourd'hui.

« Un grand rouquin qui avait regardé le soleil à travers une passoire était assis à côté de moi, reprit Rhinemann, et m'a attrapé par le coude exactement comme je l'ai fait ce matin avec vous. Il s'appelle Robbie Delray. Il est peintre en bâtiment. Vous le rencontrerez ce soir au Kate's.

– Kate's ?

– Une librairie de Cambridge. Spécialisée dans le mystère. Nous nous y retrouvons une ou deux fois par semaine. C'est un endroit sympathique, vous verrez. Bref, Robbie m'a chopé par le coude et m'a dit : "Non, vous n'êtes pas cinglé. Moi aussi, je l'ai vu. Il est bien réel. C'est un batman." Ce fut tout, et il aurait tout aussi bien pu être complètement pété aux amphétamines, pour ce que j'en savais... sauf que je l'avais vu, et que ce fut un soulagement...

– Oui », dit Pearson, repensant à la scène de la matinée. Ils s'arrêtèrent au carrefour de Storrow Drive et attendirent le passage d'un camion-citerne avant de traverser rapidement la rue pleine de flaques. Pearson resta quelques instants pétrifié à la lecture d'un graffiti déjà ancien, griffonné à la bombe au dos d'un banc du parc, face à la rivière : LES EXTRATERRESTRES SONT ARRIVÉS. NOUS EN AVONS MANGÉ DEUX DANS UN RESTAU DE FRUITS DE MER.

« Une bonne chose pour moi que vous vous soyez

trouvé dans les parages, ce matin, remarqua-t-il. J'ai eu de la chance.

– Oui, vous pouvez le dire, reconnut Duke. Quand les chauves-souris s'occupent d'un client, elles font ça sérieusement. En général, les flics ont besoin d'un panier pour récupérer les morceaux, après leurs petites sauteries. Vous voyez ce que je veux dire ? »

Pearson voyait.

« Et personne ne se doute que les victimes ont toutes une chose en commun : elles avaient diminué leur consommation de cigarettes et n'en fumaient plus qu'entre cinq et dix par jour. Quelque chose me dit que ce genre de rapprochement est un peu trop coton à faire, même pour le F.B.I.

– Mais pourquoi les tuer... *nous* tuer ? Parce que, tout de même, si un type se met à courir partout en racontant que son patron est un martien, on n'enverra pas la Garde nationale ; c'est le type qu'on enfermera chez les mabouls !

– Allons, mon vieux, voyez les choses en face. Vous les avez vues, ces beautés.

– Ils... ils aiment ça ?

– Ouais, ils aiment ça. Mais je mets la charrue devant les bœufs. Ce sont de véritables loups, Brandon ; des loups invisibles qui vont et viennent au milieu d'un troupeau de moutons. Et maintenant, dites-moi : qu'est-ce qu'attendent les loups des moutons, en dehors de prendre leur pied à les égorger ?

– Eh bien, ils... Qu'est-ce que vous racontez ? (Inconsciemment, Pearson baissa la voix.) Vous ne prétendez tout de même pas qu'ils nous mangent ?

– Si. Ou du moins, certaines parties de notre corps. C'était ce que pensait Robbie Delray le jour où je l'ai rencontré et c'est ce que nous croyons à peu près tous.

– Qui ça, nous ?

– Les gens que nous allons retrouver. Il n'y aura pas tout le monde, mais presque. Quelque chose se prépare. Quelque chose de gigantesque.

– Quoi donc ? »

Mais Rhinemann refusa de répondre, se contentant de secouer la tête. « D'accord pour prendre un taxi, maintenant ? Vous ne commencez pas à sentir l'humidité ? »

Pearson sentait bien l'humidité, mais n'était pas encore prêt à prendre un taxi. La marche avait eu sur lui un effet roboratif, et pas seulement la marche. Il pensait qu'il valait mieux ne pas en parler à Duke (en tout cas pas encore), mais l'aventure avait incontestablement son bon côté... quelque chose de *romantique.* Comme s'il se retrouvait plongé dans une aventure d'adolescent, bizarre mais excitante ; tout juste s'il n'imaginait pas déjà comment N. C. Wyeth l'aurait illustrée. Il tourna les yeux vers les nimbus de lumière blanche qui ondoyaient lentement autour des lampadaires alignés le long de Storrow Drive et esquissa un sourire. *Quelque chose de gigantesque se prépare... L'agent X 9 vient de débarquer avec de bonnes nouvelles de la base souterraine... on a enfin découvert le poison à chauves-souris que l'on cherchait tant !*

« L'excitation ne dure pas, croyez-moi », intervint sèchement Rhinemann.

Pearson le regarda, surpris. Apparemment, le jeune Noir venait de lire une seconde fois dans son esprit, aujourd'hui.

« A peu près à l'époque où on repêchera votre deuxième ami du port de Boston avec la moitié de la tête en moins, vous commencerez à prendre conscience que Tom Swift ne reviendra jamais pour vous aider à finir la peinture de la foutue palissade.

– Tom Sawyer », marmonna Pearson, chassant la pluie de ses yeux. Il se sentait rougir.

« Ils mangent quelque chose que fabrique notre cerveau, à en croire Robbie. Une enzyme, à moins que ce ne soit une onde électrique particulière. Il dit que ça pourrait être la même chose que ce qui nous permet de les voir, et que pour eux, nous sommes comme des tomates dans un jardin, qu'ils nous cueillent quand ils estiment que nous sommes mûrs...

« J'ai été élevé dans la foi baptiste, enchaîna Duke, et je veux qu'on en vienne aux choses sérieuses ; très peu pour moi, les paraboles horticoles. A mon avis, ces choses nous vampirisent l'âme.

– Sérieusement ? Vous me charriez, ou vous le croyez vraiment ? »

Rhinemann se mit à rire, haussa les épaules et adopta une expression de défi – tout en même temps.

« Et merde ! Je n'en sais foutrement rien, mon vieux ! Ces choses me sont tombées dessus à un moment de ma vie où je commençais à me dire que le paradis était un conte de fées et l'enfer, les autres. Du coup, je ne sais plus où j'en suis. Mais ce n'est pas ça, l'important. L'important, la seule chose qu'il ne faut jamais perdre de vue, c'est qu'ils ont des tas de raisons de vouloir nous trucider. En premier lieu parce qu'ils redoutent que nous fassions précisément ce que nous sommes en train de faire : nous regrouper, nous organiser, essayer de leur rendre leurs coups... »

Il se tut, resta songeur un instant et secoua la tête. On aurait dit qu'il était plongé dans un dialogue intérieur et essayait de répondre, une fois de plus, à des questions qui l'avaient trop souvent empêché de dormir.

« Nous redoutent-ils vraiment ? Je n'en suis pas sûr. Toujours est-il qu'ils ne prennent aucun risque, ça, c'est clair. Autre chose sur quoi il n'y a aucun doute : ils détestent l'idée que certains d'entre nous soient capables de les voir. Ils ont absolument *horreur* de ça. Nous en avons coincé un, une fois, et on avait l'impression d'avoir attrapé un tigre par la queue. Nous...

– Vous en avez attrapé un ?

– Oui, confirma Duke avec un sourire dur et sans joie. On l'a emballé sur une aire de repos de la Route I-95, du côté de Newburyport. Nous étions cinq ou six, dont mon ami Robbie, qui avait organisé le coup. Nous l'avons emmené dans une ferme et, lorsque la dose de cheval de calmant qu'on lui avait injectée a commencé à ne plus faire effet – ce qui est arrivé fichtrement trop vite –, on a essayé de l'interroger, d'avoir des réponses un peu plus claires aux questions que vous m'avez déjà posées. Il avait les menottes aux poignets et les pieds entravés, et il était saucissonné dans une telle longueur de corde qu'on aurait dit une momie. Et savez-vous quel est mon souvenir le plus précis ? »

Pearson secoua la tête. Son impression de vivre une exaltante aventure à la Indiana Jones s'était pratiquement évaporée.

« La manière dont il s'est réveillé, reprit Duke. Ç'a été instantané. A un moment donné il était complètement sonné, la seconde suivante, complètement conscient, à nous regarder avec ces yeux effrayants qu'ils ont. Des yeux de chauves-souris. Ils ont vraiment des yeux, vous savez ; certains ne s'en rendent pas compte. L'histoire comme quoi ils seraient aveugles a dû être inventée par un bon attaché de presse.

« Il refusait de nous parler. Il n'a pas lâché un mot. Il n'ignorait probablement pas qu'il ne ressortirait jamais vivant de cette grange, mais il ne manifestait pas la moindre peur. Seulement de la haine. Bordel, quelle haine dans son regard !

– Et qu'est-ce qui s'est passé ?

– Il a rompu ses menottes comme si elles étaient en papier. Les entraves qu'on lui avait mises aux pieds étaient plus résistantes – on avait de ces bottes spéciales qu'on peut visser au sol –, mais quant au cordage en nylon... il a commencé à le mordre à la hauteur de son épaule. Avec de telles dents – vous les avez vues –, il faisait l'effet d'un rat qui ronge de l'étoupe. On restait tous là, paralysés comme des souches. Même Robbie. On n'arrivait pas à croire ce qu'on voyait... ou peut-être nous avait-il hypnotisés. Cette question, depuis, n'a pas cessé de me travailler. On peut rendre grâce à Lester Olson. Pour l'enlèvement, on s'était servis d'une camionnette Ford Econoline que Robbie et Moira avaient volée, et Lester était de plus en plus parano à l'idée qu'on risquait de la voir depuis l'autoroute. Il était sorti vérifier et lorsqu'il est revenu et qu'il a vu le monstre presque libre, mis à part les entraves de ses pieds, il lui a tiré trois fois dans la tête. Comme ça, pan-pan-pan. »

Le jeune Noir secoua la tête, encore tout étonné.

« Vous l'avez tué comme ça, répéta Pearson, pan-pan-pan. »

De nouveau, il avait l'impression que sa voix lui parvenait d'au-dessus de sa tête comme ce matin, devant la banque, et une idée épouvantable, mais convaincante, lui vint soudain à l'esprit : non, il ne s'agissait pas de chauves-souris monstrueuses. Ils étaient victimes d'une hallucination de groupe, c'était tout, pas tellement différente de celles que connaissaient parfois les consommateurs de peyotl au cours de leurs séances de transe. Celle-ci, touchant uniquement les membres de la tribu des Dix Plombes, était provoquée par une certaine quantité de nicotine. Ces gens qu'il allait rencontrer avaient tué au moins une personne innocente sous l'influence de cette idée insensée et risquaient d'en tuer d'autres. En tueraient certainement d'autres, s'ils en avaient le temps. Et s'il ne se débarrassait pas rapidement du jeune banquier noir, il risquait, lui, de devenir l'un d'eux. Il avait déjà vu deux batmans... non, trois, en comptant le flic et même quatre, avec le vice-président. Et ça, c'était trop, l'idée que *le vice-président des Etats-Unis*...

A la tête que fit Duke, Pearson comprit que celui-ci venait de lire pour la troisième fois de la journée – un record – dans ses pensées. « Vous commencez à vous demander si ce n'est pas nous qui déraillons complètement, vous compris, n'est-ce pas ? demanda Rhinemann.

– Il y a de quoi, non ? répondit Pearson d'un ton un peu plus strident qu'il n'en avait eu l'intention.

– Ils disparaissent, c'est tout. J'ai vu celui de la grange disparaître. » Le jeune Noir avait parlé calmement.

« Quoi ?

– Ils deviennent transparents, se transforment en fumée et s'évanouissent. Je sais à quel point ça paraît dément, mais rien de ce que je pourrais vous dire n'arriverait à vous faire comprendre à quel point c'était dément d'assister à ça.

« On commence tout d'abord par se dire que ce n'est pas vrai, même si ça se passe sous nos yeux ; qu'on doit rêver, ou qu'on est entré par erreur dans un film plein d'effets spéciaux à tout casser, comme la vieille série de *La Guerre des étoiles*. Puis on sent un mélange d'odeur de poussière, de pisse et de piment chaud qui vous pique les yeux et vous donne envie de dégueuler. Lester a d'ailleurs dégueulé, et Janet a éternué pendant une heure, après. Elle nous a dit que d'habitude, seuls les pollens, au printemps, lui faisaient cet effet. Bref, je suis allé examiner la chaise sur laquelle on l'avait assis. Les cordes étaient toujours là, ainsi que les menottes et ses vêtements. Sa chemise était encore boutonnée, sa cravate encore nouée. J'ai défait son pantalon – avec prudence, comme si son zob allait bondir de sa braguette et m'arracher le nez – mais je n'ai rien trouvé d'autre que ses sous-vêtements. Un caleçon court tout ce qu'il y a de plus banal. Ce qui ne l'était pas, c'était de le trouver complètement vide. Je vais vous dire une chose, mon frère : on ne sait pas ce que c'est qu'un truc vraiment bizarre tant qu'on n'a pas vu les vêtements d'un type enfilés comme ça, les uns dans les autres, sans type dedans.

– Il s'est transformé en fumée et a disparu... ? Bordel de Dieu...

– Ouais. Tout à fait à la fin, il ressemblait à ça, dit Rhinemann en montrant l'un des lampadaires avec son nimbus ondoyant de brume.

– Et qu'est-ce qui s'est passé... » Pearson s'interrompit, ne sachant trop comment formuler sa question. « Est-ce que sa disparition a été signalée ? Est-ce qu'ils... » Il sut alors ce qu'il voulait demander. « Dites-moi, Duke, où se trouve le véritable Douglas Keefer ? Et la véritable Suzanne Holding ? »

Rhinemann secoua la tête : « Aucune idée. Sauf qu'en un certain sens, c'est bien le véritable Keefer que vous avez vu ce matin, Brandon, et la véritable Holding. On pense que les têtes que nous voyons ne sont pas réellement là, que notre cerveau traduit, en quelque sorte, ce que les batmans sont vraiment – leur cœur, leur âme – en images visuelles.

– Comme de la télépathie spirituelle ? »

Duke sourit. « Vous avez l'art de trouver les mots, mon frère – oui, si vous voulez. Il faudra que vous parliez avec Lester. Quand il est question des chauves-souris, il devient quasiment poète. »

Ce nom lui disait quelque chose ; au bout d'un instant de réflexion, Pearson pensa avoir trouvé.

« Ce ne serait pas un type d'un certain âge avec une belle tignasse de cheveux blancs ? La tête d'un magnat de l'industrie dans un feuilleton télévisé ? »

Duke éclata de rire. « Ouais, c'est bien Lester. »

Ils marchèrent un certain temps en silence. Sur leur droite, les ondulations mystiques de la rivière se poursuivaient sans fin, et ils apercevaient les lumières de Cambridge, sur l'autre rive. Pearson se dit qu'il n'avait jamais trouvé la ville aussi belle.

« La manière dont les batmans arrivent... ce n'est peut-être rien de plus qu'un microbe qu'on inhale, reprit Pearson.

– Ouais, certains d'entre nous penchent pour cette hypothèse, mais pas moi. Parce que, réfléchissez un peu : vous n'avez jamais vu un batman balayeur, ou serveuse dans un restaurant. Ils aiment le pouvoir, et ils naviguent dans les cercles du pouvoir. Est-ce que vous avez déjà entendu parler d'un microbe qui ne s'attaquerait qu'aux riches, Brandon ?

– Non.

– Moi non plus.

– Ces personnes que nous allons rencontrer... est-ce que c'est... » Pearson constata, légèrement amusé, qu'il devait faire un effort pour dire ce qu'il avait en tête. Il avait un peu l'impression de retourner dans le royaume des aventures pour adolescents. « ... disons, un groupe de résistants ? »

Duke réfléchit, puis acquiesça tout en haussant les épaules ; mimique fascinante, comme si son corps disait oui et non en même temps. « Pas encore, dit-il, mais ce sera peut-être le cas, après ce soir. »

Avant que Pearson ait eu le temps de lui demander ce qu'il voulait dire par là, Rhinemann avait repéré un taxi en maraude, de l'autre côté de Storrow Drive, et était descendu dans le caniveau pour lui faire signe. Le chauffeur fit demi-tour, traversant impunément la double bande blanche, et vint se ranger contre le trottoir.

Dans le taxi, ils parlèrent uniquement de sport – les Red Sox les énervaient, les Patriots les déprimaient et que dire des Celtics, en pleine déconfiture –, oubliant un moment les batmans, mais lorsqu'ils débarquèrent devant une maison de bois, à Cambridge (KATE'S MYSTERIES BOOKSHOP, disait l'enseigne), Pearson prit Duke par le bras, lui disant qu'il avait encore quelques questions à lui poser.

Le jeune Noir consulta sa montre. « Pas le temps, Brandon ; on a marché un peu trop longtemps, je crois.

– Juste deux, alors.

– Bon Dieu, vous êtes comme le type de la télé, celui avec l'imper et la vieille tire française. Ça m'étonnerait que je puisse y répondre – j'en connais bougrement moins sur le sujet que vous n'avez l'air de vous l'imaginer.

– Quand est-ce que ça a commencé ?

– Vous voyez ? C'est ce que je veux dire. Je n'en sais rien, et la chose qu'on a attrapée n'allait pas nous le raconter – ce gentil nounours n'a même pas voulu nous donner son nom, son rang et son numéro de série. Robbie Delray, le type dont je vous ai parlé, dit qu'il a vu son premier il y a plus de cinq ans, en train de se promener avec son barzoï dans le parc de Boston. Comparés à nous, ils ne sont pas encore très nombreux, mais ce nombre ne cesse d'augmenter de manière... exponentielle ? C'est bien le mot ?

– J'espère que non, observa Pearson. C'est un mot qui me fiche la frousse.

– Et la deuxième question ? Ne perdons pas de temps, Brandon.

– Qu'est-ce qui se passe dans les autres villes ? Est-ce qu'il y a d'autres chauves-souris ? Et d'autres gens qui les voient ? Qu'avez-vous entendu dire ?

– On ne sait pas. Il pourrait y en avoir dans le monde entier, mais on a de bonnes raisons de croire que les Etats-Unis sont le seul pays au monde où on trouve plus qu'une poignée de personnes pour les voir.

– Pourquoi ?

– Parce que c'est le seul pays au monde où on est devenu complètement obsédé par le problème de la cigarette... Le seul, probablement, où les citoyens s'imaginent – ils le croient même très profondément – que s'ils mangent exactement les bons aliments, prennent exactement les bonnes combinaisons de vitamines, ne pensent qu'à des choses positives et se torchent le cul avec le bon papier-toilette, ils vivront éternellement en restant toujours sexuellement actifs. En ce qui concerne le tabac, la ligne de démarcation est claire, et le résultat est un hybride bizarroïde. Nous, en d'autres termes.

– La tribu des Dix Plombes, dit Pearson avec un sourire.

– Oui, la tribu des Dix Plombes. (Il regarda pardessus l'épaule de Brandon.) Tiens, Moira ! Salut ! »

Pearson ne fut pas tellement surpris de sentir un parfum connu. Il se tourna et vit la petite Miss Jupe Rouge.

« Moira Richardson, Brandon Pearson.

– Enchanté, dit Pearson en lui tendant la main. Assistance au crédit, je crois ?

– Ça, c'est comme appeler un balayeur un technicien de surface », répondit-elle avec un sourire joyeux. Un sourire, pensa Brandon, dont on pouvait facilement tomber amoureux, si l'on ne faisait pas attention. « Je vérifie plutôt la solvabilité des gens. Si vous voulez vous acheter une nouvelle Porsche, je consulte nos archives pour vérifier si vous êtes bien un type à avoir une Porsche – financièrement, s'entend, cela va de soi.

– Cela va de soi, répliqua Pearson en lui rendant son sourire.

– Cameron ! lança-t-elle. Viens un peu par ici ! »

Le Cameron en question était justement le « technicien de surface » qui aimait balayer les chiottes avec la casquette à l'envers. En tenue de ville, il paraissait avoir un Q.I. de cinquante points de plus et présentait une ressemblance stupéfiante avec Armand Assante. Pearson éprouva une petite pointe de jalousie lorsque le jeune homme passa un bras autour de la délicieuse taille de Moira Richardson et déposa un baiser au coin de sa délicieuse bouche. Puis il tendit la main au nouveau venu :

« Cameron Stevens.

– Brandon Pearson.

– Je suis content de vous voir ici. J'ai bien cru que vous alliez flipper, ce matin.

– Combien vous étiez à me surveiller ? » demanda Pearson. Il essaya de revoir, dans sa tête, la scène qui s'était déroulée le matin même sur la place, mais n'y arriva pas ; elle se perdait dans le brouillard né du choc, pour l'essentiel.

« Presque tous les gens de la banque qui les voient, répondit doucement Moira. Mais tout va bien, monsieur Pearson...

– Je vous en prie, appelez-moi Brandon. »

Elle acquiesça. « On était tous là pour vous soutenir, Brandon. Allons-y, Cam. »

Ils montèrent rapidement l'escalier de la petite maison et se glissèrent à l'intérieur. Pearson aperçut seulement la lueur d'une veilleuse avant que la porte ne se referme. Il se tourna alors vers Rhinemann :

« Dites-moi que je ne rêve pas, Duke.

– Hélas ! non », répondit le jeune Noir avec un regard plein de sympathie ; il garda un instant le silence, puis ajouta : « Mais il y a au moins un bon côté à la chose.

– Oh ! Et quoi donc ? »

Il y eut un éclair de dents blanches dans la pénombre. « Vous êtes sur le point d'assister à votre première réunion publique, depuis dix ans au bas mot, où l'on est autorisé à fumer... Allez, on y va ! »

3

L'entrée et la boutique elle-même étaient plongées dans l'obscurité ; c'était d'un escalier très raide, sur leur gauche, que filtrait la lumière – ainsi qu'un murmure de voix.

« Nous y voilà, dit Duke. Comme disent les Grateful Dead, quel long et étrange voyage, n'est-ce pas ?

– On a intérêt à s'accrocher, reconnut Pearson. Est-ce que Kate fait partie de la tribu ?

– La propriétaire ? Non. Je ne l'ai rencontrée que deux fois, mais j'ai l'impression qu'elle ne fume pas. L'endroit, c'est une idée de Robbie. Aux yeux de Kate, nous sommes une simple association, la Boston Society of Hardboiled Yeggs[1]. »

Pearson souleva un sourcil intrigué. « Vous pouvez répéter ?

– Un petit groupe de fans qui se retrouvent toutes les semaines pour discuter des livres de Raymond Chandler, Dashiell Hammett, Ross McDonald, des écrivains de ce genre. Si vous n'en avez lu aucun, vous devriez vous y mettre. Ça ne fait pas de mal à prendre, comme précaution, d'autant qu'il y en a de très bons. »

Duke le précéda dans l'escalier, trop étroit pour être descendu à deux de front ; ils franchirent ensuite une entrée pour se retrouver dans une pièce en sous-sol, basse de plafond mais bien éclairée, qui devait probablement faire la même superficie au sol que la maison. Une trentaine de chaises pliantes attendaient en face d'un chevalet recouvert d'un tissu bleu. Derrière le chevalet étaient entreposés des cartons d'expédition provenant de divers éditeurs. Pearson sourit en voyant, sur le mur de gauche, une photo encadrée avec en dessous cette légende : SALUT À DASHIELL HAMMETT, NOTRE MAÎTRE INTRÉPIDE.

« Duke ! fit une voix de femme, sur leur gauche. Grâce au ciel, vous voilà. J'avais peur qu'il ne vous soit arrivé quelque chose. »

Encore quelqu'un que Pearson reconnut : la femme d'âge moyen à l'air sérieux, aux cheveux raides et aux lunettes épaisses. Elle avait l'air moins sérieux et du coup plus jeune, ce soir, avec les jeans délavés qui la moulaient et son T-shirt de l'université de Georgetown sous lequel elle ne portait manifestement pas de soutien-gorge. Et Pearson se dit que si jamais l'épouse

1. Calembour compliqué sur « cambrioleurs durs à cuire » et « œufs cuits durs ». *(N.d.T.)*

légitime de Duke voyait comment cette femme regardait son mari, elle l'entraînerait illico ailleurs en le tirant par l'oreille, et foin de tous les batmans de la planète.

« Je vais très bien, mon chou, répondit-il. J'amène simplement un nouveau converti à l'Eglise de Sainte-Chauve-Souris-l'Enfoirée, c'est tout. Janet Brightwood, Brandon Pearson. »

Brandon lui serra la main en pensant : *C'est donc vous qui n'avez pas arrêté d'éternuer.*

« Très contente de faire votre connaissance, Brandon », répondit-elle, se tournant ensuite vers Duke pour lui adresser un sourire d'une telle intensité que ce dernier parut légèrement embarrassé. « On ira prendre un café, ensuite ?

– Euh... on verra, mon chou. D'accord ?

– D'accord. » Son sourire disait qu'elle attendrait trois ans pour aller prendre un café avec Duke, si c'était ce que Duke voulait.

Mais qu'est-ce que je fabrique ici ? se demanda soudain Pearson. *C'est de la folie furieuse, cette histoire... on dirait une réunion des Alcooliques Anonymes qui se tiendrait dans le quartier des fous dangereux d'un hôpital psychiatrique...*

Les membres de l'Eglise de Sainte-Chauve-Souris-l'Enfoirée allèrent tour à tour prendre un des cendriers empilés sur l'un des cartons de livres, avant de s'asseoir et d'en allumer une avec un plaisir évident. Pearson estima qu'il ne devrait plus guère rester de chaises libres, une fois que chacun aurait pris place.

« Pratiquement tout le monde est présent », observa Duke en le conduisant vers les chaises libres du fond, non loin de l'endroit où Janet Brightwood officiait près de la cafetière. Pearson n'aurait su dire s'il s'agissait ou non d'une coïncidence. « Attention à la perche, Brandon. »

La perche en question, appuyée contre le mur de brique blanchi à la chaux et se terminant par un crochet, servait à ouvrir les vasistas du sous-sol. Brandon l'avait heurtée par inadvertance, mais Duke la rattrapa avant qu'elle ne tombe sur quelqu'un et la remit bien droite contre le mur, avant de se glisser à sa place.

« Vous lisez vraiment dans la tête des gens ! » remarqua Pearson avec gratitude. A son tour, il alluma une cigarette. Il trouvait complètement surréaliste de faire ce geste au milieu d'un groupe de personnes aussi important.

Duke l'imita, puis lui montra l'homme maigre et couvert de taches de rousseur qui se tenait auprès du chevalet. Taches-de-Rousseur était en grande conversation avec Lester Olson, l'homme qui avait abattu le batman (pan-pan-pan) dans une grange de Newburyport.

« Le rouquin, c'est Robbie Delray, expliqua Duke, d'un ton chargé de respect. Ce n'est pas exactement lui que vous choisiriez comme Sauveur de la Race humaine si vous deviez faire le casting d'un feuilleton, hein ? Et pourtant, c'est bien ce qu'il pourrait devenir. »

Delray acquiesça à ce que disait Olson, lui donna une tape sur l'épaule et dit quelque chose qui fit rire son interlocuteur. Puis ce dernier gagna son siège, au milieu de la première rangée, et Delray s'approcha du chevalet toujours dissimulé.

Il ne restait plus une seule chaise de libre, et on comptait même quelques personnes debout, dans le fond, à côté de la machine à café. Animées, sautant du coq à l'âne, les conversations allaient bon train autour de Pearson, s'entrecroisant et se bousculant comme autant de boules de billard après le coup qui les éparpille. Un nuage de fumée gris-bleu s'amassait déjà sous le plafond.

Bon sang, ils sont mabouls, songea-t-il, *vraiment mabouls. Je parie que les abris de Londres pendant le blitz, en quarante, devaient donner la même impression.*

Il se tourna vers Duke : « Au fait, à qui avez-vous parlé ? Qui vous a dit qu'il s'agissait d'une réunion importante ?

– Janet », répondit le jeune Noir sans le regarder. Ses yeux bruns expressifs ne quittaient pas Robbie Delray, l'homme qui lui avait permis de garder sa santé mentale dans un train de banlieue. Pearson crut lire de l'adoration en plus de l'admiration, dans le regard de son nouvel ami.

« Il s'agit vraiment d'une réunion importante, n'est-ce pas, Duke ?

– Pour nous, oui. La plus importante à laquelle j'aie jamais assisté.

– Est-ce que ça ne vous rend pas nerveux, le fait d'avoir tant des vôtres réunis au même endroit ?

– Non, répondit simplement Duke. Robbie peut littéralement sentir les batmans... il peut même – chut, ça va commencer. »

Souriant, Robbie Delray venait de lever les mains ; les bavardages s'arrêtèrent presque sur-le-champ. Pearson vit le même regard d'adoration sur d'autres visages que sur celui de Rhinemann ; ou, sinon, au moins du respect.

« Merci d'être venus, dit Delray d'un ton tranquille. Je pense que se produit enfin ce que certains d'entre nous attendent depuis quatre ou cinq ans. »

Ce préambule déclencha des applaudissements spontanés. Delray laissa faire, parcourant la salle des yeux, rayonnant. Finalement, il leva de nouveau les mains. Pearson découvrit quelque chose de déconcertant pendant que les applaudissements (auxquels il n'avait pas pris part) décroissaient. Il se dit que ce n'était sans doute qu'une pointe de jalousie – maintenant que Delray faisait son numéro, Duke Rhinemann paraissait avoir oublié jusqu'à son existence –, mais il n'y avait pas que ça. On décelait quelque chose de suffisant, une désagréable autosatisfaction, dans sa manière de lever les mains et de demander le silence ; geste qui trahissait le mépris presque inconscient qu'éprouve un politicien retors pour son public.

Oh ! laisse tomber. On ne peut pas tirer des conclusions comme cela.

Certes, certes, et Pearson essaya bien de chasser l'intuition de son esprit, de donner une chance à l'orateur, ne serait-ce que pour ménager Duke.

« Avant de commencer, je voudrais vous présenter un tout nouveau membre de notre groupe : Brandon Pearson, qui nous vient du fin fond de Medford. Levez-vous un instant, Brandon, que vos nouveaux amis puissent voir la tête que vous avez. »

Pearson adressa un regard surpris à Rhinemann ; ce dernier sourit, haussa les épaules, puis poussa sa nouvelle recrue à l'épaule : « Levez-vous, ils ne vous mordront pas. »

Justement, il se demandait. Il se leva, malgré tout, le visage brûlant, n'ayant que trop conscience de toute la salle se tordant le cou pour l'examiner. Il fut particulièrement frappé par le sourire qu'arborait Lester Olson : comme ses cheveux, il avait quelque chose de trop éclatant pour ne pas être suspect.

Ses compagnons de la tribu des Dix Plombes se mirent de nouveau à applaudir – sauf que, cette fois, les applaudissements lui étaient destinés, à lui, Brandon Pearson, banquier de niveau intermédiaire et fumeur invétéré. Il se surprit à se demander une fois de plus s'il n'était pas tombé dans une réunion de style AA, réservée strictement à des malades mentaux, et peut-être même organisée par eux. Lorsqu'il se laissa retomber sur son siège, il avait le feu aux joues.

« J'aurais très bien pu me passer de cette petite cérémonie, grand merci ! grommela-t-il à l'intention de Duke.

– Détendez-vous, répondit celui-ci sans se départir de son sourire. Tout le monde en passe par là, et vous devriez aimer ça, mon vieux, non ? Ça fait tellement années quatre-vingt-dix !

– Quatre-vingt-dix, si vous y tenez, mais non, je n'aime pas. » Son cœur battait encore trop fort et ses joues s'entêtaient à rester empourprées. Il avait même l'impression que ça empirait. *Qu'est-ce qui m'arrive ? Une bouffée de chaleur ? L'andropause, peut-être ?*

Robbie Delray se pencha, adressa quelques mots à la femme brune à lunettes assise à côté d'Olson, jeta un coup d'œil à sa montre, puis revint jusqu'au chevalet que masquait toujours le tissu, avant de faire de nouveau face au groupe. Son visage ouvert, couvert de taches de rousseur, le faisait ressembler à un enfant de chœur prêt, le dimanche excepté, à jouer toutes sortes de tours innocents – glisser une grenouille dans la blouse d'une fille, mettre le lit de son petit frère en portefeuille, par exemple.

« Merci, mes amis, et bienvenue parmi nous à Brandon », dit-il.

Pearson grommela qu'il était content d'être là, mais il n'en pensait pas un mot – et si jamais ses amis de la tribu des Dix Plombes se révélaient n'être qu'une bande de doux dingues genre fondus du New Age, Enfants du Verseau et tout le bazar ? Et si jamais il se mettait à les prendre en grippe comme il prenait en grippe la plupart des invités d'Oprah[1], ou les fondamentalistes tirés à quatre épingles et excités qui bondissaient sur leurs pieds aux premières mesures d'un cantique ?

Oh ! laisse tomber, veux-tu ? Tu aimes bien Duke, non ?

En effet, il aimait bien le jeune Noir, et il se dit que Moira Richardson n'allait pas manquer de lui plaire, également... une fois, bien entendu, qu'il aurait pu aller au-delà de son aspect sexy pour apprécier la personne qu'elle était réellement. Il y en aurait d'autres, sans aucun doute, qu'il finirait par aimer ; il n'était pas très difficile de lui plaire. Et il avait oublié, au moins temporairement, pour quelle raison ils étaient tous réunis dans ce sous-sol : les chauves-souris. Devant une telle menace, il pouvait bien supporter quelques illuminés New Age, non ?

Oui, sans doute le pouvait-il.

Bon ! Parfait ! Et maintenant, assieds-toi, détends-toi et regarde la parade.

Il reprit place sans toutefois arriver à se détendre, du moins pas complètement. Cela tenait en partie à son rôle de petit nouveau ; mais aussi à sa très forte répugnance pour ce genre d'interaction sociale forcée : en règle générale, il considérait les personnes qui l'appelaient par son prénom sans en avoir été priées comme des preneurs d'otages ou presque. Et en partie, enfin...

Oh ! arrête, veux-tu ? Tu n'as donc pas encore compris que tu n'avais pas le choix, dans cette affaire ?

Point de vue désagréable, mais difficile à remettre en question. Il avait franchi une ligne, ce matin, lorsqu'il avait tourné la tête et vu ce qui vivait réellement à l'intérieur du costume de Douglas Keefer, à

1. Oprah Winfrey, célèbre présentatrice d'une émission de télé américaine. *(N.d.T.)*

l'heure actuelle. Sans doute le savait-il déjà, mais ce n'était que depuis le début de la soirée qu'il se rendait compte à quel point ce franchissement était définitif, à quel point étaient réduites ses chances de revenir un jour sur ses pas. Du côté de la sécurité.

Non, pas question de se détendre, en tout cas pas encore.

« Avant que nous en venions au sujet principal de cette réunion, je tiens à vous remercier d'être tous venus alors que le délai de convocation était si court, commença Robbie Delray. Je sais qu'il n'est pas toujours facile de répondre aux questions inquiètes qu'on vous pose, et que ça peut même être dangereux. Je ne crois pas exagéré de dire que nous en avons pas mal bavé, nous tous qui sommes ici... et que nous avons connu des situations critiques... »

Un murmure d'approbation polie monta de l'assistance ; presque tout le monde paraissait suspendu aux lèvres de l'orateur.

« ... et personne ne connaît mieux que moi les problèmes que l'on rencontre à faire partie des rares personnes qui connaissent la vérité. Depuis que j'ai vu mon premier batman, il y a cinq ans... »

Pearson commençait déjà à s'impatienter, éprouvant un sentiment qu'il ne se serait pas attendu à ressentir ce soir : l'ennui. Voilà que la journée la plus étrange de toute sa vie s'achevait au milieu d'un groupe d'inconnus, dans le sous-sol d'une librairie, à écouter un peintre en bâtiment taché de son faire un mauvais discours de Rotary Club...

Les autres, cependant, paraissaient complètement envoûtés ; Pearson regarda autour de lui pour confirmer cette impression. Une expression de fascination absolue brillait dans les yeux de Duke, expression qui lui rappelait celle du chien qui avait été son compagnon d'enfance, Buddy, lorsqu'il sortait de sous le placard de l'évier la gamelle de l'animal. Cameron Stevens et Moira Richardson se tenaient enlacés et contemplaient Delray dans un état de transe béate. *Idem* pour Janet Brightwood. *Idem* pour le reste du petit groupe qui se tenait à côté de la machine à café.

Idem *pour tout le monde,* pensa-t-il, *sauf Brandon Pearson. Voyons, mon lapin, fais un effort pour entrer dans la partie.*

Sauf qu'il n'y arrivait pas et que, bizarrement, on aurait dit que Robbie Delray n'y parvenait pas davantage. Quand Pearson se tourna de nouveau vers l'orateur, ce fut pour le voir jeter encore un bref coup d'œil à sa montre. Geste qu'il faisait lui-même fréquemment depuis qu'il avait rejoint les rangs de la tribu des Dix Plombes ; il supposa que le rouquin comptait lui aussi le temps qui le séparait de sa prochaine cigarette.

Au fur et à mesure que se prolongeait le speech, toutefois, d'autres personnes se mirent à manifester les signes d'un léger relâchement d'attention. On entendait de petites toux, des frottements de pieds. Delray continuait à parler, imperturbable, sans avoir l'air de se rendre compte que, leader bien-aimé de la résistance ou non, son mot de bienvenue commençait à s'éterniser.

« ... si bien que nous nous sommes débrouillés du mieux que nous avons pu, et que nous avons encaissé nos pertes avec tout notre courage, cachant nos larmes, comme tous ceux, j'imagine, qui luttent dans une guerre secrète l'ont toujours fait, nous raccrochant pendant tout ce temps à l'espoir qu'un jour viendrait où la vérité serait révélée ouvertement et où nous... »

(Et hop, nouveau coup d'œil à la vieille Casio.)

« ... pourrions partager ce que nous avons découvert avec ces hommes et ces femmes qui ont des yeux et pourtant ne voient pas. »

Le Sauveur de la Race humaine ? Nom d'un petit bonhomme ! On dirait bien plutôt un politicien qui fait de l'obstruction !

Il jeta un coup d'œil à Duke et découvrit avec satisfaction que si ce dernier écoutait toujours, il s'agitait sur son siège et donnait l'impression de sortir de son état de transe.

Pearson passa la main sur son visage et découvrit qu'il était encore brûlant ; il la porta ensuite à hauteur de sa carotide : son pouls était encore rapide. Son état n'était plus la conséquence de la gêne éprouvée lorsqu'il avait dû se lever pour être lorgné comme une finaliste au titre de Miss Etats-Unis ; les autres avaient oublié son existence, au moins pour le moment. Non, c'était autre chose. Et en plus, une chose pas très agréable.

« ... nous nous sommes raccrochés à cela et nous avons tenu bon, nous avons continué à marcher comme de bons petits soldats, même quand la musique n'était pas de notre goût... », soliloquait Delray.

C'est ce que j'ai ressenti au début... c'est la crainte d'être tombé dans un groupe de gens partageant tous la même hallucination mortelle...

« Non, ce n'est pas possible », murmura-t-il. Duke se tourna vers lui, mais Pearson secoua la tête et le jeune Noir reporta son attention sur l'orateur.

D'accord, il avait la frousse, mais pas d'être tombé au cœur d'une secte d'amateurs cinglés de sensations fortes. Admettons, se disait-il, que les personnes ici présentes (quelques-unes d'entre elles, au moins) aient tué ; admettons que l'affaire de Newburyport ait réellement eu lieu ; il n'empêche que l'énergie nécessaire pour se lancer dans des entreprises aussi désespérées n'était pas perceptible ici, ce soir, dans cette salle pleine de yuppies réunis sous un portrait de Dashiell Hammett. Il ne ressentait qu'une sorte de somnolence, de léthargie, le genre d'attention vague qui permet aux gens d'endurer l'ennui de tels discours sans s'endormir ou quitter les lieux.

« Robbie, viens-en au fait ! » cria, du fond de la salle, quelqu'un qui devait éprouver la même chose. Il y eut quelques rires nerveux.

Robbie Delray lança un coup d'œil irrité dans la direction de celui qui avait élevé la voix, puis sourit et consulta une fois de plus sa montre. « Ouais, d'accord, je crois que je divague un peu. Veux-tu m'aider un instant, Lester ? »

Lester se leva ; les deux hommes disparurent derrière une pile de cartons de livres et revinrent en portant, par les sangles, une grande malle de cuir qu'ils déposèrent à droite du chevalet.

« Merci, Les », dit Robbie.

Lester acquiesça et se rassit.

« Qu'est-ce qu'il y a là-dedans ? » murmura Pearson dans l'oreille de Rhinemann. Ce dernier secoua la tête. Il paraissait intrigué et même, depuis quelques instants, un peu mal à l'aise ; pas autant, sans doute, que Pearson l'était lui-même.

« D'accord, reprit Delray, Mac n'a pas tout à fait tort. Je crois que je me suis laissé emporter, mais j'avais l'impression de vivre un moment historique. Le spectacle continue. »

Il maintint le suspense encore un instant, puis enleva d'un geste le tissu qui recouvrait le chevalet. Chacun s'avança sur son siège, penché en avant, prêt à s'émerveiller ; mais tout le monde reprit une position assise normale avec un soupir de déception, retenu mais général, en découvrant une photo en noir et blanc de ce qui semblait être un entrepôt abandonné ; elle avait été agrandie et on distinguait les détritus, papiers, préservatifs, bouteilles de vin vides, abandonnés dans les zones de chargement, ainsi que le fouillis de graffitis sentencieux ou drôles tracés à la bombe sur les murs. Le plus grand était un message sibyllin : RIOT GRRRLS RULE.

La rumeur des murmures emplit la salle.

« Il y a cinq semaines, dit Delray d'un ton solennel, Lester, Kendra et moi avons procédé à la filature de deux batmans, filature qui nous a conduits jusque dans cet entrepôt abandonné de Clark Bay, à Revere. »

La femme à la chevelure noire et aux lunettes sans monture assise à côté de Lester Olson regarda autour d'elle en prenant l'air important... et Pearson eut la certitude de la voir lancer un bref regard à sa montre.

« A cet endroit, continua Delray en tapotant l'une des aires de chargement, sur l'agrandissement, ils retrouvèrent quatre autres batmans, trois hommes et une femme. Ils sont entrés à l'intérieur. Depuis, six ou sept d'entre nous ont pris des tours pour monter une garde permanente sur place. Nous avons pu établir... »

Pearson se tourna un instant vers Duke ; il affichait une expression incrédule et blessée. Elle n'aurait pas été plus évidente s'il avait eu POURQUOI N'AI-JE PAS ÉTÉ CHOISI ? tatoué sur le front.

« ... qu'il s'agissait en quelque sorte de leur lieu de rencontre pour le secteur de Boston-centre. »

Les Batmans de Boston, songea Pearson, *voilà qui sonnerait bougrement bien pour une équipe de base-ball.* Puis le sentiment de doute revint, lancinant : *Est-ce bien moi qui suis assis ici, à écouter ces insanités ? Tout cela est-il bien réel ?*

Dans la foulée de cette réflexion, comme si ses

doutes momentanés en avaient rappelé le souvenir, il entendit de nouveau, dans sa tête, Robbie Delray proclamer aux intrépides Chasseurs de Chauves-souris que leur plus récente recrue était Brandon Pearson, venu du fin fond de Medford.

Il se tourna vers Rhinemann et lui parla au creux de l'oreille. « Quand vous avez parlé à Janet, au téléphone, depuis le Gallagher's, vous lui avez dit que vous veniez avec moi, c'est bien ça ? »

Duke lui adressa un regard impatient (« j'aimerais bien écouter »), dans lequel on lisait encore une trace de mortification. « Evidemment.

– Lui avez-vous dit que j'étais de Medford ?

– Non. Comment l'aurais-je su ? Laissez-moi suivre, Brand ! » Il se tourna.

« Nous avons repéré plus de trente-cinq véhicules – des voitures de luxe, pour la plupart – venus rendre visite à cet entrepôt abandonné au milieu de nulle part », disait Delray. Il fit une pause pour que tout le monde se pénètre bien de l'importance de ce chiffre, jeta un bref coup d'œil à sa montre et enchaîna vivement : « Beaucoup de ceux-ci sont venus à plusieurs reprises, dix ou douze fois pour certains. Les batmans doivent sans doute se féliciter d'avoir élu domicile dans un endroit aussi à l'écart pour y installer leur club ou je ne sais quoi, mais je crois qu'ils vont se rendre compte, au contraire, qu'ils se sont eux-mêmes piégés. Parce que... Attendez une seconde, les amis... »

Il se tourna et se lança dans une conversation à voix basse avec Olson. La femme qu'il avait appelée Kendra se joignit à eux, sa tête oscillant de droite à gauche et de gauche à droite comme si elle suivait un match de ping-pong. Le reste de l'assistance observait cet aparté avec stupéfaction et perplexité.

Pearson comprenait ce qu'ils ressentaient. *Quelque*

chose de gigantesque, avait promis Duke. Et à voir l'ambiance qui régnait, c'était une promesse qui avait été faite à tout le monde. Le « quelque chose de gigantesque » se réduisait, pour l'instant, à un agrandissement en noir et blanc d'une photo ne montrant rien, sinon un entrepôt abandonné jonché de détritus, de sous-vêtements crasseux et de capotes anglaises. Mais bon sang, qu'est-ce qui clochait dans ce document ?

Le truc énorme, ça doit être dans la malle, pensa Pearson. *Et, au fait, le Rouquin, comment savais-tu que j'étais de Medford ? C'était un renseignement que je gardais pour l'entrevue après ton petit discours, figure-toi.*

La sensation – le visage empourpré, le cœur battant et par-dessus tout le désir croissant d'une cigarette – était plus forte que jamais. Comme les attaques d'angoisse qu'il avait eues au collège. Si ce n'était pas de la peur, de quoi s'agissait-il ?

Bon, d'accord. C'est de la peur – mais pas seulement la peur d'être le seul homme sain d'esprit dans la fosse aux serpents. Tu sais que les batmans sont bien réels ; tu n'es pas cinglé, pas plus que Duke, pas plus que Moira Richardson, Cameron Stevens ou Janet Brightwood. Mais il y a cependant quelque chose qui cloche dans cette affaire... qui cloche sérieusement, même. Et je crois que c'est ce bonhomme, Robbie Delray, peintre en bâtiment et Sauveur potentiel de la Race humaine de son état. Il sait où j'habite. Or, Brightwood l'a appelé et lui a simplement dit que Duke devait amener un certain Brandon Pearson, de la First Mercantile Bank, et le sieur Robbie a procédé à sa petite enquête. Mais pour quelle raison ? et surtout, comment *y est-il parvenu ?*

Dans son esprit, il entendit soudain la voix de Rhinemann lui disant : *Parce qu'ils sont intelligents et qu'ils ont des amis aux postes clés. Bordel ! Les postes clés, c'est tout ce qui les intéresse.*

Lorsqu'on a des amis haut placés, il est tout de même plus facile de faire ce genre de vérifications, non ? Tiens, pardi ! Les gens aux « postes clés » ont accès à tous les mots de passe importants des ordinateurs, à tous les dossiers délicats, à tous les chiffres qui, rassemblés, forment des statistiques vitales...

Pearson sursauta sur son siège comme quelqu'un qui s'éveille sur un rêve affreux. Il donna un coup de pied involontaire et heurta une deuxième fois la perche du vasistas, qui commença à glisser. Pendant ce temps, le conciliabule qui se tenait sur le devant de la scène s'achevait sur un échange de signes d'acquiescement.

« Lester ? demanda Delray, auriez-vous l'obligeance de me donner un nouveau coup de main, avec l'aide de Kendra ? »

Pearson se pencha pour rattraper la perche avant qu'elle ne tombe sur quelqu'un, au risque de lui ouvrir le crâne avec le méchant petit crochet par lequel elle se terminait. Il réussit à la saisir à temps, mais au moment où il la replaçait, il aperçut une tête de gnome qui regardait par le vasistas. Les yeux noirs, les yeux de poupée de chiffon abandonnée, plongèrent dans ceux, bleus et écarquillés, de Pearson. Des bandes charnues tourbillonnaient comme des bandes d'atmosphère autour de ces planètes que les astronomes appellent des géantes gazeuses. Les veines noires serpentines pulsaient sous la surface du crâne bosselé et nu ; les dents blanches brillaient dans la bouche béante.

« Aide-moi donc à faire sauter les attaches de ce foutu machin », disait Delray à l'autre bout de la galaxie. Il eut un petit rire amical. « Je crois qu'elles sont un peu coincées. »

Pour Brandon Pearson, ce fut comme s'il venait de faire un retour brutal à la pause de la matinée : une fois de plus, il se voyait qui essayait de crier, et une fois de plus il était dans un tel état de choc qu'il n'arrivait qu'à émettre son espèce de grognement étouffé et bas – celui d'un homme qui gémit dans son sommeil.

Le discours qui n'en finissait pas.

La photo qui n'avait pas le moindre sens.

Les multiples et rapides coups d'œil à la montre. *Est-ce que ça ne vous rend pas nerveux, le fait d'avoir tant des vôtres réunis au même endroit ?* avait-il demandé, sur quoi Duke Rhinemann lui avait répondu que Robbie était capable de *sentir* les batmans...

Cette fois-ci, il n'y eut cependant personne pour l'arrêter et sa deuxième tentative fut couronnée de succès.

« *C'EST UN TRAQUENARD ! C'EST UN TRAQUENARD, IL FAUT SORTIR D'ICI !* » hurla-t-il en bondissant sur ses pieds.

Des visages surpris se tournèrent vers lui... mais il y en eut trois qui n'eurent pas besoin de se tordre le cou, Delray, Olson et la brune répondant au prénom de Kendra. Ils venaient tout juste de libérer le système de fermeture de la malle. Tous trois arboraient une expression où l'exaspération le disputait à la culpabilité, mais sans trace de surprise : cette dernière émotion manquait.

« Assieds-toi, mon vieux ! siffla Duke. T'es devenu complètement cin... »

Au rez-de-chaussée, la porte d'entrée s'ouvrit avec fracas. On entendit un bruit de bottes prenant la direction de l'escalier.

« Qu'est-ce qu'il se passe ? demanda Janet Brightwood, s'adressant directement à Duke et ouvrant de grands yeux terrorisés. Mais qu'est-ce qu'il raconte ?

– *TIREZ-VOUS D'ICI,* rugit Pearson. *TIREZ-VOUS À TOUTE POMPE ! IL VOUS A TOUT RACONTÉ À L'ENVERS ! C'EST NOUS QUI SOMMES TOMBÉS DANS UN PIÈGE !* »

La porte, en haut de l'étroit escalier, s'ouvrit à son tour violemment, et des ombres qui s'agitaient, invisibles, lui parvinrent les sons les plus épouvantables qu'il ait entendus de toute sa vie ; il avait l'impression qu'une meute de dogues enragés se disputaient un bébé vivant qu'on leur aurait jeté.

« *Qui est là-haut ?* hurla Janet. *Qui vient d'arriver ?* »

Néanmoins, ce n'était pas une interrogation qu'on lisait sur sa figure ; on voyait bien qu'elle ne savait que trop *qui* venait de débarquer là-haut, ou plutôt *quoi*.

« Calmez-vous ! cria Robbie Delray au groupe que gagnait la confusion, même si la plupart des gens n'avaient toujours pas bougé de leur siège. « *Ils ont promis l'amnistie ! Vous m'entendez ? Vous comprenez ce que je vous dis ? Ils m'ont fait le serment solennel que...* »

A cet instant, le vasistas placé à gauche de celui par lequel Pearson avait vu la première tête de batman explosa, projetant des débris de verre sur les hommes et les femmes, frappés de stupeur, des rangées les plus proches. Un bras pris dans une manche signée Armani s'allongea dans l'ouverture en dents de scie et saisit Moira Richardson par les cheveux. Elle se mit à hurler et à frapper la main qui la tenait... laquelle n'était pas une main, en fait, mais une pelote noueuse d'où dépassaient des serres chitineuses et effilées.

Sans réfléchir, Pearson s'empara de la perche, bondit et plongea le crochet dans la trogne agitée de pulsations qui regardait par le vasistas brisé. La pointe de métal s'enfonça dans l'un des yeux de la chose. Une encre épaisse, légèrement astringente, s'écoula sur les mains levées de Brandon. Le batman émit une sorte d'aboiement sauvage – qui ne fit pas à Pearson l'impression d'être un cri de douleur, mais on pouvait toujours espérer, se dit-il – puis retomba en arrière, arrachant la perche des mains de son agresseur et disparaissant dans la nuit mouillée. Mais avant que la créature se fût complètement évanouie, Pearson eut le temps d'apercevoir une brume s'échapper de sa peau crevée de bubons et de sentir une bouffée

(*poussière urine piments-chili chauds*)

d'une odeur déplaisante.

Cameron Stevens prit Moira dans ses bras et regarda Pearson, hagard, incrédule. Tout autour d'eux, les hommes et les femmes présentaient cette même expression hébétée, des hommes et des femmes pétrifiés comme un troupeau de daims pris dans les phares d'un camion.

Tu parles d'un bataillon de résistants ! se dit Pearson. *Des moutons coincés dans un enclos de tonte, oui ! Et ce salopard, ce Judas de bélier qui les a conduits dans le piège et qui plastronne, là devant, avec ses acolytes !*

Les aboiements sauvages en provenance de l'étage se rapprochaient bien, mais pas aussi vite qu'il l'aurait cru. Il se souvint alors que l'escalier était très étroit, ne pouvant laisser passer qu'une seule personne à la fois, et il murmura une brève action de grâces en fonçant vers Duke, qu'il prit au collet pour le mettre sur ses pieds. « Amène-toi ! dit-il. On se casse d'ici ! Est-ce qu'il y a au moins une sortie de secours, dans ce trou à rats ?

– Je... je sais pas. » Le jeune Noir se frottait une tempe, d'un geste lent et vigoureux, comme s'il souffrait d'un méchant mal de tête. « C'est Robbie qui a fait ça... ? C'est pas possible, vieux... dis-moi que c'est pas possible ! » Il scrutait son nouvel ami avec une expression pitoyable de stupéfaction intense.

« J'en ai bien peur, Duke. Allez, viens ! »

Il fit deux pas en direction de l'allée, tenant toujours Rhinemann par le collet, puis fit brusquement halte.

Delray, Olson et Kendra, qui venaient de fouiller dans la malle, brandissaient maintenant des armes automatiques de la taille d'un pistolet, affublées d'une crosse en gros fil de fer d'une longueur ridicule. Jamais Pearson n'avait vu d'Uzi ailleurs que dans des films ou à la télé, et il supposa que c'était ce qu'il avait sous les yeux. Sinon des Uzi, du moins quelque chose s'en rapprochant beaucoup ; de toute façon, qu'est-ce qu'il en avait à foutre ? C'étaient des armes à feu, non ?

« Ne bougez plus ! » dit Delray, s'adressant apparemment à Duke et à Brandon. Il essayait de sourire, ne réussissant qu'à afficher la grimace d'un condamné à mort à qui on vient d'annoncer qu'il dispose d'un délai supplémentaire. « Restez où vous êtes ! »

Rhinemann continua d'avancer ; il se trouvait déjà dans l'allée, Pearson sur ses talons. D'autres se levaient, suivant le mouvement, le pressant, même, non sans jeter des regards nerveux par-dessus l'épaule en direction de l'escalier. On lisait dans leurs regards qu'ils n'aimaient pas les armes à feu, mais également qu'ils aimaient encore moins les aboiements féroces qui leur parvenaient depuis le rez-de-chaussée de la maison.

« Mais pourquoi ? demanda Duke, au bord des larmes, tendant les mains, paumes ouvertes. Pourquoi nous aurait-il vendus ?

– Ne bougez plus, Duke, je vous avertis ! » lui cria Olson de sa voix empâtée de whisky.

« Les autres aussi ! Restez derrière ! » cracha Kendra. La voix de la brune, elle, n'avait rien d'empâté. Ses yeux roulaient en tous sens, tandis qu'elle essayait de couvrir l'ensemble de la salle.

« Nous n'avions pas la moindre chance », expliqua Delray à Duke. Il avait le ton de quelqu'un qui cherche à se justifier. « Ils nous avaient repérés, ils pouvaient nous avoir quand ils voulaient, mais ils m'ont offert un compromis. Comprenez-vous ? Je ne vous ai pas vendus ! Je ne l'aurais jamais fait ! Ce sont eux qui sont venus me chercher ! » Il s'exprimait avec véhémence, comme si ce distinguo signifiait quelque chose pour lui, mais ses clignements d'yeux irrépressibles lançaient un message différent. C'était comme s'il y avait eu un autre Robbie Delray à l'intérieur, un Robbie Delray meilleur que celui qui parlait, un Robbie Delray qui essayait, frénétiquement, de se dissocier de cette ignoble trahison.

« *TU ES UN SALOPARD ET UN MENTEUR !* » hurla Duke Rhinemann d'une voix qui disait tout : la blessure d'avoir été trahi, la fureur de l'avoir compris. Il bondit sur l'homme qui avait naguère sauvé sa santé mentale et peut-être même sa vie dans un train de banlieue... et c'est alors que tout bascula.

Pearson ne pouvait avoir tout vu, et pourtant on aurait pu le croire. Il vit Robbie Delray hésiter, puis tourner son arme comme s'il avait voulu frapper Duke de la crosse au lieu de lui tirer dessus. Il vit Lester Olson, l'homme qui avait abattu le batman dans une grange de Newburyport (pan-pan-pan) avant de perdre ses couilles et de décider de transiger, caler la crosse de son arme contre sa ceinture et appuyer sur la détente. Il vit de fugitives flammes bleues jaillir des évents de refroidissement du canon et entendit des jappements rauques – *hack ! hack ! hack !* –, sans doute le bruit, pensa Pearson, que font les armes à feu automatiques dans la réalité. Il entendit un objet invisible fendre l'air à quelques centimètres de son oreille, un son comme un hoquet de fantôme. Et il vit le jeune Noir repoussé en arrière, tandis que du sang jaillissait de sa chemise blanche et éclaboussait son costume couleur crème. Il vit l'homme qui se tenait tout à côté de Duke tomber à genoux et se prendre le front à deux mains, un sang brillant giclant entre ses doigts.

Quelqu'un – Janet Brightwood, peut-être – avait fermé la porte qui séparait la salle de la cage d'escalier, avant le début de la réunion ; elle s'ouvrit brutalement et deux batmans surgirent, en uniforme de la police de Boston ; leurs traits empilés les uns sur les autres, au milieu de leur tête disproportionnée et étrangement mobile, avaient une expression féroce tandis qu'ils regardaient partout.

« Amnistie ! » hurlait Robbie Delray. Les taches de rousseur, sur son visage, ressortaient comme des stigmates ; la peau sur laquelle elles étaient imprimées était d'un blanc crayeux. « Amnistie ! On m'a promis l'amnistie si vous restez tranquilles et mettez les mains sur la tête ! »

Plusieurs personnes (la plupart appartenant au petit groupe qui s'était formé autour de la machine à café) levèrent effectivement les mains, sans cependant cesser de reculer devant les deux batmans. L'un de ceux-ci poussa un grognement bas et saisit un homme par le devant de sa chemise, l'attirant brutalement à lui ; puis, si vite que Pearson eut à peine le temps de se rendre compte de ce qu'il avait fait, il arracha l'un des yeux de sa victime. La chose examina un instant le débris gélatineux posé sur sa paume déformée, puis se le lança au fond du gosier.

Au moment où deux autres chauves-souris franchissaient la porte, regardant autour d'elles de leurs petits yeux brillants comme du jais, l'autre policier tira son revolver de service et fit feu par trois fois, tirant apparemment dans le tas.

« Non ! hurla Delray, *non, vous avez promis* ! »

Janet Brightwood s'empara de la machine à café, la brandit au-dessus de sa tête et la lança sur l'un des nouveaux arrivants, qu'elle heurta avec un son métallique creux, l'aspergeant de liquide brûlant. Cette fois, ce fut bien un cri de douleur que poussa la chose, on ne pouvait s'y tromper. L'un des batmans-policiers voulut attraper la jeune femme ; celle-ci l'évita, voulut partir en courant, trébucha... et disparut soudain, piétinée par la débandade frénétique des gens qui se précipitaient vers l'autre extrémité de la salle.

Tous les vasistas explosèrent, les uns après les autres, et on entendit des sirènes qui se rapprochaient. Pearson s'aperçut que les chauves-souris se divisaient en deux groupes, courant le long des côtés de la salle, avec l'intention manifeste de repousser les membres pris de panique de la tribu des Dix Plombes vers l'arrière-salle, derrière le chevalet (qui venait d'être renversé) et les piles de cartons.

Olson jeta son arme, prit la main de Kendra et fonça dans cette direction. Un bras monstrueux jaillit d'un vasistas, empoigna l'homme par sa tignasse blanche ostentatoire et le souleva. Olson se débattait, gargouillait et s'étouffait, lorsqu'une autre main apparut dans l'encadrement de l'étroite fenêtre ; un ongle de pouce mesurant huit centimètres de long lui ouvrit la gorge, laissant échapper un flot écarlate.

La belle époque où tu descendais tranquillement (pan-pan-pan) les batmans dans les granges est révolue pour toi, mon vieux, pensa Pearson écœuré, se tournant de nouveau vers le fond de la salle. Delray se tenait maintenant entre la malle et le chevalet effondré ; le pistolet-mitrailleur pendait de sa main, inutile, et on ne lisait plus dans son regard qu'une sorte de stupeur hébétée. Lorsque Pearson lui prit la crosse en fil de fer des mains, le rouquin n'essaya pas de résister.

« Ils nous ont promis une amnistie, dit-il. Ils nous l'ont promise.

– Comment avez-vous pu avoir confiance en des choses qui ont cette tête ? » lui demanda Pearson qui le frappa de la crosse, en pleine figure, de toutes ses forces. Il entendit quelque chose se rompre – sans doute le nez de Delray – et le barbare impitoyable qui venait de s'éveiller dans l'âme du banquier se réjouit avec une grossière sauvagerie.

Il s'engagea alors dans un passage en zigzag ménagé entre les piles de cartons – passage qu'avaient élargi les gens qui venaient de l'emprunter – puis s'immobilisa ; une fusillade venait d'éclater, à l'arrière du bâtiment. Des coups de feu... des hurlements... des rugissements de triomphe.

Pearson fit vivement demi-tour et vit Cam Stevens et Moira Richardson qui hésitaient à l'extrémité de l'allée, au milieu des chaises pliantes ; ils se tenaient par la main et arboraient la même expression abasourdie. Pearson eut le temps de penser : *Voilà à peu près de quoi devaient avoir l'air Hansel et Gretel après être sortis de la maison en confiserie,* tout en se penchant pour ramasser les armes de Kendra et d'Olson, qu'il leur tendit.

Deux autres batmans venaient d'arriver par la porte d'entrée du sous-sol. Ils s'avançaient tranquillement, comme si tout se déroulait en conformité avec leurs plans... ce qui, supposa Pearson, devait être le cas. Le gros de l'action se déroulait maintenant à l'arrière de la maison : c'était là que l'enclos se trouvait réellement, mais on pratiquait quelque chose d'autrement plus sérieux qu'une simple tonte.

« Allez, dit-il à Moira et à Cam. Descendons ces fumiers. »

Les batmans qui venaient de surgir à l'entrée de la salle comprirent à retardement que quelques-unes de leurs victimes avaient décidé de se rebiffer et de se battre. L'un d'eux fit un brusque demi-tour, peut-être pour s'enfuir, mais il heurta un nouvel arrivant et glissa dans la flaque de café. Les deux monstres tombèrent ensemble. Pearson ouvrit le feu sur le troisième, resté debout. Le pistolet-mitrailleur émit son *hack-hack-hack* désagréable et le batman se trouva rejeté en arrière tandis que sa tête inhumaine se fendait et laissait échapper un nuage de brouillard puant... comme si, pensa Pearson, il ne s'agissait que d'une illusion.

Cameron et Moira avaient compris ; ils ouvrirent le feu sur les autres, qu'ils prirent dans leur tir croisé, les clouant contre le mur ; les corps n'avaient même pas le temps de glisser jusqu'au sol qu'il s'échappait de leurs vêtements comme une brume sans substance ; l'odeur, étrangement, rappela à Pearson celle des asters, dans les massifs de fleurs, devant la First Mercantile Bank.

« Allons-y, reprit Pearson. En fonçant tout de suite, on a peut-être une chance.

– Mais... », commença Cameron. Puis il regarda autour de lui, et parut sortir de son hébétude. Excellent, ça ; Pearson se doutait bien qu'ils devaient être fichtrement réveillés s'ils voulaient réussir à se sortir de ce guêpier.

« Laisse tomber, Cam », dit Moira. Elle aussi avait regardé autour d'elle et remarqué qu'ils étaient les seuls êtres vivants – humains ou batmans – qui restaient dans le secteur. Tous les autres s'étaient réfugiés au fond. « Fichons le camp. Il est possible que la porte par laquelle nous sommes arrivés soit notre meilleure chance.

– Oui, renchérit Brandon, mais pas pour longtemps. »

Il jeta un dernier regard à Duke qui gisait sur le dos, une expression de douleur et d'incrédulité figée sur le visage. Il aurait aimé avoir le temps de lui fermer les yeux, mais la moindre seconde comptait.

« Allons-y ! » dit-il. Les deux autres lui emboîtèrent le pas.

Le temps d'atteindre la porte qui donnait sous le porche de la maison – et l'avenue Cambridge –, la fusillade en provenance de l'arrière du bâtiment était devenue moins intense. *Combien de morts ?* se demanda Pearson ; la réponse qui lui vint à l'esprit – *tous* – était épouvantable, mais trop plausible pour être niée. Il se dit qu'une ou deux personnes avaient peut-être réussi à passer entre les mailles du filet, mais certainement pas davantage. Le traquenard avait parfaitement fonctionné ; le piège s'était refermé sur eux en silence, impeccablement, pendant que Robbie Delray délayait son discours, traînant les pieds et consultant sa montre... attendant vraisemblablement de donner un signal ; mais l'intervention de Pearson avait sans doute brusqué les choses.

Si je m'étais réveillé un peu plus tôt, Duke serait peut-être encore vivant, songea-t-il avec amertume. C'était peut-être vrai, mais si les désirs étaient des chevaux, les mendiants n'iraient pas à pied. L'heure n'était pas aux regrets.

L'un des batmans-policiers avait été chargé de monter la garde à l'entrée, sous le porche ; il était tourné vers la rue, vraisemblablement pour veiller à ce que personne ne vienne mettre le nez dans ce qui se passait. Pearson s'avança dans l'encadrement de la porte et l'interpella : « Eh, espèce de sale trou-du-cul vérolé, t'aurais pas une sèche ? »

Le batman se retourna.

Pearson lui fit éclater la tête.

4

Peu après une heure du matin, le lendemain, trois personnes – deux hommes et une femme aux bas nylon déchirés et à la jupe rouge maculée de boue – couraient le long d'un train de marchandises sortant de la gare de triage connue sous le nom de South Station. Le plus jeune des deux hommes sauta avec facilité dans la gueule carrée d'un wagon vide, se tourna et tendit la main à la femme.

Elle trébucha et cria ; elle venait de casser le talon bas de l'une de ses chaussures. Pearson passa un bras autour de sa taille (ce qui lui valut une bouffée de Giorgio, à peine perceptible mais déchirante de nostalgie, en plus de l'odeur, beaucoup plus marquée, de transpiration et de peur qui émanait de la jeune femme), courut avec elle dans cette position, et lui hurla de sauter à son tour. Elle s'exécuta et il la prit par les hanches pour la hisser vers les mains tendues de Cameron ; elle les prit, Brandon donna une dernière et rude poussée, et elle se retrouva dans le wagon.

Pearson avait pris du retard, dans son effort pour aider la jeune femme ; il s'aperçut que la barrière qui marquait les limites de la gare de triage n'était plus très loin ; le train de marchandises se glissait dans une ouverture du grillage qui ne laisserait pas assez de place à Brandon. S'il n'embarquait pas rapidement, il allait être séparé des deux autres, rester prisonnier du dépôt ferroviaire.

Cameron regarda vers l'avant du train, vit la barrière qui s'approchait et tendit de nouveau les mains. « Vas-y ! Vas-y ! cria-t-il. Tu peux y arriver ! »

Pearson en aurait été incapable, du moins à l'époque de sa vie de sédentaire à deux packs de bière par jour. Mais elle s'était achevée quinze heures auparavant, à des années-lumière, et il se sentait capable de trouver de nouvelles ressources d'énergie, dans ses jambes comme dans ses poumons. Il se mit à sprinter sur le revêtement mouvant du remblai – des cailloux jonchés de détritus –, et commença à remonter le convoi qui avançait pesamment ; il avait la main tendue en direction de celle que lui offrait Stevens. La barrière se rapprochait de plus en plus, menaçante ; on distinguait maintenant les féroces tortillons de fil de fer barbelé entrelacés dans la bordure du grillage.

Son œil intérieur s'ouvrit tout grand, à cet instant-là, et il vit sa femme, assise sur une chaise de leur salle de séjour, les yeux rouges et gonflés d'avoir pleuré. Il la vit qui disait à deux policiers en uniforme que son mari avait disparu. Il vit même la pile des livres aux images en relief de Jenny posée sur la petite table, à côté d'elle. Etait-ce là ce qui se passait vraiment ? Oui, sous une forme ou une autre, c'était sans doute cela, supposa-t-il. Et Lisabeth, qui n'avait jamais fumé une seule cigarette de toute sa vie, n'aurait absolument pas conscience de la présence des yeux noirs et de la gueule remplie de crocs sous le masque amène des policiers assis en face d'elle sur le canapé ; elle ne verrait rien des tumeurs suppurantes ni des veines noires tortueuses qui s'entrecroisaient et pulsaient sous leur crâne nu.

Elle ne saurait rien, ne verrait rien.

Bénie soit-elle pour sa cécité... Qu'elle la conserve toujours !

Il trébucha contre le léviathan sombre qu'était ce train de marchandises Conrail en route pour l'Ouest, vers les gerbes d'étincelles orange qui jaillissaient des roues d'acier tournant lentement.

« Cours ! » lui hurla Moira de toute la force de ses poumons ; elle aussi se penchait par l'ouverture et tendait des mains implorantes. « Je t'en supplie, Brandon, encore un petit effort !

– Grouille-toi, pieds-de-plomb, enchaîna Cameron. Fais gaffe à leur putain de grillage ! »

Peux pas... peux pas aller plus vite, peux pas faire gaffe au putain de grillage, peux plus rien. Veux juste m'allonger par terre. Veux juste dormir.

Puis il pensa à Duke et trouva, en fin de compte, une ultime réserve de forces. Duke avait été trop jeune pour savoir que, parfois, certaines personnes perdent courage et se vendent, que parfois ce sont même les personnes que l'on idolâtre qui le font ; mais il avait cependant été assez vieux et responsable pour saisir Brandon par le bras et l'empêcher de se suicider en poussant un cri. Non, Duke n'aurait pas voulu qu'il soit abandonné dans cette stupide gare de triage.

Il parvint donc à accélérer vers les mains tendues, tandis que, du coin de l'œil, il voyait le grillage bondir dans sa direction – et réussit à saisir les doigts de Cameron. Il sauta, sentit Moira qui l'empoignait fermement sous le bras, et se retrouva en train de se tortiller sur le plancher du wagon ; son pied droit passa à l'intérieur une fraction de seconde avant d'être réduit en charpie par les guirlandes de barbelés.

« Tous en route pour l'aventure ! dit-il en hoquetant, illustrations de N. C. Wyeth !

– Quoi ? dit Moira, qu'est-ce que tu racontes ? »

Il se retourna et, appuyé sur les coudes, haletant, les regarda à travers les mèches de cheveux qui lui retombaient sur la figure. « Rien... personne n'a de cigarettes ? Je meurs d'envie d'en griller une ! »

Les jeunes gens le contemplèrent quelques instants, bouche bée, puis échangèrent un regard et éclatèrent d'un rire frénétique, sauvage, exactement en même temps. Pearson en déduisit qu'ils devaient être amoureux l'un de l'autre.

Pendant qu'ils se roulaient sur le plancher du wagon, étroitement embrassés, hurlant toujours de rire, Brandon s'assit et entreprit d'explorer les poches intérieures de son costume crasseux et déchiré.

« Ahhhh », dit-il quand sa main sentit la forme familière, dans la seconde. Il en extirpa un paquet tout froissé et le brandit : « A la victoire ! »

Le wagon traversa le Massachusetts en direction de l'Ouest avec trois petits brasillements rougeoyant tour à tour dans l'obscurité de la porte ouverte. Une semaine plus tard, ils se retrouvaient à Omaha, passant les heures du milieu de la matinée à errer dans les rues du centre-ville et à observer les gens qui prenaient leur pause-café à l'extérieur, même sous une pluie battante, à la recherche de ceux de la tribu des Dix Plombes, à la recherche des membres de la tribu perdue, celle qui s'était égarée sur les traces de Joe Camel.

En novembre, ils étaient vingt et se réunissaient dans l'arrière-boutique d'une ancienne quincaillerie à l'abandon, à La Vista.

Ils organisèrent leur premier raid au début de

l'année suivante, de l'autre côté de la rivière, à Council Bluffs, et firent passer de vie à trépas trente batmans banquiers et P.-D.G., tous très surpris. Ce n'était pas beaucoup, mais Brand Pearson avait compris que supprimer les batmans présentait un trait commun avec la réduction de sa consommation de cigarettes : il fallait bien commencer quelque part.

Crouch End

Lorsque, finalement, la femme s'en alla, il était près de deux heures et demie du matin. Le poste de police de Crouch End donnait sur Tottenham Lane – endroit aussi calme qu'un bras mort de rivière. Londres dormait... mais Londres ne dort jamais profondément, et ses rêves sont inquiétants.

Le P.C. Vetter referma son carnet, qu'il avait presque complètement rempli pendant que l'Américaine déballait son histoire étrange et délirante. Il regarda la machine à écrire et la pile de formulaires en blanc qui attendaient à côté. « Celle-là va paraître bizarre, quand il fera jour », observa-t-il.

Le P.C. Farnham buvait un Coke. Il mit longtemps à répondre. « C'est une Américaine, n'est-ce pas ? » dit-il finalement, comme si cela pouvait expliquer, pour l'essentiel, l'histoire qu'elle leur avait racontée.

« Ça va aller dans le classeur du fond, évidemment, acquiesça Vetter qui regarda autour de lui, à la recherche d'une cigarette. Je me demande tout de même... »

Farnham se mit à rire. « Vous ne voulez pas dire que vous croyez quelque chose, dans tout ça ? Voyons, collègue, vous avalez n'importe quoi !

– J'ai jamais dit ça, il me semble. On voit bien que tu es nouveau dans le coin. »

Farnham se redressa sur son siège. Il avait vingt-sept ans, et ce n'était tout de même pas sa faute si on l'avait nommé ici au lieu de le laisser à Muswell Hill, au nord, ni si Vetter, qui avait pratiquement deux fois son âge, avait passé toute sa carrière, sans le moindre incident notable, dans ce quartier de Crouch End, à l'écart de Londres.

« C'est possible, monsieur, mais, avec tout le respect que je vous dois, je crois tout de même reconnaître la chanson quand on me joue ce genre d'air.

– Donne-moi une sèche, collègue, répondit Vetter, l'air amusé. Voilà... tu es un bon gars. » Il alluma la cigarette avec une allumette en bois qu'il prit dans une grosse boîte aux couleurs criardes, puis il souffla dessus et jeta le bâtonnet calciné dans le cendrier de Farnham. Il examina le jeunot à travers un nuage de fumée. L'époque où lui-même, jeune et fringant, avait fait ses débuts, était révolue depuis belle lurette ; des rides profondes creusaient son visage et son nez était un réseau dense de veinules rompues. Il aimait bien descendre son pack de six bières Harp tous les soirs, le P.C. Vetter. « Alors à ton avis, Crouch End est un endroit bien tranquille, hein ? »

Farnham haussa les épaules. A la vérité, il estimait que Crouch End était le type même de la banlieue à crever d'ennui – ce que son jeune frère aurait appelé avec jubilation un « foutu barbantorium ».

« Oui, reprit Vetter, je vois bien que c'est ce que tu te dis. Et tu n'as pas tort. A onze heures, tout le monde est au pieu, ou presque, c'est vrai. J'ai pourtant vu pas mal de choses étranges, à Crouch End. Si tu restes ici quelques années, tu en verras aussi forcément. Il se produit, dans les cinq ou six rues de ce pâté de maisons, plus de choses bizarres que n'importe où ailleurs à Londres. Je sais que je m'avance beaucoup, mais c'est ce que je crois. Ça me fiche la frousse. Je m'envoie donc ma bière, et j'ai plus la frousse. Observe un peu le sergent Gordon, la prochaine fois, Farnham, et demande-toi pourquoi, à quarante ans, il a les cheveux aussi blancs. Je t'aurais bien dit aussi d'observer Petty, mais tu aurais du mal, hein ? Elle s'est suicidée pendant l'été de 1976. L'été où il a fait si chaud. C'était... (il eut l'air de chercher ses mots)... fichtrement malsain, cet été-là, fichtrement malsain. On était pas mal nombreux à redouter qu'ils passent au travers.

– Qu'ils passent au travers de quoi ? » demanda Farnham, qui sentit un sourire de mépris lui friser la bouche mais fut incapable de le retenir, même s'il savait que ce n'était pas très politique. A sa manière, Vetter délirait exactement comme l'Américaine. Il avait toujours été un peu bizarre. L'alcool, probablement. Puis il se rendit compte que l'ancien lui rendait son sourire.

« Tu me prends pour un vieux radoteur un peu cinglé, hein ?

– Pas du tout, mais pas du tout ! protesta Farnham, fulminant intérieurement.

– Tu es un bon gars, répéta Vetter. Toi, tu ne seras plus là depuis longtemps, coincé derrière un bureau, lorsque tu auras mon âge. Pas si tu restes dans la police. Tu vas y rester, non ? C'est bien ça ?

– Oui », admit Farnham. C'était exact, qu'il voyait son avenir ainsi, même si Sheila aurait préféré qu'il quitte la police pour un travail où elle puisse compter davantage sur lui. La chaîne de montage de chez Ford, par exemple. Rien que l'idée d'aller rejoindre le troupeau de ces péquenots lui retournait l'estomac.

« C'est bien ce que je me disais, reprit Vetter, écrasant son mégot. Tu as ça dans le sang. Tu iras loin, sans doute, et ce ne sera pas dans ce trou de Crouch End que tu finiras, en plus. N'empêche, tu ne sais pas tout. Crouch End est un endroit bizarre. Tu serais bien inspiré de jeter un coup d'œil dans les dossiers du classeur du fond, un jour, Farnham. Oh, on y trouve beaucoup de trucs parfaitement ordinaires : des enfants qui ont fichu le camp de chez eux pour devenir hippies, ou punks, ou je ne sais quoi... des maris portés disparus (et si tu lorgnes leur bonne femme, tu comprendras pourquoi, la plupart du temps)... des demandes de rançon non résolues... des vols de sacs à main... la routine, quoi. Mais au milieu de tout ça, il y a quelques histoires à te glacer le sang. Et certaines capables de te mettre l'estomac à l'envers.

– Vraiment ? »

Vetter acquiesça. « Et justement, il y en a quelques-unes qui me rappellent beaucoup celle que cette pauvre Américaine vient de nous sortir. Tu verras : elle n'entendra plus jamais parler de son mari (il haussa les épaules). Crois-moi ou non, c'est du pareil au même. Les dossiers sont là. On parle en général du classeur sans suite, parce que c'est plus poli que classeur du fond ou classeur mon cul. Mais étudie-le, Farnham. Etudie-le. »

L'autre ne répondit rien, mais il se promit en effet de mettre le nez dedans. L'idée qu'il s'y trouvait peut-être toute une série d'histoires comme celle que leur avait racontée l'Américaine avait quelque chose de dérangeant.

« Parfois, ajouta Vetter, fauchant une autre Silk Cut à Farnham, je me pose des questions sur les Dimensions.

– Les Dimensions ?

– Oui, mon bon p'tit gars, les Dimensions. Les

auteurs de science-fiction sont toujours en train de nous bassiner avec les Dimensions, pas vrai ? Jamais lu de science-fiction, Farnham ?

– Non », répondit le jeune flic, qui croyait que l'autre avait trouvé un moyen élaboré de se payer sa tête.

« Lovecraft non plus ? Tu n'as jamais lu de Lovecraft ?

– Jamais entendu parler », admit Farnham. La dernière fois qu'il avait lu un ouvrage de fiction, il s'était agi d'un petit pastiche dans le style victorien intitulé *Deux Messieurs en petites culottes de soie.*

« Eh bien, ce Lovecraft en question a écrit sur les Dimensions, continua Vetter en sortant à nouveau sa grosse boîte d'allumettes. Des Dimensions proches de la nôtre. Pleines de monstres immortels qui rendent un homme fou au premier coup d'œil. Des âneries pour vous flanquer la frousse, évidemment. Sauf que, quand je vois débarquer un client dans ce genre, je me demande si ce ne sont que des âneries. Je me dis alors – quand tout est calme, tard la nuit, comme en ce moment – que tout notre monde, tout ce que nous trouvons bien et normal, pourrait n'être qu'un énorme ballon de cuir usé jusqu'à la corde. Sauf qu'en certains endroits, l'usure est telle qu'il n'en reste presque rien. En certains endroits, la barrière est plus mince qu'ailleurs. Est-ce que tu me suis ?

– Oui », dit Farnham, qui pensa à part soi : *Tu devrais aussi me donner une bonne paire de pompes, tant que tu y es. J'aime bien avoir de bonnes pompes, quand on me fait marcher.*

« Et alors je me suis dit, Crouch End est un endroit comme ça. C'est ridicule, mais c'est des idées que j'ai. Trop d'imagination, sans doute ; c'est ce que me disait toujours ma mère.

– Vraiment ?

– Ouais. Et tu sais ce que je pense, encore ?

– Non, m'sieur, pas la moindre idée.

– Highgate, comme quartier, ça va, voilà ce que je pense. C'est aussi épais qu'on peut le souhaiter, entre les Dimensions et nous, comme à Muswell. Mais prends Archway et Finsbury Park, les quartiers qui bordent Crouch End. J'ai des amis dans les deux, et ils savent que je m'intéresse à certaines choses qu'on n'arrive pas à expliquer, qui paraissent anormales. Des histoires dingues racontées par des gens, dirons-nous, qui n'avaient rien à gagner à les inventer.

« Est-ce que tu ne t'es pas demandé, à un moment ou un autre, Farnham, pour quelle raison cette femme nous aurait déballé des trucs pareils, s'ils n'étaient pas vrais ?

– Eh bien... »

Vetter fit craquer une allumette et regarda l'autre par-dessus la flamme. « Une jeune femme, environ vingt-six ans, jolie, deux mômes à l'hôtel, un mari jeune avocat gagnant bien sa vie à Milwaukee ou je ne sais où. Qu'est-ce qu'elle peut bien avoir à gagner à venir ici et à débloquer avec une histoire à dormir debout, bonne pour des films d'épouvante de série B ?

– Aucune idée, répondit Farnham d'un ton un peu sec, mais il y a peut-être une exp...

– C'est pourquoi je me dis, continua Vetter en lui coupant la parole, que s'il existe bien des "points faibles", celui-ci doit commencer du côté d'Archway et de Finsbury Park... et que la partie la plus faible est ici, à Crouch End. Je me dis aussi que ça ferait pas mal de bruit, si ce qui reste de cuir entre eux et nous se... se dissolvait complètement – non ? Est-ce que ça ne serait pas quelque chose, si déjà seulement la moitié de ce que nous a raconté cette femme était vraie ? »

Farnham garda le silence. Il avait décidé que Vetter devait probablement croire aussi aux lignes de la main, à la phrénologie et aux rosicruciens.

« Lis donc les dossiers du classeur du fond. » Vetter se leva, et il y eut un craquement lorsqu'il porta les mains à ses reins et s'étira. « Je vais prendre un peu l'air. »

Farnham le regarda sortir, partagé entre l'amusement et la rancune. D'accord, Vetter était timbré. C'était aussi un piqueur de sèches de première. Les cigarettes n'étaient pas spécialement bon marché, dans ce meilleur des mondes du socialisme et de la Sécurité sociale. Il prit le carnet de son collègue et se mit à parcourir de nouveau l'histoire de la fille.

Oui, il avait bien l'intention de consulter les dossiers du classeur du fond.

Histoire de se marrer un peu.

La fille – ou la jeune femme, si l'on voulait être « politiquement correct » (attitude que paraissaient prendre tous les Américains de ce temps-ci) – avait fait irruption au poste de police la veille au soir, à dix heures et quart, les cheveux lui retombant sur le visage en mèches mouillées, les yeux exorbités, traînant son sac à main qu'elle tenait par la bandoulière.

« Lonnie... Je vous en prie, il faut que vous trouviez Lonnie !

– Eh bien, nous allons faire de notre mieux, avait répondu Vetter. Mais il faut tout d'abord nous dire qui est Lonnie.

– Il est mort, dit la jeune femme. Je le sais. » Puis elle se mit à pleurer ; puis à rire – ou plutôt à caqueter, en réalité. Elle laissa tomber son sac à ses pieds. Elle était hystérique.

A cette heure et en semaine, le poste de police était pratiquement désert. Le sergent Raymond écoutait une Pakistanaise lui raconter, avec un calme qui avait quelque chose de surhumain, comment un voyou couvert de tatouages et coiffé d'une crinière iroquoise raide et bleue lui avait arraché son sac à main sur Hillfield Avenue. Vetter vit Farnham arriver du vestibule, où il venait d'enlever les affiches anciennes (AVEZ-VOUS UNE PLACE DANS VOTRE CŒUR POUR UN ENFANT ABANDONNÉ ?) pour les remplacer par des nouvelles (SIX RÈGLES POUR ROULER LA NUIT À BICYCLETTE).

Vetter fit signe d'approcher à Farnham, et au sergent, qui avait tourné la tête en entendant les intonations proches de l'hystérie de l'Américaine, de rester à l'écart. Raymond, qui prenait un certain plaisir à casser les doigts des pickpockets (« Allons voyons, mon vieux, disait-il pour justifier ces méthodes peu orthodoxes, cinquante millions de bougnouls ne peuvent pas se tromper ! ») n'était pas le type qu'il fallait pour une hystérique.

« Lonnie, répéta cette dernière, ils ont eu Lonnie. »

La Pakistanaise se tourna vers la jeune femme, l'étudia quelques instants sans se départir de son calme, puis se tourna de nouveau vers le sergent Raymond pour finir de lui raconter l'histoire de son sac volé.

« Miss, commença le P.C. Farnham.

– Qu'est-ce qui se passe, dans ce coin ? » murmura-t-elle ; elle respirait à petits coups rapides et Farnham observa qu'elle avait une légère égratignure à la joue gauche. C'était une jolie petite poulette avec de beaux nichons – petits mais mutins – et une grande masse vaporeuse de cheveux châtain clair. Elle portait des vêtements de qualité mais d'un prix modéré. Elle avait perdu le talon de l'une de ses chaussures.

« Qu'est-ce qui se passe là-dehors ? Des monstres... »

La Pakistanaise tourna de nouveau la tête... et sourit. Elle avait les dents gâtées. Son sourire disparut comme par magie et elle prit le formulaire des *Objets perdus et volés* que lui tendait Raymond.

« Préparez un café pour cette dame et amenez-la dans la pièce Trois, dit Vetter. Est-ce que ça vous dit, un café, ma p'tite dame ?

– Lonnie, murmura-t-elle. Je sais qu'il est mort.

– Bon. Vous allez venir avec le vieux Ted Vetter et on va vous régler ça en trois coups de cuillère à pot. » Il l'aida à se redresser et elle continua de gémir à voix basse tandis qu'il l'entraînait, un bras passé autour de sa taille pour la soutenir, car elle oscillait de manière inquiétante à cause de son talon cassé.

Farnham apporta le café dans la pièce Trois, simple cube meublé d'une table couturée de scarifications, de quatre chaises et d'une fontaine d'eau froide dans un coin. Il posa le café devant la jeune femme.

« Tenez, ma p'tite dame, ça vous fera du bien. J'ai du sucre si vous voul...

– Je pourrai rien boire, dit-elle. Je pourrai pas... », sur quoi elle étreignit la porcelaine souvenir de Blackpool abandonnée ici depuis longtemps, comme si elle cherchait à se réchauffer les mains. Elle tremblait violemment, et Farnham avait envie de lui dire de reposer la tasse avant qu'elle n'en renverse le contenu et ne se brûle.

« Je pourrai pas », reprit-elle. Puis elle but, tenant toujours la tasse à deux mains, comme un enfant tient son gobelet. Et lorsqu'elle leva les yeux sur les policiers, ce fut avec un regard simple, épuisé, touchant... et perdu, aussi. Comme si ce qui lui était arrivé l'avait soudainement ramenée en enfance, comme si quelque main invisible était descendue du ciel et, d'une claque, avait éliminé ses vingt dernières années, laissant une gamine portant les vêtements d'une Américaine adulte dans cette petite pièce d'interrogatoire du poste de police de Crouch End.

« Lonnie... les monstres... Vous allez m'aider ? S'il vous plaît, vous allez m'aider ? Il n'est peut-être pas mort... Peut-être... *Je suis une citoyenne américaine !* » cria-t-elle soudain. Puis, comme si elle venait de proférer des paroles particulièrement scandaleuses, elle se mit à sangloter.

Vetter lui tapota l'épaule. « Allons, allons, ma p'tite dame. On doit sûrement pouvoir vous aider à retrouver Lonnie. C'est votre mari, n'est-ce pas ? »

Elle acquiesça sans cesser de sangloter. « Danny et Norma sont à l'hôtel... avec la baby-sitter... ils doivent être au lit... attendre qu'il vienne leur faire la bise...

– Si vous pouviez vous calmer un peu et nous dire ce qui est arrivé...

– Et où c'est arrivé, intervint Farnham, ce qui lui valut un bref regard courroucé de Vetter.

– Mais justement ! protesta-t-elle. Je ne sais pas où c'est arrivé ! Je ne suis même pas sûre de ce qui s'est passé ex-exactement, sauf que c'était ho-horrible ! »

Vetter avait sorti son carnet. « Quel est votre nom, ma p'tite dame ?

– Doris Freeman. Celui de mon mari est Leonard Freeman. Nous sommes descendus à l'hôtel Intercontinental. Nous sommes citoyens américains. » Cette fois-ci, l'énoncé de sa nationalité parut lui rendre un peu de son calme. Elle prit une gorgée de café et reposa la tasse sur la table. Farnham observa qu'elle avait les paumes des mains toutes rouges. *Tu le sentiras plus tard, mon chou,* songea-t-il.

Vetter notait tous ces détails, laborieusement, dans

son carnet. Il jeta un bref coup d'œil à Farnham, discrètement.

« Etes-vous en vacances ? demanda-t-il.

– Oui... nous devions passer deux semaines en Angleterre et une en Espagne. En principe, on devait aller à Barcelone... mais c'est pas ça qui va nous aider à trouver Lonnie ! Pourquoi me posez-vous des questions aussi stupides ?

– Nous essayons simplement de nous faire une idée du contexte, madame Freeman », intervint Farnham. Sans l'avoir réellement prémédité, les deux policiers avaient adopté un ton de voix bas et apaisant. « Maintenant allez-y, racontez-nous ce qui s'est passé. Dites-le comme cela vous vient.

– Pourquoi est-il si difficile de trouver un taxi, dans cette ville ? » demanda-t-elle sans logique apparente.

Farnham resta court, mais Vetter réagit comme si la question s'inscrivait parfaitement dans la discussion.

« Difficile à dire, ma p'tite dame. A cause des touristes, en partie. Pourquoi ? Avez-vous eu du mal à en trouver un pour vous amener à Crouch End ?

– Oui. Nous avons quitté l'hôtel à trois heures, pour nous rendre dans une librairie. Foyle's, sur Cambridge Circus, je crois.

– Tout à côté, oui, l'encouragea Vetter. C'est une librairie remarquable, n'est-ce pas ?

– Nous n'avions pas eu de problème pour obtenir un taxi à l'Intercontinental... ils faisaient la queue, devant. Mais en sortant de chez Foyle, pas un seul. Finalement, quand il y en a eu un qui a bien voulu s'arrêter, le chauffeur a éclaté de rire lorsque Lonnie lui a dit que nous voulions aller à Crouch End, et il a refusé de nous prendre.

– C'est vrai, il y en a qui sont de vrais salauds dès

qu'on leur parle de banlieue – je vous demande pardon, m'dame, dit Farnham.

– Il a même refusé un pourboire d'une livre, ajouta Doris Freeman, une nuance très américaine de perplexité dans la voix. On a attendu presque une demi-heure avant qu'il y en ait un qui accepte de nous prendre. Il était à peu près entre cinq heures et demie et six heures moins le quart. Et c'est alors que Lonnie s'est rendu compte qu'il n'avait pas l'adresse... »

Elle étreignit de nouveau la tasse.

« Où deviez-vous aller, exactement ?

– Chez un collègue de mon mari. Un avocat du nom de John Squales. Lonnie ne l'avait encore jamais rencontré, mais leurs sociétés sont... (Elle fit un geste vague.)

– Associées ?

– Oui, quelque chose comme ça. Lorsque Mr Squales a appris que nous serions en vacances à Londres, il nous a invités à dîner un soir chez lui. Lonnie connaissait bien l'adresse de son bureau, mais pas celle de son domicile ; il l'avait notée sur un bout de papier. Une fois dans le taxi, il s'est aperçu qu'il l'avait égarée. Il ne se rappelait qu'une chose : c'était dans Crouch End. »

Elle les regarda, l'expression solennelle.

« Crouch End... Je trouve que c'est un nom très laid.

– Alors, qu'avez-vous fait ? » demanda Vetter.

Elle entreprit de le leur raconter. Le temps d'achever son récit, elle avait vidé sa première tasse de café et les trois quarts d'une autre ; le P.C. Vetter, pour sa part, avait rempli plusieurs pages de son carnet de son écriture carrée en script.

Lonnie Freeman était un solide gaillard et, alors qu'il se penchait en avant sur le profond siège arrière du taxi noir afin de parler au conducteur, elle retrouvait de manière stupéfiante le jeune homme qu'elle avait vu pour la première fois lors d'un match de basket-ball, au cours de leur dernière année d'études : assis sur le banc de touche, les genoux quasiment à hauteur des oreilles, les mains pendant entre les jambes à l'extrémité de poignets impressionnants. Si ce n'est qu'à l'époque il était en short, une serviette roulée autour du cou, alors qu'aujourd'hui il portait costume et cravate. Il n'avait jamais disputé beaucoup de matches, se souvenait-elle, attendrie, parce qu'il n'était pas très bon. Et il perdait les adresses.

Le chauffeur écouta avec indulgence l'histoire du bout de papier perdu ; il s'agissait d'un monsieur âgé à la mise impeccable (un costume d'été gris), l'antithèse parfaite des conducteurs de taxi new-yorkais affaissés derrière leur volant. Seule sa casquette de laine à carreaux jurait avec le reste, mais jurait agréablement ; elle lui donnait une légère touche de charme canaille. A l'extérieur, la circulation engorgeait Cambridge Circus, sans interruption, tandis qu'un théâtre voisin annonçait que les représentations du *Fantôme de l'Opéra* se poursuivaient indéfiniment.

« J'vais vous dire ce qu'on va faire, patron, dit le chauffeur. J'vous emmène dans le quartier, on s'arrête à une cabine téléphonique, vous vérifiez l'adresse de vot' client, et hop ! je vous débarque à sa porte.

– C'est merveilleux ! » s'exclama Doris, sincère. Cela faisait six jours qu'ils étaient à Londres, et elle ne se rappelait pas s'être jamais trouvée dans une ville où les gens étaient aussi aimables et civilisés.

« Merci », dit Lonnie en se rasseyant. Il passa un bras

autour des épaules de Doris et sourit : « Tu vois ? Pas de problème.

– Pas grâce à toi », se moqua-t-elle d'un ton grondeur, lui donnant un coup de poing pour rire.

« Très bien, dit le chauffeur. En voiture pour Crouch End. »

On était à la fin du mois d'août, et un vent chaud et régulier chassait des débris sur la chaussée et secouait les vêtements des hommes et des femmes qui rentraient chez eux, après le travail. Le soleil était bas, et lorsque Doris le vit un instant briller entre deux immeubles, il commençait à avoir la nuance rougeâtre qu'il prend en se couchant. Le chauffeur fredonnait. Avec le bras de Lonnie qui la tenait, elle se détendit – elle l'avait davantage vu, pendant ces six jours, que pendant tout le reste de l'année, lui semblait-il, et elle était ravie de découvrir que ça lui plaisait. C'était la première fois qu'elle quittait les Etats-Unis et elle devait faire un effort pour se dire qu'elle était en Angleterre, qu'elle allait ensuite visiter Barcelone et qu'elle avait beaucoup de chance.

Puis le soleil disparut derrière une muraille d'édifices, et elle perdit presque aussitôt le sens de la direction qu'ils prenaient. C'était ce qui arrivait quand on prenait un taxi londonien, avait-elle constaté ; la ville était un vaste labyrinthe de rues, d'avenues, d'impasses, de collines Ceci, de parcs Cela et elle se demandait comment les gens arrivaient à s'y retrouver. Quand elle en avait fait la remarque à Lonnie, la veille, il lui avait répondu qu'ils faisaient très attention : n'avait-elle pas remarqué que tous les chauffeurs de taxi avaient un plan des rues de Londres à portée de la main ?

C'était leur course la plus longue, depuis leur arrivée ; ils laissèrent derrière eux les quartiers chics de la ville (en dépit de cette impression perverse de tourner en rond), traversèrent un secteur d'immeubles de rapport monolithiques qui auraient pu être inhabités, tant les signes de vie y étaient rares (elle avait bien aperçu, cependant, précisa-t-elle à l'intention de Vetter et de Farnham, un petit garçon assis à un coin de rue, s'amusant à craquer des allumettes), puis une zone de petites boutiques et d'éventaires de produits frais d'allure plutôt minable ; enfin – et pas étonnant que conduire à Londres soit un exercice de désorientation pour les étrangers à la ville –, ils débouchèrent dans ce qui semblait être, de nouveau, un quartier chic.

« Il y avait même un McDonald's », dit-elle au policier du ton de voix que l'on réserve d'ordinaire pour parler du Sphinx ou des jardins suspendus de Babylone.

« Vraiment ? » fit Vetter, manifestant tout ce qu'il fallait d'étonnement et de respect ; elle était dans un état où elle semblait se souvenir du moindre détail, et il ne voulait surtout pas l'en tirer, au moins tant qu'elle ne leur aurait pas raconté tout ce qu'elle pouvait.

Ils laissèrent derrière eux le quartier chic avec le McDonald's au milieu. Ils se retrouvèrent brièvement dans un endroit dégagé, où ils virent le soleil, grosse boule orange solidement plantée sur l'horizon, baignant les rues d'une lumière étrange ; on aurait dit que les piétons allaient prendre feu d'un instant à l'autre.

« C'est à ce moment-là que les choses ont commencé à changer », poursuivit-elle. Sa voix avait baissé d'un ton. De nouveau, ses mains tremblaient.

Vetter s'inclina en avant, attentif. « A changer ? Et comment ? Comment les choses se sont-elles mises à changer, madame Freeman ? »

Ils étaient passés devant la boutique d'un marchand

de journaux, dit-elle, et sur le panneau, à l'extérieur, ils avaient lu cette information : HORRIBLE DRAME SOUTERRAIN : SOIXANTE DISPARUS.

« Lonnie, regarde ça !

– Quoi donc ? dit-il en tournant la tête ; mais ils avaient déjà dépassé le marchand de journaux.

– J'ai cru lire : *Horrible drame souterrain, soixante victimes* ; au fait "souterrain", ce n'est pas ainsi qu'ils appellent le métro ?

– Oui, ou encore le "tube". Y a-t-il eu un accident ?

– Je ne sais pas (elle se pencha en avant). Dites-moi, chauffeur, savez-vous ce qui s'est passé ? Il n'y a pas eu un accident dans le métro ?

– Une collision, vous voulez dire, m'dame ? Pas que je sache.

– Avez-vous la radio ?

– Pas dans le taxi, m'dame.

– Lonnie ?

– Oui ? »

Elle se rendit compte que son mari ne s'intéressait plus à l'incident. Il fouillait une fois de plus dans ses poches (et comme il portait son costume trois-pièces, il y en avait pas mal à explorer), toujours à la recherche du bout de papier portant l'adresse de John Squales.

Le message inscrit à la craie sur le panneau continuait à trotter dans la tête de Doris. Il aurait dû être rédigé différemment : SOIXANTE MORTS DANS UN ACCIDENT DE MÉTRO. Mais non... Au lieu de cela il jouait sur les mots, profitant du double sens de souterrain, et parlait non pas de « tués », ou à la rigueur de « victimes », mais de « disparus », comme on disait autrefois des marins qui avaient péri en mer.

HORRIBLE DRAME SOUTERRAIN...

L'expression lui déplaisait. Elle faisait penser à des cimetières, à des égouts, à des créatures décolorées et répugnantes surgissant brusquement des tunnels eux-mêmes pour enrouler leurs bras (des tentacules, peut-être) autour des banlieusards impuissants agglutinés sur les quais, les entraînant dans les ténèbres...

Ils tournèrent à droite. A l'angle de la rue, trois jeunes gens habillés de cuir se tenaient à côté de leurs motos. Ils regardèrent passer le taxi et pendant un instant – le soleil couchant, juste en face d'elle, l'aveuglait presque – on aurait dit que les motards n'avaient pas tête humaine. Oui, en ce bref instant, elle avait eu la certitude que des têtes de rat étaient posées sur les blousons de cuir noir, des têtes de rat avec des petits yeux noirs et fureteurs. Puis la lumière la frappa sous un angle légèrement différent et elle se rendit compte, bien entendu, qu'elle s'était trompée ; il ne s'agissait que de trois jeunes gens fumant leur cigarette en face de l'équivalent britannique d'une confiserie américaine.

« Nous y voilà », remarqua Lonnie, qui avait abandonné ses fouilles et montrait quelque chose du doigt, par la vitre. Ils passaient devant un panneau où on lisait : « Crouch Hill Road ». Les anciennes maisons de brique, l'air de douairières assoupies, donnaient l'impression de s'être rapprochées et d'observer le taxi de leurs fenêtres opaques. Quelques enfants allaient et venaient sur leur vélo ou leur tricycle. Deux autres s'efforçaient, sans beaucoup de succès, de tenir sur une planche à roulettes. Des pères, de retour du travail, étaient assis ensemble ; ils parlaient et fumaient tout en surveillant leurs enfants. Tout présentait un aspect normal et rassurant.

Le taxi alla se garer en face d'un restaurant d'aspect

minable, dans la vitrine duquel une affichette jaunie précisait qu'il avait la licence complète, à côté d'un panneau plus grand annonçant CURRY À EMPORTER. Sur le rebord, à l'intérieur, dormait un gigantesque chat gris. Une cabine téléphonique jouxtait le restaurant.

« Voilà ce qu'il vous faut, patron, dit le chauffeur de taxi. Trouvez l'adresse de votre ami, moi je me charge de trouver sa maison.

– Excellent », répondit Lonnie en descendant de voiture.

Doris commença par rester quelques instants dans le taxi, puis décida d'en descendre à son tour pour se dégourdir les jambes. Le vent chaud soufflait toujours. Il lui agita la jupe autour des genoux et lui colla un vieil emballage de crème glacée contre le tibia. Elle l'enleva avec une grimace de dégoût. Lorsqu'elle releva les yeux, elle se retrouva nez à nez avec l'énorme matou, qui lui rendit son regard, impénétrable, d'un œil unique. La moitié de son museau avait été massacrée dans quelque ancienne bataille. Il n'en restait qu'une masse rosâtre de tissus couturée de cicatrices, une cataracte laiteuse et quelques touffes de poils.

Il miaula – silencieusement, à cause du vitrage.

Eprouvant une bouffée d'écœurement, elle alla jusqu'à la cabine téléphonique et regarda à l'intérieur à travers les panneaux encrassés. Lonnie lui adressa un geste – le pouce et l'index joints –, suivi d'un clin d'œil. Puis il enfonça une pièce de dix pence dans la fente et parla avec quelqu'un. Il rit – mais sans bruit, à cause du vitrage. Comme pour le chat. Elle se tourna pour revoir l'animal, mais celui-ci avait disparu ; dans la pénombre, au-delà de la vitrine, elle apercevait des chaises posées à l'envers sur des tables ; un vieil homme poussait un balai. Lorsqu'elle reporta les yeux sur Lonnie, il griffonnait quelque chose ; il rangea son stylo, tint le papier à hauteur des yeux, dit encore quelques mots, raccrocha et sortit.

Il agita triomphalement l'adresse : « Voilà, nous l'av... (son regard passa au-dessus de l'épaule de Doris et il fronça les sourcils). Mais où donc est passé ce crétin de taxi ? »

Elle se tourna. La voiture noire avait disparu. A l'emplacement où elle s'était garée, il n'y avait plus que le trottoir et quelques papiers gras qui remontaient paresseusement le caniveau, poussés par le vent. De l'autre côté de la rue, deux gamins, accrochés l'un à l'autre, pouffaient de rire. Doris remarqua que l'un d'eux, le garçon, avait une main déformée qui faisait l'effet d'une griffe ; l'autre était une fillette d'environ cinq ans. Elle aurait cru que la Sécurité sociale s'occupait de cas comme celui-ci. Les enfants virent le couple qui les observait et tombèrent de nouveau dans les bras l'un de l'autre en pouffant de plus belle.

« Je ne sais pas », répondit Doris. Elle se sentait désorientée et un peu stupide. La chaleur, le vent qui soufflait sans rafales ni accompagnement de pluie, la qualité ripolinée de la lumière...

« Quelle heure était-il, à ce moment-là ? demanda soudain Farnham.

– Je ne sais pas exactement, répondit Doris qui sursauta, comme tirée d'un songe. Six heures, je suppose ; six heures vingt, tout au plus.

– Je vois. Continuez », répondit Farnham qui savait qu'en août le crépuscule ne commence que bien après sept heures, même en comptant large.

« Mais qu'est-ce qu'il lui a pris ? » demanda Lonnie, cherchant toujours le taxi des yeux – presque comme si son irritation avait eu le pouvoir de le faire sortir magiquement de sa cachette. « Il est parti comme ça ?

– Lorsque tu m'as fait signe de la main, peut-être, proposa Doris en reproduisant le geste du pouce et de l'index. Qui sait s'il n'a pas cru qu'on n'avait plus besoin de lui ?

– J'aurais pu me transformer en sémaphore qu'il ne serait jamais parti – pas avec une ardoise de vingt-cinq livres au compteur », grommela Lonnie qui s'avança jusqu'au bord du trottoir. De l'autre côté de Crouch Hill Road, les deux gamins pouffaient toujours de rire.

« Hé ! leur lança-t-il, les enfants !

– Vous êtes américain, m'sieur ? demanda le garçon à la main déformée.

– Oui, répondit Lonnie avec un sourire. Vous n'avez pas vu le taxi qui était là ? Vous n'avez pas vu où il est parti ? »

Les deux gosses parurent réfléchir à la question. La petite fille avait des nattes brunes grossièrement tressées qui pointaient dans des directions opposées. Elle s'avança jusqu'au bord du trottoir, de l'autre côté de la rue, et, sans cesser de sourire elle leur cria, à travers ses mains disposées en porte-voix : « Fous le camp, Toto ! »

Lonnie en resta bouche bée.

« M'sieur ! M'sieur ! M'sieur ! » hurla le garçon en les saluant de gestes désordonnés de sa main déformée. Puis les deux enfants prirent leurs jambes à leur cou et disparurent au premier coin de rue, ne laissant derrière eux que l'écho de leurs rires.

Lonnie regarda Doris, frappé de stupeur.

« Quelque chose me dit que les gosses de Crouch End n'éprouvent pas une passion folle pour les Américains », fit-il maladroitement.

Elle jeta des coups d'œil nerveux autour d'elle. La rue paraissait déserte.

Il passa un bras autour de ses épaules. « Eh bien, ma cocotte, on dirait qu'il va falloir marcher.

– Ça ne me tente pas tellement. Ces deux gamins ont peut-être été chercher leurs grands frères. » Elle rit pour montrer qu'il s'agissait d'une plaisanterie, mais d'une manière un peu trop stridente. La soirée commençait à prendre un aspect surréaliste qui ne lui plaisait guère. Elle aurait préféré rester à l'hôtel.

« Il n'y a pas tellement d'autres solutions, observa-t-il. On ne peut pas dire que la rue regorge de taxis.

– Comment se fait-il que le chauffeur du nôtre nous ait abandonnés comme ça, Lonnie ? Il avait l'air si gentil !

– Pas la moindre idée. Mais John m'a donné des indications précises ; il habite dans une toute petite impasse qui s'appelle Brass End et qui, d'après lui, ne figure pas sur les plans. » Tout en parlant, il l'entraînait loin de la cabine téléphonique, du restaurant où l'on vendait des currys à emporter, du coin de rue où avaient disparu les deux enfants. Ils entreprirent de remonter Crouch Hill Road. « Il faut prendre à droite sur Hillfield Avenue, puis à gauche, à mi-chemin, et tout de suite à droite... ou à gauche – peu importe, sur Petrie Street. Ensuite, la deuxième à gauche est Brass End.

– Et tu te souviens de tout ça ?

– J'ai une mémoire d'éléphant », dit-il avec panache, et elle ne put que s'esclaffer. Lonnie avait l'art de voir les choses sous leur côté le plus drôle.

Une carte du quartier de Crouch End s'étalait sur le mur, dans l'entrée du poste de police, carte considérablement plus détaillée que les plans qu'on trouvait habituellement dans les taxis. Farnham s'en approcha, les mains dans les poches. La plus grande tranquillité régnait dans le poste. Vetter était toujours dehors – en train d'évacuer les papillons de nuit qui lui hantaient l'esprit, pouvait-on espérer – et Raymond en avait fini depuis longtemps avec la Pakistanaise et son sac à main volé.

Farnham posa un doigt sur l'endroit où, selon toute vraisemblance, le taxi avait déposé le couple (s'il fallait donner le moindre crédit à l'histoire qu'avait racontée la femme). L'itinéraire conduisant au domicile de leur ami paraissait assez simple. De Crouch Hill Road on passait dans Hillfield Avenue, puis à gauche dans Vickers Lane et encore à gauche dans Petrie Street. Brass End, le cul-de-sac qui donnait sur cette dernière rue comme si elle avait été rajoutée après coup, ne comptait que six ou huit maisons par trottoir. En tout, moins de deux kilomètres. Même des Américains auraient dû être capables de parcourir ce chemin sans se perdre.

« Raymond ! lança-t-il, tu es toujours là ? »

Le sergent se présenta. Il venait d'endosser ses vêtements civils et remontait la fermeture Eclair d'un coupe-vent léger en popeline. « Pas pour longtemps, mon chou sans poils au menton.

– Arrête ça », dit Farnham sans cependant cesser de sourire. Raymond lui faisait un peu peur. Un seul coup d'œil à ce zigoto à l'allure bizarre suffisait pour comprendre qu'il se tenait un peu trop près de la limite qui sépare les gens honnêtes des voyous. Une cicatrice blanche courait en zigzag, ourlée et grasse, du coin gauche de sa bouche jusqu'à sa pomme d'Adam, ou presque. Il prétendait qu'un pickpocket avait bien failli l'égorger, autrefois, avec une bouteille cassée. Il prétendait aussi que c'était pour cette raison qu'il leur cassait les doigts. Aux yeux de Farnham, c'était du pipeau. A son avis, Raymond leur cassait les doigts parce qu'il aimait le bruit que ça faisait, en particulier quand ils se brisaient à la hauteur des articulations.

« T'as pas une sèche ? » demanda le sergent.

Farnham poussa un soupir et lui en tendit une. Tout en lui donnant du feu, il demanda : « Est-ce qu'il y a un restaurant de curry, sur Crouch Hill Road ?

– Pas à ma connaissance, mon petit chou.

– C'est bien ce que je pensais.

– T'as un problème ?

– Non-non », répondit le jeune policier un peu trop vivement, se rappelant les cheveux collés et le regard hanté de Doris Freeman.

En arrivant presque au sommet de Crouch Hill Road, Doris et Lonnie Freeman tournèrent dans Hillfield Avenue, artère bordée d'imposantes demeures pleines de charme – sans doute des coquilles vides découpées avec une précision chirurgicale, pensa-t-elle, en appartements et en garnis.

« Jusqu'ici tout va bien, commenta Lonnie.

– Oui, c'est... »

Un gémissement bas interrompit sa réponse. Tous deux s'immobilisèrent. Le gémissement provenait de leur droite, une petite cour qui se dissimulait derrière une haie élevée. Il commença à se diriger vers le son, mais Doris lui saisit le bras : « Non, Lonnie !

– Qu'est-ce que tu veux dire par non ? Il y a probablement quelqu'un qui a mal. »

Elle lui emboîta nerveusement le pas. Si la haie était haute, elle n'était guère épaisse, et il put écarter suffisamment les branchages pour révéler un petit carré de gazon entouré d'une bordure de fleurs. La pelouse était d'un vert profond. En son milieu, se détachait une forme noire et fumante – telle fut, du moins, la première impression de Doris. Lorsqu'elle put jeter un coup d'œil en contournant l'épaule de Lonnie (il était trop grand pour qu'elle pût regarder par-dessus), elle se rendit compte qu'il s'agissait d'un trou, dessinant vaguement une forme humaine. C'était de là que montaient les volutes de fumée.

HORRIBLE DRAME SOUTERRAIN : SOIXANTE DISPARUS, pensa-t-elle soudain.

Les gémissements provenaient du trou et Lonnie entreprit de forcer un passage dans la haie.

« Je t'en prie, Lonnie, n'y va pas, le supplia-t-elle.

– Quelqu'un a mal », répéta-t-il, finissant de franchir l'obstacle dans un bruit de froissement et de branchettes qui cassaient. Elle le vit se diriger vers le trou, mais le feuillage reprit sa place, ne lui permettant plus de voir qu'une vague silhouette qui s'éloignait. Elle essaya de s'ouvrir un chemin de la même manière, et ne réussit qu'à s'écorcher aux branches courtes et raides de la haie, car elle portait une blouse sans manches.

« Lonnie ! lança-t-elle, soudain prise d'une grande frayeur. Reviens, Lonnie !

– Juste une minute, chérie ! »

La maison, par-dessus la haie, paraissait l'observer, impassible.

Les gémissements continuaient, mais plus bas ; des sons gutturaux, avec quelque chose de joyeux. Lonnie ne s'en rendait-il donc pas compte ?

« Hé ! Il y a quelqu'un, là-dedans ? l'entendit-elle demander. Ho ! Hé ! – nom de Dieu ! » Et brusquement, il se mit à hurler. Jamais elle ne l'avait entendu hurler auparavant, et elle sentit ses jambes près de se dérober sous elle. Elle chercha du regard, frénétiquement, un passage dans la haie, un sentier, mais ne vit rien. Des images tourbillonnaient devant ses yeux – les motards qui, un instant, avaient eu des têtes de rat, le chat avec la moitié du museau emportée, le garçonnet avec la main comme une griffe.

Lonnie ! voulut-elle crier, mais pas un son ne sortit de sa gorge.

Les bruits d'une bagarre lui parvinrent alors. Le gémissement s'était arrêté. Puis il y eut un bruissement mouillé, une sorte de clapotis, et soudain Lonnie jaillit de la haie épineuse gris-vert comme s'il avait été propulsé par quelqu'un doué d'une vigueur phénoménale. Sa manche gauche était déchirée et son costume maculé de couture d'une matière noirâtre qui paraissait fumer, comme avait paru fumer le trou dans la pelouse.

« Cours, Doris, cours !

– Lonnie ! Qu'est-ce que...

– Cours ! » cria-t-il, le visage blanc comme de la craie.

Elle regarda autour d'elle, affolée, cherchant un flic. N'importe qui. Mais, au vu de la tranquillité qui y régnait, Hillfield Avenue aurait pu tout aussi bien se trouver dans une ville fantôme. Puis son regard se reporta sur la haie et elle vit que quelque chose d'autre se déplaçait derrière, quelque chose qui était plus noir que noir ; on aurait dit de l'ébène, ou mieux, l'antithèse de la lumière.

Et la chose clapotait.

L'instant suivant, les branches raides et courtes de la haie se mirent à bouger dans un bruit de froissement. Elle ouvrait de grands yeux, hypnotisée. Elle aurait pu rester plantée là cent sept ans (comme elle le dit à Vetter et Farnham) si Lonnie ne l'avait pas empoignée par le bras en hurlant – oui, Lonnie qui n'élevait jamais la voix, même quand il se fâchait contre les enfants, lui avait hurlé quelque chose. Oui, plantée là cent sept ans, ou bien...

Mais ils coururent.

Où ? avait demandé Farnham. Elle l'ignorait. Lonnie était complètement affolé, rendu hystérique par la panique et le dégoût, c'était tout ce qu'elle voyait. Il la tenait par le poignet, comme s'il lui avait passé une menotte, et ils avaient fui la maison surplombant la haie, avec sa pelouse et le trou fumant au milieu. De cela, elle en était sûre ; tout le reste n'était qu'une cacophonie d'impressions vagues.

Courir avait été pénible au début, puis plus facile, car la rue descendait. Ils tournèrent, à plusieurs reprises. Les maisons grises, avec leur perron surélevé et leurs stores verts tirés, paraissaient les suivre d'un regard aveugle d'invalides. Elle se souvenait que Lonnie avait enlevé son veston maculé et poisseux pour le jeter. Finalement, ils débouchèrent sur une artère plus large.

« Arrête ! Arrête, j'en peux plus ! » dit-elle, haletante. Elle se tenait les côtes de sa main libre, là où elle avait l'impression qu'on lui avait planté un fer rouge.

Il fit halte. Ils étaient sortis de la zone résidentielle et se tenaient à l'intersection de Crouch Lane et de Norris Road. Un panneau, de l'autre côté de Norris Road, proclamait qu'ils ne se trouvaient qu'à un mile de Slaughter Towen.

Vous voulez dire « Town » ? avait suggéré Vetter.
Non, avait répondu Doris. Slaughter Towen, avec un *e*[1].

Raymond écrasa la cigarette qu'il avait extorquée à son jeune collègue. « Je ne suis plus de service, dit-il en regardant attentivement Farnham. Mon gros poupon devrait prendre soin de lui, ajouta-t-il, ironique. Il a de grands cernes sous les yeux. Tu n'aurais pas un poil dans la main pour aller avec, mon chou ? » Il éclata d'un rire bruyant.

« Jamais entendu parler de Crouch Lane ? demanda Farnham.

– Crouch Hill Road, tu veux dire.

– Non, Crouch Lane.

– Jamais.

– Ni de Norris Road, par hasard ?

– Il y a bien celle qui donne dans la rue principale de Basingstoke...

– Non, ici.

– Non, pas ici, poupon. »

Sans trop bien savoir pour quelle raison – la femme était manifestement timbrée –, il insista. « Ni de Slaughter Towen ?

– Tu as bien dit Towen, pas Town ?

– Oui, c'est ça.

– Jamais entendu parler non plus, mais si ça m'arrive, je crois que je ferai un détour.

– Et pourquoi ?

– Parce que dans la vieille langue des druides, un *towen* ou *touen* était l'endroit où on pratiquait les sacri-

1. *Slaughter* : « massacrer ». *Town* : « ville » ; autrement dit l'Abattoir. *(N.d.T.)*

fices rituels – celui où on te débarrassait de ton foie et de la lumière du jour, en d'autres termes. » Sur quoi, remontant la fermeture Eclair de son coupe-vent, Raymond s'esquiva.

Farnham le regarda s'éloigner, mal à l'aise. *Celle-là, il a dû l'inventer. Ce qu'un flicard comme Sid Raymond connaît des druides doit pouvoir tenir sur une tête d'épingle – et encore, il y resterait assez de place pour y inscrire le Notre-Père.*

Exact. Et si par hasard il avait dit la vérité, il n'en demeurait pas moins que la femme était...

« Je dois devenir cinglé », dit Lonnie avec un rire chevrotant.

Doris avait regardé sa montre et constaté qu'il était, elle ne savait comment, huit heures et quart. La lumière avait changé, et était passée d'un orange clair à un rouge sourd, bourbeux, qui se reflétait violemment sur les vitrines des boutiques de Norris Road et paraissait tartiner d'un sang grumeleux tout le clocher d'une église, non loin d'eux. Le soleil était une sphère aplatie sur l'horizon.

« Qu'est-ce qui s'est passé là-bas, Lonnie ? Qu'est-ce que tu as vu ?

– J'ai aussi perdu mon veston. Bonté divine !

– Tu ne l'as pas perdu, tu l'as enlevé. Il était tout couvert de...

– Ne sois pas stupide ! » dit-il sèchement. Mais il n'y avait aucune brutalité dans ses yeux ; on n'y lisait que la douceur, la stupéfaction, l'incertitude. « Je l'ai perdu, un point c'est tout.

– Mais qu'est-ce qui s'est passé, de l'autre côté de la haie, Lonnie ?

– Rien. N'en parlons pas. Où sommes-nous ?

– Lonnie...

– Je n'arrive pas à m'en souvenir, dit-il d'un ton adouci. C'est le noir total. Nous étions dans la rue... on a entendu un bruit... puis je me suis mis à courir... C'est tout ce que je me rappelle. » Puis il ajouta, d'un timbre enfantin qui avait quelque chose d'inquiétant : « Pourquoi aurais-je jeté mon veston ? J'y tenais. Il allait bien avec ce pantalon. » Sur quoi il rejeta la tête en arrière et partit d'un rire dément effrayant ; Doris comprit que ce qu'il avait vu de l'autre côté de la haie lui avait fait perdre les pédales, au moins partiellement. Elle n'était pas sûre qu'il ne lui serait pas arrivé la même chose, si elle aussi avait vu... Peu importait. Il fallait sortir de là. Retourner à l'hôtel, retrouver les enfants.

« Prenons un taxi. Je veux rentrer.

– Mais voyons, John, commença-t-il.

– T'occupe pas de John ! cria-t-elle. Ce coin est malsain, extrêmement malsain, et je n'ai qu'une envie, trouver un taxi et rentrer !

– Oui, bon, d'accord (il passa une main tremblante sur son front). On va faire ça. Le seul problème, c'est qu'il n'y en a pas un seul. »

En réalité, il n'y avait pas la moindre circulation dans Norris Road, une rue large et pavée. En son milieu, couraient les rails d'une ancienne ligne de tramway. De l'autre côté de la rue, devant un fleuriste, était garée une voiturette à trois roues comme on en faisait autrefois. Un peu plus bas, sur le même trottoir qu'eux, on voyait une moto Yamaha inclinée sur sa béquille latérale. C'était tout. Ils entendaient bien le grondement de la circulation, mais le bruit était étouffé et paraissait venir de loin.

« La rue est peut-être fermée à cause de travaux »,

marmonna Lonnie. Sur quoi il fit quelque chose d'étrange... étrange au moins pour lui, qui était d'ordinaire tellement à l'aise et sûr de lui. Il regarda pardessus son épaule, comme s'il redoutait d'avoir été suivi.

« On va marcher, proposa-t-elle.

– Et aller où ?

– N'importe où, pourvu que ce soit loin de Crouch End. On pourra trouver un taxi si on sort d'ici. » Au moins était-elle convaincue de cela.

« Très bien. » Il parut lui laisser très volontiers la direction des opérations.

Ils partirent en direction du soleil couchant. La rumeur de la circulation, au loin, restait constante, ne semblant ni diminuer ni augmenter ; c'était comme le vent, qui soufflait régulièrement. L'absence de toute vie apparente commençait à lui taper sur les nerfs ; elle avait l'impression d'être surveillée. Elle essaya de se débarrasser de cette sensation, sans y parvenir. L'écho de leurs pas

(HORRIBLE DRAME SOUTERRAIN : SOIXANTE DISPARUS.)

leur revenait. La scène qui s'était déroulée de part et d'autre de la haie l'obsédait de plus en plus, et bientôt elle n'y tint plus :

« Qu'est-ce que c'était, Lonnie ?

– Je ne m'en souviens pas, répondit-il simplement. Et je n'ai aucune envie de m'en souvenir. »

Ils passèrent devant une épicerie fermée, où des noix de coco faisant penser à des têtes réduites posées à l'envers s'empilaient contre la vitrine ; puis devant une laverie automatique où on avait débranché les machines blanches, les éloignant des murs roses : on aurait dit des dents arrachées à des gencives malades. La vitrine suivante était enduite de blanc d'Espagne qui avait coulé, un panonceau MAGASIN À LOUER accroché au milieu. Quelque chose bougea, derrière les traînées savonneuses, et Doris aperçut, l'observant, la tête rose et couturée de cicatrices d'un chat. Le même gros matou gris.

Elle consulta ses nerfs et se rendit compte qu'elle était dans un état de terreur qui allait inexorablement croissant. Ses intestins lui faisaient l'effet de se contorsionner paresseusement à l'intérieur de son ventre. Un goût âpre et déplaisant lui emplissait la bouche, comme si elle avait abusé d'un produit désinfectant. Dans le coucher du soleil, du sang frais sourdait des pavés de Norris Road.

Ils approchaient d'un viaduc, sous lequel il faisait très noir. *Je ne pourrai pas,* l'informa paisiblement son esprit. *Je suis incapable de m'engager là-dessous, n'importe quoi peut s'y trouver, ne m'y forcez pas, je ne pourrai pas.*

Dans un autre coin de son esprit, elle se demanda si elle pourrait supporter l'éventualité de revenir sur leurs pas ; de repasser devant la boutique vide où rôdait le chat voyageur (comment avait-il fait pour venir du restaurant jusqu'ici ? Il valait mieux ne pas se poser la question, ni s'y attarder trop longtemps), devant la bouche édentée de la laverie, devant l'épicerie aux têtes réduites. Elle se dit qu'elle en serait incapable.

Ils étaient maintenant tout près du passage souterrain. Un train composé de six voitures à la couleur étrange – blanc d'os – franchit le viaduc avec une soudaineté surprenante, mariée d'acier démente se précipitant vers son promis. Les roues soulevaient des gerbes d'étincelles. Tous deux bondirent involontairement en arrière, mais ce fut Lonnie qui cria. Elle le regarda et se rendit compte qu'au cours de l'heure qui venait de s'écouler, il s'était transformé en quelqu'un qu'elle n'avait jamais vu jusqu'ici, et dont elle n'avait même jamais soupçonné la présence. Ses cheveux paraissaient plus gris et, tandis qu'elle cherchait à se convaincre, avec toute la fermeté dont elle était capable, que c'était un tour que leur jouait la lumière, ce fut l'aspect de sa chevelure qui la décida.

« Allez, viens », dit-elle en lui prenant la main. Elle s'en empara brusquement, pour l'empêcher de sentir que la sienne tremblait. « Plus tôt on s'y mettra, plus tôt on en aura terminé. » Elle s'avança et il la suivit avec docilité.

Ils étaient presque arrivés de l'autre côté – le passage, sous le viaduc, n'était pas bien long –, lorsque la main la saisit par le haut du bras.

Elle ne cria pas. Ses poumons, aurait-on dit, n'étaient plus que deux sacs de papier tout fripés dans sa poitrine. Son esprit n'avait qu'une envie, fuir le corps qu'il habitait... et s'envoler. La main de Lonnie se sépara de la sienne. Il paraissait n'avoir conscience de rien. Il s'avança jusque de l'autre côté – elle vit, pendant un instant, sa silhouette grande et maigre qui se détachait sur la palette sanglante et rageuse du soleil couchant, puis il disparut.

La main qui la tenait par le haut du bras était velue, comme celle d'un singe. Elle la força, impitoyable, à se tourner vers une forme puissante et voûtée qui se tenait appuyée contre la paroi de béton enduite de suie. La chose était tapie dans l'ombre double de deux piliers de soutènement et Doris n'en distinguait que le vague contour... et deux yeux verts lumineux.

« Donne-moi une cibiche, ma poule », dit une voix rauque à l'accent cockney. Une odeur de chair rance et de frites graisseuses, accompagnée d'effluves douceâtres et écœurants comme ceux qui montent parfois du fond des poubelles, parvint à ses narines.

Les deux étoiles vertes étaient des yeux de chat. Et soudain elle fut prise de la certitude que si la forme tassée sur elle-même sortait de l'ombre, elle verrait la cataracte laiteuse d'un œil mort, les plis rosâtres d'une chair tuméfiée, les touffes de poils gris.

Elle s'arracha à la prise, recula, et sentit quelque chose fendre l'air près d'elle. Une main ? Une griffe ? Il y eut un bruit qui hésitait entre le crachouillis et le sifflement...

Au-dessus de sa tête, un autre train chargea, dans un grondement assourdissant qui lui donna l'impression de lui fendre le crâne. De la suie tomba de la voûte, comme de la neige noire. Elle s'enfuit, prise d'une panique aveugle, pour la deuxième fois de la soirée, sans savoir où elle allait... ni pour combien de temps.

Ce qui la ramena à la réalité fut de se rendre compte que Lonnie avait disparu. Elle s'était à demi effondrée contre un mur de brique crasseux, respirant à grands coups. Elle se trouvait toujours dans Norris Road (c'était du moins ce qu'elle avait cru, expliqua-t-elle aux deux constables ; une rue large, pavée, avec des rails de tramway au milieu), mais à la place des boutiques désertées et à l'abandon, il y avait maintenant des entrepôts désertés et à l'abandon. DAWGLISH & SONS, lisait-on sur l'enseigne noire de suie de l'un d'eux. Un deuxième portait le nom de ALHAZRED, peint en lettres vertes qui s'écaillaient sur le mur de brique décolorée. En dessous, on distinguait des caractères de style arabe.

« Lonnie ! » appela-t-elle. Sa voix était sans écho,

sans portée, en dépit du silence (non, pas un silence complet, remarqua-t-elle ; elle entendait toujours le bourdonnement de la circulation, peut-être plus proche, mais pas tellement). Le mot qui était le nom de son mari parut se détacher de sa bouche et tomber à ses pieds comme un caillou. Les cendres grises et froides du crépuscule avaient remplacé le sang du coucher du soleil. Pour la première fois, elle songea que la nuit risquait de la surprendre dans Crouch End – si elle était bien toujours dans Crouch End – et cette idée renouvela sa terreur.

Elle déclara à Vetter et à Farnham qu'il n'y avait eu de sa part ni réflexion, ni suite logique de pensées, pendant la période de temps indéterminée comprise entre le moment de leur arrivée à la cabine téléphonique et l'horreur finale. Elle avait réagi, c'était tout, comme un animal effrayé. Et voilà qu'elle se retrouvait seule. Elle voulait Lonnie, et il n'y avait guère que cette pensée pour l'occuper. Il ne lui était sûrement pas venu à l'esprit de se demander pourquoi ce quartier, qui devait se trouver à moins de cinq miles de Cambridge Circus, était aussi totalement désert.

Doris Freeman se mit en route, appelant son mari. Sa voix restait sans écho, mais ses pas, en revanche, paraissaient en avoir. L'ombre commença à envahir Norris Road. Le ciel présentait maintenant une nuance violette. C'était peut-être un effet de distorsion dû au crépuscule, ou à son épuisement, mais les entrepôts lui donnaient l'impression de se pencher, affamés, vers la rue. Les fenêtres, encrassées de la poussière des décennies, peut-être même des siècles, paraissaient la surveiller. Et les noms, sur les enseignes, devenaient de plus en plus étranges, déments, même, et à tout le moins impossibles à prononcer. Les voyelles n'étaient pas à la bonne place, et les consonnes disposées de telle manière qu'aucune bouche humaine n'aurait pu les énoncer. CTHULHU KRYON, lisait-on sur l'une, avec d'autres caractères de type arabe en dessous. YOGSOGGOTH, déchiffrait-on sur une autre ; R'YELEH, ailleurs. Il y en avait une dont elle se souvenait particulièrement : NRTESN NYARLAHOTEP.

« Comment avez-vous pu vous souvenir d'un tel charabia ? » lui demanda Farnham.

Doris Freeman secoua la tête avec une lenteur due à la fatigue. « Je ne sais pas. Je ne sais vraiment pas. C'est comme un cauchemar qu'on chercherait à oublier à son réveil, mais qui ne veut pas disparaître, comme le font presque tous les rêves ; au contraire, il reste là, il s'accroche... »

Norris Road donnait l'impression de s'étendre à l'infini, avec ses pavés et ses rails de tramway. Elle reprit sa marche (elle ne se serait pas crue capable de courir, même si elle le fit plus tard, selon ses propres dires), mais sans se remettre à appeler Lonnie. Elle était en proie à une épouvante sans nom, viscérale, d'une telle intensité qu'elle n'aurait jamais imaginé qu'un être humain pût l'endurer sans devenir fou ou tomber raide mort. Elle n'avait trouvé qu'un seul moyen d'exprimer cette terreur, et encore celui-ci, précisa-t-elle, n'était-il qu'une frêle passerelle jetée sur le gouffre qui s'était ouvert dans son esprit et son cœur. Il consistait à se dire qu'elle n'était plus sur la terre mais sur une planète différente, un endroit tellement étranger que l'esprit humain n'avait aucune possibilité de l'appréhender. Les angles, dit-elle, paraissaient différents. Les couleurs paraissaient différentes. Les... Mais c'était sans espoir.

Elle ne pouvait que continuer à avancer, sous le ciel aubergine et convulsionné, entre les deux rangées d'immeubles imposants et surnaturels, et prier pour que cela prît fin.

Ce qui se produisit.

Elle prit conscience de deux silhouettes sur le trottoir, devant elle : les enfants qu'elle avait vus un peu plus tôt avec Lonnie. De sa main en griffe, le garçonnet caressait les tresses en queues de rat de la fillette.

« C'est l'Américaine, dit le garçon.

– Elle est perdue, dit la fillette.

– Elle a perdu son mari.

– Elle a perdu son chemin.

– Elle a trouvé le chemin noir.

– La route qui conduit dans l'entonnoir.

– Elle a perdu espoir.

– Elle a trouvé le Siffleur des Etoiles...

– Le Dévoreur de Dimensions...

– Le joueur de flûte aveugle... »

Ils débitaient leurs phrases de plus en plus vite, dans une litanie, sans reprendre jamais haleine, comme une série d'éclairs de phare. Elle en avait la tête qui tournait. Les bâtiments s'inclinaient de plus en plus. Les étoiles étaient visibles, mais ce n'étaient pas *ses* étoiles, les étoiles sous lesquelles elle avait fait des vœux, fillette, et été courtisée, jeune fille ; celles-ci étaient des étoiles démentes, distribuées en constellations délirantes ; elle porta ses mains aux oreilles, mais cela ne l'empêcha pas d'entendre et elle leur hurla finalement :

« *Où est mon mari ? Où est Lonnie ? Qu'est-ce que vous lui avez fait ?* »

Il y eut un silence, que rompit finalement la fillette :

« Il est parti en dessous.

– Parti avec le Bouc aux Mille Chevreaux », ajouta le garçon.

La fillette sourit – un sourire malicieux, plein d'une innocente méchanceté. « Il aurait été difficile qu'il n'y aille pas, non ? La marque était sur lui. Vous aussi, vous irez.

– Lonnie ! Qu'avez-vous fait... »

Le garçon leva la main et se mit à psalmodier, la voix haut perchée, dans une langue qu'elle ne comprenait pas ; mais la sonorité des paroles suffit à la rendre presque folle de peur.

« C'est à ce moment-là que la rue a commencé à bouger, dit-elle à Vetter et à Farnham. Les pavés se sont mis à onduler comme un tapis, se soulevant et retombant. Les rails de tramway se sont détachés et ont volé en l'air – je m'en souviens très bien, je revois encore le reflet de la lumière des étoiles, dessus –, puis les pavés se sont détachés à leur tour, tout d'abord un par un, par paquets entiers ensuite. Ils disparaissaient simplement, comme ça, dans le noir, avec un bruit d'arrachement, un bruit grinçant... le bruit que doit faire un tremblement de terre. Et alors, quelque chose a commencé à passer au travers...

– Quoi ? demanda Vetter, qui se pencha en avant, la vrillant d'un regard inquisiteur. Qu'avez-vous vu ? Qu'est-ce que c'était ?

– Des tentacules, dit-elle lentement, en hésitant. Je crois que c'étaient des tentacules. Mais ils étaient aussi épais que des vieux banians, comme si chacun d'eux était composé de mille autres plus petits... et il y avait des choses roses qui faisaient penser à des ventouses... sauf que des fois c'étaient plutôt à des visages... l'une d'elles ressemblait à celui de Lonnie... et toutes paraissaient plongées dans l'angoisse. En dessous, dans l'obscurité sous la rue – dans les ténèbres d'en dessous –, il y avait quelque chose d'autre. Quelque chose comme des yeux... »

C'est à cet instant qu'elle avait craqué ; elle fut incapable, pendant un temps, de proférer un mot de plus. Mais à la vérité, il n'y avait pas grand-chose à ajouter. La seule chose dont elle se souvenait avec clarté, ensuite, était de s'être retrouvée recroquevillée contre la porte fermée d'un marchand de journaux. Elle aurait pu s'y trouver encore, leur dit-elle, si elle n'avait vu des voitures circuler non loin de là, et la lumière rassurante des lampadaires. Deux personnes étaient passées devant elle, et elle s'était cachée un peu plus dans l'ombre, redoutant les deux enfants diaboliques. Il ne s'agissait pas d'enfants, cependant, mais d'un couple d'adolescents se tenant par la main. Le garçon faisait un commentaire sur le dernier film de Martin Scorsese.

Elle s'était avancée avec circonspection sur le trottoir, prête à bondir vers son trou de souris, devant la porte du marchand de journaux, à la moindre alerte, mais elle n'en eut pas besoin. A une cinquantaine de mètres, se trouvait un carrefour ; la circulation y était modérée et des voitures et des camions attendaient à un feu rouge. De l'autre côté de la rue, une bijouterie se faisait remarquer par une grosse horloge éclairée, dans sa vitrine que protégeait une grille accordéon déployée ; cela ne l'empêcha pas de lire l'heure. Il était presque dix heures.

Elle s'était avancée jusqu'au carrefour sans cesser, en dépit des lumières et du grondement rassurant des moteurs, de jeter des regards terrifiés par-dessus son épaule. Elle avait mal partout et boitait sur son talon cassé. Les muscles de son ventre et de ses jambes étaient particulièrement douloureux ; de la droite, notamment, comme si elle s'était foulé quelque chose.

Au carrefour, elle constata qu'elle était au croisement de Hillfield Avenue et de Tottenham Road. Sous un lampadaire, une femme d'une soixantaine d'années dont les mèches grises s'échappaient du chiffon sous lequel elles étaient repoussées s'entretenait avec un homme à peu près de son âge. Tous deux regardèrent Doris comme si c'était une apparition particulièrement répugnante.

« La police, croassa Doris Freeman. Où est le poste de police ? Je suis citoyenne américaine... j'ai perdu mon mari... j'ai besoin de la police.

– Qu'est-ce qui vous est arrivé, mon chou ? demanda la femme, d'un ton assez aimable. On dirait que vous sortez d'une essoreuse, vous savez.

– Accident d'auto ? demanda son compagnon.

– Non. Pas... Pas... S'il vous plaît, est-ce qu'il y a un commissariat près d'ici ?

– Tout droit, en remontant sur Tottenham Road », répondit l'homme, sortant un paquet de Player's de sa poche. Vous ne voulez pas une cibiche ? On dirait que vous en avez besoin.

– Merci », dit-elle en prenant la cigarette, alors qu'elle avait arrêté de fumer depuis quatre ans. L'homme eut du mal à suivre les oscillations désordonnées du bout avec son allumette, quand il lui présenta du feu.

Il jeta un coup d'œil à la femme au fichu : « Je vais faire une petite promenade pour l'accompagner jusque-là, Evvie. Pour être sûr qu'elle le trouve bien.

– Je viens avec vous, d'accord ? répondit la femme en passant un bras autour des épaules de Doris. Qu'est-ce qui est arrivé, mon chou ? On a essayé de vous voler ?

– Non, répondit Doris. C'est... je... je... la rue... il y avait un chat avec un seul œil... la rue s'est ouverte...

je l'ai vue... la chose... ils ont dit quelque chose... le joueur de flûte aveugle... il faut que je trouve Lonnie ! »

Elle se rendait compte qu'elle tenait des propos incohérents, mais elle paraissait incapable d'être plus claire. Et de toute façon, ajouta-t-elle à l'intention des deux policiers, elle n'avait pas dû être si incohérente que ça, car le couple âgé s'était aussitôt éloigné d'elle comme si, à la question d'Evvie, elle avait répondu qu'elle avait la peste bubonique.

L'homme dit alors quelque chose : « Ça a recommencé », crut comprendre Doris.

La femme eut un geste. « Le poste de police est juste là-haut. Avec des globes au-dessus de la porte. Vous ne pouvez pas le manquer. » Le couple s'éloigna alors d'un pas vif. La femme au fichu regarda une fois par-dessus son épaule ; elle avait les yeux écarquillés, brillants. Doris, sans trop savoir pourquoi, fit quelques pas dans leur direction. « Ne vous approchez pas ! » lui cria Evvie d'une voix stridente en lui adressant le signe du diable. Elle se blottit en même temps contre l'homme, qui passa un bras autour de ses épaules. « Ne vous approchez pas, si vous avez été à Crouch End Towen ! »

Sur quoi, ils avaient disparu dans la nuit.

Le P.C. Farnham se tenait appuyé au chambranle de la porte entre la salle commune et celle des archives – même s'il y avait peu de chances que les dossiers classés sans suite s'y trouvent. Il s'était préparé un thé et fumait la dernière cigarette de son paquet – la femme lui en avait barboté plusieurs, elle aussi.

Elle était retournée à l'hôtel en compagnie de l'infirmière que Vetter avait appelée et qui, après avoir passé la nuit avec Doris, devrait décider, le matin, s'il fallait ou non la faire hospitaliser. La présence des enfants risquait de rendre la chose difficile, songea Farnham, et sa citoyenneté américaine garantissait quasiment un merdier de première. Il se demanda ce qu'elle allait raconter aux mômes, à leur réveil, en admettant qu'elle soit en état de leur dire quelque chose. Allait-elle les faire asseoir et leur sortir que le grand méchant monstre de Crouch End Town

(Towen)

avait croqué Papa comme l'ogre du conte de fées ?

Le jeune policier fit la grimace et alla reposer sa tasse. Ce n'était pas son problème. Pour le meilleur et pour le pire, Mrs Freeman se trouvait prise en sandwich entre l'administration britannique et l'ambassade américaine, dans la grande valse des gouvernements. Cela ne le concernait en rien ; il n'était qu'un simple constable qui n'avait qu'une envie, oublier toute cette affaire. Il laisserait à Vetter le soin de rédiger le rapport. Le vieux pouvait s'offrir le luxe d'apposer sa signature au bas d'un tel florilège d'absurdités ; à son âge, sans espoir de promotion, il ne risquait rien. Il serait toujours constable au service de nuit lorsqu'il prendrait sa retraite, recevrait une montre en or et son appartement en H.L.M. Farnham, lui, avait l'ambition de devenir bientôt sergent, ce qui signifiait qu'il devait faire attention au moindre détail.

Et au fait, où Vetter était-il passé ? Cela commençait à faire un moment qu'il était sorti prendre l'air.

Farnham traversa la salle commune et, sous les deux globes allumés au-dessus de l'entrée du poste, parcourut des yeux Tottenham Road. Pas de Vetter. Il était trois heures du matin passées, et il régnait un silence constant et pesant, comme un linceul. Quel était ce vers de Wordsworth, déjà ? *Tout ce grand cœur gisant, paisible,* ou quelque chose de ce genre.

Il descendit les quatre marches et s'immobilisa sur le trottoir, gagné par un début d'inquiétude. C'était évidemment idiot, et il s'en voulut de s'être autant laissé impressionner par l'histoire de cette folle. Peut-être méritait-il, en fin de compte, d'avoir peur d'un vieux dur à cuire comme Sid Raymond.

Il s'avança lentement jusqu'au coin de la rue, se disant qu'il allait voir Vetter revenir de sa promenade nocturne. Mais il n'était pas question de s'éloigner davantage ; on ne pouvait laisser le poste sans personne un seul instant – cela aurait pu lui coûter très cher. Une fois à l'angle, il jeta un coup d'œil dans l'autre rue. Il constata, étonné, que tous les lampadaires à arc de sodium étaient éteints ; du coup, l'artère prenait un aspect bien différent. Fallait-il le signaler ? se demanda-t-il. Et où se trouvait donc Vetter ?

Bon, il allait faire quelques pas de plus, et voir de quoi il retournait. Mais il n'irait pas loin. Il n'était tout simplement pas question de laisser le poste vide plus de quelques minutes.

Pas loin du tout.

Vetter revint moins de cinq minutes après le départ de Farnham. Ce dernier était parti dans la direction opposée, et si le vieux policier était arrivé une minute plus tôt, il aurait vu le jeune constable se tenir, indécis, à l'angle de la rue suivante puis s'y engager et disparaître pour toujours.

« Farnham ? »

Aucune réponse, sinon le bourdonnement de l'horloge murale.

« Farnham ? » appela-t-il de nouveau, avant de s'essuyer les lèvres du revers de la main.

On ne retrouva jamais Lonnie Freeman. Sa femme (dont les cheveux commençaient à grisonner aux tempes) repartit finalement pour les Etats-Unis avec ses deux enfants, prenant le Concorde. Un mois plus tard, elle fit une tentative de suicide. Elle passa trois mois dans une maison de repos et en revint en bien meilleure santé. Parfois, quand elle n'arrive pas à dormir – ce qui semble se produire plus fréquemment après un crépuscule où le soleil s'est posé comme une grosse boule rouge et orange sur l'horizon –, elle se glisse dans son placard, s'avance à genoux jusqu'au fond, et là, réécrit sans fin *Prenez Garde au Bouc aux Mille Chevreaux* avec un crayon gras. Cela semble l'apaiser un peu.

Le P.C. Farnham a laissé une femme et deux petites jumelles. Sheila Farnham envoya une série de lettres rageuses à son député, insistant sur le fait qu'il s'était passé quelque chose d'anormal, quelque chose que l'on dissimulait, que l'on avait dû proposer à son Bob une dangereuse mission secrète. Il aurait accepté n'importe quoi pour devenir sergent, expliquait-elle. Le notable finit par ne plus répondre à ses lettres et, à peu près au moment où Doris Freeman sortait de la maison de repos, les cheveux presque entièrement blancs, la veuve de Farnham retournait dans le Sussex, où habitaient ses parents. Elle se remaria avec un homme qui travaillait dans un domaine moins risqué : Frank Hobbs était inspecteur de pare-chocs à la chaîne de montage de Ford. Auparavant, elle avait dû obtenir le divorce pour abandon de foyer, ce qui fut assez facile.

Vetter prit une retraite anticipée à peu près quatre mois après l'irruption de Doris Freeman au poste de police de Tottenham Road. Il alla effectivement occuper un appartement H.L.M. au-dessus d'un magasin, à Frimley. Six mois plus tard, il fut victime d'une crise cardiaque mortelle. Quand on le retrouva, il tenait encore une bouteille de Harp Lager à la main.

Et à Crouch End, qui est sans conteste un quartier de Londres bien tranquille, des choses étranges se produisent de temps en temps, et il arrive que des gens se perdent. Certains, même, pour toujours.

La maison de Maple Street

Melissa, qui n'avait que cinq ans et était la plus jeune des enfants Bradbury, possédait déjà d'excellents yeux ; il n'est pas vraiment étonnant qu'elle ait été la première à découvrir que quelque chose de réellement bizarre s'était produit dans la maison de Maple Street, pendant qu'ils passaient des vacances en Angleterre.

Elle courut retrouver Brian, son frère, pour lui dire qu'il y avait quelque chose de drôle, au deuxième étage. Elle ajouta qu'elle était prête à le lui montrer, mais à condition qu'il lui *jure* de ne le répéter à personne. Brian jura, sachant que c'était de leur beau-père que Melissa avait peur ; Papa Lew, en effet, n'appréciait pas que les enfants « s'amusent à faire les idiots » (pour employer son expression habituelle), et il avait décidé que de tous, la benjamine était la plus dissipée. Lissa, qui n'était pas plus stupide qu'elle n'était aveugle, avait conscience du préjugé défavorable dont elle était victime et se méfiait de Lew. En réalité, tous les enfants Bradbury avaient appris à se méfier du deuxième mari de leur mère.

Toutes ces manigances allaient probablement se réduire à trois fois rien, mais Brian était ravi d'être de retour à la maison et d'humeur à faire plaisir à sa petite sœur (il avait deux ans de plus qu'elle), au moins pendant un moment. Il la suivit donc dans le couloir du deuxième étage sans discuter ni même ronchonner et se contenta de lui tirer les tresses (le « freinage d'urgence », comme il disait) une seule fois.

Ils passèrent sur la pointe des pieds devant le bureau de Lew, seule pièce aménagée de l'étage, parce que leur beau-père s'y trouvait ; il déballait ses carnets de notes et ses papiers tout en grommelant dans sa barbe avec mauvaise humeur. Les pensées de Brian étaient en réalité tournées vers les programmes de télé du soir (il envisageait une orgie de bons vieux programmes américains par câble, après trois mois passés à regarder la BBC et ITV) lorsque les deux enfants atteignirent l'extrémité du couloir.

Ce qu'il vit, au-delà de l'index de sa petite sœur, dissipa sur-le-champ la rêverie télévisuelle de Brian Bradbury.

« Et maintenant, jure encore ! lui murmura Melissa. Ne le dis à personne, ni à Papa Lew ni à personne, croix de bois, croix de fer !

– Croix de bois, croix de fer ! » répéta Brian, ouvrant toujours de grands yeux, et effectivement, il tint une demi-heure avant d'aller se confier à sa grande sœur, Laurie, qui défaisait ses bagages dans sa chambre. Laurie était jalouse de son territoire privé comme seule peut l'être une fillette de onze ans, et elle commença par envoyer son jeune frère à tous les diables pour être entré sans frapper, même si elle était entièrement habillée.

« Excuse-moi, dit Brian, mais je voudrais te montrer quelque chose. C'est *très* bizarre.

– Où ça ? » répondit-elle sans cesser de ranger ses affaires, comme si elle s'en moquait, ou comme si ce n'était pas ce qu'un petit morveux de sept ans avait à raconter qui pouvait présenter le moindre intérêt à ses yeux – mais quant aux yeux, ceux de Brian brillaient d'une lueur inhabituelle. Il savait reconnaître quand Laurie s'intéressait à quelque chose, et il avait éveillé sa curiosité, il le voyait bien.

« En haut, au deuxième. Au bout du couloir, après le bureau de Papa Lew. »

Laurie pinça le nez comme toujours lorsque Lissa et Brian désignaient ainsi leur beau-père. Elle et Trent, l'aîné, se souvenaient de leur vrai père et n'avaient aucune affection pour son remplaçant. Ils se faisaient un point d'honneur de l'appeler Lew, tout court. Le fait que Lewis Evans n'aimait pas trop ça – trouvait même cette manière de s'adresser à lui légèrement impertinente, en vérité – ne faisait qu'ajouter à la conviction, non formulée mais puissante, de leur parfait bon droit d'agir ainsi vis-à-vis de l'homme qui dormait (beurk !) dans le même lit que leur mère.

« Je n'ai pas envie de monter là-haut, dit Laurie. Il est d'une humeur de chien depuis qu'on est de retour. Trent dit que ce sera comme ça jusqu'à la rentrée des classes, tant qu'il n'aura pas repris ses petites habitudes.

– Il a fermé sa porte. On fera doucement. Avec Lissa, je suis monté, et il ne s'est aperçu de rien.

– On dit : *je suis monté avec Lissa.*

– Ouais, bon. Ça risque rien. La porte est fermée et il se parle comme à chaque fois qu'il est plongé dans un truc.

– Je déteste quand il fait ça, dit Laurie d'un ton morose. Notre vrai père ne le faisait jamais, et il ne s'enfermait pas non plus de cette façon dans une pièce.

– Il s'est pas enfermé à clé, je crois pas, mais si tu as peur qu'il sorte, t'as qu'à prendre une valise vide. On dira qu'on va la ranger dans le placard, s'il sort.

– Et c'est quoi, cette chose fantastique ? ne put

s'empêcher de demander Laurie, les poings sur les hanches.

– Je vais te montrer, répondit très sérieusement Brian, mais avant tu dois jurer sur le nom de Maman, croix de bois, croix de fer, que tu ne le diras à personne (il réfléchit quelques instants). Tu ne le répéteras surtout pas à Lissa, parce que je lui ai juré. »

La curiosité de Laurie était bel et bien éveillée. Il s'agissait probablement d'une bêtise, mais elle commençait à en avoir assez de ranger ses affaires. C'était vraiment stupéfiant, le nombre de trucs inutiles qu'on arrivait à accumuler en trois mois. « D'accord, je le jure. »

Ils prirent deux valises avec eux, une pour chacun, précaution qui se révéla inutile car leur beau-père resta enfermé dans son bureau. Il valait probablement mieux ; au bruit, on comprenait que la vapeur était fichtrement sous pression ; les deux enfants l'entendaient qui tapait du pied, grommelait, ouvrait des tiroirs, les refermait brutalement. Une odeur familière passa par-dessous la porte – au nez de Laurie, on aurait dit qu'on faisait cramer des chaussettes de footballeur après une partie. Lew fumait la pipe.

Elle tira la langue, loucha et tourna le doigt dans son oreille lorsqu'ils passèrent, sur la pointe des pieds.

Une minute après, cependant, tandis qu'elle regardait l'endroit que Lissa avait montré à Brian et que ce dernier lui indiquait maintenant, Laurie avait aussi complètement oublié son beau-père que Brian les merveilleux programmes télé de la soirée.

« Qu'est-ce que c'est ? Bon sang, qu'est-ce que ça veut dire ?

– Je sais pas, répondit Brian, mais n'oublie pas, tu as juré sur le nom de Maman, Laurie.

– Ouais, bon, d'accord, mais...

– Répète-le ! » insista Brian, qui n'aimait pas trop ce qu'il lisait dans le regard de sa grande sœur. C'était un regard *parlant*, et il estimait qu'elle avait besoin de renouveler son serment.

– Ouais, ouais, sur le nom de Maman, dit-elle pour la forme, mais nom d'un chien, Brian...

– Croix de bois, croix de fer, n'oublie pas.

– Ce que tu es casse-pieds !

– T'occupes. Dis-le.

– Croix-de-bois-croix-de-fer – ça va ? Pourquoi t'es toujours casse-pieds comme ça ?

– J'sais pas, répondit-il avec cette grimace qu'elle avait en sainte horreur. Juste un coup de chance, sans doute. »

Elle l'aurait volontiers étranglé... mais une promesse était une promesse, en particulier lorsqu'elle était formulée sur la tête de sa mère, si bien que Laurie résista une heure avant d'aller chercher Trent pour lui montrer à son tour la chose. Elle le fit également jurer, bien tranquille, à juste titre, que Trent, lui, respecterait son serment. Il avait presque quatorze ans, il était l'aîné, et il n'avait personne à qui faire la confidence, sinon à un adulte. Etant donné que leur mère était au lit avec la migraine, cela ne laissait plus que Lew comme candidat, autrement dit personne.

Les deux aînés des Bradbury n'avaient pas eu besoin du prétexte des bagages à ranger, cette fois ; leur beau-père se trouvait au rez-de-chaussée, regardant une cassette sur laquelle l'un de ses collègues anglais dissertait sur les Normands et les Saxons (Normands et Saxons étaient la spécialité de Lew, à la faculté) et dégustant son casse-croûte favori de l'après-midi : un verre de lait avec un sandwich au ketchup.

Trent resta un long moment au fond du couloir, dans

la contemplation de ce que ses frère et sœurs avaient vu avant lui. Un très long moment.

« Qu'est-ce que c'est, Trent ? » finit par demander Laurie. Il ne lui était pas venu à l'esprit que son grand frère pourrait ne pas savoir. Trent savait tout. Elle le regarda, incrédule, secouer lentement la tête.

« Je sais pas, dit-il, étudiant la fissure. On dirait une sorte de métal. On aurait dû amener une torche. » Il passa deux doigts dans la fissure et tapota. Laurie se sentit vaguement inquiète en le voyant faire, et soulagée lorsqu'il retira ses doigts. « Oui, c'est du métal.

– Est-ce que... est-ce que c'est normal qu'il soit là ? Je veux dire... est-ce qu'il y était avant ?

– Non, répondit Trent. Je me rappelle comment c'était, quand on a refait les plâtres. Ça s'est passé juste après le remariage de Maman avec... *lui*. Il n'y avait rien dessous, que des lattes de bois.

– C'est quoi, des lattes ?

– Des sortes de planches étroites, qu'on met entre le mur extérieur et le plâtre. » Il glissa de nouveau deux doigts dans la fente pour éprouver le métal, d'un blanc éteint. La fissure mesurait une dizaine de centimètres de long sur trois, à l'endroit le plus large, à peu près. « Ils ont aussi mis de l'isolant, reprit-il, fronçant les sourcils avant de glisser les mains dans les poches arrière de son jean délavé. Je m'en souviens. Un truc rose et bouffant, qui ressemblait à de la barbe à papa.

– Où il est passé ? Je vois pas de truc rose.

– Moi non plus, dit Trent. Mais ils l'y ont bien mis. Je m'en souviens (il étudia de nouveau le fond de la fissure). Ce métal est quelque chose de nouveau. Je me demande combien il y en a et jusqu'où ça va. Si c'est seulement ici, au second, ou bien si...

– Ou bien quoi ? » lui demanda Laurie, l'œil rond. Elle se sentait gagnée par la peur.

« Ou bien s'il y en a dans toute la maison », acheva Trent, pensif.

Après l'école, le lendemain après-midi, Trent convoqua une réunion plénière des enfants Bradbury. Elle débuta dans un climat houleux, Lissa accusant Brian d'avoir rompu ce qu'elle appelait son « serment solennel » et Brian, lui-même fort embarrassé, accusant Laurie de mettre en danger l'âme de sa mère pour avoir parlé à Trent. Bien que n'ayant pas une idée très claire de ce qu'était une âme (les Bradbury étaient unitariens), il paraissait persuadé que Laurie avait condamné leur mère à l'enfer.

« Oui, répliqua Laurie, mais c'est aussi de ta faute. Après tout, c'est toi qui as mêlé Maman à tout ça. Tu n'avais qu'à me faire jurer sur le nom de Lew. Il peut bien aller en enfer, lui. »

Lissa, qui avait bon cœur et était trop petite pour condamner qui que ce soit à l'enfer, fut tellement chagrinée par cet échange qu'elle se mit à pleurer.

« Taisez-vous tous, dit Trent en prenant la fillette dans ses bras, jusqu'à ce qu'elle ait repris son calme. Ce qui est fait est fait, mais à mon avis, ça tourne plutôt à notre avantage.

– Tu crois ? » demanda Brian. Si Trent disait qu'une chose était bonne, son cadet se serait fait tuer pour la défendre, cela allait sans dire, mais Laurie avait tout de même juré sur la tête de Maman...

« Un truc aussi bizarre, reprit Trent, il faut l'étudier de près ; et si nous perdons tout notre temps à nous disputer pour savoir si vous avez bien fait ou non de ne pas tenir parole, nous n'arriverons jamais à rien. »

Trent eut un coup d'œil significatif en direction de l'horloge, sur le mur de sa chambre, pièce dans laquelle ils s'étaient rassemblés. Il était trois heures vingt. En fait, il n'eut rien besoin d'ajouter. Leur mère s'était levée, ce matin, afin de préparer le petit déjeuner de Lew – deux œufs à la coque (trois minutes de cuisson) accompagnés de rôties de pain complet et de marmelade constituaient l'une de ses nombreuses exigences quotidiennes – mais elle était ensuite retournée se coucher, et n'avait plus bougé de sa chambre. Elle souffrait de migraines épouvantables qui la torturaient certaines fois pendant deux ou trois jours, lui perforant et lui vrillant la tête, la laissant sans défense (et souvent hébétée), avant de décamper pour un mois ou deux.

Il n'y avait guère de risques qu'elle les surprenne au deuxième étage et se demande ce qu'ils y fabriquaient, mais avec Papa Lew, c'était une autre paire de manches. Son bureau donnant sur le couloir au fond duquel se trouvait l'étrange fissure, ils ne pouvaient éviter de se faire remarquer de lui – et de soulever sa curiosité – que s'ils conduisaient leurs investigations pendant qu'il n'était pas à la maison ; voilà ce qu'avait signifié le coup d'œil de Trent à l'horloge.

Ils étaient revenus aux Etats-Unis dix jours avant la reprise des cours de Lew, mais celui-ci était tout aussi incapable de ne pas aller respirer l'air de l'université, une fois qu'il était à côté, qu'un poisson de vivre hors de l'eau. Il était parti peu après midi, avec un porte-documents bourré des papiers qu'il avait recueillis en divers endroits présentant un intérêt historique, en Angleterre. Il avait déclaré vouloir archiver ces documents. Trent soupçonnait que cela signifiait seulement qu'il allait les fourrer dans les tiroirs de son bureau puis descendre au salon réservé au département d'Histoire de la faculté. Là, il boirait du café et bavarderait avec ses copains... sauf, avait découvert Trent, qu'un universitaire passait pour un crétin s'il parlait de « ses copains ». Un universitaire n'a que des collègues. Il était donc absent, ce qui était parfait, mais il pouvait très bien revenir n'importe quand, entre maintenant et cinq heures, ce qui ne l'était pas. Ils disposaient néanmoins d'un peu de temps et Trent était bien décidé à ce qu'il ne soit pas gaspillé en vaines querelles sur qui avait juré quoi à qui.

« Ecoutez-moi, vous autres », dit-il. Il eut la satisfaction de constater qu'il avait capté toute leur attention, qu'ils avaient oublié leurs différends et leurs contestations tant l'idée de participer à une *investigation* les excitait. Ils étaient aussi intrigués par l'incapacité de Trent à expliquer ce que Melissa avait trouvé. Les deux filles avaient la même foi élémentaire en Trent que Brian : si quelque chose intriguait Trent, si Trent pensait que ce quelque chose était étrange et peut-être même sensationnel, ils étaient tous de son avis.

Laurie parla au nom de tous les trois lorsqu'elle dit : « Dis-nous ce qu'il faut faire, Trent. On le fera.

– D'accord, répondit l'aîné. Nous allons avoir besoin de certaines choses. » Il prit une profonde inspiration et en commença l'énumération.

Une fois réunis autour de la fissure du mur, au second, Trent souleva Lissa de manière qu'elle puisse éclairer la lézarde avec le rayon d'une petite lampe de poche – celle que leur mère utilisait pour leur inspecter les oreilles, le nez et les yeux quand ils ne se sentaient pas bien. Tous purent voir le métal ; il n'était pas assez brillant pour renvoyer un reflet bien puissant, mais il luisait doucement et avait un aspect soyeux. De l'acier, en conclut Trent, de l'acier, ou un alliage quelconque.

« C'est quoi, un alliage, Trent ? » demanda Brian.

Trent secoua la tête. Il ne le savait pas exactement. Il se tourna vers Laurie et lui demanda de lui passer la perceuse manuelle.

Brian et Lissa échangèrent un regard inquiet quand Laurie tendit l'instrument à son frère. Il provenait de l'atelier installé au sous-sol – le seul endroit de la maison où régnait encore leur véritable père. Papa Lew n'y était pas descendu douze fois depuis qu'il avait épousé Catherine Bradbury. Les deux plus jeunes le savaient tout aussi bien que Trent et Laurie. Ils ne craignaient pas que Lew remarque l'emprunt d'un outil ; c'était la présence de trous dans les murs, non loin de son bureau, qu'ils redoutaient. Aucun d'eux n'osa formuler ses réserves à haute voix, mais Trent les lut sur leur visage.

« Ecoutez, dit Trent en brandissant la perceuse pour qu'ils puissent bien la voir. La mèche est à peine plus grosse qu'une épingle. Vous voyez comme elle est fine ? Et étant donné que je vais faire les trous derrière des tableaux, il n'y a pas besoin de s'inquiéter. »

Le couloir du deuxième étage comptait une douzaine de gravures encadrées, dont la moitié se trouvaient au-delà de la porte du bureau de Lew, du côté du placard où l'on rangeait les valises. La plupart étaient des vues anciennes (et en général sans intérêt) de Titusville, où habitaient les Bradbury.

« Il ne les regarde même pas, admit Laurie ; il ne risque pas de jeter un coup d'œil derrière ! »

Brian toucha la pointe de la mèche puis acquiesça. Lissa, qui l'avait regardé faire, toucha à son tour la mèche et acquiesça aussi. Si Laurie disait que quelque chose allait, c'était probablement vrai ; si Trent disait que quelque chose allait, c'était presque certainement vrai ; mais si Laurie et Trent le disaient tous les deux, c'était forcément vrai.

Laurie décrocha la gravure la plus proche de la petite fissure et la tendit à Brian. Trent fora un trou. Les trois autres l'entouraient de près, comme des joueurs de base-ball encourageant leur batteur à un moment particulièrement critique de la partie.

La vrille s'enfonça sans difficulté dans le plâtre, et le trou fut aussi minuscule que promis. Le rectangle de papier peint, plus sombre à l'endroit de la gravure, était aussi un fait encourageant. Il laissait à supposer que cela faisait belle lurette qu'on n'avait pas décroché la gravure aux traits épais représentant la bibliothèque municipale de Titusville.

Après une douzaine de tours de manivelle, Trent arrêta son mouvement et revint en arrière, dégageant la mèche.

« Pourquoi t'arrêtes ? demanda Brian.

– J'ai touché quelque chose de dur.

– Encore du métal ? demanda Lissa.

– Je crois. En tout cas, pas du bois. Voyons ça. » Il braqua le rayon de la lampe de poche et inclina la tête à droite, puis à gauche, avant de la secouer négativement. « J'ai la tête trop grosse. Essayons avec Lissa. »

Laurie et Trent soulevèrent leur petite sœur et Brian lui tendit la lampe de poche. Lissa ferma un œil pendant quelques instants puis déclara : « Exactement comme dans le trou que j'ai trouvé.

– D'accord, dit Trent. Tableau suivant. »

La perceuse tomba sur du métal au deuxième trou, ainsi qu'au troisième. Au quatrième – ils se trouvaient alors tout près du bureau de Lew –, la mèche s'enfonça sans résistance jusqu'au bout. Cette fois-ci, lorsqu'ils soulevèrent Lissa, celle-ci leur dit : « C'est un truc rose.

– Ouais, l'isolant dont je t'ai parlé, dit Trent à Laurie. Voyons de l'autre côté du couloir. »

Ils durent forer derrière quatre gravures, sur le côté est du corridor, avant de tomber tout d'abord sur le bois d'une latte, puis sur l'isolant... et c'est alors qu'ils entendirent les pétarades arythmiques et agressives de la vieille Porsche de Lew arrivant dans l'allée du garage.

Brian, qui avait été chargé de raccrocher cette dernière gravure – il atteignait à peine le crochet en se mettant sur la pointe des pieds –, la laissa tomber. Laurie eut le réflexe de tendre la main et la rattrapa par son cadre ; mais elle se mit à trembler si violemment qu'elle dut la tendre à Trent, sans quoi elle l'aurait à son tour laissée échapper.

« Accroche-la, dit-elle à son frère avec une expression terrorisée. Je crois que je l'aurais laissée tomber si j'avais pensé à ce que je faisais. Vraiment. »

Trent raccrocha donc la gravure, qui représentait des voitures tirées par des chevaux allant et venant dans City Park. Elle était légèrement de travers et Trent tendit la main pour la redresser, mais interrompit son geste. Il passait pour un dieu aux yeux de ses frère et sœurs ; mais il était assez intelligent pour savoir qu'il n'était qu'un gamin. Et même un gamin (en tout cas un gamin un peu futé) sait très bien que quand ce genre de chose commence à mal tourner, il vaut mieux ne pas insister. S'il y touchait encore, la gravure allait dégringoler, à tous les coups, éparpillant des débris de verre partout, et Trent le comprenait bien.

« Partez ! siffla-t-il d'une voix retenue. En bas ! A la télé ! »

La porte d'entrée claqua, à l'arrière de la maison, et Lew entra.

« Mais elle n'est pas droite ! protesta Lissa. Elle n'est pas droite, Trent...

– T'occupe ! la coupa Laurie. Fais ce que te dit Trent. »

Les deux aînés se regardèrent, écarquillant les yeux. Si Lew commençait par entrer dans la cuisine afin de manger un morceau en attendant le dîner, tout irait bien, avec un peu de chance. Sinon, il croiserait Lissa et Brian dans l'escalier et il lui suffirait d'un coup d'œil pour se rendre compte que quelque chose clochait. Les deux cadets étaient assez grands pour savoir se taire, mais on lisait à livre ouvert sur leur visage.

Brian et Lissa se précipitèrent.

Trent et Laurie suivirent, plus lentement, tendant l'oreille. Il y eut quelques instants de suspense presque insupportable pendant lesquels les seuls bruits furent ceux de la cavalcade des deux benjamins dans l'escalier. Sur quoi Lew leur lança d'un ton féroce, depuis la cuisine : « POUVEZ PAS FAIRE DOUCEMENT, NON ? VOTRE MÈRE SE REPOSE ! » *Et si ça ne la réveille pas*, se dit Laurie, *rien n'y parviendra.*

Plus tard dans la soirée, alors que le sommeil commençait à gagner Trent, Laurie entra dans la chambre de son grand frère et vint s'asseoir à côté de lui sur le lit.

« Tu ne l'aimes pas, mais il n'y a pas que ça, dit-elle.

– Que... quoi ? répondit Trent, soulevant prudemment une seule paupière.

– Lew. Tu sais très bien ce que je veux dire, Trent.

– Ouais, admit-il, tu as raison. Je ne l'aime pas.

– Tu as peur de lui, aussi, non ?

– Oui, un petit peu, reconnut-il au bout d'un long, long moment.

– Juste un petit peu ?

– Peut-être un peu plus qu'un petit peu. » Il lui adressa un clin d'œil, espérant arracher un sourire à sa sœur, mais Laurie ne cilla pas et Trent renonça ; elle ne voulait pas se laisser divertir, en tout cas pas ce soir.

« Pourquoi ? Tu crois qu'il pourrait nous faire du mal ? »

Lew criait beaucoup, mais il n'avait jamais porté la main sur eux. Non, se souvint brusquement Laurie, ce n'était pas vrai. Un jour, alors que Brian était entré sans frapper dans son bureau, il lui avait donné une fessée. Une vraie. Le petit avait essayé de retenir ses larmes, mais il avait fini par pleurer. Et Maman avait pleuré, elle aussi, bien qu'elle n'ait pas essayé d'arrêter la fessée. Sans doute dut-elle lui dire quelque chose plus tard, cependant, car Laurie avait entendu Lew crier *après elle.*

Toutefois, il ne s'était agi que d'une fessée, pas d'enfant molesté, et Brian pouvait se montrer horripilant au plus haut point, quand il s'y mettait.

Mais avait-il cherché à casser les pieds à Lew, le soir en question ? se demandait maintenant Laurie. Sinon Lew ne lui avait-il pas donné une fessée pour quelque chose qui n'était qu'une bêtise involontaire de la part d'un petit garçon honnête ? Elle l'ignorait, et fut soudain prise d'une intuition, du genre de celle, pensa-t-elle, qui justifiait le désir de Peter Pan de ne pas devenir une grande personne : elle n'était pas trop sûre de vouloir savoir. Une chose lui paraissait certaine : l'identité du *véritable* casse-pieds, dans cette maison.

Elle se rendit compte que Trent n'avait pas répondu à sa question et elle lui donna une légère bourrade.

« Le chat t'a mangé la langue ?

– Je réfléchissais. C'est pas commode, hein ?

– Oui, admit-elle. Je sais. »

Cette fois-ci, elle le laissa réfléchir.

« Non, finit-il par dire, croisant les mains derrière la nuque. Je ne crois pas, la Minette. » Elle détestait être appelée ainsi, mais elle décida, pour ce soir, de ne pas réagir. Autant qu'elle s'en souvenait, jamais Trent ne lui avait parlé avec autant de circonspection et de sérieux. « Je ne crois pas qu'il le ferait... mais je crois qu'il le pourrait. » Il se redressa sur un coude et la regarda, l'air encore plus sérieux. « Mais je crois qu'il fait du mal à Maman et que les choses ne vont pas en s'améliorant, au contraire.

– Elle regrette, hein ? » demanda Laurie. Elle eut soudain envie de pleurer. Pourquoi les adultes se montraient-ils parfois aussi stupides sur des choses que les enfants voyaient d'emblée ? On avait envie de leur botter les fesses. « Pour commencer, elle n'avait aucune envie d'aller en Angleterre... et cette façon qu'il a de lui crier après, parfois...

– N'oublie pas ses migraines, enchaîna Trent. Cette façon qu'il a de lui reprocher de faire exprès d'en avoir. Ouais, elle doit bien le regretter.

– Tu crois qu'elle va... un jour...

– Demander le divorce ?

– Oui », dit Laurie, soulagée. Elle ne savait trop si elle aurait été capable de proférer le mot ; et si elle avait eu conscience à quel point elle était la fille de sa mère sur ce plan, elle aurait pu répondre à sa propre question.

« Non, dit Trent. Pas Maman.

– Alors, on ne peut rien faire », soupira Laurie.

C'est d'un ton si bas qu'il lui répondit que Laurie eut du mal à l'entendre : « Tu crois ? »

Au cours des dix jours suivants, ils pratiquèrent un certain nombre de petits trous dans les murs de la maison, quand il n'y avait personne : derrière les affiches qui décoraient leurs chambres, derrière le réfrigérateur, dans l'arrière-cuisine (Brian put se couler dans l'intervalle et avoir juste assez de place pour forer), dans les placards du bas. Trent fit même un trou dans le mur de la salle à manger, très haut dans un coin toujours plongé dans la pénombre, grimpé sur la dernière marche de l'escabeau que sa sœur tenait pour lui.

Ils ne trouvèrent pas de métal, seulement les lattes en bois.

Les enfants oublièrent la chose pendant quelque temps.

Un jour, environ un mois plus tard, alors que Lew avait repris son enseignement à plein temps, Brian vint voir Trent pour lui dire qu'il venait de découvrir une autre fissure au deuxième étage, et qu'on voyait un peu plus de métal à travers. Trent et Lissa l'accompagnèrent aussitôt ; Laurie était à l'école, pour une répétition de la fanfare.

Comme lors de la découverte de la première fissure, leur mère était couchée avec la migraine. L'humeur de Lew s'était améliorée depuis qu'il avait repris son travail à la faculté (comme l'avaient prévu Trent et Laurie), mais il avait eu une dispute en règle avec leur mère la veille, à propos d'une soirée qu'il voulait donner pour ses collègues du département d'Histoire de l'université. S'il y avait bien une chose que l'ancienne Mrs Bradbury avait en horreur et redoutait, c'était de tenir le rôle d'hôtesse lors d'une réception en l'honneur de tous ces érudits. Lew avait insisté et elle avait fini par céder. Elle était maintenant allongée dans sa chambre, rideaux tirés, une serviette humide sur les yeux et une bouteille de Fiorinal sur la table de nuit, pendant que son époux, selon toute vraisemblance, lançait ses invitations dans la salle des profs de la faculté et tapait dans le dos de ses collègues.

La nouvelle fissure s'ouvrait dans le mur côté ouest, entre le bureau et l'escalier.

« Tu es sûr d'avoir vu du métal, Brian ? On avait vérifié, de ce côté.

– Regarde toi-même », dit Brian, ce que fit son aîné. Pas besoin d'une lampe : la fissure était plus large et c'était bel et bien du métal qu'on apercevait au fond.

Au bout d'un long moment, Trent leur dit qu'il devait aller tout de suite à la quincaillerie.

« Pourquoi ? voulut savoir Lissa.

– Je vais acheter un peu de plâtre. Je ne tiens pas à ce qu'il voie la fissure. » Il hésita, puis ajouta : « Et en particulier à ce qu'il voie le métal, dedans. »

Lissa fronça les sourcils. « Mais pourquoi, Trent ? »

Ce dernier ne savait pas exactement pour quelle raison. Du moins, pas encore.

Ils recommencèrent à forer des trous et, cette fois, trouvèrent du métal dans tous les murs du deuxième étage, y compris dans le bureau de Lew. Trent s'y introduisit un après-midi pendant que leur beau-père était à la faculté et que leur mère faisait des courses en vue de la soirée.

L'ex-Mrs Bradbury était pâle et avait les traits tirés, depuis quelque temps – même Lissa l'avait remarqué –, mais lorsque l'un de ses enfants lui demandait si elle allait bien, elle lui adressait toujours un sourire troublant, beaucoup trop éclatant, et répondait « jamais aussi bien », « aux p'tits oignons », ou quelque chose dans ce genre. Laurie, qui pouvait être très directe, lui dit qu'elle avait l'air amaigrie. Oh non, avait répondu sa mère, je n'ai pas arrêté de prendre du poids, en Angleterre – avec tous leurs gâteaux pour le thé. Elle essayait simplement de retrouver sa silhouette, c'était tout.

Laurie n'en crut rien, mais elle n'était tout de même pas directe au point de traiter sa mère de menteuse. Si les quatre enfants étaient venus la voir ensemble – lui étaient tombés dessus, pourrait-on dire –, elle leur aurait peut-être raconté une histoire différente ; mais même Trent n'y pensa pas.

L'un des diplômes de Lew trônait dans un cadre, au-dessus de son bureau. Pendant que les trois autres enfants restaient agglutinés à la porte, dans le couloir, vomissant presque de terreur, Trent décrocha le document, le posa sur le bureau et creusa un petit trou au centre du rectangle qu'il recouvrait. Au bout de cinq centimètres, la mèche toucha du métal.

Trent raccrocha soigneusement le diplôme au mur – vérifiant s'il était bien droit – et ressortit.

Lissa en pleura de soulagement, très vite imitée par Brian ; sa réaction paraissait l'écœurer, mais il était manifestement incapable de se retenir. Laurie dut déployer de grands efforts pour retenir ses larmes.

Ils forèrent des trous à intervalles réguliers le long de l'escalier conduisant du second au premier étage, et y trouvèrent également du métal. Il y en avait jusqu'au milieu du corridor du premier, en direction de la façade de la maison. Ils en découvrirent dans toutes les parois de la chambre de Brian, mais seulement dans une de celle de Laurie.

« Ça n'a pas encore fini de pousser ici », dit Laurie d'un ton sinistre.

Trent lui jeta un coup d'œil surpris. « Quoi ? »

Brian fut à cet instant-là traversé par un éclair de génie : « Essaie dans le plancher, Trent ! Voyons s'il y en a là aussi ! »

Trent réfléchit, haussa les épaules, et perça un trou dans le plancher de la chambre de Laurie. La mèche s'enfonça sans rencontrer de résistance ; en revanche, lorsqu'il en fit autant dans sa propre chambre, après avoir soulevé un coin du tapis, au pied de son lit, il tomba rapidement sur de l'acier solide... de l'acier, ou autre chose.

Puis, sur les instances de Lissa, il grimpa de nouveau sur l'escabeau et fora le plafond, plissant les yeux à cause de la poussière de plâtre qui en tombait.

« Bingo, dit-il, encore du métal. On arrête les frais pour aujourd'hui. »

Laurie fut la seule à se rendre compte à quel point Trent paraissait troublé.

Ce soir-là, après l'extinction des feux, ce fut Trent qui alla trouver Laurie dans sa chambre. La fillette ne fit pas semblant de dormir ; à la vérité, ni l'un ni l'autre ne dormaient très bien depuis une quinzaine de jours.

« Qu'est-ce que tu voulais dire ? murmura Trent en s'asseyant à côté d'elle.

– A propos de quoi ? demanda-t-elle après s'être redressée et appuyée sur un coude.

– Tu as dit que ça n'avait pas fini de pousser dans ta chambre. Qu'est-ce que tu voulais dire ?

– Voyons, Trent, tu n'es pas idiot.

– Non, admit-il sans fausse modestie. Mais j'ai peut-être simplement envie de te l'entendre dire, la Minette.

– Ça risque pas, tant que tu m'appelleras comme ça.

– D'accord. Laurie, Laurie, Laurie – t'es contente ?

– Oui. Ce truc est en train de pousser dans toute la maison (elle marqua un temps d'arrêt). Non, ce n'est pas ça. Ce truc pousse *sous* la maison.

– Ça n'est pas ça non plus. »

La fillette réfléchit et poussa un soupir. « D'accord, dit-elle, ça pousse *dans* la maison. C'est en train de *bouffer* la maison. Ça te va, monsieur la grosse tête ?

– Bouffer la maison... » Trent garda le silence, regardant le poster de Chrissie Hynde, comme s'il jaugeait l'expression qu'elle venait d'employer. Finalement il acquiesça et lui adressa le sourire qu'elle aimait.

« Ouais, c'est assez ça.

– Peu importe comment on l'appelle, mais ça évolue comme si c'était vivant. »

Trent acquiesça de nouveau. Il y avait déjà pensé. Il ne voyait pas comment du métal pouvait être vivant, mais il voyait encore moins comment ne pas en arriver à cette conclusion, au moins pour l'instant.

« Pourtant, ça n'est pas le pire.

– Et c'est quoi, le pire ?

– C'est en train de la *voler.* » Elle le fixa, une expression solennelle et effrayée dans le regard. « C'est surtout ça que je n'aime pas du tout. Je ne sais pas ce qui se passe et ce que ça signifie, et au fond ça m'est égal. Mais c'est en train de voler la maison. »

Elle passa la main dans sa lourde chevelure blonde pour la rejeter en arrière. Geste d'inquiétude inconscient qui rappela douloureusement leur père à Trent – il avait les cheveux exactement de la même nuance.

« J'ai l'impression qu'il va arriver quelque chose, Trent, mais je ne sais pas quoi... comme si on était dans un cauchemar et qu'on n'arrivait pas à s'en sortir... Ça ne te fait pas cette impression, des fois ?

– Ouais, un peu. Mais je suis *sûr* que quelque chose va se passer. Je sais même peut-être quoi. »

Elle se redressa complètement dans le lit et lui prit les mains : « Tu le sais ? Quoi donc ?

– Je n'en suis pas sûr, répondit le jeune garçon en se relevant. Il me semble que j'ai compris, mais je ne suis pas encore prêt à le dire. Il faut aller y regarder de plus près.

– Si tu perces encore des trous, la maison va s'écrouler !

– Je n'ai pas parlé de percer de nouveaux trous, mais de *regarder*.

– Regarder quoi ?

– Quelque chose qui n'y est probablement pas encore – qui n'a pas encore poussé. Mais quand ça arrivera, on le verra forcément.

– Dis-moi, Trent !

– Pas encore, fit-il en lui posant un petit baiser rapide sur la joue. Tu sais bien, la curiosité tue la Minette [1].

– Je te déteste ! » gronda-t-elle à voix basse, se laissant retomber sur l'oreiller en remontant le drap pardessus sa tête. Elle se sentait cependant mieux d'avoir pu parler avec Trent et eut un meilleur sommeil, cette nuit-là.

Trent découvrit ce qu'il cherchait deux jours avant la grande soirée. Etant l'aîné, il aurait peut-être dû remarquer que l'état de santé de sa mère paraissait se dégrader de manière inquiétante ; sa peau avait un éclat malsain sur les pommettes, et son teint blême prenait une nuance jaunâtre par endroits. Il aurait aussi dû remarquer la fréquence avec laquelle elle se

1. Allusion à un proverbe anglais classique : « La curiosité tue le chat. » *(N.d.T.)*

frottait les tempes, même si elle niait – presque prise de panique – qu'elle eût la migraine, ou qu'elle en ait eu une au cours de la semaine écoulée.

Mais il ne remarqua rien. Il était trop occupé à chercher.

Au cours des quatre ou cinq jours qui suivirent sa conversation avec Laurie, il alla examiner tous les placards de la grande et vieille maison au moins trois fois ; il se faufila à plusieurs reprises dans les combles au-dessus du bureau de Lew et il fouilla la cave, qui était vaste, une bonne demi-douzaine de fois.

Et c'est dans la cave qu'il finit par trouver.

Non pas qu'il n'eût rien trouvé de particulier en d'autres endroits, bien au contraire. Une boule d'acier inox avait crevé le plafond d'un placard du premier étage ; une armature métallique incurvée avait fait irruption dans celui où l'on rangeait les valises, au second. Un métal à l'éclat étouffé, d'un gris poli... jusqu'à ce qu'il l'eût touché. Il avait alors pris soudain une nuance d'un rose atténué et Trent avait entendu un bourdonnement, faible mais donnant une impression de puissance, en provenance du mur. Il retira vivement la main comme si l'armature avait été brûlante (ce qu'il aurait juré, sur le coup, par association avec la couleur que prenaient les plaques de la cuisinière électrique). La pièce de métal retrouva aussitôt sa couleur grise et le bourdonnement s'interrompit tout aussi vite.

La veille, dans le grenier, il avait observé un réseau de câbles fins qui s'entrecroisaient dans un coin sombre, juste au-dessous du bord du toit. Il s'était avancé en rampant dans l'étroit espace, ne réussissant qu'à se couvrir de sueur et de poussière, lorsqu'il avait soudain surpris ce stupéfiant phénomène. Il s'était pétrifié sur place et avait vu, à travers les cheveux qui lui retombaient sur la figure, les câbles se dérouler à partir de rien (c'était du moins son impression), se rencontrer et s'enrouler de manière si serrée les uns aux autres qu'ils paraissaient fusionner, puis continuer à grandir jusqu'à ce qu'ils aient atteint le plancher, dans lequel ils s'étaient ancrés en vrillant des trous qui soulevaient de petits nuages paresseux de sciure de bois. On aurait dit que se créait une sorte de jeu de croisillons, un ensemble d'entretoises d'aspect extrêmement solide, capable de maintenir l'intégrité de la maison dans les pires conditions cycloniques ou sismiques.

Mais quelles bourrasques s'apprêtait-elle à affronter ?

A quelles secousses devrait-elle résister ?

Une fois de plus, Trent crut le savoir. C'était difficile à admettre, mais il pensait le savoir.

Il y avait un petit espace fermé dans la partie nord de la cave, loin de l'atelier et de la chaudière. Leur vrai père avait baptisé ce recoin du nom de « cave à vin », et bien qu'il n'y ait jamais eu plus de deux douzaines de bouteilles de « jaja » (mot qui avait le don de faire pouffer leur mère de rire), elles étaient soigneusement entreposées, tête-bêche, sur un casier qu'il avait fabriqué lui-même.

Lew y venait encore moins souvent que dans l'atelier ; il ne buvait pas de vin. Et si leur mère avait souvent pris un verre ou deux en même temps que son premier époux, elle ne buvait plus de vin, elle non plus. Trent se souvenait de son expression de tristesse, lorsque Brian lui avait demandé pourquoi elle ne prenait plus un « verre de jaja » devant la cheminée.

« Lew n'approuve pas que l'on boive de l'alcool, avait-elle répondu. Il dit qu'on en devient dépendant. »

Il y avait bien un verrou sur la porte de la cave à

vin, mais il était surtout là pour faire en sorte que le battant soit toujours bien fermé et ne laisse pas entrer la chaleur en provenance de la chaudière ; la clé était donc suspendue tout à côté, mais Trent n'en avait pas besoin. Il avait laissé le verrou ouvert depuis sa précédente visite, et personne n'était venu le fermer entre-temps. Pour autant qu'il le sût, plus personne ne descendait dans ce coin de la cave.

Il ne fut pas étonné, non plus, d'être accueilli par une bouffée acide de vin renversé, lorsqu'il approcha de la porte ; ce n'était qu'une preuve supplémentaire de ce que Laurie savait déjà – à savoir que les changements se produisaient en silence dans toute la maison. Il ouvrit le cellier ; si ce qu'il vit l'effraya, il n'en fut cependant pas surpris.

Des structures de métal avaient fait irruption dans deux des parois, déchiquetant les casiers aux compartiments en forme de pointe de diamant et poussant les bouteilles de bollinger, mondavi et battiglia sur le sol, où elles s'étaient cassées.

Comme les câbles du grenier, ce qui était en train de prendre forme ici – ou de pousser, pour employer l'expression de Laurie – n'en avait pas encore terminé. La chose se métamorphosait avec des miroitements de lumière qui lui firent mal aux yeux et lui retournèrent l'estomac.

Mais ici, pas de câbles, pas de structures courbes. Ce qui poussait dans la cave à vin oubliée de son vrai père faisait plutôt penser à des consoles de commandes, à des panneaux d'instruments. Sous ses yeux, des formes vagues se mirent à bosseler le métal comme des têtes de serpents excités, se précisèrent, devinrent des cadrans, des leviers, des écrans. Quelques témoins lumineux commencèrent à clignoter pendant qu'il regardait.

Un son comme un soupir bas et prolongé accompagna cet acte de création.

Trent avança d'un pas – un pas prudent – dans l'étroit espace ; une lumière rouge particulièrement brillante – ou plutôt une série de lumières rouges – venait d'attirer son attention. Il éternua, car en s'ouvrant un chemin dans le béton ancien, machines et consoles avaient soulevé une grande quantité de poussière.

Les lumières rouges étaient des chiffres. Ils clignotaient derrière une bande vitrée appartenant à une structure de métal qui avait surgi d'une console et n'avait pas fini de pousser. Le nouvel objet évoquait plus ou moins un siège, mais un siège qui aurait été inconfortable pour n'importe qui. N'importe qui ayant forme humaine, du moins, pensa Trent avec un petit frisson.

Le cadran de verre était placé dans l'un des bras de la chaise déformée (si c'en était une). Et si les chiffres avaient attiré son regard, c'était peut-être parce qu'ils défilaient.

72 : 34 : 18

devint

72 : 34 : 17

puis

72 : 34 : 16

Trent consulta sa montre, qui comportait une aiguille des secondes, et vit se confirmer ce que ses yeux lui avaient déjà fait comprendre. Le siège était ou n'était pas un siège, mais les chiffres qui défilaient étaient ceux d'une horloge numérique. Une horloge fonctionnant à l'envers. Ou, pour être parfaitement exact, procédant à un compte à rebours. Et qu'allait-il se passer, lorsque l'on passerait de

00 : 00 : 01
à
00 : 00 : 00
dans trois jours ?

Il avait sa petite idée sur la question. Il n'est pas de jeune Américain qui ne sache ce qui se produit, lorsqu'un compte à rebours arrive à zéro : une explosion ou le décollage d'une fusée.

Trent se dit qu'il y avait beaucoup trop d'instruments, beaucoup trop de gadgets, pour qu'il puisse s'agir d'une explosion.

Il imagina que quelque chose s'était introduit dans la maison pendant qu'ils étaient en Angleterre. Une sorte de spore, par exemple, qui aurait dérivé dans l'espace interstellaire pendant un milliard d'années avant d'être captée par l'attraction terrestre, aurait entamé une descente en spirale dans l'atmosphère comme une fleur de pissenlit prise dans une brise légère, et serait finalement tombée dans la cheminée d'une maison de Titusville, dans l'Indiana.

La maison des Bradbury à Titusville, Indiana.

Il pouvait s'agir de quelque chose d'entièrement différent, bien sûr, mais cette hypothèse séduisait Trent ; et, bien que l'aîné de la famille, il était encore assez jeune pour bien dormir après avoir mangé une pizza aux poivrons à neuf heures du soir et en ayant complètement foi dans le témoignage de ses sens et dans ses intuitions. Mais en fin de compte, cela était sans importance, non ? Ce qui importait était ce qui se passait.

Ainsi, évidemment, que ce qui allait se passer.

Lorsque Trent quitta la cave à vin, cette fois, non seulement il donna un tour de clé au verrou, mais il mit la clé dans sa poche.

Un incident affreux se produisit pendant la soirée en l'honneur des membres de la faculté. Il eut lieu à neuf heures et quart, soit seulement trois quarts d'heure après l'arrivée des premiers invités ; Trent et Laurie entendirent plus tard Lew déclarer à leur mère, vociférant, que le seul égard qu'elle avait eu pour lui se résumait à avoir piqué sa crise de bonne heure – si elle avait attendu dix heures, il y aurait eu cinquante personnes ou davantage dans la maison, entre la salle de séjour, la cuisine, la salle à manger et le salon du fond.

« Mais enfin, qu'est-ce qui t'a pris, nom de Dieu ? » l'entendirent hurler les deux enfants, et lorsque Trent sentit la main de Laurie se glisser dans la sienne comme une petite souris glacée, il la serra très fort. « Peux-tu imaginer ce que les gens vont raconter, maintenant ? As-tu une idée de ce qui va se dire dans le département ? Vraiment, Catherine, on se serait crus dans un roman de Dickens ! »

La seule réponse de leur mère fut une série de sanglots retenus et impuissants et pendant un instant, Trent éprouva une horrible et irrépressible bouffée de haine pour elle. Pourquoi donc l'avoir épousé, ce type ? N'était-ce pas ce qu'elle méritait pour avoir été aussi inconséquente ?

Honteux, il repoussa cette idée, la chassa et se tourna vers Laurie. Il fut consterné de voir les larmes qui coulaient sur ses joues, et le chagrin silencieux qu'il lut dans son regard le déchira jusqu'au cœur.

« Superbe soirée, hein ? murmura-t-elle, s'essuyant les joues de la paume de la main.

– Tout juste, la Minette, répondit-il, la serrant contre

lui pour qu'elle puisse pleurer sur son épaule sans être entendue. Sûr qu'elle sera dans ma liste des dix meilleures de l'année, à la Saint-Sylvestre, j'te jure ! »

Il s'avéra que Catherine Evans (qui n'avait jamais regretté aussi amèrement de n'être plus Catherine Bradbury) avait menti à tout le monde. Elle avait été victime d'un épisode aigu de migraine qui n'avait pas duré un ou deux jours, cette fois-ci : cela faisait deux semaines qu'elle souffrait sans arrêt. Pendant cette période, elle n'avait pratiquement rien mangé et avait perdu six kilos. Elle présentait des amuse-gueule à Stephen Krutchmer, le chef du département d'Histoire, et à la femme de celui-ci, lorsque tout se mit à se décolorer et que le monde perdit toute consistance autour d'elle. Elle s'était effondrée mollement, renversant un plateau complet de canapés au jambon sur la robe de Mrs Krutchmer – une Norma Kamali qu'elle avait payée fort cher et achetée pour l'occasion.

Brian et Lissa avaient entendu le brouhaha et descendu l'escalier en catimini, dans leur pyjama, pour voir ce qui se passait, même s'il leur avait été formellement interdit (ainsi qu'aux deux aînés, d'ailleurs) par Papa Lew de quitter l'étage une fois que la soirée aurait commencé. « Les professeurs de l'université n'aiment pas que les enfants assistent aux soirées entre collègues, leur avait-il expliqué avec brusquerie, l'après-midi même. C'est une source de gêne et d'embarras. »

Lorsqu'ils virent leur mère étalée de tout son long sur le sol, dans un cercle d'universitaires agenouillés et inquiets (Mrs Krutchmer n'était pas du nombre ; elle s'était précipitée à la cuisine pour mettre de l'eau froide sur les taches de sauce avant qu'elles ne pénètrent dans le tissu), ils oublièrent l'oukase de leur beau-père et se précipitèrent dans le séjour, Lissa en larmes et Brian braillant de peur. Lissa s'arrangea pour donner un coup de genou dans les reins du doyen de la faculté des Langues orientales, mais Brian, plus âgé de deux ans et plus lourd d'une douzaine de kilos, fit encore mieux : il propulsa la conférencière invitée du semestre d'automne, une dame rondelette en robe rose et chaussée d'escarpins à la pointe enroulée, au beau milieu du foyer de la cheminée. Elle resta assise là, sonnée, dans un nuage épais de cendres gris-noir.

« Maman ! Maman ! criait Brian entre ses larmes, secouant l'ex-Catherine Bradbury. Maman ! Réveille-toi ! »

Mrs Evans bougea et poussa un gémissement.

« Montez dans vos chambres, dit froidement Lew. Tous les deux. »

Comme rien n'indiquait qu'ils aient l'intention d'obéir, Lew prit l'épaule de Lissa dans sa main et la serra jusqu'à ce qu'elle couine de douleur. Il la foudroyait du regard et son visage était d'une pâleur mortelle, mis à part deux points rouges, au milieu de chacune de ses joues, aussi brillants qu'un maquillage de clown.

« Je vais m'occuper de régler ça, gronda-t-il entre ses dents tellement serrées qu'elles refusaient de bouger même pour parler. Toi et ton frère, filez tout de suite dans votre cham...

– Ne la touchez pas, espèce de salopard ! » lança Trent d'une voix claire.

Lew ainsi que tous les invités arrivés suffisamment tôt pour assister à ce pittoresque numéro non prévu au programme se tournèrent comme un seul homme vers l'arche qui séparait la salle de séjour du vestibule. Trent et Laurie se tenaient là, côte à côte. Trent était aussi pâle que son beau-père, mais son expression était calme, posée. Parmi les personnes présentes, quelques-unes (pas très nombreuses) avaient connu le premier époux de Catherine Evans, et elles convinrent plus tard que la ressemblance entre le père et le fils était extraordinaire. On aurait presque dit que Bill Bradbury était revenu d'entre les morts pour s'opposer à son irascible remplaçant.

« Je vous ordonne de monter ! répondit Lew. Tous les quatre. Ce qui se passe ici ne vous regarde pas. Ça ne vous regarde absolument pas ! »

Mrs Krutchmer était revenue dans la pièce, le devant de sa robe Norma Kamali mouillé mais à peu près débarrassé de ses taches.

« Lâchez Lissa, dit Trent.

– Et laissez notre mère tranquille », ajouta Laurie.

Catherine Evans se mit sur son séant à ce moment-là ; elle porta la main à sa tête et regarda autour d'elle, hébétée. Sa migraine s'était évanouie comme crève une bulle de savon, la laissant toute désorientée et affaiblie, mais enfin soulagée des souffrances qu'elle endurait depuis quinze jours. Elle savait qu'elle venait de faire quelque chose de terrible, de mettre Lew dans l'embarras, voire même de le déshonorer, mais pour l'instant elle était trop heureuse de ne plus ressentir la douleur pour s'en soucier. La honte viendrait plus tard. Elle ne désirait qu'une chose, maintenant, monter à l'étage – très lentement – pour s'allonger dans sa chambre.

« Vous serez punis pour ça », dit Lew aux quatre enfants dans le silence choqué et presque absolu qui régnait dans la maison. Il ne les embrassa pas d'un seul regard mais les scruta l'un après l'autre, comme s'il évaluait la nature et l'étendue des crimes de chacun. Lorsque ses yeux tombèrent sur Lissa, la fillette se mit à pleurer. « Je suis désolé de leur mauvais comportement, déclara-t-il à l'ensemble des invités. Je crois que ma femme est un peu trop coulante avec eux. Ce qu'il leur faudrait, c'est une bonne gouvernante anglaise...

– Ne faites donc pas l'âne, Lew », l'interrompit Mrs Krutchmer. Si sa voix portait, elle avait un timbre désagréable et paraissait elle-même être une ânesse en train de braire. Brian sursauta, s'accrocha à sa petite sœur et laissa éclater ses larmes. « Votre femme s'est évanouie. Ils étaient inquiets, c'est tout.

– C'est tout à fait vrai », renchérit la conférencière invitée, qui avait du mal à extraire sa masse considérable de la cheminée. Sa robe rose était maintenant d'un gris inégal et des traînées de suie lui striaient le visage. Seules ses chaussures, avec leur bout enroulé amusant mais bébête, paraissaient avoir échappé au massacre, mais elle paraissait absolument indifférente à sa mésaventure. « Il est normal que des enfants s'inquiètent pour leur mère. Et les maris pour leur femme. »

Elle regarda délibérément Lew dans les yeux en disant cela, mais celui-ci ne s'en rendit pas compte ; il n'en avait que pour Trent et Laurie qui aidaient leur mère à grimper l'escalier. Lissa et Brian fermaient la marche, comme une garde d'honneur.

La soirée se poursuivit. L'incident fut réduit à des proportions plus insignifiantes, comme c'est en général le cas pour les incidents désagréables se produisant lors de soirées entre collègues universitaires. Catherine Evans (qui avait tout au plus dormi trois heures par nuit depuis que son mari lui avait annoncé sa décision d'organiser cette soirée) s'endormit dès que sa tête toucha l'oreiller, ou presque, et les enfants entendirent Lew, en bas, se répandant en ronds de jambe verbaux sans elle. Trent soupçonna même qu'il était au fond soulagé de ne pas avoir la souris effrayée qui lui tenait lieu de femme dans les pattes.

Il ne quitta pas une seule fois ses invités pour venir prendre de ses nouvelles.

Pas une seule fois ; pas tant que la soirée ne fut pas terminée.

Lorsqu'il eut enfin raccompagné le dernier de ses invités, il monta d'un pas lourd jusqu'au premier et dit à sa femme de se réveiller... ce qu'elle fit, lui obéissant une fois de plus, comme toujours depuis qu'elle avait commis l'erreur de dire au pasteur et à Lew qu'elle le ferait.

Lew passa ensuite la tête par la porte de la chambre de Trent et jaugea les enfants du regard.

« Je savais que vous seriez tous ici, dit-il avec un petit hochement de tête satisfait. En train de conspirer. Vous allez être punis, figurez-vous. Et comment ! Dès demain. Pour ce soir, vous allez vous mettre au lit tout de suite et y réfléchir. Filez dans vos chambres, et pas question d'en sortir en douce. »

Ni Lissa ni Brian n'étaient en état de faire quoi que ce soit « en douce » ; ils étaient trop épuisés et bouleversés pour penser à autre chose qu'à aller se coucher ; ils s'endormirent sur-le-champ. Mais Laurie revint dans la chambre de Trent en dépit de la mise en garde de « Papa Lew », et les deux aînés, consternés et silencieux, écoutèrent leur beau-père tancer leur mère pour avoir osé s'évanouir pendant sa soirée à *lui*... et celle-ci pleurer, sans un mot de protestation ni même une objection.

« Qu'est-ce que nous allons faire, Trent ? » demanda Laurie, la voix étouffée par l'épaule de son frère.

Le visage du garçon était extraordinairement pâle et calme. « Faire ? Mais nous n'allons rien faire, la Minette.

– Il faut pourtant *faire* quelque chose ! Nous devons l'aider, Trent, il le faut !

– Non, ce n'est pas la peine (un petit sourire avec quelque chose de terrible se mit à jouer sur ses lèvres). La maison va s'en charger pour nous (il consulta sa montre et fit un rapide calcul). Vers trois heures trente-quatre, demain après-midi, la maison va se charger de tout. »

Les punitions ne s'abattirent pas dans la matinée ; Lewis Evans était trop occupé par son séminaire de huit heures sur les conséquences de la conquête normande. Ni Trent ni Laurie ne s'en étonnèrent beaucoup, mais ils se sentirent en revanche extrêmement soulagés. Il leur déclara qu'il les verrait le soir même dans son bureau, l'un après l'autre, et leur « décernerait l'honnête correction qu'ils avaient méritée ». Une fois proférée cette menace en forme de citation obscure, il partit d'un pas décidé, tenant fermement son porte-documents, la tête haute. Leur mère dormait encore lorsque la Porsche emplit la rue de son feulement.

Les deux plus jeunes se tenaient serrés l'un contre l'autre dans la cuisine, et firent à Laurie l'impression d'une illustration d'un conte de Grimm. Lissa pleurait. Brian résistait – du moins pour le moment –, les lèvres serrées, mais il était pâle et avait des cernes mauves sous les yeux. « Il va nous ficher une fessée, dit Brian à Trent. Et il tape fort.

– Non », dit Trent. Ils se mirent à le regarder avec une expression dubitative mêlée d'espoir. Lew leur avait promis une correction, il ne fallait pas l'oublier ; même Trent ne se verrait pas épargner cette douloureuse indignité.

« Mais, Trent... commença Lissa.

– Ecoutez-moi, la coupa-t-il en tirant une chaise à lui pour s'asseoir dessus à califourchon, face aux deux plus petits. Ecoutez-moi bien, que pas un mot ne vous échappe. C'est important, et personne ne doit se tromper. »

Ils le regardèrent de leurs grands yeux vert-bleu, en silence.

« Dès la fin de la classe, je veux que vous reveniez directement à la maison... mais vous ne dépasserez pas le coin. Le carrefour de Maple Street et Walnut Street. C'est bien compris ?

– Ou-oui, bredouilla Lissa. Mais pourquoi, Trent ?

– T'occupe », répondit-il. Ses yeux, bleu-vert eux aussi, pétillaient anormalement, mais pour Laurie ce n'était pas la bonne humeur qui les faisait briller ainsi ; elle crut même y déceler quelque chose de dangereux. « Soyez là. Tenez-vous à côté de la boîte aux lettres. Il faudra être là à trois heures, au plus tard à trois heures et quart. Vous avez compris ?

– Oui, répondit Brian au nom des deux petits. On a compris.

– Je serai déjà là avec Laurie, ou bien nous arriverons tout de suite après vous.

– Mais comment faire, Trent ? demanda Laurie. Nous ne serons même pas encore sortis de classe à trois heures. En plus, j'ai répétition, et le bus met...

– Nous n'allons pas à l'école aujourd'hui, dit Trent.

– Non ? » fit Laurie, estomaquée.

Lissa fut horrifiée. « Trent ! protesta-t-elle, vous ne pouvez pas faire ça ! C'est... c'est très mal !

– Bon, c'est l'heure. » Trent avait parlé d'un ton dur. « Allez vous préparer pour l'école. Et surtout, n'oubliez pas : à trois heures au coin de Maple et Walnut, trois heures et quart au plus tard. Et arrangez-vous comme vous voulez, mais *n'approchez pas de la maison.* » Il adressa un regard tellement féroce à Brian et à Lissa que les deux petits se sentirent pris de peur et se serrèrent une fois de plus l'un contre l'autre. Même Laurie était effrayée. « Attendez-nous, mais surtout, surtout, ne venez pas à la maison. En aucun cas. »

Une fois les petits partis à l'école, Laurie attrapa son aîné par le devant de la chemise et exigea de savoir ce qui se passait.

« Ça a quelque chose à voir avec ce qui pousse dans la maison, je le sais, et si tu veux que je fasse l'école buissonnière avec toi et que je t'aide, tu ferais mieux de t'expliquer, Trent Bradbury !

– Calme-toi, je vais te le dire, répondit-il en détachant délicatement la main de sa sœur de sa chemise. Et ne parle pas aussi fort. Ce n'est pas le moment de réveiller Maman. Elle nous obligerait à aller à l'école, et on serait pas dans le caca !

– Alors, c'est quoi ? Dis-le-moi !

– Accompagne-moi au sous-sol. Je vais te montrer quelque chose. »

Il précéda Laurie jusqu'à la cave à vin.

Trent n'était pas sûr à cent pour cent que Laurie allait marcher et accepter le plan qui lui était venu à l'esprit ; même à ses propres yeux, il présentait un aspect à la fois horrible et définitif. Néanmoins, elle se dit d'accord. Elle ne l'aurait certainement pas été, se dit-il, si la question s'était résumée à la seule perspective d'une fessée par « Papa Lew », mais elle avait été aussi profondément affectée par le spectacle de sa mère gisant inanimée sur le sol que Trent par la réaction indifférente de son beau-père.

« Oui, admit Laurie avec amertume, je crois qu'il faut le faire. » Elle regardait les chiffres qui continuaient à défiler sur le cadran, dans le bras du siège.

07 : 49 : 21

lisait-on maintenant. La cave à vin n'avait plus rien d'une cave à vin ; certes, elle empestait la vinasse, et des piles vertes de débris de verre s'entassaient sur le sol, parmi les ferrailles tordues, restes des casiers à bouteilles de leur père ; mais elle ressemblait bien davantage à une version délirante de la passerelle de contrôle du vaisseau spatial *Enterprise*. Des aiguilles tourbillonnaient dans leur cadran ; des affichages numériques clignotaient, changeaient, clignotaient à nouveau. Des témoins lumineux ne cessaient de s'allumer et de s'éteindre.

« Ouais, c'est bien mon avis, dit Trent. Cette espèce de salopard, crier comme ça après elle !

– Arrête, Trent.

– C'est un fumier ! Un salaud ! Un connard ! »

Mais cette explosion verbale n'était que la version grossière d'une réaction classique – celle qui consiste à siffloter en passant la nuit à côté du cimetière –, et tous les deux le savaient. En contemplant l'étrange accumulation d'instruments de contrôle, il se sentit presque malade de doute, affreusement mal à l'aise. Il se rappela un livre que son père lui avait lu quand il était petit, une histoire de Mercer Meyer dans laquelle une créature appelée Trollusk Mange-Timbres avait enfermé une petite fille dans une enveloppe avant de l'expédier à Celui que Cela Pouvait Concerner. N'était-ce pas tout à fait le sort qu'il envisageait de réserver à Lewis Evans ?

« Si nous ne faisons pas quelque chose, il finira par la tuer », dit Laurie à voix basse.

Tiré de ses songes, Trent tourna si violemment la tête qu'il se fit mal au cou, mais Laurie ne le regardait pas. Elle ne quittait pas des yeux les chiffres rouges du compte à rebours, qui se reflétaient dans les lunettes qu'elle portait, les jours où elle allait à l'école. Elle paraissait presque hypnotisée et ne pas se rendre compte que son frère l'observait ; peut-être était-elle même inconsciente de l'endroit où elle se tenait.

« Pas exprès, continua-t-elle. Il en serait peut-être même triste. Au moins pendant un moment. Parce qu'il l'aime à sa manière, je crois ; et elle l'aime aussi. Enfin, plus ou moins. Mais la façon dont il la traite... Son état sera de pire en pire. Elle sera de plus en plus souvent malade... et alors, un jour... »

Elle n'en dit pas davantage et tourna le visage vers son frère ; celui-ci y lut quelque chose qui lui fit encore plus peur que toutes les transformations insidieuses de la maison.

« Dis-moi, Trent, enchaîna-t-elle en lui saisissant le bras d'une main glacée. Comment allons-nous faire ? »

Ils se rendirent ensemble dans le bureau de Lew. Trent était près à mettre la pièce sens dessus dessous, s'il le fallait, mais ils trouvèrent la clé dans le tiroir du haut, bien rangée dans une enveloppe sur laquelle était marqué en capitales, de la petite écriture nette et constipée de Lew : BUREAU. Trent l'empocha. Ils quittèrent la maison au moment où la douche du premier, en se déclenchant, leur signalait que leur mère venait de se lever.

Ils passèrent la journée dans le parc. Aucun des deux n'y fit allusion, mais ce fut la journée la plus longue de toute leur jeune existence. Ils aperçurent par deux fois le gardien, et se cachèrent dans les toilettes pour lui échapper. Ce n'était pas le moment de se faire prendre et d'être ramenés *manu militari* à l'école.

A deux heures et demie, Trent donna une pièce de vingt-cinq *cents* à Laurie et l'accompagna à la cabine téléphonique, dans la partie est du parc.

« Il le faut vraiment ? demanda-t-elle. J'ai en horreur l'idée de lui faire peur, surtout après ce qui s'est passé hier soir.

– Tiens-tu à ce qu'elle soit dans la maison lorsque ce qui doit se passer se passera, même si on ne sait pas ce que c'est ? » demanda Trent. Laurie laissa tomber la pièce dans la fente sans protester davantage.

Le téléphone sonna tellement longtemps qu'elle finit par croire que Catherine Evans était sortie. Cela pouvait se révéler aussi bien une bonne chose qu'une mauvaise ; en tout cas, il y avait de quoi s'inquiéter, car si jamais elle était sortie, elle pouvait tout à fait revenir juste avant le moment où...

« Allô ! fit la voix endormie de sa mère.

– Oh, salut, Maman, dit Laurie, je croyais que tu n'étais pas là.

– Je suis retournée me coucher, répondit Mrs Evans avec un petit rire gêné. On dirait que je n'arrive pas à dormir autant que j'en ai envie, tout d'un coup. Je suppose que si je dors, je ne suis plus obligée de penser à ma conduite affreuse d'hier soir...

– Oh, Maman, tu n'as pas été horrible. Quand quelqu'un s'évanouit, ce n'est pas exprès !

– Mais au fait, pourquoi m'appelles-tu, Laurie ? Tout va bien, au moins ?

– Bien sûr, M'man. C'est-à-dire... »

Trent lui enfonça les doigts dans les côtes.

Laurie, qui se tenait en position de plus en plus voûtée (comme si elle redevenait petite, aurait-on presque dit), se redressa vivement. « Je me suis fait mal, à la gym. Enfin... c'est pas grave. Juste un peu.

– Qu'est-ce qui t'est arrivé ? Bon Dieu, tu ne m'appelles pas de l'hôpital, tout de même ?

– Oh là là, non ! répondit hâtivement Laurie. C'est juste un genou foulé. Mrs Kitt voudrait savoir si tu peux venir me chercher pour me ramener à la maison. Je ne sais pas si je pourrai marcher. Ça fait vraiment mal.

– J'arrive tout de suite. Essaie de ne pas bouger du tout, ma chérie. Tu as peut-être un ligament déchiré. L'infirmière est avec toi ?

– Non, pas pour le moment. Ne t'inquiète pas, M'man. Je ferai attention.

– M'attendras-tu à l'infirmerie ?

– Oui. » La fillette avait le visage aussi rouge que le camion de pompiers de son petit frère.

– J'arrive tout de suite.

– Merci, M'man. Je ne bouge pas. »

Elle raccrocha et regarda Trent. Elle respira profondément et laissa échapper un long soupir chevrotant. « C'était marrant », commenta-t-elle d'une voix proche du sanglot.

Trent la serra contre lui. « T'as été sensationnelle. Tu t'en es sortie beaucoup mieux que moi, la Min – Laurie. Je ne suis pas sûr qu'elle m'aurait cru.

– Je me dis qu'elle ne va plus jamais me croire, observa Laurie avec amertume.

– Mais si. Allez, viens. »

Ils se rendirent dans la partie ouest du parc, d'où ils pouvaient observer Walnut Street. Le temps avait changé, et il faisait froid et sombre. De gros cumulus gris s'empilaient dans le ciel et un vent frisquet s'était mis à souffler. Ils attendirent pendant cinq interminables minutes, puis la Subaru de leur mère passa devant eux, prenant à vive allure la direction de la Greendown Middle School, où allaient les deux aînés... *Sauf lorsque nous faisons l'école buissonnière,* songea Laurie à part soi.

« Elle fonce vraiment, observa Trent. J'espère qu'elle ne va pas avoir un accident, au moins !

– C'est trop tard pour y penser. Allons-y. » Elle prit son frère par la main et l'entraîna de nouveau jusqu'à la cabine téléphonique. « A toi d'appeler Lew, petit veinard ! »

Il glissa une pièce dans la fente et composa le numéro du bureau du département d'Histoire qu'il avait recopié sur un bout de papier. Il avait passé une très mauvaise nuit, mais maintenant que la machine était lancée, il était calme et décontracté... tellement décontracté, même, qu'il en était presque indolent. Il regarda sa montre. Trois heures moins le quart. Il restait moins d'une heure. Le tonnerre gronda à l'ouest, encore lointain.

« Département d'Histoire, dit une voix féminine.

– Bonjour. Ici Trent Bradbury. Je dois parler à mon beau-père, Lewis Evans, s'il vous plaît.

– Le professeur Evans est en cours, mais il doit sortir à...

– Je sais, le cours d'histoire britannique contemporaine, qui se termine à trois heures et demie. Mais il vaut mieux aller le chercher. C'est une urgence. Ça concerne sa femme. Ma mère », ajouta-t-il après un silence calculé.

La secrétaire ne répondit pas tout de suite et Trent eut quelques instants d'inquiétude. Comme si elle envisageait un refus, urgence ou pas, alors que cette éventualité ne faisait absolument pas partie du plan.

« Sa classe est juste à côté d'ici, répondit-elle finalement. Je vais le prévenir moi-même. Il vous rappellera dès que...

– Non, je reste en ligne.

– Mais...

– S'il vous plaît, allez-vous arrêter vos âneries et aller le chercher ? » demanda-t-il, mettant une note harassée dans sa voix. Ce ne fut pas difficile.

« Très bien », dit la secrétaire. Impossible de se rendre compte si elle était davantage contrariée qu'inquiète. « Si vous pouviez me dire la nature de...

– Non », la coupa Trent.

Il y eut un petit reniflement offensé et il se retrouva en attente.

« Alors ? » demanda Laurie, qui dansait d'un pied sur l'autre comme si elle avait envie de faire pipi.

« On est allé le chercher.

– Et s'il ne vient pas ? »

Il haussa les épaules : « Alors, on est foutus. Mais il va venir. Attends voir. » Il aurait aimé être aussi sûr de lui qu'il cherchait à en donner l'impression, mais il croyait cependant toujours que ça allait marcher. Il fallait que ça marche...

« On a attendu vraiment très tard. »

Trent acquiesça. Ils avaient effectivement attendu très tard, et Laurie savait pour quelle raison. La porte du bureau était en chêne plein bien solide, mais ni l'un ni l'autre ne savaient ce que valait la serrure. Trent voulait que Lew ne dispose que d'un minimum de temps pour essayer de la faire sauter.

« Et si jamais il voit Brian et Lissa qui attendent au coin, en revenant ?

– S'il se met dans tous ses états, comme je l'espère, il ne les remarquera même pas. Ils pourraient même être sur des échasses avec des bonnets d'âne fluo sur la tête, répondit Trent.

– Mais qu'est-ce qu'il fabrique ? s'impatienta Laurie, jetant un coup d'œil à sa montre.

– Il va venir », la rassura Trent. Et effectivement, leur beau-père répondit.

« Allô !

– C'est Trent, Lew. Maman est dans ton bureau. Sa migraine a dû revenir, parce qu'elle s'est évanouie. Je n'arrive pas à la ranimer. Tu ferais mieux de venir tout de suite. »

Trent ne fut pas surpris par la première réaction d'inquiétude de son beau-père – en réalité, elle faisait intégralement partie de son plan –, mais elle le mit tellement en colère que ses doigts blanchirent sur le combiné.

« Mon bureau ? Mon bureau ? Mais qu'est-ce qu'elle y fichait ? »

En dépit de sa colère, Trent répondit sur un ton calme : « Le ménage, je crois. » Sur quoi, il lança l'ultime appât, pour un homme qui vivait davantage pour son travail que pour sa femme : « Il y a des papiers partout sur le plancher.

– J'arrive tout de suite, gronda Lew, avant d'ajouter : Et s'il y a une fenêtre d'ouverte, ferme-la, pour l'amour du ciel. L'orage approche. » Il raccrocha sans dire au revoir.

« Eh bien ? dit Laurie lorsque Trent raccrocha à son tour.

– Il arrive, répondit le garçon avec un rire sinistre. Ce salopard était tellement furieux qu'il ne m'a même pas demandé pourquoi j'étais à la maison et pas à l'école. Viens. »

Ils coururent jusqu'au carrefour de Maple et Walnut. Le ciel était devenu très noir et les grondements du tonnerre s'enchaînaient presque sans interruption. Au moment où ils atteignaient la boîte aux lettres bleue des Postes, à l'angle, les lampadaires de Maple Street commencèrent à s'allumer deux par deux, en remontant vers la colline.

Lissa et Brian n'étaient pas encore arrivés.

« Je veux venir avec toi, Trent », dit Laurie, dont le visage affirmait le contraire ; elle était très pâle et dans ses yeux trop grands, des larmes étaient prêtes à déborder.

« Pas question. Tu restes ici et tu attends Brian et Lissa. »

Laurie se tourna et regarda dans le prolongement de Walnut Street. Elle vit deux enfants venir vers eux, se dépêchant, une boîte à casse-croûte rebondissant entre leurs mains. Ils étaient trop loin pour qu'il soit possible de distinguer leurs traits, mais elle était à peu près sûre qu'il s'agissait d'eux, comme elle le dit à Trent.

« Parfait. Allez vous réfugier tous les trois derrière la haie de Mrs Redland et attendez que Lew soit passé. Vous pourrez ensuite revenir dans la rue, *mais ne viens pas dans la maison et ne les laisse pas y venir*. Attendez-moi dehors.

– J'ai peur, Trent. » Les larmes commençaient à couler sur ses joues.

« Moi aussi, ma Minette, répondit-il en posant un baiser rapide sur son front. Mais ça sera bientôt fini. »

Sans lui laisser le temps de répondre, Trent partit au pas de course dans la rue, en direction de la maison des Bradbury. Il jeta un coup d'œil à sa montre tout en courant. Trois heures douze.

Il régnait dans la maison un calme et une chaleur qui lui firent peur. On aurait dit que l'on avait répandu de la poudre à canon dans tous les coins et que des gens qu'il ne pouvait voir n'attendaient que le moment de mettre le feu aux mèches. Il imagina l'horloge numérique du cellier égrenant son compte à rebours, implacable :

00 : 19 : 06,

devait-on y lire maintenant. Il n'était plus temps de s'inquiéter de ça.

Trent courut jusqu'au second dans l'air calme et combustible. Il s'imagina sentir la maison qui s'éveillait et prenait vie tandis que le compte à rebours approchait de sa conclusion. Il tenta de se convaincre que ce n'était que pure imagination, mais au fond de lui-même, il savait bien qu'il y avait autre chose.

Il entra dans le bureau de Lew, ouvrit au hasard deux ou trois classeurs et les tiroirs du bureau, et dispersa sur le plancher les papiers qu'il y trouva. Cela ne lui prit que quelques instants, mais il avait à peine terminé lorsqu'il entendit la Porsche remonter la rue. Ce n'était plus un feulement que produisait son moteur, aujourd'hui, mais un hurlement suraigu.

Trent quitta le bureau pour gagner la pénombre du couloir du second, dans lequel ils avaient foré – des siècles auparavant, lui semblait-il – leurs premiers trous. Il enfonça vivement la main dans sa poche pour y prendre la clé ; or, mis à part un vieux ticket de cantine tout froissé, sa poche était vide.

J'ai dû la perdre en courant dans la rue. Elle a dû sauter hors de ma poche.

Il resta pétrifié, en sueur, glacé, tandis que la Porsche faisait grincer ses freins dans l'allée. Le moteur s'arrêta. Une portière s'ouvrit et claqua. D'un pas précipité, Lew se dirigea vers la porte à l'arrière de la maison. Le tonnerre grondait comme un barrage d'artillerie dans le ciel, la fourche éclatante d'un éclair troua l'obscurité et, quelque part dans les entrailles de la maison, un moteur puissant démarra, émit un aboiement sourd et grave, puis se mit à bourdonner régulièrement.

Nom de Dieu, oh ! nom de Dieu, qu'est-ce que je vais faire ? Qu'est-ce que je peux faire ? Il est plus grand que moi... si j'essaie de le frapper sur la tête, il...

Machinalement, il avait glissé la main gauche dans son autre poche et le cours de ses pensées changea brusquement lorsqu'il sentit, sous ses doigts, les dents irrégulières de la clé de modèle ancien. A un moment donné, pendant ce long après-midi dans le parc, il avait dû la transférer d'une poche à l'autre sans y faire attention.

Le souffle court, les battements de son cœur se prolongeant dans son estomac et dans sa gorge, il battit en retraite jusqu'au placard à bagages, y pénétra à reculons et tira presque complètement la porte accordéon devant lui.

Lew grimpait l'escalier quatre à quatre, hurlant à pleins poumons le nom de sa femme. Trent le vit apparaître, les cheveux en bataille (il devait avoir passé la main dedans tout en conduisant), la cravate de travers, de grosses gouttes de sueur perlant à son front large et intelligent, les yeux réduits à deux petites fentes féroces.

« Catherine ! » brailla-t-il une fois de plus, se précipitant dans son bureau.

A peine y était-il entré que Trent bondissait hors du placard et fonçait à son tour, silencieusement, dans le couloir. Il n'aurait qu'une chance, pas deux. S'il manquait le trou de la serrure... si le pêne refusait de s'engager au premier tour de clé...

Si l'une ou l'autre de ces choses arrive, il faudra que je me batte avec lui. Si je ne peux pas l'expédier tout seul, je me débrouillerai pour l'emmener avec moi, eut-il le temps de penser.

Il saisit la porte et la claqua si violemment qu'un peu de poussière tomba des renfoncements qui abritaient les gonds. Il eut le temps d'apercevoir le visage stupéfait de Lew. Puis la clé glissa dans la serrure ; il donna un tour, et le pêne s'engagea dans le logement du chambranle une demi-seconde avant que Lew n'atteigne la porte.

« Hé ! cria-t-il. Hé, espèce de petit salopard, qu'est-ce que tu fabriques ? Où est Catherine ? Laisse-moi sortir d'ici ! »

La poignée se mit à aller et venir inutilement. Puis elle s'arrêta, et une grêle de coups de poing s'abattit contre la porte.

« *Laisse-moi immédiatement sortir d'ici, Trent Bradbury, sinon tu vas te prendre la plus grande raclée de toute ta vie !* »

Trent partit lentement en marche arrière et eut un soupir surpris lorsque ses épaules heurtèrent le mur, de l'autre côté du couloir. La clé du bureau, qu'il avait retirée de la serrure sans y penser, lui tomba des mains et alla rebondir à ses pieds, sur le tapis usé qui courait tout le long du couloir. Maintenant que la chose était accomplie, il était victime de la réaction. Le monde autour de lui se mit à osciller, comme s'il avait été sous l'eau, et il dut lutter pour ne pas perdre connaissance. Ce fut seulement en cet instant, alors que son beau-père était sous clé, sa mère partie à la chasse au dahu, les autres gosses à l'abri derrière la haie fournie de Mrs Redland qu'il prit conscience d'une chose : il n'avait jamais réellement cru que son plan fonctionnerait. Et si « Papa Lew » fut surpris de se trouver enfermé dans son bureau, Trent, lui, en était absolument estomaqué.

De nouveau, la poignée, sur la porte du bureau, se mit à décrire des demi-cercles brutaux.

« *LAISSE-MOI SORTIR, BORDEL DE DIEU !*

– Je vous laisserai sortir à quatre heures moins le quart, Lew », répondit Trent d'une voix chevrotante et inégale. Il ne put retenir un petit rire nerveux. « Si vous êtes encore là à quatre heures moins le quart, évidemment. »

C'est alors qu'une voix lui parvint du bas de l'escalier : « Trent ? Ça va, Trent ? »

Dieu du ciel, Laurie !

« Ça va, Trent ? »

Et Melissa !

« Hé, Trent, tout va bien ? »

Et Brian...

Il regarda sa montre et constata avec horreur qu'elle indiquait 3 : 31... qui devinrent 3 : 32 sous ses yeux. *Et si jamais elle retardait ?*

« Tirez-vous ! » leur hurla-t-il, fonçant en direction de l'escalier. « *Tirez-vous de cette maison !* »

Le couloir du troisième étage lui donna l'impression de s'étirer devant lui comme de la guimauve ; plus il courait, plus l'escalier paraissait s'éloigner de lui. Lew continuait de faire pleuvoir les coups de poing sur la porte et de lancer des injures ; le tonnerre grondait ; et, des profondeurs de la maison, parvenait le ronronnement de plus en plus insistant de machines montant en régime.

Il atteignit enfin la première marche et se précipita dans l'escalier, tellement penché en avant qu'il faillit tomber. Puis il tournoya autour du pilastre du premier et survola littéralement la volée de marches qui le séparait encore du rez-de-chaussée, où l'attendaient ses frère et sœurs, tournés vers lui.

« *Dehors !* » hurla-t-il en les empoignant pour les pousser vers la porte d'entrée et les ténèbres orageuses de l'extérieur. « *Vite !*

– Qu'est-ce qui se passe, Trent ? demanda Brian. Qu'est-ce qui arrive à la maison ? Elle tremble de partout ! »

C'était vrai. Une vibration puissante montait du plancher et lui secouait jusqu'aux globes oculaires dans leurs orbites. De la poussière de plâtre commença à tomber dans ses cheveux.

« *Pas le temps ! Dehors ! Vite ! Aide-moi, Laurie !* »

Trent prit Brian sous les bras, Laurie saisit Lissa par les manches de sa robe et franchit la porte avec elle, titubante.

Il y eut un coup de tonnerre fracassant. Un éclair zigzagua dans le ciel ; le vent qui soufflait en brise une heure auparavant hurlait maintenant comme un dragon.

Trent sentait un séisme se préparer sous la maison. Tandis qu'il bondissait à travers la porte avec Brian, il vit une lumière d'un bleu électrique, tellement éclatante qu'elle resta imprégnée sur sa rétine pendant presque une heure (il se dit plus tard qu'il avait eu de la chance de ne pas avoir perdu la vue), jaillir des étroits vasistas du sous-sol ; les rayons qu'elle lança sur la pelouse paraissaient presque solides. Il entendit un bris de vitres ; et, au moment même où il franchissait le seuil, il sentit la maison *s'élever* sous ses pieds.

Il sauta les marches du perron et saisit Laurie par le bras. Ensemble, ils coururent en trébuchant jusqu'à la rue, où il faisait aussi noir qu'en pleine nuit, à l'approche de l'orage.

Une fois là, ils se tournèrent pour regarder ce qui se passait.

La maison de Maple Street paraissait se ramasser sur elle-même ; elle ne donnait plus l'impression d'être normale, solide. On aurait dit qu'elle sautillait sur place. D'énormes lézardes s'ouvrirent partout, s'étendant non seulement jusqu'à l'allée en ciment, mais aussi jusqu'au terrain l'environnant. La pelouse se craquela de crevasses et se morcela en mottes monstrueuses. Des racines noires résistaient à l'arrachement, et tout le jardin de devant parut se bomber, comme s'il s'efforçait de retenir l'édifice qu'il entourait depuis si longtemps.

Trent leva les yeux vers le troisième étage, où la lumière, dans le bureau de Lew, brillait toujours. Il se dit que le bruit de verre brisé était venu de là – en venait encore –, puis il rejeta cette idée comme étant le fruit de son imagination : comment aurait-il pu distinguer quoi que ce soit dans cet infernal vacarme ? Ce n'est qu'un an plus tard que Laurie lui confia sa conviction d'avoir entendu leur beau-père pousser des hurlements, là-haut.

Les fondations de la maison commencèrent par s'émietter ; puis elles se fissurèrent et explosèrent. Des flammes froides, bleues, éblouissantes, jaillirent du sol. Les enfants se cachèrent les yeux et s'éloignèrent d'un pas incertain. Les moteurs se mirent à gémir dans un registre suraigu ; la terre continua de se soulever dans une ultime tentative pour retenir la maison... puis retomba. Soudain, l'édifice se retrouva à trente centimètres au-dessus du sol, posé sur un socle de feu, bleu et aveuglant.

Un décollage parfait.

Au sommet du pignon central, la girouette tournait follement.

La maison commença par s'élever lentement, puis accéléra et gagna de la vitesse dans le rugissement de ses moteurs, sur son socle flamboyant, tandis que la porte d'entrée battait en tous sens.

« Mes jouets ! » geignit Brian, sur quoi Trent éclata d'un rire dément.

A trente mètres de haut, la maison donna l'impression de se préparer à faire un nouveau démarrage ; c'est alors qu'elle bondit littéralement vers le ciel et sa masse agitée de cumulus noirs comme la nuit.

Elle avait disparu.

Deux bardeaux retombèrent, comme des feuilles mortes.

« Fais attention, Trent ! » cria Laurie une seconde ou deux plus tard, en lui donnant une bourrade qui le fit tomber par terre. Le paillasson (avec « bienvenue » écrit dessus) vint heurter la rue à l'endroit où il se tenait l'instant d'avant.

Il échangea un regard avec sa sœur.

« Tu aurais vu trente-six chandelles si tu l'avais reçu sur la tête, Trent, lui dit-elle. Alors t'as pas intérêt à m'appeler encore la Minette ! »

Il la regarda solennellement pendant plusieurs secondes, puis commença à être pris de fou rire. Laurie se laissa gagner, puis les plus jeunes. Brian prit l'une des mains de Trent et Lissa l'autre. Ils l'aidèrent à se relever et les quatre enfants restèrent un moment là, contemplant le trou fumant qui restait à l'emplacement du sous-sol, au milieu de la pelouse éventrée. Des gens commençaient à sortir de chez eux, mais les Bradbury les ignorèrent ; peut-être serait-il plus juste de dire qu'ils ne savaient même pas qu'ils étaient là.

« Oh ! la la ! dit Brian d'un ton plein de respect. Notre maison a décollé, Trent !

– Ouais, répondit l'aîné des Bradbury.

– Peut-être que là où elle va, ça intéresse les gens, les Normands et les Saxos, observa Lissa.

– Les Saxons », la corrigea Brian.

Trent et Laurie se prirent par les épaules et se mirent à hurler d'un rire où se mêlaient joie et horreur... et c'est alors que la pluie se mit à tomber à verse.

Mr Slattery, leur voisin d'en face, vint les rejoindre. Il n'avait pas beaucoup de cheveux, mais ceux qui lui restaient étaient collés sur son crâne brillant en petites mèches serrées.

« Qu'est-ce qui s'est passé ? cria-t-il pour couvrir le tapage du tonnerre, qui grondait maintenant presque sans interruption. Qu'est-ce qui est arrivé à la maison ? »

Trent lâcha sa sœur et regarda Mr Slattery. « *Véritables Aventures spatiales* [1] », répondit-il le plus sérieusement du monde, ce qui déclencha une nouvelle crise d'hilarité générale.

Mr Slattery jeta un coup d'œil effrayé et dubitatif au trou qui restait à l'emplacement de la maison, tira comme conclusion que la discrétion était de bon aloi et battit en retraite de son côté de la rue. En dépit de la pluie battante, il n'invita pas les enfants Bradbury à venir s'abriter chez lui. Ces derniers, d'ailleurs, s'en moquaient. Ils s'assirent sur le bord du trottoir, les deux grands au milieu, Trent serrant Brian contre lui et Laurie Melissa contre elle.

Laurie se pencha vers son frère aîné et lui murmura à l'oreille : « On est libres, maintenant.

– Mieux que ça, répondit-il. *Elle* est libre. »

Puis il passa un bras au-dessus de ses deux sœurs – il y arrivait tout juste en s'étirant – et ils restèrent assis sur leur bord de trottoir, sous le déluge d'eau, attendant que leur mère revienne à la maison.

1. Titre d'une bande dessinée américaine de science-fiction. *(N.d.T.)*

Le cinquième quart

Je garai la caisse à l'angle le plus proche de la baraque de Keenan, restai assis un moment dans le noir, puis coupai le moteur et sortis. En claquant la portière, j'entendis des écailles de rouille se détacher de la carrosserie. Ça n'allait pas durer comme ça bien longtemps.

Dans son holster, le pétard faisait comme un poing posé contre mes côtes. C'était le calibre 45 de Barney, et j'étais content de l'avoir. Ça donnait à toute cette histoire insensée une touche d'ironie. Peut-être même un sentiment de justice.

La maison de Keenan est une monstruosité architecturale, toute en pans coupés et toits pointus, qui s'étale derrière une barrière métallique, sur un bout de terrain de mille mètres carrés. Il avait laissé le portail ouvert, comme je l'avais espéré. Un peu plus tôt, je l'avais vu donner un coup de fil depuis son séjour, et une intuition trop puissante pour être démentie m'avait susurré qu'il devait s'agir de Jagger ou de Sarge. Plus probablement de Sarge. L'attente était terminée : mon jour – ou plutôt ma nuit – était enfin venu.

Je gagnai l'allée, restant près des buissons, l'oreille aux aguets pour distinguer, au milieu des gémissements âpres du vent de janvier, tout bruit anormal. Il n'y avait rien. On était vendredi, et la bonne de Keenan devait être en train de prendre son pied quelque part dans une soirée Tupperware. Ce salopard était seul chez lui, attendant Sarge. M'attendant – mais sans le savoir.

L'abri à voitures était ouvert, et je me glissai à l'intérieur. Je devinai la forme de l'Impala à ses reflets d'ébène ; j'essayai une portière, à l'arrière. Elle n'était pas verrouillée. Keenan n'avait vraiment pas la carrure d'un vrai truand ; il était beaucoup trop confiant. Je m'installai dans la voiture et pris mon mal en patience.

Je dus poireauter longtemps. Sur le cadran de ma montre, les aiguilles passèrent de huit heures trente à neuf heures moins dix. Tout le temps de réfléchir. Je pensai surtout à Barney, mais pas vraiment par choix. Je le revis, tel qu'il était quand je l'avais trouvé dans le petit bateau, me regardant et émettant de petits croassements dépourvus de sens. Cela faisait deux jours qu'il dérivait et il avait l'air d'un homard cuit ; une croûte de sang noirâtre s'étalait à l'endroit où le coup de feu l'avait touché, à mi-corps.

Il avait mis le cap sur le cottage du mieux qu'il avait pu, mais ç'avait surtout été un coup de chance. La chance avait voulu qu'il débarque ici, la chance avait voulu qu'il puisse dire quelques mots. J'avais de toute façon une poignée de somnifères prête pour lui, s'il n'avait pu parler. Je ne voulais pas qu'il souffre. En tout cas, pas sans une bonne raison. Il s'avéra qu'il y en avait une. Il avait quelque chose à raconter, une histoire sensationnelle dont il me confia l'essentiel.

Quand il fut mort, je retournai au bateau et pris son calibre 45, qu'il avait remisé dans un petit compartiment à l'avant, roulé dans une poche imperméable. Puis je remorquai l'embarcation en eau profonde et la coulai. Si j'avais pu lui coller une épitaphe sur la tête, ç'aurait été pour dire qu'il naît un gogo toutes les minutes. La plupart sont des gens plutôt sympas, sans doute – exactement comme Barney. Au lieu de cela, je me mis à la recherche des hommes qui l'avaient baisé. Ça m'avait pris six mois pour trouver Keenan et avoir la certitude que Sarge ne devait pas se trouver bien loin, mais je suis une tête de mule et je n'avais pas lâché.

A dix heures vingt, des phares éclaboussèrent la courbure de l'allée, et je m'allongeai sur le plancher de l'Impala. Le nouveau venu franchit la porte du garage et vint se ranger tout à côté de la voiture de Keenan. Au bruit, on aurait dit une vieille Volkswagen. Le petit moteur s'arrêta et j'entendis Sarge grogner en s'extrayant du siège. La lumière s'alluma, sous le porche, et j'entendis un cliquetis de serrure.

Keenan : « T'es en retard, Sarge ! Entre et viens prendre un verre. »

Sarge : « D'accord, scotch ! »

J'avais pensé à baisser la vitre d'avance. Je fis passer le canon du pétard de Barney par l'ouverture, tenant l'arme à deux mains. « Pas un geste », dis-je.

Le gars Sarge était à mi-chemin des marches du porche. Keenan, en hôte accompli, était sorti l'accueillir et le regardait, l'attendant pour lui tenir la porte. Deux silhouettes parfaites qui se détachaient sur le fond de lumière en provenance de l'intérieur. Ils ne devaient pas me voir, dans la pénombre, mais ils voyaient certainement le pistolet ; c'était un gros pistolet.

« Qui diable êtes-vous ? demanda Keenan.

– Je m'appelle Jerry Tarkanian. Au moindre mouvement, je vous fais un trou dans le bide tellement gros que vous pourrez voir la télé au travers.

– Vous parlez comme un punk », dit Sarge. Néanmoins, il ne fit pas un geste.

« Ne bougez pas, c'est tout. Vous n'avez pas à vous occuper d'autre chose. » J'ouvris la portière de l'Impala et en sortis avec précaution. Le mec Sarge me regardait par-dessus son épaule et je voyais briller ses petits yeux. L'une de ses mains se glissait sous le revers de son costard croisé style 1943.

« S'il vous plaît, dis-je. Levez les mains, trous-du-cul. »

Le mec Sarge leva les mains ; celles de Keenan étaient déjà en l'air.

« Descendez au bas des marches, tous les deux. »

Ils s'exécutèrent et, dans l'éclairage direct de la lumière, je pus distinguer leur visage. Keenan paraissait effrayé, mais le Sarge avait la tête d'un gars qui écoute une conférence sur le zen ou un cours sur l'art d'entretenir les motos. C'était probablement lui qui avait descendu Barney.

« Tournez-vous face au mur et appuyez-vous contre. Tous les deux. »

Keenan : « Si c'est l'argent que vous voulez... »

J'éclatai de rire. « Et moi qui voulais commencer par vous faire une offre de rabais sur les Tupperware, et en venir petit à petit au gros truc ! Vous avez tout compris. Ouais, c'est après votre fric que j'en ai. Quatre cent quatre-vingt mille dollars, pour être précis. Enterrés sur une petite île au large de Bar Harbor du nom de Carmen's Folly. »

Keenan sursauta comme si je lui avais tiré dessus, mais le visage en béton de Sarge n'eut pas le moindre tressaillement. Il se tourna, posa les mains sur le mur et fit porter son poids dessus. Keenan l'imita à contrecœur. C'est lui que je commençai par fouiller et je trouvai un stupide petit calibre 32 à canon court. Un pétard comme ça, vous pouvez appuyer le canon sur la tête d'un type et le rater quand même. Je le jetai par-dessus mon épaule et l'entendis rebondir sur une des voitures. Sarge n'était pas armé – et ce fut un soulagement de s'éloigner de lui.

« On va entrer dans la maison. Vous d'abord, Keenan, ensuite Sarge, et puis moi. Et sans incident, d'accord ? »

Nous escaladâmes les marches à la queue leu leu pour nous retrouver dans la cuisine. C'était l'une de ces installations tout en chromes et carrelage, sans un microbe, qui semblent avoir été crachées telles quelles par quelque matrice de production de masse du Midwest, l'ouvrage d'une bande d'enfoirés méthodistes à la mine joviale, à l'allure de joyeux plombiers et sentant le tabac à pipe. A mon avis, elle ne devait même pas avoir besoin de quelque chose d'aussi vulgaire qu'un coup de serpillière ; Keenan devait sans doute fermer les portes, une fois par semaine, et brancher un système d'arrosage dissimulé.

Je les fis défiler jusque dans la salle de séjour ; encore un vrai régal pour les yeux, cette pièce. Elle devait être l'œuvre de quelque décorateur efféminé qui ne s'était jamais remis de la lecture d'Hemingway. Il y avait une cheminée en dalles de pierre grande comme une cabine d'ascenseur, une table de buffet en teck surmontée d'une tête d'orignal empaillée et un chariot à apéritifs remisé sous un râtelier d'armes croulant sous une artillerie de première. La stéréo s'était arrêtée.

Du canon de mon arme, je leur montrai le canapé : « Chacun à un bout. »

Ils obéirent, Keenan s'asseyant à droite, Sarge à gauche. Le mec Sarge paraissait encore plus balèze assis. Une cicatrice affreuse, déchiquetée, se tortillait dans sa coupe en brosse qui aurait eu besoin d'être rafraîchie. J'estimai son poids à environ cent-cent dix kilos, et je me demandai comment un type ayant la taille et la présence physique de Mike Tyson pouvait rouler en Coccinelle.

Je pris un fauteuil par le dossier et le tirai sur le tapis couleur sables mouvants jusqu'à ce qu'il soit en face d'eux. Puis je m'assis et laissai le 45 appuyé contre ma cuisse. Keenan le regardait comme un oiseau hypnotisé par un serpent. Mais Sarge, lui, m'examinait comme s'il était le serpent et moi le piaf.

« Et maintenant ? demanda-t-il.

– Maintenant ? On va discuter carte et argent, dis-je.

– Je ne sais pas de quoi vous voulez parler. Par contre, ce que je sais, c'est que les enfants ne doivent pas faire joujou avec les armes à feu.

– Et comment se porte Cappy McFarland, ces jours-ci ? » répliquai-je en prenant un ton innocent.

Sarge ne broncha pas, mais Keenan péta un plomb.

« Il est au courant, il est au courant ! lança-t-il en rafale.

– La ferme ! lui intima Sarge. Ferme ta grande gueule ! »

Keenan poussa un léger gémissement. Voilà que le scénario prenait une tournure qu'il n'avait pas prévue. Je souris. « Il a raison, Sarge. Je suis au courant. De presque tout.

– Qui êtes-vous ?

– Pas quelqu'un que vous connaissiez. Un ami de Barney.

– Barney qui ? demanda Sarge, le ton nonchalant. Barney Ducon, çui-qui-a-du-poil-au-menton ?

– Il n'était pas mort, Sarge. Pas tout à fait. »

Le balèze adressa un regard lourd et meurtrier à Keenan. Celui-ci frissonna et ouvrit la bouche. « Pas un mot, lui ordonna Sarge. Pas le moindre mot, bordel. Je te tords le cou comme à un poulet si tu en dis un seul. »

La bouche de Keenan se referma avec un petit bruit.

Sarge se tourna de nouveau vers moi : « Qu'est-ce que vous avez voulu dire, *presque tout* ?

– Tout, mis à part les derniers détails. Je suis au courant, pour le véhicule blindé. Pour l'île. Pour Cappy McFarland. Comment vous, Keenan et un autre salopard du nom de Jagger avez tué Barney. Et la carte. Je suis aussi au courant pour la carte.

– Ça ne s'est pas passé comme il vous l'a raconté, protesta Sarge. Il était sur le point de nous doubler.

– Il n'aurait pas pu doubler une tortue dans une côte, répliquai-je. C'était juste un pauvre gogo qui avait le malheur de savoir conduire. »

L'homme haussa les épaules ; un tremblement de terre en miniature, telle était l'impression que ça faisait. « D'accord, fais-toi aussi crétin que tu en as l'air, lança-t-il, arrêtant de faire semblant d'être poli.

– Je savais que Barney était sur un coup déjà en mars dernier. Mais pas sur lequel, exactement. Et puis un soir, il s'est retrouvé avec un pétard. Celui-ci. Comment es-tu entré en contact avec lui, Sarge ?

– Un ami commun. Quelqu'un qui a fait une partie de son temps avec lui. Nous avions besoin d'un chauffeur qui connaisse le Maine oriental et la région de Bar Harbor. On est allés le voir, avec Keenan, et on lui a expliqué le coup ; l'affaire lui a plu.

– Moi aussi, j'ai fait de la taule avec lui au Shank. Je l'aimais bien. On pouvait pas faire autrement que l'aimer bien, ce type. Il était pas très malin, mais c'était un bon gars. Il avait besoin de quelqu'un pour lui dire quoi faire, plus que d'un partenaire.

– George et Lennie, si c'est pas mignon ! ricana Sarge.

– Ça me fait plaisir de constater que tu as passé ton temps de placard à peaufiner ce qui te tient lieu d'esprit, mon cœur, rétorquai-je. On voulait se faire une banque à Lewiston. Il n'a pas eu la patience d'attendre que je mette le coup au point. Et maintenant, il est trois pieds sous terre.

– Mon Dieu-mon Dieu, c'est trop triste. Je me sens tout chose, à entendre ça. »

Je redressai le pétard et pointai le canon sur lui ; pendant une ou deux secondes, il fut l'oiseau, et l'arme le serpent. « Encore une dans ce genre, et j'te farcis le ventre aux pruneaux. Tu veux savoir si je suis sérieux ? »

Je vis sa langue pointer à deux ou trois reprises à toute vitesse, puis passer sur sa lèvre supérieure et disparaître. Il acquiesça. Keenan était pétrifié. Il avait l'air de vouloir faire semblant de vomir, mais il n'osa pas.

« Il m'a dit que c'était une grosse affaire, un grand coup, repris-je. C'est tout ce que j'ai pu lui soutirer. Il s'est barré le 3 avril. Deux jours plus tard, quatre types renversaient le camion blindé du Portland-Bangor Federated à la sortie de Carmel. Trois gardes tués. Les journaux ont raconté que les voleurs avaient pris la fuite dans une Plymouth 78 gonflée. Barney avait une Plymouth 78 sur cales, qu'il voulait modifier pour faire du stock-car. Je parie que Keenan lui a avancé les fonds pour la transformer en quelque chose de mieux, et surtout de beaucoup plus rapide. »

Je me tournai vers ce dernier ; il était de la couleur du fromage frais.

« Le 6 mai, j'ai reçu une carte postale avec le tampon de Bar Harbor, mais ça ne signifie rien. Il y a des douzaines de petites îles qui font passer le courrier par ce bureau de poste. C'est un bateau spécial qui fait le circuit et qui le ramasse. Sur la carte postale, il y avait : *Maman et la famille vont bien, le magasin marche bien. On se voit en juillet.* C'était signé du second prénom de Barney. J'ai loué une villa sur la côte, parce qu'il savait que c'était ce que j'avais prévu. Juillet passe, pas de Barney.

– Il devait souffrir d'une trique au stade terminal à ce moment-là, tu crois pas, morveux ? » dit Sarge. Je crois qu'il voulait me faire savoir que je ne l'impressionnais toujours pas.

Je lui jetai un regard indifférent. « C'est finalement début août qu'il est arrivé. Cadeau de ton pote Keenan, Sarge. Sauf qu'il avait oublié que le bateau était équipé d'une pompe automatique. Tu t'es imaginé que la houle le ferait couler en trois coups de cuillère à pot, hein ? Mais tu croyais aussi qu'il était mort. J'étendais une couverture jaune tous les jours sur Frenchman's Point. Visible à des milles de là. Facile à repérer. Pourtant, il a eu de la chance.

– *Trop* de chance, cracha Sarge.

– Y a une chose qui m'intrigue... est-ce qu'il savait, avant le coup, que tous les billets étaient neufs et leurs numéros enregistrés ? Que vous ne pourriez même pas les échanger chez un fourgueur des Bahamas avant trois ou quatre ans ?

– Il le savait », grommela Sarge ; à ma surprise, je le crus. « Et personne n'avait prévu de fourguer ce fric. Ça aussi, il le savait, môme. Je crois qu'il comptait sur ce coup de Lewiston dont tu parlais, en attendant. Et peu importe sur quoi il comptait. Il savait ce qui était convenu et avait dit banco. Et pourquoi pas, bordel de Dieu ? Admettons qu'il ait fallu attendre dix ans pour récupérer ce pognon et le partager. Qu'est-ce que c'était, dix ans, pour un gosse comme Barney ? Merde, il aurait eu trente-cinq ans ! Et moi soixante et un !

– Et Cappy McFarland ? Barney était-il au courant, pour Cappy ?

– Oui. C'était lui qui avait trouvé le coup. Un type bien. Un pro. Il a eu un cancer l'an dernier. Inopérable. Et il me devait un service.

– C'est comme ça que vous êtes allés tous les quatre sur l'île de Cappy. Une île déserte du nom de Carmen's Folly. Cappy a enterré l'argent et fait une carte.

– Ça, c'était l'idée de Jagger. On ne voulait pas partager tout de suite un fric aussi dangereux. C'était trop tentant. Mais on ne voulait pas non plus que toutes les informations se retrouvent dans les mêmes mains. C'est pourquoi Cappy était la solution parfaite.

– Parle-moi de la carte.

– Je savais bien qu'on finirait par en arriver là, dit Sarge avec un sourire glacial.

– Ne lui dis rien ! » s'écria Keenan d'une voix étranglée.

Sarge se tourna vers lui et lui adressa un regard qui aurait fait fondre un barreau d'acier. « La ferme ! Je peux pas mentir et je peux pas faire autrement que répondre, tout ça grâce à toi. Tu sais ce que j'espère, Keenan ? J'espère que tu ne t'attendais pas trop à voir le premier janvier du prochain siècle.

– Ton nom est dans une lettre, répliqua Keenan, affolé. S'il m'arrive quelque chose, ton nom est dans une lettre !

– Cappy a fait une bonne carte, reprit Sarge, comme si son complice n'avait pas existé. Il avait reçu une formation de dessinateur industriel à Joliet. Il l'a coupée en quatre. Un morceau pour chacun d'entre nous. Il était prévu de se retrouver pour le 4-Juillet, cinq ans plus tard. D'en reparler. On aurait peut-être décidé d'attendre encore cinq ans, ou de recoller tout de suite les quatre morceaux. Mais il y a eu un problème.

– Oui, dis-je, c'est une façon de présenter les choses.

– Si ça peut te faire plaisir, c'était l'idée de Keenan. Je ne sais pas si Barney était au courant ou pas. Toujours est-il qu'il allait très bien lorsqu'on est montés sur le bateau de Cappy, Jagger et moi.

– Quel foutu menteur ! s'exclama Keenan.

– Qui donc possède deux quarts de la carte dans son coffre-fort ? demanda Sarge. C'est bien toi, non ? »

Il se tourna de nouveau vers moi.

« Mais ça ne changeait rien ; la moitié de la carte, ça ne suffisait toujours pas. Je ne vais pas te raconter que j'aurais préféré partager en quatre qu'en trois. M'est avis que tu ne me croirais pas, même si c'était vrai. Et alors, devine quoi ? Voilà Keenan qui m'appelle. Qui me dit qu'il faut qu'on ait une petite discussion. Je m'y attendais. Toi aussi, on dirait. »

J'acquiesçai. Keenan avait été plus facile à trouver que le mec Sarge ; il était moins discret. J'aurais pu finir par repérer l'autre, je suppose, mais j'étais bien tranquille que ça ne serait pas nécessaire. Les oiseaux de ce genre ont tendance à se retrouver, sur le principe de qui se ressemble s'assemble, et lorsque l'un d'eux est un vautour du calibre de Keenan, ils ont aussi tendance à se voler dans les plumes.

« Bien entendu, enchaîna Sarge, il m'a conseillé de ne pas avoir d'idée saugrenue, et m'a dit qu'il avait pris une police d'assurance et que mon nom figurait dans une lettre qu'il avait remise à son avocat, en cas de mort violente. Il pensait qu'à nous deux, nous pourrions probablement dégoter le coin où Cappy avait enterré le fric avec trois des morceaux de la carte.

– Et partager le magot cinquante-cinquante », ajoutai-je.

Sarge acquiesça. Keenan tirait une tronche qui faisait penser à une lune dérivant très haut, dans une stratosphère de terreur.

« Où est le coffre ? » lui demandai-je.

Il ne répondit rien.

J'avais un certain entraînement au calibre 45. C'est une bonne arme. Je l'aime bien. Je la pris à deux mains et tirai sur l'avant-bras de Keenan, juste au-dessous du coude. Sarge ne sursauta même pas. Keenan tomba du canapé et se roula en boule, se tenant le bras et hurlant.

« Le coffre. »

Il continua de hurler.

« Bon. Je vais te tirer dans le genou. Je n'en ai pas fait l'expérience personnelle, mais il paraît que c'est fou ce que ça fait mal.

– La gravure, hoqueta-t-il. Le Van Gogh. Ne me tire plus dessus, hein ? » Il me regardait, un sourire de terreur sur le visage.

Du revolver, je fis signe à Sarge : « Tiens-toi debout face au mur. »

L'homme se leva et se tourna vers le mur, les bras ballants.

« Et maintenant, à toi, dis-je à Keenan. Va ouvrir le coffre.

– Je suis en train de perdre tout mon sang ! » gémit-il.

J'allai à lui et lui caressai la joue de la crosse du pétard, arrachant un lambeau de peau. « Voilà. Tu saignes, cette fois. Va ouvrir le coffre, ou bien tu vas saigner encore plus. »

Il se leva, se tenant le bras et pleurnichant. Il décrocha la gravure de sa bonne main, laissant apparaître un coffre mural gris standard. Il me lança un regard terrifié et commença à tripoter le cadran. Il prit deux faux départs et dut s'y reprendre à trois fois. Le coffre s'ouvrit. Il contenait quelques documents et deux liasses de billets. Il y glissa la main, farfouilla quelque temps et en retira deux carrés de papier d'environ dix centimètres de côté.

Je jure que je n'avais aucune intention de le tuer. J'avais prévu de l'attacher et de le laisser ainsi ; il était bien assez inoffensif. La bonne l'aurait retrouvé en revenant de sa soirée lingerie ou je ne sais quoi, et il n'aurait pas osé mettre le nez hors de sa maison d'une bonne semaine. Mais Sarge n'avait pas menti. Il en possédait deux ; et l'un d'eux avait du sang dessus.

Je lui tirai à nouveau dessus, mais pas dans le bras. Il dégringola comme un paquet de linge sale.

Sarge ne cilla même pas. « Je te racontais pas de conneries. C'est bien Keenan qui a baisé ton ami. C'étaient des amateurs, tous les deux. Les amateurs sont idiots. »

Je ne répondis rien. Je jetai un coup d'œil sur les bouts de papier et les glissai dans une poche. Aucun des deux ne comportait de marque en X.

« La suite du programme ? demanda Sarge.

– On va chez toi.

– Qu'est-ce qui te fait croire que mon morceau de carte s'y trouve ?

– Je ne sais pas. C'est télépathique, peut-être. De toute façon, s'il n'y est pas, nous irons le chercher là où il se trouve. J'ai tout mon temps.

– Et réponse à tout, hein ?

– Allons-y. »

Nous retournâmes à l'abri à voitures. Je m'assis à l'arrière, côté passager. Sa taille et les proportions de la voiture rendaient à peu près impossible toute action-surprise de sa part ; rien que pour se tourner, il devait lui falloir au moins cinq minutes. Il démarra. Lui non plus ne voulait pas s'attarder dans une maison où traînait un cadavre tout frais.

La neige commença à tomber à gros flocons mouillés qui collaient au pare-brise et se transformaient instantanément en gadoue en touchant le sol. Le revêtement était glissant, mais il n'y avait pas beaucoup de circulation.

Au bout d'une demi-heure, nous quittâmes la Route 10 pour emprunter une voie secondaire. Un quart d'heure plus tard, nous nous retrouvâmes sur un chemin creusé d'ornières, des pins chargés de neige montant la garde des deux côtés. Au bout de deux miles, il engagea la VW dans une petite allée privée jonchée de débris.

Dans le rayon limité des phares, je distinguai plus ou moins une cabane forestière délabrée, au toit rapiécé, à l'antenne de télévision de guingois. Une vieille Ford couverte de neige était abandonnée sur la gauche, dans un fossé. Un peu plus loin, on devinait un cabanon et une pile de vieux pneus. Une cachette pour bandit de grands chemins.

« Bienvenue à Paradise Island, dit-il en coupant le moteur.

– Si c'est un coup fourré, t'es mort. »

Il donnait l'impression de remplir les trois quarts de l'espace, à l'avant du minuscule véhicule. « Je sais.

– Descends. »

Sarge passa devant et s'arrêta à hauteur de la porte. « Ouvre-la, et ne bouge pas. »

Il ouvrit et ne bougea pas. Je ne bougeai pas davantage. Nous gardâmes l'immobilité pendant environ trois minutes, et rien ne se produisit. Il n'y eut, pour s'agiter, qu'un écureuil gris et bien gras, qui s'aventura jusque dans le milieu de la cour pour nous injurier en *lingua rodenta*.

« C'est bon, dis-je, entrons. »

Quelle surprise : une vraie décharge. L'unique ampoule de soixante watts éclairait chichement la pièce, laissant dans les coins des ombres semblables à des chauves-souris affamées. Des journaux étaient éparpillés dans tous les sens. Du linge séchait sur une corde mal tendue. Dans l'angle opposé à la vieille télé Zénith, il y avait un évier de fortune et une baignoire piquetée de rouille et montée sur des pattes griffues. Un fusil de chasse était posé à côté. Parmi les effluves que dégageait la pièce, prédominaient les odeurs de pieds, de pet et de chili.

« C'est comme ça, quand on vit planqué », remarqua Sarge.

J'aurais pu formuler des objections, mais m'en abstins. « Où est le morceau de carte ?

– Dans la chambre.

– Allons le chercher.

– Pas tout de suite (il se tourna lentement, l'expression de son masque en béton plus dure que jamais). Je veux ta parole que tu ne me descendras pas quand tu l'auras.

– Comment pourras-tu m'obliger à la garder ?

– Bordel, j'en sais rien. Je me dis que je peux toujours espérer que c'est autre chose que l'argent qui t'a remonté. Si c'est à cause de Barney, si c'est cette ardoise que tu as voulu liquider – c'est fait. Keenan l'a baisé, et maintenant Keenan est mort. Si tu veux le magot aussi, c'est O.K. Les trois quarts de la carte suffiront peut-être, et tu ne t'étais pas trompé : il y a un X sur mon morceau. Mais tu ne l'auras pas tant que tu ne m'auras pas promis quelque chose : la vie sauve.

– Et comment saurai-je si tu ne te lanceras pas après moi ?

– Mais c'est ce que je vais faire, fiston », dit Sarge d'une voix douce.

J'éclatai de rire. « Très bien. Ajoute à ça l'adresse de Jagger, et tu as ma promesse. Et je la tiendrai, en plus. »

Le Sarge secoua lentement la tête. « Il vaut mieux pas faire le con avec Jagger, mon pote. Il ne fera qu'une bouchée de toi. »

Je redressai le canon de mon arme.

« Très bien. Il est à Coleman, dans le Massachusetts. Dans une cabane de ski. Ça te suffit ?

– Oui. Allons chercher ton morceau, Sarge. »

L'homme me regarda une fois de plus, attentivement. Puis il acquiesça. Nous entrâmes dans la chambre.

Ici aussi régnait le charme du style colonial. Le matelas taché, posé à même le plancher, était jonché de bouquins de cul ; les murs étaient couverts de photos de femmes ne portant rien sur elles, sinon une fine pellicule d'huile solaire. Un seul coup d'œil dans cette pièce et notre sexologue nationale, le Dr Ruth, se faisait sauter les plombs.

Sarge n'hésita pas. Il prit la lampe posée sur la table de nuit et en dévissa la base. Son fragment de carte s'y trouvait, soigneusement roulé à l'intérieur ; il me le tendit sans un mot.

« Jette-le. »

Il ébaucha un sourire. « Et prudent comme le serpent, avec ça.

– Je me suis rendu compte que ça payait. Donne-le, Sarge. »

Il me lança le bout de papier. « A quoi ça tient, tout de même... dit-il.

– Je tiendrai ma promesse. Estime-toi heureux. Allez, passe dans l'autre pièce. »

Quelque chose de froid brilla dans son regard. « Que veux-tu faire ?

– M'arranger pour que tu ne bouges pas d'ici pendant quelque temps. Avance. »

Nous retournâmes dans la pièce principale, à la queue leu leu, pimpants comme à la parade. Sarge s'immobilisa sous l'ampoule au bout de son fil, le dos tourné, attendant le coup de crosse que j'allais lui coller sur le crâne d'un instant à l'autre. Je brandissais déjà l'arme, lorsque la lumière s'éteignit.

La cabane se trouva soudain plongée dans l'obscurité la plus complète.

Je me jetai sur ma droite ; Sarge avait déjà foncé – je sentis le déplacement d'air froid. J'entendis un choc sourd et le bruit des journaux qui s'éparpillaient quand il toucha le sol au terme de son plongeon (un plat). Puis ce fut le silence. Un silence total, absolu.

J'attendis que ma vision nocturne se mette en place, mais elle ne fut pas d'un grand secours. La pièce était devenue un cimetière hérissé de pierres tombales ; Sarge les connaissait toutes.

Je savais qui était ce type ; je n'avais pas eu beaucoup de mal à trouver des informations sur lui. Il avait été Béret Vert au Vietnam, et plus personne ne se souciait de son véritable nom ; il était Sarge, une armoire à glace, un dur à cuire, un meurtrier.

Dans les ténèbres, il se dirigeait vers moi. Il devait connaître sa piaule comme le fond de sa poche, car il n'y avait pas un bruit, pas un craquement de plancher, pas un frottement de chaussure. Mais je le sentais qui se rapprochait, essayant de me déborder par la droite ou la gauche, à moins qu'il ne soit en train de jouer plus fin encore en venant droit sur moi.

La sueur poissait la crosse du calibre 45, dans ma main, et je dus faire un effort pour ne pas me mettre à tirer dans tous les sens, au hasard. J'avais parfaitement conscience que les trois quarts de la carte se trouvaient dans ma poche. Je ne me fatiguai pas à chercher la raison de la coupure de courant. Jusqu'au moment où le rayon d'une lampe torche puissante passa par une fenêtre, balaya la pièce au hasard et tomba sur un Sarge pétrifié, à demi accroupi à ma gauche, à environ deux mètres de moi. Ses yeux avaient des reflets verts dans le cône de lumière, comme ceux d'un chat.

Je vis la lame d'un rasoir briller dans sa main droite et je me souvins tout d'un coup de la façon dont ses doigts s'étaient portés au revers de son veston, dans l'abri à voitures, chez Keenan.

Sarge n'eut le temps de prononcer qu'un seul mot. « Jagger ? »

Je ne sais pas qui l'a eu le premier. Une arme de poing de gros calibre fit feu, derrière la torche, et j'appuyai deux fois sur la détente du 45 – un pur réflexe. Sarge se trouva propulsé avec une telle force contre le mur qu'il en perdit l'une de ses bottes.

La lampe torche s'éteignit.

Je tirai dans la fenêtre, mais seul du verre en dégringola. Je restai étendu sur le côté, dans l'obscurité, et compris que je n'avais pas été le seul à attendre les manifestations de la rapacité de Keenan. Jagger, lui aussi, avait patienté. Mais s'il me restait bien douze cartouches dans la voiture, je n'en avais plus qu'une dans l'arme.

Il vaut mieux pas faire le con avec Jagger, mon pote, avait dit Sarge. *Il ne fera qu'une bouchée de toi.*

J'avais maintenant une assez bonne idée de la disposition de la pièce. Je m'accroupis et bondis par-dessus les jambes étalées de Sarge pour aller me réfugier dans le coin, où je me glissai dans la baignoire. Je me mis en observation par-dessus le rebord. Il n'y avait pas le moindre bruit. L'émail était écaillé, le fond usé par des poudres abrasives. J'attendis.

Cinq minutes passèrent, environ. Elles me parurent durer cinq siècles.

Puis le faisceau lumineux se ralluma, à travers la fenêtre de la chambre, cette fois-ci. Je me dissimulai lorsqu'il passa par la porte. Il zigzagua brièvement et s'éteignit.

Le silence se prolongea, assourdissant. Je vis tout défiler, sur l'émail usé de la baignoire. Le sourire désespéré de Keenan. Barney avec son trou dans le ventre encroûté de sang séché, à l'est de son nombril. Sarge, pétrifié dans le faisceau de la torche tenant son rasoir en professionnel, entre le pouce et l'index. Jagger, l'ombre sans visage. Et moi. Le cinquième quart.

Soudain une voix s'éleva, juste de l'autre côté de la porte. Une voix douce, cultivée, presque féminine, mais nullement hésitante : on y sentait la compétence, une menace mortelle.

« Hé, mon mignon ! »

Je gardai le silence. J'allais laisser sonner un bon moment avant de décrocher.

Lorsque la voix s'éleva de nouveau, elle venait de la fenêtre : « Je vais te tuer, mon mignon. C'était eux que j'étais venu descendre, mais tu feras l'affaire. »

Nouveau silence, pendant lequel il changea de position. Cette fois-ci, ce fut de la fenêtre juste au-dessus de la baignoire – et de ma tête – que me parvint la voix. Je sentis mes entrailles me remonter jusque dans la gorge. Si jamais il allumait sa torche...

« On n'avait pas besoin d'une cinquième roue au carrosse, dit Jagger. Désolé. »

C'est à peine si je l'entendis rejoindre sa nouvelle position, juste derrière l'entrée. « J'ai mon morceau de carte sur moi. T'as pas envie de venir le prendre ? »

Je dus réprimer une forte envie de tousser.

« Viens donc le chercher, mon mignon, continua-t-il d'un ton moqueur. Le dernier quart du gâteau. Viens donc te servir. »

Mais je n'en avais pas besoin, et il devait s'en douter. J'avais pratiquement tous les atouts en main. Je pouvais trouver l'argent. Avec son unique morceau, Jagger n'avait aucune chance.

Cette fois-ci, le silence se prolongea vraiment. Une demi-heure, une heure, ça n'en finissait pas. L'éternité au carré. Je commençais à m'ankyloser. Dehors, le vent s'était levé, m'empêchant d'entendre quoi que ce soit, sinon les rafales chargées de neige qui venaient fouetter les murs. Il faisait très froid. L'engourdissement gagnait le bout de mes doigts.

Puis, vers une heure trente, il y eut un bruit étrange, comme si des rats furetaient dans les ténèbres. Je retins ma respiration. Jagger avait réussi à entrer ! Il était au beau milieu de la pièce...

Puis je compris. La *rigor mortis*, rendue plus rapide par le froid, redisposait le cadavre de Sarge une dernière fois, c'était tout. Je me détendis un peu.

C'est à cet instant que la porte s'ouvrit brutalement et que Jagger chargea, fantomatique mais visible dans son manteau de neige, grand et dégingandé. Je le laissai avancer et lui logeai une balle dans le côté de la tête. Mais dans le bref éclair de la détonation, je vis que j'avais fait un trou dans un épouvantail sans visage, habillé de vêtements abandonnés par un paysan. La tête en grosse toile dégringola de son manche à balai et roula sur le sol. Déjà, Jagger me tirait dessus.

Il tenait un pistolet semi-automatique et la baignoire se transforma en une grande cymbale creuse, assourdissante. Des éclats d'émail sautèrent, rebondirent sur le mur et retombèrent sur moi en pluie, accompagnés d'éclats de bois et d'une balle perdue encore brûlante.

Il continua de charger sans cesser de tirer. Il allait me tuer comme un poisson pris dans un tonneau. Je ne pouvais même pas relever la tête.

Ce fut Sarge qui me sauva la vie. Jagger trébucha contre un de ses grands panards inertes, oscilla, et deux balles allèrent se perdre dans le plancher. Je bondis à genoux et fis semblant d'être le lanceur de couteau, dans *Les Sept Mercenaires*. Je propulsai le calibre 45 vers sa tête.

L'arme le toucha mais ne l'arrêta pas. Je sautai maladroitement par-dessus le rebord de la baignoire avec l'intention de me jeter sur lui ; il tira par deux fois, sur ma gauche.

A peine visible, la silhouette recula, essayant de reprendre l'équilibre tout en se tenant l'oreille, là où le pétard l'avait atteint. Il tira une balle qui me toucha au poignet, une autre qui m'égratigna le cou. Puis, miraculeusement, il trébucha une deuxième fois sur le pied de Sarge et tomba en arrière. Ce coup-ci, la balle alla se loger dans le plafond. C'était ma dernière chance. D'un coup de pied, je lui fis sauter le semi-automatique des mains (il y eut un bruit mou d'os brisé) et d'un autre, je le frappai dans l'entrejambe. Il se plia en deux. Je lui portai le coup de pied suivant à la tête et ses jambes se mirent à pédaler frénétiquement tandis qu'il tombait sur le sol, inconscient. Il était déjà mort, mais je n'en continuai pas moins à lui shooter dans la tête, encore et encore, jusqu'à la réduire en un magma pulpeux comme de la confiture de fraises, en une masse impossible à identifier, même avec les dents. Je tapai jusqu'à ce que je ne puisse plus lever la jambe, jusqu'à ce que mes orteils s'engourdissent.

Je me rendis soudain compte que je criais et qu'il n'y avait personne pour m'entendre, en tout cas pas les deux cadavres.

Je m'essuyai la bouche et m'agenouillai à côté de Jagger.

Il avait menti à propos de son fragment de plan, ce qui ne me surprit pas beaucoup. Non, rectification : ce qui ne me surprit pas du tout.

Ma caisse se trouvait toujours au même endroit, à un coin de rue de la maison de Keenan, réduite à l'état de fantôme par la neige qui la faisait disparaître. J'avais laissé la Coccinelle de Sarge à un peu plus d'un kilomètre. Pourvu que le chauffage fonctionne, me dis-je. J'ouvris la portière et grimaçai en me glissant derrière le volant. L'égratignure de mon cou ne saignait plus, mais mon poignet me faisait horriblement mal.

Je dus tirer longtemps sur le démarreur pour lancer le moteur. Le chauffage fonctionnait, et l'unique essuie-glace chassa suffisamment de neige du pare-brise, de mon côté. Jagger avait menti pour sa portion de carte, qui n'était pas non plus dans la discrète petite Honda Civic (sans doute volée) avec laquelle il était venu. Mais son adresse figurait sur les papiers de son portefeuille, et si j'avais réellement eu besoin de son bout de papier, je crois que je serais parvenu à le dégoter. Mais ça n'était probablement pas nécessaire ; les trois fragments que je détenais devaient suffire, en particulier grâce à celui de Sarge, avec la croix dessus.

Je démarrai lentement. J'allais devoir me montrer prudent pendant un bon moment. Sarge avait eu raison sur un point. Ce pauvre Barney n'était qu'un imbécile. Qu'il ait été mon ami n'avait plus aucune importance. La dette avait été payée.

Mais en attendant, j'allais devoir être très prudent.

Le docteur résout l'énigme

Je crois qu'il ne m'est arrivé qu'une seule fois de résoudre l'énigme d'un crime avant mon quelque peu légendaire ami, Mr Sherlock Holmes. Je dis *je crois* parce que ma mémoire commence à présenter des zones de flou depuis que je suis entré dans ma neuvième décennie ; et maintenant que j'approche de mes cent ans, le brouillard l'a gagnée dans son ensemble. Il m'est peut-être arrivé, en une autre occasion, d'être plus rapide que Holmes ; mais si c'est le cas, je ne m'en souviens pas.

Je doute cependant que je puisse oublier cette affaire particulière, aussi troubles que deviennent mes pensées et mes souvenirs ; j'estime cependant préférable de la jeter sur le papier avant que Dieu ne me fasse définitivement refermer mon stylo.

Je ne risque pas d'humilier Holmes – à Dieu ne plaise ! – aujourd'hui ; voilà quarante ans qu'il gît dans la tombe. Une telle période de temps, à mon sens, suffit à la prescription. Même Lestrade, qui utilisait parfois les services de Holmes, bien qu'il ne l'eût jamais beaucoup aimé, n'a pas une seule fois rompu le silence à propos de l'affaire lord Hull – la chose lui aurait été difficile, étant donné les circonstances. Et si celles-ci avaient été différentes, je doute tout de même qu'il l'ait fait. Lui et Holmes se provoquaient et il me semble que Holmes éprouvait, au fond de son cœur, une haine véritable pour le policier (il n'aurait cependant jamais reconnu éprouver un sentiment aussi bas), mais Lestrade ressentait un respect bizarre pour mon ami.

Tout a commencé par un après-midi humide et morne, alors que l'horloge venait de sonner la demie d'une heure. Holmes était assis à côté de la fenêtre, tenant son violon sans en jouer, perdu dans la contemplation silencieuse de la pluie. Il y avait des moments, en particulier une fois qu'il eut renoncé à la cocaïne, où son humeur s'assombrissait au point de devenir chagrine, lorsque le ciel s'entêtait à rester couvert pendant une semaine ou davantage ; cette journée l'avait particulièrement déçu, car le mercure avait commencé à remonter dans le baromètre depuis la veille au soir, et il avait prédit, confiant, l'arrivée des éclaircies au plus tard à dix heures du matin. Au lieu de quoi, la brume, qui enveloppait tout au moment où je m'étais levé, s'était transformée en une pluie régulière, et s'il y avait bien une chose qui pouvait mettre Holmes de plus mauvaise humeur qu'une longue période d'intempéries, c'était bien de se tromper dans ses prédictions.

Soudain il se redressa, pinça de l'ongle une corde de son violon et eut un sourire sardonique. « Watson ! En voilà un spectacle ! Le fin limier le plus mouillé que vous ayez jamais vu ! »

Il s'agissait évidemment de Lestrade, assis à l'arrière d'une voiture découverte, l'eau dégoulinant jusque dans ses yeux plissés au regard férocement inquisiteur. A peine le véhicule s'était-il immobilisé qu'il en sautait, jetait une pièce au cocher et se dirigeait à grands pas vers le 221 *bis*, Baker Street. Il se déplaçait à une telle vitesse que je crus bien qu'il allait enfoncer notre porte comme un bélier.

J'entendis Mrs Hudson lui adresser de vaines récriminations, relatives à son état incontestablement ruisselant et à l'effet que cet état pourrait produire sur le tapis, aussi bien en bas qu'à l'étage ; sur quoi, Holmes, qui pouvait faire passer Lestrade pour une tortue s'il en éprouvait le besoin, bondit jusqu'à la porte et lança dans l'escalier : « Laissez-le monter, madame Hudson. Je mettrai un journal sous ses bottes s'il doit rester longtemps, mais je pense, oui, je pense sincèrement que... »

Lestrade s'engouffra alors dans l'escalier, laissant Mrs Hudson à ses remontrances. Il avait le visage fortement coloré, des yeux ardents, et un sourire carnassier découvrait ses dents, décidément jaunies par le tabac.

« Inspecteur Lestrade ! s'écria Holmes d'un ton jovial. Qu'est-ce qui peut vous amener par un temps... »

Il n'alla pas plus loin. Encore essoufflé par l'escalade, Lestrade lui coupa la parole : « J'ai entendu des bohémiennes prétendre que le diable exauçait les vœux. Maintenant, je le crois. Venez sur-le-champ si vous voulez tenter votre chance, Holmes ; le cadavre est encore frais et les suspects sont rangés en bon ordre.

– Tant d'ardeur m'effraye, Lestrade ! s'écria Holmes, non sans un petit tressaillement de son sourcil.

– Ne jouez pas à la timide violette avec moi, mon vieux. Je suis venu toutes affaires cessantes pour vous offrir le cadeau que, dans votre orgueil, vous avez souhaité des centaines de fois que le sort vous fît. Je vous l'ai moi-même entendu dire. L'énigme de la chambre close. »

Holmes avait commencé à se diriger vers un coin de notre salon, peut-être pour y prendre l'affreuse canne à pommeau d'or que, pour quelque raison connue de lui seul, il promenait avec affectation depuis quelque temps. Il fit brusquement demi-tour et regarda, l'œil agrandi, son visiteur qui ruisselait sur le tapis. « Etes-vous sérieux, Lestrade ?

– Aurais-je risqué la pneumonie, la diphtérie et que sais-je encore dans une voiture découverte, si je ne l'étais pas ? » rétorqua le policier.

Alors, pour la seule et unique fois (en dépit des nombreuses occasions où on lui a attribué la phrase), Holmes, après s'être tourné vers moi, me lança : « Vite, Watson ! Le gibier est levé[1] ! »

En chemin, Lestrade eut l'occasion d'épiloguer avec amertume sur la chance *diabolique* dont jouissait en outre Holmes ; alors que le policier avait demandé au cocher de l'attendre, à peine émergions-nous de notre logement que s'avançait dans notre direction, en clopinant, cette exquise rareté : un fiacre vide, sous ce qui était maintenant une pluie battante. Nous y montâmes et partîmes aussitôt. Comme toujours, Holmes s'était installé du côté gauche ; à coups d'œil vifs et infatigables, il explorait tout, cataloguait tout, même s'il n'y avait que bien peu de choses remarquables en ce jour-là... du moins était-ce mon impression et celle de mes semblables. Je ne doute pas que le coin de rue le plus désert, la vitrine la plus dégoulinante de pluie n'aient eu des volumes à lui raconter.

Lestrade avait donné au cocher une adresse dans Savile Row ; il demanda ensuite à Holmes s'il connaissait lord Hull.

1. Cette citation fameuse (que l'on trouve notamment dans *La Résurrection de Sherlock Holmes*) est elle-même empruntée à Shakespeare (*Richard V*, acte III, scène 1). *(N.d.T.)*

« J'en ai entendu parler, répondit-il, mais je n'ai pas eu la chance de le rencontrer. Je suppose qu'il est trop tard, maintenant. Import-export, n'est-ce pas ?

– En effet, import-export. Quant à la chance, bien au contraire, vous en avez eu. Les témoignages (y compris ceux des personnes qui lui étaient le plus proches et... heu... le plus chères) sont unanimes : lord Hull était le plus ignoble des individus, aussi piqué que s'il était tombé sur un essaim d'abeilles en furie. Il a néanmoins définitivement mis un terme à sa carrière dans l'ignominie et la loufoquerie ; vers onze heures ce matin ; il y a juste... (il exhiba une montre de gousset de la taille d'un navet et la consulta)... deux heures et quarante minutes de cela, quelqu'un lui a planté un couteau dans le dos alors qu'il était assis à son bureau, son testament posé sur le sous-main devant lui.

– Ainsi donc, dit Holmes, songeur, en allumant sa pipe, vous estimez que le bureau de ce désagréable lord Hull est l'exemple parfait de la chambre close de mes rêves, c'est bien ça ? » Son regard brillait, sceptique, derrière un nuage ascendant de fumée.

– Je considère, répondit Lestrade avec calme, que c'est bien le cas.

– Watson et moi avons déjà foré nombre de puits de ce genre sans jamais trouver d'eau », observa Holmes, qui me jeta un coup d'œil avant de retourner au catalogue de rues qu'il ne cessait de dresser au fur et à mesure que nous les empruntions. « Vous souvenez-vous de *La Bande mouchetée*, Watson ? »

Il n'était guère nécessaire de lui répondre. Il y avait certes eu une pièce fermée dans cette affaire, mais on y trouvait également une ventilation, un serpent venimeux et un tueur assez diabolique pour avoir imaginé d'introduire celui-ci dans celle-là. Il s'était agi de l'invention d'un esprit cruellement brillant, mais Holmes avait percé son stratagème à jour en un tour de main.

« Quels sont les faits, inspecteur ? » demanda-t-il.

Lestrade se mit à nous les exposer à petites phrases courtes, en policier bien formé. Lord Albert Hull, despote en affaires et tyran domestique, terrifiait sa femme ; apparemment, celle-ci avait de bonnes raisons de redouter son époux. Le fait qu'elle lui eût donné trois fils n'avait nullement modéré sa manière féroce de régler leurs affaires privées en général et de la traiter, elle, en particulier. Lady Hull ne s'était exprimée qu'à contrecœur sur ces questions, mais ses fils n'avaient pas manifesté les mêmes réserves ; d'après eux, leur père ne manquait jamais une occasion de la harceler, de la critiquer ou de railler ses dépenses... tout cela quand ils étaient en société. Lorsqu'ils étaient seuls, il l'ignorait presque complètement. Sauf, ajouta Lestrade, lorsqu'il était d'humeur à la corriger, chose qui n'avait rien d'exceptionnel.

« William, l'aîné, m'a dit qu'elle leur racontait toujours la même histoire lorsqu'elle arrivait à la table du petit déjeuner avec un œil enflé ou une marque sur la joue : qu'elle avait oublié de mettre ses lunettes et qu'elle était rentrée dans une porte. "Elle rentrait dans les portes une ou deux fois par semaine, a précisé William, en ajoutant : Je ne m'étais pas rendu compte que nous avions tant de portes dans cette maison."

– Hmmm, fit Holmes. Un joyeux lascar, en somme. Les fils n'y ont pas mis un terme ?

– Elle refusait leur intervention.

– Quelle folie ! dis-je. Un homme qui bat sa femme est une abomination ; une femme qui permet cela est une abomination et un sujet de perplexité.

– La folie de cette femme, cependant, n'était pas dépourvue de sens, reprit Lestrade. De sens et de ce que l'on pourrait appeler une patience justifiée. Elle était, tout d'abord, de vingt ans la cadette de son seigneur et maître. Et, par ailleurs, lord Hull était un gros buveur et un gros mangeur. A soixante-dix ans, il y a cinq ans, il a commencé à avoir la goutte et à souffrir d'angine de poitrine.

– Il suffisait d'attendre la fin de la tempête pour jouir enfin du soleil, remarqua Holmes.

– En effet. Mais c'est une méthode qui a conduit plus d'un homme ou d'une femme aux portes de l'enfer, croyez-moi. Hull n'avait pas laissé ignorer aux siens la valeur de sa fortune ni les dispositions de son testament. Leur sort n'était guère meilleur que celui d'esclaves.

– Le testament leur servant en quelque sorte de garantie, murmura Holmes.

– Exactement, mon vieux. Aujourd'hui, la fortune de lord Hull est évaluée à trois cent mille livres. Il se gardait bien de leur demander de le croire sur parole ; son chef comptable venait régulièrement à son domicile pour donner les détails des comptes de la Hull Shipping, même si c'était lui qui tenait les cordons de la bourse – et il les tenait fermement, le bougre.

– Diabolique ! » m'exclamai-je, pensant au jeu cruel auquel j'avais vu se livrer des garnements à Eastcheap ou à Piccadilly, jeu consistant à tendre une douceur à un chien affamé pour le faire danser... puis à l'avaler soi-même sous les yeux de l'animal. Je n'allais pas tarder à trouver cette comparaison encore plus juste que je ne l'aurais cru possible.

« A la mort de lord Hull, lady Rebecca devait toucher cent cinquante mille livres ; William, l'aîné, cinquante mille ; Jory, le deuxième, quarante mille ; et le plus jeune Stephen, trente mille.

– Et les trente mille restants ? demandai-je.

– De petits legs, Watson : l'un à un cousin au pays de Galles, l'autre à une tante en Bretagne – rien, cependant, pour les parents de lady Hull – et cinq cents livres diversement réparties entre les domestiques. Ainsi que dix mille livres – ce détail va vous plaire, Holmes – au Foyer pour les chatons abandonnés de Mrs Hemphill.

– Vous plaisantez ! » m'écriai-je. Si Lestrade avait voulu provoquer une réaction identique de la part de Holmes, il en fut pour ses frais. Mon ami se contenta de rallumer sa pipe et d'acquiescer comme s'il s'était attendu à cela, ou du moins à quelque chose de semblable. « Alors que des bébés meurent de faim dans l'East End et que des enfants de douze ans travaillent cinquante heures par semaine dans les usines, cet individu lègue dix mille livres à un refuge *pour chats* ?

– Exactement, dit Lestrade avec affabilité. Qui plus est, il aurait abandonné vingt fois le montant de cette somme aux chatons de Mrs Hemphill, si ce qui est arrivé ce matin ne s'était pas produit. »

Je restai bouche bée, à essayer de faire la multiplication de tête. Pendant que j'en arrivais à la conclusion que lord Hull avait décidé de déshériter son épouse et ses enfants en faveur du Foyer pour les chatons abandonnés de Mrs Hemphill, Holmes adressa un regard en dessous à Lestrade et lui dit quelque chose qui, sur le coup, m'apparut comme un parfait *non sequitur*. « Je vais éternuer, n'est-ce pas ? »

Le policier sourit – un sourire d'une douceur transcendante. « En effet, mon cher Holmes. Souvent et violemment, j'en ai peur. »

Holmes retira la pipe de sa bouche, alors même qu'elle commençait à tirer à sa satisfaction (je le savais à la manière dont il s'était légèrement enfoncé dans son coin), la contempla un instant, puis la tendit à l'extérieur, sous la pluie. Plus abasourdi que jamais, je le vis la secouer pour en chasser le tabac mouillé qui fumait encore.

« Combien ? demanda-t-il.

– Dix, répondit Lestrade avec un sourire diabolique.

– Je soupçonne qu'il n'y a pas que l'énigme de la pièce fermée qui vous a jeté dans une voiture découverte par ce temps de chien, dit Holmes d'un ton amer.

– Soupçonnez tant que vous voulez, dit gaiement Lestrade. Je crains de devoir me rendre sur le lieu du crime – c'est mon devoir, vous le savez bien –, mais si vous préférez, je peux vous laisser ici, avec le bon docteur.

– Vous êtes le seul homme que je connaisse, observa mon ami, dont l'esprit semble s'affûter par mauvais temps. Je me demande si cela ne révèle pas quelque trait de votre caractère... Mais peu importe. Laissons ces considérations à plus tard. Dites-moi, Lestrade : quand donc lord Hull a-t-il acquis la conviction qu'il allait mourir ?

– Mourir ? m'exclamai-je. Mon cher Holmes, qu'est-ce qui a bien pu vous donner l'idée que cet homme...

– C'est évident, Watson. P.-I.-C., comme je vous l'ai dit mille fois, P.-I.-C. ! La personnalité induit le comportement. Cela l'amusait de les tenir à sa merci par le biais du testament... (il jeta un coup d'œil à Lestrade). Pas d'organisme de gestion des biens ? Pas de substitution de personne morale, j'imagine ?

– Rien de tout cela, en effet.

– Extraordinaire ! dis-je.

– Nullement, Watson ; la personnalité induit le comportement, rappelez-vous. Lui ne voulait qu'une chose, les voir marcher à sa botte dans la croyance que tout leur reviendrait lorsqu'il leur ferait la grâce de tirer sa révérence, mais telle n'avait jamais été son intention. D'ailleurs, une attitude de ce genre aurait été en contradiction flagrante avec le fond même de sa personnalité. Vous n'êtes pas d'accord, Lestrade ?

– Si, pour dire la vérité.

– Nous voilà donc bien au cœur du problème, n'est-ce pas, Watson ? Tout est-il bien clair ? Lord Hull se rend compte que sa fin est proche. Il attend un peu... s'assure qu'il n'est plus possible d'en douter, que ce n'est pas une erreur, une fausse alerte... sur quoi il convoque toute sa famille. Quand ? Ce matin même, Lestrade ? »

D'un grognement, l'inspecteur acquiesça.

Holmes joignit les mains, le bout des doigts sous le menton. « Il les réunit donc tous et leur déclare qu'il vient de faire un nouveau testament, un testament qui les déshérite tous... tous, à l'exception des domestiques, de quelques parents lointains et, bien entendu, des petits chats. »

J'ouvris la bouche pour parler, mais découvris que j'étais trop scandalisé pour seulement proférer une parole. L'image qui ne cessait de revenir dans mon esprit était celle des garnements cruels faisant faire les clowns aux cabots affamés de l'East End avec un morceau de porc ou un reste de croûte de tarte à la viande. Je dois ajouter qu'il ne me vint pas un instant à l'esprit l'idée de demander si on ne pouvait attaquer un tel testament en justice. Aujourd'hui, on aurait le plus grand mal à dépouiller ses plus proches parents en faveur d'un refuge pour animaux ; mais en 1899, un testament était quelque chose de sacré et, à moins que son auteur n'eût donné de nombreux signes de folie – non pas d'excentricité, mais de folie patentée –, les dernières volontés d'un homme, comme la Volonté de Dieu, étaient intouchables.

« Ce nouveau testament a-t-il été rédigé régulièrement, devant témoins ? demanda Holmes.

– Bien entendu. Hier, l'avoué de lord Hull, secondé par un assistant, s'est présenté au domicile de la victime et a été introduit dans son bureau. Ils y sont restés environ un quart d'heure. Stephen Hull affirme que l'avoué a élevé la voix sur le ton de la protestation à un moment donné, sans pouvoir dire à propos de quoi, mais que lord Hull l'a fait taire. Jory, le deuxième fils, était occupé à peindre, au premier étage, et lady Hull se trouvait en visite chez une amie. Mais Stephen et William ont vu entrer les hommes de loi et les ont vus repartir un peu plus tard. William prétend qu'ils sont ressortis la tête basse ; et bien qu'il eût demandé à Mr Barnes, l'avoué, s'il allait bien, ajoutant une remarque de courtoisie sur la persistance de la pluie, Barnes ne répondit rien et son assistant parut se recroqueviller. Comme s'ils avaient honte, a précisé William. »

Le vieux a vraiment pensé à tout, me dis-je.

« Puisque vous venez de les évoquer, parlez-moi de ces garçons, l'invita Holmes.

– Comme vous voudrez. Il va sans dire que leur haine pour leur paternel n'était dépassée que par le mépris sans bornes que leur portait celui-ci... même si l'on peut se demander pour quelle raison il pouvait mépriser Stephen... mais bref, présentons les choses dans le bon ordre.

– Oui, ayez la bonté de le faire, dit Holmes froidement.

– William a trente-six ans. Si son père lui avait alloué des ressources, je suppose qu'il aurait joué les fils à papa. Mais comme il ne dispose de pratiquement pas un sou, il passe ses journées dans divers gymnases, se vouant à ce que l'on appelle, je crois, la culture physique – il paraît effectivement très musclé – et traîne, le soir, dans des établissements où les consommations sont à des prix très abordables. S'il lui arrive d'avoir un peu d'argent en poche, il n'a rien de plus pressé que d'aller s'en faire dépouiller dans un cercle de jeu. Un homme qui n'a rien d'agréable, Holmes. Un homme qui vit sans but, qui n'a pas le moindre talent, pas la moindre petite passion, et aucune ambition – mise à part celle de survivre à son père – n'a guère de chances d'être sympathique. J'ai éprouvé la très curieuse impression, en l'interrogeant, d'avoir affaire à une urne vide sur laquelle auraient été imprimés, légèrement, les traits de lord Hull.

– Une urne attendant d'être remplie de livres sterling, commenta Holmes.

– Jory, c'est autre chose, poursuivit Lestrade. C'était à lui qu'allait le gros du mépris de lord Hull ; depuis sa plus tendre enfance, son père le gratifiait en effet de surnoms aussi affectueux et charmants que Tête-de-Poisson, Pied-de-Chaudron et Belette-Ventrue. Il n'est que trop facile, hélas ! de comprendre l'origine de ces surnoms ; Jory Hull mesure à peine cinq pieds, et encore ; il a les jambes arquées, et son allure est vraiment bancale. Il ressemble un peu à ce poète, vous savez, la tapette.

– Oscar Wilde ? » demandai-je.

Holmes m'adressa un bref coup d'œil amusé. « Je crois que Lestrade fait allusion à Algernon Swinburne. Lequel, pour autant que je le sache, n'est pas plus tapette que vous, Watson.

– Jory Hull a commencé son existence en étant déclaré mort-né, reprit Lestrade. Il était tout bleu, et comme il était resté une minute sans donner signe de vie, le docteur rendit son verdict et recouvrit son corps déformé d'un linge. Lady Hull, dans le seul moment héroïque de sa vie, se dressa sur son séant, retira le linge et eut l'idée de plonger les jambes du bébé dans l'eau brûlante que l'on avait préparée en vue de l'accouchement. C'est alors que le nouveau-né s'est mis à s'agiter et à crier. »

Le policier sourit et alluma un petit cigare avec des gestes affectés.

« Lord Hull prétendait que cette immersion était à l'origine des jambes arquées du garçon et il en accusait sa femme, quand il avait bu plus que de raison. Il lui disait qu'elle aurait été mieux inspirée de le laisser tranquille. Qu'il aurait mieux valu le laisser pour mort que de le faire vivre tel qu'il était – créature rampante aux pattes de crabe et à la tête de morue. »

La seule réaction de Holmes devant cette histoire extraordinaire (et que, comme médecin, je trouvai plutôt suspecte) fut d'observer que le policier avait rassemblé une quantité remarquable d'informations en un laps de temps remarquablement court.

« Ce qui nous amène à l'un des aspects de l'affaire qui devrait vous intéresser, mon cher Holmes », lui répondit Lestrade tandis que nous nous engagions dans Rotten Row en faisant jaillir des gerbes d'eau dans le tournant. « Nul besoin de les pousser à parler ; le plus difficile serait plutôt de les faire taire. Ils ont dû garder le silence pendant si longtemps ! En outre, il y a le fait que le nouveau testament a disparu. J'ai toujours constaté que le soulagement délie les langues au-delà de toute mesure.

– Disparu ! » m'écriai-je. Mais Holmes n'y prêta pas attention ; son esprit était encore tourné vers Jory, l'enfant malformé.

« Il est donc laid ? demanda-t-il.

– Il est loin d'être beau, certes, mais on a vu bien pire, répondit Lestrade, très à l'aise. Je crois que son père ne cessait de le vitupérer et de le harceler parce que...

– Parce qu'il était le seul qui n'avait pas besoin de son argent pour faire son chemin dans le monde », enchaîna Holmes.

Lestrade sursauta. « Vous êtes diabolique ! Comment avez-vous deviné ?

– Comment ? Parce que lord Hull en était réduit à railler Jory pour ses défauts physiques. Voilà qui devait irriter au plus haut point ce vieux démon, d'avoir en face de lui une cible potentielle si bien armée sur tous les autres plans ! Se moquer de quelqu'un pour son aspect ou ses attitudes, voilà qui est bon pour des écoliers ou des ivrognes, mais un scélérat comme lord Hull devait sans aucun doute être habitué à plus de raffinement. Je me risquerais même à avancer qu'il avait peut-être peur de son fils aux jambes arquées. Quelle était donc la clé dont disposait Jory pour s'évader ?

– Ne vous l'ai-je pas dit ? Il peint.

– Ah ! »

Comme nous le prouvèrent, un peu plus tard, les toiles disposées dans les divers salons du rez-de-chaussée de la maison Hull, Jory était un très bon peintre. Pas un grand peintre, ce n'est pas du tout ce que je veux dire. Mais ses portraits de sa mère et de ses frères étaient suffisamment fidèles pour que, des années plus tard, lorsque je vis des photographies en couleurs pour la première fois, je revinsse en esprit à cet après-midi pluvieux de novembre 1899. Quant à celui de son père, c'était une œuvre qui n'était pas sans une certaine grandeur. On était certes frappé (intimidé, presque) par la malveillance qui semblait émaner de la toile, comme une bouffée d'air humide montant d'un cimetière. C'était peut-être à Algernon Swinburne que ressemblait Jory, mais son père – du moins, tel que l'avaient interprété le pinceau et l'œil de son deuxième fils – me rappelait davantage un personnage d'Oscar Wilde : le *roué*[1] presque immortel, Dorian Gray.

Ses toiles étaient le fruit d'un travail long et laborieux, mais il était capable de croquer un profil ou une scène à une vitesse étonnante et il lui arrivait de revenir de Hyde Park, certains samedis après-midi, avec vingt livres dans la poche.

« Je suis prêt à parier que son père en était ravi », dit Holmes. Machinalement, il eut un geste pour prendre sa pipe, mais la rangea de nouveau. « Le fils d'un pair du Royaume croquant les riches touristes américains et leur petite amie comme un bohémien français ! »

Lestrade rit de bon cœur. « Ça le mettait en rage, oui, comme vous pouvez l'imaginer. Mais Jory – un bon point pour lui – refusa de renoncer à son stand de dessin de Hyde Park... du moins, tant que son père ne lui eut pas concédé une allocation hebdomadaire de trente-cinq livres. Du chantage de bas étage, s'est plaint ce dernier.

– J'en ai le cœur qui saigne, dis-je.

– Comme le mien, Watson. Le troisième fils, vite, Lestrade. Je crois que nous n'allons pas tarder à arriver. »

Comme l'avait laissé entendre Lestrade, Stephen Hull était de tous celui qui avait le plus de raisons de haïr son père. Etant donné que sa goutte le faisait de plus en plus souffrir et que ses idées s'embrouillaient tous les jours davantage, lord Hull avait fini par confier de plus en plus de responsabilités à Stephen, qui n'avait que vingt-huit ans, dans la gestion de ses affaires. Responsabilités qui ne l'empêchaient pas d'être sévèrement blâmé au cas ou ses décisions s'avéraient

1. En français dans le texte. *(N.d.T.)*

mauvaises. Néanmoins, il ne pouvait prétendre au moindre avantage financier au cas où, au contraire, il en avait pris de bonnes et fait prospérer les affaires de son père.

Lord Hull aurait dû avoir un faible pour Stephen, le seul de ses fils à s'intéresser à l'entreprise qu'il avait fondée et à manifester des aptitudes pour les affaires ; Stephen était l'exemple parfait du « bon fils » biblique. Néanmoins, au lieu de lui manifester amour et gratitude, lord Hull ne payait ses efforts – largement couronnés de succès, dans l'ensemble – que par du mépris, de la suspicion et de la jalousie. En de nombreuses occasions, au cours des deux dernières années de sa vie, le vieillard avait observé, avec sa délicatesse coutumière, que son cadet aurait été capable de fouiller les poches d'un cadavre pour lui voler son dernier penny.

« Le s------d ! m'écriai-je, incapable de me contenir.

– Ignorons un instant le nouveau testament, dit Holmes, joignant de nouveau le bout des doigts sous son menton, et revenons à l'ancien. Même dans les conditions relativement plus généreuses de ce document, Stephen Hull aurait eu des raisons de n'en pas être satisfait. En dépit de tous ses travaux, qui non seulement ont sauvé la fortune de la famille, mais l'ont même augmentée, sa récompense n'en était pas moins la portion congrue que l'on réserve aux cadets. Au fait, quelles étaient les dispositions prises pour la société d'import-export, dans ce que nous pourrions appeler le testament "donner son legs au chat" ? »

J'étudiai soigneusement Holmes mais, comme toujours, il était difficile de dire s'il avait voulu faire simplement quelque *bon mot*[1]. Même après toutes ces

1. En français dans le texte. *(N.d.T.)*

années passées à ses côtés, même après toutes les aventures que nous avons partagées, l'humour de Sherlock Holmes restait une *terra* largement *incognita*, y compris pour moi.

« Elle devait être confiée à son conseil d'administration, sans dispositions particulières pour Stephen », répondit Lestrade, jetant d'une pichenette son cigarillo par la fenêtre du fiacre alors que nous nous engagions dans l'allée incurvée conduisant à une maison qui me parut sur le coup d'une extraordinaire laideur, au milieu de sa pelouse brune et sous la pluie battante. « Cependant, son père mort et le nouveau testament introuvable, Stephen Hull disposera de ce que les Américains appellent un *moyen de pression*. La société le prendra comme gérant ; c'est de toute façon ce qui se serait passé mais, du coup, ce sera Stephen Hull qui pourra poser ses conditions, et non l'inverse.

– Oui, dit Holmes, un moyen de pression. Formule excellente. (Il se pencha par la portière.) Arrêtez-vous ici ! cria-t-il au cocher. Nous n'en avons pas terminé.

– Comme vous voudrez, patron, répondit l'homme, mais c'est diablement mouillé, là-dehors.

– Vous repartirez avec les poches suffisamment pleines pour vous mouiller diablement l'intérieur jusqu'à ce qu'il n'y ait plus de différence avec l'extérieur », répliqua Holmes, ce qui parut satisfaire le cocher ; il fit halte à une centaine de pieds de la grande demeure. J'écoutais la pluie crépiter contre les flancs de notre fiacre pendant que Holmes cogitait. Au bout d'un moment, il reprit la parole : « Ce vieux testament, celui qui lui servait à les mater... ce document n'a pas disparu, n'est-ce pas ?

– Absolument pas. Il était sur le bureau, près de son corps.

– Quatre excellents suspects ! Les domestiques n'ont pas besoin de venir s'inscrire sur la liste. Du moins pour l'instant. Finissez rapidement, Lestrade ; les dernières circonstances, la pièce fermée. »

Le policier s'empressa, consultant de temps en temps ses notes. Un mois auparavant, lord Hull avait observé une petite tache noire sur sa jambe droite, juste en dessous du genou. On appela le médecin de famille. Il diagnostiqua une gangrène, résultat rare mais nullement inhabituel des effets conjugués de la goutte et d'une mauvaise circulation sanguine. Le médecin lui déclara qu'il allait falloir lui couper la jambe, et bien au-dessus de l'endroit où se manifestait l'infection.

Lord Hull se mit à rire jusqu'à ce que les larmes lui inondent le visage. Le médecin, qui s'était attendu à toutes sortes de réactions sauf à celle-ci, resta sans voix. « *Quand on me collera dans un cercueil, toubib,* lui dit Hull, *j'aurai encore mes deux jambes avec moi, grand merci.* »

Le médecin dit qu'il comprenait fort bien le désir de lord Hull de conserver sa jambe mais que, sans amputation, il serait mort dans six mois, et qu'il passerait les deux derniers dans des souffrances exquisement insupportables. Lord Hull demanda ensuite quelles seraient ses chances de survie, au cas où il se ferait opérer. Il riait toujours, dit Lestrade, comme si c'était la meilleure plaisanterie qu'il eût jamais entendue. Après avoir quelque peu tourné autour du pot, le médecin répondit qu'il avait une chance sur deux.

« Foutaises, dis-je.

– Exactement ce qu'a répondu lord Hull, répliqua Lestrade, sauf qu'il s'est servi d'un terme plus souvent utilisé dans les asiles de nuit que dans les salons chics. »

Hull déclara au médecin qu'il se donnait tout au plus une chance sur cinq. « *Quant à la douleur, je ne crois pas qu'on en viendra là, tant que j'aurai du laudanum et une cuillère pour le tourner dans mon verre.* »

C'est le lendemain, finalement, que Hull révéla aux siens sa petite surprise : son intention de changer les termes de son testament. Sans cependant préciser tout de suite en quoi.

« Oh ? dit Holmes, scrutant le policier de ses yeux gris et froids qui voyaient trop de choses. Et qui, parmi eux, a manifesté de la surprise ?

– Aucun, dirais-je. Mais vous connaissez la nature humaine, Holmes ; vous savez comment on peut espérer contre tout espoir.

– Et comment on peut ourdir des plans pour prévenir un désastre », ajouta rêveusement mon ami.

Ce matin même, lord Hull avait convoqué sa famille dans le salon ; lorsque tout le monde fut installé, il se livra à un exercice habituellement dévolu à la langue volubile des notaires ou des avoués, après que celle de leur client a été définitivement réduite au silence. Bref, il leur lut son nouveau testament, qui laissait l'essentiel de ses biens aux minous errants de Mrs Hemphill. Dans le silence qui suivit il se leva, non sans difficulté, et les gratifia d'un sourire de tête de mort. Puis, s'appuyant sur sa canne, il leur fit cette déclaration, que je trouve aujourd'hui encore aussi ignoble que le jour où Lestrade nous la rapporta, dans le fiacre : « Ainsi donc, tout est parfait, hein ? Oui, parfait ! Vous m'avez fidèlement servi, vous, mon épouse, et vous, mes fils, pendant près de quarante ans. J'ai maintenant l'intention, en toute conscience et parfaite sérénité, de me débarrasser de vous. Mais gardez courage ! Les choses pourraient être pires ! S'ils en avaient le temps, les pharaons faisaient tuer leurs animaux favoris – surtout les chats – avant leur mort, de façon à être accueillis par eux dans l'au-delà, afin de leur donner des coups de pied ou de les caresser, à leur gré, pour l'éternité... l'éternité ! » Sur quoi il éclata d'un rire moqueur. Penché sur sa canne, son visage empâté marqué des stigmates d'une mort prochaine était un masque hilare ; il tenait le nouveau testament, signé de sa main et proprement cosigné par les témoins, comme tous avaient pu le voir, entre ses doigts griffus.

William se leva et déclara : « Monsieur, vous êtes peut-être mon père et l'auteur de mes jours, mais vous êtes également la créature la plus ignoble à ramper à la surface de la terre depuis que le serpent a tenté Eve dans le Jardin.

– Nullement ! rétorqua le vieux monstre, s'esclaffant toujours. J'en connais quatre plus ignobles encore. Maintenant, si vous voulez bien m'excuser, j'ai quelques papiers importants à ranger dans mon coffre... et d'autres sans intérêt à brûler dans le poêle.

– Il avait toujours l'ancien testament quand il les a convoqués ? demanda Holmes, qui paraissait plus intéressé que surpris.

– En effet.

– Il aurait pu le brûler dès la signature du second, fit mon ami, songeur. Il avait eu tout l'après-midi et toute la soirée de la veille pour le faire. Or, il s'en est abstenu... Pour quelle raison ? Qu'en pensez-vous, Lestrade ?

– Il n'en avait pas encore assez de les faire enrager, même à ce moment-là, je suppose. Il leur offrait une occasion – *une tentation* – en croyant que tous la refuseraient.

– Il imaginait peut-être que l'un d'eux ne la refuserait pas, dit Holmes. Cette idée ne vous a-t-elle pas au moins traversé l'esprit ? » Il se tourna vers moi et m'examina de son regard scrutateur et quelque peu glacial. « Ni à vous ? Est-il tellement impensable qu'une créature aussi sinistre puisse soumettre les siens à une telle tentation, en sachant que si l'un d'eux y succombe, il mettra un terme à ses souffrances ? Stephen me paraît être le meilleur candidat, d'après ce que vous nous avez dit – mais risque aussi fort d'être pris... et de se balancer un jour au bout d'une corde pour le crime de parricide... »

Je regardai Holmes, horrifié, réduit au silence.

« Mais peu importe. Continuez, inspecteur, il est temps d'en arriver à la pièce fermée, je crois. »

Tous les quatre étaient restés pétrifiés sur place, silencieux, pendant que le vieillard remontait laborieusement le corridor pour gagner son bureau. On n'entendait que le martèlement sourd de sa canne, le râle de sa respiration, le miaulement plaintif d'un chat, dans la cuisine, et le battement régulier de la pendule à balancier, dans le salon. Puis leur parvint le grincement des gonds, lorsque lord Hull ouvrit la porte de son antre.

« Attendez ! s'écria vivement Holmes, se redressant. Personne ne l'a réellement vu y entrer, n'est-ce pas ?

– J'ai bien peur que ma réponse ne vous contrarie, mon vieux, répliqua Lestrade. Mr Oliver Stanley, le valet de chambre de lord Hull, avait entendu son maître marcher dans le corridor. Il s'est avancé jusqu'à la balustrade de la galerie, au premier, et lui a demandé s'il n'avait besoin de rien. Hull s'est tourné vers lui – Stanley l'a vu aussi bien que je vous vois en ce moment –, et le vieux grigou lui a dit que tout était parfait. Il s'est ensuite frotté la nuque, est entré dans son bureau et s'y est enfermé.

– Stephen Hull et ce Stanley n'ont-ils pas pu s'entretenir avant l'arrivée de la police ? demandai-je, me croyant très malin.

– Bien sûr. Et ils l'ont probablement fait. Mais il n'y a eu aucune collusion entre eux.

– Vous en êtes convaincu ? voulut savoir Holmes, qui ne semblait cependant pas très intéressé par cette question.

– Oui. Je crois Stephen Hull capable de mentir à la perfection ; en revanche, Stanley est un véritable saint Jean Bouche d'or. Croyez-en ou non mon opinion de vieux professionnel, Holmes.

– Je la crois. »

C'est ainsi que lord Hull entra dans son bureau, la fameuse pièce fermée, et que tout le monde put entendre le cliquetis de la clé qui tournait dans la serrure – la seule clé permettant d'accéder au saint des saints. Cliquetis suivi par un son plus inhabituel, celui du verrou que l'on tirait.

Puis ce fut le silence.

Les quatre autres protagonistes, à savoir lady Hull et ses trois fils, nobles condamnés à la pauvreté à brève échéance, se regardèrent les uns les autres dans un même silence stupéfait. Le chat continuait à miauler, dans la cuisine, et lady Hull déclara, d'un ton distrait, que si la femme de ménage ne lui donnait pas son bol de lait, il fallait qu'elle aille le faire elle-même, ajoutant que si ces miaulements continuaient, ils allaient la rendre folle. Elle quitta donc le salon. Quelques instants plus tard, sans avoir échangé un mot, ses trois fils en firent autant. William regagna sa chambre, au premier étage, Stephen se rendit dans le salon de musique et Jory alla s'asseoir sur un banc sous l'escalier, où, avait-il expliqué à Lestrade, il avait coutume de se réfugier depuis son enfance, quand il était triste ou avait besoin de réfléchir à des questions difficiles.

Moins de cinq minutes plus tard, il y eut un cri en provenance du bureau. Stephen sortit en courant du salon de musique, où il pianotait machinalement. Jory le rejoignit devant l'entrée du bureau. William avait déjà descendu une volée de marches lorsqu'il vit ses frères forcer la porte, alors que, pour la deuxième fois, Stanley sortait de la chambre de son maître pour s'approcher de la balustrade. Le valet déclara avoir vu Stephen Hull faire irruption dans le bureau, William Hull atteindre le bas de l'escalier et manquer chuter sur le sol en marbre, lady Hull sortir de la porte de la salle à manger, tenant encore un pichet de lait à la main. Quelques instants plus tard, tous les domestiques étaient réunis.

« Lord Hull était effondré sur sa table de travail, entouré de ses trois fils. Il avait les yeux ouverts et son regard... son regard, je crois, contenait surtout de la surprise. Encore une fois, vous êtes libres d'accepter ou de rejeter mon opinion, mais je peux vous assurer qu'il m'a fait l'effet de traduire une expression de surprise. Il tenait, serré dans sa main, son testament... son ancien testament. Aucune trace du nouveau. Et une dague était plantée dans son dos. »

Sur ces mots, Lestrade, cognant contre la paroi du fiacre, donna au chauffeur l'ordre de repartir.

Pour entrer dans la maison, nous passâmes entre deux constables aussi impassibles que les sentinelles qui montent la garde à Buckingham Palace. L'entrée donnait sur un très long vestibule, dallé en marbre noir et blanc, comme un damier. Il conduisait jusqu'à une porte, au fond, flanquée de deux autres constables : celle du sinistre bureau. L'escalier partait sur la gauche du vestibule, tandis que deux portes s'ouvraient sur la droite : celle du grand salon et celle du salon de musique, supposai-je.

« La famille est réunie dans le salon, dit Lestrade.

– Bien, bien, répondit Holmes. Mais nous pourrions peut-être, Watson et moi, commencer par jeter un coup d'œil sur le lieu du crime ?

– Dois-je vous accompagner ?

– Ce n'est pas nécessaire. Le corps a-t-il été enlevé ?

– Il était toujours sur place quand je suis parti vous chercher, mais à l'heure actuelle, il ne doit plus s'y trouver.

– Très bien. »

Holmes prit la direction du bureau, suivi par votre serviteur, mais Lestrade le rappela. Mon ami se retourna, sourcil levé.

« Pas de panneau mobile secret, pas de porte dérobée. Pour la troisième fois, faites-moi confiance ou non, à votre gré.

– Je crois que j'attendrai jusqu'à... » Holmes n'acheva pas sa phrase, gagné par une irritation des voies respiratoires. Il fouilla précipitamment dans sa poche, en sortit une serviette de table qu'il avait probablement empochée par mégarde dans le restaurant où nous avions dîné la veille, et éternua violemment dedans. J'aperçus alors, venu se lover contre les jambes de Holmes, un gros matou de chat tout couturé de cicatrices, aussi déplacé dans ce vestibule patricien que les petits voyous que j'avais évoqués quelque temps auparavant. L'une de ses oreilles était couchée contre son crâne balafré ; quant à l'autre, elle était inexistante, sans doute perdue jadis dans quelque bataille d'arrière-cour.

Holmes éternua à plusieurs reprises et se débarrassa du chat d'un coup de pied. L'animal battit en retraite, lui lançant auparavant un regard de reproche, mais non le sifflement de colère que l'on aurait pu attendre d'un vieux baroudeur comme lui. Holmes regarda Lestrade par-dessus son mouchoir, une expression de reproche dans ses yeux larmoyants. Lestrade, nullement démonté, avança le menton, un sourire simiesque sur le visage. « Dix, Holmes, dix ! La maison est pleine de ces petits félins. Hull les adorait. » Il s'esquiva sur ces mots.

« Depuis combien de temps souffrez-vous, mon ami ? demandai-je, un peu inquiet.

– Depuis toujours », répondit-il avec un nouvel éternuement. Le terme d'*allergie* était à l'époque pratiquement inconnu, mais cela ne changeait rien à son problème.

« Voulez-vous que nous repartions ? » J'avais été naguère le témoin d'un cas de quasi-asphyxie, en relation avec une affection similaire, mais vis-à-vis des moutons, cette fois.

« Il serait trop content. » Holmes n'eut pas besoin de préciser à qui il faisait allusion. Il éternua encore (une large tache rouge s'étalait sur son front d'ordinaire si pâle) et nous passâmes entre les deux constables qui montaient la garde à l'entrée du bureau. Holmes referma la porte derrière nous. Deux des murs de la pièce comportaient des fenêtres, et on y voyait suffisamment, en dépit du temps couvert et pluvieux. Les murs étaient tapissés de cartes marines colorées dans de superbes cadres en teck avec, au milieu, dans une vitrine à monture de laiton, un ensemble complet d'instruments météorologiques. Elle contenait un anémomètre (je supposai que les petites coupelles devaient tourbillonner sur le pignon de la maison), deux thermomètres (l'un pour la température extérieure, l'autre pour celle du bureau) et un baromètre très semblable à celui qui avait conduit Holmes à croire, à tort, que le mauvais temps allait s'arrêter. Je remarquai que le mercure continuait à grimper, et regardai dehors. La pluie tombait plus dru que jamais, mercure à la hausse ou non. Nous croyons savoir beaucoup de choses, avec tous nos instruments et nos appareils, mais j'étais déjà assez vieux pour comprendre que nous ne savons même pas la moitié de ce que nous croyons savoir et le suis à l'heure actuelle suffisamment pour estimer que jamais nous n'en saurons bien davantage.

Holmes et moi nous tournâmes pour examiner la porte. Le verrou en avait été arraché et pendait, comme il se devait, vers l'intérieur. La clé se trouvait toujours dans la serrure et tournait encore normalement.

En dépit de leur larmoiement, les yeux de Holmes furetaient partout, notaient, classaient, n'oubliant rien.

« On dirait que vous allez un peu mieux, remarquai-je.

– Oui, dit-il en fourrant le mouchoir dans sa poche d'un geste indifférent. Il les aimait peut-être, mais apparemment, ils n'étaient pas admis dans cette pièce ; en tout cas, pas souvent. Qu'en pensez-vous, Watson ? »

Mes yeux n'allaient pas aussi vite que les siens, mais moi aussi j'avais examiné la pièce. Toutes les doubles fenêtres étaient fermées par des loquets à poucier et de petites targettes latérales en laiton. Les vitres étaient intactes. La plupart des cartes encadrées et la vitrine d'instruments météorologiques se trouvaient entre ces fenêtres. Les deux autres murs étaient couverts de livres. Il y avait un petit poêle à charbon, mais pas de cheminée ; le meurtrier n'avait donc pas pu emprunter l'itinéraire du Père Noël, à moins d'avoir été mince au point de se glisser dans un tuyau de poêle, habillé d'amiante, en outre, car la fonte en était encore brûlante.

La table de travail était à l'une des extrémités de

cette pièce tout en longueur et bien éclairée ; l'extrémité opposée faisait une sorte de coin bibliothèque, avec deux fauteuils à haut dossier recouverts de tissu entourant une table basse. Sur celle-ci s'empilaient quelques livres. Un tapis turc recouvrait le sol. Si le meurtrier s'était introduit par une trappe s'ouvrant dans le plancher, il me paraissait impossible qu'il eût pu repartir sans déranger ce tapis... lequel était parfaitement posé à plat : l'ombre portée des pieds de la table basse ne faisait pas la moindre ondulation.

« Arrivez-vous à croire ça, Watson ? » me demanda Holmes, m'arrachant à ce qui était une transe presque hypnotique. Il y avait quelque chose... quelque chose, dans cette table basse...

« A croire quoi, Holmes ?

– Qu'ils sont simplement sortis du salon, tous les quatre, prenant chacun une direction différente, cinq minutes avant le meurtre ?

– Je ne sais trop, répondis-je d'une voix chevrotante.

– Moi, je ne le crois pas ; pas un inst... Watson, vous n'allez pas bien ?

– Non », dis-je d'une voix si affaiblie que je l'entendis à peine moi-même. Je m'effondrai dans l'un des fauteuils du coin bibliothèque. Mon cœur battait trop vite ; on aurait dit que je n'arrivais pas à retrouver ma respiration. J'avais un martèlement dans la tête et mes yeux semblaient soudain être devenus trop grands pour leurs orbites ; je n'arrivais pas à les détacher de l'ombre portée des pieds de la table, sur le tapis. « Je ne suis... pas bien... du tout. »

Au moment où Holmes s'asseyait en face de moi, Lestrade fit son apparition à la porte de la pièce. « Si vous avez suffisamment examiné les lieux, Hol... (Il s'interrompit.) Qu'est-ce qu'il vous arrive, Watson ?

– J'ai l'impression, lui répondit Holmes d'un ton

calme et mesuré, que Watson vient de résoudre l'énigme. N'est-ce pas, Watson ? »

J'acquiesçai. Peut-être pas toute l'énigme, mais l'essentiel. Je savais qui ; je savais comment.

« Est-ce ainsi que ça se passe avec vous, Holmes ? demandai-je, quand vous... vous voyez ?

– Oui, si ce n'est que, d'ordinaire, je m'arrange pour rester debout.

– Quoi ? *Watson* a résolu l'affaire ? s'exclama Lestrade, incrédule. Bah ! Il a présenté des milliers de solutions dans des centaines d'affaires, comme vous le savez bien, Holmes, sans jamais en trouver une bonne. C'est sa *bête noire* [1]. Tenez, je me souviens encore, l'été dernier...

– Je connais Watson mieux que vous ne le connaîtrez jamais, dit Holmes, et cette fois, il a mis dans le mille ; son regard ne trompe pas. » Il se remit à éternuer ; le chat à l'oreille veuve s'était glissé dans la pièce, profitant de la porte laissée ouverte par l'inspecteur. Il se dirigea directement vers mon ami avec, sur son mufle hideux, une expression qui semblait de l'affection.

« Si c'est ainsi que les choses se passent pour vous, dis-je, jamais plus je ne vous envierai, Holmes. J'ai le cœur qui éclate.

– On finit par s'endurcir, même à son propre génie », repartit Holmes, sans la moindre note de vanité dans la voix. « Mais je vous écoute, à moins que vous ne préfériez faire venir tous les suspects, comme dans le dernier chapitre d'un roman policier ?

– Non ! » m'écriai-je, horrifié. Je n'en avais vu aucun et n'avais aucune envie de les voir. « Simplement, je crois que je dois vous *montrer* comment il a procédé.

1. En français dans le texte. *(N.d.T.)*

Si vous-même et l'inspecteur Lestrade voulez bien sortir un instant dans le vestibule... »

Le chat sauta à cet instant sur les genoux de mon ami et se mit à ronronner comme la créature la plus satisfaite de la terre.

Holmes fut pris d'une rafale irrépressible d'éternuements. Les taches rouges de son visage, qui commençaient à s'atténuer, se mirent à briller derechef. Il repoussa l'animal et se leva.

« Faites vite, Watson, que nous puissions filer de cette maudite maison », me dit-il d'une voix étranglée, quittant la pièce avec une attitude inhabituelle chez lui, le dos voûté, la tête basse, sans un seul regard en arrière. Croyez-moi, si je vous dis que je compatis sincèrement. »

Lestrade se tenait appuyé contre le chambranle, un sourire désagréable aux lèvres ; un peu de vapeur montait de son imperméable. « Dois-je également faire sortir le nouvel admirateur de Holmes, Watson ?

– Laissez-le, et refermez la porte en sortant.

– Je suis prêt à parier cinq livres que vous perdez votre temps, mon vieux », me lança Lestrade. Mais je lus un message différent dans son regard ; si j'avais accepté son défi, il aurait trouvé le moyen de s'esquiver.

« Refermez la porte, répétai-je. Je ne serai pas long. »

Je me retrouvai seul dans le bureau de lord Hull... le chat mis à part, évidemment. Il se tenait assis au milieu du tapis, la queue enroulée sur les pattes, et me surveillait de ses yeux verts.

Je fouillai dans ma poche et en retirai le souvenir que, de mon côté, j'avais ramené de notre dîner de la veille. Les hommes célibataires sont loin d'être des modèles d'ordre, j'en ai peur, mais la présence de ce croûton dans ma poche s'expliquait par autre chose que de la négligence. J'en avais en effet presque toujours un sur moi, car ça m'amusait de nourrir les pigeons qui venaient se poser sur le rebord de la fenêtre auprès de laquelle Holmes était assis lorsque Lestrade avait débarqué.

« Minou, Minou », dis-je, posant le croûton sous la table – table à laquelle lord Hull devait tourner le dos lorsqu'il s'était installé à son bureau, tenant ses deux testaments, le second encore plus désolant que le premier. « Minou-Minou-Minou ! »

Le chat se leva et, d'un pas languide, alla sous la table examiner le morceau de pain.

J'allai jusqu'à la porte et ouvris. « Holmes ! Lestrade, Vite ! »

Ils entrèrent.

« Par ici », dis-je en les entraînant dans le coin de la table basse.

Lestrade regarda autour de lui et se mit à froncer les sourcils, ne voyant rien de particulier ; Holmes, évidemment, se remit à éternuer. « Ne peut-on pas faire sortir cette sale bestiole d'ici ? » réussit-il à dire derrière la serviette de table qui lui servait de mouchoir, laquelle était maintenant fort détrempée.

« Volontiers, dis-je. *Mais précisément, Holmes, où se trouve cette sale bestiole ?* »

Une expression de surprise se peignit sur son visage. Lestrade fit brusquement demi-tour et alla regarder derrière le bureau de lord Hull. Holmes comprit que sa réaction n'aurait pas été si vive si le chat s'était trouvé à l'autre bout de la pièce. Il se pencha et regarda sous la table basse, mais il ne vit rien, sinon le tapis et les deux étagères chargées de livres du bas de la bibliothèque, de l'autre côté ; il se releva donc. S'il n'avait pas larmoyé comme une fontaine, il aurait tout vu, car il avait littéralement mis le nez sur la chose. Il faut cependant rendre à César ce qui est à César, et avouer que l'illusion était saisissante. L'espace vide, sous la table basse de son père, était le chef-d'œuvre de Jory Hull.

« J'avoue que je ne... » commença Holmes, sans finir sa phrase car le chat, qui trouvait mon ami beaucoup plus à son goût qu'un vieux croûton de pain, sortit de sous la table et se mit à se lover, en extase, contre ses chevilles. Lestrade était revenu et ses yeux s'arrondirent tellement que je crus bien qu'il allait les perdre. Même si j'avais compris le stratagème, je n'en étais pas moins abasourdi. Le matou balafré paraissait se matérialiser dans l'air – la tête, le corps, et enfin la queue au bout blanc.

L'animal se frottait en ronronnant à la jambe de Holmes, lequel avait repris ses éternuements.

« Ça suffit, dis-je. Tu as fait ton travail, tu peux partir. »

Je le pris, l'amenai jusqu'à la porte (ce qui me valut un bon coup de griffe) et le jetai dans le vestibule, refermant le battant derrière lui.

Holmes s'était rassis. « Mon Dieu », dit-il d'une voix nasillarde et étouffée. Lestrade était incapable de prononcer un mot. Il n'arrivait pas à détacher les yeux de la table et du tapis turc fané posé sous ses pieds : un espace vide qui venait en quelque sorte de donner naissance à un chat.

« J'aurais dû le voir, marmonna Holmes. Oui... mais vous... comment avez-vous compris aussi vite ? » Je crus déceler une légère pointe de fierté blessée dans sa voix, que je lui pardonnai sur-le-champ.

« A cause de ça, lui dis-je avec un geste vers le tapis.

– Evidemment, grogna-t-il en se claquant le front. Quel idiot je suis ! Quel parfait idiot !

– Absurde, dis-je, non sans une pointe acerbe dans

la voix. Avec une maison pleine de chats, dont un qui semble s'être pris de passion pour vous, vous deviez tout voir multiplié par dix !

– Qu'est-ce que c'est que cette histoire de tapis ? demanda Lestrade avec impatience. Il est très beau, je vous l'accorde, et probablement d'un grand prix, mais...

– Pas le tapis, le coupai-je. Les ombres.

– Montrez-lui, Watson », me dit Holmes d'un ton fatigué, posant le mouchoir sur ses genoux.

Je me penchai donc et en ramassai une.

Lestrade se laissa lourdement choir sur l'autre siège, comme un homme qui vient de recevoir un coup inattendu.

« Je ne pouvais m'empêcher de les étudier, voyez-vous », dis-je d'un ton dans lequel, à mon corps défendant, se glissait une note d'excuse. Le monde me paraissait à l'envers : il revenait à Holmes d'expliquer le pourquoi et le comment, à la fin d'une enquête ; mais si je voyais qu'il avait tout compris, maintenant, je savais aussi qu'il refuserait de parler dans le cas présent. Je suppose également qu'une partie de moi-même – sans doute celle qui n'ignorait pas qu'une telle occasion n'aurait guère de chances de se renouveler – voulait donner ces explications. Quant au chat, je dois l'avouer, il apportait une touche de pittoresque dont je me sentais assez fier. Un magicien n'aurait pas fait mieux, avec un lapin et un chapeau haut de forme.

« Je savais que quelque chose clochait, mais il m'a fallu un moment pour en prendre vraiment conscience. Cette pièce est extrêmement claire ; il fait cependant aujourd'hui un temps de chien. Regardez autour de vous : vous constaterez que pas un seul des objets de ce bureau ne projette d'ombre... *sauf les pieds de cette table.* »

Lestrade laissa échapper un juron.

« Il a plu pendant une semaine mais le baromètre de Holmes, comme celui de feu lord Hull, repris-je avec un geste vers la vitrine, affirmait hier que l'on pouvait compter sur un retour du soleil aujourd'hui. C'était pratiquement sûr. On a donc ajouté les ombres, comme touche finale. Mais qui ça, on ?

– Jory Hull, pardi ! intervint Holmes. Qui d'autre ? »

Je me penchai à nouveau et passai la main sous le côté droit de la table basse : elle disparut comme avait disparu le matou. L'inspecteur laissa échapper un nouveau juron de surprise. Je tapotai la toile tendue entre les pieds de devant de la table ; les livres et le tapis se mirent à se déformer et à onduler et l'illusion, jusqu'ici parfaite, se dissipa aussitôt.

Jory Hull avait peint le trompe-l'œil, sous la table ; il s'était accroupi derrière lorsque son père était entré dans la pièce, avait fermé la porte à clé et s'était assis à son bureau, tenant encore les deux testaments ; puis il s'était jeté sur lui de derrière, la dague à la main.

« Il était le seul à pouvoir exécuter un travail d'un réalisme aussi extraordinaire », dis-je, passant cette fois la main sur le devant de la toile. Nous entendîmes tous le bruit sourd et râpeux qu'elle produisit, comme le ronronnement d'un très vieux chat. « Et non seulement le seul à pouvoir l'exécuter, mais aussi le seul à pouvoir se dissimuler derrière, avec sa petite taille, ses jambes torses et sa poitrine creuse. »

Comme Holmes l'avait compris, la surprise du nouveau testament n'en fut nullement une. Même si le vieillard avait été plus discret sur son envie de déshériter ses proches – et il ne l'avait pas été –, seuls des simples d'esprit auraient pu se tromper sur le sens de la visite de l'avoué, surtout accompagné d'un assistant : il faut en effet deux témoins pour qu'un tel document soit validement reçu par la chancellerie. « Ce que Holmes a déclaré à propos de certaines personnes ourdissant leurs plans en vue d'un désastre est également très vrai. Une toile aussi parfaite que celle-ci n'a pas été réalisée en une nuit, ni même en un mois. On apprendra qu'elle était peut-être prête depuis un an...

– Ou cinq, glissa Holmes.

– C'est possible. Toujours est-il que lorsque lord Hull annonça hier qu'il voulait voir tout le monde dans le grand salon, ce matin, Jory, peut-on supposer, savait que le moment était venu. Après avoir attendu que son père fût couché, hier soir, il a dû descendre dans cette pièce et installer la toile. Je suppose qu'il a pu poser les ombres factices au même moment, mais si j'avais été Jory, je serais venu sur la pointe des pieds jeter un coup d'œil au baromètre, ce matin, avant la réunion, pour être bien sûr qu'il montait toujours. Au cas où la porte aurait été fermée à clé, il avait peut-être subtilisé celle-ci dans la poche de son père et remise après.

– Elle ne l'était pas, dit laconiquement l'inspecteur. En règle générale, il laissait cette porte fermée à cause des chats, mais il la verrouillait rarement.

– Quant aux ombres, ce ne sont que des bandes de feutre, comme vous le voyez maintenant. Il a le coup d'œil ; elles se trouvent à peu près à l'endroit où elles auraient dû être à onze heures du matin... si le baromètre avait eu raison.

– Mais enfin, s'il s'attendait à avoir du soleil, objecta Lestrade d'un ton grognon, pourquoi poser des ombres ? Le soleil se serait chargé de les projeter – au cas où vous n'auriez jamais remarqué la vôtre, Watson. »

Un instant, je fus perdu. Je me tournai vers Holmes,

qui parut satisfait d'avoir au moins un point à éclaircir dans cette affaire.

« Ne comprenez-vous pas ? C'est précisément là qu'est l'ironie de la chose ! Si le soleil avait brillé, comme le laissait supposer le baromètre, la toile aurait *bloqué* les ombres. Des pieds de table peints n'en projettent pas, figurez-vous. Il s'est fait avoir par des ombres un jour où il n'y en avait aucune pour avoir eu peur de se faire avoir par leur absence un jour où le baromètre de son père disait qu'il y en aurait partout ailleurs dans la pièce.

– Je ne comprends toujours pas comment Jory est entré ici sans être vu par lord Hull, dit Lestrade.

– Cela m'intrigue également », avoua Holmes. Cher vieil ami ! Je doute fort qu'il eût été le moins du monde intrigué, mais c'est ce qu'il a prétendu. « Watson ?

– Le grand salon, la salle dans laquelle a eu lieu la réunion... communique bien avec le salon de musique, n'est-ce pas?

– En effet, dit Lestrade ; et le salon de musique avec le boudoir de lady Hull, qui se trouve dans le prolongement, lorsque l'on va vers l'arrière de la maison. Depuis le boudoir, cependant, on ne peut revenir que dans le vestibule, docteur Watson. S'il y avait eu *deux portes* dans le bureau de lord Hull, je ne serais pas venu chercher Holmes à la hâte, comme je l'ai fait. »

Il dit cela sur un ton où je crus déceler une certaine autojustification.

« Oh, Jory est revenu dans le vestibule, je n'en disconviens pas ; mais son père ne l'a pas vu !

– Elucubrations !

– Je vais vous en faire la démonstration », dis-je, me rendant près de la table de travail contre laquelle était encore appuyée la canne du disparu. Je la pris et me tournai vers eux. « A l'instant même où lord Hull a quitté le grand salon, Jory a foncé. »

Lestrade adressa un bref coup d'œil étonné à Holmes ; celui-ci lui répondit par un regard froid et ironique. Je ne compris pas cet échange, sur le moment, ni ne m'y attardai beaucoup, à vrai dire. Je restai encore quelques instants sans comprendre les implications plus vastes du tableau que je dressais, trop absorbé que j'étais par mon œuvre de re-création, sans doute.

« Il bondit par la première porte, traversa le salon de musique et entra dans le boudoir de lady Hull ; là, il entrouvrit la porte donnant sur le vestibule et y jeta un coup d'œil. Si la goutte de lord Hull avait atteint un stade suffisant de gravité pour lui donner la gangrène, il n'avait pas dû parcourir, pendant ce temps, plus d'un quart de la longueur du vestibule, et ce chiffre est optimiste. Et maintenant, inspecteur Lestrade, regardez-moi bien. Je vais vous montrer le prix qu'un homme a à payer pour une vie de repas plantureux et de boissons fortes. Si vous éprouvez encore des doutes après ma démonstration, je ferai parader devant vous une douzaine de personnes affligées de goutte, et toutes manifesteront les mêmes symptômes ambulatoires que ceux que je vais vous mimer. Observez notamment la manière dont mon attention est fixée sur une seule chose, et quelle est cette chose. »

Sur ce, je me mis à clopiner lentement vers eux à travers la pièce, les deux mains étreignant le pommeau de la canne. Je levais un pied passablement haut, le reposais, marquais un temps d'arrêt, puis tirais l'autre. Jamais mes yeux ne se relevèrent. Ils allaient seulement de la pointe de la canne au pied qui était devant.

« Oui, dit Holmes d'un ton calme, le bon docteur a parfaitement raison, inspecteur Lestrade. Ça commence avec la goutte ; puis vient la perte d'équilibre ;

puis, si le malade vit assez longtemps, la position voûtée si caractéristique, due au fait que l'on regarde constamment ses pieds.

– Jory avait forcément remarqué la façon dont son père avait l'attention fixée au sol lorsqu'il se déplaçait, repris-je. Si bien que ce qui s'est passé ce matin a été diaboliquement simple. Lorsque Jory atteignit le boudoir, il coula un œil dehors, comme je l'ai dit, vit son père concentré sur le bout de sa canne et sur ses pieds, comme toujours, et comprit qu'il ne risquait rien. Il sortit – à quelques pas de son père, juste devant lui, *son père qui ne voyait rien* – et se glissa tout bonnement dans le bureau. La porte, nous avez-vous appris, Lestrade, n'était pas fermée à clé. Et de fait, quels risques a-t-il réellement courus ? Ils n'ont été ensemble dans le vestibule que pendant trois secondes ; moins, probablement (je marquai un temps d'arrêt). Le sol de ce vestibule est en marbre, n'est-ce pas ? Sans doute avait-il enlevé ses chaussures.

– Il portait des pantoufles, dit Lestrade d'un ton de voix étrange, échangeant pour la deuxième fois un regard avec Holmes.

– Ah, poursuivis-je, je vois. Jory entra dans le bureau de lord Hull bien avant son père et se cacha derrière son habile trompe-l'œil. Puis il prépara sa dague et attendit. Lord Hull atteignit enfin l'extrémité du vestibule. Jory entendit Stanley l'appeler et son père répondre que tout allait bien. Sur quoi, lord Hull est entré dans son bureau pour la dernière fois... a fermé la porte... et l'a verrouillée. »

Lestrade et Holmes me regardaient attentivement, et je compris le sentiment de puissance quasi divine que mon ami devait éprouver, en de tels moments, lorsqu'il expliquait aux autres ce qu'il avait été le seul à comprendre. Néanmoins, je dois le répéter, c'est une sensation qûe je n'aurais pas aimé ressentir trop souvent. J'ai tendance à penser que le désir de l'éprouver à nouveau aurait pu corrompre la plupart des hommes – des hommes doués d'une force d'âme inférieure à celle que possédait mon éminent ami Sherlock Holmes.

« Ce pauvre estropié de Jory dut se faire tout petit avant de se laisser enfermer, sachant peut-être (ou tout du moins soupçonnant) que son père parcourrait la pièce du regard avant de tourner la clé dans la serrure et de pousser le verrou. Il avait beau avoir la goutte et présenter des absences, il n'en était pas pour autant aveugle.

– D'après Stanley, sa vision était encore parfaite, intervint Lestrade. C'est l'une des premières choses que j'ai demandées.

– Admettons qu'il ait jeté un coup d'œil circulaire », repris-je. Soudain, je pouvais le *voir*, et je suppose qu'il en allait de même pour Holmes ; je pouvais procéder à cette forme de reconstruction qui, bien que ne se fondant que sur des faits et des déductions, frôle la vision. « Il ne remarqua rien d'inquiétant ; son bureau était dans le même état que d'ordinaire, et il s'y trouvait seul. C'est une pièce étonnamment ouverte : on n'y voit ni porte de placard ni, avec les fenêtres sur deux des murs, aucun coin un peu sombre, même une journée comme aujourd'hui.

« Convaincu d'être seul, il ferma et verrouilla sa porte avec soin. Jory l'entendit se rendre jusqu'à son bureau de son pas pesant ; le bruit mat et le grincement du rembourrage du fauteuil, au moment où son père s'installa dedans, durent également lui parvenir, d'autant qu'un homme atteint de la goutte à ce stade a tendance à se placer au-dessus d'un endroit mou et de se laisser tomber, le fondement le premier. A ce moment-là, Jory a pu risquer un coup d'œil. »

Je me tournai vers Holmes.

« Poursuivez, mon vieux, me dit-il avec chaleur. Vous vous en sortez admirablement ; c'est du grand art. » Je vis qu'il ne plaisantait pas. Bien des gens l'auraient accusé de froideur, et dans l'ensemble ils n'auraient pas eu tort ; mais il avait aussi un grand cœur. Il le dissimulait simplement davantage que les autres.

« Merci. Jory a pu voir son père se débarrasser de la canne et disposer les papiers – les deux piles de papiers – sur le sous-main. Il n'a pas tué son père immédiatement, alors qu'il aurait pu le faire ; c'est ce qu'il y a de si horriblement pathétique dans cette affaire, et c'est pour cela que je ne voudrais pour rien au monde aller les rejoindre dans le salon. Il vous faudrait m'y traîner !

– Qu'est-ce qui vous fait dire qu'il n'a pas accompli son forfait immédiatement ? demanda Lestrade.

– On a entendu le hurlement plusieurs minutes après le bruit du verrou qui se refermait ; c'est ce que vous avez vous-même dit, et je pars du principe que vous avez recueilli suffisamment de témoignages concordants sur ce point pour ne pas en douter. Il n'y a cependant qu'une douzaine de pas entre la porte et la table de travail. Même pour un éclopé comme lord Hull, cela ne pouvait guère prendre plus d'une demi-minute – quarante secondes tout au plus. Ajoutez-y quinze secondes pour lui permettre d'appuyer la canne à l'endroit où vous l'avez trouvée et poser les testaments sur le sous-main.

« Que s'est-il passé alors ? Qu'est-il arrivé pendant les deux ou trois minutes suivantes, des minutes qui, au moins pour Jory Hull, ont dû paraître s'éterniser ?

A mon avis, lord Hull s'est contenté de rester assis là, regardant les deux testaments. Jory pouvait sans doute les distinguer assez facilement ; les nuances différentes de couleur des deux parchemins étaient un indice suffisant.

« Il savait que son père avait l'intention de jeter l'un de ces documents dans le poêle ; je pense qu'il a attendu de voir lequel il choisirait. Il restait en effet une possibilité : que ce vieux démon eût monté un canular cruel aux dépens des siens ; peut-être allait-il brûler, en fait, le nouveau testament, et ranger l'ancien dans son coffre. A propos, Lestrade, savez-vous où se trouve celui-ci ?

– Cinq des livres de cette étagère pivotent sur eux-mêmes, me répondit laconiquement le policier, avec un geste vers la bibliothèque.

– Dans ce cas, aussi bien la famille que le vieillard auraient été satisfaits ; la famille parce qu'elle aurait su que son héritage était en sécurité, et le vieillard parce qu'il serait allé dans la tombe convaincu d'avoir perpétré l'un des canulars les plus cruels de tous les temps... Il aurait toutefois trépassé de par la volonté de Dieu, et non pas sous la dague de Jory Hull. »

Pour la troisième fois, Holmes et le policier échangèrent un regard mi-amusé, mi-incrédule.

« Pour ma part, je pense que lord Hull jouissait du moment, comme on peut savourer la perspective d'un verre après le dîner, dès l'après-midi, ou celle d'une douceur après une longue période d'abstinence. Finalement, les deux ou trois minutes passèrent, et lord Hull commença à se lever... mais tenant le parchemin jauni dans sa main, et tourné plutôt vers le poêle que vers le coffre. Quoi qu'il eût espéré, Jory n'hésita pas un instant, toutefois, le moment venu. Il bondit de sa cachette, couvrit en un instant la distance qui sépare la table basse du bureau, et plongea le couteau dans le dos de son père avant même que ce dernier eût fini de se redresser.

« Je soupçonne que l'autopsie montrera que la lame a traversé le poumon et le ventricule droits, ce qui expliquerait l'importante quantité de sang qui a inondé le dessus du bureau, mais aussi que lord Hull ait eu le temps de crier avant de mourir – ce qui causa la perte de Jory Hull.

– Comment cela ? demanda Lestrade.

– Une pièce fermée de l'intérieur n'a d'intérêt que si l'on veut faire passer un assassinat pour un suicide, répondis-je en adressant un coup d'œil à Holmes, qui sourit et acquiesça à cette maxime que je tenais de lui. La dernière chose que voulait Jory était que les lieux fussent précisément dans l'état où on les a trouvés : une pièce fermée de l'intérieur, des fenêtres fermées, un homme avec un couteau planté dans le dos – c'est-à-dire là où il n'avait pu l'enfoncer lui-même. Je crois qu'il n'avait jamais envisagé que son père pousserait un tel hurlement au moment de mourir. Il avait prévu de le frapper, de brûler le nouveau testament, de fouiller le bureau, de déverrouiller l'une des fenêtres et de s'enfuir par là. Il serait revenu dans la maison par une autre porte, aurait repris sa place sous l'escalier ; sur quoi, une fois le corps découvert, on aurait pu conclure à un cambriolage.

– Ce n'est pas ce que se serait dit l'avoué de lord Hull, objecta Lestrade.

– Il aurait cependant très bien pu garder le silence, intervint Holmes, songeur, avant d'ajouter : Je suis prêt à parier que notre ami si doué pour la peinture avait aussi l'intention de laisser quelques indices derrière lui. J'ai pu constater que les meurtriers de première force aiment presque toujours éparpiller des traces mystérieuses qui éloignent de la scène du crime. » Il partit d'un petit rire sec et sans humour qui tenait davantage de l'aboiement que d'autre chose, puis nous regarda tour à tour, Lestrade et moi. « Je crois que nous sommes tous d'accord pour dire que ce meurtre, en tombant ainsi à pic, aurait pu soulever des soupçons ; mais même si l'avoué avait parlé, on n'aurait rien pu prouver.

– En hurlant, lord Hull a tout gâché, comme il n'a cessé de gâcher les choses tout au long de sa vie. Toute la maison a été en émoi. Jory a dû être pris d'une panique totale, pétrifié sur place comme un daim dans le faisceau d'un phare. C'est Stephen Hull qui a sauvé la situation, ou du moins l'alibi de Jory consistant à dire qu'il était assis sur le banc au-dessous de l'escalier au moment où son père avait été assassiné. Stephen s'est précipité dans le vestibule depuis le salon de musique, a enfoncé la porte, et a dû siffler à Jory de le rejoindre auprès de la table de travail, comme s'ils étaient entrés ensem... »

Je m'interrompis, abasourdi. Je venais de comprendre, enfin, les coups d'œil que Holmes et l'inspecteur avaient échangés. Je venais de comprendre, enfin, ce qu'ils avaient saisi dès le moment où je leur avais montré l'astuce de la cachette en trompe-l'œil : *le meurtrier n'avait pu agir seul.* Pour l'assassinat lui-même, oui ; mais pour le reste...

« Stephen a déclaré avoir rejoint Jory à la porte du bureau, repris-je lentement. Que c'était lui, Stephen, qui avait enfoncé la porte, qu'ils étaient entrés ensemble, qu'ils avaient découvert ensemble le cadavre de leur père... Il a menti. Il aurait pu agir ainsi pour protéger son frère, certes, mais mentir aussi bien alors même qu'on ignore ce qui s'est passé paraît... paraît...

– Impossible, compléta Holmes. C'est bien le mot que vous cherchez, Watson.

– Donc, Stephen et Jory avaient tout manigancé ensemble. Ils sont complices... aux yeux de la loi, ils sont tous les deux coupables du meurtre de leur père ! Mon Dieu !

– Pas tous les deux, mon cher Watson, dit Holmes avec une étrange douceur dans la voix. Mais tous. »

Je restai bouche bée.

Il acquiesça. « Vous venez de faire preuve d'une acuité d'esprit remarquable, ce matin, Watson ; vous avez littéralement brûlé d'un feu déductif que, je suis prêt à parier, vous ne retrouverez jamais. Je vous tire mon chapeau, cher ami, comme on doit le faire devant tout homme capable de transcender sa nature, même si c'est brièvement. Mais, d'une certaine manière, vous êtes resté le même cher garçon que vous avez toujours été : alors que vous comprenez parfaitement à quel point les gens peuvent être bons, vous n'arrivez jamais à imaginer à quel point ils peuvent aussi être noirs. »

Je le regardai en silence, presque avec humilité.

« Non pas qu'il y ait tellement de noirceur dans cette affaire, si seulement la moitié de ce que nous avons appris sur lord Hull est vrai. » Holmes se leva et se mit à marcher de long en large, l'air irrité. « Qui a témoigné que Jory était à la porte avec Stephen au moment où elle a été forcée ? Jory pour Stephen naturellement, et Stephen pour Jory. Mais il existe encore deux autres personnages dans cette galerie de famille. L'un est William, le troisième frère. Etes-vous d'accord, Lestrade ?

– Certainement. Si tel est bien le nœud de l'affaire, William en est forcément aussi. Il a déclaré être au milieu de l'escalier lorsqu'il a vu ses deux frères entrer dans le bureau, Jory en tête.

– Comme c'est intéressant ! s'exclama Holmes, l'œil brillant. Stephen a enfoncé la porte – en tant que le plus jeune, et surtout le plus fort, ça paraît s'imposer – et on pourrait donc conclure que le simple fait de son impulsion l'a précipité le premier dans la pièce. Et cependant William, du haut des marches, prétend avoir vu Jory entrer le premier. Que dites-vous de ça, Watson ? »

Je ne pus que secouer la tête, toujours sidéré.

« Posez-vous la question de savoir quel est le témoignage, *le seul de tous ceux qui ont été recueillis,* que l'on peut accepter ici. La réponse est simple : celui de la seule personne n'appartenant pas à la famille, le valet de chambre de lord Hull, Oliver Stanley. Il s'approche de la galerie du premier étage à temps pour voir Stephen entrer dans la pièce – et c'est bien ainsi qu'ont dû se passer les choses, puisque Stephen était seul lorsqu'il a forcé la porte. Et c'est William, qui jouissait d'une meilleure vue depuis son emplacement, au milieu de l'escalier, qui prétend avoir vu Jory précéder son frère dans le bureau. William a fait cette déclaration car il avait vu Stanley et savait ce qu'il fallait dire, dans ce cas. Tout se résume à ceci, Watson : nous savons que Jory était à l'intérieur de la pièce. Etant donné que ses deux frères affirment qu'il était dehors, il y a, à tout le moins, collusion. Mais, comme vous le dites, la manière efficace avec laquelle ils ont coordonné leurs mouvements laisse à penser à quelque chose de bien plus sérieux.

– Une conspiration, dis-je.

– Oui. Vous rappelez-vous que je vous ai demandé, Watson, si vous pensiez que nos quatre protagonistes s'étaient contentés de quitter le grand salon sans dire un mot, et de partir dans quatre directions différentes, après avoir entendu se refermer la porte du bureau ?

– Oui. Ça me revient, maintenant.

– Je dis bien, *les quatre* (il jeta un bref coup d'œil à Lestrade, lequel acquiesça, puis revint à moi). Nous savons que Jory a dû s'élancer dès que son père eut tourné les talons afin d'atteindre le bureau avant lui ; néanmoins, les quatre autres membres de la famille, lady Hull y comprise, en d'autres termes, prétendent qu'ils étaient encore tous dans le grand salon lorsque la porte du bureau s'est refermée. Le meurtre de lord Hull a tout d'une affaire de famille, Watson. »

J'étais trop éberlué pour répondre quoi que ce fût. Je regardai Lestrade et découvris sur son visage une expression que je n'y avais jamais vue, et que je ne revis jamais ; une sorte de gravité fatiguée, écœurée.

« A quoi doivent-ils s'attendre ? demanda Holmes, presque cordialement.

– Jory aura certainement droit à la cravate de chanvre, répondit Lestrade. William peut aussi être condamné à la peine de mort, mais devra plus vraisemblablement séjourner vingt ans à Broadmoor, ce qui ne vaut guère mieux. »

Holmes se pencha et passa la main sur la toile tendue entre les pieds de la table basse ; elle produisit le même ronronnement rauque que précédemment.

« Lady Hull, enchaîna le policier, peut s'attendre à passer les cinq prochaines années à Beechwood Manor, plus couramment appelé Poxy Palace par les détenues... Cela dit, après avoir rencontré cette dame, quelque chose me dit qu'elle trouvera un moyen d'y échapper. Le laudanum de son mari, à mon avis, devrait être ce moyen.

– Et tout ça parce que Jory n'a pas porté un coup mortel sur-le-champ, remarqua Holmes avec un soupir. Si le vieillard avait eu la décence de mourir en silence, tout se serait bien passé. Jory, comme l'a dit Watson, serait sorti par la fenêtre, sans oublier d'emporter sa toile, bien entendu... ainsi que ses fausses ombres portées. Au lieu de quoi, il a semé la panique dans la maisonnée. Tous les domestiques étaient présents, bouleversés par la mort de leur maître. La famille était plongée dans la confusion. Quel manque de chance, tout de même, n'est-ce pas, Lestrade ? A quelle distance d'ici se trouvait le constable, lorsque Stanley l'a appelé ?

– Tellement près que vous allez avoir du mal à le croire, répondit le policier. Il remontait déjà l'allée au pas de course ; il passait devant la maison, dans le cadre d'une ronde de routine, lorsqu'il a entendu le cri. Un manque de chance exceptionnel, je vous l'accorde.

– Dites-moi, Holmes, demandai-je, reprenant avec soulagement mon rôle traditionnel, comment avez-vous su qu'un constable se trouvait dans les parages ?

– C'est la simplicité même, Watson. Sinon, la famille aurait mis les domestiques à la porte, au moins le temps de dissimuler la toile et les fausses ombres.

– Et sans doute aussi de déverrouiller une fenêtre, je pense », ajouta Lestrade d'une voix calme qui ne lui était pas coutumière.

« Ils auraient cependant pu au moins enlever la toile et les ombres », objectai-je soudain.

Holmes se tourna vers moi. « En effet. »

Lestrade haussa les sourcils.

« Ce fut une question de choix, dis-je. Soit ils brûlaient le nouveau testament, soit ils faisaient le ménage... la décision en a incombé seulement à Stephen et à Jory, bien entendu, puisqu'il fallut la prendre dès l'instant où Stephen fit irruption dans la pièce. Les deux hommes – ou plutôt Stephen, si vous nous avez dressé un portrait fidèle des personnages, comme je le crois – ont décidé de brûler le testament en espérant avoir de la chance pour la suite. Je suppose qu'ils ont à peine eu le temps de le fourrer dans le poêle.

Lestrade se tourna un instant pour étudier l'appareil de chauffage. « Il fallait un homme aussi sinistre que lord Hull pour trouver la force de hurler en cet instant, dit-il.

– Et seul un homme aussi sinistre que lui pouvait pousser un fils à devenir parricide », conclut Holmes.

Lui et le policier se regardèrent, et quelque chose passa une fois de plus entre eux, une communication parfaitement silencieuse dont j'étais exclu.

« L'avez-vous jamais fait ? » demanda Holmes, comme s'il renouait une ancienne conversation.

Lestrade secoua la tête. « J'ai bien failli, une fois, répondit-il. Il y avait une jeune femme impliquée... ce n'était pas sa faute... pas vraiment. Oui, j'ai bien failli. Cependant... ce fut la seule fois.

– Et ici, ils sont quatre, répliqua Holmes, qui l'avait très bien compris. Quatre personnes maltraitées par un être abject qui, de toutes les façons, serait mort dans les six mois. »

Je comprenais enfin de quoi ils parlaient.

Holmes tourna vers moi le regard de ses yeux gris.

« Qu'en dites-vous, Lestrade ? Watson a résolu l'affaire, même s'il n'en a pas vu toutes les ramifications. Le laisserons-nous trancher ?

– Très bien, dit le policier d'un ton bourru. Mais faites vite. Il me tarde de sortir de cette fichue pièce. »

Au lieu de répondre, je me penchai, ramassai les ombres de feutre, les roulai en boule et les glissai dans une poche de mon pardessus. Ce faisant, j'éprouvai une impression bizarre, très voisine de celle que j'avais ressentie lorsque j'avais souffert de la fièvre qui avait failli m'emporter, aux Indes.

« Vous êtes quelqu'un de remarquable, Watson ! s'exclama Holmes. Voici que vous résolvez votre première affaire, que vous devenez complice d'un meurtre, et il n'est même pas encore l'heure du thé ! Et voilà un souvenir pour moi – un Jory Hull authentique. Je crains bien qu'il ne soit pas signé, mais nous devons nous montrer reconnaissants pour ce que les dieux veulent bien nous accorder, les jours de pluie. » A l'aide de son canif, il détacha le tableau que l'artiste avait collé aux pieds de la table basse. Il travailla rapidement ; moins d'une minute plus tard, il glissait la toile, roulée serrée sur elle-même, dans l'une des poches intérieures de son volumineux pardessus.

« Voilà une bien mauvaise action », grommela Lestrade, qui ne s'en approcha pas moins d'une fenêtre et, après un instant d'hésitation, en tira les targettes et l'entrouvrit d'environ un demi-pouce.

« Dites plutôt une mauvaise action réparée, lui répliqua Holmes avec une gaieté presque frénétique. Messieurs, partons-nous ? »

Quand Lestrade ouvrit la porte, l'un des constables lui demanda si nous avions fait quelque progrès.

En d'autres circonstances, l'inspecteur aurait sans doute vertement rabroué son subordonné. Mais cette fois-ci il lui répondit laconiquement : « Cambriolage qui a mal tourné, semble-t-il. Je m'en suis tout de suite rendu compte, Holmes aussi, un moment plus tard.

– C'est bien triste, commenta le constable.

– Oui, mais en criant, lord Hull a fait prendre peur à son voleur, qui n'a rien emporté. Ne bougez pas d'ici. »

La porte du grand salon était ouverte, mais je ne tournai pas la tête en passant à sa hauteur. Holmes regarda, évidemment ; rien n'aurait pu l'en empêcher ; il était taillé dans ce bois-là. Quant à moi, je n'ai jamais vu un seul membre de cette famille. Jamais je ne l'ai voulu. Holmes s'était remis à éternuer ; son ami se lovait une fois de plus autour de ses chevilles en miaulant de plaisir. « Laisse-moi sortir d'ici », lui dit-il, prenant la poudre d'escampette.

Une heure plus tard, nous étions de retour au 221 *bis*, Baker Street, et avions repris à peu près la même position que celle que nous occupions lorsque Lestrade était arrivé, Holmes près de la fenêtre, moi sur le canapé.

« Eh bien, Watson, comment allez-vous dormir, cette nuit, à votre avis ?

– Comme une bûche. Et vous ?

– De même, j'en suis sûr. Je suis ravi d'être loin de cette satanée ribambelle de chats, je peux vous le dire.

– Et comment croyez-vous que Lestrade va dormir ? »

Holmes me regarda et sourit. « Assez mal, cette nuit. Et pas très bien pendant une semaine, peut-être. Mais ensuite, tout rentrera dans l'ordre. Lestrade est très doué en matière d'amnésie sélective. »

Cette remarque me fit rire.

« Regardez, Watson ! s'exclama-t-il soudain. En voilà, un spectacle ! » Je me levai et m'approchai de la fenêtre, convaincu que j'allais une fois de plus voir l'inspecteur arriver dans sa voiture découverte. Au lieu de cela, j'aperçus le soleil qui perçait entre les nuages, baignant Londres dans la glorieuse lumière d'une fin d'après-midi.

« Il a fini par faire son apparition, dit Holmes. Merveilleux, Watson ! On est heureux d'être en vie ! » Il saisit son violon et commença à jouer, le visage vivement éclairé.

J'allai jeter un coup d'œil au baromètre, et constatai qu'il dégringolait. Cela me fit rire tellement fort que je dus m'asseoir. Lorsque Holmes me demanda, sur un ton de légère irritation, la raison de mon hilarité, je ne pus que secouer la tête. A la vérité, je ne suis pas sûr qu'il aurait compris, de toute façon. Ce n'était pas ainsi que fonctionnait son cerveau.

La dernière affaire d'Umney[1]

> *« Les pluies ont cessé. Les collines sont encore vertes et, de la vallée au-delà des collines d'Hollywood, on aperçoit la neige sur les hautes montagnes. Les fourreurs proposent leurs soldes annuels. Les maisons closes spécialisées dans la vierge de seize ans font un tabac. Et dans Beverly Hills, les jacarandas commencent à fleurir. »*
>
> Raymond CHANDLER,
> *The Little Sister*[2]

1. Nouvelles de Peoria

C'était par l'une de ces matinées de printemps si parfaitement los-angélienne que l'on n'aurait pas été surpris de voir le petit symbole de la marque déposée – ® – estampillé quelque part. Les pots d'échappement des véhicules passant sur Sunset Boulevard déga-

1. Ce brillantissime pastiche de Raymond Chandler est bien entendu bourré de clins d'œil et d'allusions à l'œuvre du maître du roman noir ; il aurait été assommant pour le lecteur de tout relever, d'autant que Stephen King en donne lui-même en partie la clé. Les mots en italique suivis d'un * sont en français dans le texte. *(N.d.T.)*

2. Traduit en français sous le titre *Fais pas ta rosière !* Je n'ai pas repris la traduction originale, une phrase y manquant (« Les maisons closes... »). *(N.d.T.)*

geaient un léger parfum de laurier-rose, les lauriers-roses un léger parfum de gaz d'échappement, et le ciel, au-dessus des têtes, était aussi limpide que la conscience d'un baptiste pur et dur. Peoria Smith, le marchand de journaux aveugle, se tenait à son emplacement accoutumé, à l'angle de Sunset et de Laurel, et si *ça* ne voulait pas dire que Dieu trônait dans son ciel et que tout était aux petits oignons dans le monde, rien ne le pouvait.

Cependant, dès l'instant où j'avais balancé mes pieds hors du lit, ce matin, à l'heure inhabituelle de sept heures et demie, les choses m'avaient paru légèrement décalées ; un rien glauques sur les bords. Ce n'est qu'en me rasant – ou du moins en menaçant les poils hérissés de mon menton de la lame du rasoir afin qu'ils rentrent dans leur coquille – que je compris en partie pourquoi. Bien qu'ayant lu jusqu'à deux heures du matin, je n'avais pas entendu les Demmick rentrer, bourrés jusqu'au plafonnier, et échanger ces répliques mordantes qui constituent, apparemment, le fondement de leur mariage.

Je n'avais pas non plus entendu Buster, ce qui était encore plus étrange, peut-être. Buster, le chien corgi des Demmick, se manifeste par un aboiement aigu qui vous fend le crâne comme des éclats de verre, et ne rate jamais une occasion de s'en servir. Il est aussi du genre jaloux. Il se déchaîne en jappements furieux et incontrôlés à chaque fois que George et Gloria s'enlacent et, quand ils ne sont pas occupés à s'invectiver comme un couple de vaudeville, George et Gloria sont d'ordinaire dans les bras l'un de l'autre. Plus d'une fois, je me suis endormi en les entendant pouffer de rire tandis que ce cabot cabriolait entre leurs pieds avec ses *yarkyarkyark*, me disant que je devais bien être capable d'étrangler un chien musclé de taille moyenne avec une corde à piano. Mais la nuit dernière, l'appartement du dessous est resté aussi silencieux qu'une tombe. Fait inhabituel, mais il n'y avait pas de quoi fouetter un chat. Les Demmick n'étaient pas précisément du genre réglés comme une horloge, même dans leurs meilleurs moments.

Peoria Smith, lui, allait très bien – aussi frais qu'un gardon, comme toujours ; il m'avait reconnu à mon pas, bien que je fusse d'une grosse heure en avance. Il portait un sweat-shirt trop grand (il lui descendait sur les cuisses) aux armes du CalTech et une culotte courte en velours qui laissait voir ses genoux écorchés. La canne blanche tant haïe était négligemment posée contre la table à jouer indispensable à son petit commerce.

« Tiens, m'sieur Umney ! Ça boume, le môme ? »

Les lunettes noires de Peoria brillaient dans le soleil matinal et lorsqu'il se tourna, au bruit de mon pas, me tendant un exemplaire du *Los Angeles Times*, je fus pris de la brève mais désagréable impression qu'on lui avait foré deux grands trous noirs dans la figure. Je la chassai d'un frisson, me disant que le moment était peut-être venu de renoncer au whisky d'avant-coucher. Ou alors de doubler la dose.

Hitler était en première page du *Times*, comme si souvent, ces temps-ci. Aujourd'hui, il était question d'un problème avec l'Autriche. Je me dis – pas pour la première fois – que ce visage, avec sa pâleur et sa mèche pendante, n'aurait pas paru déplacé, placardé dans un poste de police avec *Avis de recherche* marqué au-dessus.

« Le môme va tout à fait bien, Peoria, répondis-je. En fait, le môme est aussi frais que la peinture fraîche d'un mur de gogues. »

Je laissai tomber dix *cents* dans la boîte à cigares Corona posée sur la pile de journaux. Le *Times* est un peu chérot, vu le nombre de pages, mais cela faisait des siècles que je laissais tomber toujours la même pièce de dix *cents* dans la boîte à cigares de Peoria. C'est un brave gosse, qui réussit bien à l'école – j'ai vérifié ça l'an dernier, après qu'il m'a aidé dans l'affaire Weld. Si Peoria ne s'était pas pointé dans la maison flottante de Harris Brunner au bon moment, je serais encore, à l'heure actuelle, en train d'essayer de nager, les deux pieds pris dans un baril de pétrole rempli de ciment, quelque part au large de Malibu. Dire que je lui dois beaucoup est une litote.

Au cours de l'enquête en question (celle sur les résultats scolaires de Peoria Smith, pas celle sur Brunner et Mavis Weld), j'ai aussi découvert le véritable nom du gosse – que jamais, pour tout l'or du monde, je ne répéterais. Son père a pris une pause-café définitive en sautant par la fenêtre de son bureau du neuvième étage, le Vendredi noir, et sa mère est la seule femme blanche à travailler dans cette blanchisserie chinoise démente de LaPunta. Et le môme est aveugle. Avec tout ça, le monde a-t-il besoin de savoir qu'on l'a baptisé Francis alors qu'il était trop petit pour se défendre ?

Si quelque chose de vraiment sensationnel s'est produit la veille, on le trouve presque toujours en première page du *Times*, côté gauche, sous le pli. Je retournai donc le journal et vis que le chef d'orchestre d'un groupe de musique cubaine avait été victime d'une crise cardiaque en dansant avec sa chanteuse, au Carrousel, à Burbank. Il était mort une heure plus tard à l'hôpital général de Los Angeles. Je ressentis une certaine sympathie pour la veuve du maestro, mais aucune pour lui. A mon avis, les gens qui vont danser à Burbank n'ont que ce qu'ils méritent.

J'ouvris le journal à la page des sports pour voir comment Brooklyn s'en était sorti face aux Cards. « Et toi, Peoria ? Tout le monde est au créneau, dans ton château ? Les remparts et les douves sont en état ?

– Et comment, m'sieur Umney, pouvez pas savoir ! »

Quelque chose, dans son intonation, attira mon attention, et je baissai le journal pour mieux l'examiner. A ce moment-là, je vis ce qu'un flicard doré sur tranches comme moi aurait dû découvrir tout de suite : que le môme explosait littéralement de joie.

« T'as l'air d'un gars à qui on vient de donner six billets de première loge pour le championnat de baseball, dis-je. Qu'est-ce qui se passe, Peoria ?

– Ma mère a gagné le gros lot à la loterie de Tijuana ! s'exclama-t-il. Quarante mille billets ! On est riches, mon frère, riches ! »

Je lui adressai un sourire qu'il ne put voir et lui ébouriffai les cheveux. Son épi en resta tout dressé – et après ? « Hou là, décroche pas, mon gars. Quel âge as-tu ?

– J'aurai douze ans en mai. Vous le savez bien, m'sieur Umney, vous m'avez déjà offert un polo. Mais je ne vois pas le rapport avec...

– A douze ans, on est assez grand pour savoir que les gens mélangent parfois ce qu'ils *espèrent* voir arriver avec ce qui arrive réellement. C'est tout ce que je veux dire.

– Si vous voulez dire que je me raconte des histoires, c'est vrai, je sais ce que c'est, répondit Peoria en essayant d'aplatir son épi de la main. Mais là, c'est pas des histoires, m'sieur Umney. C'est vrai ! Mon oncle Fred est allé chercher l'argent hier après-midi. Il l'a ramené dans la sacoche de sa moto ! Je l'ai senti ! Bon sang, je me suis roulé dedans ! Les billets étaient éparpillés sur le lit de Maman ! Jamais je m'étais senti riche comme ça, je peux vous dire ! Quarante mille putains de billets, nom de Dieu !

– A douze ans, on est peut-être assez âgé pour faire la différence entre les rêves et la réalité, mais pas assez pour parler comme ça », dis-je. Ma remarque me semblait opportune – et je suis sûr que la Legion of Decency[1] l'aurait approuvée à deux cents pour cent – mais ma bouche fonctionnait en pilote automatique, et j'entendais à peine ce qui en sortait. J'étais trop occupé à essayer de digérer ce qu'il venait de m'apprendre. Il y avait une chose dont j'étais absolument sûr : il se trompait. Il *devait* se tromper, car si c'était vrai, il n'aurait pas été ici à vendre ses journaux, je ne l'aurais pas rencontré en me rendant à mon bureau de l'immeuble Fulwider. Non, impossible.

Je repensai aux Demmick qui, pour la première fois de mémoire d'homme, n'avaient pas fait jouer leurs disques de jazz à fond le volume avant de se retirer, et à Buster qui, pour la première fois de sa mémoire de cabot, n'avait pas accueilli le bruit de la clé de son maître dans la serrure par une rafale de *yarkyarkyark*. L'impression que les choses ne cadraient pas me revint, plus forte cette fois.

En attendant, Peoria était tourné vers moi avec une expression que je n'aurais jamais cru voir sur son visage honnête et ouvert : un mélange d'irritation boudeuse et d'exaspération. L'expression que peut arborer un neveu devant un oncle bavard qui a raconté toutes ses anecdotes, même les plus barbantes, trois ou quatre fois.

« Ma parole, vous n'avez pas l'air de saisir la nouvelle, m'sieur Umney ! Nous sommes riches ! Ma mère

1. Société de défense et de promotion des « bonnes mœurs ». *(N.d.T.)*

n'aura plus besoin de repasser les chemises pour ce foutu Chinois, et moi je n'aurai plus besoin de vendre les journaux au coin de la rue, à me les geler quand il pleut, en hiver, et à faire le mariole pour ces abrutis qui travaillent au Bilder's. Je vais pouvoir arrêter de faire semblant d'être transporté au ciel à chaque fois qu'une grande gueule me laisse cinq *cents* de pourliche. »

Je tiquai un peu, mais après tout, je n'étais pas visé, puisqu'en général je laissais sept *cents* à Peoria. Sauf si j'étais trop fauché pour me le permettre, évidemment ; dans mon boulot, on connaît parfois des creux.

« On devrait peut-être aller au Blondie's pour y prendre un caoua, proposai-je. On pourrait parler de ça.

– Impossible ; c'est fermé.

– Le Blondie's ? Qu'est-ce que tu racontes ! »

Mais Peoria n'allait pas se laisser distraire par des considérations aussi terre à terre que le sort d'un café au bout de la rue. « Et je ne vous ai pas encore dit la meilleure, m'sieur Umney ! Mon oncle Fred a entendu parler d'un médecin de Frisco – un spécialiste – qui pourrait peut-être faire quelque chose pour mes yeux. » Il tourna son visage vers moi. En dessous des lunettes noires et de son nez trop fin, ses lèvres tremblaient. « Il dit que ce n'est peut-être pas le nerf optique, en fin de compte, qu'on peut faire une opération... je ne comprends pas tous les trucs techniques, m'sieur Umney, mais je pourrais voir à nouveau ! » Il tendit les mains vers moi, à l'aveuglette – évidemment, à l'aveuglette : il ne pouvait les tendre que comme ça. « Je pourrais voir à nouveau ! »

Il s'agrippa à moi et je lui serrai brièvement les mains avant de le repousser doucement. Il avait de l'encre sur les doigts, et je m'étais senti tellement bien, en me levant, que j'avais enfilé mon nouveau costard en alpaga clair. Un peu chaud pour l'été, certes, mais toute la ville marche à l'air conditionné, de nos jours, et, qui plus est, je me sentais comme un animal à sang froid.

Question sang-froid, je commençais à en perdre un peu. Peoria me regardait, une expression troublée sur son visage fin et parfait d'enfant. Une petite brise – parfumée au jasmin et aux gaz d'échappement – redressait son épi. Je pris soudain conscience que je remarquais ses cheveux à cause de l'absence de sa casquette en tweed. Il paraissait vaguement nu, sans elle. C'est vrai, tout de même : tous les petits marchands de journaux devraient porter une casquette en tweed, tout comme tous les petits cireurs devraient en porter une, mais en toile, celle-là, et renversée sur l'arrière du crâne.

« Qu'est-ce qu'il y a, m'sieur Umney ? Je croyais que ça vous ferait plaisir. Bon Dieu, je n'avais même pas besoin de venir poireauter sur ce foutu coin de rue, ce matin. Vous savez, je suis même arrivé de bonne heure avec dans l'idée que vous passeriez tôt. Je croyais que ça vous ferait plaisir, que ma mère ait gagné à la loterie et que j'aie une chance de me faire opérer, mais non ! (L'amertume faisait trembler sa voix !) Ça vous fait pas plaisir du tout !

– Mais si », dis-je. J'aurais *voulu* être heureux pour lui, mais pour tout dire, il avait raison presque à cent pour cent. Parce que cela signifiait que les choses allaient changer, vous comprenez, alors qu'en principe elles ne le devraient pas. Peoria Smith aurait dû se tenir à ce carrefour, année après année, la casquette vissée sur la tête, rejetée en arrière par beau temps, tirée bas sur le front pour que l'eau en dégouline les jours de pluie. Il était également supposé toujours sourire, ne jamais dire « bon Dieu » ou « putain », et surtout rester *aveugle.*

« Non, ça ne vous fait pas plaisir ! » répéta-t-il. Sur quoi, de façon choquante, il renversa sa table à jeu. Elle dégringola dans la rue, les journaux s'éparpillant dans tous les sens. Sa canne blanche roula dans le caniveau. Il l'entendit et se baissa pour la reprendre. J'aperçus des larmes qui grossissaient derrière ses lunettes noires, avant de rouler sur ses joues pâles. Il commença à chercher la canne à tâtons, mais elle était tombée près de moi et il se dirigeait dans la mauvaise direction. Je ressentis un besoin soudain de lui botter les fesses et de mettre les voiles.

Au lieu de cela, je me penchai, récupérai la canne et le tapotai avec, légèrement, sur la hanche.

Peoria se tourna, vif comme un serpent, et me l'arracha. Du coin de l'œil, je vis des photos d'Hitler et de feu le chef d'orchestre cubain s'envoler sur Sunset Boulevard – un bus qui roulait en direction de Van Ness en dispersa un paquet, laissant derrière lui les âcres effluves du diesel. J'avais en horreur le spectacle de tous ces journaux voletant de-ci de-là ; ça faisait désordre. Ça ne cadrait pas, mais alors là, pas du tout. Je dus lutter contre une autre envie, aussi forte que la première, celle de prendre Peoria par la peau du cou et de le secouer. De lui dire qu'il allait passer le reste de la matinée à rassembler tous ces journaux, et que je ne le laisserais pas retourner chez lui tant qu'il n'aurait pas retrouvé le dernier.

Je me souvins soudain que moins de dix minutes auparavant, je m'étais dit que la matinée était parfaitement los-angélienne – si parfaite qu'elle méritait de recevoir une marque de fabrique. Et elle l'était à ce moment-là, bon sang ! Mais alors, pourquoi tout était-il allé de travers ? Et comment les choses avaient-elles pu arriver aussi vite ?

Il n'y eut pas de réponse à ma question muette ; rien qu'une voix puissante et irrationnelle m'affirmant que la mère du gamin *n'avait pas pu* gagner à la loterie, que le gosse *ne pouvait pas* arrêter de vendre des journaux et que, par-dessus tout, il ne pourrait jamais voir. Peoria Smith devait rester aveugle jusqu'à la fin de sa vie.

Il doit s'agir d'un traitement qui en est encore au stade expérimental. Même si ce toubib de Frisco n'est pas un charlatan – ce qui est probablement le cas –, l'opération est vouée à l'échec.

Cette réflexion, aussi bizarre qu'elle paraisse, eut le don de me calmer.

« Ecoute, dis-je, nous sommes partis du mauvais pied, ce matin, c'est tout. Laisse-moi t'arranger ça. On va aller prendre un petit déjeuner ensemble chez Blondie's. Qu'est-ce que t'en dis, Peoria ? Tu pourras te taper des œufs au bacon tout en me racontant cet...

– Allez vous faire foutre ! hurla-t-il, me laissant pantois. Allez vous faire foutre, vous et vot'cheval, espèce de flicard à la noix ! Vous vous imaginez que les aveugles ne se rendent pas compte quand les gens leur mentent, peut-être ? Allez vous faire foutre ! Et ne me touchez pas, espèce de tapette ! »

La goutte qui fit déborder le vase. Personne ne peut se permettre de me traiter de tapette et s'en tirer comme ça, même un petit marchand de journaux aveugle. J'oubliai complètement qu'il m'avait sauvé la vie au cours de l'affaire Mavis Weld. Je tendis la main vers sa canne avec l'intention de la lui prendre et de lui en flanquer quelques bons coups sur les fesses. Histoire de lui apprendre à être poli.

Mais il ne m'en laissa pas le temps et m'en porta un coup, de la pointe, dans le bas-ventre – et quand je dis bas-ventre, c'est bien ce qu'il y a au bas du ventre. Je me pliai en deux, fou de douleur ; mais, même alors que je me retenais pour ne pas hurler, je me rendis compte que j'avais eu de la chance : quatre ou cinq centimètres plus bas, et je pouvais abandonner la filature des épouses de cocus pour me consacrer à une carrière de falsetto au palais des Doges.

J'eus le réflexe de l'attraper, mais il me balança la canne sur la nuque, cette fois. Fort. Elle ne cassa pas, mais j'entendis un craquement. Je crus que je parviendrais à en finir si j'arrivais à le coincer – j'allais lui montrer, si j'étais une tapette !

Il recula comme s'il avait capté un message télépathique et jeta la canne dans la rue.

« Peoria ! » J'avais du mal à parler ; mais peut-être n'était-il pas trop tard pour faire preuve d'un peu de bon sens. « Mais enfin, Peoria, qu'est-ce qui te prend ?

– Et ne m'appelez pas comme ça, hurla-t-il. Mon nom, c'est Francis ! Frank ! C'est vous qui avez commencé à m'appeler Peoria ! Et maintenant tout le monde en fait autant, et j'ai horreur de ça ! »

Mes yeux larmoyants me le firent voir en double lorsqu'il exécuta son demi-tour et s'enfuit en courant dans la rue, sans se soucier de la circulation (à peu près inexistante pour le moment, heureusement pour lui), les mains tendues devant lui. Je crus qu'il allait trébucher sur le trottoir, de l'autre côté – je me demande si je ne l'espérais pas un peu, en fait – mais sans doute les aveugles disposent-ils d'un bon jeu de repères topographiques et de plans dans la tête, car il bondit dessus aussi prestement qu'un cabri, avant de tourner ses lunettes noires vers moi. Son visage strié de larmes arborait une expression de triomphe un peu démente et jamais les verres sombres n'avaient davantage ressemblé à deux trous. Deux grands trous, comme s'il avait reçu deux balles de fort calibre.

« *Blondie's a fichu le camp, j'vous ai dit !* s'égosilla-t-il. *Ma mère m'a dit qu'il s'est tiré avec cette rouquine qu'il a engagée le mois dernier ! C'est pas vous qui feriez ça, espèce de pauv'couillon !* »

Sur ce, il fit demi-tour et partit en courant sur Sunset Boulevard, de sa démarche étrange, mains tendues devant lui, les doigts écartés. Des gens se tenaient en petits groupes des deux côtés de la rue, le regardant, regardant les journaux que le vent chassait sur la chaussée, me regardant.

Me regardant, surtout moi, me sembla-t-il.

Cette fois, Peoria – bon, d'accord, Francis – courut jusqu'à la hauteur du Derringer's Bar avant de lâcher une ultime salve.

« *Allez vous faire foutre, m'sieur Umney !* » s'époumona-t-il avant de reprendre le trot.

2. *Toux caverneuse*

Péniblement, je me redressai et traversai à mon tour la rue. Peoria, *alias* Francis Smith, avait disparu depuis longtemps, mais je n'avais qu'une envie, m'éloigner de ces journaux dispersés ; les voir voleter partout me donnait un mal de tête pire, d'une certaine manière, que la douleur qui montait de mon entrejambe.

Une fois sur le trottoir, je me perdis dans la contemplation de la vitrine de la papeterie Felt comme si le nouveau stylo à bille Parker, dans la vitrine, était l'objet le plus fascinant que j'eusse vu de toute ma vie (à moins que ce ne fussent ces agendas sexy en similicuir). Au bout d'environ cinq minutes, le temps de mémoriser tout ce qui était présenté dans la vitrine poussiéreuse, je me sentis en état de poursuivre mon voyage interrompu le long de Sunset Boulevard sans trop donner de la bande.

Les questions tourbillonnaient dans mon esprit comme les moustiques vous tournent autour dans le cinéma « drive-in » de San Pedro, lorsqu'on a oublié d'apporter ses pastilles insecticides. J'arrivai à en ignorer la plupart, mais une ou deux réussirent à s'imposer. La première était, mais qu'est-ce qu'il lui a pris ? (« Lui » étant Peoria, bien entendu.) La deuxième, qu'est-ce qui m'avait pris ? Je ne fis pas autre chose que pourchasser ces deux désagréables interrogations de mes claques, jusqu'à ce que je sois arrivé au Blondie's City Eats, *ouvert vingt-quatre heures sur vingt-quatre, le spécialiste du strudel*, au coin de Sunset et de Travernia ; lorsque je fus devant, elles succombèrent instantanément, d'un seul revers de main. Aussi loin que remontaient mes souvenirs, j'avais toujours vu cet établissement ici – escrocs, voyous, gigolos et truands, tout le monde y venait, sans parler des bleusailles, des lesbiennes et des drogués. Une célèbre star du muet avait été autrefois arrêtée pour meurtre en sortant de chez Blondie et j'y avais moi-même conclu une sale affaire, il n'y avait pas si longtemps, en abattant une espèce de gravure de mode pétée jusqu'aux yeux, du nom de Dunninger, qui venait de tuer trois camés après une soirée hollywoodienne un peu trop poudrée. C'était également dans ce lieu que j'avais fait mes adieux à

Ardis McGill, avec ses cheveux platine et ses yeux violets ; j'avais passé le reste de la nuit à marcher au milieu de cette rareté, un brouillard los-angélien, brouillard qui se trouvait peut-être, en réalité, seulement derrière mes yeux... et qui coulait le long de mes joues, le temps que le soleil se lève.

Fermé, Blondie's ? Disparu, Blondie's ? On aurait cru ça impossible ! Autant imaginer la statue de la Liberté disparaissant de son bout de rocher pelé dans la baie de New York.

Impossible, mais vrai. La vitrine dans laquelle étaient naguère exposées des piles de tartes et de gâteaux qui vous mettaient l'eau à la bouche avait été passée au blanc d'Espagne ; mais on avait bâclé le travail, et c'était une salle presque vide que je devinai entre les coups de pinceau. Le lino, ainsi dépouillé, paraissait crasseux. Les pales noircies de graisse des ventilateurs pendaient du plafond comme des hélices d'avions accidentés. Il restait quelques tables et six ou huit des chaises familières, capitonnées en rouge, empilées sur elles les pieds en l'air, mais c'était tout... mis à part deux distributeurs de sucre en poudre, vides et renversés, gisant dans un coin.

Je restai cloué sur place, essayant de me rentrer cette réalité dans la tête, mais autant tenter de faire passer un canapé géant dans une cage d'escalier étroite. Toute cette vie, toute cette animation, toutes ces filouteries et ces surprises des petites heures de la nuit – comment cela pouvait-il être terminé ? Il devait y avoir erreur ; cela relevait du blasphème. Blondie's résumait pour moi toutes les contradictions chatoyantes qui gravitent autour du cœur de Los Angeles, fondamentalement noire et dépourvue d'amour ; il m'était arrivé de penser que Blondie's *était* Los Angeles, la ville telle que je l'avais connue depuis les quinze ou vingt dernières années – en miniature. En quel autre endroit aurait-on pu voir un représentant de la pègre prenant son petit déjeuner à neuf heures du matin en compagnie d'un prêtre, ou bien une poulette couverte de diamants assise sur un tabouret de bar à côté d'un mécano fêtant la fin de son quart de nuit avec une tasse de café brûlant ? Je me pris soudain à repenser au chef d'orchestre cubain et à son attaque cardiaque avec énormément plus de sympathie, cette fois.

Toute cette vie fabuleuse et pleine de paillettes de Los Angeles – vous me suivez, l'ami ? L'info a-t-elle pénétré votre crâne épais ?

Sur le panneau accroché dans l'entrée, on pouvait lire : FERMÉ POUR TRAVAUX, RÉOUVERTURE PROCHAINE, mais je n'en croyais pas un mot ; deux sucriers renversés dans un coin ne sont pas le signe, autant que je sache, d'une rénovation en cours. Peoria avait raison : Blondie's, c'était fini. Je m'éloignai, mais d'un pas lent, cette fois ; obligé de faire un effort conscient pour garder la tête haute. Au fur et à mesure que je me rapprochais de l'immeuble Fulwider, où se trouve mon bureau depuis trop d'années pour que j'aie envie de les compter, je fus pris d'une certitude bizarre. Des chaînes épaisses fermées par des cadenas allaient être enroulées autour des poignées des grandes doubles portes ; les vitres allaient être badigeonnées à grands coups de pinceau négligents. Et il y aurait un panneau sur lequel on lirait : FERMÉ POUR TRAVAUX, RÉOUVERTURE PROCHAINE.

Le temps d'atteindre le bâtiment, cette idée insensée s'était emparée de mon esprit avec la force d'une certitude, et même la vue de Bill Tuggle, l'expert-comptable excentrique du troisième étage, qui s'engouffrait à l'intérieur, ne suffit pas à me rassurer. Voir, c'est croire, dit-on, et lorsque j'arrivai à la hauteur du 2221, il n'y avait ni chaîne, ni panneau, ni vitres badigeonnées ; rien que le Fulwider, le même que toujours. Je pénétrai dans le hall. Son odeur familière parvint à mes narines. Elle me rappelait celle de ces pastilles roses qu'on trouve dans les urinoirs, de nos jours. Je regardai autour de moi : c'étaient toujours les mêmes palmiers miteux inclinés sur le même sol au dallage rouge délavé.

Bill venait de rejoindre Vernon Klein, le liftier le plus âgé du monde, à l'intérieur de l'ascenseur n° 2. Avec son uniforme rouge élimé et son antique calot, Vernon paraissait être le résultat d'un croisement entre le groom de la publicité Philip Morris et un singe rhésus qui serait tombé dans le tambour d'une machine à laver industrielle. Il tourna vers moi ses yeux mélancoliques de basset, larmoyants à cause de la Camel qu'il avait collée au milieu des lèvres. Ses mirettes auraient dû être habituées à la fumée depuis des années ; je ne me souvenais pas l'avoir jamais vu autrement qu'avec une Camel fichée dans cette même position.

Bill se tassa bien un peu, mais pas suffisamment. Il n'y avait pas assez de place pour lui dans la cabine. Je ne suis pas sûr qu'il y aurait eu assez de place pour lui si elle avait été prévue pour vingt personnes. Pour cinquante, peut-être. Il émanait de lui une odeur de saucisson à l'ail qui aurait mariné pendant une année dans de la gnôle frelatée. Et au moment même où je commençais à me dire que rien ne pouvait être pire, il rota.

« Désolé, Clyde.

– Ouais, tu peux », dis-je en m'éventant de la main, pendant que Vern refermait la grille de la cabine et préparait son décollage pour la lune... ou au moins pour le septième étage. « Je voudrais bien savoir l'adresse de l'égout dans lequel tu as couché, Bill. »

Et cependant, ces effluves avaient quelque chose de réconfortant – je mentirais si je prétendais le contraire. Parce qu'ils étaient *familiers*. C'était ce vieux Bill Tuggle, avec ses relents, ses nausées, se tenant les genoux légèrement ployés, comme si on lui avait glissé de la salade de poulet dans le fond du pantalon et qu'il venait tout juste de s'en rendre compte. Pas agréable ; rien dans cette ascension matinale n'était agréable. Mais au moins, tout était *connu*.

Bill m'adressa un sourire fatigué quand la cabine commença à s'ébranler bruyamment, mais ne répondit pas.

Je tournai la tête en direction de Vernon, essentiellement pour la détourner des remugles avariés qui montaient du comptable, mais la remarque anodine que je m'apprêtais à faire me resta dans la gorge. Les deux images punaisées au-dessus du tabouret du liftier depuis la création du monde – l'une représentant Jésus marchant sur la mer de Galilée sous le regard abasourdi de ses disciples entassés dans une barque, et l'autre, une photo de la femme de Vern en tenue de Reine du Rodéo avec veste en daim à franges et une coiffure datant du début du siècle – ces deux images avaient disparu. Ce qui les remplaçait n'aurait pas dû me choquer, en particulier du fait de l'âge du liftier, mais ça me tomba pourtant dessus comme un plein tombereau de briques.

Une carte, une simple carte postale montrant la silhouette d'un homme pêchant au coucher du soleil. Mais c'est la légende imprimée dessous qui me cloua sur place : POUR UNE HEUREUSE RETRAITE !

Multipliez par deux l'effet que m'avait fait l'annonce de Peoria, lorsqu'il m'avait dit qu'il retrouverait peut-être la vue, et vous serez encore loin du compte. Les souvenirs se mirent à défiler dans ma tête à la vitesse des cartes entre les mains d'un joueur professionnel. Ce jour où Vernon avait fait irruption dans le bureau voisin du mien pour appeler une ambulance, lorsque cette charmante personne, Agnes Sternwood, après avoir arraché les fils de mon téléphone, avait avalé ce qu'elle prétendait être du produit à déboucher les tuyaux. Il s'avéra qu'il s'agissait en fait de cristaux de sucre brut, et que le bureau dans lequel Vernon fit irruption était une officine chic de paris clandestins sur les courses. Pour autant que je le sache, le type qui le louait et qui avait apposé la plaque McKenzie Imports sur la porte reçoit encore, à l'heure actuelle, ses catalogues de vente par correspondance à la prison de San Quentin. Et cette autre occasion, où Vern avait rétamé, avec son tabouret, un type qui s'apprêtait à pratiquer des trous d'aération dans mon ventre ; l'affaire Mavis Weld, encore une fois. Sans parler du jour où il m'avait présenté sa fille – quelle poulette ! – qui s'était fait piéger dans un racket de photos pornos.

Vern prenait sa retraite ?

Mais voyons, c'était impossible. Absolument impossible !

« C'est quoi encore cette blague, Vernon ?

– C'est pas une blague, monsieur Umney », répondit-il, arrêtant la cabine au troisième. Il fut pris à cet instant d'une toux caverneuse que je n'avais jamais remarquée depuis que je le connaissais ; on avait l'impression d'entendre des boules de bowling en marbre dégringoler le long d'une allée de pierre. Il sortit la Camel de sa bouche et, à ma grande horreur, je vis que son extrémité se teignait de rose – un rose qui n'était pas du rouge à lèvres. Il la contempla un moment, fit la grimace, la remit en place et repoussa la grille accordéon.

« T-troisième, monsieur Tuggle.

– Merci, Vern, dit Bill.

– N'oubliez pas le pot, vendredi. » Vernon avait parlé d'une voix étouffée par le mouchoir taché de brun qu'il avait tiré de sa poche et avec lequel il s'essuyait les lèvres. « Je serais très content si vous pouviez venir, vous aussi », ajouta-t-il en me regardant de ses yeux chassieux ; mais ce que j'y lus me colla une peur bleue. Quelque chose attendait Vernon Klein au prochain virage, et ce regard signifiait qu'il était parfaitement au courant. « Oui, vous aussi, monsieur Umney. On en a vu de toutes les couleurs, tous les deux, et ça me ferait plaisir de trinquer avec vous.

– Une minute ! m'exclamai-je, agrippant Bill au moment où il tentait de quitter l'ascenseur. Vous pouvez bien attendre une bon Dieu de minute, tous les deux, non ? Quelle soirée ? Qu'est-ce qui se passe ?

– Vernon prend sa retraite, répondit Bill. C'est ce qui arrive d'habitude quelque temps après que nos cheveux sont devenus tout blancs, au cas où tu aurais été trop occupé pour remarquer. La petite fête de Vernon doit avoir lieu dans le sous-sol, vendredi après-midi. Tout le monde, dans l'immeuble, y assistera, et je vais préparer mon mondialement célèbre punch à la dynamite. Qu'est-ce qui t'arrive, Clyde ? Cela fait un mois que tu sais que Vern doit prendre sa retraite le 13 mai prochain. »

Voilà qui eut le don de me remettre en colère, comme lorsque Peoria m'avait traité de tapette. J'attrapai Bill par l'épaulette rembourrée de son veston croisé et le secouai. « Tu racontes des conneries ! »

Il m'adressa un petit sourire peiné. « Pas du tout, Clyde. Mais si tu ne veux pas venir, tu n'es pas obligé. Reste dans ton coin. Tu te comportes *poco loco* depuis six mois. »

Je le secouai encore. « Qu'est-ce que tu veux dire, *poco loco* ?

– Comme un cinglé, un maboul, un fêlé de la cafetière, un timbré du ciboulot – ça ne te rappelle rien, tout ça ? Et avant de me répondre, permets-moi de t'avertir que si tu me secoues encore, même un peu, le contenu de mes boyaux va me remonter à la gorge et il n'y a pas une seule entreprise de nettoyage qui pourra venir à bout de ton costard. »

Il s'éloigna de toute façon avant, fonçant dans le couloir avec le fond de son pantalon pendant comme d'habitude à hauteur des genoux. Il ne se retourna qu'une fois, pendant que Vernon refermait la grille de laiton. « Vous devriez prendre des vacances et vous reposer, Clyde. Dès la semaine dernière.

– Et à vous, qu'est-ce qui vous arrive ? Qu'est-ce qui vous arrive à tous ? » criai-je. La grille intérieure se ferma là-dessus, et nous partîmes pour le septième. Mon p'tit bout de paradis. Vern laissa tomber son mégot dans le bac à sable du coin et se glissa immédiatement une nouvelle cigarette dans le bec. Il enflamma une allumette de l'ongle du pouce, alluma sa sèche, et se mit aussitôt à tousser. Je vis une brume de fines gouttelettes de sang jaillir de ses lèvres craquelées. Spectacle horrible. Il se tenait les yeux baissés et contemplait, le regard vide, le coin opposé de la cabine. Sans rien voir. Sans rien espérer. Les effluves signés Bill Tuggle traînaient dans l'ascenseur comme le fantôme de cuites anciennes.

« Bon, d'accord, Vern. Dites ce qui vous arrive et où vous allez. »

Vernon n'avait jamais été du genre à faire des circonlocutions, et cela au moins n'avait pas changé. « Le cancer, avec un grand C. Samedi, j'embarque dans le Desert Blossom, le train pour l'Arizona. Je vais aller vivre chez ma sœur. Je ne m'attends pas à y prolonger mon séjour. Il faudra peut-être qu'elle change les draps deux ou trois fois. (Il arrêta la cabine et fit ferrailler la grille accordéon.) Septième, monsieur Umney. Votre p'tit coin de paradis. » Il sourit sur ces mots, comme il l'avait toujours fait, mais cette fois-ci, j'eus l'impression de voir l'un de ces crânes en confiserie que les Mexicains fabriquent, à Tijuana, le Jour des Morts.

Par la porte ouverte de l'ascenseur, me parvint alors une odeur tellement déplacée ici, dans mon p'tit coin de paradis, qu'il me fallut un moment pour l'identifier : celle de la peinture fraîche. Cela fait, je l'archivai ; j'avais un autre chat à fouetter.

« Ce n'est pas juste, dis-je, vous le savez bien, Vern. »

Il tourna vers moi son effrayant regard vide. La mort rôdait dans ses yeux, forme noire battant des ailes et me faisant signe derrière le bleu délavé des iris.

« Qu'est-ce qui n'est pas juste, monsieur Umney ?

– Vous devez normalement être ici, nom de Dieu ! Ici même ! Assis sur votre tabouret, avec Jésus et votre femme au-dessus de votre tête. Et pas *ça* ! » Je m'emparai brusquement de la carte postale avec le pêcheur, la déchirai en deux, puis en quatre, et jetai le tout. Les morceaux retombèrent en voletant sur le tapis rouge fané de la cabine, comme des confettis.

« Je dois normalement me trouver ici ? » répéta-t-il, sans que son regard effrayant me quitte un instant. Un peu plus loin, deux hommes en salopettes couvertes de peinture s'étaient tournés et regardaient dans notre direction.

« Exactement.

– Pendant combien de temps, monsieur Umney ? Etant donné que vous savez tout, vous devez pouvoir me le dire, non ? Pendant combien de temps dois-je encore piloter cette foutue cabine ?

– Eh bien... toujours », répondis-je, et mes paroles restèrent suspendues entre nous, un fantôme de plus dans l'ascenseur enfumé. Si j'avais eu le choix, je crois que j'aurais encore préféré les effluves corporels émanant de Bill Tuggle. Mais voilà, je ne l'avais pas. Et je répétai donc : « Pour toujours, Vern. »

Il tira sur sa Camel, toussa de la fumée et une giclée de brume sanglante, et continua de me regarder. « Je n'ai pas de conseils à donner aux locataires, monsieur Umney, mais je crois que je vais faire une entorse à la règle pour vous. Après tout, c'est ma dernière semaine. Vous devriez envisager d'aller consulter un médecin. Du genre de ceux qui vous montrent des taches d'encre et vous demandent ce que vous voyez.

– Ce n'est pas possible que vous preniez votre retraite, Vern. » Mon cœur battait plus fort que jamais, mais je réussis à ne pas hausser le ton. « Ce n'est pas possible.

– Non ? » Il retira la cigarette de sa bouche – du sang frais en imprégnait déjà le bout – et me regarda à nouveau. Son sourire était épouvantable. « A la manière dont je vois les choses, monsieur Umney, je n'ai pas tellement le choix. »

3. *Peintres et pesos*

L'odeur de la peinture fraîche me brûlait les narines, plus forte que le remugle de tabac de la cabine et les exhalaisons des aisselles de Bill Tuggle. Les hommes en salopettes étaient en train de prendre possession de l'espace voisin de la porte de mon bureau. Ils avaient jeté un vieux drap par terre et les outils propres à leur profession étaient éparpillés dessus – pots, pinceaux, dissolvants. Deux escabeaux les flanquaient, évoquant des serre-livres squelettiques. Je n'avais qu'une envie, foncer dans le couloir et tout renverser sur mon passage. De quel droit peignaient-ils les vieux murs sombres de ce blanc aveuglant et sacrilège ?

Au lieu de cela, je me dirigeai vers celui qui paraissait n'avoir besoin que de deux chiffres pour mesurer son coefficient intellectuel et lui demandai poliment ce qu'il pensait qu'ils faisaient, lui et son collègue. Il me jeta un coup d'œil. « Ça ne se voit pas, non ? Je fais une petite branlette à Miss America et mon copain Chick met du rouge aux nénés de Betty Grable. »

C'en était trop. Trop de ces deux types, trop de tout. Je saisis le petit malin sous le bras et, de la pointe de l'index, enfonçai un nerf particulièrement sensible que je sais se trouver là. Il poussa un hurlement et laissa tomber son pinceau. De la peinture éclaboussa ses chaussures de blanc. Son camarade eut un regard de biche apeurée et battit en retraite d'un pas.

« Si tu bouges avant que j'en aie fini avec toi, grondai-je, je vais tellement t'enfoncer ton pinceau dans le cul que les poils vont te remonter jusque dans la gorge. Tu tiens à savoir si je suis sérieux ? »

Il arrêta de gigoter et se tint tranquille, jetant des coups d'œil à droite et à gauche, à la recherche d'aide. Mais il n'y en avait aucune à espérer. Je m'attendais un peu à ce que Candy ouvre ma porte, attirée par le tapage, mais le battant ne bougea pas d'un millimètre. Je revins au petit malin, que j'immobilisai.

« Ma question était pourtant simple, mon pote – qu'est-ce que vous fabriquez ici, bon sang ? Vas-tu y répondre, ou as-tu besoin d'en prendre encore une ? »

Je fis jouer le bout des doigts sous son aisselle, histoire de lui rafraîchir la mémoire, et il poussa un nouveau hurlement. « *J'peignais l'couloir ! Bordel, ça se voit, non ?* »

D'accord, ça se voyait ; aurais-je été aveugle que j'aurais même pu le repérer à l'odeur. J'avais en horreur ce que me disaient mes sens. Ce couloir n'avait aucune raison d'être repeint, en particulier dans ce blanc qui réfléchissait la lumière ; il était supposé rester toujours sombre, garder ses recoins d'ombre ; il était censé ne dégager que des odeurs de poussière et de souvenirs anciens. Ce qui avait commencé avec le silence inhabituel des Demmick ne cessait d'empirer. J'étais fou furieux, comme le découvrait ce malheureux. J'avais peur, également, mais c'est un sentiment que l'on apprend à très bien dissimuler lorsque trimbaler un pétard dans un holster fait partie de votre vie quotidienne.

« Qui vous a envoyé ici, les guignols ?

– Notre patron, répondit-il en me regardant comme si j'étais fou. On travaille pour Challis Custom Painters, sur Van Nuys. Le patron s'appelle Hap Corrigan. Si vous voulez savoir qui a engagé son entreprise, il faudra lui deman...

– C'est le proprio, intervint d'un ton calme l'autre peintre. Le propriétaire de l'immeuble. Un type du nom de Samuel Landry. »

Je fouillai dans ma mémoire, essayant de faire concorder ce nom avec ce que je savais de l'immeuble Fulwider, sans y parvenir. En réalité, ce nom de Samuel Landry ne concordait avec rien... et malgré tout, il ne m'était pas tout à fait inconnu. Il résonnait en moi comme une note lointaine, comme la cloche d'une église située à des kilomètres, par un matin de brouillard.

« Tu mens, dis-je, mais sans conviction, uniquement pour répondre quelque chose.

– Appelez le patron », me suggéra le deuxième peintre. Les apparences pouvaient être trompeuses ; il était probablement le plus intelligent des deux, en fin de compte. Il sortit une petite carte tachée de peinture d'une poche de sa salopette.

D'un geste de la main, je la refusai. « Mais qui donc, par tous les saints, a pu avoir envie de faire repeindre ce couloir ? »

Ce n'était pas à eux que je posai la question, mais celui qui m'avait proposé la carte de la société n'en répondit pas moins. « Euh... ça rend le couloir plus gai, dit-il prudemment. Vous devez bien le reconnaître.

– Dis-moi, fiston, dis-je en faisant un pas vers lui, est-ce que ta mère a eu des enfants normaux, ou juste des résidus de fausses couches comme toi ?

– Hé, comme vous voudrez, comme vous voudrez », dit-il en reculant. Je suivis son regard et aboutis à mes poings, serrés et durs. Je me forçai à ouvrir les doigts. Il n'en parut pas tellement soulagé et, à vrai dire, je le comprenais assez bien. « Ça ne vous plaît pas, c'est on ne peut plus clair et net. Mais moi, faut bien que je fasse ce que le patron me dit de faire, hein ? C'est comme ça, en Amérique. »

Il jeta un coup d'œil à son collègue, puis revint à moi ; coup d'œil rapide, sans même bouger la tête, mais dans ma partie je l'avais vu plus d'une fois – et c'est le genre de coup d'œil que l'on garde en mémoire. *N'embête pas ce type,* disait-il. *Ne le secoue pas, ne lui rentre pas dedans, c'est de la nitroglycérine.*

« Vous comprenez, j'ai une femme et un petit môme, continua le deuxième peintre. J'sais pas si vous en avez entendu parler, mais y a une Dépression qui fait des siennes, en ce moment. »

Je me sentis envahi par une confusion qui noya ma colère comme une averse un feu de broussailles. Il y avait donc une Dépression, en ce moment ? Vraiment ?

« Je sais, dis-je – ne sachant rien du tout. On laisse tomber... qu'est-ce que vous en dites ? »

« D'accord », répondirent en chœur les deux peintres, avec un enthousiasme réel. Celui que j'avais pris par erreur pour légèrement demeuré tenait sa main gauche serrée sous son aisselle droite, s'efforçant de convaincre le nerf irrité d'aller faire dodo. J'aurais pu lui dire qu'il en avait encore pour une heure, voire un peu plus, mais je n'avais plus envie de leur parler. Je ne voulais ni parler, ni voir personne – pas même la délicieuse Candy Kane, dont les regards humides et les délicates courbes subtropicales seraient susceptibles de faire se rouler par terre le plus endurci des voyous. Je ne désirais qu'une chose : traverser l'entrée et me réfugier dans mon sanctuaire. Une bouteille de Robb's Rye attendait dans le tiroir du bas à gauche, et pour le moment j'avais on ne peut plus besoin d'un verre.

Je m'avançai jusqu'à la porte où, sur le verre cathédrale, était marqué CLYDE UMNEY, DÉTECTIVE PRIVÉ, refrénant une nouvelle fois l'envie de vérifier si, d'un bon coup de pied, j'étais capable d'expédier un pot de peinture Dutch Boy Oyster White jusqu'au bout du couloir, pour qu'il dégringole par l'escalier de secours. J'avais déjà la main sur la poignée lorsqu'une pensée me frappa. Je me tournai à nouveau vers les peintres, mais lentement, pour qu'ils ne s'imaginent pas que j'allais piquer une nouvelle crise. Je soupçonnai également que si je me retournais trop vite je les trouverais en train d'échanger un sourire, l'index vissé à la tempe – le geste « ce-mec-est-cinglé » que l'on apprend dès la maternelle.

Ils ne se vissaient pas l'index dans la tempe, mais ils ne m'avaient pas non plus quitté des yeux. Le moins futé des deux paraissait évaluer la distance qui le séparait de la porte marquée ESCALIER. Je fus soudain pris de l'envie de leur dire que je n'étais pas un si mauvais type que ça, quand on me connaissait ; qu'il y avait même quelques clients et au moins une ex-épouse qui me considéraient plus ou moins comme un héros. Mais ce ne sont pas des choses à déclarer soi-même, en particulier à des couillons comme ces deux-là.

« N'ayez pas peur, leur dis-je. Je ne vais pas vous sauter dessus. Je voudrais seulement vous poser une autre question. »

Ils se détendirent légèrement. Très légèrement, en fait.

« Posez toujours, dit Peintre Numéro Deux.

– Vous est-il arrivé, à l'un ou à l'autre, de jouer à la loterie de Tijuana ?

– La *loteria* ? demanda Numéro Un.

– Ta maîtrise de l'espagnol me stupéfie. Ouais. La *loteria.* »

Numéro Un secoua la tête. « Les jeux et les filles des Mex, c'est bon pour les gogos. »

Pourquoi crois-tu que je t'aie posé la question ? pensai-je sans le dire.

« En plus, continua-t-il, on gagne dix ou vingt mille pesos – la belle affaire ! Ça fait quoi, en vrai fric ? Cinquante billets, quatre-vingts ? »

Ma mère a gagné le gros lot à la loterie de Tijuana ! avait dit Peoria : j'avais tout de suite senti que quelque chose clochait. *Quarante mille billets... Mon oncle Fred est allé chercher l'argent hier après-midi. Il l'a ramené dans la sacoche de sa bécane !*

« Ouais, dis-je, quelque chose dans ce goût-là, je

crois. Et ils vous paient toujours comme ça, en pesos, non ? »

Il eut de nouveau ce regard – comme si j'étais cinglé –, puis la mémoire lui revint de ce que j'étais vraiment et il rajusta son expression. « Ouais, évidemment, c'est une loterie mexicaine ; je vois pas comment ils pourraient payer en dollars.

– Très juste. » En esprit je revis le petit visage fin et tendu de Peoria, je l'entendis qui s'écriait : *Les billets étaient éparpillés sur le lit de Maman ! Quarante mille putains de billets, nom de Dieu !*

Sauf-que-sauf-que... Comment un petit aveugle pouvait-il être sûr du montant... voire même savoir que c'était sur de l'argent qu'il se roulait ? La réponse était simple : il ne le pouvait pas. Mais même un petit marchand de journaux aveugle aurait dû savoir que la *loteria* payait en pesos et non en dollars ; il aurait dû également se douter qu'on ne peut pas transporter pour quarante mille dollars de blé mexicain dans la sacoche d'une moto Vincent. Son oncle aurait eu besoin de l'une des bennes à ordures de la ville pour transbahuter autant de fric.

Confusion, confusion – rien que les nuages noirs de la confusion.

« Merci », dis-je, prenant la direction de mon bureau.

Je suis sûr que ce fut un soulagement pour tout le monde.

4. Le dernier client d'Umney

« Candy, mon chou, je ne veux voir personne ni recevoir un seul coup de... »

Je m'interrompis. L'entrée était vide. Le bureau de Candy, dans son coin, présentait un aspect inhabituellement désert, et au bout d'un instant je compris pour quelle raison : le classeur arrivée-départ du courrier gisait dans la corbeille à papier et les photos d'Errol Flynn et de William Powell avaient disparu. De même que sa vieille Philco. Le petit tabouret de sténo sur lequel Candy exhibait volontiers ses superbes gambettes – le tabouret était inoccupé.

Mes yeux revinrent au classeur de courrier, qui dépassait de la corbeille à papier comme la proue d'un navire en perdition, et mon cœur fit un bond. Quelqu'un était peut-être entré ici et avait enlevé Candy après avoir fouillé les deux pièces. Il s'agissait peut-être, en d'autres termes, d'une affaire. Dans la disposition d'esprit où j'étais, j'aurais volontiers accepté une affaire, même si cela signifiait qu'un cambrioleur ficelait Candy sur une chaise, en ce moment, prenant un soin particulier pour ajuster la corde sur le renflement ferme de ses seins. Tout ce qui pouvait chasser les toiles d'araignée qui paraissaient m'assiéger était on ne peut plus bienvenu.

Le seul ennui, c'est que la pièce n'avait pas été fouillée. Bon, d'accord, le courrier entrée-sortie se trouvait dans la corbeille à papier, mais ce n'était nullement le signe d'une bagarre ; en fait, c'était plutôt comme si...

Il ne restait qu'une chose sur le bureau, posée au beau milieu du sous-main. Une enveloppe blanche. Le seul fait de la regarder me donnait un mauvais pressentiment. Mes pieds m'entraînèrent néanmoins à l'autre bout de la pièce, et je la pris. Je ne fus pas surpris de voir que, de l'écriture toute en boucles et fioritures de Candy, mon nom figurait dessus ; ce n'était qu'un détail désagréable supplémentaire de cette longue et désagréable matinée.

Je la déchirai. Un simple rectangle de papier me tomba dans la main.

Cher Clyde,

J'en ai soupé de vous, de vos mains baladeuses et de vos ricanements, et je suis fatiguée de vos plaisanteries ridicules et infantiles sur mon nom[1]. *La vie est trop courte pour la passer à se faire peloter par un détective d'âge mûr divorcé qui a mauvaise haleine. Vous avez vos bons côtés, mais ils sont noyés dans les mauvais, en particulier depuis que vous buvez tout le temps.*

Faites-vous une fleur : grandissez.

Bien sincèrement,
Arlene Cain.

P.-S. : *Je retourne chez ma mère, dans l'Idaho. N'essayez surtout pas d'entrer en contact avec moi.*

Je contemplai ce billet pendant quelques instants, incrédule, puis le laissai tomber. Une phrase me revint pendant que je suivais des yeux les zigzags qu'il faisait en direction de la corbeille à papier déjà surchargée. *Je suis fatiguée de vos plaisanteries ridicules et infantiles sur mon nom.* Mais l'avais-je jamais connue sous un autre nom que celui de Candy Kane ? Je fouillai dans mon esprit tandis que le morceau de papier poursuivait ses loopings paresseux – et apparemment interminables – et la réponse fut un « non » honnête et sans appel. Elle s'était toujours appelée Candy Kane, nous avions souvent plaisanté ensemble là-dessus et si nous avions eu quelques séances un peu chaudes, où était le problème ? Ça lui avait toujours plu, que je sache. Ça nous avait toujours plu !

Justement... es-tu si sûr que cela lui plaisait vraiment ? fit une voix venant de profondeurs lointaines en

1. *Candy*, « bonbon ». *(N.d.T.)*

moi. *Ou bien n'est-ce pas un conte de fées que tu t'es raconté, pendant toutes ces années ?*

J'essayai de faire taire cette voix et finis par y parvenir ; mais celle qui la remplaça était encore pire. Elle n'appartenait à personne d'autre qu'à Peoria Smith : *Je vais pouvoir arrêter de faire semblant d'être transporté au ciel à chaque fois qu'une grande gueule me laissera cinq* cents *de pourliche.* Et ça : *Ma parole, vous n'avez pas l'air de saisir la nouvelle, m'sieur Umney !*

« Ferme-la, le môme », dis-je à la pièce vide. « T'es pas Jiminy Cricket. » Je m'éloignai du bureau de Candy. Ce faisant, des visages se mirent à défiler dans mon esprit, comme ceux d'une parade de fous surgis de l'enfer : George et Gloria Demmick, Peoria Smith, Bill Tuggle, Vernon Klein, une blonde d'un million de dollars qui portait le nom d'Arlene Cain... et les deux peintres qui fermaient la marche !

Confusion, confusion, rien que de la confusion...

La tête basse, je passai dans mon bureau, traînant les pieds, refermai la porte dans mon dos et m'assis derrière mon burlingue. A travers les fenêtres fermées, j'entendais, faiblement, la rumeur de la circulation sur Sunset Boulevard. Quelque chose me disait que, pour la bonne personne, c'était toujours une matinée de printemps los-angélienne tellement parfaite que l'on s'attendait à la trouver estampillée ® quelque part mais que pour moi, le jour avait perdu toute sa splendeur lumineuse... à l'intérieur comme à l'extérieur. Je pensai à la bouteille de gnôle, au fond de son tiroir, mais tout d'un coup, le seul fait d'avoir à me pencher pour la sortir me parut un effort disproportionné. Un effort équivalent, en fait, à une ascension du mont Everest en chaussures de tennis.

L'odeur de la peinture fraîche me poursuivait jusque

dans mon sanctuaire. Une odeur que j'aimais bien, d'habitude, mais pas aujourd'hui. En cet instant, elle représentait tout ce qui avait mal tourné depuis que les Demmick n'étaient pas arrivés dans leur bungalow hollywoodien, pour se balancer mutuellement des vannes comme autant de balles de caoutchouc, faire jouer leurs disques, le volume poussé à fond et rendre leur corgi complètement hystérique en se bécotant et en roucoulant comme des tourtereaux. Je songeai – l'idée me vint à l'esprit, simple et parfaitement claire, comme j'imagine que doivent toujours se présenter les grandes vérités aux gens qui les découvrent – que si un chirurgien avait pu arriver à extraire le cancer qui tuait le liftier de l'immeuble Fulwider, il serait blanc. Blanc cassé. Et il sentirait exactement comme la peinture Dutch Boy.

Pensée tellement éprouvante que je dus me tenir la tête entre les mains pour qu'elle reste en place... ou peut-être pour empêcher que ce qui était dedans n'explose et n'éclabousse les murs. Et lorsque la porte s'ouvrit doucement et que j'entendis les pas de quelqu'un entrant dans la pièce, je ne levai pas les yeux. C'était un effort que je n'avais pas envie de faire, pour le moment.

De plus, j'avais l'étrange conviction que je savais déjà de qui il s'agissait. Je ne pouvais mettre un nom sur mon visiteur, mais son pas m'était familier. De même que son eau de toilette, même si je n'aurais pu en donner le nom, le canon d'un revolver sur la tempe, et cela pour une raison bien simple : je ne l'avais encore jamais sentie de ma vie. Comment avais-je pu reconnaître un parfum que je n'avais jamais senti, vous demandez-vous ? Impossible de répondre à celle-là, mon vieux, mais le fait est là : je le reconnus.

Ce n'était pas le pire, pourtant. Je me sentais terrifié au point d'en perdre la raison : c'était cela, le pire. Je m'étais trouvé en face de revolvers tenus par des hommes en colère, ce qui est malsain, et en face de poignards tenus par des mains de femme, ce qui l'est encore plus ; je me suis retrouvé un jour attaché à la roue d'une Packard que l'on avait garée sur les rails d'une voie de chemin de fer très fréquentée ; on m'a même jeté de la fenêtre d'un deuxième étage, une fois. J'ai mené une vie mouvementée, c'est vrai, mais rien ne m'avait jamais fait aussi peur que cette odeur d'eau de toilette et que ce bruit léger de pas.

J'avais l'impression que ma tête pesait trois cents kilos.

« Clyde », fit une voix. Une voix que je n'avais jamais entendue auparavant, une voix que je connaissais pourtant aussi bien que la mienne. Avec ce seul mot, le poids de ma tête atteignit la tonne.

« Qui que vous soyez, tirez-vous d'ici, dis-je sans lever les yeux. La boutique est fermée. » Quelque chose me fit ajouter : « Pour travaux.

– Sale journée, Clyde ? »

Y aurait-il eu de la sympathie dans sa voix ? J'avais cru en déceler, mais cela ne faisait que rendre les choses encore pires. Peu importait qui était ce mec, je ne voulais pas de sa sympathie. Quelque chose me disait qu'elle serait plus dangereuse que sa haine.

« Pas tant que ça », répondis-je, tenant toujours ma tête trop lourde et douloureuse à deux mains et contemplant le buvard de mon sous-main. Dans l'angle en haut à gauche, j'avais écrit le numéro de téléphone de Mavis Weld. Je ne cessai de le relire – BEverley 64214. Ne pas quitter le buvard des yeux paraissait une bonne idée. J'ignorais qui était mon visiteur, mais je savais que je ne voulais pas le voir. A cet instant précis, c'était la seule chose que je savais.

« Il me semble que vous êtes un peu... comment dire ?... malhonnête, peut-être, non ? » demanda la voix. Il y avait indiscutablement de la sympathie dans le ton ; je sentis mon estomac se nouer, et il me donna l'impression d'être un poing tremblant plongé dans de l'acide. Il y eut un craquement quand il se laissa tomber dans le fauteuil réservé aux clients.

« Je ne vois pas exactement où vous voulez en venir, mais disons-le, si vous y tenez. Et maintenant que c'est fait, monsieur le donneur de leçons, pourquoi ne pas vous lever et vous tirer d'ici ? Je crois que je vais prendre une journée de congé. Je ne devrais pas avoir trop de peine à l'obtenir, voyez-vous, parce que ici, je suis le patron. C'est fou, ce que les choses s'arrangent d'elles-mêmes, parfois, non ?

– Sans doute. Regardez-moi, Clyde. »

Mon cœur se mit à bégayer mais ma tête resta baissée, mes yeux continuant de relire sans fin BEverley 64214. Une partie de moi-même se demandait si l'enfer était suffisamment brûlant pour Mavis Weld. Lorsque je pris la parole, ce fut d'une voix ferme ; je me sentis surpris et reconnaissant. « En fait, je pourrais prendre une année entière de congé maladie. A Carmel, peut-être. Je resterais assis dans mon transat, sur les planches, avec l'*American Mercury* sur les genoux, à regarder les gros rouleaux arriver d'Hawaii.

– Regardez-moi. »

Je n'en avais pas envie, mais ma tête ne s'en releva pas moins. Il était assis dans le fauteuil qui avait accueilli Mavis, mais aussi Ardis McGill et Big Tom Hatfield. Même Vernon Klein y avait posé ses fesses, une fois, lorsqu'il était tombé sur ces photos de sa fille, habillée de son seul sourire opiacé et de sa tenue de naissance. Avec le même rayon de soleil californien oblique sur ses traits – des traits que j'avais très certainement déjà vus. La dernière fois, c'était moins d'une heure auparavant, dans la glace de ma salle de bains. Je les maltraitais à l'aide d'une Gillette Bleue.

L'expression de sympathie qui flottait dans ses yeux – dans *mes* yeux – était la chose la plus hideuse que j'aie jamais vue, et quand il me tendit la main (ma main) je fus pris d'une impulsion violente : faire pivoter ma chaise, me lever et sauter directement par la fenêtre du bureau. Je crois même que je l'aurais peut-être fait si tout n'avait pas été aussi confus, si je ne m'étais pas senti aussi complètement perdu. J'avais souvent entendu ou lu l'expression *déboussolé* (elle fait la joie de certains auteurs de B.D.), mais c'était la première fois que je ressentais cette impression.

Soudain, le bureau devint sombre. Il faisait un temps superbe, j'en aurais juré, mais ça n'avait pas empêché un nuage de venir se placer devant le soleil. L'homme, de l'autre côté du bureau, avait au moins dix ans de plus que moi, quinze, peut-être ; il avait les cheveux presque entièrement blancs alors que les miens étaient encore presque entièrement noirs, mais cela ne changeait rien à ce simple fait : peu importait le nom qu'il se donnait ou l'âge qu'il paraissait avoir, il était moi. N'avais-je pas remarqué que sa voix m'était familière ? Evidemment. A la manière dont notre propre voix nous est familière – ce qui est assez différent de ce que l'on entend dans sa tête – lorsqu'on en écoute un enregistrement.

Il souleva ma main, mollement posée sur le bureau, la secoua avec l'énergie d'un agent immobilier qui vient de conclure une affaire, puis la laissa retomber.

Elle heurta le buvard avec un bruit mat, atterrissant sur le numéro de téléphone de Mavis Weld. Lorsque je la relevai, je constatai qu'il avait disparu. En fait, tous les numéros que j'avais griffonnés sur ce sous-main, au cours des années, en avaient fait autant. Le buvard était aussi impeccable que... que la conscience d'un baptiste pur et dur.

« Nom de Dieu ! croassai-je. Bordel de nom de Dieu !...

– Pas du tout », répliqua ma version plus âgée qui venait de se rasseoir dans le fauteuil des clients, de l'autre côté du bureau. « Landry. Samuel D. Landry. A votre service. »

5. *Une entrevue avec Dieu*

J'avais beau être lessivé, il ne me fallut que deux ou trois secondes pour situer ce nom, probablement parce que je venais de l'entendre peu de temps avant. D'après le Peintre Numéro Deux, c'était à cause de Samuel Landry que le long couloir sombre conduisant à mon bureau allait bientôt être blanc cassé ; l'homme était le propriétaire du Fulwider.

Une idée folle me vint soudain à l'esprit, mais sa démence évidente n'atténua en rien la violente flambée d'espoir qui l'accompagna. On prétend (peu importe qui est ce « on ») que tout le monde, sur la terre, possède un sosie. Landry était peut-être le mien. Nous étions peut-être des jumeaux, des sosies sans relation, nés de parents différents et avec un décalage de dix ou quinze ans. Cette hypothèse n'expliquait en rien les autres bizarreries de la journée, mais, nom d'un chien, c'était quelque chose à quoi se raccrocher.

« Que puis-je faire pour vous, monsieur Landry ? » demandai-je. J'avais beau déployer des efforts surhumains, ma voix chevrotait un peu. Si c'est pour le loyer, il faut me donner un jour ou deux pour mettre ça en ordre. On dirait que ma secrétaire vient juste de découvrir qu'elle avait une affaire urgente à régler à Trifouillis-les-Bouseux, dans l'Idaho. »

Landry se désintéressa totalement de cette pitoyable tentative pour détourner la conversation. « Oui, dit-il d'un ton de voix songeur, j'imagine que dans le genre, la journée a dû vous paraître gratinée... et tout ça est de ma faute. Je suis désolé, Clyde, vraiment désolé. Le fait de vous rencontrer en chair et en os... si je puis dire... n'a pas donné ce que j'en attendais. Pas du tout. Pour commencer, je dois dire que vous me plaisez beaucoup plus que je n'aurais cru. Mais il n'y a pas moyen de faire machine arrière, maintenant. » Il poussa un profond soupir, dont la tonalité ne me plut pas tellement.

« Qu'est-ce que vous voulez dire par là ? » Ma voix tremblotait plus que jamais, et ma flambée d'espoir retomba comme un feu de paille. Sans doute le manque d'oxygène, dans le gruyère plein de trous qu'il y avait à l'heure actuelle à la place de mon cerveau.

Il ne répondit pas tout de suite. Au lieu de cela, il se pencha pour prendre une sorte d'attaché-case en cuir très plat qui était appuyé contre le pied de sa chaise. Aux initiales gravées dessus, S.D.L., je déduisis que mon étrange visiteur l'avait apporté avec lui. Ce n'est pas pour rien que j'ai remporté le Trophée du Meilleur Privé en 34 et 35, tout de même.

Je n'avais jamais vu d'attaché de ce genre de toute ma vie : l'objet était trop petit et trop plat pour être un porte-documents, et était fermé non pas par des boucles et des sangles, mais par une fermeture Eclair. Sauf que je n'avais non plus jamais vu de fermeture Eclair comme celle-ci, maintenant que j'y pense. Les dents en étaient extrêmement fines, et elles ne paraissaient pas être en métal.

Toutefois, les bizarreries ne firent que commencer avec le bagage de Landry. Sa surnaturelle ressemblance de grand frère mise à part, il n'avait en rien l'allure d'un homme d'affaires ; et certainement pas d'un homme d'affaires assez prospère pour posséder un immeuble comme le Fulwider. Bon, d'accord, ce n'est pas le Ritz, mais il est situé en plein centre de Los Angeles et mon client (si c'en était un) avait l'air d'un cul-terreux de l'Oklahoma dans un bon jour (c'est-à-dire avec bain et rasage).

Il portait des pantalons blue-jeans, déjà, et une paire de chaussures de sport... mais des chaussures de sport comme je n'en avais jamais vu. C'étaient de grands machins patauds qui me faisaient penser, en vérité, à l'attirail de Boris Karloff dans le rôle de Frankenstein ; et si elles étaient en toile, je veux bien bouffer mon fédora préféré. Ce qu'il y avait d'écrit en lettres script rouges, sur les côtés, me fit penser à un plat à emporter sur un menu de restaurant chinois : REEBOK.

J'abaissai les yeux sur le buvard naguère recouvert d'un fouillis de numéros de téléphone et me rendis soudain compte que j'étais incapable de me souvenir de celui de Mavis Weld, alors que j'avais dû l'appeler un million de fois l'hiver passé. L'impression de terreur ne fit qu'augmenter.

« Monsieur, dis-je, j'aimerais bien, petit a, que vous me disiez ce que vous avez à me dire et, petit b, que vous sortiez d'ici. Et tant qu'à faire, vous pourriez même sauter le petit a et passer directement au petit b. »

Il sourit... avec une expression fatiguée, me sembla-t-il. Car il y avait ça, aussi : le visage, au-dessus de la chemise blanche à col ouvert, paraissait terriblement fatigué. Terriblement triste, en plus. Il laissait entendre que l'homme auquel il appartenait était passé par des épreuves que l'on n'oserait même pas rêver. Je ressentis une certaine sympathie pour lui, mais le sentiment qui me dominait restait la peur. Et la colère. Parce que c'était aussi mon visage, et que ce saligaud avait apparemment fait tout ce qu'il fallait pour le mettre dans cet état.

« Désolé, Clyde. C'est pas possible. »

Il posa la main sur cette astucieuse et minuscule fermeture Eclair et soudain, voir Landry l'ouvrir fut la chose au monde que je souhaitais le moins. Pour l'arrêter, je lui lançai : « Allez-vous toujours rendre visite à vos locataires habillé comme les ramasseurs de choux ? Vous êtes quoi, au juste ? Un millionnaire excentrique ?

– Excentrique, oui. Mais chercher à approfondir la question ne vous réussira pas, Clyde.

– Qu'est-ce qui vous fait penser que... »

Il dit alors la chose que je redoutais depuis un moment, détruisant par la même occasion la dernière étincelle d'espoir qui restait du flamboiement initial : « Toutes vos idées, je les connais, Clyde. Après tout, je suis *vous*. »

Je me passai la langue sur les lèvres et dus faire un effort pour répondre ; n'importe quoi, pourvu qu'il n'ouvre pas cette fermeture Eclair. Absolument n'importe quoi. C'est d'une voix rauque et étranglée que je parlai – mais au moins dis-je quelque chose.

« Ouais, j'ai remarqué la ressemblance. L'eau de toilette ne m'est pas familière, cependant. Moi, ça serait plutôt Old Spice. »

Il tenait toujours le curseur de la fermeture entre le pouce et l'index, mais il ne le tira pas. Pas encore.

« Mais celle-là vous plaît, dit-il d'un ton de parfaite assurance, et vous l'utiliseriez si vous en trouviez au Rexall du coin de la rue, non ? Malheureusement, c'est impossible. Cette eau de toilette s'appelle Aramis, et elle ne sera inventée que dans quarante ans, environ (il jeta un coup d'œil sur ses affreuses chaussures de basket). Comme mes baskets.

– Du diable si je comprends...

– Vous n'avez peut-être pas tort d'évoquer le diable, observa-t-il sans sourire.

– D'où sortez-vous ?

– Je croyais que vous le saviez. » Landry tira sur le curseur et fit apparaître un objet en plastique lisse. Il était de la même couleur que celle qui allait dominer dans le couloir du septième étage au moment où le soleil se coucherait. Je n'avais jamais rien vu de semblable. Pas de nom de marque, dessus, rien qu'un numéro de série : T-1000. Il sortit le gadget de son boîtier de transport, fit sauter, du pouce, les pattes qui le retenaient fermé, sur le côté, et souleva la partie supérieure. Je vis une sorte d'écran qui paraissait sortir tout droit d'un film de science-fiction – Buck Rogers, par exemple. « Je viens de l'avenir, me dit-il. A peu près comme dans les histoires des bandes dessinées à quat'sous.

– Vous venez de l'asile de fous de Sunnyland, ouais, croassai-je.

– Mais pas *exactement* comme dans les bandes dessinées à quat'sous, poursuivit-il sans tenir compte de mon intervention. Non, pas exactement. » Il appuya sur un bouton placé sur le côté du boîtier de plastique. Un ronronnement discret monta de l'appareil, suivi d'un *bip* sifflant très bref. Ce truc, posé sur ses genoux, me faisait penser à une machine à sténographier d'un genre particulièrement bizarre... et il me semblait que je n'étais pas loin de la vérité.

Il leva les yeux sur moi et demanda : « Quel était le nom de votre père, Clyde ? »

Je le regardai quelques instants, résistant à l'envie de me passer de nouveau la langue sur les lèvres. La pièce était toujours sombre, le soleil toujours caché par un nuage alors que je n'avais aperçu que le ciel bleu en quittant la rue pour le bâtiment. Le visage de Landry paraissait flotter dans la pénombre comme un vieux ballon tout plissé.

« Quel est le rapport avec le prix du concombre à Monrovia ? rétorquai-je.

– Vous l'ignorez, n'est-ce pas ?

– Bien sûr que non ! » m'indignai-je. Je l'avais sur le bout de la langue, ça allait me revenir, c'était tout ; comme le numéro de téléphone de Mavis Weld, qui était BAyshore quelque chose.

« Et celui de votre mère ?

– Arrêtez de faire le mariole !

– Bon, une question facile, maintenant. A quel lycée êtes-vous allé ? Tous les Américains bon teint se souviennent de leur lycée, non ? Comme de la première fille avec laquelle ils sont sortis. Ou de la ville dans laquelle ils ont passé leur enfance. Ce n'était pas San Luis Obispo, la vôtre ? »

J'ouvris bien la bouche, mais aucun son n'en sortit, ce coup-ci.

« Carmel ? »

Il me semblait bien... mais non, ça n'était pas Carmel... J'avais la tête qui tournait.

« Ou bien alors c'était Cambrousse-la-Poussière, au Nouveau-Mexique ?

– Arrêtez vos conneries ! criai-je.

– Le savez-vous ?

– Oui ! C'était... »

Il se pencha vers son étrange appareil de sténo et ses doigts coururent sur le clavier.

« San Diego ! Je suis né là et j'y ai grandi ! »

Il posa l'appareil sur mon bureau et le tourna pour me permettre de lire les mots qui flottaient derrière la vitre, au-dessus du clavier.

« *San Diego ! Je suis né là et j'y ai grandi !* »

Au bout d'un instant, je remarquai un mot imprimé en relief dans le cadre en plastique qui entourait l'écran.

« C'est quoi, une Toshiba ? demandai-je. Le légume d'accompagnement quand on commande un Reebok ?

– C'est le nom d'une entreprise japonaise d'électronique. »

Je partis d'un petit rire sec. « Vous vous payez ma tête, hein ? Les Japs ne sont même pas foutus de fabriquer des jouets mécaniques sans monter le ressort à l'envers !

– Plus maintenant, concéda-t-il. Et puisque nous parlons du présent, Clyde, en quelle année sommes-nous, au juste ?

– En 1938, dis-je, me caressant les lèvres d'une main à moitié engourdie. Euh... attendez un peu. 1939.

– Pourquoi pas 1940 ? Nous pourrions très bien être en 1940, non ? »

Je ne répondis pas, mais sentis mon visage devenir brûlant.

« Ne vous mettez pas dans cet état, Clyde. Vous l'ignorez parce que je l'ignore ; je l'ai toujours laissé dans le vague. Le cadre temporel que j'essayais de créer relevait davantage d'une *ambiance...* l'époque américano-chandlérienne, si vous voulez. Aux yeux de la plupart de mes lecteurs, il s'agissait simplement de polars et ça facilitait également les choses du point de vue du scénario, car on ne repère jamais exactement le passage du temps. N'avez-vous pas remarqué la fréquence avec laquelle vous employez des expressions comme « depuis tellement longtemps que j'ai oublié », ou « depuis plus longtemps que je préfère y penser », ou encore « depuis que Médor était un chiot » ?

– Non, j'peux pas dire. » Mais, maintenant qu'il en parlait, je le remarquai. Ce qui me fit penser au *Los Angeles Times*. Je le lis tous les jours, mais quels jours, en termes de dates ? Le journal lui-même ne permet pas de le dire, car il n'en comporte jamais à hauteur du titre, en dessous duquel on lit simplement ce slogan : « Le meilleur journal de la meilleure ville américaine ».

« Si vous employez ces formules, c'est parce que le temps ne passe pas réellement, dans ce monde-ci. C'est... » Il se tut et sourit. Un sourire qui avait quelque chose de terrible à voir, tant il débordait de nostalgie et d'une étrange avidité. « C'est l'un de ses nombreux charmes », acheva-t-il.

J'étais mort de frousse, mais je n'avais jamais reculé quand les circonstances obligeaient à sauter, et tel était bien le cas aujourd'hui. « Alors dites-moi ce qui se passe exactement ici, nom de Dieu !

– Très bien... Mais vous commencez à le comprendre tout seul, Clyde, non ?

– Peut-être. D'accord, je ne connais ni le nom de mon père, ni celui de ma mère, ni celui de la première fille avec laquelle j'ai couché parce que *vous* l'ignorez. C'est bien ça ? »

Il acquiesça, souriant à la manière dont un professeur sourirait à un élève arrivé à la bonne réponse par un cheminement logique inespéré ; mais ses yeux débordaient toujours de cette terrible sympathie.

« Et lorsque vous avez écrit *San Diego* sur votre gadget, c'est devenu clair dans ma tête au même instant... »

Il acquiesça encore, m'encourageant.

« Ce n'est pas seulement l'immeuble Fulwider que vous possédez, n'est-ce pas ? » Je déglutis, dans un effort pour débarrasser ma gorge de quelque chose de gros qui l'obstruait et refusait d'aller ailleurs. « Vous possédez tout. »

Landry secoua la tête. « Pas tout. Seulement Los Angeles et une petite partie des environs. Cette version de Los Angeles, du moins, à peu près complète, si l'on ne tient pas compte de petites ruptures de continuité ou d'éléments rajoutés.

– Conneries, dis-je, mais à voix basse.

– Vous voyez la gravure sur le mur, à gauche de la porte, Clyde ? »

J'y jetai un coup d'œil, mais ce n'était pas nécessaire ; elle représentait Washington traversant la Delaware, et elle était accrochée là depuis... eh bien, depuis que Médor tétait sa mère.

Landry était de nouveau penché sur sa machine à sténographier à la Buck Rogers.

« Ne faites pas ça ! » criai-je, tendant les bras vers lui. Je ne parvins pas à le toucher. J'étais sans force, aurait-on dit, incapable de mobiliser la moindre énergie. Je me sentais léthargique, épuisé, comme si je venais de perdre un litre de sang et continuais à me vider.

Il pianota sur les touches. Puis il tourna l'appareil vers moi, pour me permettre de lire les mots sur la fenêtre : *Sur le mur, à gauche de la porte conduisant chez Miss Bonbon, est accrochée l'image de notre Chef révéré... mais toujours légèrement de travers. C'est le moyen que j'ai trouvé pour ne pas trop le prendre au sérieux.*

Je regardai de nouveau la gravure. George Washington avait disparu, remplacé par une photo de Franklin Roosevelt. Il souriait en mordant dans son fume-cigarette qui se redressait fièrement, selon un angle que ses partisans trouvaient crâne et ses détracteurs arrogant. Le cadre était légèrement de travers.

« Je n'ai pas besoin du traitement de texte pour le faire, dit-il, l'air un peu gêné, comme si je l'avais accusé de quelque chose. Je peux y parvenir rien qu'en me concentrant – comme lorsque les numéros de téléphone ont disparu du buvard – mais la machine m'aide. Probablement parce que j'ai pris l'habitude d'écrire les choses. Puis de les corriger. D'une certaine manière, la réécriture et les corrections sont les aspects les plus fascinants de ce travail, parce que c'est à ce moment-là qu'interviennent les ultimes changements – des changements en général mineurs, mais cruciaux – et que le tableau acquiert son relief définitif. »

Mon regard revint se poser sur lui, et quand je parlai, ce fut d'un timbre mort : « Vous m'avez fabriqué, c'est ça ? »

Il acquiesça, l'air d'avoir honte, comme s'il avait commis un acte dégoûtant.

« Quand ? demandai-je avec un petit rire étranglé tout bizarre. A moins que ça ne soit pas la bonne question ?

– Je ne sais pas si c'est la bonne ou non, et je suppose que tout écrivain vous donnerait la même réponse. Les choses ne se sont pas faites d'un coup, mais peu à peu – cela, c'est bien certain. Vous avez fait votre première apparition dans *La Ville écarlate*, mais c'est un livre que j'ai écrit en 1977 et vous avez pas mal évolué depuis. »

1977... Une année très Buck Rogers, pas de doute. Je refusais de croire à ce qui se passait ; je voulais que tout cela ne soit qu'un rêve. Un rêve particulièrement bizarre. Seul le parfum de son eau de toilette m'en empêchait – ce parfum familier que je n'avais jamais senti de ma vie. Comment l'aurais-je pu ? C'était Aramis, une marque qui m'était tout aussi inconnue que Toshiba.

Mais il continuait de parler.

« Vous êtes devenu de plus en plus complexe et intéressant. Vous étiez plutôt rudimentaire, au début. » Il s'éclaircit la gorge et sourit en regardant ses mains.

« Quel connard je fais... »

Il eut une petite grimace en sentant la colère dans ma voix, mais se força néanmoins à relever les yeux sur moi. « Mon dernier livre est intitulé *Comme un ange déchu*. Je l'ai commencé en 1990, mais je ne l'ai achevé qu'en 1993. J'ai eu quelques problèmes, entre-temps. Ma vie est devenue intéressante. » La manière dont il prononça ce mot en faisait quelque chose de sinistre et d'amer. « Les écrivains ne produisent pas leurs meilleurs ouvrages pendant ces périodes intéressantes, Clyde. Croyez-moi sur parole. »

J'eus un coup d'œil pour sa tenue négligée de clochard et me dis qu'il devait y avoir du vrai là-dedans. « C'est peut-être pour cette raison que vous avez accumulé les conneries dans celui-ci, dis-je. Cette histoire de loterie et de quarante mille dollars, c'étaient de pures foutaises – on paie toujours en pesos, de l'autre côté de la frontière.

– Je le sais, répondit-il doucement. Je ne prétends pas ne jamais faire de gaffes ; ça m'arrive, de temps en temps. Je suis peut-être une sorte de Dieu dans cet univers, ou *pour* cet univers, mais dans le mien, je suis parfaitement humain. Cependant, lorsque je déraille, vous et les autres personnages ne vous en rendez jamais compte, parce que mes erreurs et mes ruptures de continuité font partie de votre vérité. Oui, Peoria mentait. Je le savais et je voulais que vous le sachiez.

– Pourquoi ? »

Il haussa les épaules, avec cette même expression de gêne un peu honteuse. « Sans doute pour vous préparer un peu à ma venue, j'imagine, en commençant par les Demmick. Je ne voulais pas vous faire davantage peur qu'il n'était nécessaire. »

N'importe quel privé connaissant un peu son métier repère assez facilement si la personne assise sur le siège du client ment ou dit la vérité ; en revanche, se rendre compte si elle dit la vérité tout en gardant volontairement le silence sur certains points est un talent plus rare et je doute que même les génies de l'enquête arrivent à toujours s'en apercevoir. Je m'en apercevais peut-être maintenant parce que mes ondes cérébrales et celles de Landry fonctionnaient en simultané, mais le fait est que je le voyais bien. Il ne me disait pas certaines choses. La question était de savoir si je devais l'interroger là-dessus.

Ce qui m'arrêta fut une intuition horrible, soudaine, qui arriva en valsant de nulle part, comme un spectre surgissant du mur d'une maison hantée. C'était quelque chose qui avait un rapport avec les Demmick. La raison de leur extraordinaire tranquillité, hier au soir, était peut-être que les couples défunts ne se lancent pas dans des scènes de ménage, c'est une règle absolue – comme celle qui veut que la merde tombe de haut en bas – et sur laquelle vous pouvez compter en toutes circonstances. Depuis toujours, j'avais senti que, sous ses allures de monsieur bien élevé, George cachait un caractère violent, et que le joli minois et les manières coquettes de Gloria masquaient peut-être une garce aux griffes acérées. Ils étaient juste un peu trop comédie-de-Broadway pour être vrais, si vous voyez ce que je veux dire. Et j'avais l'impression, soudain, que George avait fini par occire son épouse... et probablement le corgi aboyeur, par la même occasion. Gloria devait se trouver assise contre le mur, dans le coin de la salle de bains, entre la douche et les toilettes, le visage noir, les yeux exorbités comme deux billes ternes, langue tirée entre ses lèvres bleues. Le chien gisait sur ses genoux, un portemanteau en fil de fer entortillé autour de son cou, ses jappements suraigus définitivement réduits au silence. Et George ? Mort aussi, sur le lit, la fiole (vide, maintenant) de Véronal de Gloria posée à côté de lui sur la table de nuit. Plus de soirées animées, plus de fox-trot au Al Arif, plus d'assassinats chics dans les beaux quartiers de Palm Desert et Beverley Glen. Ils refroidissaient, attirant les mouches, et pâlissaient sous leur bronzage élégant, fruit de tant de séances de piscine.

Gloria et George Demmick, morts à l'intérieur de la machine de cet homme. Morts dans *la tête* de cet homme.

« Pour ce qui est de ne pas me faire peur, c'est totalement raté », dis-je, me demandant aussitôt comment il aurait pu réussir. Posez-vous cette simple question : comment prépare-t-on quelqu'un à rencontrer Dieu ? Je suis prêt à parier que Moïse lui-même a dû être pris de vapeurs, sous sa robe, lorsque le buisson a commencé à rougeoyer ; et moi, je ne suis qu'un pauvre privé qui travaille pour quarante dollars par jour plus les frais.

« *Comme un ange déchu* était l'histoire de Mavis Weld ; son nom est emprunté à un roman de Raymond

Chandler, *Fais pas ta rosière !* » Il me regarda avec une expression incertaine dans les yeux, où je crus déceler une pointe de culpabilité. « C'était un *hommage**. » Il prononça la première syllabe comme si elle rimait avec Rome.

« Désolé, mais le nom de ce type ne me dit rien.

– Evidemment. Dans votre monde – autrement dit ma version de Los Angeles –, Chandler n'a jamais existé. Malgré tout, je lui ai emprunté un certain nombre de noms. C'est bien dans l'immeuble Fulwider que Philip Marlowe, le détective privé de Chandler, a son bureau. Vernon Klein... Peoria Smith... et Clyde Umney sont aussi des emprunts. Umney est le nom de l'avocat dans *Playback*.

– Et c'est ça que vous appelez des *hommages* ?

– En effet.

– Puisque vous le dites... mais je trouve que c'est un mot bien élégant pour parler de ce qui me paraît du bon gros plagiat. » N'empêche, ça me faisait drôle, de me dire que mon nom avait été fabriqué par un homme dont je n'avais jamais entendu parler, dans un monde dont je n'aurais même pas rêvé.

Landry eut la bonne grâce de rougir, mais il ne baissa pas les yeux.

« D'accord, il n'est pas impossible que je l'aie un peu pillé. J'ai sans aucun doute adopté le style de Chandler, mais je suis loin d'avoir été le premier ; Ross McDonald en a fait autant dans les années cinquante et soixante, Robert Parker dans les années soixante-dix et quatre-vingt, et les critiques ne les ont pas moins couverts de louanges. De son côté, Chandler s'est inspiré de Hammett et de Hemingway, sans même parler d'auteurs de bandes dessinées comme... »

Je levai la main. « Sautons le cours de littérature et revenons à nos moutons. Cette histoire est complètement démente, mais... (mon regard erra de la photo de Roosevelt à mon sous-main surnaturellement vierge de griffonnages, puis de là au visage hagard, de l'autre côté du bureau)... mais disons que je la crois. Qu'est-ce que vous fabriquez ici ? Pourquoi êtes-vous venu ? »

Sauf que je le savais déjà. Je gagne ma vie en détectant, mais la réponse, dans le cas présent, m'était venue du cœur, pas de la tête.

« Je suis venu pour vous.

– Pour moi ?

– Oui, désolé. J'ai bien peur que vous n'ayez à envisager votre existence sous un nouvel angle, Clyde. Comme... comme pour une paire de chaussures, disons. Vous les quittez, et je les mets. Et une fois que j'aurai noué les lacets, je marcherai avec. »

Evidemment. C'était ce qui allait se passer, pas de doute. Soudain je sus ce qu'il me restait à faire... la seule chose qu'il me restait à faire.

Me débarrasser de lui.

J'affichai un grand sourire, un sourire « dites-m'en un peu plus ». En même temps, je ramenai mes jambes sous moi, les préparant à se détendre pour me lancer sur lui, par-dessus le bureau. Seul l'un de nous deux pouvait quitter cette pièce, cela, au moins, était bien clair. J'avais l'intention d'être celui-là.

« Oh, vraiment ? dis-je. Comme c'est fascinant. Et qu'est-ce qui m'arrive dans tout ça, Sammy ? Qu'est-ce qui arrive au privé privé de chaussures ? Qu'est-ce qui arrive à Clyde... »

Umney, ce dernier mot était supposé être mon nom de famille, et ce serait le dernier, en effet, que ce voleur, ce pilleur, cet empêcheur de danser en rond allait entendre de sa vie, vu que j'avais l'intention de bondir au moment où il sortirait de ma bouche. L'ennui était que le système télépathique paraissait fonctionner dans les deux sens. Je vis l'inquiétude se peindre sur ses traits, qui se durcirent tandis que sa bouche se raidissait de concentration. Il ne prit pas la peine d'utiliser l'appareil à la Buck Rogers ; il devait se douter qu'il n'en aurait pas le temps.

« Ses révélations me firent l'effet d'une drogue débilitante », dit-il, parlant de la manière soutenue dont on récite, « et mes muscles perdirent toute force ; mes jambes me donnèrent l'impression d'être comme des spaghettis *al dente,* et je ne pus rien faire, sinon rester effondré dans mon fauteuil et le regarder. »

Je m'effondrai dans mon fauteuil, les jambes en coton, incapable de faire autre chose que de le regarder.

« Pas très bon, reprit-il d'un ton d'excuse, mais l'improvisation n'a jamais été mon fort.

– Espèce de salopard, grondai-je, espèce d'enfant de salaud !

– Oui, vous devez avoir raison.

– Pourquoi faites-vous ça ? Pourquoi me volez-vous ma vie ? »

Un éclair de colère brilla dans son regard. « Votre vie ? Voyons, Clyde, vous savez bien ce qu'il en est, même si vous ne voulez pas le reconnaître. Cette existence ne vous appartient en rien. C'est moi qui vous ai fabriqué, et tout a commencé par une journée pluvieuse de janvier 1977, pour se poursuivre jusqu'à aujourd'hui. Je vous ai donné la vie, et il m'appartient de la reprendre.

– Quelle noblesse ! dis-je avec un ricanement. Mais si Dieu venait ici en personne pour mettre votre vie en pièces comme un tailleur démonte un costume mal cousu, vous auriez peut-être moins de peine à comprendre mon point de vue.

– Très bien ; je suppose que vous n'avez pas tort.

Mais pourquoi discuter ? Discuter avec soi-même, c'est comme jouer seul aux échecs – on n'arrive qu'à obtenir des parties nulles. Disons que je le fais parce que je veux le faire. »

Je me sentis soudain un peu plus calme. Je connaissais la chanson. Quand on est coincé comme ça, il faut les faire parler, ne pas arrêter de les faire parler. Ça avait marché avec Mavis Weld, et ça allait marcher une fois de plus. Ils répliquaient en général : *Je suppose que ça ne peut pas faire de mal de vous le dire maintenant,* ou quelque chose dans ce genre. La version de Mavis avait été beaucoup plus élégante : *Sachez-le, Umney, je tiens à ce que vous emportiez la vérité en enfer avec vous. Vous pourrez raconter ça au diable entre la poire et le fromage.* Peu importe ce qu'ils racontent : mais pendant qu'ils parlent, ils ne tirent pas.

Oui, ne pas arrêter de les faire parler, c'était le truc. Qu'ils jactent, avec l'espoir que la cavalerie va débouler d'un moment à l'autre.

« La question que je me pose, c'est pourquoi *vouloir* chausser mes pompes, remarquai-je. C'est un cas bien particulier, non ? Enfin, tout de même ! Est-ce que les écrivains, d'habitude, ne se contentent pas de toucher leur chèque et d'aller vaquer à leurs petites affaires ?

– Vous essayez de me faire parler pour gagner du temps, Clyde, n'est-ce pas ? »

Je pris celle-là comme un gnon au plexus, mais jouer mes cartes jusqu'à la dernière était la seule issue pour moi. Je souris et haussai les épaules. « Peut-être, ou peut-être pas. D'une manière ou d'une autre, j'ai vraiment envie de le savoir. » Et là, je ne mentais pas.

Il parut hésiter quelques instants, puis il se pencha sur le clavier de sa drôle de machine (je sentis des crampes dans les jambes, le ventre et la poitrine lorsqu'il effleura les touches).

« Je suppose que ça ne peut pas vous faire de tort d'être mis au courant, maintenant, dit-il en se redressant. Quel mal cela peut-il vous faire ?

– Pas le moindre.

– Vous êtes un gars intelligent, Clyde, et vous avez parfaitement raison : il est très rare que les écrivains s'immergent complètement dans l'univers qu'ils ont créé, ou alors ils le font uniquement dans leur tête, tandis que leur corps continue de végéter dans un asile d'aliénés. La plupart d'entre nous se contentent de jouer les touristes dans le pays de leur imagination. C'était tout à fait mon cas. Je ne suis pas un écrivain rapide – l'écriture a toujours été une torture pour moi, je crois que nous en avons déjà parlé –, mais j'ai tout de même réussi à sortir cinq romans de la série des Umney en dix ans, chacun ayant plus de succès que le précédent. En 1983, j'ai quitté mon poste de directeur régional d'une grande compagnie d'assurances et commencé à écrire à plein temps. J'avais une femme que j'aimais, un petit garçon qui faisait se lever le soleil d'un franc coup de pied tous les matins et le couchait avec lui tous les soirs – c'était en tout cas l'effet que ça me faisait – et je pensais que la vie ne pouvait être plus belle. »

Il changea de position dans le fauteuil trop rembourré des visiteurs, déplaça sa main sur le bras, et je vis que la trace de cigarette laissée là par Ardis McGill avait également disparu. Il partit d'un rire froid et amer.

« Je n'avais que trop raison. Les choses ne pouvaient aller mieux pour moi, mais elles pouvaient aller plus mal, beaucoup plus mal, et c'est ce qui s'est produit. Environ trois mois après que j'avais commencé à travailler sur *Comme un ange déchu*, Danny, notre fils, est tombé d'une balançoire, dans le parc, et s'est ouvert le crâne. Il s'est rétamé tout seul, pour employer votre langage. »

Un sourire fugitif, tout aussi froid et amer qu'avait été le rire, passa sur son visage, apparaissant et disparaissant à la vitesse du chagrin.

« Il saigna beaucoup. Vous avez suffisamment vu de blessures à la tête pour savoir ce qu'il en est. Linda était folle de peur. Mais les médecins étaient bons et il s'avéra que ce n'était qu'une commotion ; on lui fit reprendre connaissance et on lui transfusa une pinte de sang pour remplacer celui qu'il avait perdu. Ce n'était peut-être pas indispensable – cette idée est ma hantise – mais ils le firent tout de même. Le vrai problème, voyez-vous, ce ne fut pas sa tête, mais la pinte de sang. Elle était contaminée par le sida.

– Vous pouvez répéter ?

– Une chose que vous devez remercier votre Dieu de ne pas connaître, m'expliqua Landry. Ça n'existe pas à votre époque, Clyde. Une maladie qui est apparue vers la fin des années soixante-dix. Comme l'eau de toilette Aramis.

– Et qu'est-ce qu'elle fait ?

– Elle vous bouffe le système immunitaire jusqu'à ce que tout le bazar s'effondre, miné de l'intérieur. Sur quoi les microbes du coin, de celui du cancer à celui de la varicelle, se précipitent sur vous et font la foire.

– Bordel de Dieu ! »

Son sourire lui crispa les lèvres comme une crampe.

« Comme vous dites. Le sida est avant tout une maladie sexuellement transmissible, mais de temps en temps, elle passe par les réserves de sang de transfusion. Je suppose qu'on pourrait dire que mon fils a gagné le gros lot dans une version très malchanceuse de la *loteria*.

– Je suis désolé. » J'avais beau être mort de frousse

devant cet homme fluet avec son visage creusé par la fatigue, j'étais sincère. Perdre un enfant dans ces conditions... que pouvait-il y avoir de pire ? Probablement quelque chose, oui – il y a toujours quelque chose – néanmoins, il faut s'asseoir et se creuser la tête pour le trouver, non ?

« Merci... Merci, Clyde. C'est allé vite pour lui, au moins. Il est tombé de la balançoire en mai. Les premières taches violettes – le sarcome de Kaposi – sont apparues pour son anniversaire, en septembre. Il est mort le 18 mars 1991. Et, s'il n'a pas souffert autant que certains, je vous garantis qu'il a dégusté. Oui, il a dégusté. »

Je n'avais pas non plus la moindre idée de ce qu'était le sarcome de Kaposi, mais je décidai de ne pas poser la question. J'en connaissais déjà davantage que ce que j'avais envie de savoir.

« Vous comprenez peut-être, maintenant, pourquoi j'ai eu du mal à terminer votre dernière histoire, Clyde. »

J'aquiesçai.

« Pourtant, j'ai continué. Avant tout parce que j'estime que les contes qu'on se fait ont une grande valeur thérapeutique. A moins qu'il ne me faille simplement le croire. J'ai essayé de vivre comme avant, mais tout allait constamment de travers. A croire que *Comme un ange déchu* était un charme porte-malheur qui avait fait de moi une espèce de Job. Ma femme tomba dans une dépression profonde, après la mort de Danny, et elle m'inquiétait tellement que c'est à peine si je remarquai les taches rouges qui s'étaient mises à faire irruption sur mes jambes, mon ventre et ma poitrine. Et les démangeaisons. Je savais que ce n'était pas le sida et, au début, c'était tout ce qui m'importait.

Mais les choses se sont mises à empirer... Avez-vous déjà eu un zona, Clyde ? »

Il éclata de rire à sa propre question et se frappa le front (« quel idiot je suis ! »), avant même que j'aie secoué négativement la tête.

« Evidemment non ! Vous n'avez jamais souffert de rien de plus grave qu'une gueule de bois. Le zona, mon ami fouineur, est un nom marrant pour une maladie chronique horrible. On dispose de médicaments assez efficaces pour vous soulager de ses symptômes, dans ma version de Los Angeles, mais à moi, ils ne me suffisaient pas ; à la fin de 1991, je souffrais le martyre. Cela tenait en partie à la dépression générale dans laquelle j'étais depuis la mort de Danny, bien sûr, mais c'était surtout la douleur et les démangeaisons. Voilà qui pourrait faire un titre intéressant pour un écrivain torturé, vous ne croyez pas ? *Souffrances et démangeaisons, ou Thomas Hardy confronté à la puberté.* » Nouvel éclat de rire, haché, presque inconscient.

« Puisque vous le dites, Sam.

– C'était une saison en enfer, voilà ce que je dis. C'est facile de prendre ça à la légère, maintenant, mais pour Thanksgiving, en novembre, ce n'était pas de la rigolade. Je dormais trois heures par nuit, dans le meilleur des cas, et j'avais l'impression, certains jours, que ma peau essayait de se détacher de mon corps pour prendre la poudre d'escampette, comme l'Homme de Pain d'Epice. Je suppose que c'est pour cette raison que je n'ai pas vu à quel point Linda allait mal. »

Je ne savais rien, je ne pouvais rien savoir... et pourtant, si. « Elle s'est suicidée ? »

Il acquiesça. « En mars 1992, le jour anniversaire de la mort de Danny. Cela fait maintenant plus de deux ans. »

Une larme unique coula le long de sa joue fripée,

prématurément vieillie, et il me vint à l'esprit qu'il avait pris de l'âge en un temps fichtrement court. Ce fut assez horrible de me rendre soudain compte que j'étais la création d'une version aussi ringarde de Dieu, mais cela expliquait également beaucoup de choses – mes défauts, en particulier.

« Ça suffit, dit-il d'une voix brouillée autant par la colère que par les larmes. Venons-en au fait, comme vous diriez. Dans mon époque on dit plutôt "Abrège, mon pote", mais ça revient au même. J'ai terminé le livre. Le jour même où j'ai découvert Linda morte dans son lit – comme la police va découvrir Gloria Demmick un peu plus tard aujourd'hui, Clyde –, j'en étais à la page cent quatre-vingt-dix du manuscrit, c'est-à-dire au moment où vous repêchez le cadavre du frère de Mavis dans le lac Tahoe. Je revins à la maison trois jours après les funérailles, branchai le traitement de texte, et attaquai tout de suite la page cent quatre-vingt-onze. Ça vous choque ?

– Non. » Je songeai un instant à lui demander ce qu'était un traitement de texte, puis y renonçai. Le truc qu'il tenait sur les genoux était un traitement de texte, évidemment. Pouvait pas être autre chose.

« Vous faites partie d'une incontestable minorité, reprit Landry. Les quelques rares amis qui m'étaient restés ont tous été choqués, très choqués, même. Les parents de Linda ont trouvé que j'étais aussi sensible qu'un phacochère. Je n'avais pas assez d'énergie pour expliquer que je tentais de me sauver moi-même. Qu'ils aillent se faire voir, comme dirait Peoria. Je me suis accroché à mon livre comme un homme qui se noie à une bouée de sauvetage. Je me suis accroché à *vous*, Clyde. Mon zona me faisait encore très mal, et ça me ralentissait ; en un certain sens, il me retenait hors d'ici, sans quoi je serais arrivé plus tôt ; mais il ne m'arrêtait pas. J'ai commencé à être un petit peu mieux – physiquement, s'entend – au moment où j'achevai le livre. Mais lorsque j'eus mis le point final, je tombai dans ce qui devait être ma version d'un état dépressif. Je relus les épreuves dans une sorte de coma... J'éprouvais une telle sensation de regret... de perte... (Il me regarda droit dans les yeux.) Est-ce que tout cela a le moindre sens, pour vous ?

– Tout à fait », répondis-je. C'était vrai. D'une façon absurde, je le comprenais.

« Il restait des tas de petites pilules dans la maison. Linda et moi ressemblions aux Demmick à de nombreux points de vue, Clyde ; on croyait pouvoir mieux vivre par la chimie, et à deux ou trois reprises j'ai été à deux doigts d'en avaler une pleine poignée. Quand j'y pensais, ce n'était jamais en termes de suicide, mais en me disant que j'allais rejoindre Linda et Danny. Les rejoindre, tant qu'il était encore temps. »

J'acquiesçai. C'était ce que j'avais pensé lorsque, trois jours après avoir dit « A la revoyure ! » à Ardis McGill, au Blondie's, je l'avais retrouvée dans ce grenier encombré avec un petit trou bleu au milieu du front. Sauf que son véritable meurtrier, en réalité, avait été Sam Landry – Sam Landry qui l'avait tuée avec une sorte de balle flexible au cerveau. Evidemment. Dans mon univers, cet individu à l'air fatigué, dans ses pantalons de clodo, était responsable d'absolument tout. J'aurais dû trouver cette idée démente. D'ailleurs, elle l'était... mais sans arrêter pour autant de le devenir de moins en moins.

J'eus tout juste assez d'énergie pour faire pivoter mon siège et regarder par la fenêtre. Ce que je vis, curieusement, ne me surprit en rien. Sunset Boulevard était pétrifié dans une immobilité absolue. Voitures, bus, piétons, tout était paralysé sur place. Le monde, au-delà de la vitre, se réduisait à un cliché photographique. Mais pourquoi pas ? Son créateur, au moins pour le moment, n'était guère d'humeur à y insuffler beaucoup d'animation, prisonnier qu'il était du tourbillon de sa douleur et de son chagrin. Bon sang, j'avais moi-même de la chance de pouvoir encore respirer.

« Et alors, qu'est-ce qui s'est passé ? Comment êtes-vous parvenu jusqu'ici, Sam ? Je peux vous appeler ainsi, n'est-ce pas ? Vous ne vous formaliserez pas ?

– Pas du tout. Ma réponse ne sera cependant pas très satisfaisante, parce que je ne la connais pas très bien. Tout ce que je sais, c'est qu'à chaque fois que je tombais sur les pilules, je pensais à vous. Plus précisément, je me disais : "Clyde Umney ne le ferait jamais, et il aurait du mépris pour quiconque le ferait. Il appellerait ça une porte de sortie pour froussard." »

Je méditai un instant là-dessus, estimai que c'était juste et acquiesçai. Pour quelqu'un se trouvant confronté à une maladie horrible, comme Vernon à son cancer, ou à l'odieux cauchemar qui avait tué le fils de cet homme, je pourrais faire une exception, mais se faire sauter la caisse simplement parce qu'on est déprimé ? C'est bon pour les mauviettes.

« J'ai alors songé qu'il ne s'agissait, toutefois, que de Clyde Umney, un personnage fictif... simple produit de mon imagination. Mais cette idée ne tenait pas. Les imbéciles qui mènent le monde – politiciens et avocats, pour l'essentiel –, voilà quels sont ceux qui méprisent l'imagination et pensent qu'une chose n'est réelle que s'ils peuvent la fumer, la caresser, la sentir ou la baiser. Ils fonctionnent ainsi parce qu'ils ne disposent eux-mêmes d'aucune imagination, et n'ont aucune idée de son pouvoir. Mais moi, je le sais. Bon Dieu, il faut bien – c'est mon imagination qui me paie le vivre et le couvert, sans compter le remboursement de l'emprunt de la maison, depuis dix bonnes années.

« En même temps, je savais que je ne pouvais continuer à vivre dans ce que j'avais l'habitude d'appeler le "monde réel", autrement dit, ce qui est pour tous le seul monde. C'est à ce moment-là que j'ai compris qu'il y avait un unique endroit où je pouvais aller et me sentir le bienvenu, et une seule personne que je pourrais être si je m'y rendais. L'endroit, c'est celui-ci : le Los Angeles des années trente et quelques. Et la personne, c'est vous. »

J'entendis de nouveau le léger ronronnement du gadget, mais je ne me retournai pas.

En partie parce que je redoutais de le faire.

En partie parce que je n'étais pas sûr de le pouvoir.

6. La dernière affaire d'Umney

Dans la rue, sept étages plus bas, un homme était figé sur place, la tête à demi tournée pour regarder une femme qui montait dans le bus 850 en direction du centre-ville. Elle avait momentanément découvert une jambe splendide, et c'était cela que l'homme lorgnait. Un peu plus bas, dans la rue, un garçon tendait un gant de base-ball en piteux état vers une balle immobile en l'air, juste au-dessus de sa tête. Et l'un des journaux provenant de la pile de Peoria flottait à deux mètres au-dessus de la chaussée, semblable à un fantôme invoqué par un fakir de foire. J'arrivais même, d'ici, à distinguer les deux photos de la première page : celle d'Hitler dans la partie supérieure, celle du chef d'orchestre cubain récemment décédé dans la partie inférieure.

La voix de Landry me donna l'impression de venir de très loin.

« J'ai tout d'abord cru que cela signifiait passer le reste de ma vie dans une chambre capitonnée, à m'imaginer que j'étais vous, et pourquoi pas ? Seul mon moi physique aurait été bouclé chez les mabouls, vous comprenez ? Puis, peu à peu, j'ai commencé à me rendre compte qu'on pouvait faire beaucoup mieux... qu'il y avait peut-être un moyen... comment dire ?... de me glisser complètement dans votre peau. Et savez-vous quelle était la clé ?

– Oui », répondis-je, toujours sans me retourner. Le ronronnement du gadget recommença, et soudain le journal immobilisé en l'air retomba vers la chaussée en virevoltant. L'instant suivant, une vieille DeSoto traversa en cahotant le carrefour de Sunset et Fernando. Elle heurta le garçon au gant de base-ball et lui et la voiture disparurent. Pas la balle, cependant. Elle retomba dans la rue, roula en direction du caniveau mais s'immobilisa à mi-chemin.

« Vraiment ? dit-il avec une note de surprise dans la voix.

– Oui. La clé, c'était Peoria.

– C'est juste (il rit et s'éclaircit la gorge avec une certaine nervosité). J'oublie tout le temps que vous êtes moi. »

C'était un luxe que je ne pouvais m'offrir.

« Je n'arrivais pas à me dépatouiller d'un nouveau livre. Ça faisait la sixième fois que je recommençais le premier chapitre lorsque je me suis rendu compte d'une chose intéressante : Peoria Smith ne vous aimait pas. »

Du coup, je me retournai vivement : « Qu'est-ce que vous racontez !

– Je ne m'attendais pas à être cru, mais c'est la

vérité et, d'une certaine manière, je l'avais toujours su. Je ne tiens pas à reprendre le cours de littérature, Clyde, mais je dois néanmoins vous expliquer certains aspects du métier. C'est un boulot marrant mais passablement délicat, que d'écrire des histoires à la première personne. C'est comme si tout ce que savait le narrateur provenait de son personnage principal ; des lettres et des dépêches en provenance d'un front lointain. Il est très rare qu'un écrivain possède un secret, mais là, c'était le cas. C'était comme si votre petit bout de Sunset Boulevard avait été le jardin d'Eden...

– C'est bien la première fois qu'on l'appelle comme ça, remarquai-je.

– ... et qu'un serpent s'y dissimulait, un serpent que j'étais le seul à voir. Un serpent du nom de Peoria Smith. »

A l'extérieur, le monde pétrifié qu'il avait appelé mon jardin d'Eden continuait à s'assombrir, en dépit d'un ciel sans nuages. Le Red Door, une boîte de nuit qui passe pour appartenir à Lucky Luciano, disparut soudain ; un instant, il n'y eut qu'un trou à la place, puis un nouveau bâtiment fit son apparition, un restaurant avec des fougères dans la vitrine, *Le Petit Déjeuner.* Je jetai un coup d'œil sur le reste de la rue et me rendis compte qu'il s'y produisait d'autres transformations ; de nouveaux immeubles remplaçaient les anciens, dans un silence surnaturel et inquiétant. Cela signifiait que le temps m'était compté, je ne l'ignorais pas. Malheureusement, je savais aussi quelque chose d'autre : qu'il n'y aurait probablement pas la moindre faille dans ce nouveau noyau temporel. Lorsque Dieu débarque dans votre bureau et vous déclare qu'il préfère votre vie que la sienne, quel choix vous reste-t-il ?

« J'ai fichu à la poubelle les différents brouillons du roman que j'avais commencé deux mois après la mort de ma femme, dit Landry. Ça n'a pas été bien dur, tant ils étaient médiocres. Et j'en ai commencé un nouveau. Je l'ai intitulé... ne devinez-vous pas, Clyde ?

– Bien sûr que si », dis-je, me retournant à nouveau. Pour cela, j'eus besoin de toutes mes forces, mais je suppose que ce que cet enfoiré aurait appelé mes « motivations » se révélait juste. Ce coin de Los Angeles n'est ni les Champs-Elysées ni Hyde Park, mais c'est le mien. Je n'avais pas envie de le voir le détruire et le reconstruire à sa guise. « Vous avez dû l'intituler *La Dernière Affaire d'Umney*, je suppose. »

Il parut légèrement surpris. « Supposition exacte. »

J'agitai la main – nouvel effort, mais j'y parvins.

« Vous savez, ce n'est pas par hasard si j'ai remporté le Trophée du Privé en 34 et 35. »

Ma remarque le fit sourire. « J'ai toujours bien aimé cette réplique. »

Soudain, je fus pris d'une haine mortelle pour lui. Si j'avais pu trouver la force de bondir par-dessus le bureau et de l'étrangler jusqu'à ce que mort s'ensuive, je l'aurais fait sur-le-champ. Il comprit ce que je ressentais. Son sourire disparut.

« Laissez tomber, Clyde. Vous n'avez pas la moindre chance.

– Et si vous fichiez le camp, Sam ? dis-je pour l'irriter. Si vous fichiez le camp en laissant un cadavre en état de marche derrière vous ?

– Je ne peux pas. Même si je le voulais, je ne pourrais pas... et je n'en ai aucune envie. (Il me regarda avec une expression curieuse, colère et supplication mêlées.) Essayez de voir les choses selon mon point de vue, Clyde...

– Est-ce que j'ai le choix ? L'ai-je jamais eu ? »

Il ignora mes questions. « Voici un monde dans lequel je ne vieillirai jamais ; un univers dans lequel toutes les horloges se sont arrêtées à approximativement dix-huit mois de la Seconde Guerre mondiale, où les journaux coûtent toujours trois *cents*, où je peux m'envoyer tous les œufs au bacon et tous les steaks que je veux sans me soucier de mon taux de cholestérol.

– Je n'y comprends strictement rien. »

Il se pencha vers moi, plus sérieux que jamais : « Evidemment, vous n'y comprenez rien ! C'est précisément là la question, Clyde ! C'est un monde dans lequel je peux réellement faire le métier que je rêvais d'exercer quand j'étais gosse : détective privé. Je peux foncer dans des voitures de sport à deux heures du matin, échanger des coups de feu avec des truands – sachant qu'ils peuvent mourir, mais moi pas – et me réveiller le lendemain, huit heures après, à côté d'une ravissante *chanteuse* *, au bruit des oiseaux pépiant dans les branches, baigné par les rayons du soleil pénétrant dans ma chambre... ce magnifique soleil de Californie.

– Ma chambre donne à l'ouest.

– Plus maintenant », répondit-il calmement. Je sentis mes mains se refermer en poings sur les bras de mon fauteuil, mais ils n'avaient aucune force. « Vous rendez-vous compte à quel point c'est merveilleux ? reprit-il, à quel point c'est parfait ? Dans cet univers, les gens ne sont pas rendus à moitié fous par les démangeaisons qu'entraîne une maladie stupide et déshonorante appelée zona. Dans cet univers, les cheveux ne grisonnent pas, et on ne devient pas chauve. »

Il me regarda sans ciller ; je ne lus aucun espoir pour moi dans ses yeux. Aucun.

« Dans cet univers, les fils adorés ne meurent pas du sida et les épouses bien-aimées n'avalent pas des tubes entiers de somnifères. Qui plus est, c'est toujours vous, et non moi, qui avez été la personne rapportée, ici, quoi que vous en pensiez. Cet univers est le mien, il est né de mon imagination et il continue à exister grâce à mes efforts et à mon ambition. Je vous en ai fait le locataire temporaire, c'est tout... et maintenant, je le reprends.

– Achevez de me dire comment vous y êtes entré, vous voulez bien ? Ça m'intéresse vraiment.

– Pas très difficile. J'ai entrepris de le mettre en pièces en commençant par les Demmick, qui n'ont jamais été autre chose qu'une grossière imitation de Nick et Nora Charles, afin de le reconstruire à mon image. Je me suis débarrassé de tous les personnages qui vous soutenaient et vous aimaient et en ce moment, ce sont les sites que je fais disparaître. Je vous tire le tapis de dessous les pieds, fibre à fibre, en d'autres termes ; je n'en suis pas particulièrement fier, mais je suis fier de l'intense effort de volonté qu'il me faut pour y parvenir.

– Mais qu'est-ce qui vous est arrivé, dans votre propre monde ? »

Je continuais de le faire parler, mais davantage par la force de l'habitude que pour autre chose, comme un vieux cheval de laitier qui trouve sans peine le chemin de l'écurie par une matinée enneigée.

Il haussa les épaules. « J'y suis mort, peut-être. Ou bien j'y ai laissé un corps, une enveloppe vide qui reste assise, catatonique, dans un hôpital psychiatrique. Mais je n'y crois pas trop. Tout cela me paraît trop réel. Non, je pense que je suis intégralement ici. Et que là-bas, on est à la recherche d'un écrivain porté disparu... sans que personne se doute que c'est dans la mémoire de son traitement de texte qu'il s'est évanoui. A la vérité, je m'en fiche.

– Et moi ? Qu'est-ce qui m'arrive ?

– Voyons, Clyde... ça aussi, je m'en fiche. »

Il se pencha de nouveau sur son gadget.

« Non ! » m'écriai-je.

Il releva la tête.

« Je... » Je sentis ma voix qui chevrotait ; je voulus la contrôler, sans y parvenir. « J'ai peur, monsieur. Je vous en prie, laissez-moi tranquille. Je sais que ce n'est plus mon univers, là-dehors – bon Dieu, ici non plus ! –, mais c'est le seul que je connaisse un peu. Laissez-moi au moins ce qu'il en reste... s'il vous plaît.

– Trop tard, Clyde (de nouveau, cette note de regret impitoyable dans sa voix). Fermez les yeux. Je vous promets de faire aussi vite que possible. »

Je voulus lui sauter dessus – je fis même un effort surhumain pour cela. Je ne bougeai pas d'un cheveu. Quant à ce qui était de fermer les yeux, je n'en avais même pas besoin ; la lumière avait complètement disparu, et dans la pièce il faisait aussi noir qu'à minuit dans un sac de charbon.

Je le sentis, plus que je ne le vis, se pencher vers moi par-dessus le bureau. Je voulus m'écarter, mais même de cela j'étais incapable. Quelque chose de sec et de rugueux me toucha la main, et je hurlai.

« Ne vous inquiétez pas, Clyde », dit sa voix dans les ténèbres. Elle me parvenait de partout à la fois. *Bien entendu. Après tout, je ne suis qu'un produit de son imagination.* « C'est simplement un chèque.

– Un... chèque ?

– Oui. De cinq cents dollars. Vous venez de me vendre votre affaire. Les peintres vont gratter votre nom, sur la porte, et mettre le mien à la place avant de partir, ce soir. Samuel D. Landry, détective privé, ajouta-t-il d'un ton rêveur. Ça sonne bien, non ? »

Je voulus supplier – en vain ; même ma voix me faisait maintenant faux bond.

« Tenez-vous prêt, dit-il. Je ne sais pas exactement ce qui va arriver, Clyde, mais c'est maintenant. Ça ne devrait pas faire mal. » *De toute façon, je m'en moque éperdument,* oublia-t-il d'ajouter.

Un ronronnement léger monta dans l'obscurité. Je sentis mon siège se dissoudre sous moi et, soudain, je tombai. La voix de Landry m'accompagnait comme elle accompagnait le cliquetis des touches de sa fabuleuse machine futuriste, récitant les deux dernières phrases d'un roman intitulé *La Dernière Affaire d'Umney.*

« J'ai donc quitté la ville. Et quant à l'endroit où j'ai échoué... eh bien, cher monsieur, je pense que cela me regarde, vous ne croyez pas ? »

Une lumière verte se mit à briller en-dessous de moi ; c'était vers elle que je tombais. Elle n'allait pas tarder à me consumer et je n'éprouvais plus qu'une chose, une sensation de soulagement.

« FIN », tonna la voix de Landry. Je plongeai dans la lumière verte, elle brillait à travers moi, en moi, et Clyde Umney cessa d'exister.

Salut, le privé.

7. *De l'autre côté de la lumière*

Tout cela s'est passé il y a six mois.

Je repris connaissance sur le plancher d'une pièce sombre avec un bourdonnement dans les oreilles ; je me mis à genoux, secouai la tête pour l'éclaircir, et me trouvai en présence de la lumière brillante que je venais de traverser, comme Alice le miroir. Je vis un appareil à la Buck Rogers qui me parut être le grand frère de celui que Landry avait apporté avec lui dans mon bureau. Des lettres vertes brillaient sur l'écran et je me levai pour pouvoir les lire, me passant inconsciemment les ongles sur les poignets, en même temps. *J'ai donc quitté la ville. Et quant à l'endroit où j'ai échoué... eh bien, cher monsieur, je pense que cela me regarde, vous ne croyez pas ?*

Et en dessous, centré et en lettres capitales, un seul mot :

FIN.

Je relus le tout, me grattant maintenant l'estomac. Ma peau avait quelque chose qui n'allait pas ; quelque chose qui, sans être exactement douloureux, était sans aucun doute désagréable. Dès que j'en pris clairement conscience, je compris que cette sensation bizarre me provenait de partout, de la nuque, de l'arrière de mes cuisses, de mon entrejambe.

Le zona. J'ai attrapé le zona de Landry. Ce que je ressens, ce sont les démangeaisons, et si je n'ai pas compris tout de suite de quoi il s'agissait, c'est parce que...

« Parce que je n'avais jamais eu de démangeaisons jusqu'ici », dis-je – et le reste se mit en place. Cela se fit d'un seul coup, si brusquement que j'en oscillai sur mes jambes. Je me rendis lentement jusqu'à un miroir accroché sur l'un des murs, m'efforçant de ne pas gratter cette peau qui se hérissait bizarrement, sachant que j'allais voir une version vieillie de mon visage, creusé de rides comme des ornières desséchées, et surmonté d'un toupet de cheveux blancs et ternes.

Je savais maintenant ce qui arrive aux écrivains, lorsqu'ils s'emparent de l'existence de l'un des personnages qu'ils ont créés. En fin de compte, ce n'était pas tellement un vol.

Mais plutôt un échange.

Je restai là à regarder la tête de Landry – ma tête, avec quinze difficiles années de plus –, sentant ma peau qui me picotait et me grattouillait. N'avait-il pas dit que son zona allait mieux ? Si c'était ça, aller mieux, comment avait-il pu supporter pire sans devenir complètement fou ?

Je me trouvais évidemment dans la maison de Landry – la mienne, maintenant – et dans le cabinet de toilette à côté du bureau, je trouvai les médicaments qu'il utilisait pour lutter contre le zona. Je pris les premiers moins d'une heure après m'être retrouvé sur le plancher, au-dessous de la table de travail sur laquelle bourdonnait l'appareil, et ce fut comme si j'avais avalé sa vie et non un remède.

Comme si j'avais avalé toute sa vie.

Aujourd'hui, ce zona appartient au passé, je suis heureux de le dire. La maladie est peut-être arrivée naturellement à son terme, mais j'aime à penser que l'esprit du vieux Clyde Umney n'est pas étranger à cette guérison – le Clyde qui n'avait jamais été malade un seul jour de sa vie, et même si j'ai presque toujours le nez pris, dans ce corps délabré, que je sois pendu si je me laisse envahir par le rhume... et depuis quand cela fait-il mal de penser positivement ? A mon avis, la bonne réponse est « depuis jamais ».

J'ai connu quelques jours difficiles, cependant, à commencer par celui qui débuta vingt-quatre heures après mon atterrissage dans l'ahurissante année 1994. Je cherchais quelque chose de comestible dans le frigo de Landry (je m'étais goinfré de sa bière la veille, et me disais que manger un morceau ne pourrait faire de tort à mon mal de tête), lorsqu'une douleur soudaine me poignarda les entrailles. Je crus que j'allais mourir. Ça devint pire, et je *sus* que je mourais. Je m'effondrai sur le sol de la cuisine, essayant de ne pas crier. Quelques instants plus tard, un petit événement se produisit et la douleur disparut.

Pendant la plus grande partie de ma vie, j'avais utilisé l'expression : « On n'est pas dans la merde ! » Pour la première fois, ce matin, je me l'appliquai littéralement. Je me nettoyai, puis montai au premier, sachant déjà ce que j'allais trouver dans la chambre de Landry : des draps mouillés.

Ma première semaine dans le monde de mon créateur fut consacrée en grande partie à apprendre à faire ma toilette. Dans mon univers, évidemment, personne n'est jamais pris de besoins pressants. Personne n'a non plus besoin d'aller chez le dentiste et ma première incursion chez celui dont l'adresse figurait dans l'agenda de Landry est un souvenir dont je refuse de parler, que je ne veux même pas évoquer.

Je suis cependant tombé sur quelques roses, dans ce fourré d'épines. Tout d'abord, je n'ai nul besoin de me mettre à la chasse au travail, dans le monde dément à donner le vertige de Landry ; ses livres continuent de se vendre très bien, apparemment, et je n'ai aucun problème pour encaisser les chèques qui arrivent par le courrier. Ma signature et la sienne sont bien entendu identiques. Quant aux scrupules moraux que je pourrais ressentir à agir ainsi, ne me faites pas rire. Ces chèques récompensent le récit d'histoires m'étant arrivées *à moi*. Landry n'a fait que les écrire ; je les ai vécues. J'en méritais déjà la moitié rien que pour m'être avancé à portée de griffes de Mavis Weld.

Je m'attendais à avoir des problèmes avec les soi-disant amis de Landry, mais un privé poids lourd comme moi aurait dû s'en douter : est-ce qu'un type qui aurait de véritables amis pourrait désirer disparaître dans un univers qu'il a créé sur la scène de son imagination ? Peu vraisemblable. Landry n'avait eu que sa femme et son fils comme amis, et ceux-ci étaient morts. Il avait des relations et des voisins, mais tout le monde a l'air de trouver que je fais un Samuel D. Landry acceptable. La femme qui habite en face me jette de temps en temps des regards intrigués, et sa petite fille pleure lorsque je m'approche, alors qu'il paraît (je ne vois pas pourquoi sa mère mentirait) qu'il m'est arrivé de la garder, de temps en temps ; ce n'est cependant pas une bien grande affaire.

J'ai même parlé à l'agent de Landry, un type de New York du nom de Verril. Il voulait savoir quand j'allais me mettre à mon prochain livre.

« Bientôt, lui ai-je répondu, bientôt. »

Je passe l'essentiel de mon temps à la maison. Je n'éprouve aucun besoin d'explorer l'univers dans lequel Landry m'a propulsé quand il a pris ma place dans le mien ; j'en vois déjà plus que ce que je souhaite dans mon expédition hebdomadaire à la banque et à l'épicerie, et j'ai balancé un serre-livres dans son affreux poste de télévision moins de deux heures après avoir découvert comment il fonctionnait. Je ne suis pas surpris, au fond, que Landry ait eu envie de quitter ce monde tumultueux, avec ses tombereaux de maladies et de violences absurdes – un monde où des femmes nues dansent dans les vitrines des boîtes de nuit et où les relations sexuelles avec elles peuvent vous tuer.

Oui, je passe l'essentiel de mon temps chez moi. J'ai relu tous ses romans ; j'avais l'impression de parcourir les pages d'un carnet intime auquel j'aurais beaucoup tenu. Et j'ai fini par apprendre tout seul à me servir de son appareil à traitement de texte, bien entendu. C'est différent de l'appareil de télévision ; l'écran est identique, mais au moins, sur celui du traitement de texte, on peut faire apparaître les images que l'on a envie de voir, car elles proviennent toutes de l'intérieur de votre tête.

Ça me plaît.

Je me prépare, voyez-vous, essayant des phrases et les rejetant comme on fait avec les pièces d'un puzzle. Et ce matin, j'en ai écrit quelques-unes qui me paraissent tenir la route... ou presque. Vous voulez une idée ? D'accord.

Lorsque je me tournai vers la porte, c'est un Peoria Smith très abattu, très mortifié, que je vis dans l'embrasure. « Je crois que je n'ai pas été très correct avec vous la dernière fois que nous nous sommes vus, monsieur Umney, dit-il. Je suis venu vous dire que j'étais désolé. » Cela faisait plus de six mois, maintenant, mais il était apparemment toujours le même.

« Tu portes toujours tes carreaux noirs ? dis-je.

– Ouais. On a essayé l'opération, mais elle n'a pas réussi. » Il poussa un soupir, sourit et haussa les épaules. A ce moment-là, il était tout à fait comme le Peoria que j'avais toujours connu. « Qu'est-ce que ça peut faire, au fond ? C'est pas si terrible, d'être aveugle, monsieur Umney. »

Ce n'est pas parfait, je le vois bien. J'ai commencé comme détective, pas comme écrivain. Mais je crois qu'un homme peut faire pratiquement n'importe quoi, s'il le veut assez intensément ; et si l'on réduit les choses à leur plus simple expression, il s'agit au fond, là aussi, de regarder par les trous de serrure. La taille et la forme du trou de serrure-traitement de texte sont un peu différents, mais le travail consiste à observer comment vivent des gens et à rapporter ce qu'on a vu au client.

Je m'acharne au travail pour une raison très simple : je n'ai aucune envie de rester ici. Appelez ça le Los Angeles de 1994 si ça vous chante, moi j'appelle ça l'enfer. Avec ces horribles repas congelés qu'on fait réchauffer dans cette boîte qu'on appelle un micro-ondes, avec ces chaussures de basket comme les pompes de Frankenstein, avec cette musique radiophonique qui fait penser à des corbeaux mis à cuire vivants dans une Cocotte-Minute à pression, avec...

Avec *tout.*

Je veux retrouver mon ancienne vie, je veux que les choses redeviennent comme avant et je crois savoir comment y parvenir.

Tu n'es qu'un sinistre voleur, une basse crapule, Sam – puis-je encore t'appeler ainsi ? Et je suis désolé pour toi... dans une certaine mesure, seulement, car le mot clé, ici, est « voleur ». Mon opinion sur le sujet n'a pas varié d'un pouce depuis le début, vois-tu : j'estime toujours que le fait de créer ne donne pas le droit de voler.

Qu'est-ce que tu fabriques en cet instant même, voleur ? Tu prends ton repas au *Petit Déjeuner,* le restaurant que tu as inventé ? Tu dors à côté de quelque superbe créature aux seins bien fermes, lui bousillant les fanfreluches de son négligé ? Tu roules à toute allure, insouciant, sur la route de Malibu ? Ou bien coinces-tu la bulle dans ton bureau, le fauteuil renversé sur deux pattes, les pieds sur la table, savourant ta vie sans souffrances, sans odeurs, sans merdes ? Qu'est-ce que tu fabriques ?

Je me suis appris à écrire, voilà ce que j'ai fait, et maintenant que j'ai découvert le chemin du retour, je crois que je vais aller très vite beaucoup mieux. Je te vois presque, déjà.

Demain matin, Clyde et Peoria iront ensemble au Blondie's, qui vient de réouvrir. Cette fois-ci, le petit aveugle acceptera l'invitation du privé à prendre ensemble un petit déjeuner. Ce sera la deuxième étape.

Oui, je suis sur le point de te voir, Sam, ça ne va pas tarder. Mais je ne pense pas que tu me verras, toi. Pas tant que je n'aurai pas surgi de derrière la porte de mon bureau pour te serrer le cou entre les mains.

Cette fois-ci, personne ne retournera à la maison.

Notes

Peu de temps après la sortie de *Skeleton Crew*[1], mon précédent recueil de nouvelles, je me suis entretenu avec une fan qui me disait à quel point elle l'avait aimé. Elle m'expliquait comment elle s'était rationnée, ne lisant qu'une histoire par soir, ce qui lui avait permis de faire durer le livre trois semaines. « Cependant, j'ai sauté les notes en fin de volume, ajouta-t-elle en me scrutant (comme si elle s'attendait à ce que je lui bondisse dessus, fou de rage devant un tel affront). Je fais partie de ceux qui préfèrent ne pas savoir quel est le truc du magicien. »

Je me contentai d'acquiescer et de lui dire qu'elle en avait parfaitement le droit, ne voulant pas me lancer dans une discussion longue et passionnée sur la question alors que j'avais des courses à faire ; mais je n'en ai aucune ce matin, et je tiens à être très clair sur deux points, comme notre vieux pote de San Clemente aimait à le dire[2]. Tout d'abord, peu m'importe que vous lisiez ou non ce qui va suivre. C'est votre livre, et vous pouvez vous balader en le tenant en équilibre sur votre

1. Paru en français sous le titre de *Brume*, Albin Michel et Ed. J'ai lu, n° 2578.

2. Richard Nixon. *(N.d.T.)*

tête si ça vous chante. En second lieu, je ne suis pas un magicien, et je n'ai aucun *truc*.

Ce qui ne veut pas dire qu'il n'y ait pas une certaine magie dans l'écriture ; c'est même précisément ce que je crois, et elle s'enlace autour des récits de fiction avec une luxuriance particulière. Le paradoxe est le suivant : les magiciens n'ont rien à voir avec la magie, comme la plupart d'entre eux l'admettent volontiers. Leurs incontestables prodiges – colombes sortant de mouchoirs, pièces tombant de pichets vides, foulards de soie s'élevant de mains nues – sont le fruit de longs et patients exercices, de l'art de lancer le spectateur sur de fausses pistes et d'un tour de main sans pareil. Leurs boniments sur « les anciens secrets de l'Orient » ou « les traditions oubliées d'Atlantis » sont du pur baratin. Je suppose que, en règle générale, les magiciens de cabaret s'identifieraient tout à fait avec la vieille plaisanterie sur l'étranger à la ville qui demande à un beatnik new-yorkais comment arriver à Carnegie Hall, la prestigieuse salle de concert. « En t'exerçant, mon vieux, en t'exerçant », répond le beatnik.

Tout cela vaut également pour les écrivains. Après avoir passé vingt ans à écrire des œuvres de fiction dites grand public, et à être rejeté par les critiques les plus intellectuels comme un « pisse-copie » (la définition d'un pisse-copie par un intellectuel semblant être « un artiste dont le travail est apprécié par trop de gens »), je concède volontiers que le métier est une chose terriblement importante, que le processus souvent éprouvant consistant à écrire, réécrire, puis à recommencer, est la seule méthode acceptable pour ceux d'entre nous qui possèdent quelque talent mais peu ou pas de génie.

Ce travail n'en comporte pas moins sa magie propre, et elle intervient le plus souvent à l'instant où une histoire surgit dans la tête de l'écrivain, sous la forme d'un fragment, d'ordinaire, mais aussi, parfois, sous celle d'une chose complète (comme choc, ça fait un peu l'effet d'avoir reçu une bombe nucléaire tactique sur le crâne). Il est possible, par la suite, de décrire où et quand la détonation a eu lieu et quels éléments se sont combinés pour donner l'idée, mais *l'idée elle-même* est un objet nouveau, une somme plus grande que ses parties, créée à partir de rien. C'est, pour citer Marianne Moore, un crapaud réel dans un jardin imaginaire ; si bien que vous n'avez nul besoin de craindre, en lisant ces notes, de voir s'évanouir la magie parce que je vous en aurais donné le truc. Il n'y en a pas, dans la vraie magie ; lorsqu'il est question de magie véritable, il n'y a pas de ficelles.

Il est cependant possible de gâcher une histoire qui n'a pas encore été lue, et si vous faites partie de ces gens (quelle bande d'affreux !) qui éprouvent un besoin irrépressible de lire la fin de l'histoire avant le début, comme un enfant capricieux qui a décidé de manger le gâteau au chocolat avant ses épinards, je vous invite cordialement à aller à tous les diables, sans quoi vous serez victime de la pire des malédictions : le désenchantement. Aux autres, je propose une petite virée au cours de laquelle ils apprendront comment quelques-unes des histoires de *Rêves et cauchemars* sont nées.

Quelque chose me dit que le cours de pensées qui a donné naissance à *La Cadillac de Dolan* est assez évident. Je roulais au pas, ou presque, sur l'un de ces tronçons de route en réparation, apparemment interminables, où l'on respire beaucoup de poussière, qui sentent le goudron et les gaz d'échappement, et où l'on suit la même voiture avec un autocollant : SI VOUS LISEZ CECI, VOUS ÊTES TROP PRÈS pendant ce qui paraît durer une éternité... sauf que ce jour-là, le véhicule qui me précédait était une Cadillac Sedan DeVille. En passant à côté d'une profonde excavation où l'on enfouissait d'énormes tuyaux, je me souviens d'avoir pensé : *Même une voiture de la taille de la Cadillac y rentrerait.* Un instant plus tard, l'idée de *La Cadillac de Dolan* me venait à l'esprit, claire, nette, complète, et aucun de ses éléments narratifs n'a changé d'un cheveu depuis.

Ce qui ne veut pas dire que l'accouchement a été facile ; bien au contraire. Je n'ai jamais été aussi découragé – presque submergé, à vrai dire – par des détails techniques. Je vais vous confier ce que le *Reader's Digest* appelle une note personnelle : bien que j'aime me considérer comme une sorte de version littéraire de James Brown (qui se définit lui-même comme « l'homme qui travaille le plus dans le show-business »), je deviens d'une paresse crasse lorsqu'il s'agit de faire des recherches et de vérifier des détails techniques. A de nombreuses reprises je me suis fait pincer par les lecteurs et les critiques (et de la manière la plus juste et humiliante par Avram Davidson, qui écrit dans le *Chicago Tribune* et dans *Fantasy and Science Fiction*) pour mes errements dans ce domaine. En rédigeant *La Cadillac de Dolan*, j'ai pris conscience que, cette fois, je ne pouvais me contenter d'y aller au petit bonheur la chance, car toute la logique de l'histoire dépendait de différents détails scientifiques, de formules mathématiques et de lois de la physique.

Si j'avais découvert cette désagréable vérité un peu plus tôt – autrement dit avant d'avoir déjà investi quelque chose comme 15 000 mots dans l'histoire de Dolan, d'Elizabeth et de son mari Edgar-poesque – j'aurais sans aucun doute remisé *La Cadillac de Dolan* au Département des histoires inachevées. Mais je ne la découvris pas à temps, je n'eus pas envie de m'arrêter et je fis donc la seule chose qui me vint à l'esprit : j'appelai mon grand frère au secours.

Dave King est ce que nous autres, de la Nouvelle-Angleterre, appelons « un phénomène », un enfant prodige avec un coefficient intellectuel de plus de 150 (vous en trouverez l'écho dans le personnage du frère génial de Bow-Wow Fornoy, dans *Le Grand Bazar : finale*), qui traversa sa scolarité à cheval sur une fusée, obtint son diplôme universitaire à dix-huit ans et, de là, alla directement enseigner les mathématiques au lycée (Brunswick High School). Nombre de ses étudiants du cours de rattrapage étaient à l'époque plus âgés que lui. Dave fut, à vingt-cinq ans, le plus jeune maire élu de tous les temps de l'Etat du Maine. C'est un touche-à-tout de génie, qui connaît quelque chose sur pratiquement tous les sujets.

J'expliquai donc mon problème, par téléphone, à mon grand frère. Une semaine plus tard, je reçus de lui une enveloppe en papier bulle que j'ouvris le cœur serré. Je ne doutais pas qu'il ne m'eût envoyé les informations dont j'avais besoin, mais j'étais également sûr que je ne pourrais rien en faire : son écriture est absolument épouvantable.

A mon grand ravissement, je trouvai une cassette vidéo. Je la branchai, et vis Dave assis devant une table sur laquelle était posé un énorme tas de terre. A l'aide de voitures miniatures, il m'expliquait tout ce que je devais savoir, y compris ce truc menaçant sur l'arc de descente. Dave me faisait aussi remarquer que mon héros devrait se servir d'engins de chantier pour enfouir la Cadillac (à l'origine, je voulais lui faire creuser le trou à la main), et il me montrait comment faire démarrer, sans la clé, le gros matériel que les services des Ponts et Chaussées laissent sur place pendant des travaux. Ses informations étaient excellentes... un peu trop, même. Je les ai un peu modifiées de manière que si jamais un petit malin s'en inspire, rien ne se produise.

Un dernier point à propos de cette histoire : lorsque je l'eus terminée, je la haïssais. Je l'avais littéralement en horreur. Elle n'a jamais été publiée en revue ; c'est dans les boîtes en carton réservées aux Vieux Trucs Nuls, dans le couloir derrière mon bureau, qu'elle a échoué. Quelques années plus tard, Herb Yellin, qui publie de superbes éditions en tirage limité à la tête de la Lord John Press, m'a écrit pour me demander si je ne voudrais pas publier ainsi l'une de mes nouvelles, si possible inédite. Etant donné que j'adore ses livres, qui sont petits, admirablement faits et souvent excentriques, j'allai faire un tour dans ce qui est, dans mon esprit, le Panthéon des Ratés, et lançai une campagne de fouilles pour voir s'il n'y aurait pas quelque chose de récupérable.

Je tombai sur *La Cadillac de Dolan*. Une fois de plus, le temps avait accompli son œuvre : elle était beaucoup plus agréable à lire que dans mon souvenir et lorsque je l'envoyai à Herb, il l'accepta avec enthousiasme. Je fis quelques corrections et elle fut tirée à cinq cents exemplaires sous la couverture de Lord John Press. Je l'ai encore révisée pour sa publication ici et mon opinion sur cette histoire a tellement changé que je la considère comme faisant partie des meilleures. Elle est à tout le moins, à mon avis, l'archétype de l'histoire d'horreur, avec son narrateur fou et son enterrement prématuré dans le désert. Cela dit, elle ne m'appartient plus ; c'est à Dave King et à Herb Yellin que vous la devez – merci, les gars !

Laissez venir à moi les petits enfants date de la même période que la plupart des histoires de *Night Shift*, et a été publiée pour la première fois dans *Cavalier*, comme presque toutes les histoires de ce recueil de 1978. Elle avait été laissée de côté parce que mon responsable littéraire chez l'éditeur, Bill Thompson, avait l'impression que le livre « tournait au pavé » – manière qu'ont parfois les éditeurs de dire aux écrivains de raccourcir un peu leur texte avant que le prix du livre n'atteigne la stratosphère. Je voulais supprimer une autre nouvelle, Bill celle-ci. Je m'en remis à son jugement, et je l'ai soigneusement relue avant de l'inclure ici. Je l'aime énormément – elle me rappelle un peu le Bradbury de la fin des années quarante-début des années cinquante, le Bradbury diabolique qui se régalait d'histoires de meurtriers de bébés, d'entrepreneurs de pompes funèbres escrocs et de contes que seul un gardien de cimetière pouvait aimer. En d'autres termes, *Laissez venir à moi les petits enfants* est une plaisanterie malsaine effroyable, sans même le mérite d'être un plaidoyer social. Elle me plaît beaucoup.

Le Rapace Nocturne : Il arrive parfois qu'un personnage secondaire, dans un roman, se mette à accaparer l'attention de l'écrivain et refuse de quitter la scène, protestant qu'il a encore bien des choses à dire et à faire. Richard Dees, le protagoniste de cette nouvelle, est l'un de ces personnages, puisqu'il fit sa première apparition dans *The Dead Zone*[1] où, quand il offrait à Johnny Smith, le héros condamné de ce roman, un travail de psy dans son ignoble torchon de journal, *Inside View*, il se faisait jeter dehors par celui-ci : on

1. Traduit en français sous le titre *Dead Zone : L'Accident*, Lattès, 1983.

ne devait pas en entendre davantage parler par la suite. Mais voilà qu'il est de retour.

Comme dans la plupart de mes histoires, *Le Rapace Nocturne* a commencé comme une simple farce – un vampire titulaire d'une licence privée de pilote, comme c'était amusant ! – mais elle s'est développée avec Dees. Je ne comprends que rarement mes personnages, pas plus que je ne comprends l'âme et le cœur des personnes réelles que je rencontre tous les jours, mais je crois pouvoir arriver parfois à en dresser le plan, comme un cartographe. Tandis que je travaillais à cette nouvelle, je commençai à distinguer un homme profondément aliéné, un homme qui paraissait résumer à lui seul les choses les plus terribles et déroutantes de notre société soi-disant ouverte, en ce dernier quart de siècle. Dees est l'archétype de l'incroyant, et sa confrontation avec Le Rapace Nocturne, à la fin, n'est pas sans rappeler la citation de George Seferis que j'emploie dans *Salem's Lot,* à propos d'un trou dans une colonne [1]. En ces dernières années du XXe siècle, tout cela ne paraît que trop vrai, et *Le Rapace Nocturne* est avant tout l'histoire d'un homme qui découvre ce trou.

Popsy. Le grand-père de ce petit garçon n'est-il pas la créature qui exige de Richard Dees qu'il ouvre son appareil photo et voile le film à la fin du *Rapace Nocturne* ? Moi, il me semble bien que si.

Ça vous pousse dessus. Une première version de cette histoire a été publiée dans le magazine littéraire de l'Université du Maine – *Marshroots* – au début des

1. Traduit en français sous le titre *Salem,* Presse-Pocket, 1977. La citation en question est : « Il y a dans cette colonne un trou. La voyez-vous, la Reine des Morts ? »

années soixante-dix, mais celle de ce recueil est entièrement différente. En relisant la première, j'ai commencé à comprendre que tous ces vieux étaient en réalité les survivants de la débâcle décrite dans *Needful Things*[1]. Ce roman est une comédie sinistre sur l'avidité et l'obsession ; la nouvelle est une histoire plus sérieuse, sur le secret et la maladie. Elle me paraît constituer un bon épilogue pour le roman... et c'était chouette de revoir une dernière fois mes vieux amis de Castle Rock.

Dédicaces. Pendant des années, depuis le jour où j'avais rencontré un écrivain célèbre, mort depuis, que je ne nommerai pas ici, et avais été consterné par son attitude, je suis resté dérouté par cette question : comment se fait-il que des gens doués d'un tel talent puissent être de tels salopards en tant qu'individus – machos sexistes et peloteurs, racistes, élitistes prétentieux, ou auteurs de canulars cruels. Je ne dis pas que la plupart des personnes talentueuses ou célèbres sont ainsi, mais j'en ai rencontré suffisamment qui le sont – y compris cet indiscutablement grand écrivain – pour que je me demande pourquoi. Cette histoire s'efforce de répondre d'une manière qui me satisfasse à cette question. Je n'y suis pas parvenu, mais au moins ai-je pu traduire le malaise que je ressens et, en l'occurrence, cela semble suffire.

Ce n'est pas une histoire très « politiquement correcte », et je pense que beaucoup de lecteurs – ceux qui attendent que je leur fasse peur avec toujours les mêmes bons vieux croquemitaines et démons de foire – vont se sentir scandalisés. Je l'espère bien ; cela fait

1. Traduit en français sous le titre *Bazaar,* Albin Michel et Ed. J'ai Lu, n° 3817 et n° 3818.

déjà un bout de temps que je fais ce travail, mais je ne suis nullement prêt pour le fauteuil à bascule du retraité. Les histoires de *Rêves et cauchemars* sont, pour la plupart, de celles que les critiques classent (et trop souvent rejettent comme telles, hélas !) sous la rubrique des histoires d'horreur, et l'histoire d'horreur est supposée avoir le tempérament d'un chien méchant chez un ferrailleur, qui mord si l'on approche trop près. Celle-ci mord, il me semble. Dois-je m'en excuser ? Le risque d'être mordu n'est-il pas ce qui vous a poussé, au premier chef, à ouvrir ce livre ? Je le crois. Et si vous ne voyez en moi que ce bon vieil Oncle Stevie, une sorte de Rod Serling fin de siècle, je vais essayer de vous mordre encore plus fort. Autrement dit, je tiens à ce que vous ressentiez un petit frisson de peur à chaque fois que vous mettez les pieds chez moi. Je veux que vous vous demandiez jusqu'où je vais aller, ou ce que je vais encore bien pouvoir inventer.

Cela dit, je voudrais simplement ajouter que si j'avais réellement pensé qu'il fallait défendre *Dédicaces*, je n'en aurais jamais envisagé la publication. Une histoire incapable de se défendre d'elle-même ne mérite pas d'être publiée. C'est Martha Rosewall, l'humble femme de ménage, qui remporte cette bataille, et non Peter Jefferies, l'écrivain de gros calibre, et c'est tout ce que le lecteur a besoin de savoir pour comprendre à qui va ma sympathie.

Oh, et puis une chose encore. Il me semble à l'heure actuelle que cette histoire, publiée pour la première fois en 1985, m'a servi de galop d'essai pour mon roman, *Dolores Claiborne* (1992).

Le Doigt télescopique. Pour moi, une bonne nouvelle est celle dans laquelle les choses arrivent comme ça. Dans les romans et les films (mis à part ceux qui ont des types comme Sylvester Stallone et Arnold Schwarzenegger comme vedettes), on attend de vous que vous expliquiez *pourquoi* les événements se produisent. Laissez-moi vous dire un truc, les amis : je *déteste* expliquer pourquoi les choses arrivent et mes efforts dans ce domaine (comme l'histoire du L.S.D. trafiqué et des changements de l'A.D.N. qui en résultent chez Charlie McGee dans *Firestarter*) ne sont pas fameux. Ma vie réelle, cependant, présente rarement ce que les producteurs de films aiment appeler cette année « un fil conducteur de motivation » – vous n'aviez pas remarqué ? Je ne sais pas ce qu'il en est pour vous, mais pour ma part, on ne m'a jamais donné de manuel d'instructions. Je me débrouille du mieux que je peux, sachant que de toute façon je ne m'en sortirai pas vivant, sans pour autant cesser d'essayer de ne pas trop gâcher les choses en attendant.

Dans les nouvelles, l'auteur a parfois encore la permission de dire : « Ceci est arrivé, ne me demandez pas pourquoi. » L'histoire de ce pauvre Howard Mitla est du nombre, et il me semble que ses efforts pour faire face au doigt qui surgit de son lavabo pendant un jeu télévisé constituent une métaphore parfaitement valide de la manière dont nous faisons face aux sales surprises que la vie a en réserve pour nous : les tumeurs, les accidents, les coïncidences cauchemardesques. Le mérite particulier de l'histoire fantastique est de pouvoir se dispenser de répondre à la question : « Pourquoi des choses horribles arrivent-elles à de braves gens ? » Dans une histoire fantastique, on doit pouvoir être satisfait tout en restant sur sa faim à ce niveau-là. En fin de compte, c'est peut-être la valeur morale la plus sûre du genre : dans le meilleur des cas, cela peut ouvrir une fenêtre (ou l'écran d'un confessionnal) sur les aspects existentiels de notre condition mortelle. Ce n'est pas le mouvement perpétuel, certes... Mais ce n'est pas si mal non plus.

Un groupe d'enfer. Au moins deux des histoires de ce livre traitent de ce que le personnage féminin principal appelle « une petite ville un peu spéciale ». L'une est celle-ci ; l'autre *La Saison des pluies*. Certains lecteurs estimeront peut-être que je rends un peu trop souvent visite à ces petites villes un peu spéciales, et d'autres observeront des similitudes entre ces deux nouvelles et un récit plus ancien, *Children of the Corn*. J'admets volontiers qu'il y en a, mais est-ce vraiment de l'auto-plagiat ? La question est délicate, et chaque lecteur devra y répondre pour soi, mais ma réponse à moi est *non* (vous n'avez tout de même pas cru que j'allais dire autre chose !).

Il existe une grande différence, me semble-t-il, entre un travail qui se plie à une forme traditionnelle et l'auto-imitation. Prenez le blues, par exemple. Il n'existe en réalité que deux enchaînements d'accords de guitare pour le jouer, et ces deux enchaînements sont pratiquement identiques. Et maintenant, réfléchissez à ceci : est-ce parce que John Lee Hooker joue presque tout ce qu'il a écrit en *mi* ou en *la* que cela signifie qu'il fonctionne au pilote automatique, refaisant constamment la même chose ? La plupart des fans de John Lee Hooker (ou de Bo Diddley, de Muddy Waters, de Furry Lewis, etc.) vous répondraient que non. Ce qui compte, vous diraient ces *aficionados* du blues, ce n'est pas la tonalité dans laquelle on joue ; c'est l'âme que l'on met dans son chant.

Même chose ici. Il existe certains archétypes pour les histoires d'horreur qui se dressent sur la route de l'écrivain avec la puissance massive d'une *mesa* dans le désert d'Arizona. L'histoire de la maison hantée ; l'histoire des morts-vivants ; l'histoire de la petite ville un peu spéciale. Ce n'est pas tant le sujet qui importe, si vous pouvez piger ça ; c'est une question, en fin de compte, de littérature de terminaisons nerveuses et de récepteurs musculaires, autrement dit, de ce que vous ressentez. Ce que j'ai ressenti dans *Un groupe d'enfer* – en d'autres termes ce qui donne son impact à l'histoire – c'est ce fait, tout ce qu'il y a de plus authentiquement inquiétant : de très nombreux rockers sont morts jeunes, ou dans des circonstances atroces ; c'est un cauchemar pour expert-comptable. Leurs jeunes fans ont tendance à trouver romantique ce taux de mortalité élevé, mais quand on a fait, comme moi, la tournée des cadavres, des Platters à Ice T, on commence à percevoir quelque chose de sinistre, un côté royaume infernal sous-jacent. C'est ce que j'ai essayé d'exprimer ici, même si, à mon avis, l'histoire ne commence à ne devenir un conte infernal que dans les six ou huit dernières pages.

Accouchement à domicile. C'est probablement la seule histoire de ce recueil écrite sur commande. John Skipp et Craig Spector eurent l'idée d'une anthologie sur le thème des zombies s'emparant du monde. Cette idée me mit l'imagination en feu comme une chandelle romaine, et il en est résulté cette histoire, qui se déroule au large des côtes du Maine.

Mon Joli Poney. Au début des années quatre-vingt, Richard Bachman[1] s'enlisait dans la rédaction d'un roman intitulé *Pretty Pony.* Il racontait l'histoire d'un tueur à gages indépendant du nom de Clive Banning,

1. Pseudonyme de Stephen King. *(N.d.T.)*

chargé de réunir une bande de cinglés de son acabit afin de trucider un certain nombre de gros bonnets du crime au cours d'un mariage. Banning et ses acolytes réussissent, transformant la réception qui suit le mariage en bain de sang, mais se trouvent alors doublés par leur employeur, qui commence à les abattre un par un. Le roman voulait être l'histoire des efforts de Banning pour échapper au cataclysme qu'il avait déclenché.

Ce livre était mauvais, né sous des auspices funestes, à une épòque de ma vie où des choses qui avaient jusqu'alors très bien marché s'effondraient dans un vacarme retentissant. Richard Bachman passa de vie à trépas à cette époque, laissant deux fragments derrière lui : un roman presque achevé intitulé *Machine's Way* sous *son propre* pseudonyme, George Stark, et six chapitres de *Pretty Pony*. En tant qu'exécuteur littéro-testamentaire de Bachman, je fis de *Machine's Way* le roman intitulé *The Dark Half*[1] et publié sous mon nom (non sans un clin d'œil en épigraphe à Bachman). Quant à *My Pretty Pony*, je le jetai... sauf un passage dans lequel Banning, en attendant de donner l'assaut à la réception de mariage, se souvient de la manière dont son grand-père l'a instruit de la nature plastique du temps. Trouver ce flash-back – merveilleusement achevé, presque une nouvelle tel qu'il était – fut comme trouver une rose dans un terrain vague. Je la cueillis, et avec beaucoup de gratitude. C'est l'une des rares bonnes choses que j'aie écrites au cours d'une année vraiment désastreuse.

La publication originale de « Mon joli poney » est un livre trop cher (et à mon humble avis, surchargé), dû

1. Traduit en français sous le titre *La Part des ténèbres*, Albin Michel.

au Whitney Museum. Il y en eut ensuite une version légèrement plus accessible (mais toujours trop chère et surchargée, à mon humble avis), parue chez Alfred Knopf. Enfin celle-ci, polie et légèrement clarifiée, comme je le constate avec plaisir, telle qu'elle aurait dû paraître d'emblée. Une nouvelle qui en vaut d'autres.

Désolé, bon numéro. Vous souvenez-vous du début de ce livre, lorsque je vous parlais de *Ripley's Believe It or Not* ? Eh bien, *Désolé...* y appartient presque. L'idée m'est venue sous forme de petit téléfilm, un soir, alors que je rentrais chez moi après avoir acheté une paire de chaussures. La nouvelle a pris cette forme visuelle, je suppose, parce que son adaptation pour la télé y joue un rôle central. Je l'ai écrite dans deux cadres différents, et presque telle qu'elle apparaît ici. Mon agent de la côte Ouest – celui qui s'occupe des contrats de cinéma – la reçut à la fin de la semaine. Dès le lundi suivant, Steven Spielberg la lut dans le cadre d'une série télé qu'il produisait, et qui n'a pas encore été diffusée (*Amazing Stories*).

Spielberg n'en voulut pas (il recherchait des histoires plus divertissantes pour sa série, déclara-t-il) et je la proposai donc à mon collaborateur et ami de longue date, Richard Rubinstein, qui s'occupait alors d'une série intitulée *Tales from the Darkside*.

Richard l'acheta le jour où il la lut, et *Désolé...* était en production dès la semaine suivante, ou presque. Sa diffusion eut lieu un mois plus tard... en première de la saison, si ma mémoire est bonne. Je n'ai jamais vu histoire sortir aussi vite de la tête d'un scénariste pour se retrouver sur l'écran. La version qui figure ici est en fait la première, un peu plus longue et fournie que celle du scénario final de tournage, lequel, pour des raisons budgétaires, est réduit à deux cadres. Je l'ai incluse ici en tant qu'exemple d'une autre manière de raconter une histoire... une manière différente, mais tout aussi valide qu'une autre.

La tribu des Dix Plombes. Au cours de l'été de 1992, j'errai à pied dans le centre de Boston, à la recherche d'une adresse que j'avais du mal à trouver. Je finis par y arriver mais, avant cela, je tenais cette histoire. Il était environ dix heures du matin et, tout en marchant, je me mis à remarquer des groupes de personnes devant chacun des gratte-ciel de luxe du coin – des groupes qui n'avaient apparemment aucune cohésion sociologique. On y trouvait des ouvriers et des hommes d'affaires, des concierges et des élégantes, des coursiers et des secrétaires de direction.

Après m'être posé des questions intriguées (voilà des groupes que Kurt Vonnegut n'aurait jamais imaginés) pendant à peu près une demi-heure, la lumière se fit : pour une certaine catégorie de citadins américains, la pause-café était devenue la pause-cigarette. Ces immeubles coûteux sont tous devenus des zones non-fumeurs maintenant que les Américains ont pris tranquillement le plus stupéfiant des virages du XXe siècle ; nous nous purgeons de nos anciennes mauvaises habitudes, à peu près sans tambour ni trompette, avec pour résultat quelques poches de comportements sociologiquement tout à fait étranges. Ceux qui refusent de renoncer à leurs mauvaises habitudes – les membres de la tribu des Dix Plombes du titre – en sont une. L'histoire ne cherche qu'à être distrayante, mais j'espère qu'elle dit aussi quelque chose d'intéressant sur une vague de changements qui a, au moins temporairement, remis en vogue certains aspects des installations séparées mais égalitaires des années quarante et cinquante.

La Maison de Maple Street. Vous vous souvenez de Richard Rubinstein, mon ami producteur ? C'est lui qui m'a fait connaître *The Mysteries of Harris Burdick*, de Chris Van Allsburg. « Ça devrait vous plaire », avait-il laconiquement mis, de son écriture hérissée, sur le mot qui accompagnait l'exemplaire. Il n'avait rien besoin d'ajouter. Ça m'a effectivement plu.

Le livre se présente comme une série de dessins, de titres et de légendes qui seraient dus au Burdick du titre – mais les histoires elles-mêmes restent mystérieuses. Chaque combinaison d'image, de titre et de légende est une sorte de Rorschach, offrant peut-être davantage d'indications sur l'esprit du lecteur que sur les intentions de Mr Van Allsburg. L'une de mes préférées montre un homme brandissant une chaise – apparemment décidé à s'en servir comme matraque, si besoin est – et regardant quelque chose d'*organique* gonfler sous le tapis de son salon. « Deux semaines passèrent, et le phénomène se reproduisit », dit la légende.

Etant donné ce que je pense des motivations, mon attrait pour ce genre de choses devrait être évident. Qu'est-ce qui a bien pu se produire au bout de deux semaines ? C'est à mon avis sans importance. Dans nos pires cauchemars, il n'y a que des pronoms pour désigner les choses qui nous pourchassent jusqu'à ce que nous nous réveillions, en sueur, frissonnant d'horreur et de soulagement.

Ma femme, Tabitha, s'est aussi prise de passion pour *The Mysteries of Harris Burdick*, et c'est elle qui a proposé que chacun des membres de la famille écrive une histoire fondée sur l'une de ses images. Elle-même en a écrit une, de même que notre plus jeune fils, Owen (il avait alors douze ans). Tabby choisit la première image du livre, Owen en prit une dans le milieu, et je me décidai pour la dernière. C'est la mienne qui figure ici, avec l'aimable permission de Chris Van Allsburg. Il n'y a rien d'autre à ajouter, sinon que j'en ai lu une version quelque peu expurgée à des enfants de huit-dix ans, à plusieurs reprises, et qu'ils ont eu l'air d'adorer ça. J'ai bien l'impression que ce qui les branche est d'expédier le Méchant Beau-Père dans le Grand Au-Delà. Après tout, moi aussi, ça me branche... L'histoire n'avait encore jamais été publiée, à cause de sa genèse compliquée, et je suis ravi de la présenter dans ce recueil. Je regrette seulement de n'avoir pu y joindre celles de ma femme et de mon fils.

Le Cinquième Quart. Bachman à nouveau. Ou peut-être George Stark.

La Dernière Affaire d'Umney. Un *pastiche* * (évident !) mis à la suite de *Le docteur résout l'énigme* pour cette raison, mais légèrement plus ambitieux. J'ai adoré Raymond Chandler et Ross McDonald depuis le jour où je les ai découverts (même si je trouve à la fois instructif et quelque peu inquiétant de remarquer que, si on continue à lire et à discuter Chandler, les romans pourtant couverts de louanges de McDonald et de son héros Lew Archer ne sont plus guère connus que des fans du *livre noir* *), et je pense encore aujourd'hui que c'est le *langage* dans lequel ces romans étaient écrits qui ont tellement emporté mon imagination ; c'était une toute nouvelle façon de voir qui s'ouvrait, façon qui séduisait violemment le cœur et l'esprit du jeune homme solitaire que j'étais alors.

C'était aussi un style mortellement facile à copier, comme une bonne cinquantaine de romanciers l'ont découvert à leurs dépens au cours des vingt ou trente dernières années. Pendant longtemps, je me suis tenu éloigné du discours chandlérien, car je n'avais rien à quoi l'appliquer... je n'avais rien à dire qui fût *mien* dans le langage de Philip Marlowe.

Puis un jour, j'ai sauté le pas. « Parlez de ce que vous connaissez », recommande la tribu des cuistres pédants à nous autres, pauvres débris cométaires laissés par les étoiles Sterne, Defoe, Dickens et Melville ; et pour moi, cela signifie enseigner, écrire et jouer de la guitare... mais pas nécessairement dans cet ordre. Quant à ce qui en est de ma carrière-dans-la-carrière d'écrire sur l'écriture, ça me rappelle une boutade du guitariste Chet Atkins. Il se tourna vers le public, après une ou deux minutes passées à essayer – vainement – d'accorder sa guitare et déclara : « Ça m'a pris vingt-cinq ans pour me rendre compte que je n'étais pas très doué pour ça, mais à ce moment-là j'étais trop riche pour laisser tomber. »

Même chose pour moi. Je semble destiné à toujours retourner dans cette petite ville un peu spéciale – que vous l'appeliez Rock and Roll Heaven dans l'Oregon, Gatlin, dans le Nebraska ou Willow dans le Maine – et à revenir sans cesse à ce que je fais. La question qui me tracasse, me hante et ne veut jamais disparaître est la suivante : Qui suis-je quand j'écris ? Et vous, qui êtes-vous ? Qu'est-ce qui se passe au juste ici ? Pourquoi ? Est-ce que c'est important ?

Ainsi donc, avec ces questions à l'esprit, j'ai posé sur ma tête mon fédora Sam Spade, allumé une Lucky (métaphoriquement, s'entend), et commencé à écrire. *La Dernière Affaire d'Umney* a été le résultat, et de toutes les nouvelles de ce recueil, c'est ma préférée. C'est la première fois qu'elle paraît.

Bon. Posez le bouquin sur une étagère et faites attention à vous jusqu'à ce que nous nous retrouvions. Lisez quelques bons livres et, si l'un de vos frères ou l'une de vos sœurs se casse la figure sous vos yeux, tendez-lui la main. Après tout, c'est peut-être vous qui aurez besoin d'un coup de main, la fois suivante... ou d'un peu d'aide de la part de ce maudit doigt qui surgit du trou du lavabo...

Bangor, Maine
16 septembre 1992.

Le mendiant et le diamant[1]

Un jour, l'archange Uriel alla voir Dieu, une expression abattue sur le visage. « Qu'est-ce qui te trouble ? » voulut savoir l'Eternel. « J'ai vu quelque chose de bien triste, lui répondit Uriel avec un geste vers ses pieds. Là en bas. » « Sur la Terre ? demanda Dieu avec le sourire. Oh ! Ils ne sont pas à court de malheurs. Allons tout de même voir. »

Ils s'y rendirent ensemble. Ils virent alors un personnage en haillons qui se traînait lentement sur une route de campagne, dans les environs de Chandrapur. Il était d'une extrême maigreur, les bras et les jambes couverts de plaies. Souvent les chiens le pourchassaient de leurs aboiements, mais jamais l'homme ne se tournait pour les frapper de son bâton, même lorsqu'ils venaient lui mordiller les talons ; il poursuivait simplement son chemin, soulageant sa jambe droite en avançant. A un moment donné, un groupe d'enfants, tous beaux et bien nourris, sortirent en tumulte d'une

1. Note de l'auteur : Cette petite histoire – une parabole hindoue, sous sa forme originale – m'a été racontée par Mr Surendra Patel, de New York. Je l'ai adaptée à ma manière et prie ceux qui la connaissent sous sa forme originale, dans laquelle le seigneur Shiva et son épouse Parvati sont les principaux protagonistes, de bien vouloir m'excuser des libertés que j'ai prises.

grande maison et, un sourire méchant sur le visage, lui lancèrent des pierres lorsqu'il leur tendit sa sébile vide.

« Va-t'en, affreux bonhomme ! lui cria l'un d'eux. Va-t'en dans les champs et crève ! »

A ces mots, l'archange Uriel éclata en sanglots.

« Voyons, voyons, lui dit Dieu en lui tapotant l'épaule. Je te croyais taillé dans un bois plus dur.

– Oui, sans doute, répondit Uriel en séchant ses larmes. C'est simplement que cet homme semble résumer à lui seul tout ce qui est toujours allé de travers pour les fils et les filles de la Terre.

– Evidemment, dit Dieu, puisque c'est Ramu, et que c'est son travail. Quand il mourra, un autre prendra sa suite. C'est une occupation honorable.

– Peut-être, admit Uriel en se voilant la face, frissonnant, mais je ne peux supporter de le voir faire. Son chagrin remplit mon cœur de ténèbres.

– Les ténèbres n'y sont pas admises et je dois donc prendre des mesures pour changer ce qui les a fait descendre en ton cœur. Regarde par ici, mon bon archange. »

Uriel regarda et vit que Dieu tenait un diamant de la taille d'un œuf de paon.

« Un diamant de cette taille et de cette qualité suffira à nourrir Ramu pour le restant de ses jours et à épargner la pauvreté à ses descendants jusqu'à la septième génération, observa Dieu. C'est, en fait, le plus beau diamant du monde... voyons un peu... » Il se pencha en avant, passa la main entre deux nuages vaporeux et laissa tomber le joyau. Lui et Uriel suivirent sa chute de près : il tomba au milieu de la route que suivait Ramu.

Le diamant était si gros et si lourd que Ramu l'aurait sans aucun doute entendu frapper le sol, s'il avait été plus jeune ; mais son ouïe avait beaucoup baissé au cours des dernières années, et il avait les poumons, le dos et les reins douloureux. Seule sa vue était aussi perçante que lorsqu'il avait vingt ans.

Tandis qu'il redoublait d'efforts pour grimper une côte raide, sans avoir conscience de la présence du diamant qui brillait de mille feux dans la brume dorée par le soleil, de l'autre côté du sommet, Ramu poussa un profond soupir... puis s'immobilisa, appuyé sur son bâton, son soupir se transformant en une quinte de toux. Il s'accrochait des deux mains à son fragile support, essayant de contenir la quinte et, au moment même où il y parvenait, le bâton, qui était vieux, sec et presque aussi usé que Ramu lui-même, cassa brusquement en deux, envoyant l'homme rouler dans la poussière.

Il resta là, gisant, se demandant pourquoi Dieu était aussi cruel. « J'ai survécu à tous ceux que j'aimais, pensa-t-il, mais pas à ceux que je hais. Je suis devenu si vieux et si laid que les chiens aboient derrière moi et que les enfants me jettent des cailloux. Je n'ai eu que des débris et des rebuts pour nourriture depuis trois mois, et cela fait dix ans, sinon davantage, que je n'ai pas pris un repas correct avec de la famille ou des amis. Je suis un vagabond sur le dos de la Terre, sans foyer que je puisse dire mien ; ce soir, je vais dormir sous un arbre ou une haie, pour me mettre à l'abri de la pluie. Je suis couvert de plaies, mon dos est douloureux et quand je rends de l'eau, il y a du sang là où il ne devrait pas s'en trouver. Mon cœur est aussi vide que ma sébile. »

Ramu se remit lentement sur ses pieds, toujours sans savoir qu'à vingt mètres de lui, derrière le dos-d'âne aride, le plus gros diamant du monde était à portée de ses yeux à la vue perçante. Il se tourna vers le ciel brumeux. « Seigneur, dit-il, je n'ai pas de chance. Je ne Te hais pas, mais tout me dit que Tu n'es pas mon ami, ni l'ami d'aucun homme. »

Ayant déclaré cela, il se sentit un peu mieux et reprit sa marche laborieuse, après s'être baissé pour ramasser le morceau le plus long de son bâton. Et, tout en marchant, il commença à se reprocher de s'être apitoyé sur lui-même et d'avoir prononcé une prière aussi ingrate.

« Car j'ai tout de même quelques raisons d'éprouver de la gratitude, raisonna-t-il. La journée est extraordinairement belle, déjà, et si mon ouïe, mes poumons et mon dos me trahissent, ma vue est restée perçante. Comme il serait terrible d'être aveugle ! »

Pour se prouver cette vérité, Ramu ferma les yeux très fort et continua d'avancer, le bâton pointé en avant comme font les aveugles avec leur canne. Les ténèbres étaient étouffantes, affreuses, et le désorientaient. Il ne sut bientôt plus s'il se déplaçait comme à l'ordinaire, ni s'il se dirigeait vers un côté ou l'autre de la route, au risque de dégringoler dans le fossé. A l'idée de ce qui arriverait à ses vieux os fragiles si jamais il faisait une telle chute, il eut très peur, mais il n'en garda pas moins les yeux bien fermés et poursuivit son chemin.

« C'est exactement ainsi que tu peux te guérir de ton ingratitude, vieux compagnon ! se dit-il. Tu passeras le reste de la journée à te rappeler que, si tu es un mendiant, au moins tu n'es pas un mendiant aveugle, et tu seras heureux ! »

Ramu n'alla tomber ni dans le fossé de droite, ni dans celui de gauche, mais il arriva en haut de la côte et commença à redescendre de l'autre côté, dérivant simplement un peu vers la droite ; c'est ainsi qu'il passa à côté de l'énorme diamant qui gisait, éclatant, dans la poussière du chemin ; son pied gauche le manqua de quelques centimètres.

Une trentaine de mètres plus loin, Ramu ouvrit de nouveau les yeux. La lumière resplendissante de l'été l'éblouit et parut aussi envahir son esprit. Il tourna avec joie les yeux vers le ciel d'un bleu poussiéreux, vers les champs d'un jaune poussiéreux, vers le sentier battu sur lequel il marchait. Il observa un oiseau qui volait d'un arbre à un autre et éclata de rire et, bien qu'il ne se retournât pas une fois vers le diamant posé sur le sol si près de lui, il oublia un instant ses plaies et son dos douloureux.

« Que Dieu soit loué pour nous avoir donné la vue ! s'exclama-t-il. Que Dieu soit loué pour cela, au moins ! Elle me permettra peut-être de voir quelque chose de valeur sur la route, ne serait-ce qu'une vieille bouteille que je pourrais revendre au bazar, ou une petite pièce ; mais même si je ne découvre rien, je regarderai tout mon soûl. Dieu soit loué de nous avoir donné la vue ! Dieu soit loué de nous avoir donné la vue ! »

Satisfait, il reprit son chemin, laissant le diamant derrière lui. Dieu tendit alors la main et reprit la pierre précieuse pour la replacer sous la montagne d'Afrique où Il l'avait prise. Puis, comme s'Il se faisait la réflexion après coup (mais peut-on dire cela de Dieu ?), Il cassa une branche de bois de fer dans le veldt et la laissa tomber sur la route de Chandrapur comme Il avait laissé tomber le diamant.

« La différence, dit Dieu à Uriel, est que notre ami Ramu va trouver la branche qui lui servira de bâton pour le reste de sa vie. »

Uriel regarda Dieu (dans la mesure où quelqu'un, même un archange, peut contempler sa splendeur incandescente), l'expression incertaine. « M'auriez-vous donné une leçon, Seigneur ?

– Je l'ignore, répondit Dieu d'un ton neutre. Le penses-tu ? »

TABLE

4306

Photocomposition Assistance 44-Bouguenais
Achevé d'imprimer en Europe (France)
par Maury-Eurolivres – 45300 Manchecourt
le 11 septembre 2000.
Dépôt légal septembre 2000. ISBN 2-290-30943-5
1er dépôt légal dans la collection : sept. 1996
Éditions J'ai lu
84, rue de Grenelle, 75007 Paris
Diffusion France et étranger : Flammarion